EVA FELLNER

DIE HIGHLANDERIN

atb aufbau taschenbuch

EVA FELLNER, mit vollem Namen Eva Fellner von Feldegg, wurde 1968 im oberbayerischen Murnau geboren und arbeitete zunächst als Chefredakteurin einer Fachhandelszeitschrift. Sie gründete eine Agentur für digitales Marketing und unternahm zahlreiche Reisen. China und Südafrika wurden ihr dabei zu einer zweiten Heimat. Neben asiatischer Kampfkunst interessiert sie sich schon immer für Geschichte, für starke Frauen und die Welt des Mittelalters. Sie ist davon überzeugt, dass die schönsten Geschichten das Leben selbst erzählt.

Nachdem Enjas Mutter bei einem Schiffsunglück stirbt, gerät das Mädchen in die Hände von Menschenhändlern. Fasziniert von ihrem blonden Haar und der hellen Haut, entführen die Männer sie in den Orient. Dort wird sie unter einem mächtigen Herrscher zur Assassinin ausgebildet. Doch Enja ist auf der Suche nach ihren Wurzeln. Mit einer Karawane gelangt sie nach einer anstrengenden Reise in die schottischen Highlands. Dort kämpfen die Clans gegen den englischen König um ihre Freiheit. Enja lernt den mächtigen Clanführer James Douglas kennen und verliebt sich in ihn. Als er in englische Gefangenschaft gerät, schmiedet Enja einen gefährlichen Plan, um ihn zu befreien – denn sie hat sich entschieden: Sie wird auf der Seite der Schotten kämpfen.

EVA FELLNER

DIE HIGHLANDERIN

Historischer Roman

aufbau taschenbuch

MIX
Papier aus verantwortungsvollen Quellen
FSC
www.fsc.org
FSC® C083411

ISBN 978-3-7466-3829-4

Aufbau Taschenbuch ist eine Marke der Aufbau Verlag GmbH & Co. KG

1. Auflage 2021

Umschlaggestaltung www.buerosued.de, München
unter Verwendung eines Bildes von © Trevillion Images / Rekha Garton
Satz LVD GmbH, Berlin
Druck und Binden CPI books GmbH, Leck, Germany
Printed in Germany

www.aufbau-verlag.de

Für meine Jungs. Ich bin stolz auf euch!

Kapitel 1

Schottland im Mai 1307

Welcher Teufel hat mich nur geritten! Das ging mir zum wiederholten Mal an diesem Tag durch den Kopf. Das schwere Kleid klebte schweißnass an meinem Körper. Brust und Taille waren fest geschnürt und ließen nur eine flache Atmung zu. Der Schneider hatte gute Arbeit geleistet. Der enge Kragen drückte mir fast die Kehle zu, und das Brokatmieder rieb unangenehm über meine Rippen. Selbst schuld, dachte ich, du wolltest wohl allen wieder beweisen, was du draufhast, Enja.

Über meine eigene Torheit verzog ich das Gesicht unter dem Schleier, der es schützend verdeckte. Auf den weißen Seidenstoff hatten die Kranzjungfern den Brautkranz gesteckt als Zeichen meiner Reinheit. Ich überflog mit den Augen die Reihen der Umstehenden, während ich langsam weiterschritt. Keiner vermutete unter dem Schleier etwas anderes als das Gesicht einer schottischen Braut. Genauer gesagt das Gesicht von Elisabeth Armstrong, der schönen Tochter des mächtigen Clan Lairds Alexander Malcolm Armstrong. In Figur und Haarfarbe unterschied ich mich kaum von ihr, aber sonst waren wir wohl so unterschiedlich wie Tag und Nacht.

Die Kathedrale von Durham war überfüllt. Die Engländer betrachteten mich mit einer Mischung aus Langeweile und Abscheu. Wenn sie nur wüssten. Quälend langsamen Schrittes bewegte ich mich am Arm des alten Lairds zum Altar. Langsam, hatte mir die alte Zofe der schottischen Prinzessin eingebläut, langsam. So setzte ich in meinen Stiefeln einen Fuß vor den nächsten. Immer darauf bedacht, nicht über den Saum des viel zu langen Kleides zu stolpern, in das sie mich gezwängt hatten. Ich fühlte mich lächerlich in dieser Aufmachung und befürchtete, dass kein Mensch mir diese Täuschung abnehmen würde. Die Zofe hatte mir jedoch versichert, dass ich in diesem Kleid sogar den alten Laird selbst täuschen könnte. Entschlossen hatte mir Laird Armstrong persönlich das Plaid mit den Farben der Armstrongs umgelegt und es mit der Silberbrosche seiner Frau festgesteckt. Kein Mensch in der Kirche hatte seine Tochter vorher je gesehen, und alle Armstrongs waren eingeweiht.

Der Schneider hatte darauf geachtet, dass meine Arme, Hände und der Hals bis zum Kinn sorgfältig mit Stoff bedeckt waren, wie es sich für eine junge Braut gehörte. Damit versteckte er auch geschickt meine helle Haut und die kräftigen Muskeln. Darunter trug ich eine schwarze Hose, um mich zur Not des Brautkleides entledigen zu können. Die Enge und die Hitze darin waren bestialisch.

Der Laird neben mir hielt meine Hand und nickte mir nun mit ernstem Gesicht zu. Es war seine Idee gewesen, mich anstelle seiner Tochter zum Altar zu führen, um sie nicht mit dem englischen Baron Henry de Keighley vermählen zu müssen. Doch damit riskierte er die Feindschaft des englischen Königs – und sein Leben. Ich brachte die besten Voraussetzungen für solch ein gewagtes Täuschungsmanöver mit. Denn auch für mich ging es hier um etwas: Dieser Plan war Teil meines persönlichen Rachefeldzugs gegen König Edward und ein Zeichen des Widerstands. Und im Kampf gegen die verhassten Engländer war mir jedes Mittel recht. Der Plan, den Baron bei seiner eigenen Hochzeit zu ermorden, war verwegen, das wusste ich, aber es konnte gelingen.

In diesen Tagen vermählte der durch Krankheit geschwächte Edward I., König von England, die Frauen des schottischen Adels mit den englischen Baronen und Lords, um sich die Blutsverwandtschaft der schwer zu kontrollierenden Clans zu sichern. Umgekehrt mussten schottische Adelige englische Ladys heiraten. Weigerten sich die Adelsfamilien, drohte der Tod wegen Hochverrats.

Einige der alten schottischen Clansitze wurden von der Heiratspolitik des englischen Königs böse überrascht. So traf es auch eines Tages den schottischen Clan der Armstrongs, geführt vom stolzen Oberhaupt Alexander Armstrong, dessen Sitz zwischen Cumberland und der schottischen Grenze lag. Mit Entsetzen reagierte der kampferprobte Clan auf diese Neuigkeiten. Chief Alexander sollte seine einzige Tochter dem Baron Henry de Keighley aus Lancastershire zur Ehefrau geben, um damit Edwards Friedenspläne zu unterstützen. Seine Proteste verhallten wirkungslos.

Alexanders schöne Tochter Elisabeth sollte nur ein Pfand sein in dem grausamen Spiel, das sich Edward mit seinen Lehensherren lieferte. Der durch seinen Misserfolg in Flandern und den schottischen Krieg zutiefst verschuldete englische König versuchte, Schottland, dessen Aufsässigkeit er als Revolution im eigenen Land betrachtete, brutal zu befrieden. Grausame Hinrichtungen von Hochverrätern sollten abschrecken und den Widerstand im Keim ersticken. Aber sie entfachten den Zorn der schottischen Adelshäuser nur weiter.

Selbstbewusst drückte ich die schwielige Hand des alten Ritters neben mir. Auch er musste nervös sein, deutlich hörte ich seinen stoßweisen Atem. Wir hatten auf dem steinernen Boden in der Kathedrale von Durham den Gang zum Altar hinter uns gebracht. Henry de Keighley stand schon dort und blickte uns erwartungsvoll entgegen. Eigentlich ein gut aussehender Mann, ging es mir durch den Kopf, aber leider war er Engländer.

Politik erforderte Opfer, das war schon das Motto meines Großmeisters, des Assassinenführers Hassan I-Shabbah, gewesen. Ich konnte ein Lächeln nicht unterdrücken. Mit meiner freien Hand tastete ich unauffällig nach dem Dolch, der sorgfältig verdeckt in einer Falte des Kleides verborgen war. Wie gut es sich anfühlte, den kalten Stahl der Waffe unter meinen Fingern zu spüren. Sofort schlug mein Herz nicht mehr ganz so schnell, und mein Atem beruhigte sich ein wenig. Was für ein Hohn des Schicksals, dass niemand eine Braut nach Waffen untersuchte. Sämtliche Männer hatten vor der heiligen Kirche die Waffen ablegen müssen. Es würde ein leichtes Spiel für mich werden. Der Bräutigam hatte keine Ahnung. Bevor er mich überhaupt erkannt haben würde, wäre er tot.

Eine seltsame Vorahnung überkam mich. Wie immer, wenn sich meine Sinne ganz auf ein bevorstehendes Attentat konzentrierten.

Der junge Baron de Keighley war etwas größer als ich, schlank und athletisch. Ganz nach höfischer Manier neigte er den Kopf, als ich auf ihn zutrat. Er nahm meine Hand vom Arm des Lairds und küsste sie. Vorsichtig half er mir, mein Kleid zu richten, um mich auf die vorbereitete Bank zu knien.

Das hatte ich in den letzten Tagen hundertfach geübt, um es möglichst grazil aussehen zu lassen. Wie mir schien, gelang es mir.

Ich bekam nichts von der eigentlichen Zeremonie mit. Immer wieder glitten meine Blicke zu dem hölzernen Chorgestühl. Dann zum Altar mit den Steinsäulen an jeder Seite. Die eintönigen Phrasen des Bischofs Antony Brek interessierten mich genauso wenig wie die nachgesprochenen Sätze meines Bräutigams. Dessen Stimme passte nicht zu seiner Erscheinung, sie klang viel zu hell. Ohne wirklich darüber nachzudenken, wiederholte ich die vorgesprochenen Sätze. Die Sekunden zogen vorbei. Ungeduldig wartete ich auf den Moment, in dem Henry den Schleier heben sollte, um mich zu küssen.

Denn das wäre der Augenblick, in dem er abgelenkt und angreifbar war. Dann würde ich zustoßen. Ich holte tief Luft. Wieder erklang die Stimme des Bischofs. Dann die Stimmen der vielen Menschen hinter mir, die sein Gebet beantworteten. Es war so weit.

»Sie dürfen die Braut jetzt küssen.« Die Worte des Bischofs waren das Zeichen. Ich wandte mich dem Mann an meiner Seite zu. Er hob beide Hände, um den Schleier zu lüften. Vorsichtig hob er ihn über mein Gesicht.

Verblüffung. Das war das Erste, was ich in seinen Augen erkennen konnte. Sein Blick wanderte von meinem Mund zu meiner Stirn. Zu dem kleinen tätowierten Kreuz darauf. Überraschung lag in seiner Miene. Erst als sich sein Gesicht zu einer Grimasse verzog, wusste ich, dass mein Dolch sein Ziel nicht verfehlt hatte. Es war die hässliche Fratze des Todes, die sich nun auf sein Angesicht legte. Ich hatte ihm den

Dolch oberhalb des fünften Rippenbogens neben dem Brustbein ins Herz gestoßen. Er war sofort tot.

In der Kathedrale von Durham war plötzlich der Teufel los.

Der selbstgekrönte schottische König Robert de Bruce wirkte in diesen Tagen so schwach wie nie. Monatelang hatte er sich in den Hybriden im äußersten Norden Schottlands versteckt, um den englischen Truppen zu entgehen. Edward I. versammelte seine Truppen ein weiteres Mal, um den schottischen Widerstand, der an einzelnen Stellen immer wieder wie ein entzündlicher Herd in dem umkämpften Land aufflammte, mit einem finalen Schlag auszulöschen.

Die Menschen im Grenzland zwischen den beiden rivalisierenden Königreichen fanden kaum Ruhe und waren Ziel sowohl schottischer als auch englischer Raubritter, die sich in dem ungesicherten Niemandsland bedienten wie Wölfe an einer Herde Schafe. Man schätzte hier die schottischen Clans, weil sich die Familien untereinander verbündeten, um sich gegen die Willkür beider Völker zur Wehr zu setzen. Allerdings standen die dort ansässigen Adelsfamilien dem Einfluss und der Autorität eines ruchlosen Edward machtlos gegenüber und litten unter den Zwangsverheiratungen.

In einem verzweifelten Versuch, seine Tochter vor einer solchen Ehe zu retten, hatte Clanchef Alexander Malcolm Armstrong sich an Enja gewendet. Die Assassinin aus dem Orient, die heftigen Widerstand gegen alle englischen Angriffe leistete, sollte den Bräutigam ermorden. Mit ihrer Verwegenheit und der ungewöhnlichen Kampftechnik war sie fast schon zu einer lebenden Legende der schottischen Highlands geworden. Die Barden des Landes erwähnten sie in einem Atemzug mit den Heldentaten eines William Wallace oder James Douglas.

Doch Lady Enja von Caerleverock hatte selbst nicht geahnt, wie jene tödliche Vermählung in der Kathedrale von Durham den Lauf ihrer Geschichte verändern würde. An diesem denkwürdigen Tag, dem siebten Mai 1307, bereicherte sie die Geschichten der schottischen Barden um ein weiteres Kapitel ihrer Abenteuer.

Berwick, ein paar Tage später

Das Gasthaus in der beschaulichen Stadt Berwick war an diesem Abend gut besucht. Als eines der wenigen Häuser mit Gästezimmern war es ein beliebter Treffpunkt für Durchfahrende und Händler. Auch an diesem Abend befanden sich Gäste aus allen Gegenden des Königreichs im Schankraum. Berwick on de Thyne wurde aufgrund seiner Lage im Grenzland immer wieder zum Schauplatz von erbitterten Auseinandersetzungen zwischen Schotten und Engländern. Zuletzt hatte der Statthalter der schottischen Kleinstadt im August 1305 den abgetrennten Arm des viergeteilten William Wallace auf seinem Stadtmarkt ausstellen müssen, was zu einigem Unmut in der Bevölkerung geführt hatte. In ihrer politischen Haltung schwankte die Stadt mal auf die Seite der Engländer, mal auf die Seite der Schotten, wie Algen im Wasser.

Der in den Highlands berühmte schottische Barde Alistair MacMhuirich saß gemütlich in einer Ecke des geräumigen Gastraumes. Unter lautstarkem Schmatzen hatte er einen Eintopf mit Gemüse, Gerstenschrot und Wildschweinspeck verspeist. Genüsslich strich er sich nun die Essensreste aus dem graumelierten Bart und entließ mit einem Rülpser die überschüssige Luft. Wohlgewärmt hatte er seine Filzkappe mit dem Plaid abgenommen und neben sich auf die blanke Holzbank gelegt, während er bei der Magd nun den zweiten Kelch *Uisge beatha*, den schottischen Whisky, bestellte. Die beleibte Frau bewegte sich entgegen ihrer Körperfülle flink zum Schanktisch, um den Krug zu holen.

Der Barde hatte es geschafft, mit der Ankündigung von unerhörten Nachrichten aus dem benachbarten Durham die Aufmerksamkeit der Besucher auf sich zu ziehen. In Windeseile hatte der Wirt den Geschichtenerzähler auf einen Teller Eintopf und den schottischen Hochprozentigen eingeladen, um sich und seine Gäste mit den aktuellen Neuigkeiten zu versorgen. Die Kälte der Nacht schaffte es kaum, der Hitze, die von den versammelten Menschen ausging, und dem hoch aufschießenden Feuer im Kamin etwas entgegenzusetzen. Selbst die streitenden Hunde hielten endlich ihr Maul, als wollten auch sie den Worten des Barden lauschen.

Alistair betrachtete die Händler und Reisenden, die nun an seinen Lippen hingen. Er wischte sich mit dem Handrücken über den Mund. Aber erst ein weiterer Schluck des hochprozentigen Gebräus lockerte endlich die Zunge des Barden.

»Werte Damen und hochgeschätzte Herren«, begann er das Ritual, das sich seit Jahrhunderten in den Highlands als übliche Abendunterhaltung etabliert hatte. Selbst die großen Anführer aller Clans hörten diesem Mann zu, wenn er etwas zu erzählen hatte.

Ein Raunen und Zischen ging durch die Menge, und spätestens jetzt verstummten auch die letzten Gäste in dem Raum. Sie wandten sich neugierig der Person an dem einzelnen Tisch zu, die von Engländern wie Schotten, Mägden und Köchen belagert wurde.

»Vor einigen Tagen, es war der sechste Sonntag nach Ostern, ergab es sich, dass die junge Lady Elisabeth Armstrong, die einzige Tochter des Alexander und der Katharina Armstrong, den Baron Henry de Keighley, Ritter von Shire in Lancastershire, ehelichen sollte.«

Diese Nachricht war bereits vor einigen Wochen proklamiert worden, daher wiederholte Alistair nur, was schon viele wussten. Mit rauer Stimme räusperte er sich und ließ seine Worte wirken. »Ich war als Barde für die Familie Armstrong bei der Feier geladen und sollte von der Hochzeit berichten.«

»War die Braut denn so hübsch, wie man es ihr nachsagt?«, unterbrach ihn eine junge Magd scheu und wurde sofort von einem unwirschen Grunzen des beleibten Kochs zurechtgewiesen. Einen Barden unterbrach man nicht.

Doch der weltgewandte Mann mit dem silbergrauen Bart, der seine vierzig Sommer schon überschritten hatte, lächelte nachsichtig und sagte: »Sie ist so strahlend schön wie das Licht der Sonne, wenn es sich am Abend im Meer spiegelt.«

Ein tiefer Seufzer entfuhr dem Damenvolk, das sich zahlreich um ihn geschart hatte.

»Sie ist nur leider nicht erschienen«, fuhr Alistair trocken fort und ergötzte sich an den überraschten Gesichtern der Zuhörer. Aus seinem Mund schälte sich ein Lachen, das an einen Ziegenbock erinnerte. Sein Bart zitterte dabei im Takt, und die Schultern schüttelten sich. Wieder genehmigte er sich einen Zug aus dem Krug und schürte die erwartungsvolle Spannung.

»Es ergab sich«, verkündete er endlich, »dass die echte Lady Elisabeth durch eine andere Person ersetzt worden war, die an ihrer Stelle durch die Kirche zu ihrem Bräutigam schritt, um ihn vor Gott und der Kirche zu ehelichen.«

»An ihrer Stelle?«, kamen entsetzte Rufe. »Dann war es gar nicht Lady Elisabeth, die den Baron erstochen hat?«

Selbst der Koch schien diesmal nichts gegen den Zwischenruf der Magd zu haben, die erschrocken die Hand auf den Mund legte. Die Nachricht vom Tod des Bräutigams war dem Barden längst vorausgeeilt und entsetzte die Menschen in der Stadt immer noch. Und jetzt hatten sie einen Zeugen vor sich, der ihnen diese unglaubliche Geschichte erzählen konnte.

»Aber nein!«, bestätigte der Barde. »Auf dem Weg zur Hochzeit war die Kutsche angehalten worden, und die Rebellin Enja von Caerleverock gab sich als Braut aus, während diese unversehrt zurückgebracht wurde. Lady Enja, die schon in vielen Gefechten die Engländer das Fürchten gelehrt hatte, wollte anstelle von Elisabeth den Gang zum Altar antreten. Um den Bräutigam an Ort und Stelle niederzustechen und den König zu brüskieren.«

Dies entfachte nun eine Diskussion in den hinteren Reihen, und in dem Lärm erkannte der Barde auch einige englische Stimmen. Alistair sprach in der schottischen Sprache *Gailige*, die aber alle Bewohner des Grenzlandes zumindest verstehen konnten.

»Woher wollt ihr denn so sicher wissen, dass es Lady Enja war?«, warf eine englische Stimme provokant ein.

»Wie konnte sich diese Frau so nahe an den Bräutigam heranwagen? Er muss doch erkannt haben, dass es nicht seine Braut war«, fragte eine andere mit schwerem walisischem Akzent.

Alistair hob den Krug mit der braunen Flüssigkeit an seine Lippen und nahm genüsslich einen Zug. Beim Absenken rülpste er laut vernehmlich und gab so seine Wertschätzung gegenüber dem Wirt kund. Rasch brachte ihm eine Magd auf den Wink des Gastwirts ein kleines Holzbrett mit Stücken von Käse, den dieser selbst aus der Milch seiner Ziegen herstellte. Dankbar nahm sich Alistair mit spitzen Fingern ein Stück.

»Nun«, fuhr der Barde mit vollem Mund fort, »es heißt, nicht einmal der Vater der Braut habe gewusst, dass es nicht seine Tochter war, die sich unter dem Brautschleier befand. Wie sollte es denn dann der Bräutigam wissen, der sie noch nie zuvor gesehen hatte?« Nicht ein Muskel zuckte in seinem Gesicht, als er diese Lüge in die abgestandene Luft des Schankraums stellte. »Wie es in den Adelshäusern so üblich ist«, erzählte er lapidar weiter, »bestimmt der König die Vermählungen auf dem Papier. Die Ehewilligen sehen einander erst am Tage der Hochzeit. Tatsächlich trug die Braut einen Schleier, der ihr Antlitz verbarg. Sonst wäre das schwarze Kreuz in der Mitte ihrer Stirn, das Lady Enja seit ihrer Kindheit trägt, aufgefallen.«

»Ein Kreuz? In der Mitte ihrer Stirn? Wie grausam entstellt muss diese Frau sein!«, kam es mitfühlend von einer der Damen.

»Ich kann euch versichern, liebe Leute, diese wunderschöne Frau trägt das Zeichen mit einem Stolz, der diese Unterstellung schlichtweg verbietet ... Jedenfalls hatte der Bräutigam keine Chance, denn in dem Moment, in dem er vor dem Altar den Schleier hob, um sie zu küssen, traf ihn ihr Dolch mitten ins Herz.«

»Oohh!«, entfuhr es den Frauen im Raum. »Das ist ja unerhört!«, ließ die eine oder die andere vernehmen oder: »Keine Lady ist so durchtrieben!«

Der Barde ließ mit erzählerischem Kalkül den Ausbruch der weiblichen Entrüstung kommentarlos wirken. In aller Ruhe genehmigte er sich in der Zwischenzeit noch einen weiteren Schluck des vom Wirt selbstgebrannten *Uisge beatha*.

»Sah er denn gut aus, dieser Ritter Henry?«, krähte nun wieder die junge Magd und erntete dafür vom Koch einen Rüffel mit dem Ellbogen.

Auf die Frage hin hob der Barde eine Augenbraue und nickte sachte. Er blickte nachdenklich hoch zur Decke und sagte mit einem verschmitzten Lächeln unter seinem Vollbart: »Baron de Keighley war groß und von schlanker Statur. Sein fein geschnittenes Gesicht zierte ein schwarzer Bart. Er wäre sicher kein schlechter Ehemann gewesen für Elisabeth Armstrong«, sinnierte er, »wäre er eben nicht Engländer gewesen.«

Dies provozierte nun doch das Gelächter der Zuhörer, das die Engländer unter ihnen nur mit abfälligen Sprüchen quittierten. Die Stimmung im Gastraum war angespannt, wie es an Orten, an denen sich Männer unterschiedlichster Herkunft trafen, üblich war.

»Sie haben die Mörderin hoffentlich an Ort und Stelle erschlagen!«, rief jemand auf Englisch und wurde von den Schotten mit wilden Flüchen belegt.

Alistair verstand es geschickt, die Zuhörer weiter in seinen

Bann zu ziehen, indem er die Hände beschwichtigend hob und um Ruhe bat. Hastig legte ein junger Knecht ein wenig Holz in den großen Kamin. Auch er wollte nichts von der Geschichte verpassen. Er setzte sich gerade wieder rechtzeitig, um den nächsten Worten des Barden zu lauschen.

»Die mutige Kriegerin, die sich unter dem Brautkleid mit den Farben der Armstrongs verborgen hatte, war nach ihrem Attentat schutzlos den englischen Wachen ausgesetzt. Wie ihr euch vorstellen könnt, war die Kathedrale von Durham überfüllt. Die schottische Familie der Braut und deren Clan hatten sich in den hinteren Bereich der Kirche begeben müssen, während der englische Adel vorn in den ersten Reihen stand. Frauen, Kinder, Ritter und Edelleute mussten hilflos mit ansehen, wie vor ihren Augen der junge Henry de Keighley von einer Mörderin erstochen wurde.«

Eigentlich wiederholte Alistair die schockierende Szene nur, aber erneut hatte er damit Entsetzen unter den Zuschauern ausgelöst. Er beugte sich vor und hieb seine Faust mit Wucht auf den Tisch, was sämtliche Zuhörer erschrocken die Luft anhalten ließ. »Aber außer der Mörderin hatte nicht ein einziger Mensch in der Kirche eine Waffe bei sich«, zischte er bedrohlich. Mit großen Augen und offenem Mund starrten die Zuhörer ihn an. »Nicht ein Einziger …«, schob er nach. Theatralisch hob er die rechte Hand und ballte sie zur Faust. »Lady Enja war die Einzige mit einem Dolch in der Hand und hielt damit den Bischof Anthony Brek in Schach, der vor Angst fast in seinen Ornat nässte!«

Diesmal kamen die Lacher von allen Seiten, schließlich geschah es nicht alle Tage, dass ein Bischof so schamlos Opfer von Spott wurde.

Alistair MacMhuirich lehnte sich wirkungsvoll zurück und musterte seine Zuhörer. Neben den Knechten und Mägden waren auch einige Kaufleute und schottische Ritter darunter. Sicherlich würden sie ihm später am Abend noch ein wenig Silber in seine Kappe geben. Geduldig ließ er das Gelächter verebben, bevor er weitererzählte.

»Ich selbst stand mit der schottischen Brautfamilie hinten in der Kirche. Plötzlich fiel ein brennender Heuballen durch das geöffnete Seitenfenster – und dann noch einer. Aber die Ballen waren feucht und schwelten mehr, als sie brannten. Sie hüllten die Kirche in dicken Rauch. Ihr könnt euch vorstellen, welche Panik dies erzeugte unter all den Frauen und Kindern.«

Ein Blick in die Gesichter seiner Zuhörer zeigte ihm, dass sie von der Gefährlichkeit solcher Feuer wussten. Schon oft hatte sich ungenügend getrocknetes Heu in den Schobern entzündet und das Feuer die Menschen im Schlaf überrascht. In diesem Moment knisterte das Holz im Kamin, und ein paar glühende Scheite rutschten geräuschvoll nach. Ehrfurchtsvoll blickten die Menschen in das Gesicht des Barden, der sich nun verschwörerisch nach vorn beugte und die Stimme senkte.

»Die Schreie der Menschen alarmierten die Wachen, und sie drangen in die Kathedrale ein, entgegen dem Strom derer, die von dort entkommen wollten. Mitten in diesem Durcheinander gelang es der Mörderin, den Bischof mit sich zu zerren. Trotz dichter Rauchschwaden sah ich deutlich, wie sich die Frau vor dem Hochaltar respektvoll mit einer angedeuteten Verbeugung von dem Priester verabschiedete. Jetzt wusste ich – das war sie. Enja von Caerlaverock!« Herausfordernd blickte er sich um. »Ich konnte ihr direkt in das schöne Antlitz blicken mit dem aufgemalten Kreuz zwischen den Augen. Stolz blickte sie in meine Richtung und hob die Hand. Vielleicht, um die Familie Armstrong um Vergebung zu bitten? Ich war wie erstarrt von dieser Geste. Wie anmutig sie dort stand …« Sein Blick ging in die Ferne, als sähe er sie wieder vor sich. »Ohne Hast schlüpfte sie aus dem Kleid, unter dem sie Männerkleidung trug, und legte es sorgfältig auf den Altar. Dann steckte sie sich den Dolch in ihren Stiefel und hangelte sich flink an dem reich verzierten Hochaltar empor.« Er zeigte mit der Hand gegen die Decke, die in dem Wirtshaus kaum zwei Yards an Höhe hatte. Alle Augen folgten seiner Handbewegung nach oben.

Die bedeutungsvolle Pause überbrückte der Barde mit einem kräftigen Schluck aus seinem Kelch, den die Magd sofort wieder befüllte. Die zahllosen gebannten Augenpaare hefteten sich nun wieder auf das Gesicht des Mannes, der Augenzeuge dieser unerhörten Vorgänge geworden war.

»Ich habe noch nie gesehen, wie ein Mensch, geschweige denn eine Frau, so schnell eine Höhe von fast neun Yards erreichte. Es war, als hätte sie Flügel, die sie emporhoben und für immer unseren Blicken entschwinden ließen …« Jetzt wurden einige Menschen blass. Eine geflügelte Mörderin? Aber der Barde beeilte sich, dieses Bild wieder aus der Phantasie seiner Zuhörer zu löschen, indem er die Erklärung geschwind folgen ließ. »Sie kletterte an den verzierten Steinsäulen links und rechts des Altars bis zum Fenster hoch, öffnete es und schwang sich unter dem wütenden Gebrüll der englischen Anwesenden katzengleich hindurch. Die Menschen liefen panisch in alle Richtungen auseinander.«

Damit breitete er seine beiden Arme aus zu einem fulminanten Schlusspunkt.

»Sie ist entkommen?«, quietschte eine entsetzte Stimme, die tatsächlich dem dicken Koch gehörte. Auf seine Halbglatze hatte sich ein Schweißfilm gelegt. »Warum konnte sie denn entfliehen?«

Andere nickten zustimmend. Jeder stellte sich vor, wie die Kirche umringt gewesen sein musste von Engländern, Schotten und einer großen Menge an Schaulustigen. Ein solch wichtiges Ereignis lockte Menschen von überall her an, nicht zuletzt Marketender, die ihre Waren feilboten.

»Nun«, der Barde verschränkte die Arme vor der Brust und hob seine dichten Augenbrauen, »anscheinend hatte sie Komplizen außerhalb der Kirche, die sich mit einem Heuwagen vor dem Altarfenster positioniert hatten. Sie sprang auf den Heuwagen und versteckte sich darin. Dieser entfernte sich dann unauffällig von der Kirche und ließ die verdutzten Gäste ratlos zurück. Weder die Schotten noch die Engländer fanden ihre Spuren, sie schien sich in Luft aufgelöst zu haben. Und mit ihr der Heuwagen, der von einem schwarzen Hengst gezogen wurde. Ein Pferd, so schwarz wie die Nacht. Mit Augen, die in die Seelen jedes Sünders blicken konnten.«

Beim letzten Satz vertiefte sich seine Stimme, und ein Schauer ergriff die Zuhörer im Raum. Nur noch das Knistern der Scheite und das Seufzen der Frauen waren zu hören, als sich Alistair MacMhuirich zufrieden zurücklehnte und seine Kappe für das Münzgeld umgedreht auf den Tisch legte.

Dies war seine Geschichte. Zumindest war es das, was dem englischen König zu Ohren kommen sollte. Dafür hatte ihn der alte Laird ordentlich bezahlt. Alistair MacMhuirich war

Teil des verwegenen Plans der jungen Frau gewesen. »Edward wird Euch als Hochverräterin vierteilen lassen!«, hatte er dieses verrückte Weib aus Caerlaverock damals im Hermitage Castle in Cumberland, dem Sitz des Armstrong-Clans, gewarnt.

»Das hat er bereits versucht, Alistair«, hatte sie lachend erwidert, »er wird es auch diesmal nicht schaffen. Wer den Teufel herausfordert, wird den Tod ernten.« Dabei hatten ihre Augen wie Eiskristalle gefunkelt.

Wie sollte er sie jemals vergessen können …

Kapitel 2

Island 1289

Tamtam taratam hallte es von den Bergen wider, in deren Tälern die kleinen Hütten der Bewohner unauffällig wie Pilze im Wald mit dem Hintergrund verschmolzen. *Tamtam taratam* vibrierten die Klänge der Trommeln in meinen Ohren. Klänge, die ein Ritual ankündigten: die Übergabe eines Mädchens. Je näher wir der Stelle kamen, wo das Schiff wartete, desto lauter wurden das Trommeln und der Gesang der Menschen, die sich auf das wichtigste Ereignis ihrer Gemeinschaft freuten. *Tamtam taratam …*

Es war früh am Morgen, der Mond hatte sich noch nicht ganz vom Nachthimmel zurückgezogen und rang mit der Sonne um den Übergang vom Dunkel zum Tag. Schattierungen von Grau bestimmten die Silhouetten von Menschen und Landschaft.

Das gesamte Dorf war mit mir und meiner Mutter aufgebrochen und zog nun in einem Pulk singend und tanzend Richtung Meer. Dort, wo Fackeln das Grau der schwindenden Nacht erhellten, erleuchteten sie vereinzelt aufgeregte Gesichter. Die Erregung schien jeden erfasst zu haben, der nun mit uns den steilen Weg vom Dorf bis zum Schiffssteg hinunterlief. Wahrscheinlich hätte auch mich die Erhabenheit dieses Augenblicks in ihren Bann gezogen, wenn ich nicht gewusst hätte, was mich dort unten am Meer erwarten würde.

Ein Wendepunkt in meinem Leben stand mir bevor. Und eine qualvolle Trennung. Das war meine Bestimmung.

Als würde ihn die Aufregung um ihn herum völlig kaltlassen, japste mein Wolfshund Rocca fröhlich neben mir, die Zunge hing ihm wie ein nasser Lappen aus dem Maul. Seine klugen Augen streiften mich von Zeit zu Zeit neugierig, für ihn war es nur ein weiterer gemeinsamer Ausflug.

Mit gemischten Gefühlen winkte ich den Menschen zu, die alle gekommen waren, um meiner Mutter und mir Lebewohl zu sagen. Ich sollte stolz sein, so wie sie und meine Familie. Aber immer quälte mich der Gedanke, mich von geliebten Menschen verabschieden zu müssen. Mein Herz war schwer, als ich zum letzten Mal den Weg vom Dorf hinunter zum Bootssteg lief, wo das Schiff auf uns wartete. Jeder einzelne Stein und jeder Halm dieses Weges waren mir so vertraut, und an der Hand meiner Mutter sog ich jedes noch so kleine Detail wie ein Schwamm in mich auf, um es für immer in meiner Erinnerung zu behalten. Ich konnte kaum mithalten mit ihren entschlossenen Schritten.

Die Kälte war spürbar an diesem Frühlingsmorgen; obwohl die Tage schon wärmer wurden, war die Nacht noch bitterkalt. Der Nordwind wehte mir hart ins Gesicht und trieb mir die Tränen in die Augen. Oder war es doch der Abschiedsschmerz?

Meine Mutter drückte meine Hand. Sie schien zu spüren, dass ich Angst hatte, und lächelte mir aufmunternd zu, während wir zusammen die letzten Meter auf dem vom Wetter gegerbten Holz bis zum Schiffssteg liefen. Meine Beine waren müde von dem langen Weg, daher wurde Mutter ein wenig langsamer. Oder war es doch nur, damit sie noch einmal die Gesichter derer sehen konnte, die ihr lieb geworden waren?

Der Blick zurück war imposant: Eine dichte Traube an Menschen stand gegen die eisigen Winde in dicke Felle gehüllt am Saum des Meeres. Sie schrien und jauchzten, und viele besangen auch die Götter, die meine Mutter und mich auf unserer Reise beschützen sollten. Das tanzende Feuer zahlreicher Fackeln verwandelte die Szenerie in ein wildes und beeindruckendes Spektakel. Selbst der Nebel, der majestätisch über dem Wasser hing und sich mit dem Rauch mischte, schien unserer Reise zu huldigen.

Mein Vater, der bisher stumm hinter uns gegangen war, kam nun auf mich zu, nahm mich in die Arme und drückte mich fest an seine Brust. Das dicke Fell, das er wie eine Decke um seine Schultern geworfen hatte, kitzelte mich an der Nase. Nie werde ich seinen vertrauten Geruch nach Leder, Rauch und Fischtran vergessen, während ich seine Liebkosung mit einer Intensität genoss, die aus der Gewissheit entstand, dass es das letzte Mal sein würde. Das letzte Mal, bevor ich erwachsen sein würde.

Er hielt mich nun etwas von sich und sah mir ernst ins Gesicht. Seine hellen blauen Augen unter den scharf gezogenen schwarzen Brauen musterten mich liebevoll. Lange blonde Haare umspielten sein von der eisigen Luft gerötetes Gesicht. Helle Bartstoppeln glitzerten auf seinen Wangen und umrahmten sein Lächeln wie die Sterne den Mond.

»Ich bin sehr stolz auf dich, Enja. Das ganze Dorf ist stolz auf dich, und wir sind sicher, dass du uns keine Schande machen wirst. Egal, was passiert, die Götter, deine Familie und unser ganzes Volk stehen dir bei, vergiss das nicht!«

Mein Herz machte einen Satz, und ich musste schlucken, bevor ich antworten konnte. »Ich werde dich stolz machen, Papa«, presste ich dann hervor, »so wie alle anderen Mädchen ihre Väter vor mir.«

Er küsste mich noch einmal auf die Stirn, bevor er mich abrupt losließ. Vielleicht wollte er nicht, dass ich seine Tränen sah, aber ich bemerkte sie dennoch. Ich hätte niemals ein Wort darüber verloren.

Meine Schwester Jalla drückte sich in ihrem Lederkleid mit dem bestickten Fellkragen, das dem meinen ganz ähnlich war, an mich. Sie war den ganzen Weg stumm geblieben. Unter Tränen reichte sie mir nun einen Strauß Blumen, schniefte und hickste, drehte sich um und verschwand hinter den unzähligen Beinen der umstehenden Leute, deren Füße in Schaffellen steckten, die von Lederschnüren zusammengehalten wurden. Jalla war die Einzige, die nicht verstand, was hier geschah, und die deshalb auch nicht auf mich stolz sein konnte. Sie war nur unendlich traurig, konnte es in ihrer stillen Art aber nicht ausdrücken. Es versetzte mir einen Stich ins Herz, und ich wollte ihr gerade hinterherlaufen, als mein Vater mich entschlossen wieder Richtung Schiffssteg schob. Es war so weit.

Majestätisch lag unser Schiff im Wasser. Am Bug fletschte ein mächtiger Drachen aus geschnitztem Holz die Zähne und drohte jedem, der es wagte, sich zu nähern. Ich hatte immer Angst vor diesem Dämon gehabt, der mich an ein versteinertes Untier erinnerte, das auf dem Wasser ritt und jeden Moment lebendig werden konnte. Ängstlich schielte ich zu dem Holzkopf, als wir den Bug passierten, und folgte meiner Mutter in ihrem langen, im Wind flatternden Fellmantel den schmalen Weg über den Steg.

Mama hob mich ohne Anstrengung über die Reling des Schiffs auf die rauen Holzplanken und folgte mir mit einem großen Schritt. Dann drehte sie mich von sich weg, damit ich zurück zum Ufer blicken konnte, ihre Hände ruhten auf meinen Schultern.

»Schau nur, wie sie sich freuen! Eine Auserwählte aus unserem Dorf. Das bist du, meine Tochter«, sagte sie stolz zu mir.

Ein Schauer ging durch mich hindurch. In der Tat, ich war die Auserwählte. Eine wilde Entschlossenheit verdrängte für einen Moment meine traurigen Gedanken wie ein kalter Schauer, der mir fast die Luft nahm. Dieser Stolz und die festen Hände meiner Mutter hielten mich davon ab, wieder zurück über die Reling des Schiffes zu springen, das sich nun unter dem Gebrüll der Menschen vom Ufer wegbewegte. Der Drachenkopf schien sich wie von Geisterhand in Richtung offenes Meer zu bewegen.

Mein Blick streifte zum letzten Mal die vom frühen Morgenlicht erhellten Gesichter der Menschen aus der vordersten Reihe. Verzweifelt versuchte ich, das Bild meines Vaters, wie er ganz vorn stand, für immer in mich aufzunehmen. Sein Haar tanzte im Wind, sein Gesicht glänzte von all den vergossenen Tränen.

»Nie werde ich dich vergessen, Papa.«

Erst als die schwarze Masse der Insel die Silhouetten der Menschen verschlungen hatte und nur noch als schwacher Umriss aus dem Meer ragte, merkte ich, dass auch mir Tränen über das Gesicht liefen. Zärtlich wischte Mama sie mit ihrem Ärmel von meinen Wangen und nahm mich in die Arme.

»Es wird alles gut«, murmelte sie, »wenn du uns eines Tages im Jenseits wiedersiehst, wirst du den Göttern gleich sein. Du allein hast mit deiner Bestimmung die Macht dazu.«

Ich drückte mich schluchzend in den Schoß meiner Mutter, die mich sanft wiegte und über mein Haar streichelte.

»Enja!« Ein Ellbogen rammte sich schmerzhaft in meine Rippe. »Wach auf, du dämliches Mädchen, du träumst ja mit offenen Augen!«

Ich blinzelte, drehte meinen Kopf zu der zischenden Stimme und sah in große dunkle Augen in einem sommersprossigen Gesicht, das von braunen Locken umrahmt wurde. Ein besorgter Blick musterte mich.

»Alles in Ordnung?«, flüsterte die Stimme noch einmal.

»Ja, natürlich«, stammelte ich noch etwas benommen. »Ich war gerade mit meinen Gedanken woanders.«

»Das habe ich bemerkt«, sagte Jasemin spöttisch. »Du hattest einen ganz glasigen Blick. Psst, Meister Abdallah hat dich auch schon gesehen, er wird dich sicher …«

Jasemin hielt mitten im Satz inne. Besagter Meister hatte seinen falkenartigen Blick gerade zu mir geworfen, als sie sich herüberneigte. Meister Abdallah war ein hagerer Mann; sein grob gestreifter Kaftan hing an ihm wie ein Betttuch an der Leine, und seine Nase glich einem Schnabel, scharfkantig wie der eines Falken. Die Augen passten dazu. Sie lagen tief in den Augenhöhlen und funkelten mich gerade wütend an. Seinen Kopf bedeckte ein gewickelter blauer Turban, dessen Ende er lose über die Schulter gelegt hatte. Er verschränkte die Arme, sah mich streng an und neigte ehrwürdig seinen Kopf.

»Störst du mit deinem Geplapper schon wieder meinen Unterricht, Enja? Woher nimmst du nur dieses Selbstbewusstsein? Als ob deine Worte wichtiger wären als meine! Komm her zu mir, sofort!«

Seine Worte klangen wie eine Drohung, gefährlich leise. Wie ich es hasste, von ihm gemaßregelt zu werden! Aber was blieb mir anderes übrig, ich wollte nicht auch noch wegen Verweigerung bestraft werden. So löste ich mich aus meinem Schneidersitz und trat vor ihn. Ich reichte ihm gerade mal bis zur Brust, aber ich erwiderte trotzig seinen lauernden Blick.

Er genoss es sichtlich, seine Macht vor den anderen Kindern zu zeigen. Als strenger Lehrer war er Widerspruch nicht gewohnt, und jetzt ließ er mich dafür schmoren.

Langsam blickte er von den am Boden hockenden Kindern zurück zu mir und ließ mich meine Unwürdigkeit spüren. Der kleine Raum war angenehm kühl, er lag im Schatten einer großen Palme, und die offenen Schlitze im Gemäuer ließen einen Luftzug herein.

Trotzdem stand mir der Schweiß auf der Stirn. Mir war klar, was jetzt kommen würde, und ich bereitete mich innerlich auf seinen Angriff vor. Ich war seinem Unterricht nicht gefolgt, und er hatte es bemerkt. Was würde er sich einfallen lassen, um mich zu bestrafen? Seine Hand legte sich schwer auf meine rechte Schulter und drückte sie fest nach unten; er wollte mich bewusst klein machen.

»Sag mir, Enja«, in seiner leisen Stimme erkannte ich seinen Ärger, »wie übersetzt du ›nicht reden, wenn der Lehrer spricht‹ in Farsi?«

Ich dachte kurz nach und sprach die persischen Worte dann selbstsicher aus. Sein Gesicht ließ nicht erkennen, was er dachte und ob ich einen Fehler gemacht hatte, er musterte mich nur mit seinen dunklen Augen, seufzte und setzte dann noch einmal an.

»Du passt nicht auf, aber du verstehst mich trotzdem.« Das war keine Frage, es war eine Feststellung.

»Wie meinen Sie das?«

»Übersetze!«, zischte er ungeduldig.

Ich schluckte ungläubig, folgte aber seinem Befehl. Sein Gesicht zuckte. Verkniff er sich etwa ein Grinsen? Auf Persisch fragte er mich, wieso ich scheinbar mühelos die fremde Sprache spreche.

»Ich weiß es nicht, Meister. Es … es ist einfach da drin«, sagte ich zögernd und zeigte plötzlich doch verlegen mit einem Finger auf meine Stirn. »Und es ist plötzlich da.«

Selbst ich erkannte, wie dumm das klingen musste, und schaute verschämt auf den Boden. Meine nackten Zehen gruben sich in den festgetretenen Boden. Die anderen Kinder fingen an zu kichern, und auch Jasemin gehörte zu diesen Verrätern.

»Komm heute nach dem Abendmahl in meinen Studierraum. Ich muss mit dir sprechen.«

Sein ausgestreckter Arm verwies mich auf meinen Platz. Nur zu gerne ließ ich mich wieder neben Jasemin nieder, die sich die Hand vor den Mund hielt, um keine Geräusche von sich zu geben. Ihre Wangen waren gerötet, aber ihr Blick war stur nach unten gerichtet.

Meister Abdallah blickte mich nachdenklich an und schnippte mit den Fingern. »Ruhe!«

Keine Minute später referierte er über das Persische, wohl inspiriert von unserem kleinen Wortgefecht, seine Schülerinnen folgten ihm nun aufmerksam. Meister Abdallah war in der Tat ein strenger Lehrer. War er schlecht gelaunt, gab es auch schon mal einen Hieb mit dem Stock. Aber war er gut gelaunt, machte sein Unterricht sogar Spaß; und gute Laune hatte er, wenn seine Schülerinnen keine Fehler machten. So erhielt ich diesmal keine Strafe, denn ich hatte alles richtig gemacht. Seltsam nur, dass er mich später allein sprechen wollte.

Während also sechzehn Mädchen aufmerksam seinem Unterricht folgten und fleißig arabische Zahlen in Farsi übten, drifteten meine Gedanken zum wiederholten Male zurück zu dem Schiff auf offener See. Und zu meiner Mutter.

Wir befanden uns nun schon seit Stunden auf dem Wasser, das kein Ende zu haben schien. Weit und breit war kein Festland zu sehen, nur das endlose Meer mit seiner unfassbaren Tiefe. Ich erinnere mich noch genau an meine Mutter, wie sie stolz am Schiffsbug stand, direkt neben dem Drachenkopf. Ihre Haare waren zu einem Zopf geflochten, wie glatte weiße Seidenfäden, die zu einem Kunstwerk verschlungen waren. Ein paar Strähnen hatte der Wind herausgezupft und zerrte an ihnen. Die Frühlingssonne wärmte unsere Gesichter ein wenig, aber der Wind frischte noch mehr auf. Das Gesicht meiner Mutter war der Sonne zugewandt. Ich musterte ihre hohen Wangenknochen, ihr ebenmäßiges Gesicht mit der langen, geraden Nase. Hinter den geschlossenen Lidern verbargen sich tiefblaue Augen, die den meinen so ähnlich waren. Sie war eine Schönheit, eine Göttin. Jedenfalls nannte mein Vater sie so, und er musste wissen, wie eine Göttin aussah.

Sie wandte ihr Gesicht zu mir herum, und die Lippen verzogen sich zu einem unsicheren Lächeln, das ihr eigenes Unwohlsein kaum überspielte. »Scheint, als würden wir eine raue Nacht erleben, das Wetter schlägt in ein paar Stunden um. Versuche am besten, dich gleich hinzulegen. Wer weiß, ob wir heute Nacht viel Schlaf bekommen werden.«

Sie streckte die Arme aus, und ich drängte mich an sie. Lächelnd zog sie mich unter ihren Fellmantel aus dem warmen Pelz eines Eisbären, den mein Vater eigenhändig erlegt hatte. Ich kuschelte mich an sie. Ihre Nähe und Wärme gaben mir ein wohliges Gefühl. »Darf ich bei dir schlafen?«

»Natürlich, mein Liebes. Komm, wir legen uns hier neben die Kiste, da sind wir vor dem Wind geschützt.«

Die große Holzkiste auf dem Deck enthielt wohl Seile und Ruder. Sie schützte uns vor dem Wind, aber trotzdem konnten wir hier die Wärme der Sonnenstrahlen genießen. Ich schmiegte mich unter dem Mantel an Mama und beobachtete unter dem Saum heraus die Männer auf dem Schiff, die ihrer Arbeit nachgingen. Leise und ohne laute Worte verrichteten sie ihre Aufgaben, knüpften Taue, Netze und Ketten, banden lose Kisten und Fässer fest, als würden sie sich für einen starken Sturm vorbereiten.

Ich ließ meinen Blick schweifen bis hinaus auf den Horizont, rings um uns herum wippten Schaumkronen im endlosen Wasser. Papa hatte gesagt, wir würden einige Tage lang unterwegs sein. Bis ich mein endgültiges Ziel erreicht hätte, würden Wochen vergehen. Was wohl aus meiner Schwester Jalla werden sollte, wenn ich nicht mehr da war? Würde sie mich vermissen oder schon bald vergessen haben? Papa hatte mir von den anderen Mädchen erzählt, die in den Jahren zuvor den gleichen Weg angetreten hatten wie ich jetzt. Sie würden den Göttern nun beistehen im Kampf um den Vulkan Hekla, der von Zeit zu Zeit sein großes Maul öffnete, um alles zu verschlingen, was sich ihm in den Weg stellte. Menschen, Tiere, Häuser und sogar ganze Dörfer. Niemand hatte mir erklärt, was ich auf dem Weg zu den Göttern tun musste, aber mein Vater hatte mich stolz angesehen und mir versichert, dass ich als Auserwählte ohne Schmerzen in den Olymp der Götter aufgenommen würde. Eine große Ehre, die nur wenigen Mädchen in unserem Stamm zuteilwurde.

Meine Hand krallte sich in die Wollweste meiner Mutter, mein Kopf lag seitlich auf ihrer Brust, und die Welt um mich herum wurde unwichtig. Ihren warmen Fellmantel hatte sie schützend um mich gelegt, um, so gut es ging, die kalten Winde von mir fernzuhalten.

Mit dem gleichmäßigen Schaukeln der Wellen und begleitet von dem knarzigen Schlaflied der Schiffsbohlen glitt ich in einen tiefen Schlaf.

Meine Mutter zuckte zusammen, und ein Schrei entfuhr ihr. Sofort war ich hellwach. Ein Blitz war in einen der Masten eingeschlagen. Das Krachen dröhnte laut in meinen Ohren. Der Mast splitterte und schlug mit gewaltigem Lärm auf die Schiffsbohlen. Seile, Segel und Holzteile flogen durch die Luft. Die Männer konnten sich durch einen Sprung auf die Seite retten, doch alles geschah rasend schnell.

Geistesgegenwärtig riss mich meine Mutter mit sich, bevor auch unser Schlafplatz von den herabstürzenden Holzteilen getroffen wurde. Um uns herum herrschte Chaos. Immer wieder blitzte es grell über uns. Erschrocken krallte ich mich in das Bein meiner Mutter, das in ein weiches Leder gewickelt war. Ungläubig starrte ich auf die gespenstische Szenerie: Gleißendes Licht erhellte die Oberfläche des Decks und ließ die Verwüstung erahnen. Wie Knochen ragten die verkohlten Splitter des Hauptmastes aus dem Schiffsboden. Um uns herum schäumte und zischte das Meer, der Wind peitschte den Regen fast waagerecht über das Deck.

Das Schiff bekam in diesem Moment eine schwere Schlagseite und ließ uns beide taumelnd an der Reling Halt suchen. Strömender Regen peitschte den Seeleuten das Haar wie nasse Algen ins Gesicht, als sie unter großer Kraftanstrengung versuchten, den Mast ins Wasser zu zerren. Hastig zertrennten sie die Takelage, die ihn und die Segel immer noch mit dem Schiff verband. Doch der größere Teil hing noch auf Deck, und der Mast bewegte sich kaum von der Stelle. Erstmals spürte ich so etwas wie Angst unter den erfahrenen Männern, die Lässigkeit und Ruhe war einer verzweifelten Hektik gewichen.

Meine Mutter hielt mich vor sich fest. Wir waren an der Reling entlang immer weiter Richtung Heck zurückgewichen und spürten das Schiff unter uns schlingern und röhren. Verzweifelt klammerten wir uns an allem fest, was nicht davongespült werden konnte. Der umgeknickte Mast brachte den Rumpf in eine gefährliche Schieflage, und wir hielten uns am hinteren Ende des Schiffsrands fest, um nicht über die Reling zu fallen. Wasser schwappte schwer über den Bug des Schiffes hinweg, jedes Mal, wenn es in ein Wellental hineintauchte. Der Zähne fletschende Dämonenkopf kämpfte gegen eine Wasserwand, die uns in unserer Hilflosigkeit zischend und gurgelnd zu verhöhnen und nach Opfern zu verlangen schien. Würden wir die nächsten sein?

Schließlich spürte ich, wie Mamas Schal sich um meine Brust wickelte; geschickt band sie mich damit an ihren eigenen Körper, um sicherzugehen, dass ich nicht über Bord geschwemmt wurde.

»Ich lasse dich nicht allein, mein Kleines«, flüsterte sie mit fester Stimme in mein Ohr, als hätte sie meine Gedanken erraten. Aber ich sah, dass ihre Finger zitterten. »Die Götter werden dich beschützen, du bist …«

Ein lautes Krachen übertönte ihre Stimme, und ein gewaltiges Blitzarsenal erleuchtete den Horizont. Hinter mir spürte ich den Körper meiner Mutter zusammenfahren. Sie hatte es also auch gesehen … Das, was ich im Aufzucken des weißen Lichtes bemerkt hatte, erschien mir riesiger als alles, was ich je zuvor gesehen hatte. Direkt vor uns ragte eine schwarze Wand auf, mehrere Schiffe hoch, und kam drohend auf uns zu. Wie ein Berg, der sich in Bewegung gesetzt hatte, um uns zu zermalmen.

Hinter mir entfuhr Mutter ein erschrockenes: »Bei allen Göttern, was ist das!«

Und auf einmal stand die Zeit still.

Wir starrten die schwarze Riesenwelle an, ohne zu begreifen, was passieren würde. Selbst die Seeleute hielten in ihren Bemühungen inne, das Schiff wieder klarzumachen. Sie fixierten einfach nur bewegungslos diese wogende Wand, die sich vor unserem Bug auftürmte, denn sie wussten, es gab keine Chance, dem zu entrinnen.

Wie in Zeitlupe sah ich jenes Wasserungetüm unser Schiff von vorn hochdrücken und an der Wellenwand entlang in die Senkrechte heben. Der Holzrumpf ratterte und ächzte unter dieser Belastung. Der zerstörte Mast polterte rumpelnd an uns vorbei in die Tiefe und mit ihm ein paar verlorene Seeleute. Das Brüllen der Männer verlor sich im Lärm, das Schreien meiner Mutter konnte ich nur hören, weil sie mich so fest an sich drückte. Ich sah noch den Drachenkopf standhaft den Wellenkamm brechen, dann drehte sich das Schiff gurgelnd auf den Rücken, und das schwarze Wasser umfing mich und alle, die mein Schicksal teilten, mit seinen eisigen Armen.

Es war auf einmal still. Sehr still. Das Donnern, Bersten und Krachen von Metall und Holz wurde erstickt von den Lauten unter Wasser. Ich konnte ein dumpfes Brodeln hören und spürte, wie meine Mutter kräftig um sich schlug und ruderte. Ich glaubte, die Schreie der Seeleute zu hören. Aber war das möglich?

Ich blieb überraschend ruhig. Die Panik von vorhin wich einem Gefühl von Gewissheit. Ich akzeptierte mein Schicksal, ließ mich schweben. Und in der Schwärze der Tiefe fühlte ich mich seltsam geborgen. Irgendwo zwischen Himmel und Erde, als hätte mich das Meer wie einen Gast freundlich empfangen. Die Kälte spürte ich kaum, ich hatte mich schon immer wohl gefühlt, wenn andere bitterlich froren. Wäre da nicht die Atemnot gewesen, das Brennen in den Lungen. Wir durchstießen die Wasseroberfläche, wild rudernd, keuchend und japsend hatte meine Mutter es geschafft, uns beide an die Oberfläche zurückzubringen. Dafür hatte sie ihr Eisbärenfell abgestreift, das jetzt in die Tiefen des Meeres sank. Dankbar sog ich die kostbare Luft ein.

»Bist du verletzt, Enja?«, japste Mama, während sie hektisch an der Wasseroberfläche ruderte.

»Nein … bitte lass mich selbst schwimmen!«

Ich war noch immer an ihr festgebunden, jetzt löste sie den Schal mit zitternden Händen und hielt mich an den Händen fest. Sie wusste, dass ich gut schwimmen konnte. Wahrscheinlich hatte sie nur Angst, dass das tobende Wasser mich ihr entreißen könnte.

Die See um uns herum wogte noch immer, wenngleich die Wellen etwas sanfter wurden. Im Licht der Blitze versuchten wir, etwas vom Schiff zu erkennen, aber nur einzelne herumtreibende Bruchstücke waren auszumachen. Die Riesenwelle musste das Schiff zerdrückt und die Männer unter sich begraben haben. Wie und warum wir überleben konnten, war mir ein Rätsel. Inzwischen spürte ich, wie die Kälte des Wassers langsam in meine Knochen zog. Sie würde uns in kürzester Zeit töten.

»Wir werden im Wasser nicht lange überleben. Halte Ausschau nach etwas Schwimmendem, vielleicht ein Stück Holz vom Schiff …« Die Stimme meiner Mutter klang mühsam, sie vibrierte vor Kälte, und vor ihrem Mund entstanden kleine Dampfwölkchen. Die Blitze waren weiter hinter den Horizont gewandert, das Donnergrollen folgte mit größerem Abstand. Die dunklen Wolken verzogen sich grummelnd mit dem Gewitter, auch die Wellen hatten sich ausgetobt und schaukelten uns nicht mehr ganz so zornig auf der aufgewühlten Oberfläche hin und her. Dafür kam hinter den Wolken der Mond hervor und wirkte über unser Schicksal erhaben. In seinem Lichtschein sahen wir weit und breit keine Menschenseele, kein Land und kein Schiff waren in Sicht.

»Werden wir sterben?« Meine Stimme war nur ein Flüstern, aber über das Klappern der Zähne hinweg konnte sie es trotzdem hören.

Sie keuchte auf, als hätte die Kälte ihr die Lungen zugefroren. »Nein, es darf nicht sein, es darf einfach nicht sein …«, kam es über ihre zitternden Lippen. Ihre wachsende Verzweiflung war in jeder Faser spürbar und brachte mich zum Weinen. Meine stolze, selbstbewusste Mutter wusste nicht mehr weiter. Ihre Hilflosigkeit wurde ein Spiegel meiner schwindenden Hoffnung. War dies das Ende? Konnte es sein, dass die Götter uns auf diese Reise geschickt hatten, um uns zu töten? War ich doch nicht die Auserwählte, oder waren sie über etwas erzürnt? Ich sah im vom Mondlicht erhellten Gesicht meiner Mutter, dass sie ähnliche Gedanken hatte, auch wenn sie versuchte, ihre Angst nicht zu zeigen. Ihre Lippen bebten. Vielleicht betete sie um ein kleines Wunder. Wie klein doch der Mensch war, wenn die Götter ihre Fäuste schwangen.

Wild ruderte ich mit meinen Armen, um mich über Wasser zu halten. Immer wieder spritzte Wasser in mein Gesicht und meine Augen, die vom Salz bereits unangenehm brannten. Durch die Anstrengung blieb aber wenigstens ein wenig Wärme in meinem Körper. Plötzlich sah ich etwas, das meine Aufmerksamkeit erregte.

»Mama, sieh doch, dort!« Ich zeigte auf eine schemenhafte Form unweit vor uns, etwas, das im Wasser trieb. »Es schwimmt, vielleicht kann es uns tragen!«

Mit einem letzten Aufbegehren der schwindenden Kräfte gelang es uns, zu dem Gegenstand zu schwimmen, der recht stabil im Wasser lag. Es war die Holzkiste, neben der wir geschlafen hatten. Sie musste sich vom Schiff losgerissen haben, und jetzt trieb sie mit dem Boden nach oben im Meer. Meine Mutter half mir, mich auf die Holzfläche zu ziehen, und ich lag dort ausgestreckt wie ein toter Fisch, nach Gleichgewicht ringend. »Es … es ist Pl… Platz für zwei!«, rief ich zitternd und klammerte mich an dem Holzgriff der Kiste fest. Mama versuchte, sich hochzuziehen, und das Holz neigte sich gefährlich unter die Wasseroberfläche. Sie hielt sofort inne und ließ sich wieder ins Wasser gleiten. Der Untersatz wankte bedrohlich von links nach rechts. Ihre nassen Haare schimmerten silbern. Sie atmete jetzt ruhig und flach, als würde sie Kraft holen für einen neuen Versuch. Aber sie bewegte sich nicht, hielt sich nur am Rand der Kiste fest.

»Mama, du musst aus dem Wasser, je… jetzt!« Meine Stimme war dünn, zerbrechlich. Ich ahnte, was kommen würde, und kämpfte mit aller Macht gegen das Schicksal an. Grimmig schloss ich die Augen und biss die Zähne aufeinander, bis sie knirschten.

»Du kannst es schaffen, ich halte dich fest …«, presste ich heraus.

Das Wasser gluckste. Als meine Mutter sprach, war ihre Stimme leise und klang unendlich müde. Sie hatte aufgehört zu zittern. »Das Holz trägt uns nicht beide. Es wird dich retten, du wirst leben, Enja. Du bist die Auserwählte, und die Götter werden dir helfen.« Ich merkte durch meine geschwächten Sinne, wie die Kraft sie verließ. Ihre Stimme war nur noch ein Flüstern. »Ich liebe dich, Kleines, ich werde immer bei dir sein. Hier, nimm das und trage es. Es wird dich beschützen. Es ist das Band, das uns verbindet.«

Damit zog sie sich mit einer mühevollen Bewegung die Kette mit dem Amulett vom Hals und streckte ihre Hand zitternd aus. Ich ergriff sie gerade noch, bevor sie ins Wasser fallen konnte. Es war der ovale Stein, mit dem ich immer gespielt hatte, wenn ich auf ihrem Schoß saß, ein schlichter schwarzer Stein mit einer silbernen Fassung an einem Lederband. Entschlossen legte ich ihn mir um meinen Hals, und es schien mir, als würde etwas von meiner Mutter gerade auf mich übergehen. Wärme oder Kraft? Ich konnte es nicht sagen, der Stein erschien mir wärmer als mein eigener Körper.

»Mama, bleib bei mir!« Ich bekam den Satz kaum über die Lippen, eine Welle des Entsetzens überrollte mich, raubte mir die Stimme. Im nächsten Moment ließ sie auch schon die Kiste los, trieb langsam von mir weg. Ihre letzten Worte erreichten mich nur noch als Flüstern über dem Wasser, als wäre sie bereits eins geworden mit ihrem nassen Grab: »Gib nicht auf, Enja, du trägst jetzt auch meine Kraft in dir.« Ihr Kopf war nur noch ein dunkler und immer kleiner werdender Umriss in der unendlichen Weite des Meeres.

Meine Sicht war auf einmal verschwommen von meinen Tränen, alles schien zu zerfließen. Es wurde still um mich herum, das Meer schien mich in den Schlaf wiegen zu wollen und hörte auf, an meiner Holzkiste zu zerren. Dankbar ergab ich mich einer bleiernen Müdigkeit, die mir fürs Erste meinen Schmerz nahm und mich in einen erschöpften Schlaf fallen ließ …

Kapitel 3

Ich wusste nicht, wovon ich aufwachte, ob von dem Licht der ersten Sonnenstrahlen oder dem Schaukeln der Wellen. Meine Hände und Füße waren taub vor Kälte, mein Kopf brummte. Die Zunge war angeschwollen, die Lippen fühlten sich rissig an. Ich war schon die zweite Nacht hilflos auf der Wasseroberfläche getrieben, ohne Trinkwasser und ohne Nahrung. Vielleicht wäre es besser gewesen, mit meiner Mutter den Tod im Schlund des Meeres zu finden, als qualvoll auf einer Holzkiste treibend zu sterben. Aber ich hatte Angst vor dem Tod und noch mehr davor, das meiner Mutter gegebene Versprechen zu brechen.

»Nein«, krächzte ich mühsam, »nein, ich werde nicht sterben, ich werde leben …«

Meine Augen hatten keine Tränen mehr, sie waren trocken und verschwollen. Mühsam blinzelte ich. Als ich meine Lippen vorsichtig ableckte, schmeckte ich den salzigen Geschmack der See, der sofort den grausamen Durst verstärkte.

Tag und Nacht schienen eins geworden zu sein, das Zeitgefühl war mir verlorengegangen. Um mich herum sah ich nur Wasser, endloses tiefschwarzes Wasser, als wäre die restliche Erde geradezu verschluckt worden von dieser nicht enden wollenden Masse. Dazu schnürten mir die Gedanken an den Tod meiner Mutter die Kehle zu. Ich sah ständig ihr Gesicht mit den traurigen Augen vor mir, eingebrannt in mein

Gedächtnis. Das letzte Bild von ihr, einsam in den Wellen treibend, blieb, selbst wenn ich meine Augen schloss. Sie hatte tapfer um mich gekämpft, mich gerettet, aber ihr Leben dafür gegeben. Wo sie jetzt wohl war?

Nach dem Glauben unserer Väter würde sie nach dem Tod eine neue Welt betreten und dort ihren Rang einnehmen, den sie sich während ihres Lebens verdient hatte. Ich hoffte, dass sie dort, wo sie sich jetzt befand, glücklich war. Vielleicht schaute sie ja gerade auf mich herunter? Die Vorstellung gab mir neue Kraft. Sie durfte mich so nicht sehen, wie ich mit meinem Schicksal haderte, womöglich noch den Kampf verlor. Wenn sie mich sehen konnte, konnte sie mich denn dann auch hören?

»Ich vermisse dich!« Verzweifelt suchte ich nach einem Lebenszeichen, nach ihrem Gesicht, dem Gesicht einer Göttin. Aber ich erkannte kaum noch etwas in meiner Nähe, meine Sicht war verschwommen, die Augen brannten inzwischen wie Feuer, und ich presste sie gegen den Schmerz fest zusammen. »Mama …«, schluchzte ich immer wieder, und meine Stimme erstarb in einem trockenen Krächzen. Ich legte kraftlos den Kopf auf das Holz und dämmerte ein.

»Hohoo«, drang es an meine Ohren, »hooohooo!« Orientierungslos hob ich den Kopf und öffnete mühsam die Augen. Ein Schatten fiel auf mich. Ein großer Schatten. Es war ein Schiff, ich hörte das Knarzen des Holzes und das Schlagen der Wellen gegen den Rumpf. Jetzt waren auch mehrere Stimmen auszumachen, die mir aufgeregt etwas zuriefen. Ich konnte sie nicht verstehen, es war eine andere Sprache oder ein Dialekt. Unser Volk hatte nicht viel Kontakt zu anderen Stämmen, aber manchmal kamen Reisende durch unser Dorf und verkauften allerlei. Wir Kinder begegneten ihnen aufgeregt und neugierig, daher kannte ich den einen oder anderen Zungenschlag.

Aber die Sprache, die jetzt an mein Ohr drang, klang seltsam melodisch, kehlig mit hohen und tieferen Tönen, und ich hatte sie noch nie gehört. Die Fremden zogen meine Holzkiste mit einem Enterhaken näher. Einer der Männer war über Bord geklettert, packte mich geschickt um die Taille und ließ sich von den anderen nach oben ziehen. Er legte mich wie einen nassen Sack mit dem Gesicht nach unten auf ein Fass, das ranzig roch. Meine Arme und Beine hingen taub herunter. Durst!, wollte ich schreien, ich brauche etwas zu trinken! Aber ich bekam keinen Laut heraus.

Mein Retter lächelte und sprach ein paar Worte dieser kehligen, melodischen Sprache. Ich schüttelte schwach den Kopf, ich verstand ihn nicht. Er setzte mich auf wie eine Puppe und fing an, Hände und Füße zu massieren. Dabei unterhielt er sich mit den anderen Seeleuten, die allesamt auffallend dunkle Haut und dunkle Haare hatten. Die Augen waren ebenfalls dunkel, fast schwarz. Aber dann waren die einzelnen Gesichter wieder so unterschiedlich, als hätte sich jemand bemüht, möglichst viele unterschiedliche Typen an diesem kleinen Ort zusammenzubringen. Mein Lebensretter war groß und schlank, er hatte ein jugendliches, freundliches Gesicht, wäre da die Narbe nicht gewesen, die von seiner Schläfe bis zum Ohransatz eine hässliche Geschwulst hinterließ und in einem gestutzten Ohr endete. Diese Wunde war sicher einmal sehr schmerzhaft gewesen.

Er spürte wohl, wie ich ihn musterte, denn er lächelte etwas schief. Langsam kehrte wieder Leben in meine Gliedmaßen zurück, die Schmerzen zeigten mir, dass alles wieder in Ordnung kommen würde. Die Tränen schossen in meine Augen, und ich hielt verkrampft die Luft an. Nein, ich würde nicht schreien!

Neben ihm stand ein kleiner, dicker Mann mit lichtem Haarkranz auf und rannte los, um eine Decke zu holen. Sie stank nach Urin und war zerrissen, aber ich nahm sie dankbar an. Der Dicke grinste jetzt schmierig und zeigte ein Gebiss, das nur noch aus ein paar schwarzen Zähnen bestand. Er sprach mit meinem Retter, und der Mimik nach berieten sie wohl, was sie mit mir anstellen sollten, denn immer wieder fiel sein dunkler Blick abschätzend auf mich.

Der Jüngere stutzte einen Moment und fixierte meine Kette. Er nahm den am Lederband hängenden Stein in seine Hand und drehte ihn vorsichtig. So etwas wie Enttäuschung war in seinem Blick zu lesen, und er ließ das Amulett kopfschüttelnd wieder fallen. Der kleine Dicke bellte etwas, das für mich aggressiv klang, und verzog verächtlich das aufgedunsene Gesicht. Seine Augen lagen in den tiefen Schatten seiner Augenhöhlen und funkelten gefährlich. Gleich darauf verfinsterte sich das Gesicht des Jüngeren, er entgegnete etwas, und ich zog instinktiv meine Beine an.

»Ich habe Durst.«

Es war ein verzweifelter Versuch, die Aufmerksamkeit wieder auf mich zu lenken, denn meine Kehle tat so weh. Sie verstummten gleichzeitig und blickten mich beide an, als hätten sie vergessen, dass ich noch da war, aber sie verstanden mich nicht.

»Trinken«, wiederholte ich und unterstrich meine Worte mit einer eindeutigen Geste.

Sofort reichte mir der Dicke seinen Lederbeutel mit Wasser. Es schmeckte abgestanden und leicht salzig, aber es war das Beste, was ich je getrunken hatte! Interessiert beobachteten mich die beiden Männer, wie ich gierig den Lederbeutel entleerte. Dann schüttete ich mir etwas davon in die hohle Hand und wusch mir das Gesicht. Dankend gab ich den Beutel wieder zurück und fuhr mir mit dem Ärmel über die Augen.

Erst jetzt fiel mir auf, dass die Männer schlecht gekleidet waren, die dreckigen Tücher um ihren Leib nur mit einem Gürtel zusammengehalten. Darin steckte ein großer Dolch mit einer gebogenen Klinge. Die Männer trugen weite Hosen, die in Lederschuhen mündeten, speckig und verschlissen.

Bewaffnete Männer sind immer gefährlich, hatte mein Vater gesagt, daher war ich auf der Hut. Doch insgeheim wusste ich, dass ich den beiden völlig ausgeliefert war. Was, wenn sie mich wieder über Bord werfen würden, weil ich ohne Wert für sie war?

Die übrigen Männer schienen sich wieder mit ihren Aufgaben zu beschäftigen. Ich legte den Kopf zurück. Es war ein großes Schiff mit zwei Masten und vielen Segeln. Ich fragte mich, wohin sie mich brachten. Was hatten sie mit mir vor?

Keiner der Männer machte Anstalten, mir etwas anzutun, im Gegenteil: Sie steckten mir noch ein Stück Brot zu, das so hart und trocken war wie die Nüsse, die Mama immer mit dem Stein aufklopfte. Aber ich war dankbar, auch wenn es eine Weile dauerte, es im Mund aufzuweichen. Ein wenig später brachte mir einer der Bootsjungen noch eine Suppe, in der ich das Brot einweichen konnte. Es war für mich wie ein Festmahl.

Mein Lederkleid, von meiner Mutter in vielen Stunden Arbeit reich bestickt, war immer noch nass, und im frischen Fahrtwind fing ich trotz der Decke an, wieder auszukühlen, und zitterte. Der Bootsjunge, gerade mal einen Kopf größer als ich, sah das und brachte mich unter Deck in eine dunkle Kammer. Dort lag nur Stroh auf dem Boden und ein paar Fetzen Stoff, aber es war wenigstens warm und trocken. Es roch unangenehm scharf und modrig und erinnerte mich an verfaulte Fische im Brackwasser. Daher achtete ich sorgfältig darauf, dass ich mich nicht versehentlich auf einen toten Fisch oder dessen Überreste setzte.

Der junge Mann hängte eine Öllampe an einen Haken an der Decke und musterte mich verstohlen. Wir waren allein in der Kammer, und er sprach mich leise in dieser kehligen Sprache an. Ich schüttelte den Kopf, damit er wusste, dass ich ihn nicht verstand. Ohne mich aus den Augen zu lassen, kam er zu mir und kniete sich vor mich hin, sein Gesicht war ernst und fast ausdruckslos. Zögernd nahm er eine Haarsträhne aus meinem verklebten Haar und betrachtete sie neugierig. Sie war weiß, wie das Haar meiner Mutter, im Gegensatz zu seinem pechschwarzen Haar schien meines fast zu leuchten. Auch die beiden Männer an Deck hatten mein Haar neugierig inspiziert. Ich entzog ihm schüchtern die Strähne, und ein kleines Lächeln zeigte sich in seinem Mundwinkel. Er war hager, aber sein Gesicht hatte etwas Unschuldiges, und seine Augen blinzelten neugierig wie die eines Kindes. Sicher war er noch nicht lange an Bord dieses Schiffes mit seinen unheimlichen Gestalten.

Der schlaksige Junge fragte mich etwas, das klang wie »*amrad baida*«, und deutete auf mein Haar. Ich zuckte mit den

Schultern, er rieb seine Finger aneinander. Es war das Zeichen für Reichtum bei uns, bei ihm auch?

Ich schüttelte den Kopf, ich hatte nichts bei mir. Er sah mich nur mitleidig an, stand hastig auf und zog sich an die rückwärtige Wand der Kammer zurück, als er hörte, wie die beiden Männer, die sich zuerst um mich gekümmert hatten, wieder zurückkamen. Sie hatten einen kleinen Krug mitgebracht, dazu ein Tuch, das sie nun neben mir ausrollten, und ein kleines, mit einem Holzpfropf verschlossenes und kunstvoll bemaltes Gefäß. Ich nahm es und drehte es in meinen Händen, so etwas Feines hatte ich noch nie gesehen. Es war kein Ton und auch kein Holz, und die Bemalung war so filigran und zart …

Vielleicht bringen sie mich zu meinem Volk zurück?, schoss es mir auf einmal durch den Kopf. Wenn ich mich doch nur verständlich machen könnte! Ich versuchte es mit ein paar wenigen Worten und Gesten, aber die beiden Männer sahen sich nur an und zuckten mit den Schultern. Mein Blick fiel wieder auf das kleine Gefäß in meiner Hand. Was wollten sie nur von mir?

Ich kauerte noch immer auf dem Stroh, als der Dicke hinter mich trat, mir das Gefäß abnahm, es vorsichtig zur Seite auf den Boden stellte und mir dann beide Arme nach hinten bog. Ich wehrte mich nur kurz, denn er war viel zu stark, und es tat mir weh, sobald ich mich gegen ihn stemmte. Geschickt band er einen Strick um meine Handgelenke und legte mich flach auf den Boden. Meinen Hinterkopf presste er mit einer Hand auf das Stroh, mit der anderen hielt er meinen Mund zu.

Ich fing in meiner Verzweiflung an zu zappeln und mich zu wehren, aber er hielt mich fest. Der Langhaarige mit der

Narbe im Gesicht grinste schief. Es sah aus, als würde er sich an meiner Hilflosigkeit ergötzen. Diese beiden Männer würden mir weh tun, dessen war ich mir plötzlich sicher, und ich bot meine ganze Kraft auf, mich von ihm loszureißen. Doch der großgewachsene Jüngere kniete sich nun auf den Boden, legte sein langes Bein quer über meinen Oberschenkel und umklammerte mich. Ohnmächtige Wut schoss in meinen Bauch: Was hatten sie vor, warum behandelten sie mich so?

Sie sprachen kein Wort, es war, als hätten sie das schon einige Male gemacht. Mit dieser Erkenntnis wurde mir kalt vor Furcht. Mein Herz klopfte vor Anstrengung oder Angst, ich konnte es nicht sagen. Durch die Nase bekam ich kaum genug Luft, und ich atmete hektisch. Die Hand über meinem Mund roch nach fauligem Gras, scharf und widerlich. Ich biss hinein, und der Dicke grunzte ärgerlich auf, nahm einen der Stofffetzen, die neben mir lagen, und stopfte ein Stück in meinen Mund. Ich würgte und versuchte zu schreien, aber brachte nur ein jämmerliches Wimmern hervor. Sie fesselten mir nun auch noch die Beine und warteten dann gemächlich, bis ich mich einigermaßen beruhigt hatte. Wütend schnaufte ich durch die Nase, während mir die Tränen über die Wangen liefen.

Das Narbengesicht, das auf einem Knie neben mir kauerte, fragte mich etwas mit diesen abgehackten Worten. Dem Ton nach zu schließen klang es wie »Weiter jetzt?«, und ich starrte ihn angsterfüllt an. Er grinste und wickelte etwas aus hellem Stoff neben der Wasserkaraffe. Es war ein Stück dünnes Metall, vorn spitz zulaufend. Er öffnete das zarte Gefäß, steckte den Metallstift hinein und zog ihn wieder heraus. Eine dunkle Flüssigkeit tropfte von der Spitze. Die Hände des Dicken umfassten jetzt wieder die Seiten meines Gesichts. Sein fauliger Atem war direkt über mir, und ich konnte zusehen, wie sich die dunkle Metallspitze meiner Stirn näherte. Dann presste ich die Augen zu und hielt den Atem an …

Der Schmerz war fürchterlich. Die metallene Spitze stach mir in die Haut zwischen meinen Augen. Es fühlte sich an, als würde er eine Linie ziehen. Zwischendurch hörte ich, wie das Gefäß leise klirrte, während er den Stift immer wieder in die Flüssigkeit eintauchte und die Metallspitze am Rand vorsichtig abklopfte. Anscheinend war er zufrieden, denn er wischte nun mit einem nassen Tuch die schmerzende Stelle an meiner Stirn ab und betrachtete sein Werk näher. Dabei öffnete ich die Augen und sah ihn irritiert an. Mit Entsetzen erkannte ich, dass er den Stift wieder eintauchte und, oh, bei allen Göttern … Ich versuchte trotz des Knebels zu schreien, aber brachte nur ein dumpfes Heulen hervor.

Narbengesicht ließ sich von meiner Panik nicht beirren. Der Griff an meinen Kopf wurde nur stärker, und ich hörte schnell auf, mich zu wehren. Mein Kopf pochte schon von dem Druck und meinen vergeblichen Anstrengungen. Er stach nun links von der bereits gestochenen Linie wieder ein und zog quälend langsam senkrecht zur ersten eine weitere Linie.

Stich, Stich, Stich, dann eintauchen. Stich, Stich, Stich, eintauchen. Als er nun wieder das nasse Tuch über meine Stirn wischte, nahm er auch gleich den Schweiß mit, der sich dort gebildet hatte. Der gnadenlose Griff löste sich von meinem Kopf, und ich erlaubte mir die Hoffnung, dass es vorbei wäre. Was hatten sie mir angetan? Wäre Mutter hier gewesen, hätte sie die beiden mit ihren Flüchen in die Flucht geschlagen.

Ich vermisste sie so …

Anscheinend zufrieden mit ihrem Werk, packten sie die Utensilien wieder zusammen und erhoben sich. Mit seinen schmutzigen Fingern tätschelte der Dicke mir noch die Wange, und ich hätte sie am liebsten weggeschlagen, aber meine Hände waren immer noch auf den Rücken gefesselt. Sie hatten mir den Fetzen Stoff aus dem Mund genommen und lösten nur die Fußfesseln. Ich sollte mir offenbar nicht ins Gesicht greifen können. Dann ließen sie mich allein in meiner Verwirrung und meinem Schmerz. Mein Kopf pochte und hämmerte immer noch, die zwei Linien zwischen meinen Augen brannten und pulsierten. Es dauerte lange, bis ich erschöpft einschlafen konnte.

Muza im Jahre 1293

Der Unterricht endete an diesem Nachmittag früher als gewöhnlich. Die Hitze war selbst in unseren abgedunkelten Studienraum vorgedrungen und ließ uns schnell müde werden. Meister Abdallah schickte uns daher mit ein paar Aufgaben zurück in unsere Räume, denn auch er gähnte. Ein dicker Schweißfilm glänzte auf seiner dunklen, faltigen Haut.

»Vergiss nicht, nach dem Abendmahl zu mir zu kommen, Enja.« Seine Stimme war zurückhaltend, und sein Blick verriet nichts. Er drehte sich um und lief mit seinen Papierrollen unter dem Arm und einem wehenden Kaftan den schattigen Gang hinunter. Jasemin stupste mich von hinten an und lachte leise.

»Vielleicht gibt er dir noch ein paar Stunden Farsi?«

»Ich denke nicht, dass ich etwas falsch gemacht habe«, entgegnete ich trotzig, aber sicher war ich mir nicht.

Wir überquerten den von der Sonne beschienenen Platz etwas schneller, denn die Steine unter unseren nackten Füßen waren heiß von der Nachmittagshitze.

»Gehen wir hinunter in die Therme? Jetzt, wo es noch so warm ist, schlafen die meisten, da können wir uns ungestört ausbreiten.«

Jasemin sah mich erwartungsvoll an. Sie zog ihre Stirn kraus, und die eingestochenen schwarzen Linien zwischen ihren Augen verzogen sich. Ich nickte, hakte mich lächelnd bei ihr unter, und wir bewegten uns gut gelaunt Richtung Therme. Dieser Bereich des Palastes war tief in den Katakomben angelegt und glänzte mit einem in den Felsen gehauenen Becken heißen Wassers. Dort konnten sich die Bewohner, Frauen und Männer getrennt, waschen und entspannen. Öllampen erhellten diesen Bereich und spiegelten sich in den Becken, die Lichtquellen multiplizierten sich so zu einem faszinierenden Spiel tanzender kleiner Leuchtpunkte.

Jasemin hatte das gleiche Kreuz auf der Stirn wie ich, eine lang gezogene senkrechte Linie mit einer kurzen Querlinie, die die lange Linie kreuzte, genau zwischen den Augen. Es sah aus wie das umgekehrte Zeichen Christi, wie uns der *muealam alquran,* der Koranlehrer, gesagt hatte. Es war das Zeichen für das gefallene Kreuz der Christen, eingestochen in die Stirn und für jeden das sichtbare Zeichen meiner Unterwerfung. Ich war eine Leibeigene, gehörte einem anderen Menschen mit Leib und Seele und war so viel oder so wenig wert wie ein Stück Vieh.

Damals auf der langen Reise an Bord des Schiffes hatte ich die Sprache der Araber so gut gelernt, dass die Seeleute mir die Bedeutung dieses Zeichens erklären konnten und was ich zu erwarten hatte. Die beiden Männer, die mich aus dem Meer gefischt hatten, waren Menschenhändler und machten mich mit diesem Zeichen zu einer Sklavin. Über einen so seltenen und lukrativen Fang wie mich rieben sie sich die Hände, denn helles Haar war besonders gefragt unter den Sklavenhändlern. Ich würde sicher an einen Mann verkauft, so sagten sie, der einen hohen Preis bezahlen und mich bestimmt gut behandeln würde. Vielleicht sagten sie das auch nur, um mich zu beruhigen. Jedenfalls waren die beiden fest davon überzeugt, dass ich eine fette Beute war, und gaben mir reichlich zu essen und zu trinken. Sie selbst tranken großzügig von der Flüssigkeit aus einem Tonkrug, der in wenigen Stunden zu einer größeren Heiterkeit führte als die Aussicht auf einen guten Handel.

Sie erklärten mir auf dieser Reise auch, wie das Land hieß, aus dem sie kamen und in das ich mit ihnen zurückkehren würde. Sie nannten sich selbst *earabiin*. Sie stammten aus einem Land weit im Süden, dort, wo die Sonne unterging, es hieß in ihrer Sprache *'ardu alearab*. Mein Vater hatte mir einmal erzählt, dass es Länder gebe, die sehr heiß seien und in denen die Menschen einen anderen Gott anbeteten. Dieser Gott gebe ihnen kein Wasser, daher müssten sie sehr leiden. Wir dagegen hatten für Wasser einen eigenen Gott und für das Feuer und für …

»Sieh nur, Zahra hatte die gleiche Idee«, rief Jasemin plötzlich, und ich erspähte unsere Freundin, die auch die Treppen hinunterlief, um in die unterirdischen Baderäume zu gelangen. Die nackten, zierlichen Füße klatschten dabei rhythmisch auf dem Boden.

»Zahra!«, riefen wir beide gleichzeitig, und das blasse Mädchen mit pechschwarzem Haar blieb stehen und blickte erwartungsvoll auf der Treppe zurück. Sie lächelte uns schüchtern zu. Sie war sehr zierlich und größer als Jasemin. Ich hatte keine Ahnung, wie alt sie wirklich war, aber sie wirkte schon viel weiblicher als ich. Zumindest wölbte sich ihr seidener *Jilbab* an Stellen, die bei mir noch völlig flach waren. Und auch ihr Schamhaar war schon gewachsen, das konnte ich im Bad immer gut sehen, ohne dass es auffiel. Jasemins und mein Körper waren dagegen noch viel kindlicher.

Kichernd liefen wir in unseren wehenden Seidenkleidern die letzten Stufen hinunter zu den Frauenkammern. Auf dem Weg löste ich schon ungeduldig den zarten Schleier, der mein Haar bedeckte. Vorbei an den endlosen Öllampen, die das in den Naturstein gehauene Gewölbe erhellten. Es war angenehm temperiert hier unten, die Hitze konnte bis in diese Tiefe nicht vordringen. Tatsächlich waren um diese Zeit noch keine Badenden hier, und wir konnten uns ungestört ausziehen und in das Wasser tauchen, das durch unterirdische Quellen angenehm warm war. Was für ein Unterschied zu dem kalten Wasser in meiner Heimat! Meine Erinnerung daran war noch sehr lebendig und das Gefühl von Eis und Schnee unter meinen nackten Füßen nicht vergessen. Als Kinder quiekten wir vor Vergnügen, wenn wir uns Schneebälle zuwarfen. Hier dagegen war alles sehr warm, sogar das Wasser. Die einzige Erfrischung empfanden wir dann, wenn wir uns nackt auf die glatten Steine der Thermentreppe legten, um uns auszuruhen, da das Wasser auf der Haut für Kühlung sorgte. Es war ein echter Luxus, vorgesehen für die Damen des Hauses und für die Mädchen, die das Privileg hatten, hier Unterricht zu erhalten.

Vielleicht hatte ich damals ja Glück gehabt, hierhergekommen zu sein. Bei meiner Ankunft im Hafen dieser riesigen Stadt, die die Seeleute *Muza* nannten, hatte es nicht gut für mich ausgesehen.

Es war an diesem Tag so heiß und stickig gewesen, dass die Luft flimmerte. Mein Lederkleid tauschte der narbige Abadin, der jüngere meiner beiden Peiniger, bei der Ankunft gegen ein gerade geschnittenes Kapuzenkleid aus einfachem Leinen. Sie nahmen mir die Schuhe, und der heiße, sandige Dreck der Hafenmole war unangenehm an den bloßen Füßen. Meine festen Stiefel hatten die Männer vermutlich teuer für Proviant verkauft. Nach Wochen ohne festes Land unter den Füßen waren aber selbst der Sand und Dreck eine willkommene Abwechslung.

Abadin und der dicke Burak, die mir in den Wochen unserer Seereise irgendwann ihre Namen genannt hatten, brachten mich an einen Ort in der Hafenstadt Muza, der wie ein Marktplatz aussah. In der von Lehmhäusern umbauten Mitte des plattgetretenen Sandplatzes befand sich eine Art Podest aus grobem Holz, auf dem einige Kinder in mehr oder weniger guter Verfassung saßen, standen oder lagen. Sie starrten mich stumpf an, als ich mit den beiden Männern eintraf, die Gesichter ausgemergelt und apathisch. Sie waren der Hitze und der prallen Sonne ausgesetzt. Unangenehm schlug mir der Geruch von Schweiß und Urin in der wabernden Luft entgegen. Mein eigener Schweiß rann meinen Rücken und die Beine hinunter. Sah ich etwa auch so jämmerlich aus? Ich hoffte es nicht. Zumindest fühlte ich mich nicht so, denn ich hatte von meinen Missetätern zu essen und ausreichend zu trinken bekommen.

Ein Sklavenhändler, der sich behäbig im Schatten sitzend mit einem Strohfächer Luft zufächelte, stand auf und begrüßte die beiden mit einer unterwürfigen Verbeugung. Sein Kaftan war dreckig und klebte verschwitzt an seinem Körper. Sein Gesicht zuckte eigenartig, was mich irritierte, und der Widerwillen stand mir sicher ins Gesicht geschrieben. Erst nach langer und lauter Verhandlung mit ausladender Gestik wechselte ich dann wohl für ein Säckchen voll Münzen oder Edelsteine den Besitzer. Um einen Blick auf das Säckchen zu erhaschen, reckte ich meinen Hals, aber so laut die Verhandlung vonstattengegangen war, so unauffällig erfolgte die Übergabe.

Erst als der schmierig und zufrieden lächelnde Händler mich weg von den beiden auf das Podest geführt und meine Hände wie die der anderen Kinder an eine Leine gefesselt hatte, wurde mir klar, dass ich jetzt verkauft werden sollte. Das Gefühl, zu einem Gegenstand geworden zu sein, der von einer Hand in die nächste wanderte, ließ mich zutiefst beschämt zusammensinken. So wie all die anderen Menschen an dieser Leine. Abadin und Burak trollten sich und klopften sich gegenseitig auf die Schulter, zufrieden und mit vollen Taschen, um in der nächsten Absteige das erworbene Feste in Flüssiges umzuwandeln. Ihrem zufriedenen Grinsen nach hatten sie mehr bekommen als erhofft, und in dieser lebendigen Hafenstadt fanden sie sicher jede Menge Möglichkeiten, um ihr Vermögen auszugeben.

Wie um uns hoffnungslose Kinder zu verspotten, schien die Stadt um diese Zeit in lähmender Stille zu verharren, die Mittagshitze brachte den Sand in den Straßen zum Glühen und die Luft zum Flimmern. Nur wenige Menschen waren in dem Glutofen unterwegs, und das auch nur, wenn es unbedingt notwendig war. Ich hatte meinen Blick umherschweifen lassen, um mich wenigstens etwas von dem Anblick der traurigen Gestalten um mich herum abzulenken. Nach den vielen Wochen unter Deck war ich glücklicherweise noch kräftig genug, um selbst zu essen. Ein paar der mageren und zerlumpten Kinder hier waren dazu schon nicht mehr in der Lage. Sie standen wie Stoffpuppen ohne Lebensgeister an dem Seil aufgereiht, und die wenigen Menschen, die uns auf dem Marktplatz neugierige Blicke zuwarfen, rümpften nur argwöhnisch die Nase. Zum Schutz gegen die starke Sonne zog ich meine Kapuze über den Kopf und kauerte mich möglichst unauffällig hin. Vielleicht wollte mich ja gar keiner haben? Unsinn, redete ich mir selbst ein, dann hätte der Händler wohl nicht so viel für mich bezahlt. Dessen auffälliges Zucken im Gesicht hatte sich noch verschlimmert, jedes Mal, wenn er mir ins Gesicht sah. Hatte er meine beiden Häscher vielleicht sogar übers Ohr gehauen?

Am späten Nachmittag, ich hatte sogar ein wenig gedöst, spendeten uns die Lehmhäuser kühlenden Schatten. Die Geschäfte und das Markttreiben erwachten wieder zum Leben. Stimmen, Musik und Gelächter drangen an mein Ohr und zogen meine Aufmerksamkeit auf sich. Die Stadt hatte sich mit Reisenden aus allen Ecken des Orients, mit Seeleuten und den Händlern, die ihre Waren feilboten, gefüllt. Selbst ein paar der anderen Kinder schreckten aus ihrer Apathie hoch, um zu sehen, was um sie herum passierte.

Verstohlen beobachtete ich die Leute, die an uns vorbeieilten. Manche blieben stehen und schauten interessiert, andere deuteten auf diesen oder jenen, scheuten sich auch nicht, die armen Gestalten anzufassen. Gut, dass meine Mutter mich so nicht sehen konnte. Sie hätte wohl geweint. Der Gedanke an sie ließ mich meine Augen schließen. Es sollte niemand sehen, dass ich traurig war. Ich vermisste sie schmerzlich, meinen Vater und Jalla, ja, sogar das Wolfshundewelpen, das sie so verwöhnte. Heiß wallten die Tränen unter meinen Augenlidern hervor und liefen mir über die Wangen, ich musste krampfhaft schlucken.

Bisher war ich niemandem aufgefallen, denn ich hatte mein Gesicht tief unter meiner Kapuze vergraben. Aber ein älterer Herr in einem weißen, mit Goldfäden durchwebten Kaftan und einem mit glitzernden Edelsteinen bestickten Turban musterte mit scharfen Augen die lange Reihe zerlumpter Gestalten. Irgendwann deutete er dann sehr bestimmt auf mich, und der Sklavenhändler grinste zu mir herüber, nickte geflissentlich und huschte dann rasch zu mir. Mit einer schnellen Handbewegung zog er mir meine Kapuze vom Kopf und ließ mich aufstehen.

Die Miene des Turbanträgers hellte sich auf, als er mein Haar sah. Er stieg die Treppe zu uns empor und blieb leicht angewidert vor mir stehen. Vermutlich war ihm der Gestank lästig, denn seine Nase war leicht gerümpft. Er hatte ein strenges Gesicht mit einem kleinen dunklen Spitzbart, sein Mund war verkniffen. Erst als er mich genauestens musterte, bewegte sich sein Mundwinkel ein wenig nach oben – zu einem Lächeln? Wenn es ein Lächeln war, dann blieben seine Augen seltsam unbeweglich und kalt, das machte mir Angst.

Mit seiner Rechten wendete er mein Gesicht von links nach rechts. Schlanke, braune Hände entblößten meine Zähne, und er wickelte mein Haar um seine Finger. Ich hatte es nach unserer Ankunft im Hafen waschen und kämmen dürfen, und es lag nun glänzend wie Seide in seiner Handfläche. Als er sich mir näherte, nahm ich einen angenehmen, etwas süßlichen Geruch nach Gewürzen wahr. Anscheinend gab es in diesem Land auch reiche Menschen, denn seine Hände waren sauber und gepflegt. Sicher hatte er noch nie damit arbeiten müssen. Auf sein anerkennendes Nicken hin leuchtete schließlich das Gesicht des Sklaventreibers auf, und seine schwarzen Augen funkelten erwartungsvoll.

Der gutgekleidete Fremde ließ meine Fesseln lösen und mich zu meiner Schande meinen Kaftan ausziehen. Dabei musterte er mich mit durchdringenden Blicken, als würde er einen Edelstein auf seine Echtheit prüfen. Immer wieder blieb sein Blick an meinem Haar hängen, das in der Sonne glänzte wie Silber, und machte ein paar Schritte um mich herum, wobei er dann und wann nickte. Irgendwann ließ er mich meinen Kaftan wieder anziehen, meine Hände aber blieben frei. Jetzt war die Zeit für die Verhandlung über meinen Preis gekommen. Irgendwann gelangten sie wohl zu einem Konsens, und der Fremde reichte dem Händler wortlos ein paar Goldmünzen, die dieser mit vielen Verbeugungen annahm. Anschließend fasste mich der reiche Mann mit den feingliedrigen Händen am Handgelenk und führte mich die Treppe hinunter. An ein und demselben Tag hatte ich gleich zweimal meinen Besitzer gewechselt. Ich war erleichtert, dass ich diesem hoffnungslosen Ort entfliehen konnte, aber dafür wusste ich nicht, wohin es jetzt gehen würde. Nur so viel war mir klar: Der Fremde war mir weit lieber als der Sklavenhändler.

Forsch schob er mich durch die dicht stehenden Menschen zu einer Gruppe Männer in langen Gewändern und mit bunten Kopftüchern, die in einer Seitenstraße auf ihn warteten. Dort stieß ich zum ersten Mal auf das hässlichste Pferd, das ich je gesehen hatte. Es war riesig, hatte zwei Höcker auf dem Rücken und zotteliges Fell. Der Kopf hing an einem seltsam gebogenen Hals mit hängenden Lippen. Ich blieb vor Schreck stehen, aber sofort hoben mich starke Arme hoch und setzten mich auf die Kreatur.

Es fühlte sich an, als wäre ich wieder auf dem verunglückten Schiff bei schwerem Seegang. Die Männer in ihren weißen Kaftanen lachten nur über mich. Ängstlich krallte ich mich in die Decken, die zwischen den beiden Höckern befestigt waren, und konzentrierte mich darauf, nicht von diesem Höllentier zu fallen.

Einer der Männer band mein Tier an andere ebenso hässliche Pferde. Sie waren schwer beladen mit den unterschiedlichsten Waren. Dann verließen wir die Stadt. Sollte ich eine Arbeitssklavin werden, wie so viele andere Kinder? Oder würden sie versuchen, meine Familie ausfindig zu machen, um Lösegeld zu erpressen? Der Gedanke stach mir in diesem Moment wie ein Messer in meine Brust. Alles, was ich besaß, war meine Erinnerung, die Gesichter meiner Mutter und meiner Familie und der ovale Stein, den ich um den Hals trug und der so wertlos für meine Häscher war, dass ich ihn weiterhin tragen durfte. Ich ritt mit diesen fremdartigen Menschen einer ungewissen Zukunft entgegen, immer weiter von zu Hause weg.

Auf unserem Weg gaben sie mir reichlich aus ihren Wasserschläuchen zu trinken, die wohl aus dem Leder von Ziegen gemacht waren, denn ich kannte den Geruch, der von ihnen ausging. Es war ein vertrauter Duft in einer völlig fremden

Welt, und ich musste das Verlangen unterdrücken, einfach drauﬂoszukichern. Meine Nervosität, Anspannung, Angst, all diese Gefühle lösten sich mit dem vertrauten Geruch von Ziegenleder auf. War ich denn schon verrückt geworden vor Heimweh?

Vorsichtig sah ich mich auf meinem schwankenden Reittier um. Die Männer, die den reichen Edelmann begleiteten, waren so dunkel im Gesicht, wie ich es noch nie zuvor gesehen hatte. Immer wieder lächelten sie mir mit ihren strahlend weißen Zähnen aufmunternd zu, nahmen mir den Wasserschlauch wieder ab und steckten mir eine dunkle Frucht zu, die herrlich süß schmeckte. Sie nannten sie *datiln,* und ich beschloss, dass ich dort, wo solche Früchte wachsen würden, sicher auch leben könnte. Es war mein verzweifelter Versuch, mich mit meinem Schicksal abzufinden. Genug zu essen und zu trinken zu haben, machte vieles leichter.

Das Wasserbecken in der kleinen Schwimmgrotte war am Rand mit einer Bank aus Marmor ausgestattet. Hierhin hatten wir drei uns zurückgezogen. Die Unterkörper im warmen Wasser, wuschen sich Zahra und Jasemin die Seife mit einem weichen Schwamm ab, wie er hier im Meer wuchs. Das hatten sie mir zumindest erzählt, als ich nach dem seltsamen Gegenstand gefragt hatte. Es war ein herrliches Gefühl auf der Haut und in Verbindung mit den Seifen und Ölen, die in kleinen Karaffen abgefüllt waren, eine Wohltat für meine Sinne. Wir wuschen uns gegenseitig das Haar, massierten es mit blumig riechendem Öl, bis es zart wie Seide war, und kämmten es dann mit einem Elfenbeinkamm. Selbst Jasemins widerspenstige Locken gaben unter dieser liebevollen Behandlung nach. Zahra hatte sich hinter mir mit dem Kamm geduldig an meinem Haar abgemüht und war gerade dabei, es zu einem Knoten am Oberkopf zu flechten, als es neugierig aus ihr herausplatzte: »Wo kommst du eigentlich her, Enja?« Und als wäre es ihr peinlich, danach gefragt zu haben, setzte sie entschuldigend und hastig nach: »So eine Farbe wie bei deinem Haar habe ich vorher noch nie gesehen. Blondes Haar kenne ich von den römischen Sklaven, aber dein Haar ist weiß wie die Mähne eines Falben, nur viel weicher und zart wie Seide.«

Ich empfand großen Stolz auf mein Haar, war es doch das gleiche wie das meiner Mutter, das Haar einer Göttin. Aber diesen Umstand behielt ich für mich.

»Ich weiß nicht, woher ich komme. Ich war zu klein, um je gefragt zu haben; ich weiß nur, dass es sehr kalt war, wo ich lebte. Der Boden taute kaum auf im Sommer, bevor der Winter wiederkam«, brachte ich etwas kleinlaut vor. Gut, dass Zahra mein Gesicht nicht sehen konnte.

»Brrr, das ist doch sicher furchtbar, immer zu frieren, oder nicht?«, kam es von Jasemin, die vor mir im Wasser saß und meinen Blick suchte. Dabei rümpfte sie ihre Nase wieder so, dass sich das Sklavenkreuz auf der Stirn in Wellen legte.

»Wir haben nie richtig gefroren, wir waren die Kälte gewohnt und hatten warme Kleider an.« Meine Hände drückten den Schwamm, und Luftblasen bildeten sich unter Wasser, dort, wo die Löcher waren. Ein Stich ging in meine Brust, als ich an meine Familie dachte. Hatten Vater und Jalla jemals erfahren, was passiert war? Oder glaubten sie uns nach wie vor am Ziel unserer Reise? Sicher wurde das Schiff vermisst, seine Leute wären ja irgendwann zurückgekehrt.

»Ehrlich gesagt, ist es mir hier in diesem Land zu heiß, ich schwitze ständig, und die Sonne blendet tagsüber meine Augen. Ich muss mich immer im Schatten halten und von Kopf bis Fuß bedecken, sonst werde ich rot wie ein Krebs im heißen Wasser!«, lachte ich gequält. War ich wirklich so anders als die anderen Mädchen? Nicht nur vom Aussehen her, auch in meinen Gedanken?

Zahra hatte meine Haare jetzt geflochten und sah mich über die Schulter amüsiert an. »Die Frauen hier sind sowieso alle von Kopf bis Fuß eingehüllt, warum sollte das bei dir anders sein?«

Verärgert blickte ich ihr ins grinsende Gesicht. »Bei meinem Volk laufen die Frauen auch von Kopf bis Fuß verhüllt herum, aber wegen der Kälte!«

Da lachten die beiden lauthals los, und ich wunderte mich, ob ich etwas Lustiges gesagt hatte. Jasemin hielt sich den Bauch.

»Warum beschwerst du dich dann, dass du dich hier verhüllen musst?«

»Weil ich in dieser Hitze schmelze wie Schnee in der Sonne und gerne mal nackt im Meer schwimmen würde, wie die Jungs im Wasserbecken in der Stadt!« Meine Stimme war laut, verärgert.

Die beiden glucksenden Mädchen verstummten. »Du willst nackt in der Pferdeschwemme baden? Mit den Jungen?« Das Entsetzen stand in Zahras Gesicht geschrieben.

Ich grinste, als ich merkte, dass ich nun ihre volle Aufmerksamkeit hatte. »Ja, und dann mit den Pferden im Galopp über die Dünen jagen!« Meine Hände machten einen großen Bogen, ich war in meinem Element. Sie würden mich jetzt sicher nicht mehr auslachen.

»Allah möge dir dein überhebliches Geschwätz verzeihen!«, rief Jasemin aus, die Hand vor dem Mund. Oh, sie klang jetzt schon wie Meister Abdallah!

»Das meinst du doch nicht im Ernst!«, sagte auch Zahra.

Ihr Entsetzen feuerte mich nur weiter an. »Und ich nehme mir den größten und schnellsten Hengst und reite mit den Männern um die Wette …« Dabei warf ich den Schwamm weit von mir, und er landete mit einem Klatschen an der Wand der Grotte.

Die beiden Mädchen sahen mich mit großen, ungläubigen Augen an, als wäre ich aus einer verkehrten Welt, und vielleicht war ich das ja auch. Ich spürte in dem Moment, dass ich tatsächlich anders war. Ich wollte nicht so ein Leben führen wie die beiden, ich wollte mich nicht fügen in ein Schicksal, wie es uns Frauen vorgegeben war. Ich wollte weg von hier. Und das musste ich auch den beiden klarmachen.

Wir waren hier gefangen, wir wurden geschult für unsere Rolle als Sklavinnen. Wir mussten Sprachen lernen, den Koran studieren, Musikinstrumente spielen, und wir lernten, unsere Körper zu pflegen. Das Ziel war, einem Mann zu dienen und ihn zu unterhalten, in jeder Hinsicht. Ich war nun seit vier Jahren hier und lernte sehr schnell. Ich nahm alles auf wie der Schwamm, den ich gerade gegen die Wand geworfen hatte. Ich war gelehrsam und willig, sogar Schach konnte ich in kürzester Zeit besser als Meister Abdallah, der immer argwöhnischer mir gegenüber wurde, je öfter ich ihn schachmatt setzte. Aber ich dachte nicht daran, ihn gewinnen zu lassen.

Schnell hatte ich gelernt, dass nur die schönsten Mädchen zu Fahrudin Abd al Qadir kamen, unserem edlen Herrn und Besitzer. Er wählte stets jede Einzelne persönlich aus. Ich erinnere mich noch mit Schaudern an den strengen Blick des gut gekleideten Arabers in dem edlen Kaftan, der mich damals in der glühend heißen Hafenstadt von dem Händler kaufte. Seine Mädchen galten als die begehrtesten Sklavinnen unter den Stammesfürsten und Herrschern, und er wurde fürstlich bezahlt für seine Dienste. Traurig nur, dass die Mädchen uns dann, wenn Fahrudin einen ehrbaren Käufer gefunden hatte, unter vielen Tränen wieder verließen. Freundschaften waren hier immer endlich. Auch Zahra würde bald gehen: Bei der letzten Beschau war sie ausgewählt worden, und ihr zukünftiger Herr würde bald kommen, um sie abzuholen.

Ich könnte mich eigentlich glücklich schätzen, würde ich eines Tages so wie Zahra und all die Mädchen vor ihr als Gespielin eines reichen Arabers in Reichtum und Glanz leben. Und trotzdem wollte ich mich nicht fügen, wollte frei sein wie die Männer und die Bettler in der Pferdeschwemme. Ein Mädchen zu sein, bedeutete, dass mein Schicksal vorherbestimmt war. Bald würde ich eine Frau sein, einem Mann dienen und ertragen, was immer er von mir wollte.

Zahra und Jasemin sahen mich mit einer Furcht in den Augen an, die ich nur schwer deuten konnte. Sie hatten wohl Angst vor dem, was ich plante, vor dem, was ich war. Die beiden spürten in solchen Momenten meine Entschlossenheit, aber für sie gab es eben keine Alternative. Jedes Aufbegehren gegen unser Schicksal war mit rigorosen Strafen verbunden. Allein meine Gedanken waren für jedes andere Mädchen schon eine Bedrohung. Ich wusste seit Langem, dass ich hier weg und einen anderen Weg gehen musste. Kein Tag verging, an dem ich nicht an Flucht dachte, nur hatte ich noch keinen Plan. Aber definitiv ein Ziel. Vielleicht hatten die beiden Mädchen doch recht; in meiner Wut war ich manchmal unberechenbar.

Die beiden schrubbten nun mit einer kleinen Bürste ihre Rücken und sämtliche Stellen ihrer zarten Haut, um gar nicht erst irgendwo eine raue Hornhaut entstehen zu lassen. Stumm und mit trotzig verkniffenem Mund half ich den beiden bei ihren Füßen, so, wie sie es auch bei mir taten. Jasemin legte sich meinen Fuß auf ihre Knie und schrubbte mit geübten Bewegungen.

Plötzlich kam ein erstaunter Laut aus ihrem Mund, und sie hielt inne. Alle Blicke richteten sich auf meinen Fuß.

»Enja!« Sie sah mich mit großen dunklen Augen an, den Mund halb offen. »Was hast du denn für seltsame Zehen?«

»Was ist damit?«, fragte ich unsicher. Jetzt hatte sich auch Zahra herübergebeugt und begutachtete meinen Fuß von der Nähe.

Ich entzog ihn Jasemin hastig, ich wusste nicht, ob vor Scham oder vor Schreck. Beide sahen mich mit großem Erstaunen an, und Zahra sagte: »Ich habe das mal bei einem Frosch gesehen, der hat auch Haut zwischen den Zehen, aber der hatte ja auch nur drei …« Sie verstummte unsicher.

Ich sah auf meinen Fuß hinab und zog ihn an mich heran. Tatsächlich spannte sich zwischen meinen großen Zeh und dem zweiten eine dünne Haut.

»Woher wollt ihr denn wissen, dass sie bei euch nicht vielleicht fehlt? Vielleicht habt ihr keine normalen Füße«, bemerkte ich trotzig, um meine Unsicherheit zu überspielen.

»Ich habe schon viele Füße gewaschen«, bemerkte Zahra selbstbewusst, »aber so etwas habe ich noch nie gesehen!«

Das war es, der Beweis für meine Andersartigkeit, das erste Indiz, das ich auch nach außen trug und nicht nur tief in mir drin. Ein Kribbeln in meinem Rücken zeugte von meiner Angst und der Erkenntnis, doch anders zu sein als meine beiden Freundinnen. Eine Angst, die mich jetzt übermannte wie eine Welle im Meer und mit sich riss.

Ich sprang ins Wasser und entkam in den tieferen Bereich des Wasserbeckens. Ich tauchte unter und ließ warmes Wasser meine Gefühle tragen. Dieses herrliche nasse Element, dem ich mich so verbunden fühlte. Das mir schon einerseits so viel Trost gegeben und andererseits das Liebste genommen hatte, meine Mutter.

Kapitel 4

Meister Abdallah empfing mich nach dem Abendmahl in seiner Studierkammer, einem Raum, der angefüllt war mit Papyrusrollen, Sammlerstücken von seinen vielen Reisen und jeder Menge Staub. Er ließ mich vor seinem Schreibtisch auf einem weichen geknüpften Teppich stehen und tat so, als wäre ich gar nicht da. Über eine Papyrusrolle gebeugt murmelte er Worte, die ich nicht verstand, und setzte seinen Zeigefinger mal hier, mal da auf die schmal geschriebenen Buchstaben. Meine nackten Zehen vergruben sich in den Fasern des Seidenteppichs. Er war angenehm weich und kühl.

Er ließ mich durch seine Ignoranz wissen, wie unwichtig ich ihm war. Ich begann daher gelangweilt, die Papyrusrollen zu zählen, die in den Regalen hinter ihm lagerten, und kam bis dreihundertzwanzig, als er endlich aufblickte, seufzte und sich in seinem Stuhl nach hinten lehnte, die Arme verschränkt, sein Gesicht faltiger als sonst. Ich stellte fest, dass an der Tür ein weiterer Schrank mit Papyrusrollen stand.

Er musterte mich eine Zeitlang, räusperte sich und legte seine Hände auf den Tisch vor sich. »Enja«, fing er vorsichtig an, bevor ich die weiteren Rollen zählen konnte, »du bist im Unterricht völlig abwesend. Dein einziger Beitrag in dieser Woche bestand aus der Frage, welchen Tag wir haben und ob es morgen genauso heiß sein wird wie heute.« Seine schwarzen Augen betrachteten mich abschätzig. »Du respektierst mich nicht!«, stellte er harsch fest. Er zog seine Schnabelnase ein wenig nach oben und erinnerte mich dabei wieder an den Falken, der seine Beute ausmachte.

»Ich würde dich gerne dafür rügen oder bestrafen.« Er verzog verärgert das Gesicht, während er nach Worten suchte. Von seinem eigenen Unmut angeheizt, war er aufgestanden und fing an, mit auf dem Rücken verschränkten Armen den Raum zu durchschreiten. »Doch du scheinst in den wenigen Wochen, in denen du nun schon unterrichtet wirst, mehr gelernt zu haben als die anderen Mädchen. Du kannst jede Frage beantworten und jeden Satz richtig übersetzen. Wie kommt es, dass du den anderen so weit voraus bist, obwohl du nicht zuzuhören scheinst?«

Er war einmal komplett um den Tisch herumgegangen und stand jetzt vor mir, seine Augen funkelten wie schwarzes Gold. Die Stirn legte sich in Falten, ein Gedanke schien sich dahinter zu formen. Plötzlich packten mich seine Hände schmerzhaft an der Schulter.

»Sag mir, hast du unsere Sprache schon vorher gesprochen?«

Ich riss ungläubig die Augen auf. »Nein, ich habe noch nie zuvor Farsi gesprochen, aber ich bin dankbar, dass ich es von Euch lernen darf, Meister Abdallah.« Ich schlug die Augen nieder. Schülerinnen sollten ihren Lehrern nicht direkt in die Augen schauen.

Sein Blick musterte mich durchdringend, als würde er jedes meiner Worte prüfen. Seine Lippen waren zu einem Strich zusammengepresst, und meine Knie wurden weich. Ungeduldig schüttelte er mich.

»Schau mich an, Enja! Du bist nun seit vier Jahren hier bei

uns, seit dich unser großmütiger Herr Fahrudin Abd al Qadir auf dem Markt in Muza gekauft hat.«

Wie einen Teppich, schoss es mir verbittert durch den Kopf.

»Vier Jahre hattest du die Ehre, dich zu bilden, den Koran zu studieren und Musikinstrumente zu lernen. Du bist ein Mädchen mit außergewöhnlichen Fähigkeiten. Du hast mühelos die Sprache der Perser gelernt.« Nach einer Pause fügte er hinzu: »Und auch meine Muttersprache …«

Er ließ mich los, verschränkte wieder die Arme hinter seinem Rücken und tigerte auf und ab. »Wie alt magst du jetzt sein, Enja? Weißt du es?« Er blieb kurz stehen und sah mich prüfend an, sein Blick ruhte auf meiner Brust. Ich schüttelte verschämt den Kopf, ich wusste es wirklich nicht. Von seinen Worten irritiert, senkte ich den Kopf und betrachtete meine Zehen, die so seltsam geformt waren und mich immer daran erinnern würden, dass ich anders war als andere. Ahnte er es auch?

»Ich schätze, du bist vielleicht zehn Jahre, auf jeden Fall jünger als Zahra. Du wirst in einem Jahr so weit sein, um an einen Mann verkauft werden zu können. Dein zukünftiger Herr wird sich glücklich schätzen, eine so wortgewandte und gelehrige Haremsdienerin zu haben. Vielleicht kannst du sogar als Lehrerin für die Töchter deines Herrn nützlich sein. Dein Preis wird sehr hoch sein.« Seine Stimme bekam bei den letzten Worten einen verschwörerischen Klang, als ahnte nur er, wie hoch mein Preis wirklich war. »Du bist etwas ganz Besonderes …«

Ich lächelte. Das hatte meine Mutter auch immer gesagt. Ich war mir nicht sicher, ob das Gespräch gut oder schlecht für mich verlief. Ein Gefühl der Zufriedenheit erfüllte mich, denn ich war eine gute Schülerin, und er hielt mich immerhin für erwachsen genug, um weiterverkauft zu werden.

Doch plötzlich wich die Bewunderung in seiner Stimme einem kalten, professionellen Unterton. Er war wieder der Lehrer, der seine Schülerin rügte.

»Du hast leider noch nicht die nötige Ergebenheit, um einem Mann zu dienen. Trotz all meiner Bemühungen fehlt es dir völlig an Demut und Bescheidenheit. Ich sehe deinen Stolz in jeder Faser deines Körpers: in der Art, wie du deinen Kopf hältst, in der Art, wie du vor mir stehst, und in der Art, wie du mich anblickst.«

Ich hob meinen Kopf und meine Augen suchten nervös seinen Blick. Seine Augen hatten jetzt jegliche Wärme verloren. Ich musste schlucken, das Gespräch nahm eine völlig neue Wendung.

»Wieder siehst du mir in die Augen, anstatt sie zu senken. Du musst lernen, dich zurückzunehmen. Du bist noch ein Mädchen, aber bald wirst du eine Haremsdienerin sein, und als solche hast du dich dem Willen des Mannes zu fügen, dich ihm völlig unterzuordnen. Du tust, was er dir befiehlt, und du tust es, ohne zu zögern. Meinst du, dass du das kannst?«

Seine schwarzen Augen bohrten sich in die meinen, seine Worte trafen meinen Stolz wie Peitschenhiebe.

»Wirst du einem Mann willenlos dienen können?«

Meine Gedanken überschlugen sich, wirbelten umher wie Schneeflocken im Sturm. Einem Mann wie Abdallah?, dachte ich bei mir. Nein, wohl kaum. Aber was war mit anderen Männern? Ich presste meine Lippen zusammen. Meinen Blick hatte ich nun gehorsam auf den Boden gerichtet, ich wusste, dass ich sonst meine Gedanken verraten würde.

»Hast du mich gehört, Enja?« Seine Stimme wurde eindringlich, er war mir jetzt sehr nah, stand nur einen halben Schritt entfernt. Ich konnte seine schweren Atemzüge direkt vor mir hören.

»Ich … ich werde alles tun, was ich vermag, um eine gute Dienerin zu sein, Meister, ich bin eine eifrige Schülerin, und ich habe viel von Euch gelernt. Es wird mir eine Ehre sein.« Selbst ich merkte, dass es nicht ehrlich klang.

Als hätte er meine Gedanken erraten, schob er einen Finger unter mein Kinn und hob es an. Blaue Augen starrten in schwarze. Er glaubte mir nicht, das wusste ich. Ich glaubte mir ja selbst nicht. Aber er sagte nichts, sein Gesicht blieb unbeweglich.

»Deine Worte sprechen eine andere Sprache als deine Augen. In deinen Augen erkenne ich den Stolz und das Temperament eines jungen Pferdes. Sie sind klar und schön, so wie du. Es war mein Wunsch, dich zu schulen, weil ich spürte, dass du etwas Besonderes bist. Aber ich muss deinen Willen brechen, Enja, du bist zu stark. Du bist bald alt genug, um von hier fortzugehen, und dann musst du ein anderer Mensch sein, sonst bist du wertlos für unseren Meister. Ich werde deinen Stolz brechen müssen, auch wenn es mir wehtut, denn ich mag dich. Aber in diesem Land ist dein Stolz ein Hindernis. Sieh das, was jetzt folgt, als Bestrafung. Dies wird so lange geschehen, bis du zu einer ergebenen Sklavin geworden bist. Verzeih mir bitte …«

Er ließ mein Kinn los und schritt mit wehendem Kaftan zur Tür hinaus. Einer der Eunuchen, die die Räume der Mädchen bewachten, hatte die ganze Zeit davorgestanden und trat nun ein. Er gehörte zur persönlichen Leibgarde meines Herrn

Abd al Qadir. Er war massig, seine Haut fast schwarz und glänzend, wahrscheinlich ein Nubier wie die meisten der Eunuchen hier. Er konnte nicht sprechen, man hatte ihm nicht nur die Hoden, sondern auch seine Zunge abgeschnitten; er war ein stummes Werkzeug seines Herrn, das willenlos Befehle ausführte. Eine dumpfe Vorahnung erfasste mich, flüchtig sah ich die verängstigten Gesichter von Zahra und Jasemin vor mir.

Ich bin etwas Besonderes!, wallte es trotzig in mir auf, irgendwann werdet ihr es sehen, das schwöre ich.

Der dicke Eunuch packte mich mit seinen riesigen Händen und zog mich durch die Tür zu einem der vielen Wasserbecken, die für etwas Abkühlung sorgten. Es war bis zum Rand gefüllt. Ich schrie in Panik auf, als ich begriff, was er vorhatte. Er drückte mich mühelos gegen den Beckenrand, bog meine Arme mit einer Hand auf den Rücken und drückte mit der anderen Hand meinen Kopf unter Wasser. Mein Schrei wurde zu einem nutzlosen Gurgeln. Ich hörte schnell auf, mich zu wehren, und verfluchte mich innerlich dafür, dass ich, statt zu schreien, nicht noch einen tiefen Atemzug genommen hatte.

Ich kämpfte tapfer gegen den verheerenden Reflex, Luft zu holen, mir wurde schwindelig, die Lunge krampfte, und ohne es zu wollen, sog ich irgendwann doch Wasser in meine Luftröhre. Ein furchtbares Gefühl, denn der einsetzende Hustenkrampf führte dazu, dass noch mehr Wasser in meine Lunge gelangte. Meine Brust schien jeden Moment zu platzen. Noch einmal brüllte ich verzweifelt, aber kein Ton kam heraus, es befand sich keine Luft mehr in meinen Lungen. Meine Fäuste krallten sich im Todeskampf in den steinernen Beckenrand, aber die eiserne Hand hielt meinen Kopf im Wasser. Noch ein paar Sekunden, und alles würde vorbei sein, schoss es mir durch den Kopf. Lass dich gehen, es ist vorbei …

Mein Körper hatte keine Kraft mehr, ich erschlaffte. Als hätte er mein Ende kommen sehen, riss der Nubier plötzlich meinen Kopf aus dem Becken, Wasser schoss aus meinem Mund, ein heftiges Würgen und Husten erfasste meinen ganzen Körper. Hilflos zuckend und weinend kniete ich auf dem staubigen Palastboden. Der Eunuch verließ mich, stumm und ohne auch nur ein einziges Mal nach mir zu sehen.

Kapitel 5

Muza im Jahre 1293

Der Tag von Zahras Abreise war begleitet von einem stürmischen Nordostwind, der den Sand aus der Wüste durch die Luft peitschte und die Menschen, die sich draußen aufhielten, zwang, sich mit Tüchern Nase und Mund zu verdecken. Das Gefolge des reichen Kaufmanns, der Zahra im Austausch gegen Goldmünzen, Kamele und jede Menge Seide nun sein Eigen nennen durfte, stand im Innenhof des Palastes. Die Fransen der Kamelhalfter und -decken wehten auf und ab und drehten mit den Tüchern und Schals der wartenden Gruppe Pirouetten wie tanzende Derwische.

Zahra stand mit mir am Eingang des Palastes, die Augen rot von den vergossenen Tränen. Ich hielt sie an der Hand und versuchte, sie zu trösten, so gut es ging. Der Schleier vor ihrem Gesicht verbarg ihren Seelenzustand. Auch wir restlichen Mädchen waren mit diesem seidigen Stoff geschützt vor neugierigen Blicken, konnten aber so dem Zeremoniell unauffällig folgen.

Unser großer und gütiger Herr Fahrudin Abd al Qadir ließ es sich nicht nehmen, Zahra persönlich an den Kaufmann zu übergeben. Sie war in ein wunderschönes Seidenkleid gehüllt, welches reich mit Perlen bestickt und mit goldenen Fäden eingefasst war. Als Zeichen ihres gehobenen Standes als Haremsdienerin trug sie jede Menge Goldschmuck an den Handgelenken, im Ohr und sogar an der Nase. Dazu hatten wir ihr zusätzliche Löcher stechen müssen. Mit ihrer hellen Haut und den seidigen schwarzen Haaren war Zahra an diesem Tag schön wie eine arabische Prinzessin.

Stundenlang haben wir sie gewaschen, enthaart, geschminkt und angezogen, bevor sie sich den kritischen Blicken Fahrudins stellte. Noch ohne Schleier begutachtete er sie von allen Seiten, die Arme auf dem Rücken verschränkt, und wir sahen ihn erleichtert immer wieder anerkennend nicken. Er übergab Zahra sodann die birnenbauchige Barbat, eine kleine Laute, die sie als Einzige von uns in perfekter Manier spielen konnte. Es war sein Abschiedsgeschenk, und sie fiel sofort vor ihm auf die Knie und küsste seine Finger. Das war wirklich sehr großzügig und zeigte seine immense Wertschätzung.

Insgeheim vermutete ich, dass Zahra Fahrudins bisher bestbezahltes Mädchen war, denn ich hatte noch nie gesehen, dass eine seiner Schülerinnen ein Geschenk bekam. Die Kleider, den Schmuck und jegliches Zubehör stellten die Käufer, und je reicher diese waren, desto feiner und aufwendiger waren die Beigaben. Zahra hatte sich alles redlich verdient. Sie war eine Schönheit mit vielen weiblichen Vorzügen, die Männer sehr schätzten. Ihr Preis war hoch.

Ihr neuer Herr war etwas älter, wie ich unter meinem Schleier erkannte. Er ging höflich mit ihr um, nahm sie an seine Hand und führte sie die staubverwehten Stufen den Palast hinab, in dem wir nun schon einige Jahre leben und lernen durften. Wehmut und ein wenig Stolz durchzogen meine Brust. Ich würde sie nie wiedersehen, aber – und dessen war ich mir sicher – sie würde gut behandelt werden, besser, als es viele andere Sklavinnen erwarten konnten. Vielleicht würde er sie sogar eines Tages als Lieblingsfrau anerkennen. Ihr Leben lag nun in der Hand dieses Mannes.

Da wir niemals vor die Mauern des Palastes gehen durften, nutzte ich die Gelegenheit und warf einen neugierigen Blick auf meine Umgebung. Ich bewegte mich an den Rand der Gruppe, die sich um das Paar geschart hatte. Zahra wurde auf eines der hässlichen Tiere gehoben, die Kamele genannt wurden. Die Schleier wirbelten um sie herum und machten es unmöglich, ihren Gesichtsausdruck zu sehen. Kurz funkelte der Edelstein, der in der Mitte ihres Sklavenkreuzes aufgeklebt war, in der Sonne, bevor der helle Schleier wieder das ganze Gesicht bedeckte. Nein, sie lächelte nicht. Keines der Mädchen lächelte, und die Schwermut des Abschieds lag drückend in der Luft. Ein letztes Mal drehte sie ihren Kopf in meine Richtung. Ein kleines Nicken, und wir wussten beide: Es war ein Abschied für immer.

Die Gruppe mit etwa sechs Kamelen und gleich vielen Männern setzte sich in Bewegung; das war die Gelegenheit, auf die ich lange gewartet hatte. Im Schutz der Palastwache, die den Weg aus dem Innenhof säumte, lief ich neben den Kamelen her, winkend, als wollte ich Zahra noch bis zum Tor begleiten. Als die Gruppe es durchquerte, schlüpfte ich an den verdutzten Wachen vorbei und rannte die belebte Straße in die andere Richtung davon. Ich hörte, wie hinter mir einige Rufe laut wurden, aber ich hoffte, dass ich schneller ein Versteck finden würde, als die Palastwache einen Suchtrupp organisieren konnte. So hatte ich es mir ausgemalt. Abgelenkt von den vielen Gästen achtete sicher keiner auf ein kleines Mädchen, das in dem Pulk einfach untertauchte.

Dies stellte sich aber als Irrtum heraus, denn ein paar berittene Wachen hatten mich sehr wohl bemerkt. Bevor ich ein Versteck in den windigen Gassen finden konnte, hatte mich einer der Wachmänner eingeholt und mühelos vor sich auf den Sattel gezogen.

Es war der erste Fluchtversuch seit meiner Begegnung mit dem Wasserbecken gewesen, und mir war klar, dass mich wieder die gleiche Tortur erwarten würde wie beim letzten Mal, als ich ungehorsam gewesen war. Tatsächlich brachten mich Fahrudins Schergen sofort zu einem Wasserbassin. Stumpf starrte ich hinein, es war bis zum Rand mit Wasser gefüllt. Mit Grausen erinnerte ich mich an das qualvolle Procedere bei meinem letzten Ungehorsam, nur hatte ich diesmal keine Angst.

Mit leisen Schritten war der Nubier neben mich getreten. Mein Blick fiel auf sein gleichgültiges, maskenhaftes Gesicht, dessen Augen so leblos wirkten, als wären sie aus Glas. Mit eisernem Willen bereitete ich mich auf das vor, was mich gleich erwarten würde. Nach dem letzten Mal war mir klar geworden, dass es nur der Anfang eines Prozesses gewesen war, in dessen Verlauf mein Wille gebrochen werden sollte. Es war für mich der Anfang meines Kampfes gegen eine höhere Gewalt gewesen, die mich in eine bestimmte Rolle zwang, die ich auf keinen Fall besetzen wollte. Der Schmerz und die Scham der Folter hatten mir die Erkenntnis gebracht, lieber zu leiden und vielleicht dabei zu sterben, als weiterhin als Sklavin unter Fahrudin Abd al Qadir zu dienen.

Da ich wusste, dass uns Mädchen nur Schmerzen zugefügt

werden durften, die an den Körpern keine sichtbaren Spuren hinterließen, fielen Peitschenhiebe oder Faustschläge von vornherein aus. Mit viel Übung hatte ich eine Technik entwickelt, die es mir erlaubte, länger als gewöhnlich den Atem anzuhalten. Mein Vater hatte sie mir einmal gezeigt, um tief ins Meer zu tauchen. Ich pumpte mit kurzen Atemzügen mehr Luft in die Lungen als nötig und ließ es dann kontrolliert wieder ab. Unter Wasser hatte dies nicht nur den Vorteil, dass ich tiefer als mit normaler Atmung kam, sondern auch dass der Druck auf den Brustkorb mit der abfließenden Luft weniger wurde. Hier, in Fahrudins Haus, übte ich jeden Abend wie damals mit meinem Vater, den Atem so gezielt anzuhalten, dass ich möglichst lange ohne Krämpfe im Wasserbecken überleben konnte.

Auch diesmal hielt mich der Nubier so lange unter Wasser, bis meine gespielten Zuckungen ihn zu der Überzeugung brachten, dass ich kurz vor dem Ertrinken war. Am eigenen Leib hatte ich gelernt, wie sich der menschliche Körper in solch einer Situation verhielt, und wusste nun auch, wann ich zu krampfen, zu husten und zu erschlaffen hatte. Da sie mich immer allein zurückließen, fiel es auch niemandem auf, dass ich mich regelmäßig viel zu rasch von den Attacken erholte. Zur Wahrung des Scheins wartete ich stets noch ein wenig, bevor ich mich triefend in mein Zimmer zurückwagte.

Nach dem ersten Vorfall hatte ich seinerzeit noch stundenlang in Jasemins Armen gelegen und bitterlich geweint. Als ich mich etwas beruhigt hatte, schniefte ich, wischte mir die geschwollenen Augen und die Nase mit meinem Handrücken ab und erklärte meiner überraschten Freundin: »Ich werde ab heute aufhören zu weinen. Ich bin nicht schwach, mein Wille ist stark, und die Götter werden mir helfen, von hier wegzukommen.«

Erschrocken über meine Worte und meinen plötzlichen Sinneswandel riss Jasemin die Augen weit auf, schaute sich wachsam um und zischte: »Enja, du darfst deine Götter nicht nennen! Hast du denn schon alles vergessen, haben sie dir nicht schon genug wehgetan?«

Trotzig richtete ich mich in unseren Kissen auf, auf denen wir beide saßen, und ballte meine Fäuste. »Sie werden mir nicht ihren Willen aufzwingen«, schniefte ich trotzig, »sie werden mich nicht brechen.«

Jasemins braune Augen musterten mich im Fackelschein der kleinen Öllampe. »Du meinst das ernst, nicht wahr?« Sie drehte sich ein wenig von mir weg und betrachtete unsere Beine, die wir nebeneinander auf dem Schlafteppich ausgestreckt hatten. Als wäre das, was sie sagen wollte, ein großes Geheimnis, raunte sie mir ins Ohr: »Ich bin mir inzwischen ziemlich sicher, dass du nicht hierhergehörst. Dein Blick ist viel zu direkt. Deine Schultern und deine ganze Haltung sind zu stolz, um dich zu unterwerfen. Nach außen bist du ein wunderschönes Mädchen. Du hast makellos weiße Haut. Dein Haar ist so fein und glatt wie Seide, es schimmert wie Silber, wenn die Sonne sich darin fängt, und deine Augen sind blau wie das Meer, wo das Licht die Tiefe erhellt. Aber die Augenbrauen und Wimpern sind so schwarz wie die Nacht und doch so fein, als hätte ein Meister sie gemalt. Deine hohen Wangenknochen verleihen deinem Antlitz etwas Edles. Ich habe noch keinen Menschen wie dich kennengelernt. Dein Aussehen ist so einzigartig wie dein Charakter.« Jasemin nahm meine Hand und drückte sie mir auf mein Herz. Ihre Stimme war verschwörerisch: »Kannst du es hören? Dort schlägt das Herz einer Löwin, dort fließt das Blut einer Kriegerin, stolz und stark! Du gehörst nicht hierher, du musst fliehen, sobald sich eine Möglichkeit ergibt.«

Ihre Worte hallten in meiner Brust wider, während ich nach einer weiteren Folter in Abdallahs Wasserbecken klatschnass und zitternd auf dem harten Steinboden kniete und versuchte, meinen Herzschlag in den Griff zu bekommen. Sie hatten mich einmal mehr gefoltert und meinen Ungehorsam bestraft. Aber damit war es nun genug. Sie würden mir kein weiteres Mal wehtun, in diesem Moment schien ich meine Angst besiegt zu haben.

Jasemin hatte damals ausgesprochen, was ich fühlte, und mir bestätigt, was ich immer vermutet hatte. Still hatte ich meine Freundin umarmt, die so mutig war, diese Worte in jener Nacht auszusprechen, und einen Plan gefasst: Zum ersten Mal in meinem Leben nahm ich mein Schicksal in die eigene Hand. Jasemin erschauerte sichtlich, als sie begriff, was sie da gerade gesagt hatte. Sie bekam förmlich Angst vor ihrem eigenen Mut.

Zitternd sprach sie die Worte, die ich nie vergessen würde: »Ich werde dir helfen, Enja, auch wenn es bedeutet, dass ich noch einmal bestraft werde, aber ich werde dir bei deiner Flucht helfen.« Ihr Flüstern war ganz nah an meinem Ohr.

Ich nahm meinen Kopf etwas zurück und wisperte ihr zu: »Ich werde einen Weg hier herausfinden. Niemand wird es schaffen, mich zu brechen … und eines Tages werde ich dich zu mir holen, und wir werden frei sein, frei wie der Wind!«

Wir hielten uns noch lange fest in dieser Nacht. Zwei Mädchen, so unterschiedlich und doch bereit, alles zu riskieren, um einander zu helfen. Ich hoffte inständig, dass ich mein Versprechen würde halten können. Die Götter würden mir sicher helfen …

Kapitel 6

Ich hatte einmal einen wunderschönen Schmetterling entdeckt und meinen Vater gefragt, warum er seine Augen auf den Flügeln habe. Daraufhin lachte er sehr, nahm mich auf seine Schultern und ging ein paar Schritte bis zum Rand des kleinen Berges, der vor unserem Haus lag. Die schroffen Felsen waren an der Spitze immer noch mit Schnee bedeckt, aber die Pflanzen hatten sich schon ihren Platz auf der Oberfläche erkämpft, und die Blumen leuchteten mit den Bienen und Schmetterlingen um die Wette. Vater zeigte auf den Schnee, der in der Schmelze als tosender Bach zu Tal stürzte, und erklärte geduldig, dass bestimmte Tiere sich der Farbe ihrer Umgebung anpassen würden. So sei der Eisbär weiß wie der Schnee um ihn herum, und der Kalmar im weiten Meer färbe sich, sobald er sich im Sand verstecke, so fleckig wie der Meeresboden. So würden sie von ihrer Beute nicht wahrgenommen und könnten zuschlagen, wenn es keiner erwarte. Tiere, die selbst zur Beute würden, schützten sich, indem sie die Farbe ihrer Umgebung annähmen oder sogar vortäuschten, ein Tier zu sein, das sie gar nicht waren. Der Schmetterling, der nun wieder vor uns her tanzte, schütze sich, indem er große Augen auf seinen Flügeln trage und Vögel damit irritiere.

In meiner Kammer war es bis auf Jasemins gleichmäßige Atemzüge völlig still. Von draußen kam höchstens das Gekreische eines Äffchens, das mit einem Artgenossen um Futter stritt, sonst drang kaum ein Laut durch das kleine Fenster, das mit einem engen Netz aus Flachs abgedeckt war. Ein paar Sterne waren durch die Maschen zu sehen, dort in der klaren Nacht, die schon fortgeschritten war.

Ich lag in meinen Schlafkissen, die ich mit Jasemin teilte, und meine Gedanken rasten. Ihr schmaler Körper drehte sich unruhig von einer Seite zur anderen. Vielleicht spürte sie diese innere Unruhe, die uns Menschen vor einem besonderen Ereignis ergreift. Sie hatte Angst vor meiner Flucht, das wusste ich, trotzdem würde sie alles tun, um mir zu helfen.

Ich war sehr stolz auf sie und hatte eine richtige Freundin in ihr gefunden. Während ich ihr beruhigend die Hand auf den Arm legte und sie sanft streichelte, versuchte ich, nicht an den morgigen Tag zu denken. Meister Abdallah hatte heute allen Mädchen nach dem Unterricht ehrfürchtig von einem hohen Besuch erzählt, der unseretwegen aus der großen Stadt Bagdad komme: einem Großwesir, der für den Sohn seines Sultans Haremsdienerinnen suchte.

»Der gute Ruf des Hauses Fahrudin und die Tatsache, dass hier besonders schöne junge Frauen mit hellen Haaren zum Verkauf stehen«, hatte Abdallah stolz verkündet und seine Falkennase mit einem bedeutungsvollen Blick ein paar Sekunden auf mir ruhen lassen, »ließ nun den schon in seinen besten Jahren stehenden Großwesir auf direktem Wege zu uns in den Palast eilen. Er lässt für seinen Herrn und dessen jungen Sohn Chalil diese und weitere Frauen zur Begutachtung nach Bagdad holen.«

Mein Herz hatte einen Sprung gemacht. War das meine Chance?

Meister Abdallahs Augen hatten vor Freude in seinen tiefen

Augenhöhlen gefunkelt. Diese Nachricht hatte verständlicherweise jeden in Fahrudins Palast in helle Aufregung versetzt, denn ein so bedeutender Mann wie der Großwesir würde nicht nur ein Mädchen, sondern gleich mehrere kaufen. Eine ganze Delegation, so hatten wir erfahren, sei schon auf dem Weg nach Muza. Selbst Fahrudin war gut gelaunt und wurde mit wehendem Kaftan durch den Palast rauschend gesehen. Vermutlich hatte er noch schnell Platz in seiner Schatzkammer schaffen müssen für die zu erwartenden Goldmünzen.

Eine große Delegation bedeutete auch eine große Anzahl an Soldaten, Kamelen und Pferden, und wo viele Menschen waren, verlor man rasch den Überblick. Noch in dem kleinen Unterrichtsraum erkannte ich meine Chance. Mein Blick, der sich mit dem Jasemins kreuzte, sagte wohl einiges aus, denn sie lächelte mich an, nickte kaum merklich, wissend um diese besondere Gelegenheit.

Im Harem des Sultans, so hatte uns Abdallah erklärt, gab es Hauptfrauen und Nebenfrauen ausschließlich muslimischer Herkunft. Die Nachkommen des Sultans durften nur aus der direkten Blutlinie nobler Familien entstammen, die diesen Kriterien entsprachen. Die Haremsdienerinnen und Bediensteten dagegen durften Sklavinnen nordischer Herkunft sein. Jasemin und die anderen Mädchen würden hier ihre Bestimmung finden und das einflussreichste Haus der arabischen Welt ihr neues Zuhause nennen.

Es hieß, der Sultan Qualawun habe bis zu achthundert Frauen in seinem Harem. Sein Sohn Chalil war wohl gerade dabei, sich seinen eigenen Harem aufzubauen. Anscheinend hatte er seine Vorliebe für helle Haare entdeckt, was meine Chance erhöhte, erwählt zu werden. Fahrudin würde fünf seiner schönsten Mädchen nach Bagdad senden. Je heller die Haare, desto großzügiger sei der Großwesir bei der Bezahlung.

Meister Abdallah rieb sich bei dieser Nachricht unbewusst die Hände, sein Stolz sprach aus jedem seiner Worte, und er benannte auch zielstrebig die fünf Mädchen, die am nächsten Tag mit dem Großwesir ziehen würden. Er schaute mir nicht in die Augen, als er auf mich und Jasemin zeigte, aber mir war klar, dass er mir hier eine Chance gab, meinem Schicksal, von Fahrudin an einen unrühmlichen Mann verkauft zu werden, zu entrinnen. Es war sein letzter Gefallen, den er mir tat, aber auch der endgültige Abschied.

Ich mochte Meister Abdallah nicht besonders, aber ich war ihm dankbar, dass er mich gehen ließ, und schloss ihn daher neben meiner Familie und Jasemin in mein Abendgebet mit ein.

Wir würden also eine Reise antreten, Jasemin und ich, die uns hoffentlich eine Möglichkeit eröffnen würde, diesem Palast und der Unterdrückung durch Fahrudin zu entkommen. Wir würden einige Tage auf Pferden oder Kamelen verbringen, und ich hoffte, dass dies die Gelegenheit war, um für immer die Freiheit zu erlangen.

Jasemin hatte sich mit meiner Hand auf ihrem Arm etwas beruhigt. Sie schien in einen ruhigen, tiefen und traumlosen Schlaf gefallen zu sein. Als mein aufgeregt pochendes Herz endlich in einen langsameren Rhythmus fiel, schlief auch ich ein.

Es war so, wie ich es mir vorgestellt hatte: Die Gesandtschaft des Sultans Qualawun al-Mansur Saif ad-Din Qalawun al-Alfi bestand aus dreiundsechzig Kamelen, zweihundertzwanzig Pferden und entsprechend vielen Soldaten, die bis an die Zähne bewaffnet waren. Natürlich, wir befanden uns in einem unruhigen Land.

Meister Abdallah hatte uns im Unterricht erzählt, dass die Araber mithilfe der Mamelucken die Kreuzfahrer aus dem Heiligen Land zurücktreiben und Stück für Stück die Städte im Libanon an der Levanteküste zurückerobern würden. Für ihn sei Sultan Qualawun ein großer Held, denn er hatte Tripolis eingenommen, eine wichtige strategische Festung im Libanon, wenn auch mit hohen menschlichen Verlusten. Er wurde gar nicht müde der Lobpreisung dieses Helden. Für meinen Geschmack war der Tod der vielen Menschen verwerflich, aber der Sultan war immerhin von göttlicher Abstammung. Es hieß, er sei gefürchtet für seine Reizbarkeit und erschlage selbst seine eigenen Leute, nur um seine Wut an jemandem auszulassen. Aber wer wusste denn schon, ob das stimmte?

Mir war der Erfolg des Sultans weniger wichtig. Sein Gefolge war auf jeden Fall so groß, dass ich meine Pläne umsetzen konnte, und meine Aufregung wuchs beständig, als wir für die Reise vorbereitet wurden.

In dem Moment, in dem der lange Tross nach Bagdad aufbrach, konnte man meinen, die Wüste selbst setzte sich in Bewegung. Reiter für Reiter, Kamel für Kamel säumte die Zufahrt des Palastes und zog unter viel Geschrei von Markttreibenden, Neugierigen und Fahrudins Leuten in Richtung Norden. Die farbenprächtigen Gewänder der Leibwache des Großwesirs, die bunten Tücher und Geschirre der Pferde und Kamele waren wie die Farbtupfer in einem sandfarbenen Mosaik.

Jasemin und ich waren unter großem Jubel zusammen in eine der Sänften gebracht worden, die man auf die Rücken der Kamele geschnallt hatte. Wir konnten nebeneinandersitzen und waren vor Sonne, Wind und neugierigen Blicken geschützt, die uns von allen Seiten zugeworfen wurden. Wir waren gewandet in Seide, Gold und Edelsteine und flanierten aus dem Palast, als wären wir bereits des Sultans Bräute.

»Sieh nur, die Leute lassen alles liegen und stehen und schauen der Karawane zu!« Jasemins Begeisterung kannte keine Grenzen. Immer wieder schob sie den kleinen Vorhang zur Seite, der unsere Sänfte links und rechts bedeckte. Mit vor Aufregung geröteten Wangen zeigte sie hierhin und dorthin und freute sich wie ein kleines Kind. Es war ein großer Tag.

Unser Kamel wurde von einem großgewachsenen Eunuchen begleitet, der uns ab und zu auch mal ein Lächeln schenkte. Er gehörte zu den Leuten des Sultans, die uns wohlbehalten nach Bagdad bringen sollten. Ich hatte ihn nie zuvor gesehen. Anders als mein bisheriger Folterknecht schien er aber ein sanfteres Gemüt zu besitzen. Mir kam ein schüchternes Lächeln über die Lippen, als sich unsere Blicke trafen.

Nach Bagdad waren es drei Tagesritte entlang an ewigen Dünen, Oasen und Felsen. Vorbei an Landschaften, die ebenso gefährlich wie schön waren, und ich lernte die Genügsamkeit der Kamele schätzen. Kaum ein anderes Tier würde die lange Reise mit so wenig Pausen und Wasser überstehen. Die Pferde waren immer weit schwerfälliger unterwegs, brauchten mehr Rast und kamen mit ihren Hufen mühsamer im Sand voran. Tatsächlich verloren wir in der Hitze zwei Pferde, die eigentlich als Geschenk für den Sultan gedacht waren. Wir Frauen wurden vor den Blicken der Männer geschützt, aber über unseren Eunuchen, den wir Babo nennen durften, erfuhr ich doch einiges von unserer Reise.

»Morgen früh werden wir noch zwei Stunden reiten, dann sehen wir die Tore der großen Stadt. Der Palast des Sultans liegt auf dem Hügel, der die Stadt überblickt. Sie werden uns schon von Weitem sehen, aber der langsame Schritt unserer Pferde wird uns noch länger durch die Straßen der Stadt tragen.« Seine Stimme war leise und erfüllt von einem Respekt, der von vielen Jahren der Unterwerfung zeugte.

»Wirst du uns in den Palast begleiten, Babo?« Ich war neugierig, ob er bei uns bliebe.

»Ich übergebe Euch dem Haremsdiener, er wird Euch dann in Empfang nehmen.«

Damit drehte er sich um und richtete unser Lager. Es würde für Jasemin und mich die letzte gemeinsame Nacht werden, und ich konnte ihrem Gesicht ansehen, dass sie den gleichen Gedanken hatte. Morgen würde ich sie verlassen, mein Plan stand fest. Immer und immer wieder hatten wir im Geiste durchgespielt, was wir tun mussten.

Wir hielten uns in dieser Nacht aneinander fest. Ein letztes Mal wisperten wir uns zu, dass wir einander wiedersehen würden, und ein letztes Mal beteten wir zusammen für unsere beiden Schicksale.

Dass Bagdad eine große Stadt war, war uns schon zu Ohren gekommen, aber dieser Ort übertraf alles, was ich bisher gesehen hatte. Die Karawane kam am Kamm einer der größeren Dünen zum Stehen und erlaubte uns über die flimmernden Sandflächen einen Blick auf die Mauern und mächtigen Wehranlagen dieser Stadt. Unser Meister Abdallah hatte jedes Mal regelrecht zu schwärmen angefangen, wenn er von dieser faszinierenden Stadt gesprochen hatte, und wir Mädchen hatten ehrfürchtig an seinen Lippen gehangen. Jetzt sah ich sie zum ersten Mal mit meinen eigenen Augen, und mein Herz tat vor Aufregung einen Sprung. Hart umkämpft, war Bagdad die Pulsader des ostarabischen Reiches und mit ihrem ehrgeizigen Sultan eine blühende Metropole. Selten haben sich in einer Stadt so viele Religionen angesiedelt: Juden, Moslems und Christen und mit der Gemeinschaft auch ein gewisser Wohlstand. Dies war für mich der erste Eindruck dieser pulsierenden Stadt, die mein Zuhause werden sollte. Nur anders, als der Sultan es sich wohl vorgestellt hatte …

Hinter den Vorhängen unserer Sänfte begann ich mich für meine Flucht vorzubereiten. Ich zog eine einfache Pumphose an, den sogenannten Sirwal, den wir von Dienern des Palastes erbetteln konnten, und die typische Weste, die vorn geknöpft wurde. Beides war aus dem hellen Baumwollstoff, aus dem die meisten Kleidungsstücke des einfachen Volkes gemacht waren. Nicht neu, aber doch wenigstens sauber. Ich schlüpfte in Hose und Weste und befreite mich von all dem Gold und den Edelsteinen, die ich an mir trug. Jasemin stopfte alles zusammen mit meinen Seidenkleidern unter die Kissen auf meiner Seite. Ein breiter Gürtel vervollständigte meine Verkleidung.

Nun kam der Teil, der mir am schwersten fiel: Mit einem scharfen Dolch, den Jasemin aus ihren vom Schleier befreiten Haaren zog, schnitt sie meine langen Haare in kurze fransige

Stufen. Mit einem Seufzen schob sie die Strähnen unter die Kissen. Dann hielt sie mir den Topf mit der Erde hin, die wir gemeinsam gesammelt hatten. Damit beschmierte ich mein Gesicht und meine Haare, bis ich wie eines der Straßenkinder aussah, die immer vor unserem Palast herumlungerten. Selbst die sonst so gepflegten Füße beschmutzten wir mit Erde. Meine Haare waren jetzt matt, die zarte Gesichtshaut bedeckt mit rötlichem Schmutz, und dort, wo das tätowierte Kreuz zu sehen gewesen war, prangte nun ein Dreckklumpen. Jasemin nickte anerkennend.

»Sie werden dich für einen Straßenjungen halten, keine Frage.« Stolz schwang in ihrer Stimme mit und ein wenig Sorge um mich.

»Wirst du mich wirklich eines Tages von hier wegholen?«

Sie schaute mich mit ihren wunderschönen braunen Augen an, die sich mit Tränen füllten. Dennoch schwang Hoffnung in ihrer Stimme mit.

Sanft strich ich ihr über das offene, lockige Haar, das in dem diffusen Licht der Sänfte viel dunkler wirkte, als es normalerweise war.

»Natürlich, ich halte meine Versprechen«, bekräftigte ich und fühlte mich wie die große Schwester, die Jasemin nie gehabt hatte. Aber der Knoten in meinem Hals wollte sich nicht lösen. Ein wenig Angst schwang doch mit. Dazu Stolz und eine seltsame Erregung, die sich in meinem Rücken ausbreitete, mein Herz zum Klopfen brachte und meinen Magen flattern ließ.

Der Lärm auf der Straße verkündete unsere baldige Ankunft. Selbst die Tiere wurden ein wenig schneller, als es durch die Straßen Bagdads hoch zum Palast ging. Ich drückte

Jasemin noch einmal fest und mit einem stummen Versprechen an mich und schob dann vorsichtig den Vorhang auf die Seite. Vor uns lagen die prunkvollen Tore des Palastes, die noch geschlossen waren. Sämtliche Tiere kamen zum Stillstand, um zu warten, bis jeweils eines nach dem anderen durch den rechten Flügel geführt wurde. Erst jetzt öffnete sich das große rechte Tor, ich sah es aus der Entfernung. Es würde noch einige Zeit dauern, bis wir dieses Nadelöhr passiert hatten. Außerdem waren viele Menschen hier, um die Ankunft der Karawane zu erwarten. Babo stand auf Jasemins Seite des Kamels und hielt es fest.

Meine Sinne waren ganz auf mein bevorstehendes Abenteuer gerichtet, als ich auf einmal Jasemins Hand auf meiner Schulter spürte. Ich drehte mich zu ihr und sah in ihr aufgewühltes Gesicht. Sie drückte mir den Dolch in die Hand, mit dem sie meine Haare geschnitten hatte.

»Behalte ihn, er wird dich immer an mich erinnern und dir vielleicht auch einmal gute Dienste leisten. Ich werde ihn wohl kaum noch brauchen …«

Ich betrachtete den Dolch in meiner Hand und sah erst jetzt, wie schön er gearbeitet war. Es war der typische Dolch, wie er von Frauen gerne versteckt im Rock oder im Gürtel getragen wurde. Er war klein und schmal, extrem spitz und so scharf, dass er einem Mann auch zum Rasieren dienen konnte. Dieser besondere Dolch steckte in einem kleinen silbernen Schaft mit wunderschönen Gravuren, besetzt mit winzig kleinen Edelsteinen, die farbig schimmerten.

»Das kann ich nicht annehmen, Jasemin!«, entgegnete ich berührt und streckte ihr den Dolch wieder entgegen. »Er ist mehr wert als alles, was ich jemals in meinem Leben besessen habe.«

Jasemin lächelte traurig. »Es ist das Vermächtnis meiner Mutter. Ich hatte ihn stets gut versteckt bei mir getragen, meist in meinem Haar, weil er aussieht wie eine Haarnadel. Sie werden ihn mir wegnehmen, denn ich darf dort, wo ich hinkomme, nichts mehr besitzen.« Ihre Stimme war eindringlich. »Bitte nimm ihn mit und verwahre ihn für mich, denn du bist die Einzige, die seinen wahren Wert zu schätzen weiß.«

Gerührt nahm ich den winzigen Dolch an mich und steckte ihn in meinen Gürtel.

»Er wird mich immer an dich erinnern, Jasemin. Er steht für das Band unserer Freundschaft, und wenn ich dich eines Tages wiedersehe, dann gebe ich ihn dir zurück«, versprach ich mit fester Stimme und blickte wieder nach draußen, um ihren traurigen Augen auszuweichen. Es fiel mir schwer, mich auf meine Flucht zu konzentrieren, während mir eine Träne die Wange herunterlief.

Es musste jetzt schnell gehen. Noch waren alle Blicke nach vorn gerichtet. Ich kletterte daher, so flink es ging, auf der anderen Seite aus der Sänfte heraus und hing nun mit den Armen an dem Holzgestell, das die Sänfte in der Mitte des wackelnden Kamelrückens hielt. Vorsichtig maß ich die Entfernung bis zum Boden mit den Augen. Wir hatten ein großes Kamel erwischt, und ich traute mich nicht so recht zu springen. Daher kletterte ich ein Stück an der Satteldecke mit den verknoteten bunten Bändern herab und ließ mich leichtfüßig von der Kordel in den Staub der sandigen Straße fallen. Sofort kauerte ich mich auf den Boden, um keine Blicke auf mich zu ziehen. Langsam rutschte ich seitwärts an zwei Fässer heran, die am Wegesrand gelagert waren. Zeitgleich wurde unser

Kamel von Babo wieder ein paar Schritte vorwärts geführt, und ich wäre beinahe von dem darauffolgenden Kamel getreten worden, hätte mich der danebenlaufende Eunuch nicht mit dem Fuß aus dem Weg geschoben.

»Geh aus dem Weg, Junge«, rief er dabei, »du wirst sonst noch zertrampelt!« Das ließ ich mir nicht zweimal sagen. Erleichtert über meine gelungene Tarnung richtete ich mich auf und rannte, so schnell mich meine Beine trugen. Mit klopfendem Herzen und zitternden Knien lief ich weg vom Palast und den staubigen Weg entlang in die Stadt, die mich so verheißungsvoll aufnahm. Mein Vater hatte recht gehabt: Der Kalmar hatte sich erfolgreich seiner Umgebung angepasst. Schmutzig wie alle Straßenkinder dieser Stadt tauchte ich unter im heißen und staubigen Gewühl der belebten Straße. Aufgeregt blieb ich stehen und blickte zur Karawane zurück. Meine Brust hob und senkte sich unter meinen schweren Atemzügen. Niemand hatte meine Flucht bemerkt, ich konnte mein Glück kaum fassen! Ab jetzt war ich ein kleiner Junge, der soeben seine Freiheit zurückbekommen hatte. Eine Freiheit, die ich nie wieder aufgeben würde.

Kapitel 7

Schottland im Jahre 1304

Wenn in Schottland die Sonne schien, die Heidebüsche blühten und die Luft summte von den Bienen, die fleißig Honig sammelten, dann legte sich eine solch friedliche Stimmung auf das Land und überdeckte seinen wahren Zustand. Es waren unruhige Zeiten, die das Land erschütterten. England scheiterte mit seiner Invasion in Schottland, König Edward wurde von den schottischen Bauernkriegen schwer getroffen und verlor Soldaten, Pferde und wichtige Gebiete an die Rebellen. Unter der Führung von William Wallace formierte sich eine Bauernarmee, die den charismatischen Ritter mutig in seinem Kampf um die Freiheit Schottlands unterstützte. Die Grenzgebiete zwischen beiden Ländern wurden immer wieder Schauplatz dramatischer Attacken. Kein Wunder, dass die englischen Truppen sich nicht besonders wohl fühlten in diesem rauen Land, das so viele Möglichkeiten für grausame Hinterhalte bot. Trotzdem mussten sie für genügend Nachschub sorgen, Pferde, Waffen und Nahrung. Gnadenlos zwangen die Engländer die gebeutelten schottischen Bauern, ihr Hab und Gut an die Soldaten zu verteilen. Der Hass der schottischen Bevölkerung wuchs mit der Dreistigkeit der Besatzer.

Aber von diesen unruhigen Zeiten war an diesem Morgen nichts zu spüren. Die Stille des frühen Tages wurde nur unterbrochen von einem gelegentlichen Wiehern der Pferde, die mit erstaunlicher Geschicklichkeit die feinsten Grasbüschel abgrasten, die das Heideland zu bieten hatte. Hier in dieser fruchtbaren Gegend zwischen Galloway und Dumfries, im Grenzland zwischen den beiden zerstrittenen Ländern, wuchs das Gras saftig und dicht.

Die beiden Mädchen, die auf die Herde aufpassten, lagen im Schatten einer großen Eiche mit ihren weiten Ästen. Während das eine schläfrig im Schatten döste, ließ das andere Mädchen den Blick stets aufmerksam zu den Waldrändern und dann wieder zu den grasenden Pferden schweifen. Die zwölf Muttertiere mit ihren Fohlen bewegten sich kaum von den beiden Mädchen weg, als wäre ein unsichtbares Band zwischen ihnen. Über ihnen kreisten zwei Falken auf der Suche nach Nahrung für ihren Nachwuchs, begleitet von den zahlreichen Singvögeln und Wildhühnern, die in der heidebedeckten Landschaft reichlich zu fressen fanden.

Der Bach, der in der Nähe der Eiche vorbeifloss, spendete Mensch und Tier genügend Wasser. Frisch und sauber perlten glasklare Rinnsale durch die Steine und bemoosten Felsbrocken, die sich schwarz von dem satten Grün des Graslands abhoben. Emma, die wachsam immer wieder zu den Pferden spähte und dann die Umgebung beobachtete, nahm sich einen Grashalm und kaute darauf herum. Eine Bewegung am gegenüberliegenden Hügel erregte ihre Aufmerksamkeit. Sie legte ihre Hand über ihre Augen, um nicht von der Sonne geblendet zu werden.

Sie hatte richtig gesehen, eine kleine Gruppe von Reitern trabte den Weg herunter, den sie beide heute Morgen ebenfalls mit der Herde genommen hatten. Sie wusste sofort, was dies zu bedeuten hatte, denn das englische Banner wehte sichtbar im Wind. Aufgeregt stupste sie ihre schlafende Begleiterin mit dem Fuß in die Seite, um sie zu wecken.

»Lily! Wach auf!« Ihr Ton war leise, aber drängend. »Wach auf und bring die Pferde von hier weg! Engländer kommen. Ich versuche, sie aufzuhalten, um dir Zeit zu verschaffen.«

Noch mit vom Schlaf schweren Augen schreckte Lily auf, erkannte die Dringlichkeit der Lage aber sofort und machte sich schnell auf zum Leittier, das nicht weit von ihr mit seinem Fohlen friedlich graste. Sie hatten beide grobe Leinenhosen und weitgeschnittene Tuniken an, die es ihnen erlaubten, wie Männer zu reiten. Es fiel ihr leicht, sich geschmeidig wie eine Katze auf den Rücken der Stute zu ziehen. Ohne Zaumzeug und Sattel, nur durch Schenkeldruck und Gewichtsverlagerung lenkte sie das Tier, eine ältere, aber immer noch hübsche Stute, an der Herde vorbei und rief dabei immer wieder leise die Namen der Muttertiere, die ihr sofort folgten.

Die Bewegung der Tiere war auch den Männern auf dem Hügel nicht entgangen, denn sie wurden jetzt schneller. Emma schluckte schwer, als sie ihre Vermutung bestätigt sah: Die Gruppe hatte es tatsächlich auf die Pferde abgesehen. Sie war des Öfteren von ihrem Vormann gewarnt worden, dass dies eine übliche Vorgehensweise der hiesigen Besatzer war, und deshalb war sie entsprechend vorbereitet. Trotzdem klopfte ihr das Herz bis an den Hals, als sie jetzt die zierliche Armbrust in die Hand nahm und zitternd den Doppellauf mit zwei Pfeilen bestückte. Zwei der fünf Männer sonderten sich von der Gruppe ab und kürzten den Weg in Richtung der fliehenden Pferde ab.

»Halt!«, schrie Emma mit fester Stimme und zielte auf den ersten der beiden Reiter, die den flüchtenden Pferden hinterhergaloppierten. »Stehen bleiben, oder ich schieße sofort!«, wiederholte sie den Befehl.

Emma war mit einem Knie auf den Boden gegangen und zielte jetzt mit der Armbrust an der Schulter, eine Haltung, die sie oft genug geübt hatte. Beide Reiter erkannten die Gefahr und rissen an den Zügeln, um ihre Pferde zum Stehen zu bringen. Hinter den beiden sah sie Lily mit der Herde in den Wald verschwinden. Gut, dachte Emma erleichtert, jetzt muss ich ihr nur noch etwas Vorsprung ermöglichen.

»Wer seid Ihr, und was wollt Ihr hier?« Ihre Stimme klang fester, als ihr zumute war. Die Reiter rechts von ihr waren jetzt so nah, dass sie die Gesichter erkennen konnte. Einer war in seiner kompletten Kampfausrüstung, von den Stahlstiefeln bis zum Helm, unschwer als Ritter zu erkennen. Er trug auf seiner Tunika die Farben seines Rittergeschlechts, weiße und blaue Streifen, unterbrochen von roten Falken. Emma wusste nicht, welchen Namen er trug, aber er war ein englischer Ritter, seine Standarte wies ihn als solchen aus.

Die anderen beiden, die ihm nicht von der Seite wichen, waren schlichter gekleidet. Ihre Helme bedeckten nur den Kopf und nicht das Gesicht. Statt des Metallhemds waren sie in Leder und mit dem obligatorischen Brustpanzer gekleidet, aber auf ihrer Brust befanden sich die verräterischen Farben und das Emblem des englischen Königs, Gelb auf Rot. Sie waren Soldaten König Edwards, auch »Hammer der Schotten« genannt, wegen seiner unnachgiebigen Haltung gegenüber dem schottischen Volk – ihrem Volk.

Die Hand, die die Armbrust immer noch unentwegt auf

die beiden Reiter vor sich richtete, zitterte leicht. Der englische Ritter hatte rechts von ihr angehalten und schob das Visier seines Helms mit einer Hand ärgerlich nach oben. Sein arroganter Blick fiel auf Emma. Er hielt sie in ihrer Aufmachung offensichtlich für einen Jungen. Sein Gesicht zierte ein roter Bart, und er schien verärgert darüber, dass er sich mit so einem kläglichen Störfall abmühen musste.

»Mein Name ist William de Valence, Ritter im Dienste König Edwards von England«, sprach er mit so viel Autorität, wie er nur in seine Worte packen konnte. »Wir sind beauftragt, Pferde für die Armee einzusammeln, um sie in den Dienst der Krone zu stellen. Auch diese Pferde sind hiermit konfisziert!«

Seine Stimme wurde am Schluss sogar noch lauter, als würde es ihn ärgern, einem dummen Pferdehirten die Sachlage erklären zu müssen. Er hatte nicht wirklich mit einer ernsthaften Gegenwehr gerechnet, daher störte es ihn, dass der Junge mit der hellen Stimme immer noch an seiner Armbrust festhielt und sie nicht einmal ein wenig absenkte. Die Augen des Ritters waren fest auf die beiden Reiter gerichtet, die zwischen ihm und der Waldgrenze standen, auf seine Befehle warteten und etwas unsicher zwischen dem Ritter und dem Schützen hin und her sahen.

»Die Pferde gehören meinem Lehensherrn, und Ihr müsst schon erst ihn fragen, ob Ihr sie haben dürft, Mylord, ich kann sie Euch auf keinen Fall überlassen.«

Die freche Antwort ließ de Valence überrascht den Kopf wenden und den standhaften Jungen ein wenig näher besehen. Er konnte es doch nicht ernsthaft wagen, sich gegen die Krone zu stellen?

»Du allein gegen uns alle und gegen die Krone Englands? Was bist du doch für ein dummer Bengel! Wenn du es wagst zu schießen, werde ich dich eigenhändig erschlagen.«

Er drehte sich ein wenig im Sattel und bedeutete den beiden Männern mit einer Handbewegung, die Pferde einzuholen. Sie gaben sofort die Zügel frei und stürmten aus dem Stand los. Den Ruf des Armbrustschützen hinter sich beachteten sie nicht. Erst als einer der beiden mit einem Pfeil im Hals vom Sattel fiel, wurde de Valence klar, dass der Junge es ernst meinte und auch noch verdammt treffsicher war. Bevor er den zweiten Reiter warnen konnte, traf diesen schon der zweite Pfeil in den Hals, und er fiel mit einem Ächzen von seinem Pferd. Bevor der Todgeweihte den Boden berührte, gab de Valence seinem Pferd die Sporen und schoss auf seinem schweren Kampfpferd vorwärts auf den Schützen zu. Mit einem Brüllen, das durch Mark und Bein ging, zog er einen Morgenstern aus der Schlaufe seines Sattels und schwang die fürchterliche Waffe mit einer Kraft, die von jahrelanger Übung und gnadenlosem Einsatz zeugte.

Emma ließ die Armbrust sinken. Sie hatte Lily mit dem Tod der beiden Soldaten noch ein paar wertvolle Sekunden Vorsprung verschafft, um sich mit der Herde abzusetzen.

Von rechts kam der Ritter mit seinem fürchterlichen Kampfgeschrei nun auf sie zugeschossen. Diesen Moment hatte sie gefürchtet, denn es dauerte zu lange, die Waffe mit den beiden Pfeilen zu laden. Obwohl sie in einer geübten Bewegung mit einer Hand nach dem Köcher griff, mit der anderen zeitgleich den Bogen spannte und den Pfeil auflegte, war es ihr nicht mehr möglich, ihn abzufeuern. Der Ritter hatte den Abstand zu ihr schnell verkürzt.

Sie hatte sich bereits zu ihm umgedreht, immer noch auf einem Knie, um nicht die Balance zu verlieren. Ihre Finger waren fahrig und nervös, ihr Magen flatterte vor Aufregung, und es gelang ihr nicht mehr rechtzeitig, die Waffe zu laden. Sie sah den mächtigen Ritter auf sich zurasen. Sein Brüllen vermischte sich mit dem Donnern der Hufe und dem Schnaufen des riesigen Schlachtpferdes. Emma wusste, sie war dem Tod geweiht, und ihre Bemühungen waren umsonst; sie erstarrte.

Mit einem schrecklichen dumpfen Krachen schlugen die metallenen Stacheln des Morgensterns in ihren Brustkorb. Die Wucht des Aufpralls ließ ihren schmalen Körper wie einen Ball durch die Luft wirbeln, bis sie auf dem Rücken liegen blieb. Vage und wie durch einen dicken Nebel hindurch starrte sie erschrocken zu dem Ritter hoch. Mit einer abstoßenden Kaltblütigkeit gegenüber seinen Feinden war er mit seinem Ross neben ihr stehen geblieben, inspizierte in aller Seelenruhe ihre Verletzungen.

Sie empfand keinen Schmerz, sie bekam nur kaum Luft und spürte, dass sehr viel Blut aus ihrem Körper lief und mit ihm die Hoffnung auf ein Überleben. Sie wagte nicht, nach unten zu sehen, blickte stattdessen angsterfüllt in das unbewegte Gesicht ihres Widersachers, der nun auf seinem Pferd über ihr thronte und sie mit einem kalten Blick musterte. Er spuckte einmal kurz aus und befestigte den Morgenstern wieder an seinem Sattel. Seine beiden Begleiter waren neben ihm zum Stehen gekommen. Ihre fragenden Blicke wandten sich von der klaffenden Wunde im Brustkorb des Mädchens zu de Valence. Unwirsch gab er den Befehl, die beiden Pferde der toten Soldaten einzufangen.

Er wollte sich gerade abwenden, als ein langer schwarzer Pfeil mit einer unglaublichen Wucht erst den einen und Sekunden später ein weiterer Pfeil den zweiten Reiter seines Gefolges tötete. Beide Männer sanken leblos von ihren Pferden.

William de Valence drehte sich mit seinem Ross sofort kampfbereit dem unbekannten Schützen entgegen. Seine Wut über die verlustreiche Einnahme einer sicher geglaubten Beute steigerte sich ins Bodenlose. Er würde diesem Bauernpack zeigen, was es hieß, sich gegen einen de Valence und damit gegen den Willen des Königs zu stellen! Aber was er dann sah, ließ ihn zögern. Etwas stimmte hier ganz und gar nicht. Der Anblick, der ihn innehalten ließ, bescherte ihm eine Gänsehaut. Er hatte in seinem Leben noch nie vor etwas Angst gehabt, aber jetzt beschlich ihn ein Gefühl, als würde er direkt in den Schlund der Hölle blicken. Selbst sein Pferd schnaubte und scheute, als würde es ähnlich empfinden.

Vor ihm, direkt auf der Anhöhe, die er zuvor mit seinen Soldaten heruntergekommen war, ragte ein ganz in schwarz gekleideter Reiter auf einem ebenso schwarzen imposanten Hengst auf. Langsam senkte der Unbekannte die Arme mit dem Pfeil und dem Langbogen, als wollte er ihm Gelegenheit geben, zu reagieren. Der dritte Pfeil hatte wohl ihm gegolten, aber kein Pfeil durchschlägt eine Rüstung. Das Gesicht, das ihn musterte, war wie aus Holz geschnitzt, kein Muskel regte sich darin. Kalte blaue Augen musterten ihn vernichtend, die Haut des Reiters war blass wie die eines Toten und umrahmt von weißen Haaren, die streng nach hinten gebunden waren. Ein paar lose Strähnen flatterten in der leichten Brise mit der Mähne des Pferdes um die Wette. Und als de Valence die Augen zusammenkniff, erkannte er in Höhe der Nasenwurzel ein schwarzes Kreuz.

Alle diese Geschichten, die man sich über den schwarzen Reiter erzählte, fielen ihm jetzt wieder ein und ließen ihm das Blut in den Adern gefrieren. Ihn beschlich das Gefühl, als wäre der Tod persönlich gekommen, um ihn zu holen. Instinktiv bekreuzigte er sich. Sein Pferd – genauso verstört von der Erscheinung – wich rückwärts aus, und ehe er sich versah, fiel es unaufgefordert in einen Galopp, als wäre der Teufel hinter ihm her. Er machte keinerlei Anstalten, sein Pferd anzuhalten.

Instinkt gehört zu den besten Waffen eines ausgebildeten Kriegers. Er hilft, schwierige Situationen richtig einzuschätzen oder erst gar nicht in eine solche zu kommen. Oder aber er diktiert eine Handlung. Und es war reiner Instinkt, der mich in Bewegung setzen ließ, als ich Lily mit den Pferden aus dem Wald jagen sah. Sie würde die Fohlen und trächtigen Muttertiere nie einem solchen Tempo aussetzen, wären sie nicht in Gefahr. Und von Emma, einer jungen, aber sehr geschickten Bogenschützin, die mit Lily die Herde beschützen sollte, fehlte jede Spur.

Ich drückte die Absätze gegen die Flanken von Taycan und gab seiner Nervosität ein Ziel. Auch er schien etwas zu spüren und hatte aufgeregt getänzelt. Wir jagten in die Richtung, aus der die Herde gekommen war, und gelangten zum Hügel. Emma lag auf dem Boden. Sie war schwer am Brustkorb verletzt oder sogar schon tot. Zwei Soldaten fingen gerade die Pferde der Toten ein, die mit Pfeilen im Hals etwas weiter weg lagen. In Sekundenbruchteilen hatte ich eine Entscheidung gefällt und zog meinen Langbogen aus dem Sattel. Mit dem ersten Pfeil traf ich den ersten Reiter in den Hals, und auch der zweite sank gleich darauf tot vom Pferd. Für den Ritter wollte ich mir etwas Zeit lassen, denn er hatte offenbar Emma auf dem Gewissen. Nur ein Morgenstern riss eine solch schreckliche Wunde wie die in Emmas Brustkorb. Und dieser gut gekleidete Edelmann auf seinem Schlachtross hatte eine solche Waffe in einer Schlaufe an seinem Sattel befestigt. Ich senkte meinen Langbogen und wartete ab, wie er reagieren würde. Dabei musste ich meine Wut wieder in den Griff bekommen, die mich beim Anblick des verletzten Mädchens ergriff. Man sah mir nicht an, was in mir vorging, aber ich hatte soeben sein Todesurteil gefällt. Die Frage war nur, wie es zu vollstrecken war.

Der Ritter im Tal musterte mich vom Rücken seines Pferdes, das unruhig tänzelte, und bekreuzigte sich. Gut so, er nahm mich also ernst. Dann geschah etwas Unerwartetes: Der Ritter nahm seine Zügel auf, und sein Pferd warf unwillig den Kopf hoch. Er kam aber nicht auf mich zu, sondern drehte ab und ließ dem nervösen Pferd freien Lauf. In einer dünnen Staubwolke, die sich nur langsam wieder auf den schmalen Feldweg legte, verschwand er, als wäre der Teufel hinter ihm her. Er wollte sich also nicht einmal einem Kampf stellen, der verdammte Feigling! Wütend ballte ich die Faust und schrie etwas Entsprechendes hinter ihm her, aber er konnte mich nicht mehr hören. Einerseits wäre ich ihm gerne nachgejagt, auf der anderen Seite lag dort unten meine Emma in Todesqualen. Ich entschied, mich erst um sie zu kümmern, und verschob die Verfolgung auf einen späteren Zeitpunkt. Weit würde er ja nicht kommen, nicht mit mir auf den Fersen. Auch wenn er direkt in die Hölle reiten sollte.

Mein Hengst blieb nach einem kurzen Sprint die Anhöhe hinunter neben dem Mädchen stehen. Mit einem Satz sprang ich ab, noch bevor das Pferd zum Stillstand gekommen war, und kniete erschüttert neben Emma nieder. Sie lag auf dem Rücken, ihre Augen waren erschreckend weit geöffnet. Ihr Atem kam als rasselndes, gurgelndes Geräusch aus ihr heraus. Es brauchte keine Ausbildung zum Medicus, um zu wissen, dass die klaffende Wunde in ihrem Brustkorb ihren Tod bedeutete. Die Angst ließ sich aus ihren großen haselnussfarbenen Augen ablesen, und mir zog sich vor Schmerz das Herz zusammen. Meine tapfere Emma bezahlte den Kampf um meine Pferde mit dem Tod.

Tief gerührt nahm ich ihre Hand, die vom Blutverlust und dem Schock eisig kalt war, und richtete sanft ihren Oberkörper auf, um das Atmen zu erleichtern. Ihre Lippen zitterten, mein Arm, der ihren Oberkörper stützte, war sofort durchnässt von ihrem Blut. Mit meiner freien Hand hielt ich zärtlich wie bei einem Kind ihren Kopf und zupfte die verklebten blonden Haarsträhnen aus ihrem Gesicht. Sie hatte sie abgeschnitten, weil lange Haare sich immer in ihrer Armbrust verhedderten. Jetzt waren sie stumpf und nass vom Schweiß.

Sie würde in den nächsten Minuten sterben. Immer wieder erfasste sie ein Zittern, das ihren schmalen Körper erschauern ließ. Ich konnte nichts mehr für sie tun, nur ihren Tod erleichtern. Und so hielt ich sie fest und sprach mit ihr, ruhig und sanft.

»Ich werde deinen Tod rächen, Emma. Keiner meiner Krieger stirbt umsonst. Auch du nicht. Ich werde diesen Ritter finden und ihn tausendfach büßen lassen.«

Trotz meines leisen Tons war meine Stimme fest und entschlossen. Sie gab keinen Aufschluss über meine Wut und Zerrissenheit – eine nützliche Eigenschaft, die ich mir im Laufe meiner Jahre angeeignet hatte. Emmas Augen, die mich dankbar fixierten, verloren etwas von dem ängstlichen Ausdruck und hielten mich letztlich davon ab, aufzuspringen und sofort loszureiten. Diese wenigen letzten Minuten waren das Einzige, was ich diesem tapferen Mädchen noch geben konnte, und ich gab sie ihm von Herzen. Wie oft habe ich nun schon treue Kampfgefährten in den Tod begleitet, habe ihre Hand gehalten und versucht, ihnen ihre Angst zu nehmen. Und trotzdem traf es mich immer zutiefst. Meine Seele nahm wie immer die Schuld an ihrem Tod auf und ließ den dunklen Fluss meines Gewissens ganz tief in mir weiter anschwellen.

Ein gurgelnder Husten schüttelte Emmas schmalen Körper. Ihre Augen wurden matt, die Lider zitterten. Noch einmal versuchte sie, sich mit letzter Kraft aufzurichten, und formte ein paar Worte mit ihren Lippen: »… Tod … Krieger?«

Ich verstand sofort, drückte die schlaff gewordene Hand und bestätigte ihre letzte Frage: »Ja, du wirst das Begräbnis eines Kriegers erhalten, mit allen Ehren. Du warst ein tapferes Mädchen und hast dein Leben für uns alle gegeben. Lass jetzt los, meine kleine Emma, gehe zu deinem Gott, und gehe in Frieden.«

Emma schloss die Augen, auf einmal wirkte sie fast zufrieden, und bei ihrem letzten Atemzug sah ihr Gesicht beinahe entspannt aus, bevor das Leben aus ihrem Körper entwich.

Ich atmete tief durch und blickte von Emmas totem Körper auf, um in die Gesichter der umstehenden Krieger zu blicken, in denen sich Trauer und Schmerz vereinten. Sie waren von Caerleverock Castle, unserem Zuhause, herbeigeeilt und standen jetzt Seite an Seite mit mir neben dem toten Mädchen. Ich hatte keine Worte. So laut war der Schmerz über einen verlorenen Menschen in meinem Kopf, ich konnte weder mich noch die anderen trösten. Es kribbelte in meinem Rücken. Die mir so vertraute Wut kam zu mir zurück und verdrängte die Trauer. Gut so, ich brauchte sie, um mich von der Toten loszureißen und die Verfolgung aufzunehmen.

Irgendjemand gab mir ein Tuch, um meine Hände abzuwischen. Ich bettete Emmas Kopf sanft auf die Erde und stand auf. Dumpf blickte ich in die traurigen Augen der Umstehenden, die entweder die Köpfe senkten oder mich erwartungsvoll anblickten. Kampflust glitzerte in ihren Augen und eine Wut, die meine eigene spiegelte. Mit einem tiefen Atemzug wendete ich mich zu meinem Pferd, das den Geruch von Blut wahrnahm und unwillig seinen Kopf hob.

Entschlossen stieg ich in den Sattel, nickte den Anwesenden kurz zu und gab noch letzte Anweisungen, die Leiche zurück in die Burg zu bringen und alles für die Beerdigung vorzubereiten. Taycan, der irritiert schnaubte, schien meine Entschlossenheit zu spüren und warf sich nach vorn, um loszulaufen. Und tatsächlich hatte seine Kraft einen beruhigenden Effekt auf mein Gemüt, und ich ließ seinem Willen freien Lauf. Ich war mir sicher, wir würden rechtzeitig zur Trauerfeier zurück sein – mit einer Haarlocke von Emmas

Mörder als Grabbeigabe. Der Wind, der mir ins Gesicht blies, trocknete ihr Blut auf meiner Haut und meiner Kleidung, genauso wie die Tränen in meinem Gesicht.

Die Spuren, die der Ritter mit seinem kräftigen Pferd hinterlassen hatte, waren so einfach zu lesen wie die Buchstaben auf Meister Abdallahs Papyrusrollen. Er hatte etwa eine Stunde Vorsprung, und ich gab meinem Hengst den Kopf frei. Es wunderte mich, dass der Ritter nicht den Weg zurück nach England gesucht hatte, sondern tiefer in schottisches und damit feindliches Gebiet geritten war. Selbst auf der Flucht wäre ein großer Bogen zurück möglich gewesen, aber er hatte sich fast stur in nördlicher Richtung gehalten.

Bald wurden die gut ausgebauten Straßen, die von den englischen Trupps für die schweren eisenbeschlagenen Wagen genutzt wurden, zu immer dichteren und schmaleren Wegen, die mich eher an Trampelpfade erinnerten. Seine Spuren waren noch immer deutlich zu lesen, die eisernen Hufbeschläge gruben sich tief in den weichen Untergrund. Sein Tempo hatte er augenscheinlich gedrosselt, um sein Pferd nicht zu schinden. Dasselbe tat ich auch mit Taycan, dem der Schweiß vom Hals tropfte. Er war zäh und kräftig, aber ich hatte alle Zeit der Welt. Zudem wurde der Weg immer felsiger und die Gefahr zu stolpern größer.

Warum er immer tiefer in feindliches Gebiet geritten war, wurde mir klar, als die Spuren sich auf einer Lichtung auf einmal änderten. Zu dem des Kampfpferdes gesellten sich jetzt noch weitere Hufabdrücke. Fast alle wiesen die typische

Größe der beschlagenen englischen Pferde auf, nicht die kleineren nackten Hufe der Pferde der Schotten. Er war also auf seine eigenen Leute gestoßen und hatte gewusst, dass sie hier auf ihn warten würden.

Taycan ging ungestüm vorwärts, er schien die Nähe des Feindes zu spüren, und ich musste ihn zurückhalten, um nicht geradewegs in die Truppe zu stürmen. Anhand der Spuren schätzte ich die Zahl der Reiter auf etwa zehn. Das änderte meine Pläne ein wenig, denn ich musste seine Helfer an einer geeigneten Stelle erwischen, um an ihn heranzukommen.

Es dauerte nicht lange, und ich fand ihren verlassenen Rastplatz an einem kleinen Flusslauf. In diesem Teil des beginnenden Hochlandes war ich noch nie gewesen. Ich schätzte, wir waren schon weit über Dumfries hinaus, das zum Land des Clans Douglas gehörte. Seit vier Stunden war ich mit einem zügigen Tempo unterwegs, inzwischen völlig abseits der Hauptwege, als würden die Engländer ein verstecktes Ziel suchen.

Trotzdem machten sie sich keine Mühe, ihre Spuren zu verwischen. Der Ritter war sich wohl sehr sicher, dass er nicht verfolgt oder angegriffen werden würde. Dort, wo sie gerastet hatten, war noch alles zerwühlt, das Gras hatte sich noch nicht wiederaufgerichtet. Sie waren demnach ziemlich nah.

Ich lenkte Taycan leicht östlich und ritt einen parallelen Weg zu dem meines Feindes. Manchmal, wenn der Wind günstig stand, konnte ich sie sogar laut lachen hören, so nah war ich ihnen schon gekommen. Der Wind kam aus westlicher Richtung und war bereits warm vom milden Klima des Meeres. Sie konnten mich also weder hören noch die Pferde Taycan wittern.

Mit schnellem Tempo überholte ich die Gruppe in angemessenem Abstand. Das Tal, das wir nun hinter uns ließen, hatte keinerlei Abzweigung. Irgendwann würden sie daher die Schmalstelle passieren, die am Ende des Tals neben einem Bach entlangführte. Taycan fiel in einen langsamen Trott, und ich musterte die Umgebung, die meiner zahlenmäßigen Unterlegenheit entgegenkam. Links und rechts des Weges ragten die felsigen Wände der Bergformation auf, in die sich der Bach wohl schon seit Jahrhunderten fraß. An einer Stelle verengte sich der ohnehin schmale Weg, weil ein Felsbrocken von der steilen Gebirgswand gefallen war. Zudem hatte der felsige Weg eine leichte Schräge, die Pferde fanden nur schlecht Halt. Den Felsbrocken selbst mussten die Reiter einzeln umlaufen.

Ich stellte mich hinter dem Felsen in Position und zog mein Schwert in einer fließenden Bewegung aus dem Rückenhalfter. Hier war ich sicher, denn die Biegung des Weges und der Fels schützten mich vor einer allzu frühen Entdeckung. Der Elfenbeingriff ruhte jetzt vertraut in meiner Hand. Die seltene Waffe war so scharf wie kein anderes Schwert. Liebevoll betrachtete ich die Spiegelung auf der leicht gebogenen Klinge, das perfekt geschmiedete Metall und die wunderschöne Gravur im Griff. Es waren chinesische Schriftzeichen, der Name des Meisters, dem dieses Schwert einmal gehört hatte, Kang Shi Fu. Es hatte mich einige Zeit gekostet, um herauszufinden, dass es sein Name war, der dort eingraviert war. Ich schickte ein kleines Gebet an Shi Fu, meinen Großmeister und Lehrer, der aus mir die Kriegerin gemacht hatte, die ich heute war. Der alte Chinese war für mich wie ein Vater gewesen, der mir mein Leben lang so gefehlt hatte. Er nahm einen besonderen Platz in meinem Herzen ein, direkt neben dem meiner Familie.

Der schöne Sommertag würde in einem Blutbad enden, so sollte es wohl sein. Die Sonne ging behäbig am Horizont unter, als würde sie sich den kommenden Ereignissen geschickt entziehen wollen. Das Licht der Abenddämmerung färbte den Himmel orange und ließ Blätter und Bäume golden schimmern.

Ich zog mit den Fingerspitzen die Linie der Klinge nach, vorsichtig darauf bedacht, mir nicht wehzutun. Die Härte des Metalls gab mir ein sicheres Gefühl. Trotz der Kühle des frühen Abends spürte ich eine Wärme, die von meinem Rücken in meinen Bauch kroch, und meine Sinne begannen sich zu fokussieren.

Deutlich konnte ich die Vibration des Bodens spüren, als die Reiter den Weg entlangkamen, den ich zuvor passiert hatte; sie waren einen Steinwurf entfernt. Mein Bauch war ganz warm, mein Atem ging ruhig und gleichmäßig, mein Körper stellte sich auf den Kampfmodus ein. Ich schloss die Augen, ich musste sie nicht sehen, ich spürte sie. Meine Sinne sagten mir deutlich, was ich wissen musste: Sie ritten paarweise, der Ritter, den ich suchte, in ihrer Mitte. Ihn begleiteten zehn Soldaten. Ich hörte das Klappern der Hufeisen, das Klirren der Metallwaffen und der Geschirre, das Ächzen der Ledersättel, das Schnauben der Pferde, das Lachen der Männer.

Jetzt hielten sie kurz an, der Felsbrocken zwang sie, sich aufzuteilen. Ein lauter Befehl erklang, und die Soldaten setzten sich in Bewegung. Der erste trabte um den Felsbrocken herum und in mein Sichtfeld. Ich öffnete die Augen.

William de Valence hatte sich wieder gefangen. Nachdem ihn eine ungeheuerliche und noch nie dagewesene Furcht dazu gebracht hatte umzukehren, ließ er sein Pferd in nördliche Richtung galoppieren. Es dauerte lange, bis er wieder klar denken konnte und die unheimliche Gestalt auf dem schwarzen Pferd vor seinem geistigen Auge verblasste. Er schalt sich selbst dafür, aus Angst einem Kampf ausgewichen zu sein. Aber irgendetwas war so anders gewesen an dieser Gestalt, etwas, das ihn tief in seinem Innersten das Fürchten gelehrt hatte.

Sein Beiname war William der Tapfere, aber das hatte er in diesem Moment vergessen. Der Eskorte, die er nun wie vereinbart auf dem Weg in die Highlands getroffen hatte, erzählte er, dass eine große Gruppe wilder Schotten in einem Hinterhalt über ihn und seine Leute hergefallen sei. Einzig ihm sei die Flucht gelungen. In ein paar Tagen sollten sie die Burg in Stirling erreichen, welche in englischer Hand war. Vielleicht würden sie ja noch auf eine der zahlreichen marodierenden Banden dieses Verräters William Wallace treffen, die hier ihr Unwesen trieben. Er wäre froh, diesem Halunken, diesem Verräter der englischen Krone das Handwerk zu legen.

Sein Trupp kam vor einem riesigen Felsbrocken abrupt zum Stehen. Sein Vormann wies die Soldaten an, einzeln um den Stein herumzugehen, da nur ein Pferd auf einmal durch den schmalen Spalt passte. Ungeduldig hielt er seinen Fuchs im Zaum, um die Soldaten passieren zu lassen. Die ersten vier waren eben durchgeschlüpft, als auf der anderen Seite ein Schrei ertönte, der ihm durch Mark und Bein fuhr. Es war nicht der Kampfschrei eines wilden Schotten, es war das Brüllen eines Menschen, der sich in Todesangst befand. Verflucht, natürlich! Es war die perfekte Stelle für eine Falle!

»Alle Mann zurück, kommt sofort zurück!«, schrie de Valence aus Leibeskräften, drängte sein Pferd an seinen Soldaten vorbei nach vorn und zog das Schwert aus dem Hüfthalfter. Vage drang das Kampfgeschrei von der anderen Seite zu ihm herüber. Der letzte Soldat, der den Felsen passiert hatte, kam jetzt mit seinem Pferd wieder zurück. Er schrie vor Schmerz, sein Arm war direkt unterhalb des Brustpanzers komplett abgetrennt. De Valence riss erschrocken sein Pferd zurück. Der Verletzte drängte mit seinem panischen Pferd in die versammelten Soldaten vor dem Felsen. De Valence schäumte vor Wut.

»Keiner geht auf die andere Seite! Versorgt Kerrington und bleibt zusammen!«

Die meisten Soldaten mussten erst ihre Tiere beruhigen, bevor sie ihren Kameraden helfen konnten. Einer stieg ab und half dem Verletzten von seinem verstörten Tier, dessen Augen sich verdrehten, bis es weiß schimmerte.

»Wie viele sind es?«, schrie de Valence, während er sein Pferd nervös vor seinen Leuten und dem engen Einstieg des Weges tänzeln ließ. Der Verletzte brachte kein Wort heraus, nur ein wildes Stammeln, das im Stampfen und Wiehern der übrigen Pferde unterging.

»Rede!«, schrie er ihn unwirsch an, aber Kerrington verdrehte die Augen und verlor das Bewusstsein. De Valence versuchte, seine Gedanken zu ordnen. Drei Soldaten waren nicht zurückgekommen, ein vierter war schwer verletzt. Wie viele Feinde befanden sich hinter dem Felsbrocken?

Warum hörte er nichts von den anderen Soldaten, waren sie tot?

Mit zusammengebissenen Zähnen gab er den Befehl: »Wir reiten zurück und nehmen einen anderen Weg, bevor wir noch mehr Leute verlieren!« Er zog seinen Fuchs herum und ließ ihn in die Richtung tänzeln, aus der sie gekommen waren.

»Was machen wir mit Kerrington?«, fragte der Soldat, der abgestiegen war, mit dem ohnmächtigen Verletzten im Arm.

»Lasst ihn hier, er hält uns nur auf.«

Beklommene Gesichter zeigten, wie harsch dieser Befehl war, dennoch ließ der Soldat den Einarmigen zu Boden gleiten. Gerade wollte er wieder auf sein Pferd steigen, als ein schwarzer Reiter mit einem Schwert hinter dem Felsen hervorschoss und dem ersten Soldaten in der Reihe den Kopf abschlug. Der zweite Soldat, dessen Pferd vor Schreck mit den Hinterbeinen von dem abschüssigen Weg abrutschte, fiel hintenüber und der schwere Pferdekörper auf ihn. Ein Stich in den Hals des strauchelnden Tieres ließ es schwer auf den gefangenen Menschen unter sich fallen.

Der dritte Soldat starb, bevor er schreien konnte, durch die mörderische Waffe. Der vierte kreuzte mit dem schwarzen Reiter sogar noch die Klinge, bevor auch er mit einem rund geführten Hieb seines Kopfes beraubt wurde. Jetzt waren noch de Valence und zwei Soldaten übrig. De Valence brüllte wie ein röhrender Hirsch, als er frustriert erkannte, wer sein Widersacher war. Einer, der seine Truppe dezimierte, als wären sie nur Lämmer auf der Schlachtbank. Das blasse Gesicht des schwarzen Reiters war zu einer entschlossenen Maske erstarrt, und aus den blauen Augen blitzte der Durst nach Rache.

Nein, diesmal würde er sich wehren! Wenn der Tod ihn holen wollte, würde er ihm die Stirn bieten. William de Valence hatte noch keinen Kampf verloren, und er würde ihn auch nicht gegen den Tod verlieren.

Ich hatte ihn in der Falle. Der Kampf gegen die wenigen verbliebenen Soldaten war keine große Anstrengung gewesen. Sie waren schlecht ausgebildete Schwertkämpfer und noch schlechtere Reiter. Es wunderte mich nicht, dass die Schotten die Engländer das Fürchten lehrten.

Die verbliebenen zwei Soldaten, einer am Boden und einer zu Pferd, setzten sich mit wenig Geschick, aber lautem Brüllen zur Wehr. Der am Boden kam nicht einmal dazu, sein Schwert zu ziehen, und der Soldat auf dem Pferd wurde von Taycan schlichtweg aus dem Sattel geworfen, als mein mächtiger Hengst seine Stute überritt. So war er ein leichtes Ziel für mein Schwert.

Der Ritter, auf den ich es abgesehen hatte, war schwieriger zu bekämpfen. Er war geschützt von seiner Rüstung, sein Schwert war länger und schwerer als meines und wehrte mit einem hässlichen Krachen von Metall auf Metall meine Hiebe ab. Immer wieder sausten die Klingen aufeinander. Anerkennend musste ich mir eingestehen, dass er ein erfahrener und mit allen Tricks vertrauter Kämpfer war.

Allerdings behinderte ihn das Gewicht seiner schweren Rüstung in seiner Beweglichkeit und ermüdete ihn schnell. Das schwere Metall machte jede seiner Bewegungen zu einer Kraftprobe. Er ächzte und schnaufte. Die mächtigen Schläge wurden ungeduldiger und wütender. Meine Wendigkeit und vor allem Schnelligkeit machte ihm schwer zu schaffen und frustrierte ihn sichtbar. Mein rechter Fuß tippte die vordere Schulter meines Hengstes. Es war sein Zeichen, den schweren Wallach des Ritters zu bedrängen, und tatsächlich brachte er ihn so schließlich zum Straucheln. Das Pferd sank mit den Vorderläufen ein und ließ die schwer gepanzerte Gestalt auf seinem Rücken nach vorn über den Hals hinwegstürzen. Hastig blickte ich mich um, erkannte als einzige Gefahr nur noch diesen einen Kämpfer und stieg daher in aller Ruhe von Taycan ab, um ihn nicht der Gefahr eines wütend um sich schlagenden Ritters auszusetzen.

Wutentbrannt stemmte sich der Ritter vom Boden hoch, riss sich den Helm mit dem roten Federbausch vom Kopf und brüllte mich an: »Wer verflucht nochmal seid Ihr? Was erlaubt Ihr Euch, die königliche Eskorte anzugreifen und mit ihr einen Ritter der Krone! Mein Name ist William de Valence, und ich werde Euch lehren, was es heißt, sich mit mir anzulegen!«

Wütend warf er dabei seinen Helm auf den Boden, der scheppernd über den Felsen polterte. Seine Stimme überschlug sich fast. Prustend und schnaufend stand er vor mir, die Fäuste geballt. Seine kurzen roten Haare standen ihm verschwitzt vom Kopf ab. Sein Gesicht war gerötet und erhitzt von der Anstrengung, die Augen funkelten mich mordlustig an. Seine Zähne waren gebleckt wie bei einem Wolf, der drohend fletschte. Er war definitiv gefährlich und bis in die Haarspitzen aggressiv, es wäre ein Fehler gewesen, ihn zu unterschätzen.

Ich antwortete ihm nicht, sondern deutete nur auf das

Schwert vor ihm auf dem Boden, das er beim Sturz verloren hatte. Mit seinen eisenverkleideten Beinen stakste er unbeholfen darauf zu, nahm es mit einem wütenden Schnauben auf und attackierte mich fast in der gleichen Bewegung. Jeden seiner Schläge parierte ich mit kraftvollen Gegenschlägen, und die kraftraubenden Bewegungen ließen ihn bald schwer schnaufend innehalten.

Sein Schweiß perlte ihm von der Stirn, der rote Bart glitzerte, sein offener Mund verzog sich zu einem ungläubigen spöttischen Grinsen. Frustriert schüttelte er den Kopf. Ich sah ihm ruhig in die Augen, sie waren braun wie junge Kastanien. Doch auf einmal legte sich ein Schatten über seine Pupillen, ein bläulicher Schimmer. Ich war wie gebannt. Was war das? Hatten sich blaue Flammen in seinem Blick gespiegelt? Aber ich sah nirgendwo Feuer.

»Wer bist du? Was ist das für eine Waffe?«, krächzte er nun seinerseits, seine Brust hob und senkte sich schwer unter dem Brustpanzer. Er klang verwundert.

»Mein Name ist Enja, und ich werde dich mit dieser Waffe töten, so wie du meine Emma getötet hast. Niemand tut meinen Mädchen etwas zuleide. Und Euer König bedeutet mir nichts.«

Entschlossen verstärkte ich den Griff um mein Schwert, wollte meinen Worten Taten folgen lassen, aber seine braunen Augen blitzten mich an. Meine nächste Handbewegung sollte eigentlich den Kopf vom Rumpf trennen, ein sauberer Schnitt ohne große Anstrengung. Doch das seltsame blaue Flackern in seinen Augen schien mich in meiner Bewegung zu bremsen, und ich spürte einen fürchterlichen Schmerz in meinem Bauch. Anstatt mich zu wehren, sah ich ihm immer noch in diese verdammten Augen. Wie ein böser Zauber hielt mich sein Blick gefangen. Jetzt starrte er mich triumphierend an, der blaue Schimmer war verschwunden. Sein Mund verzog sich zu einem höhnischen Grinsen. Ich sah seine Lippenbewegungen, und seine Stimme drang gedämpft wie durch einen dicken Stoff an mein Ohr.

»Aber heute, du verfluchtes Weib, wird dich der Tod holen.« Und er zog sein Schwert mit einem Ruck wieder aus meinem Leib.

Vom Schmerz überwältigt schnappte ich nach Luft und ging in die Knie. Eine Hand presste ich gegen meinen Bauch, warme Flüssigkeit lief über meine Finger. Der Schmerz war fürchterlich, aber noch fürchterlicher war die Wut, die mich ergriff. Heiße Wut über sein Grinsen, seinen Triumph und über meine eigene Unfähigkeit, diesen Ritter endgültig zur Strecke zu bringen und Emma zu rächen.

Wie hatte das passieren können? Kein Mensch war bisher schneller mit der Waffe gewesen als ich! Noch nie hatte mich jemand so schwer verletzt. Was war los mit mir?

Irritiert schloss ich meine Augen und sah Emma vor mir liegen. Ihren leblosen jungen Körper. Der Schmerz lähmte meinen Körper und meinen Verstand. Der Elfenbeingriff meiner Waffe wurde schwer und glitt aus meiner Rechten. Noch auf den Knien sah ich mit zusammengekniffenen Augen den Ritter an, wie er den Arm mit der Waffe hob, um noch einmal zuzustoßen. Meine Wehrlosigkeit erschütterte mich bis ins Mark. Ohne auch nur einen Finger zu krümmen, erwartete ich den Todesstoß wie ein Lamm auf der Schlachtbank.

Aber anscheinend überlegte es sich mein Gegner anders,

drehte sich kopfschüttelnd um und stolperte zurück zu seinem Pferd. Er schien sich sicher zu sein, dass ich sterben würde, und machte sich nicht einmal die Mühe, sein Werk zu vollenden.

Verzeih mir, Emma, ich konnte dich nicht rächen.

Kapitel 8

Schottland im Jahre 1304

Es tut mir wirklich leid, James!«

Das schlechte Gewissen war ihm nur allzu deutlich anzuhören. Hugh Douglas ließ seinen Rappen noch einmal neben dem Fuchs seines großen Bruders traben und versuchte, James' eisigen Blick zu ignorieren.

»Ich war eingeschlafen. Mein Gott, ich lag die ganze Nacht wach, und nach den endlosen Stunden wurde ich eben müde! Ich hätte …«

»Schluss«, knurrte sein Bruder, »ich werde darüber nicht mehr reden, es war eine lange und glücklose Nacht. Belassen wir es dabei.« Ungeduldig presste er die Fersen in die Flanken seines Pferdes, das zum Galopp ansetzte.

James musste sich zusammennehmen, um seinen jüngeren Bruder nicht seine geballte Wut spüren zu lassen. Mit seinen gerade mal sechzehn Sommern war Hugh zwar alt genug, um bei den Attacken auf die Engländer mitzumachen, aber eben noch nicht so erfahren wie die Männer um ihn herum.

Sie hatten fast die ganze Nacht auf der Lauer gelegen, bis endlich der Trupp Engländer auf die Lichtung im Wald zuritt, auf der sie in den Bäumen gewartet hatten. Die Stelle war perfekt für einen Hinterhalt. Hätten die Engländer die Lichtung erst einmal halb überquert, hätten sie dem Trupp von vorn und hinten gleichzeitig eine vorzügliche Angriffsfläche geboten. Aber dieser Idiot von Bruder musste ausgerechnet dann vom Baum fallen, als die Feinde die Lichtung noch nicht erreicht hatten. Er war eingeschlafen und vom Baum gepurzelt wie ein kleines Kind aus seinem Bettchen.

James konnte es nicht fassen. Er knirschte mit den Zähnen. Sein Bruder und die Gefährten hatten Mühe, ihm zu folgen. Der Wind zerrte an seinen Haaren, die ihm wild ins Gesicht hingen.

»Wie bringe ich das nur Vater bei?«, murmelte er kopfschüttelnd zu sich selbst. Dann sollte sich sein Bruder eben selbst vor ihn stellen und es ihm beichten. Er wusste jetzt schon, wie Vater reagieren würde. William Douglas' Tobsucht war legendär, nicht selten endeten seine Wutanfälle mit ausgeschlagenen Zähnen und gebrochenen Nasen. Die meisten nahmen daher Reißaus, wenn die dunklen Wolken des Grolls über seinem Gesicht aufzogen. Vielleicht könnte er das Unvermeidliche irgendwie abfedern, indem er von den zwei Toten erzählte, aber zu viele der Engländer waren entkommen. Nein, ein Erfolg war das nicht. Und dazu kam, dass er seinen kleinen Bruder vor dem Tod hatte bewahren müssen. Gott bewahre, Hugh war denen ja wie ein Opferlamm vor die Füße gefallen … Sein kleiner Bruder war schon immer ein hübscher Junge gewesen, von allen gemocht und verhätschelt. Seinen Anblick, mit den zerzausten dunklen Haaren und dem perplexen Ausdruck im Gesicht, als er ohne Orientierung auf seinem Hosenboden saß – die Engländer keine hundert Meter entfernt –, würde er nie vergessen. James verdrehte einmal mehr die Augen, als er an die Szene dachte, die sich zu seinem Entsetzen direkt vor seinen Augen abgespielt hatte.

James hatte sofort reagiert: Er war ebenfalls vom Baum gesprungen und mit ihm seine überraschten Gefolgsleute. Dabei hatte er einen Kampfschrei losgelassen, der selbst die Vögel vor Schreck verstummen ließ, und sich mit seinen Mannen den Engländern entgegengeworfen. Leider hatten sie nur zwei der Soldaten erwischt. Alle anderen hatten rechtzeitig fliehen können.

»Er muss noch viel lernen, und aus seinen Fehlern lernt man am schnellsten«, hörte er eine Stimme hinter sich. Von seiner Wut unbeeindruckt hatte sich Lachlan McKay, sein Vormann und bester Freund, von hinten genähert. Seine Stute, ein gutes Stück kleiner als James' großrahmiger Wallach, mühte sich ab, Schritt zu halten. Frustriert zügelte James sein Pferd ein wenig, um ihn aufreiten zu lassen.

»Erzähl das mal unserem Vater«, entgegnete er ungehalten. »Ich hoffe, er hat schon gefrühstückt, wenn wir zurückkommen, sonst wird Hugh heute Morgen sein erster Appetithappen.«

Dabei schaute er Lachlan grimmig an. Dessen Augen waren nach vorn auf den Weg gerichtet. Auf einmal wirkte er angespannt und zügelte sein Pferd. James tat instinktiv das Gleiche. Lachlan deutete stumm auf einen Punkt vor ihnen, wo der Weg durch einen herabgestürzten Felsbrocken verengt wurde. Dunkle Gestalten lagen verteilt davor auf dem Boden, Pferde und Menschen.

»Englische Soldaten?«, fragte James und sprach aus, was Lachlan dachte.

»Wenn ich die Farben richtig sehe, ja. Aber wer außer uns sollte Engländer umbringen und noch dazu hier, auf unserem Land?«, merkte der an.

»Ist uns da einer zuvorgekommen?«, tönte Hughs helle Stimme von hinten. Er war mit dem Rest seiner Leute hinter ihnen zum Stehen gekommen.

»Wer macht denn so eine Sauerei und räumt hinterher nicht auf?«

Das wilde Grinsen seines Bruders erinnerte James an seine eigene unbeschwerte Zeit, bevor er als Anwärter auf das väterliche Erbe zu Aufgaben herangezogen worden war, die ihn schnell reifer machten, als es ihm lieb war. Er nickte Hugh über die Schulter zu.

»Wir werden es herausfinden!«

Ein ungutes Gefühl beschlich ihn. Diese Soldaten waren zu weit von der Hauptstrecke abgewichen, als dass sie zufällig überfallen worden wären. Jemand hatte die Gruppe abgepasst. Und wer sollte das tun, wenn nicht ein Douglas?

Langsam und die Augen stets auf die Umgebung gerichtet, setzte sich James' Trupp in Bewegung. Sie ließen die Pferde stehen und näherten sich vorsichtig. Keiner der englischen Soldaten hatte überlebt. Einer lehnte ein wenig abseits mit dem Rücken an einem Baum im Schatten. Lachlan ging mit ein paar Mann um den Felsen herum und sah sich dort genauer um.

Die Toten waren alle Soldaten des Königs. Sie waren offenbar alle mit sauberen, gezielten Schwerthieben getötet worden. Hatten sie gegen Räuber gekämpft? Oder gegen ihre eigenen Leute? Für James war klar, dass diese Gruppe hier eine Delegation war, die Edward nach Schottland geschickt hatte, um die einzelnen Garnisonen mit Pferden und Proviant aus den umliegenden Dörfern zu versorgen. Ihm gefiel es ganz und gar nicht, dass sie auf seinem Land unterwegs waren.

»Was ist hier passiert?«, fragte er mehr zu sich selbst.

Aber Hugh hörte ihn. »Sie kamen aus dem Süden«, mutmaßte er und zeigte auf den Felsbrocken. »Der Felsen ist ein idealer Ort, um eine Attacke auf eine größere Gruppe auszuführen. Es müssen mehrere gewesen sein, die angegriffen haben, aber von denen wurde anscheinend keiner verwundet. Die Gliedmaßen wurden komplett abgetrennt. Sie wurden wohl von gut ausgebildeten Männern getötet, und die Waffen müssen sehr scharf gewesen sein.«

»Gut erkannt, Hugh.« James staunte über die Beobachtungsgabe des Jungen. Seine Wut war zunächst einmal verraucht. »Aber warum haben sie ihre Spuren nicht verwischt, die Waffen eingesammelt oder zumindest die Pferde mitgenommen?«, grübelte er und deutete dabei auf die englischen Pferde, die in der Nähe friedlich grasten.

Hugh rieb sich das Kinn, das den ersten Bartflaum zeigte, auf den er so stolz war. »Vielleicht wurden sie gestört?« Die Ernsthaftigkeit in seinem Gesicht zeigte James, dass er einmal ein bedachter Mann werden würde, wenn er seine jugendlichen Flausen überwunden hatte.

»Auf der anderen Seite liegen noch drei Soldaten, alle genauso mausetot wie die auf dieser Seite«, rief McKay, als er wieder um den Felsbrocken bog. »Weit und breit keiner mehr zu sehen.«

»Zehn Tote«, stellte der ältere Douglas fest und drehte sich zu der Leiche am Baum, die nur als Umriss im Schatten zu erkennen war. »Wer könnte das getan haben? Ein benachbarter Clan?« Sein Blick fiel auf das Gesicht der reglosen Person. Hatte er sie zuerst für einen jüngeren Soldaten gehalten, erkannte er nun seinen Irrtum. Sein Kinn fiel nach unten. »Verdammt, was …!« Und er lief los.

»Das ist eine Frau«, stieß er hervor, als er Sekunden später vor ihr stand. Lachlan, der neben ihm zum Stehen kam, stieß einen seiner Flüche aus, die ihm so locker von den Lippen gingen und so manchem die Schamesröte ins Gesicht trieben. James stieß ihm seinen Ellbogen in die Rippen und zischte: »Klappe, du Idiot, vielleicht lebt sie ja noch!«

»Sieht nicht so aus«, meinte Lachlan vorsichtig und musterte die Frau. »Bleich wie eine Leiche. Außerdem ist sie verwundet, schau, die Hand auf ihrem Bauch ist blutig.« Er deutete auf ihre Körpermitte. Tatsächlich schien die Hand eine Wunde zu verdecken, die Kleidung war blutgetränkt. Mittlerweile war auch Hugh zu ihnen gestoßen, beugte sich vorsichtig hinunter und fasste der Frau zaghaft an die Schulter. »Hey, Schönheit, lebst du noch?« Er grinste dabei wieder jungenhaft.

James schnaubte. »Sie wird wohl kaum nein sagen, du Idiot.« Ihm gefiel das alles nicht. Es war ihm unbehaglich, und er konnte sich keinen Reim darauf machen, was hier vorgefallen war. Die Frau sah seltsam aus: weiße, zurückgebundene Haare, edle Züge, schwarze Augenbrauen und Wimpern. Die Lippen waren blass, aber voll und sinnlich. Ungewöhnlich war vor allem ihre Kleidung. Eine schwarze Hose mit einer Tunika, darüber eine Lederweste. Sie war nicht gekleidet wie eine Frau aus den Highlands, aber auch nicht wie eine Engländerin.

Gerade als sein Blick wieder an ihrer Nase hängenblieb, über deren Wurzel ein Kreuz gemalt war, öffnete sie die Augen. James durchfuhr ein seltsamer Stich, der seine Kopfhaut prickeln ließ. Ihre Augen waren blau, ein solch leuchtendes Blau wie das der Blumen im Garten seiner Mutter. Sie waren umgeben von schwarzen Wimpern, wie der Rahmen eines Bildes. Sie fixierte ihn mit großen Pupillen, als wäre sie lange im Dunkeln gewesen, und blinzelte, um sich an das Licht zu gewöhnen.

James räusperte sich und überlegte, etwas Sinnvolles zu sagen. Er wollte sie nicht erschrecken. Wer weiß, was sie alles durchgemacht hatte.

»Mein Name ist James Douglas, Sohn von Lord William Douglas, und Ihr befindet Euch auf unserem Land«, stellte er sich förmlich vor. Innerlich verdrehte er die Augen über sich selbst.

Die Frau machte die Augen wieder zu. Nichts deutete darauf hin, dass sie ihn verstanden hatte. Hugh stupste sie noch einmal an. »He, sprich mit uns, oder verstehst du uns nicht?«

Langsam, ganz langsam neigte sich ihr Oberkörper zur Seite und drohte umzukippen, hätte Hugh sie nicht festgehalten. Ihr Kopf fiel nach vorn auf die Brust.

James sah Hugh an und hätte beinahe gelacht über die unbeholfene Art, wie er die Frau stützen wollte, aber nicht wusste, wie und wo er sie anfassen sollte. Er hatte keine Ahnung, wie schwer sie verletzt war. Dass sie immer noch lebte, sah er als gutes Zeichen. Intuitiv fasste er einen Entschluss.

»Lachlan, lass die Leichen begraben und sammle die Waffen und Pferde ein. Wir nehmen die Frau mit nach Douglas Castle, dort kann die Heilerin sich um ihre Verletzungen kümmern. Solange wir nicht wissen, wer sie ist, können wir sie hier nicht zurücklassen.«

»Und wenn es doch eine Engländerin ist?«, warf Lachlan ein.

»Dann wird sich mein Vater über eine Geisel freuen«, gab James grimmig zurück.

Kopfschüttelnd machte sich Lachlan daran, die Männer zu sammeln. Er wirkte nicht begeistert, aber das war James egal. Er nahm die Frau vorsichtig in seine Arme, darauf bedacht, die Wunde nicht zu berühren.

Hugh beäugte seinen großen Bruder misstrauisch. Der Vorschlag, die bewusstlose Frau nach Hause mitzunehmen, behagte ihm nicht. Er hatte aber keine bessere Lösung und folgte seinem Bruder zu dessen Pferd, um ihm mit seiner Last aufsitzen zu helfen. Vielleicht würde ja das Auftauchen dieser geheimnisvollen Frau seinen Vater vor seinem obligatorischen Wutanfall bewahren? Es war nicht weit bis Douglas Castle, er hoffte, dass sie den Ritt bis dahin überlebte …

Lord William Douglas starrte auf seine großen, schwieligen Hände, die schon so manchen Feind das Fürchten gelehrt hatten. Am liebsten hätte er sie jetzt um den Hals seines zweiten Sohnes Hugh gelegt, der ihm mit hängendem Kopf gegenübersaß. Nur die Anwesenheit seiner jungen Frau Eleanore und ihre Hand auf seinem Oberschenkel hinderten ihn daran, dem Bengel ein für alle Mal eine Lehre zu erteilen.

Um ihn herum hatten sich die Clanmitglieder in der großen Halle, die fast dreihundert Personen fasste und im Winter sogar als Schlaflager der Krieger diente, zum Abendessen eingefunden. Der Lärmpegel hielt sich in Grenzen, denn jeder wollte etwas von der zu erwartenden Bestrafung des jungen Hugh mitbekommen. Nur das Küchenpersonal und die Mägde huschten unbeeindruckt von der in der Luft liegenden Spannung eifrig durch den Saal, um das Essen und den Most zu servieren.

Während die einfachen Clanleute auf den grob behauenen Bänken an den Holztischen saßen, hatte die Douglas-Familie mit ihren engsten Vertrauten auf der erhöhten Plattform und für alle gut sichtbar Platz genommen. Daher entgingen auch kaum jemandem Hughs rote Ohren, der dort seinem Vater gegenübersaß und stur seine Hände betrachtete.

Verdammt, wenn James nicht so schnell reagiert hätte …, durchfuhr es William Douglas in einer plötzlichen Welle aus Sorge und Wut. Seine Faust schloss sich um den Tonkrug, der vor ihm stand, und er stellte sich vor, es wäre Hughs Hals. Mit einem Knirschen gab das Gefäß nach und ließ den Rest des säuerlichen Mosts in alle Richtungen spritzen. Die Diener liefen sich gegenseitig über die Füße, um die Scherben und die Flüssigkeit zu beseitigen.

Jetzt ging es ihm etwas besser, aber seine Wut wollte einfach nicht verpuffen. Er spürte die warme Hand seiner Frau wie einen Anker auf seinem Schenkel ruhen. Sein unheilvoller Blick glitt zurück zu seinem Sohn, der nur kurz beim Bersten des Tonkrugs aufgeblickt hatte und schlucken musste. Jetzt sah er wieder pflichtbewusst auf seine Hände, die er im Schoß gefaltet hatte. Sein Vater schaffte es tatsächlich, seinen Ton zu mäßigen, und bewahrte mit Mühe seine Fassung. Trotzdem klang seine Stimme bedrohlich, als er sagte: »Verschwinde, Hugh, bevor ich vergesse, dass du mein Sohn bist. Du wirst die nächsten Monate im Stall schlafen, die Pferde misten und darüber nachdenken, ob du wirklich ein Krieger werden willst oder ob du nicht besser als Priester enden möchtest wie dein Cousin.«

Hugh wurde blass. Sein Vater hielt ihn also für ungeeignet, um für ihn zu kämpfen. Das war härter als jede körperliche Züchtigung, denn sie verletzte seinen Stolz. Er hatte mit allem gerechnet, Schreien, Schlägen, aber nicht mit diesem Vorwurf. Es tat weh. Schwer schluckte er seine Scham herunter, stand langsam auf und blickte seinem Vater in die Augen.

»Bitte verzeiht mir, Vater, ich habe einen großen Fehler gemacht. Ich habe mich und unsere Leute in Gefahr gebracht. Aber ich werde nicht ins Kloster gehen. Mein Platz ist hier. Ich möchte für dich, für unsere Familie und unsere Leute kämpfen. Aber ich akzeptiere deine Strafe.«

Seine Stimme zitterte ein wenig, und er musste immer wieder schlucken, dennoch hielt er sich wacker. Entschlossen drehte er sich um und marschierte aus der großen Halle hinaus in den Regen, der an diesem Tag die Menschen in die Häuser trieb. Er spürte kaum, wie ihm die kalten Tropfen ins Gesicht peitschten, denn die Erleichterung, so glimpflich davongekommen zu sein, trieb ihn freiwillig in den Pferdestall, um seine Arbeit aufzunehmen.

Sein Bruder James, der neben seinem Vater saß, atmete erleichtert auf. Der alte Haudegen wurde im fortschreitenden Alter anscheinend doch etwas ruhiger. Oder war es der positive Einfluss seiner sanften Frau Eleanore, die William jetzt lächelnd ansah? Sie war die zweite Ehefrau seines Vaters. Er hatte sie nach dem Tod seiner Mutter geheiratet, und es schien, als würde sie sein aufbrausendes Gemüt besänftigen. James war sein ältester Sohn, und seine Mutter Elisabeth starb bei Hughs Geburt, als er selbst gerade mal drei Jahre alt war. Er nahm seinen Kelch und trank den verdünnten Most, der von den Äpfeln stammte, dessen Bäume seine Mutter noch selbst gepflanzt hatte.

An diesem Morgen war er mit der verletzten Fremden in seinen Armen an der Pforte der Burg angekommen, die seine Familie seit Generationen bewohnte, und hatte sie in die Obhut von Lady Douglas gegeben, die sich mit der Heilerin sofort um sie gekümmert hatte. Die seltsam gekleidete Frau war seit dem kurzen Blick, den sie dort unter dem Baum ausgetauscht hatten, nicht mehr aufgewacht. Inständig hoffte er, dass sie überleben würde. Zu sehr hatten ihn ihre Augen fasziniert. Es war nur ein kurzer Moment gewesen, aber ihm kam es vor, als hätte er ihr in die Seele geblickt. Es hatte gereicht, um seine Gedanken zu erobern.

Wer war diese Frau? Woher kam sie? James hatte zehn Pferde gezählt, tot und lebendig. Aber mit ihr waren es elf Menschen, die gefunden wurden. War sie mit den Soldaten gekommen oder ihnen begegnet? Wie gerne hätte er einmal ihre Stimme gehört. Ihre Kleidung war ungewöhnlich für eine Frau, denn sie unterschied sich kaum von der eines männlichen Kriegers. Aber sie war aus gutem Stoff, ihre Stiefel von bester Handarbeit. Die Waffen, die in ihrer Lederweste steckten, waren ungewöhnlich und ebenfalls von feinstem Material.

»Denkst du über diese Frau nach, die du mitgebracht hast, Sohn?«

Aus seinen Gedanken gerissen, drehte er den Kopf verschämt zu seinem Vater um, der ihn mit klugen Augen scharf anstarrte, und nickte.

»Es scheint dich nicht zu stören, dass ich sie in deine Burg gebracht habe«, wich er dessen Frage aus.

Sein Vater lehnte sich ein wenig im Stuhl zurück und verschränkte die Arme vor seiner breiten Brust, dabei lächelte er kalt.

»Ich sehe das so wie du, James. Solange ich nicht weiß, wer sie ist, behandle ich sie wie einen Gast. Vielleicht ist sie sogar von Nutzen für uns. Sie gehört sicher zu der Eskorte, die du dort gesehen hast. Damit ist sie wohl von hoher Stellung, und reiche Familien zahlen gutes Geld für ihre Verwandten, falls sie jemand wiederhaben will.« Für Vater war immer alles so einfach. Was, wenn sie eine Gefangene der Engländer war? Wieder sah er sie im Geiste vor sich, diese Augen …

»Vielleicht ist es weder eine Schottin noch eine Engländerin. Sie hatte ungewöhnliche Kleidung an, kann es sein, dass sie vielleicht aus Frankreich kommt?«, warf Eleanore ein.

James und William sahen sie irritiert an. James wusste nicht, wieweit sie das beurteilen konnte, aber der Einwand war nicht schlecht. Eleonore blickte ihn von der anderen Seite des Tisches erwartungsvoll an.

»Eine Französin, die mit den Engländern gemeinsame Sache macht?« Sein Vater kräuselte die Stirn, auch er fing an nachzudenken.

»Da Edwards Schwiegertochter Isabelle eine Französin ist, sollte dies doch naheliegend sein«, setzte Eleanore dem entgegen.

»Mmmh …«, kam es von Lord Williams Seite. »Nachdem Edward eine Allianz mit den Franzosen gegen die Schotten sucht, würde mich das nicht wundern.« Damit gab er seiner Frau insgeheim recht, was James überraschte.

»Verfluchte Engländer, jetzt, wo ihnen die Schotten vor die Füße pissen, suchen sie die Hilfe der Franzosen. Aber das wird ihnen nicht gelingen. König Philipp hat ganz andere Probleme als uns Schotten. Ha, soll Edward doch daran ersticken!«

Lord William war mit einem Ruck von seinem Stuhl aufgestanden, verließ seinen Platz am hohen Tisch und ging nun mit auf dem Rücken verschränkten Armen auf und ab. Sein Gesicht verdunkelte sich wie immer, wenn er an die verhassten Engländer dachte.

»Hast du gesehen, James, was ein einziger Schotte den feigen Engländern mit dem nötigen Mut antun kann?«

James nickte, er wusste sofort, von wem er sprach. William Wallace war der Held seiner Kindheit gewesen und sprach seinem Vater aus der Seele. Was er selbst nicht schaffte, das traute er diesem imposanten Mann zu, nämlich Schottland zu einen und gegen die Engländer in den Krieg zu führen. Lord William war ein aktiver Unterstützer des Freiheitskämpfers und damit einer der Ersten aus der Adelsschicht.

Jetzt war sein Blut in Wallung, und seine Stimme erhob sich, um sie mit aller Macht in der großen Halle ertönen zu lassen. »Die Schotten werden sich nicht mehr ausbeuten lassen! Wir haben das gottgegebene Recht, unser eigenes Land zu verwalten. Und nur weil Edward das nicht passt und er unser Geld braucht, versucht er, sich Schottland einzuverleiben. Aber das wird ihm nicht gelingen. Ich würde lieber sterben, als mich England unterzuordnen!« Und dabei reckte er die Faust, als wollte er den englischen König damit erschlagen.

Die Männer in der Halle reckten ebenfalls ihre Fäuste nach oben, und es gellten Schlachtrufe. Vereinzelt fiel auch der Name Wallace. Jetzt kochte die Stimmung hoch, und die Leute fingen an, sich gegenseitig die Geschichten von den erfolgreichen Kämpfen zu erzählen, die schon zigmal erzählt worden waren, aber immer wieder die Tapferkeit der Schotten priesen. Das hörte sich jeder auch gerne mal öfter an.

James lächelte in sich hinein. Wie sein Vater es stets schaffte, seine Leute einzuschwören, war ihm ein Rätsel. Er selbst war während der Freiheitskämpfe in Paris aufgewachsen. Erst vor kurzem war er zurück in sein Elternhaus gekommen und hatte sich begeistert Vaters Kampf gegen die Besatzer angeschlossen. Douglas Castle befand sich im Grenzland zwischen England und Schottland und war oft Schauplatz von Schlachten, Überfällen oder Geiselnahmen. James' Vater war ein unberechenbarer, ruchloser Kämpfer und hoffte, sein Sohn würde die gleiche Begeisterung für seine Politik zeigen. Aber zwischen James' Leidenschaft und Williams Hass lagen ein paar Jahre Lebenserfahrung.

Eine Bewegung an der großen Steintreppe, die zu den oberen Gemächern führte, erregte seine Aufmerksamkeit. Gerade kam die alte Heilerin Mairi mit ihrem Korb die Stufen herunter. Die Steintreppe führte in einer geraden Linie von den Schlafkammern in die große Halle, die seine Vorväter erbaut hatten. In dem gigantischen Burgsaal reckten sich die Mauern aus grob gehauenem Stein hoch hinauf, um schließlich von einer rußgeschwärzten Holzdecke abgeschlossen zu werden. Die dicken Holzbalken waren reichhaltig mit Schnitzereien verziert und hielten neben der Eindeckung auch die schweren Eisenleuchter, die mit Hunderten von Kerzen die Halle erleuchteten. Die Wände zierten geknüpfte Wandteppiche und Waffen vergangener Generationen. Über dem erhöhten Ende der Halle prangte der Schild mit dem Wappen des Douglas-Clans – drei weiße Sterne auf blauem Grund. Der Vormann Lachlan McKay, der mit seinen Männern an den anderen Tischen saß, ließ einen Pfiff gellen, der die Halle zum Verstummen brachte. Alle Augen wandten sich zu der alten Frau, die sich langsam einen Weg durch die Halle bahnte, vorbei am großen Feuer und an den groben Tischen der neugierig starrenden Clanleute. Sie wischte sich mit einem Ärmel den Schweiß vom Gesicht, ehe sie an den schweren Holztisch auf dem höhergesetzten Podest trat.

Mit einer kleinen Verbeugung grüßte Mairi den Herrn des Hauses, der sich inzwischen wieder gesetzt hatte. Mit einer ungeduldigen Handbewegung forderte er sie zum Sprechen auf. »Wie geht es unserem Gast? Wird sie es überleben?«

»*Mylaird*«, fing sie mit unsicherer Stimme an, »ich habe diese Frau gewaschen und die Wunde versorgt. Ich habe den Schnitt, so gut es ging, genäht. Die Wunde war tief und sitzt an einer Stelle des Körpers, die schlecht heilt. Ich kann vorerst nichts weiter für sie tun, als zu beten.«

Im Saal war es mucksmäuschenstill, jeder versuchte, mit gespitzten Ohren etwas aufzuschnappen. Nur das Prasseln des Regens auf das Dach und das Knistern der Holzscheite im Feuer waren zu hören. Die Vorderen gaben die Neuigkeiten im Flüsterton den weiter hinten Sitzenden weiter.

»Ist sie noch einmal aufgewacht?«, fragte James die Heilerin.

»Nein, Herr, sie war die ganze Zeit ohnmächtig.«

»Danke, Mairi, du bleibst bei ihr, bis sie aufwacht oder tot ist.«

Williams klaren Befehl beantwortete sie mit einem eifrigen Nicken. Sie drehte sich halb um, dann schien sie es sich anders zu überlegen und wandte sich noch einmal an ihren Herrn, der ungeduldig eine Augenbraue hob.

»Noch etwas, *Mylaird*«, begann sie zögerlich, »mir ist etwas aufgefallen.« Ihr Blick ging zögerlich von einem zum anderen am hohen Tisch. Die alte Frau hatte Williams volle Aufmerksamkeit.

»Gibt es Hinweise auf ihre Herkunft?«

»Hm, das nicht, aber … sie ist sehr groß für eine Frau.«

»Nichts Ungewöhnliches, die Frauen aus dem Norden sind manchmal groß«, wandte der alte Laird ein.

»Aber sie hat auch eine sehr kräftige Muskulatur«, begann die Alte erneut.

»Vielleicht arbeitet sie hart?« William wurde langsam ungeduldig. »Was ist dann so seltsam an ihr, Weib, sprich!«

Die Heilerin blickte in die erwartungsvollen Gesichter der Leute und dann wieder zu dem ihres Lairds und meinte zögerlich: »Sie hat eine Zeichnung auf der Haut.«

Lord William wischte ihre Anmerkung mit einer ungeduldigen Handbewegung beiseite. »Über der Nase, ich weiß. Eine Stammeszugehörigkeit vielleicht?«

»Nicht nur über der Nase, auch auf dem Rücken.«

Dies ließ ihn aufhorchen. »Auch ein Kreuz?«

»Nein, einen Drachen.«

William wechselte einen Blick mit James. Eleonores Mund stand offen vor Erstaunen. Frauen, die sich Bilder auf die Haut stechen ließen?

»Sind noch andere Bilder auf ihrem Körper?«

»Nein, nur das eine.« Die alte Frau hüstelte und schaute verlegen auf den Boden.

Lord William räusperte sich. »Und?«

»Nun ja«, druckste sie herum, »der Drache füllt den ganzen Rücken, vom Hals über den Rücken bis zum Hintern.« Ihre

Stimme wurde während des Satzes immer leiser, die Stille im Raum war ihr unangenehm.

Lord William musste sich zu ihr beugen, um sie besser zu verstehen. Er glaubte schon, sich verhört zu haben. Ein Drache? Über den ganzen Körper in die Haut gestochen? Ein furchtbarer Gedanke schoss ihm plötzlich durch den Kopf.

»Gott steh uns bei!«, brüllte er mit einem Mal, stand so schnell auf, dass sein Stuhl polternd nach hinten flog, und schlug mit der Faust krachend auf den Tisch, dass die Heilerin entsetzt ein paar Schritte zurückwich und über die Stufe fiel. Sein Gesicht war rot angelaufen vor Zorn, und die Augen quollen ihm aus den Höhlen.

»Die Engländer haben uns eine Druidin geschickt, um uns in die Knie zu zwingen!« Ein wütender Aufschrei polterte aus den Männerkehlen durch die gesamte Halle.

Stimmen. Ich hörte Stimmen. Sie waren weit weg, aber ich hörte sie. Ich war also noch nicht in der Hölle. Deutlich spürte ich meine Muskeln schmerzen, die Wunde brannte und pochte. Meine Zunge lag trocken und schwer in meinem Mund. Aber ich lebte!

Vorsichtig öffnete ich die Augen. Das Erste, was ich sah, war eine kunstvoll geschnitzte Holzdecke. Ich ließ meinen Blick durch den Raum gleiten. Zwei Fenster, ein Tisch aus dunklem Holz, ein Stuhl und eine Truhe mit einem eisernen Schloss. Ich lag auf einem Bett mit Fellen, weich und warm. Neben dem Bett stand ein Tonkrug auf einer Kiste. Meine Kleidung und meine Stiefel lagen sorgfältig zusammengelegt daneben. Unter dem warmen Fell war ich in ein Tuch gehüllt.

Die Stimmen schwollen an, wurden leiser, dann wieder lauter und kamen von außerhalb dieses Raumes. Deutlich waren sie neben dem Prasseln des Regens gegen die Lederhäute am Fenster zu hören.

Bei dem Versuch, mich aufzurichten, belehrte mich der Schmerz in meinem Bauch eines Besseren und ließ mich fast wieder ohnmächtig werden. Vorsichtig senkte ich meinen Oberkörper zurück auf das Bett. Die Erinnerung erfasste meinen Verstand wie ein Blitz aus heiterem Himmel: die Verfolgung! Der Ritter, der mich mit seinem Schwert durchbohrte; Taycan; das Gesicht, das mich musterte.

Das Gesicht? In meinem Kopf schoben sich kleine Teile zu einem Bild zusammen: Es war das Gesicht eines großgewachsenen, gutaussehenden Mannes gewesen mit dunklen Haaren und freundlichen braunen Augen. Die Nase hatte einen kleinen Knick, als wäre sie einmal gebrochen gewesen. Warum war dieses Bild so klar in meiner Erinnerung? Hatte ich geträumt?

Die Stimmen wurden lauter. Ich musste hinaus und schauen, wo ich war. Hart biss ich die Zähne zusammen und rollte mich auf die Seite. Mit einer Hand befreite ich mich von dem Tuch, das mich umhüllte, nur um festzustellen, dass ich darunter nackt war. Mein Blick fiel auf eine große Wunde, die links neben dem Bauchnabel etwa zehn Zentimeter schräg zur Seite lief.

»Bei allen Göttern …«, entfuhr es mir, und ich starrte ungläubig auf die kleinen Stiche in meiner Haut. Nur vage erinnerte ich mich an das, was geschehen war. Im letzten Atemzug hatte mir der Ritter einen vernichtenden Schwertstreich verpasst, der mich wehrlos machte. Wie war das möglich? Bisher hatte mich noch nie ein Mensch im Schwertkampf schlagen können, warum auf einmal dieser Ritter, der noch nicht einmal zu den besten seiner Zunft zählte? So viele Männer hatten nicht den Hauch einer Chance gegen mich gehabt, und ausgerechnet Emmas Mörder kam mit seinem Leben davon?

Mit zittriger Hand griff ich den Krug zu meiner Linken und trank einen guten Schluck des klaren Wassers. Mit jedem weiteren Schluck spürte ich, wie das Leben in meinen Körper zurückkam.

Vorsichtig stellte ich den Krug ab und nahm das Baumwollhemd, das zusammengefaltet auf dem Bett lag. Kurz schnappte ich nach Luft, stülpte mir das Kleidungsstück über und stand mit wackligen Füßen auf. Als sich der Raum zu drehen begann, setzte ich mich sofort wieder.

Noch ein Versuch. Beim dritten Mal stand ich. Der Bettpfosten tat gute Dienste. Ich stützte mich ab und bewegte mich langsam weiter in den Raum hinein. Vom Bettpfosten waren es etwa zwei Meter bis zur Tür. Drei Schritte, Tür, geschafft.

Sie war nicht verschlossen. Ich zog sie auf, und das Stimmengewirr wurde lauter. Mein Puls jagte. Wo war ich hier? Freund oder Feind?

Von der Tür führte ein Gang zur Treppe, anscheinend war ich in einer Burg, dies würde zur reichen Ausstattung der Kammer passen. Der strenge Geruch von Feuer und Rauch zog bis in die oberen Stockwerke. Er mischte sich mit dem Duft von Most, Essen und ungewaschenen Männern. Ich stützte mich an der Wand ab und schaffte es so bis zur Treppe. Kurze Zeit drehten sich die Wände um mich herum, und ich schloss die Augen, wartete ein paar Sekunden, bis es nachließ. Als ich die Augen öffnete, war es in der Halle totenstill. Aus dem diffusen Gemisch von Rauch und menschlichen Ausdünstungen starrten zahllose Augenpaare zu mir hoch. Sie hatten mich entdeckt.

Dort sah er sie, am obersten Treppenabsatz, stolz, aufrecht wie ein Fels in der Brandung, als stünde sie nicht kurz vor ihrem Tod, sondern würde ihn geradezu herausfordern. James traute seinen Augen nicht.

Sie war eine dieser Schönheiten aus den schottischen Sagen und Legenden, die sich die Alten an den Lagerfeuern quer durch das wilde Land erzählten. James wusste, dass vieles dazugedichtet und einiges frei erfunden war, aber es hieß, dass es immer einen wahren Kern in jeder Geschichte gab. Und eine dieser Schönheiten aus den Legenden stand nun wahrhaftig vor ihm. In einem Hemdchen, das ihre Schultern und die Füße bis zu den Knien entblößte. Aber ihre unziemliche Aufmachung schien ihr nicht im Geringsten etwas auszumachen. Sie blickte mit ihren blauen Augen zum hohen Tisch von Lord William, seinem Sohn, dann zu den Kriegern und Dienern in der Halle.

Alle Anwesenden waren völlig überrascht. Niemand bewegte sich. Sogar die Hunde, die sich am großen Feuer rekelten, rührten sich nicht. Nur Callie, ein waches Mädchen mit Herz und Verstand, rannte geistesgegenwärtig mit einem Plaid die Treppe hinauf und warf ihn über die Schultern ihres

Gastes. Trotz ihrer aufmerksamen Geste würdigte die stolze Fremde das Mädchen keines Blickes.

Stattdessen blieb er an dem von James Douglas hängen. Sie hatte ihn wohl wiedererkannt. Vorsichtig setzte sie sich in Bewegung, Schritt für Schritt, Stufe um Stufe. Jeder sah deutlich, dass sie große Schmerzen hatte. Das Mädchen, das ihr den Schal mit den Douglas-Farben umgelegt hatte, hielt sie besorgt am Ellbogen, um sie zu stützen, doch sie ignorierte es. Ihr langes weißes Haar fiel ihr weit über die Schultern und schimmerte auf dem dunklen Stoff wie flüssiges Silber. Sie hielt den Blickkontakt mit ihm, als wäre er das Seil, an dem sie entlangbalancierte. Ihre dunklen Augenringe verrieten ihre Erschöpfung.

James sah seinen Vater von der Seite an, selbst Williams Mund stand offen. Nur selten hatte er erlebt, dass seinem Vater die Worte fehlten, aber dies war eindeutig so ein Moment. James' Verstand setzte wohl als Erstes wieder ein. Er stand auf, lief mit zügigen Schritten um den Tisch herum und schob ihr den Stuhl entgegen, auf dem sie erschöpft Platz nahm. Sie schloss die Augen und bewegte die Lippen, als würde sie zählen. Vermutlich kämpfte sie gegen die Übelkeit.

Verdammt, was war mit dieser Frau los? Eben noch halb tot, schleppte sie sich jetzt die Treppe herunter und saß – wie unglaublich! – in diesem Augenblick vor ihm auf einem Stuhl. Wie konnte sie es mit so einer Wunde bis hierher schaffen? Neugierig musterte er ihr Gesicht, als sie nun so nah vor ihm saß.

Die Haut war sehr blass, und Schweiß stand ihr auf der Stirn. Er sah eine bläulich schimmernde Ader an der Schläfe pulsieren. Deutlich zeichnete sich das schwarze Kreuz auf der

Nasenwurzel ab. Die kurze Seite nach unten – seltsam. War sie tatsächlich eine Druidin? Ihr exotisches Aussehen passte jedenfalls zur Vermutung seines Vaters.

In der Halle kam verhaltene Unruhe auf, einige begannen zu tuscheln, Köpfe nickten oder wurden geschüttelt.

Unvermittelt schlug sie die Augen auf und ertappte James dabei, wie er sie musterte. Seine Augen fixierten ihr Gesicht. Fragend zog sie eine Braue hoch.

»Vergebt mir«, brachte James verlegen hervor, »kann ich etwas für Euch tun, *Mylady*?«

»Könnt Ihr sprechen?«, platzte es aus William Douglas heraus, der sich in seinem Stuhl aufgerichtet hatte und sich nun neugierig nach vorn beugte.

Sie schloss noch einmal kurz die Augen. Er hatte sie auf Englisch gefragt. Im Grenzland war dies die gängigste Sprache, auch auf schottischer Seite.

»Vater, du siehst doch, sie ist noch zu schwach …«, wollte James einwenden, aber er kam nicht weiter.

»Sie ist auf ihren eigenen Füßen hier heruntergekommen, da wird sie ja wohl reden können!«, brüllte William ungeduldig und schlug mit der Faust einmal mehr auf den Tisch, dass die Krüge schepperten. Sein Gesicht hatte wieder die gefährliche rote Farbe angenommen, anscheinend hatte er sein Temperament wiedergefunden.

Callie ging rückwärts in Richtung Küche, um aus der Gefahrenzone zu gelangen. Lady Douglas legte ihre Hand auf den Ellenbogen ihres Mannes, und er schnaufte tief durch. Sie löste ihren Blick nicht von der seltsamen Frau an ihrem Tisch, als sie ihm zuraunte: »Vielleicht versteht sie dich gar nicht, wenn sie Französin ist?«

Lord William schniefte und grummelte, sie könnte recht haben. Als Sprössling des schottischen Hochadels war er natürlich auch des Französischen mächtig, allerdings benutzte er die Sprache nicht gerne.

»Also …?«, versuchte er es noch einmal in einem ungeübten Französisch. »*Comment vous appelez-vous* – wie ist Euer Name?«

Die Schönheit lächelte, ihre Mundwinkel kräuselten sich leicht und entblößten ebenmäßige weiße Zähne. James stand noch immer neben ihr aus Angst, dass sie vom Stuhl rutschen könnte in ihrer schlechten Verfassung. Der andere Grund war, dass er seinen Blick kaum von ihrem Gesicht abwenden konnte, sie hatte ihn förmlich gefesselt. Ihre Augen waren jetzt direkt auf seinen Vater gerichtet. Sie schimmerten wie Kristalle, bläulich, die Pupillen waren groß und schwarz wie ihre Wimpern. Der Blick, den sie seinem Vater zuwarf, war eisig wie Loch Ness im Winter.

Mit der Zunge befeuchtete sie sich die trockenen Lippen, atmete kurz ein, wobei die Augenlider vor Schmerz flatterten, dann öffnete sie den Mund: »Enja.« Und nach einem weiteren schmerzhaften Atemzug: »Mein Name ist Enja.«

Daraufhin fielen ihr die Augen zu, sie verlor das Bewusstsein und rutschte vom Stuhl direkt in James' Arme. Besorgt hob er den Kopf und sah seinen Vater an. Lord William richtete sich auf und verschränkte die mächtigen Arme vor seiner Brust. Sein Mund zuckte, aber er nickte James zu. Mit dem stillen Einverständnis seines Vaters trug er sie vorsichtig zurück über die Steintreppe in ihr Zimmer. Wieder hielt er diese seltsame Frau in seinen Armen. Sie war schwer und fest, ganz anders, als sich Frauen sonst anfühlten.

James biss sich auf die Lippen. Seine Gedanken liefen schon wieder aus dem Ruder. Sicher, er mochte Frauen. Aber im Gegensatz zu seinem Vater ließ er sich von keiner um den Finger wickeln. Es ärgerte ihn immens, dass Eleanore seinen Vater so im Griff hatte. Sie war so anders als seine Mutter, sie hätte Vater nie widersprochen.

Nein, ihm würde so etwas nie passieren. Eine Frau sollte einem Mann nicht ihren Willen aufdrängen. Verärgert schüttelte er den Kopf, stieß die Tür zum Schlafgemach so kräftig mit dem Fuß auf, dass sie gegen die Wand donnerte, und legte Enja vorsichtig auf das Bett. Dabei kam er mit der Nase dicht an ihre Haare. Er runzelte die Stirn und drückte seine Nase noch einmal in das seidige weißblonde Haar. Er konnte wirklich nichts riechen, denn sie hatte keinerlei Körpergeruch.

Callie, die dienstbeflissen mit ihm mitgelaufen war und nun einen frischen Wasserkrug auf den Tisch stellte, hatte nichts von seiner Beobachtung bemerkt. Sie zog ihr den wollenen Schal von den Schultern und rollte sie wieder in das Tuch.

James zog sich währenddessen aus dem Zimmer zurück. Nachdem er hinter sich die Tür geschlossen hatte, blieb er kurz stehen. Sollte er es seinem Vater berichten? Aber es würde nur für noch mehr Verwirrung sorgen, besser, er behielt es vorerst für sich. Ob die Frau sich im Klaren war, dass sie nur knapp ihrem eigenen Unglück entkommen war? Dann erinnerte er sich wieder, wie bewusst sie ihre Worte gewählt hatte, als sie seinem Vater antwortete. Sie hatte ihm nicht auf Französisch geantwortet und auch nicht auf Englisch. Sie benutzte akzentfrei das im schottischen Hochland gebräuchliche Gälisch. Sie gab seiner Familie so zu verstehen, dass sie eine

Verbündete war, wenn auch keine Schottin. Seine Nase hatte ihn also im wahrsten Sinn des Wortes nicht getäuscht. Diese Frau war keine Gefahr für seinen Clan, aber sie war schuld am Tod der Engländer. So viel stand für ihn fest.

Das Mädchen mit den Pausbäckchen und den cleveren Augen hatte mir eine Suppe gebracht. Mein Magen krampfte schon beim Duft von Brot und Fleisch, und ich ließ mir geduldig Löffel für Löffel in den Mund schieben. Wie eine alte Frau saß ich vornübergebeugt im Bett mit diesem komischen Leibchen, das mir viel zu klein war, und schätzte die Zeit auf frühen Mittag. Die Sonne war auf dieser Seite der Fenster nicht zu sehen.

»Wie lange habe ich geschlafen, *lassie*?«, kam es mir über die aufgesprungenen Lippen. Weil ich ihren Namen nicht kannte, benutzte ich das schottische Wort für Mädchen. Da in der Halle auf Gälisch gegrölt wurde, nahm ich an, dass sie mich verstehen konnte. Tatsächlich blickte sie kurz auf, errötete und tauchte den Löffel wieder in die Schüssel.

»Zwei Tage und zwei Nächte, Herrin, Ihr wart geschwächt durch Euren …«, sie räusperte sich verschämt, »durch Euren Besuch in der großen Halle.« Sie hatte eine schöne, wenn auch durch die gutturale Sprache leicht harsche Stimme. »Aber Ihr hattet großes Glück, der Stich in Euren Bauch hatte keine wichtigen Organe zerstört. Und das Fieber konnte Mairi recht schnell eindämmen. Ihr habt einen starken Geist und einen gesunden Körper, Herrin!«, setzte sie bewundernd nach.

Sie bot mir einen weiteren Löffel an, den ich dankbar annahm. Es war nicht das erste Mal, dass mich die Stärke meines Körpers selbst überraschte. Als wäre ich für die Gefahren dieser Zeit gemacht, ging es mir durch den Kopf. Oder ich hatte einfach nur mehr Glück als andere Menschen. Nachdenklich blickte ich in das Gesicht des gut genährten Mädchens, das sich so um mich bemühte.

»Da ich immer noch lebe, vermute ich, dass Lord William sich entschieden hat, sich meine Geschichte anzuhören, bevor er mich tötet?«, mutmaßte ich zwischen zwei Löffeln der kräftigen Brühe.

Ich musste annehmen, dass der ältere Herr am hohen Tisch der Clanchef der Douglas war, der Vater meines Lebensretters. Dass er sich mir am Tisch noch nicht einmal vorgestellt hatte, festigte meinen Verdacht. Nur ein Mann von hohem Rang konnte sich so ein rüdes Verhalten erlauben.

Das rotblonde Mädchen errötete erneut, diesmal bis in die Haarspitzen, was ich sehr sympathisch fand.

»Lord William würde sicher nie eine Frau töten!« Sie schüttelte vehement den Kopf. »Nicht ohne Grund natürlich«, verbesserte sie sich schnell. Sie tupfte mir mit einem Tuch den Mund ab und schob die leere Schüssel auf das Tablett zurück. Bevor sie sich weiteren Fragen stellen musste, stand sie hastig auf und drehte sich zur Tür. Deutlich spürte ich ihre Unsicherheit, aber auch ihre Neugierde.

»Sagt«, fing sie noch einmal an, »was bedeutet das Kreuz auf Eurer Stirn? Hat das mit Religion zu tun?«

Die meisten Schotten in dieser Gegend waren katholisch. Das Kreuz verbanden sie automatisch mit dem Leiden Christi, es war das Zeichen ihres Glaubens. Freundlich lächelte ich das schüchterne Mädchen an, diese Frage hatte ich schon allzu oft gehört. »Im Orient ist das Kreuz das Zeichen für Menschen, die ihre Rechte verwirkt haben. Man wird mit dem Kreuz zum Eigentum eines anderen Menschen bis zum eigenen Tod.«

»Und wem gehört Ihr?« Natürlich war das die nächste Frage.

»Niemandem, ich habe mir meine Freiheit wiedergeholt, und ich werde nie wieder jemandem gehören. Das Kreuz auf meiner Stirn erinnert mich jeden Tag daran, wie schnell man seine Freiheit verlieren kann.«

»Aber Ihr seid doch eine Frau, wie kann man da jemals frei sein?«

Ihre Neugierde amüsierte mich und ließ mich vergnügt lächeln, denn ich verstand ihre Frage nur zu gut. »Indem du den Mann das Fürchten lehrst.«

Sie lächelte wieder schüchtern, denn sie hatte verstanden, und das, ohne rot zu werden.

»Mein Name ist übrigens Callie. Wenn Ihr etwas braucht, ich bin draußen«, stellte sie sich vor, knickste höflich, wandte sich um und öffnete die Tür. Plötzlich verbeugte sie sich tief und machte jemandem Platz, der im massiven Holzrahmen stand.

Es war James Douglas, der Kerl, der mir nicht aus dem Kopf gehen wollte. Ihm verdankte ich, dass ich so schnell gesundete und jetzt schon wieder etwas zu mir nehmen konnte. Großgewachsen überragte er seinen Vater um fast einen Kopf. Dessen bullige Statur hatte er nicht geerbt, er war eher schlank und drahtig. Aber dafür hatte er die gleichen braunen Augen, die bei ihm so warm und bei seinem Vater so kalt wirkten.

Die welligen dunkelbraunen Haare hatte er mit einem Lederband im Nacken zusammengebunden. Ein Bartschatten betonte sein kantiges Kinn. Vieles Männliche hatte er von seinem Vater: die kräftige Nase, die leicht geknickt war, und die Augenpartie. Aber die Augenbrauen waren längst nicht so buschig und dicht, sie waren vielmehr schmal und geschwungen, und er bewegte sie geschickt, um seiner Mimik mehr Ausdruck zu verleihen. Vielleicht hatte sich hier seine Mutter verewigt. Mit seinen vollen Lippen und der vornehmen Blässe hatte er fast etwas Edles. Ich hätte ihn beinahe als geistreichen Menschen eingeschätzt, wenn er jetzt nicht vor mir stehen und mit seinen verschränkten Armen die Haltung seines Vaters imitieren würde, eine Pose voller Arroganz.

Ich lehnte mich in die Kissen zurück, drückte ein wenig die Brust heraus und versuchte, trotz meines beklagenswerten Zustands noch ein wenig Würde zu bewahren. Während der Douglas-Erbe schlicht, aber gut gekleidet war, machte ich in meinem Hemdchen eine deutlich schlechtere Figur.

»Ich habe mich zwar schon vorgestellt«, begann er zögerlich, »aber ich nehme an, Ihr habt mich nicht wirklich wahrgenommen dort draußen, wo wir Euch gefunden haben.« Er machte eine Gedankenpause und zog diese schöne Augenbraue hoch. »Ich bin James Douglas, Sohn von Lord William Douglas, den Ihr schon in der Halle kennengelernt habt.«

Meinen Kopf leicht schief gelegt, nickte ich bedächtig. »Sehr erfreut«, antwortete ich, »meinen Namen kennt Ihr ja bereits.«

Diese knappe Feststellung entlockte ihm ein Lächeln, und er nickte wissend, dabei drehte er sich ein wenig und sah zum Fenster hinaus, als müsste er seinen Blick von mir abwenden.

Die Fenster waren um diese Zeit des Tages geöffnet, und die Sonne traute sich ein wenig Licht in diese Kammer zu werfen. »Ihr seid Gast meines Vaters, solange Ihr von Eurer Wunde genest. Aber es wäre schön, wenn Ihr mir ein wenig über Euch erzählen würdet. Die Situation, in der wir Euch gefunden haben«, er räusperte sich unsicher, »sie war mehr als befremdlich.«

Er schaute jetzt überallhin, nur nicht zu mir.

»Warum kommt Lord William nicht, um mich zu befragen?«, wollte ich wissen. Sein Hals färbte sich leicht rot.

»Nun«, zauderte er, und die Fußspitze seines Stiefels wurde einer eingehenden Betrachtung unterzogen, »Ihr seid mein Gast, ich habe Euch hergebracht, also muss ich mich auch um Euch kümmern.«

»Dann helft mir mal aus dem Bett, *Mylord*! Ich könnte ein paar Schritte mit Euch spazieren gehen. Hier in diesem Bett verroste ich noch wie ein Hufnagel im Wassertrog.«

Erschrocken flog sein Blick zu mir und rutschte an meinem Hemdchen hinab: »Ich hole Callie, sie kann beim Anziehen …«

»Nichts da, junger Mann, reicht mir mal den Morgenrock, dazu brauche ich keinen Diener!«, antwortete ich ihm unwirsch. Diese Prüderie stieß mir mächtig auf. Und erst recht meine Hilflosigkeit. Unsicher nahm er den Morgenrock, der über dem Stuhl hing, und reichte ihn mir mit abgewandtem Gesicht, aber ein Lächeln umspielte seinen Mund.

»Junger Mann?«, wiederholte er verschmitzt, während ich mir den roten Mantel überstreifte. »Ihr seid ja wohl nicht älter als ich?«

Ich hielt ihm meine Hand hin, die er ohne zu zögern nahm, um mir aus dem Bett zu helfen. Ich schmunzelte. »Aber sehr viel weiser!« Dabei stakste ich auf unsicheren Beinen um das Bett herum zur Tür.

Er lachte, es klang unbeschwert, seine Augen tanzten dabei mit, und ich hatte das Gefühl, als wäre mir die Suppe in meinem Magen nicht bekommen. Ich legte meine Hand auf den Bauch, um ihn zu beruhigen. Sicher kam das von dem Wundschmerz, der sich hin und wieder als bösartiges Stechen bemerkbar machte. Vorsichtig führte er mich zur Tür, verbeugte sich und küsste meine Hand. Die Berührung erzeugte eine Gänsehaut auf meinem Arm. Sein Blick war ernst, aber eine Augenbraue war spöttisch nach oben gezogen, und er imitierte meinen schnippischen Ton: »Das müsst Ihr erst noch beweisen.«

Ich nahm die Herausforderung gerne an. Wir gingen ein paar Schritte über den Hof und hatten Gelegenheit, uns näher kennenzulernen. Dabei wurde mir klar, dass James Douglas ein geistreicher Erzähler war. Natürlich war er durch seine Erziehung in Frankreich gebildet, wich aber meinen Fragen nach der dortigen Politik und der Beziehung von Frankreich zu Schottland geschickt aus. Als er versuchte, mich in ein Gespräch über den Vorfall zu verwickeln, bei dem ich so schwer verletzt worden war, wurde ich einsilbig und bat ihn, den Weg wieder zurückzugehen, den wir gekommen waren. Er hatte verstanden, dass ich darüber mit ihm nicht reden wollte.

Als aufmerksamer Zuhörer wechselte er das Thema. Etwas schien ihm brennend auf dem Herzen zu liegen. »Wie kommt es, dass Ihr einen Drachen auf Eurem Rücken habt, den uns die Heilerin – mit Verlaub – genau beschrieben hat?«

Ich musste kurz auflachen, was ich sofort bereute, denn der Schmerz in meinem Bauch bestrafte diesen Ausbruch meiner

Gefühle. James hielt immer noch meinen Ellbogen, um mich zu stützen, und ich spürte seinen Griff fester werden. Er würde weder meinen Arm noch dieses Thema locker lassen.

»Nun«, setzte ich nachdenklich an, »der Drache ist das Symbol von Stärke, Macht und Tod. Kaum ein anderes Symbol vereint diese drei Komponenten besser. Ich habe es gewählt, weil es wie kein anderes meinen Werdegang symbolisiert. Es ist mein Talisman …«

»Talisman?«, horchte er auf. »Dann seid Ihr so etwas wie eine Druidin oder Schamanin?« Es schwang etwas Ehrfurcht in seiner Stimme mit.

»Nein, das würde ich nicht sagen. Ich habe mir dieses Bild selbst ausgesucht und auf meinen Rücken malen lassen ohne religiösen Hintergrund.«

»Ihr habt das freiwillig getan? Welche Frau lässt sich so schänden?«

»Schänden?« Mein Entsetzen war nicht gespielt. »Aber das ist doch der Schmuck und Stolz eines jeden Kriegers. Dafür muss ich mich nicht schämen!«

Der junge Mann schüttelte ohne Verständnis den Kopf. »Ich fürchte, ich verstehe Euch nicht. Ihr seid eine sehr schöne Frau, warum …«

»… ich lieber als Krieger gesehen werden möchte?«

Im gleichen Moment war er stehen geblieben und hatte sich vor mich gestellt. Mit großem Selbstbewusstsein schaute ich ihm jetzt direkt in die warmherzigen Augen und fügte lächelnd hinzu: »Weil ich eine Kriegerin bin, und wer mich kennt, wird daran nicht zweifeln.«

Unverkennbar bemerkte ich in seinem Blick den Unglauben, den ich schon bei vielen Männern gesehen hatte. Es wunderte mich inzwischen nicht mehr, in diesem Land verkörperte ich mit meinen Ansichten ein schlimmeres Übel als das des Antichristen. Anscheinend enttäuscht wendete er sich nun von mir ab, nahm abwesend wieder meinen Ellbogen und ging langsam zurück zur Tür des Nebeneingangs, durch den wir ins Freie gelangt waren. Dahinter befand sich die Treppe, die mich mit jeder Stufe daran erinnerte, dass das Schwert des Ritters meine Bauchmuskeln schwer in Mitleidenschaft gezogen hatte.

Nach einer Weile des Nachdenkens bemerkte er gedämpft, ohne mich dabei anzusehen: »Ich sehe etwas Besonderes in Euch. Ihr seid stolz und tapfer, aber vergesst nie, Ihr seid immer noch eine Frau. Wenn Euer Drache seine Macht entfalten will, dann geht dies nur über einen Mann an Eurer Seite.«

Mit einer galanten Bewegung beugte er sich über meine Hand, küsste sie und verabschiedete sich höflich. Für den Weg zurück ins Gemach überließ er mich Callie, die sofort herbeieilte, als er sich verabschiedete. Seine Worte schlugen eine tiefe Kerbe in meine Seele, denn er sagte mir nichts, was ich nicht schon wusste. In diesem Land hatten Männer die Macht und das Gesetz auf ihrer Seite. Ein Blick in die Gesellschaft auf dieser Burg, und ich konnte es selbst sehen. Es wurde Zeit, dass der Drache zeigte, was er konnte.

Es ging mir erstaunlich gut, die Wunde pulsierte kaum noch, und mein Appetit war zurückgekehrt. Die Heilerin hatte mich darüber aufgeklärt, dass sie die Wunde persönlich gereinigt und genäht hatte. Die Haut war bereits wieder fest zusammengewachsen, und sie konnte die Fäden ziehen. Eine Wunde in diesem Ausmaß hätte auch einiges an Problemen mit sich bringen können, daher sah ich es als glückliche Fügung, so schnell zu genesen. Nach nur wenigen Tagen, die ich im Bett verbracht hatte, konnte ich bereits wieder einigermaßen laufen und sogar vorsichtig ein paar Übungen durchführen, die mir meine Körperspannung zurückgeben sollten. Das Einzige, was mich jetzt noch ärgerte, waren meine durchtrennten Bauchmuskeln, die länger als das restliche Gewebe brauchen würden, um ihre ursprüngliche Form wiederzuerlangen. Der heutige Weg am Arm von Sir James Douglas vom Zimmer über die Steintreppe bis in die große Halle bereitete mir daher kein Vergnügen. Ohne es zu wollen, rutschte mir bei jeder dritten Stufe ein leiser Schmerzenslaut heraus.

Davon anscheinend unbeeindruckt erwarteten mich seine Lordschaft William Douglas und seine Frau Lady Eleanore bereits in einem Raum neben der großen Halle, der wohl als Schreibzimmer diente. Hier roch es nach Leder und Holz, und ein großer Kamin entfachte die angenehme Wärme in dem kleinen Raum, der von einem kleinen Fenster erhellt wurde. Das weiche Licht ließ Lord Williams harte Züge ein wenig sanfter wirken, und als er seine Frau nun anlächelte, konnte ich etwas vom jungen James in ihm entdecken, dem das Leben noch nicht so tiefe Furchen ins Gesicht gezeichnet hatte.

Beide blickten erwartungsvoll auf mich, als ich vorsichtig den Raum betrat. Ich nickte kurz, denn eine Verbeugung war immer noch nicht möglich. Ein alter, vergilbter Stuhl neben dem großen, massiven Holztisch war frei, und James geleitete mich dorthin. Erst jetzt wurde ich einer weiteren Person gewahr, die mir nicht direkt ins Auge gefallen war, denn sie lag in einer Art Kiste, an der zwei Räderpaare angebracht waren. Die Kiste befand sich neben Eleanore, und ihre Hand wanderte immer wieder zu dem Bündel Mensch, das darin lag. Es war ein Kind, aber schon etwas größer als ein Kleinkind und sollte eigentlich nicht liegen müssen. Etwas an seinem Gesicht war seltsam. James bemerkte meine Blicke und schüttelte warnend den Kopf. Warum sollte ich nicht fragen?

Eleanore beachtete James' warnende Blicke nicht, auch sie hatte meinen fragenden Blick gesehen. Als sie zu sprechen begann, hörte ich aus jedem ihrer Worte die Liebe einer Mutter zu ihrem Kind heraus. »Das ist unser Sohn Matthew. Er kam mit Schwierigkeiten auf die Welt und ist nicht so wie andere Kinder. Aber ich liebe ihn sehr, denn er sieht die Welt, so wie sie ist, und ich lerne jeden Tag, sie mit seinen Augen zu betrachten.«

Das beeindruckte mich zutiefst. Eleanore mochte jung sein, aber sie wirkte reifer als die meisten Frauen ihres Alters. Mein Respekt für die zierliche Schlossherrin wuchs mit jedem Augenblick. Sie hatte sich an der Seite ihres Mannes eine einflussreiche Stellung erkämpft und brachte Liebe und Vernunft in dieses männerdominierte Burgleben. Ihr positiver Einfluss reichte auch bis zu meinem Gastgeber, der sich jetzt räusperte und erklärte: »Wir haben alles versucht, aber kein Heiler konnte ihm helfen. Er wird wohl für immer ein Krüppel bleiben. Aber solange ich lebe, wird er respektiert. Denn er ist auch ein Douglas, wie wir alle.«

Neugierig trat ich näher. Oft wurde ein behindertes Kind als Blutschande und von der Kirche als Strafe Gottes gesehen. Meine Vermutung lag eher bei einer Krankheit des Blutes oder einer Verletzung des Gehirns. Kopfverletzungen bei Kriegsopfern riefen ähnliche Symptome hervor wie bei diesem Kind. Vielleicht war es bei seiner Geburt unsanft behandelt und der weiche Kopf gequetscht worden. Aber das sagte ich natürlich nicht, niemand musste hier mehr über mich wissen als notwendig.

Aber dieses Kind hier hatte Glück im Unglück. Es wurde geliebt und anständig behandelt. Kaum eines seiner Schicksalsgefährten überlebte die ersten Monate, oft wurden sie aus Angst ausgesetzt oder verhungerten. Matthew schien nach meinen Schätzungen aber schon etwas mehr als fünf Jahre alt zu sein.

Er lächelte mich an, schlug mit der verkrampften Faust auf den Rand der Kiste und quietschte vergnügt. Im Gegensatz zu seinem Vater schien er bestens gelaunt zu sein, während ebenjener mich mit dunkler Miene von der anderen Seite des Raumes abschätzig musterte. Von seiner Heiterkeit angesteckt hielt ich Matthew meine Hand hin, die er nach drei Versuchen auch endlich erfasste, und nickte dem Kind lächelnd zu.

»Sehr erfreut, Matthew Douglas, Euch kennenzulernen. Mein Name ist Enja, Enja von Caerlaverock, und Eure Ähnlichkeit mit Eurem Vater ist einfach verblüffend!«

Tatsächlich fand ich so gar nichts, was seine Vaterschaft bestätigen würde, aber diese Lüge glitt mir mit einem Lächeln ganz leicht von den Lippen. Ein lautes Quietschen und Gejohle aus der Kiste bestätigten mir, dass er mehr verstand, als man ihm wohl zutraute, und sein Vater lächelte trotz meiner gewagten Worte. »Er scheint Euren Humor zu mögen, Lady Enja.«

»Was man nicht von jedem hier im Raum behaupten kann«, konterte ich und setzte mich auf den freien Stuhl, begleitet von Matthews fröhlichem Lachen.

»Stolze Worte von einer Frau! Würde ein Mann sie sagen, würde ich ihm entsprechend antworten. Aber meine Erziehung – und meine liebe Frau – versagen es mir.« Dabei nahm er ihre Hand und küsste sie liebevoll. James verzog angewidert seinen Mund, die Turtelei seines Vaters schien ihm nicht zu gefallen.

»Eure Frau ist ein wirklich kluges Weib mit einer Tugend, die nicht im Entferntesten an die meine heranreicht. Bitte nehmt keine Rücksicht, ich erwarte keine«, forderte ich und sah ihn mit erhobenem Kopf an.

Nachdenklich ließ er ihre Hand wieder sinken und stand auf. Seine imposante Gestalt verdeckte das flackernde Kaminfeuer und warf einen Schatten auf mich. Sein Sohn hatte sich schweigend an die rechte Wand zurückgezogen, wo er dem Gespräch folgen und vielleicht auch einschreiten konnte.

»Nun, dann erzählt Eure Geschichte, denn glaubt mir, Rücksicht gehört ganz sicher nicht zu meinen Tugenden. Wenn ich Euch als Gefahr für meinen Clan sehe, dann werdet ihr den Tag nicht lebend überstehen.«

Um wenigstens körperlich einen starken Eindruck zu machen, lehnte ich mich im Stuhl leicht zurück, verschränkte die Arme und nickte anerkennend. »Das ist eine Sprache, die mir schon besser gefällt.«

Wie gut, dass der ziehende Schmerz in meinem Bauch meinen Geist hellwach hielt.

Fieberhaft überlegte ich, was ich dem Chef des Douglas-Clans erzählen sollte. Die schottischen Highlands sind durch und durch patriarchalisch. Eine Frau hatte nichts zu melden, sie war der Besitz ihres Vaters oder eben später ihres Mannes. Sie waren bis auf wenige Ausnahmen ungebildet und hatten neben der Aufgabe, einen Erben zu gebären, vielleicht noch die Zuständigkeit für den häuslichen Bereich. Vorsichtig gab ich Lord Douglas daher nur kleine Häppchen, die sich besser verdauen ließen, anstatt sein Weltbild mit der ganzen Wahrheit auf den Kopf zu stellen.

»Ihr seid also mit dem Vormann Eures Clans dem Mörder des Pferdehirten nachgeritten und auf den englischen Ritter samt seinen Soldaten getroffen. Der Vormann tötete alle bis auf den Ritter, der Euch mit seinem Schwert verletzte. Dann versorgte er Euch und ließ Euch zurück, um Hilfe zu holen?« Misstrauisch fasste der Lord meine Aussagen zusammen.

»Ja«, bestätigte ich und nickte dabei, ohne rot zu werden, »und bevor er wiederkam, hat mich Euer Sohn gefunden und hierhergebracht.«

Unglaube stand in großen Buchstaben auf seiner gerunzelten Stirn. James' Gesicht war ausdruckslos. Ich bemühte mich aber, nicht zu ihm, sondern fest in das Gesicht des Clanchefs zu blicken. Seine Kiefer mahlten, die Sehnen an den Backen spannten sich dabei an. Wiederholt sah er Eleanore unsicher an, und sie sprach, sehr ungewöhnlich für eine Ehefrau, an seiner Stelle.

»Für eine Dame seid Ihr sehr mutig, und Eure Wunde heilt schneller, als unsere Heilerin vorausgesagt hat. Ihr seid ungewöhnlich groß und stark, Ihr habt ein großes Bild von einem Drachen auf Eurer Haut …« Sie machte eine kurze Pause und holte sich mit einem Blick das Einverständnis ihres Mannes weiterzusprechen. »Sagt, was seid Ihr? Seid Ihr eine Druidin?«

Ihr Blick war dabei so erwartungsvoll, dass ich geneigt war, ihre Vermutung zu bestätigen ungeachtet aller Konsequenzen. Es war die gleiche Frage, die mir James schon in meiner Kammer gestellt hatte. Anscheinend war ein Druide eine außergewöhnliche, aber akzeptierte Person.

Für eine kurze Zeit war es leise im Raum, nur das Knistern der Scheite im Kamin und das Gurgeln des Jungen waren zu hören. Ich musste das Richtige sagen, sonst käme ich von hier nicht mehr weg. Vorsichtig beugte ich mich nach vorn, vergaß dabei meine Bauchmuskeln und zuckte ein wenig zusammen. Vor Schmerz schloss ich die Augen, atmete langsam aus, öffnete die Augen wieder und antwortete: »Ich komme aus dem Land, in dem der Heilige Krieg tobt. Ich bin dort als Sklavin gelandet, als unser Schiff mit meiner Mutter unterging. Ich habe viele Jahre um meine Freiheit und meine Selbstbestimmung gekämpft. Auf der Suche nach meinem Vater habe ich schließlich in Caerlaverock Castle vom Clan der Maxwells für mich und meine Leute eine Heimat gefunden. Ich sehe anders aus und bin auch anders als die Schotten hier, aber ich sehe das Land als meine Heimat. Und in einem bin ich jedem hier gleichgestellt: Wenn ein verdammter Engländer einen meiner Leute umbringt, nur weil er meine Pferde will, dann werde ich ihn töten. Auch wenn ich England damit den Krieg erkläre. Dann bin ich eben auch so eine verdammte Schottin.«

Während meiner Rede hatte sich William nach vorn gebeugt. Er starrte mich an, und ich erwiderte seinen Blick. Langsam, ganz langsam stahl sich ein Lächeln auf sein Gesicht, das zu einem Glucksen wurde und schließlich in schallendes Gelächter mündete. Alle Augen richteten sich auf ihn, und Matthew quietschte mit voller Inbrunst.

Schließlich fielen wir alle ein, meine Bauchmuskeln taten fürchterlich weh, und William musste sich die Lachtränen aus dem Gesicht wischen. Schließlich stand er auf, ging die paar Schritte an meinen Stuhl heran, schlug mir immer noch lachend mit seiner großen Pranke auf die Schulter und hielt mir die schwielige Hand hin.

»Egal wer oder was Ihr seid, Enja von Caerlaverock«, sagte er mit einem Grinsen, das sämtliche noch nicht ausgeschlagenen Zähne zeigte und seine Züge auf einen Schlag weniger einschüchternd wirken ließ. »Aber Ihr steht auf der richtigen Seite, und ob Frau oder nicht, Schottin oder nicht, Ihr gefallt mir!«

Lord William hatte also ein weiches Herz, war ein großzügiger Gastgeber und seinen Landsleuten damit ein gutes Stück voraus. Ich hatte schon ganz andere Erfahrung mit den hiesigen Schotten und im Speziellen mit den Nachbarn meiner Ländereien gemacht.

Er hatte darauf bestanden, das Abendessen an diesem Tag zu meinen Ehren abzuhalten. Es war ein Friedensangebot gewesen, das ich dankend angenommen hatte, aber nur unter der Bedingung, dass ich in meiner eigenen Kleidung daran teilnehmen durfte. Das Hemdchen, das in meiner Nase so widerlich nach Krankheit roch, streifte ich dankbar ab und wusch mich, so gut es ging, an einer bereitgestellten Schüssel. Callie ging mir dabei zur Hand.

Ich zog mir die weit geschnittenen Hosenbeine über die Beine und wickelte und verknüpfte die Hose an der Hüfte. Den Gürtel um die Tunika ließ ich etwas locker, um nicht die Wunde aufzureißen. Meine Haare befestigte ich in einem Knoten am Hinterkopf. Dazu steckte ich den kleinen Dolch, der in einem Schaft mit feinen glitzernden Edelsteinen steckte, mit geübten Fingern in den gedrehten Haarknoten. Callie hatte ihn sorgfältig zusammen mit meinen Waffen und meiner Kleidung in eine Truhe neben meinem Bett gelegt. Die Lederweste war leider zerstört – erst durch den Schwertstreich und dann durch die Heilerin, die sie zerschneiden musste, als sie meine Wunde versorgt hatte. Callie hatte meine Tunika genäht und das Blut ausgewaschen. Mit prüfendem Blick betrachtete das Mädchen nun meine Erscheinung.

»Ihr seid eine bewundernswerte Frau, *Mylady*. Und selbst in Hosen seid Ihr schöner als manche Dame im prachtvollsten Kleid.« Dabei schoss ihr wieder die charmante Röte ins Gesicht, und ich drückte dankbar ihre Hand.

»Wenn du jemals Hilfe brauchst, Callie, kannst du jederzeit zu mir kommen. Du warst mir eine loyale Freundin hier, und ich vergesse nie eine gute Tat.«

Ein schüchternes Lächeln war die Antwort, und ich machte mich vorsichtig auf den Weg in die Halle, um dem Festmahl des Clans beizuwohnen. Das Gegröle war bereits bis in meine Kammer zu hören. Reichlich Ale und *Uisge beatha*, ein hochprozentiger Alkohol mit einer Farbe wie Honig, hatte die Stimmung angeheizt.

Als Ehrengast durfte ich neben Lord William am Tisch der Familie sitzen. Neben Eleanore saß Hugh, der zu diesem Abend aus dem Pferdestall frisch gewaschen dazustoßen durfte. James ließ es sich nicht nehmen, neben mir zu sitzen. Es war ein lockerer Abend, die Spannung der letzten Tage war einer freundschaftlichen Atmosphäre gewichen. Die Gespräche dienten mehr der Neugier und nicht mehr zur Unterscheidung zwischen Freund und Feind.

Um einer weiteren Befragung zu entgehen, beschäftigte ich mich eingehend mit Matthew, der mein Herz gefangen hatte. Er schien immer gut gelaunt, und meine Worte entlockten ihm fröhliche Jauchzer. Mit James unterhielt ich mich gezwungenermaßen, aber ich konnte mich des Gefühls nicht erwehren, dass er von mir mehr erwartete als die Antworten, die ich seinem Vater gegeben hatte. Immer wieder versuchte er, mich ins Gespräch zu verwickeln, um mehr über mich zu erfahren. Dabei musterten mich seine braunen Augen mit einer Intensität, die mir seltsamerweise nicht unangenehm war. Bevor er meine eigenartige Schwäche ihm gegenüber erkannte, sollte ich mich frühzeitig verabschieden, um nicht zu lange neben ihm sitzen zu müssen. Aber das seltene Vergnügen, mit einem gewandten Gesprächspartner gepflegte Worte zu jonglieren, ließ mich schließlich doch an meinem Platz verharren.

Ich ahnte, dass er mir meine Geschichte nicht abnahm. Zu vieles blieb unbeantwortet, und James ließ sich nicht wie sein Vater von meiner heroischen Antwort blenden. Er war ein Mann von scharfem Verstand, und er ließ es mich wissen. Immer wieder kam er auf den Vorfall mit den Engländern zurück. Seine Fragen kreisten darum, mit welcher Waffe die Männer getötet worden waren und wer mir geholfen hatte. An diesem Punkt blieb ich hartnäckig und ließ ihn im Dunkeln tappen. Für mich war es wie ein Schachspiel, jeder Zug musste gut überlegt sein, und ich war schwer zu schlagen. James erwies sich als brillanter Kopf und würde sicher einmal ein kluger Laird des Douglas-Clans werden, zumal er bei Weitem nicht so reizbar war wie Lord William.

Der Abend war noch nicht richtig vorbei, die Sonne warf gerade die letzten Sonnenstrahlen auf die Douglas-Burg und tauchte die dicken Mauern in oranges Licht. Die angetrunkenen Clanleute, die in der großen Halle saßen, begannen zu singen oder zu grölen, was die Kehlen hergaben, als das Horn am Haupttor plötzlich erschallte. Es kündigte Besuch an. Die meisten Douglas-Männer horchten nur kurz auf, manche waren schon weit über den Punkt, an dem sie überhaupt laufen konnten. Manche reagierten gar nicht mehr und starrten nur glasig in ihre Krüge.

Die Türen zum Saal wurden kräftig aufgestoßen, einer der Außenposten rief quer durch den Saal: »Ein Reiter nähert sich unserer Burg, *Mylaird*! Sollen wir ihn durch das Tor lassen?«

Lord Douglas erhob sich wankend, stützte sich mit Mühe auf dem Tisch ab und brüllte aus Leibeskräften: »Um diese Zeit? Lasst ihn herein, zum Teufel nochmal! Alle Mann, die noch laufen können, f-folgt mir!« Und er stakste als Erster unsicher durch die Tür hinaus in den Burghof.

Daraufhin entstand ein riesiges Durcheinander. Betrunkene Männer stolperten ziellos, fielen über Stühle und Beine. Dazwischen hetzten die Bediensteten, die wie verschreckte Rehe versuchten, Teller, Kelche, Essen und Getränke vor den torkelnden Gestalten zu retten.

Seelenruhig blieb ich sitzen, wo ich war, und versuchte, mir nichts anmerken zu lassen. James war aufgestanden und neben mir stehen geblieben, anstatt seinem Vater nach draußen in den Hof zu folgen. Er verschränkte die Arme und sah mich prüfend an. Listiger Fuchs!

»Kann es sein, dass *Ihr* genau wisst, wer uns hier besuchen kommt?«

Vorsichtig erhob ich mich, bis ich von Angesicht zu Angesicht vor ihm stand. Er war einen ganzen Kopf größer als ich. Seine dunkelbraunen Augen bohrten sich in meine. Seine Miene verriet nicht, ob er mir wohlgesinnt war. »Ja, ich habe auf ihn gewartet.«

»Ihn?«, fragte er und legte seinen Kopf leicht schief. Die Furche zwischen seinen Augen vertiefte sich.

»Hal, meinen Vormann«, erklärte ich und machte eine Pause. Als ich seine fragend hochgezogene Augenbraue sah, ergänzte ich noch: »Der die Engländer getötet hat.«

Ich bildete mir ein, hinter seiner unergründlichen Miene so etwas wie leichte Enttäuschung zu sehen. Aber er hatte sich gut im Griff, denn er deutete mit seinem Kopf in Richtung Tür und meinte nur knapp: »Dann sollten wir ihn begrüßen.«

Er bot mir seinen Unterarm, und ich nahm seine Hilfe dankbar an. Langsam folgten wir den anderen durch das Chaos in der Halle nach draußen. Alle, die sich dort inzwischen versammelt hatten, blickten gebannt auf das Haupttor, das nun von den wenigen Wachleuten, die nüchtern geblieben waren, aufgedrückt wurde. Neben zahlreichen Rülpsern und Flüchen stand Chief Douglas trotz Saufgelages aufrecht und breitbeinig wie ein Fels, bereit, jeden unerwünschten Gast mit seinen Blicken wegzufegen.

Die Sonne war längst untergegangen. Der Hof wurde nun von der Mitternachtssonne erhellt, die den Abend um ein paar Stunden verlängerte und Fackeln überflüssig machte. Es war eine seltsame Stimmung, eine Helligkeit ohne Sonne, und es färbte die Umgebung in ein eigenwilliges Licht. Fast als hätten die Götter Fackeln entzündet, die aber nirgendwo zu sehen waren. Es gab auch keinen Schatten, alles um mich herum war von dem gleichen diffusen Licht erhellt. Ein merkwürdiges Phänomen, wie ich es nur hier in Schottland in den Sommern erlebt hatte.

So merkwürdig wie der Reiter, der nun den Hügel heraufkam und mit ihm ein Gefühl der Vertrautheit. Einmal mehr war ich froh, Hal zu sehen. Er trottete auf seinem riesigen Schimmel in aller Seelenruhe auf die Burg zu.

Enja an seiner Seite verstärkte ihren Griff um seinen Oberarm. Sie richtete sich noch ein wenig mehr auf, als wollte sie damit ihre Autorität unterstreichen, und beobachtete konzentriert, wie der Reiter gemächlich durch den Torbogen ritt, als würde er die Kirche aufsuchen und nicht den Hof des mächtigen Lord William Douglas.

James Douglas gestand sich ein, dass seine Männer schon bessere Zeiten gesehen hatten als heute Abend. Allein die schiere Zahl sollte dennoch ausreichen, um den Fremden einzuschüchtern. Stattdessen ritt der Mann auf dem kräftigen Schimmel in den Hof, als wäre er der Chef dieses halb betrunkenen Haufens. Ein ziemlich grimmiger Chef, seinem Gesichtsausdruck nach zu urteilen. James schluckte, als er das Waffenarsenal überblickte, mit dem der Fremde bestückt war: Zwei Äxte steckten über Kreuz im Gürtel, ein mächtiges

Breitschwert lugte über die Schulter, ein Bogen mit Pfeilen und ein schweres Schild baumelten am Sattel. Dabei sah der Riese allein schon einschüchternd aus.

Unter seiner zu engen Tunika zeichneten sich beeindruckende Muskeln ab, die bei jeder Bewegung tanzten. Seine Lederweste war wie eine Fischhaut geschuppt mit überlappenden Lederschichten. Die lockere Hose ließ die mächtigen Oberschenkel nur erahnen, die riesigen Füße steckten in Lederstiefeln. Wie ein Koloss thronte der Fremde auf dem Schimmel, der stolz seinen großen Schädel reckte und wieherte. Ein imposanter Destrier, der auffällig groß war, seine Brust war wie die seines Reiters breit und kräftig, und selbst die Hufe hatten die Größe eines Tellers. Seine dunkle Mähne reichte ihm bis zu seinen Schultern. Auch die Augen und die Nase waren dunkel eingefärbt, während der Rest weißgescheckt war. Irgendwie passten Pferd und Reiter zusammen und bildeten eine eindrucksvolle Einheit.

Enja hatte James' Ellbogen losgelassen und war ein paar Schritte nach vorn gegangen, lächelnd und mit verschränkten Armen. Der mächtige Krieger auf dem Pferd nickte ihr zu.

Dessen Kopf übertraf alles, was James vorher jemals gesehen hatte. Aus der Nähe konnte er erkennen, dass der massive Schädel komplett kahl rasiert war und direkt in einen dicken kurzen Hals überging. Ein Ohrläppchen war abgerissen, am anderen hing ein Gegenstand, den er nicht erkennen konnte. Seine Stirn war schwarz bemalt, und die Farbe endete in wilden Formen und Linien, die sich über seinen Kopf zogen wie Schlangen. Sie schlängelten sich um seine Augen, die von so einem intensiven Grün waren, dass sie selbst über die Distanz des Hofes hinweg zu leuchten schienen. Diese Augen starrten ihn nun an, als wäre James die Plage Ägyptens. Nervös wechselte er sein Gewicht von dem rechten auf den linken Fuß und war Enja in diesem Moment regelrecht dankbar, dass sie ihm den Arm rechtzeitig entzogen hatte, denn er wollte auf keinen Fall den heiligen Zorn dieses Mannes auf sich ziehen.

Dessen grüne Augen wanderten zu Enja, die nun aufrecht wie eine Statue nur wenige Meter von ihm entfernt stand. Er musterte sie scharf von Kopf bis Fuß. Seine Augenbrauen zogen sich zusammen, etwas schien ihn zu stören. Seine Stimme klang heiser, und der Ton passte zur Bedrohlichkeit des Mannes: »Seid Ihr verletzt?«

Enja schüttelte den Kopf. »Nicht der Rede wert«, antwortete sie ihm und machte eine wegwerfende Handbewegung, bevor sie wieder die Arme vor der Brust verschränkte.

»Mmmh …«, brummte der Reiter. Der Schimmel schüttelte ungeduldig den mächtigen Kopf und zog mit seiner Trense die Zügel in die Länge. »Ich habe auf Euch gewartet.« Das klang vorwurfsvoll.

»Ich war beschäftigt, Hal«, gab Enja scharf zurück, als würde sie krampfhaft verhindern wollen, dass er mit irgendeiner Wahrheit herausplatzte, die ihre Geschichte sprengen würde.

James zog eine Augenbraue hoch, und Lord William räusperte sich unüberhörbar. Seine Männer befiel eine seltsame Unruhe, als wären sie lieber in der Halle als hier draußen mit diesem seltsamen Reiter, und er hob energisch die Hand.

»Diese Dame ist mein Gast, und wenn Ihr ein Freund seid, dürft Ihr Euch gerne zu unserer Feier gesellen. Wenn nicht, dann bewegt Ihr Euren H-Hintern dorthin, wo Ihr hergekommen seid!« Nur ein leichtes Schlurfen in der Stimme verriet, dass Lord William zu tief in seinen Kelch geschaut hatte.

Unwillig sah der einsilbige Reiter zu dem Clanchef herüber, grunzte etwas Unverständliches und wandte sich wieder Enja zu. Sein mächtiger Arm schnellte nach vorn, und er öffnete die Hand. »Kommt jetzt!«, befahl er ihr ungeduldig.

Enja seufzte und schüttelte über so wenig Benehmen nur den Kopf, machte aber keinerlei Anstalten zu widersprechen. Es war ihr recht, sie wollte schleunigst weg von hier. Sie wandte sich daher höflich zuerst dem Clanchef und Eleanore zu, machte eine kleine Verbeugung, die sie einen kleinen Ächzer kostete, und sagte: »Mir scheint, ich muss Euch heute Abend schon verlassen. Ich hoffe auf Euer Verständnis, es warten wohl wichtige Aufgaben auf mich.« Sie blinzelte amüsiert. »Bitte nehmt meinen besten Dank für Eure Gastfreundschaft und die außerordentliche Bewirtung entgegen. Für die Rettung und Pflege gilt mein besonderer Dank Eurem Sohn James.« Dabei neigte sie ihren Kopf in seine Richtung. Sie zwinkerte ihm zu, und ihr Mund umspielte ein geheimnisvolles Lächeln. »Unsere Wege trennen sich hier. Aber seid gewiss, wenn Ihr einen Verbündeten braucht, fragt nach Enja in Caerlaverock. Ich bin dem Clan Douglas für immer in Freundschaft verbunden.«

Sie nickte James und Hugh kurz zu und bewegte sich zu Hal. Der Reiter spannte sich merklich an, er wirkte ziemlich schlecht gelaunt und strahlte etwas aus, das James die Nackenhaare sträuben ließ. Es war wohl besser, diesen Mann nicht zum Feind zu haben, aber er befürchtete, dass er das bereits war. Enjas Hand auf James' Arm war den grünen Augen nicht entgangen.

Enja legte ihre Hand in die des mächtigen Kriegers, und in einem Schwung zog er sie hinter sich auf das Pferd, als wäre sie nur ein Fliegengewicht. Ohne ein Wort wendete der Koloss den Schimmel und trottete so gemächlich, wie er gekommen war, wieder von dannen.

Gerade als James überlegte, ob er sie jemals wiedersehen würde, drehte sich Enja noch einmal um und sah ihn mit ihren blauen Kristallaugen an. Unwillkürlich richtete er sich ein wenig auf und hob zögernd die Hand. Enja tat es ihm nach, und da war es schon wieder, das geheimnisvolle Lächeln. Irgendetwas Seltsames passierte in diesem Moment, das er nicht verstand: Bildete er sich das nur ein, oder ging tatsächlich gerade ein Teil von ihm mit ihr und hinterließ eine Leere, die schmerzte?

Lord William grunzte etwas Unverständliches, drehte sich schwankend um und winkte mit einer unwirschen Handbewegung sein unruhiges Gefolge wieder zurück in die Halle.

Kapitel 9

Bagdad im Jahre 1295

Ich irrte nun schon seit Tagen in der Stadt umher. Meine neugewonnene Freiheit beschränkte sich auf die Fragen, wo ich etwas zu essen und einen Platz zum Schlafen fände. In Fahrudins Obhut hatte ich nie einen Gedanken daran verschwenden müssen. Jetzt merkte ich, dass ich einen Großteil meiner Zeit auf der Suche nach etwas Essbarem verbrachte. Morgens beobachtete ich die Händler und Handwerker, wie sie ihre Stände bezogen. Manchmal konnte ich einem zur Hand gehen und bekam als Belohnung ein wenig Obst oder ein paar meiner geliebten *datiln*. Manchmal steckte mir jemand ein Stück Brot zu, weil er Mitleid hatte.

Gerade lag ich im Schatten einer Palme, beobachtete schläfrig das rege Treiben in der Mittagshitze und fragte mich, wohin ich eigentlich wollte und wie ich die nächste Zukunft überdauern sollte, als ich aus dem Augenwinkel eine Rolle Brot aus einer der Kisten des Bäckers fallen sah. Er hatte sie im Vorbeifahren verloren. Jeden Mittag lieferte der Bäcker seine Waren in den Hafenkneipen ab. Ich bemerkte sofort zwei Konkurrenten, die vielleicht auch die Beute gesichtet hatten. Doch der glückliche Umstand blieb von den Jungen, die es sich gegenüber zwischen den Säcken bequem gemacht hatten, unbemerkt.

Möglichst unauffällig erhob ich mich, schlenderte die Gasse entlang bis zur Höhe der Straße, wo das Brot lag, und blieb kurz stehen. Meine Augen suchten in beiden Richtungen der wenig belebten Straße nach Menschen, die mir in die Quere kommen könnten. Aber mich schien niemand zu bemerken, also rannte ich los, schnappte mir das Stück und flitzte flink in die nächste Gasse. Hinter einer offenen Tür blieb ich atemlos stehen und horchte auf Geschrei oder schnelle Schritte. Nichts.

Stolz betrachtete ich meine Beute, und mein Magen knurrte. Ich biss so hastig in das Brot, dass ich mich beinahe verschluckte. Oh, was für eine Wonne! Es schmeckte nach Kardamom und war so kross, es musste frisch aus dem Ofen gekommen sein. Zufrieden schlenderte ich mit meiner Beute die kleine Gasse hinab, als ich plötzlich Schritte hinter mir hörte. Über meinen Rücken jagte ein kalter Schauer, und ich blieb unwillkürlich stehen. Mein Herz pochte wild.

»Willst du das Brot denn nicht mit uns teilen, Kleiner?«, tönte es direkt hinter mir. Es war die Stimme eines Jungen. Langsam drehte ich mich um, immer noch an dem großen Brocken kauend. Vor mir standen die beiden Straßenkinder, die gegenüber am Marktplatz im Schatten gelegen hatten. Der Größere hatte die Arme vor der Brust verschränkt und sah mich herausfordernd an. Der Zweite duckte sich etwas dahinter und lugte hinter dem Rücken des anderen nervös hervor.

»Eigentlich nicht«, erklärte ich bestimmt, »ich habe Hunger, und mir fiel das hier«, ich reckte das Brot in die Höhe, »ganz zufällig vor die Füße.« Rasch biss ich noch einmal ab und kaute in aller Ruhe weiter, da ich mir meine Nervosität nicht anmerken lassen wollte.

»Du jagst hier in meinem Gebiet, und wenn hier einer was

abbekommt, dann teilt er es auch gefälligst mit mir!« Der Größere reckte bedrohlich seinen Zeigefinger in meine Richtung.

»Wer bist du überhaupt? Ich habe dich hier noch nie gesehen«, entgegnete ich mit vollem Mund. »Wie kannst du behaupten, es sei dein Gebiet, wenn du gar nicht hier bist?« So schnell ließ ich mich sicher nicht einschüchtern, und ich hatte immer noch das Brot in meiner Hand.

»Ich heiße Khalil, und der Junge hinter mir ist Laith. Ich bin der Anführer in diesem Gebiet, und wenn du weiter hier betteln möchtest, ordnest du dich gefälligst unter und gibst uns hiervon etwas ab!« Er deutete auf mein Stück Brot, und ich schluckte den Bissen mühsam hinunter, der gerade in meinem Mund sehr trocken geworden war.

»Was ist denn dein Gebiet? Wenn ich das weiß, gehe ich eben woanders hin.« Schließlich wollte ich niemanden vor den Kopf stoßen. Der große Junge grinste schelmisch, breitete die Arme aus und sagte stolz: »Alles hier. Ganz Bagdad ist mein Gebiet, und jetzt her mit der Beute!«

Mit Bedauern schaute ich auf das verbliebene Stück und blickte dann Khalil an. Es war genug für uns drei. Mit einer schwungvollen Handbewegung warf ich ihm den größeren Teil zu. Er fing ihn geschickt auf, riss ein kleines Stück ab und gab es Laith, der es gierig verschlang. Er war ein ganzes Stück kleiner, dünner und nur mit einem zerfransten *Sirwal*, einer orientalischen Pluderhose, bekleidet. Sein rechter Arm endete in einem Stumpf, der genauso dreckig war wie der Rest des Jungen. Hastig stopfte er sich das Brot mit der Linken in den Mund.

Khalil starrte mich an und verfolgte meinen Blick, dann

grinste er gemein. »Noch nie einen gesehen, der erwischt wurde, was?«

»Erwischt?«, krächzte ich erschrocken. Inzwischen war mein Mund trocken wie die Wüste. »Wobei denn?«

Die beiden lachten höhnisch. »Na, beim Stehlen eben – so wie das, was du gerade gemacht hast«, erklärte mir Khalil grinsend.

»Ich habe nichts geklaut, ich habe nur das Stück Brot aufgehoben, das im Dreck lag«, entgegnete ich erbost und hob drohend den restlichen Brotkanten.

»Erzähl das mal dem Scharfrichter, wenn du vor ihm stehst.« Khalil wurde ernst. »Du bist neu in der Stadt …« Es war keine Frage. Er runzelte die Stirn, die so schmutzig war wie meine, aber ohne Tätowierung. Dann verschränkte er die Arme vor der Brust und sprach mit erstaunlicher Autorität: »Du siehst flink und geschickt aus. Warum kommst du nicht mit uns? Wir jagen zusammen, und du kannst mit unserem Schutz rechnen. Wir halten zusammen, was immer passiert. Oft kommen andere Banden und versuchen, uns zu vertreiben, aber wir halten unser Gebiet.« Khalil hatte die Beine gespreizt und wirkte selbstbewusst. »Du musst natürlich betteln und stehlen gehen, aber dafür darfst du bei uns bleiben.«

Der Schutz einer Gruppe würde mir wirklich helfen, ging es mir durch den Kopf. Ich nickte und gab ihm die Hand. Khalil lachte mit weißen Zähnen, die sich seltsam gegen seine dunkle Haut abhoben, nahm meine Hand und fragte mich nach meinem Namen.

»E… Ewan«, stotterte ich meinen neuen Namen, der mir noch etwas fremd war und schwer über die Lippen ging.

»Ewan«, sagte Khalil laut und drückte noch einmal fest meine Hand, »willkommen bei den *Usamas*, den Löwen Bagdads!«

Laith beeilte sich, mir ebenfalls die Hand zu geben, auch wenn es nur die Linke war. Der schüchterne Junge war ein hübscher Kerl, aber viel zu mager. Seine Haut war dunkel wie die so vieler Einheimischer, seine Augen hatten ein schönes Graublau wie das der Tauben, die von den Falken gejagt wurden und daher nur in den Städten zu sehen waren. Ich vermutete, dass er der Bastard einer westlichen Sklavin war, denn auch seine Haare hatten unter dem Schmutz einen goldenen Ton.

Khalil dagegen war gut genährt und kräftig, seine pechschwarzen Haare standen in alle Richtungen, und seine dunklen Augen funkelten frech unter dem Haarschopf hervor. Seine Hose war noch ganz, und er hatte sich eine Weste beschafft, die sich vorn über seinen ansehnlichen Bauch spannte. Die Farben waren von der Sonne ausgeblichen.

»Komm, Ewan«, sagte er und neigte seinen Kopf in eine andere Richtung, »ich stelle dich den anderen vor.«

Wendig lief er durch die Gassen und stieg schließlich eine Leiter hinauf, sein kleiner Schatten Laith geradewegs hinterher. Über die Leitern gelangten wir in die oberen Geschosse, von dort wieder hinunter in die Seitengassen. Dort waren weniger Menschen unterwegs als in der Nähe des Marktplatzes, und wir kamen weit zügiger voran.

In dem Tempo hatte ich Mühe, den beiden zu folgen, so schnell ging es die Leitern rauf, wieder hinunter, durch schmale Häuser hindurch und schließlich in eine Markthalle mit Fleischabfällen. Es stank fürchterlich. Tausende von Fliegen übersäten die achtlos hingeworfenen Essensabfälle, und ich hielt mir das Stück Brot vor die Nase. Khalil führte mich dort in einen abgelegenen Raum, der bis auf ein paar Bänke und Tische leer war. Das dämmrige Licht verdeckte den schmutzigen Boden, den ich zwischen meinen Zehen spüren konnte. Etwas erstaunt über diese Sackgasse sah ich mich um, und ein beklemmendes Gefühl beschlich mich. Hatte er mich mit Absicht hierhergelockt?

Khalil pfiff leise mit zwei Fingern, woraufhin eine Leiter durch eine kleine Luke in der Decke heruntergelassen wurde. Khalil hievte seinen fülligen Körper als Erster nach oben, dann folgte ich ihm und schließlich Laith. Aus schmalen Gesichtern starrten mich große Augen an, als ich durch die Luke stieg. Es war dunkel, der Raum war fensterlos. Nur die Luke im Boden ließ ein wenig von dem spärlichen Tageslicht in den ehemaligen Speicher. Ein paar Habseligkeiten waren auf dem Boden verstreut.

Es waren allesamt Kinder, vielleicht zwischen sechs und zwölf Jahre alt, selbst den Anführer Khalil schätzte ich auf nicht älter als zwölf. Die Ausnahme war ein klein geratener Junge, er musste weit jünger sein als die anderen, vielleicht vier Jahre alt. Er hielt die Hand eines größeren Kindes mit ähnlichen Gesichtszügen. Sein Bruder?

Ich wartete ab, bis mich Khalil allen vorgestellt hatte, und begrüßte jedes Kind mit einem Handschlag. Dabei stellte ich fest, dass noch zwei anderen eine Hand fehlte. Die Strafe für Diebstahl bestand also im Abhacken der Hand. Alle Kinder hatten eines gemeinsam: Sie hatten Hunger, und sie blickten gierig auf das Stück Brot. Ich streckte die Hand vorsichtig dem Anführer entgegen. Khalil nahm es mir aus der Hand und gab es einem der Jungen, der sich einen Bissen nahm und es weiterreichte.

Es schien eine Rangordnung zu geben, denn die Reihe war nicht zufällig. Der Letzte war der kleine Junge, aber für ihn blieb nichts mehr übrig. Vom Hunger schon leicht apathisch, ließ er den Kopf hängen, woraufhin ihm sein Bruder ein kleines Stück seines ohnehin schon kleinen Bissens abgab.

Die Situation erschütterte mich. Die Kinder waren zwar frei, aber doch Sklaven ihres Hungers. Ihr jämmerliches Dasein schmerzte mich.

»Wo findet ihr denn euer Essen?«, fragte ich in die Runde. Alle sahen ihren Sprecher Khalil an, als wäre er der Einzige, der das wüsste. »Wir teilen uns in verschiedene Gruppen auf, die zu verschiedenen Tageszeiten patrouillieren. Morgens am Fischhafen unten am Tigris, mittags bei den Bäckern, die die Gasthöfe beliefern, und abends versuchen wir es bei den Marketendern, die ihre Produkte nicht mehr mit zurücknehmen möchten und uns großzügig mit Essen beschenken. Wir stehlen nur manchmal.«

Das bescherte ihm ein Grinsen von den kleinen Gesichtern.

»Aber wehe, wenn die *Rabahs* oder die *Junays* kommen, die verhauen dich dann, und weg ist die Beute!«, krähte Laith mit seiner hellen Stimme hinter Khalil hervor. Und noch ein paar Namen wurden eingeworfen, die mir nichts sagten. Es waren wohl die Namen von anderen Bettlerbanden, und mir wurde ein wenig flau im Magen. Meine Hände wurden feucht, aber ich ließ mir meine Unsicherheit nicht anmerken und fragte: »Darf ich denn heute Abend mit auf den Markt? Ich kenne dort schon ein paar Leute, vielleicht fällt etwas für uns ab.«

Die Kinder lachten und tuschelten, aber Khalil schaute mich prüfend an, bevor er nickte. Anscheinend wollte niemand auf den Marktplatz gehen. Woher sollte ich auch wissen, was dieses Leben auf der Straße bedeutete? Für mich war es das aufregendste Abenteuer meines Lebens.

In nur wenigen Wochen lernte ich, wie man gezielt, aber unauffällig Leute beobachtete, ablenkte und anschließend um die Beute erleichterte. Die meiste Zeit drehte es sich um Essen, nur selten klauten wir Gegenstände, denn die Wut der Leute war ungleich größer, wenn es um persönliche Dinge ging. Nicht selten konnten wir nur knapp unseren Häschern entkommen, aber umso mehr freuten wir uns dann über den erfolgreichen Ausgang des Beutezugs.

Die Söldner oder auch Asakire, wie sie hier genannt wurden, machten selten Jagd auf uns Kinder. Sie hatten kein Interesse daran, uns zu verfolgen. Denn wir waren keine einträglichen Gefangenen, die von ihren Angehörigen freigekauft wurden. Daher hielten sie das Gesetz nur so lange aufrecht, wie sie von der Bevölkerung beachtet wurden und zeigen mussten, dass sie ordentlich ihren Dienst machten.

Die Asakire stammten aus ganzen Familienclans, die auf die Einhaltung der Gesetze in Bagdad spezialisiert und entsprechend ausgebildet waren. Eine lukrative Einnahmequelle, leider waren sie durch und durch korrupt. Das lernte ich sehr schnell, weil wir nicht nur nach Beute Ausschau hielten, sondern durch unsere Beobachtungen manchmal zu unfreiwilligen Spionen wurden. Mehr als einmal sah ich, wie Wirte,

Händler oder Edelleute den Asakiren Goldmünzen zusteckten. Vielleicht erkauften sie sich dadurch Freiheiten, die sie sonst nicht hätten? Oder sogar Schutz, so wie Khalil ihn mir gab?

Da wir die Söldner nicht für das Wegschauen bezahlen konnten, lernte ich Ausschau zu halten, bevor wir zuschlugen. Wurde ein Asakir Zeuge eines Diebstahls, musste er etwas tun, um seinen Ruf zu wahren. Eigentlich waren sie recht einfach zu erkennen, denn sie trugen die weißen Turbane der Sunniten, hatten meist einen Vollbart und waren in helle Tuniken mit einer roten Weste gekleidet, die mit einem Goldrand bestickt waren. Außerdem hatten sie neben dem Krummdolch im Gürtel noch ein Schwert auf ihren Rücken geschnallt, den *Scimitar*, ein Krummschwert, das aufgrund seiner Schärfe auch für Enthauptungen benutzt wurde. Ehrlich gesagt, hatte ich noch nie gesehen, wie einer der Asakire es gezogen, geschweige denn benutzt hatte. Vermutlich dienten sie vor allem der Manneszier.

Es wäre das reinste Paradies gewesen, hätten uns nicht immer wieder die anderen Kinderbanden aufgelauert, uns unserer hart verdienten Beute beraubt oder uns auch noch verprügelt. Einen so harten Kämpfer wie Khalil in unserer Mitte zu haben, der die meisten Gegner schon durch seine Erscheinung abschreckte, hatte durchaus Vorteile. Dagegen musste ich meine fehlende Kraft mit Schnelligkeit kompensieren. Meine Taktik bestand aus Ablenkung und blitzschnellem Zuschlagen mit jedem Gegenstand, der mir in die Hände kam. Oh, ich war schnell, sehr schnell!

Da hatte ich nun wirklich jede Menge bei Meister Abdallah gelernt, das Lesen, Schreiben, Rechnen, und ich konnte den Koran zitieren, aber nichts hätte mich auf das Leben unter den Straßenkindern Bagdads vorbereiten können. Von meinen kleinen Freunden bekam ich nun Lehrstunden im Anschleichen, Wegrennen und Lügen, was diese verharmlosend »Einschmeicheln« nannten. Und sie lehrten mich eine Disziplin, die mich bald schon zur Besten unter den *Usamas* machte, weil mir meine ungeheure Sprungkraft und meine Schnelligkeit dabei zugutekamen: der Häuserlauf.

Wenn es etwas gab, das ich liebte, dann war es das Springen von Häusern und Leitern in einer Geschwindigkeit, bei der mich kein Mensch mehr einholen konnte. Dazu kam, dass ich bevorzugt abends oder nachts auf Beutezug ging. Zum einen war ich tagsüber viel zu leicht zu erkennen. Meine helle Haut, die weißen Haare und nicht zuletzt mein Kreuz auf der Stirn brachten mich sofort unter Verdacht. Allzu oft hörte ich jemanden auf dem Marktplatz »Der Junge mit den hellen Haaren war's!« rufen, dann musste ich rennen wie ein Wiesel. Ein anderer Grund war, dass meine Augen in der Nacht mindestens genauso gut sehen konnten wie am Tag. So empfindlich sie in der Sonne waren, so scharf sahen sie in der Nacht, ähnlich wie bei einer Katze. Wie oft hatte ich schon beobachten können, wie die Katzen nachts große, schwarze Pupillen bekamen.

Laith bemerkte das auch. Mit einem nachdenklichen Zug sprach er mich einmal darauf an. Ihm war aufgefallen, dass ich nachts nicht einmal das Mondlicht brauchte, um sicher in Bagdad umherzupirschen. Dabei machte ich weder einen Laut noch einen falschen Tritt.

»Nachtstern« wurde mein Kampfname, und ich war mächtig stolz darauf. Er bedeutete das für mich, was ich immer sein wollte: frei und unabhängig. Zum ersten Mal hatte ich Freunde, die ich beschützen konnte und die auch für mich da waren. Bagdads Löwen waren wie eine kleine Familie. Wir hielten zusammen, schützten einander und warnten uns gegenseitig. Manchmal kam ein neues Kind hinzu, andere verschwanden.

So wie der kleine Benjamin, der immer die Hand seines Bruders gehalten hatte. Er wurde von Tag zu Tag schwächer und wachte eines Tages einfach nicht mehr auf. Seine Leiche warfen wir in den Tigris. Sein Bruder schien nicht traurig zu sein, daher sprach ich ihn darauf an, während wir am Uferrand standen. Ich musste an meine Mutter denken, wie sie im Wasser von mir weggetrieben war, wie ihr Gesicht immer kleiner geworden war am Horizont, und die Erinnerung nahm mir fast den Atem.

Der Junge stand nur da und legte seine Hand als Beschattung über die Augen, denn die Sonne schien niedrig und ließ das Wasser glitzern wie Kristalle. In der Ferne ragte die endlose sandbraune Silhouette der Stadt Bagdad auf. Wie mit einem Pinsel verwischten sich die Häuser mit dem Staub der Wüste. Die Häuserreihen verschwanden in diesem Sandmeer.

»Ich bin nicht traurig«, sagte er ruhig, »wir müssen doch alle irgendwann ins Paradies. Benjamin geht nur einen anderen Weg als ich, eine Abkürzung. Letztlich kommen wir alle dorthin, manche früher, manche später.«

Seine Worte waren so klar und von einer Weisheit, die ich ihm nicht zugetraut hätte. Ich konnte nichts darauf erwidern und schluckte die Tränen hinunter, die in mir aufstiegen.

»Benjamin war vielleicht gar nicht mein Bruder. Ich weiß es nicht, er war bei meiner Familie, als sie uns beide aussetzten.«

Mein Blick ging zu Boden.

»Warum haben sie das getan?«, fragte ich vorsichtig. Meine Stimme klang unsicher. Ich kämpfte mit meinen eigenen Erinnerungen. Der Abschied von meinem Vater, die Überfahrt, meine Bestimmung. Hatte meine Familie mich auch ausgesetzt? Was war denn überhaupt meine Bestimmung gewesen? Und warum festigte sich der Verdacht, dass irgendetwas falsch war an meiner Erinnerung? Was war mit den vielen Mädchen passiert, die sich jedes Jahr auf den gleichen Weg gemacht hatten wie ich? Keines war je wieder zurückgekommen. Um diese verstörenden Gedanken loszuwerden, schüttelte ich mich. Der Tod des kleinen Benjamin schien tiefer zu gehen, als ich zugeben wollte.

»Meine Familie waren Marktleute, jeder Mund war zu viel, und ich war zu klein, um mir etwas dazuzuverdienen. Als ich eines Tages aufwachte, waren alle weg, und Benjamin lag in meinem Arm.«

Seltsam berührt drückte ich diesen einsamen Jungen an mich, und ich begann zu ahnen, dass ihn das alles nicht so kalt ließ, wie es den Anschein hatte. Er zitterte, und ich umarmte ihn nun mit beiden Armen. Irgendwann fingen wir beide an zu weinen, wegen Benjamin und allem, was wir verloren hatten.

In den folgenden Monaten stellte ich fest, dass ich immer weniger mit der Hitze und dem grellen Licht klarkam. Tagsüber verbrachte ich meine Zeit fast ausschließlich bei der Pferdeschwemme, die sich nicht weit vor der Stadt an einem der überfluteten Flusstäler des Tigris befand. Die Nähe zum Wasser war für mich etwas Lebenswichtiges geworden, eine körperliche Notwendigkeit. Der Dreck und die Hitze machten es mir schwer. Das Wasser dort war meine einzige Waschmöglichkeit, und ich nutzte sie täglich. Dabei schwamm ich mit jedem, der mich herausfordern wollte, um die Wette. Der einhändige Laith, der mir ein treuer Freund und Begleiter geworden war, setzte sogar Wetten auf mich.

Laiths Idee, meine Haare abzurasieren und die Kopfhaut mit einem Turban zu schützen, lehnte ich zuerst ab. Doch trotz meiner Sauberkeit gelang es mir nicht, die Läuse loszuwerden, die sich auf allen Kinderköpfen tummelten. Es half auch nichts, dass wir sie jeden Abend aus den Haaren zupften, am nächsten Morgen juckte und kratzte es erneut. Irgendwann stand der Entschluss fest: Die Haare mussten ab.

Laith konnte ein Stück Seife vom Stand der Seifenhändlerin erbetteln, das eigenartig nach ranzigem Olivenöl roch. Aber es ließ sich im warmen Wasser gut aufschäumen. Er seifte sich zuerst die Haare ein, um dann von mir rasiert zu werden. Ich zückte den kleinen Dolch, den ich von Jasemin bekommen hatte, und zog ihn vorsichtig über seinen schmalen Schädel.

Zufrieden mit meinem Werk strich ich mit meiner Hand über seinen kahlen Schädel. Er grinste von einem Ohr zum anderen. »Jetzt müssen sich die Läuse ein neues Zuhause suchen!«

Das brachte mich zum Lachen, er sah aber auch zu komisch aus ohne Haare. Alles an ihm war jetzt dünn und glatt wie das Ende seines Armstumpfs. Würde ich auch so komisch aussehen ohne Haare?

Viel geschickter, als ich dachte, rasierte Laith mich kahl, und wir beide lachten noch lange miteinander. Wir stellten uns vor, welch ein Gesicht die Läuse machen würden, wenn sie feststellten, dass wir sie um ihr Hab und Gut gebracht hatten.

Von diesem Tag an sah man mich nur noch mit einem Turban, der meinen Kopf und damit die verräterisch gekennzeichnete Stirn bedeckte. Denn der Tarik – die Übersetzung meines Kampfnamens Nachtstern – gehörte bald zu den schnellsten und gerissensten Dieben Bagdads. Von ihm erzählten sich die Bettelkinder der Stadt, dass er nachts so lautlos wie die Katzen seine Beute stahl und untertauchte, als würde sein Schatten mit dem der Stadt verschmelzen.

Aber was half der beste Ruf als Dieb, wenn es andere gab, die es neideten? Im Nachhinein war ich mir sicher, dass alles geplant war. Sie wollten uns mit Absicht ausliefern, denn anders konnte ich mir einfach nicht erklären, warum die Asakire in dieser Nacht so schnell zur Stelle waren.

Laith und ich waren an diesem verhängnisvollen Abend einem Betrunkenen gefolgt, der aus einer der zahlreichen Tavernen getorkelt war. Wir setzten ihm wie ein Schatten nach und stellten bald fest, dass er allein war und sich als Opfer eignete. Wir blieben dem schlanken Mann, der auffällig gut gekleidet war und den für arabische Edelleute typischen Krummdolch, den *Khanjar,* am Gürtel trug, dicht auf den Fersen.

Der Edelmann wankte zu einer Häuserecke, die im Schatten einer geschlossenen Herberge lag, und erleichterte sich dort. Unsicher blickte er sich um, dann schwankte er weiter und setzte sich irgendwann mit schwerer Schlagseite auf eine der herumstehenden Kisten. Deutlich konnten wir ihn grunzen und rülpsen hören.

Laith und ich warteten noch ein wenig, dann schlichen wir uns auf Zehenspitzen an. Er reagierte nur mit einem mürrischen Grunzen auf einen Stups mit meinem Fuß. Selbstbewusst steckte ich schließlich meine Hand in seinen Gürtel und zog einen Beutel heraus, während Laith verstohlen die menschenleere Straße im Blick behielt.

Vorsichtig nahm ich zwei Silbermünzen heraus und steckte den Beutel wieder in den Gürtel. Ich nickte Laith zu, und wir rannten flink zurück zu unserem Lager. Mein Herz pochte bis zum Hals. Zwei Silbermünzen! Damit konnten wir uns endlich neue Stoffe für Kleidung kaufen, die wir so dringend brauchten. Laiths *Sirwal* bedeckte kaum noch seinen Hintern.

Wir freuten uns auf die Gesichter unserer Bande und huschten die Leiter hinauf, die in die Dachkammer der Fleischhalle führte. Normalerweise wurden wir immer neugierig empfangen, aber diesmal war es merkwürdig still. Waren schon alle schlafen gegangen? Wie lange waren wir wohl unterwegs gewesen?

Erst als ich die Leiter losließ und im Raum stand, konnte ich erkennen, warum es so totenstill war. Die Mitglieder der *Rabahs* hielten die Kinder unserer Bande rund um mich herum fest. Sie bedrohten sie mit Messern, Stöcken und allen möglichen Waffen. Khalil wurde vom Anführer, der ihn um mehr als einen Kopf überragte, festgehalten und sprach als Erster.

»Ich konnte nichts tun, Tarik, sie haben uns aufgelauert.« Seine Stimme klang wütend.

»Es ist in Ordnung, Khalil, ich werde ihnen meine Beute geben, dann sollen sie sich verziehen.«

Es fiel mir nicht im Traum ein, wegen der zwei Münzen alle Kinder zu gefährden. Die Augen des gegnerischen Anführers richteten sich auf mich.

»Sehr vernünftig, Tarik. Wir wollen keine Schwierigkeiten. Leg sie vor dich hin, so dass ich sie sehen kann.«

Ich ließ die beiden Münzen gut sichtbar vor mir auf den Boden fallen. Ohne Eile ging ich ein paar Schritte zurück und beobachtete den Rabahs-Anführer scharf. Für eine Sekunde ließ er Khalil los und beugte sich neugierig zu den Münzen. Vorsichtig nahm er sie in die Hand und begutachtete sie im schwachen Licht, das noch von unten heraufkam. Er drehte sich ein wenig zur Luke, um besser sehen zu können. Seine langen schwarzen Haare ringelten sich wie Wolle um sein helles Gesicht.

Was in Khalil vorging, als er den großen Anführer der *Rabahs* in den Tod stieß, konnte ich mir nicht erklären ... Es geschah furchtbar schnell. Eine Bewegung aus dem Augenwinkel, das Gesicht Khalils, der entschlossen vorwärts preschte. Der Moment brannte sich schwer in meine Erinnerung.

»Nein!«, schrie ich aus Leibeskräften und stürzte zur Luke, durch die der *Rabahs*-Anführer gefallen war. Auch Khalil wurde mitgerissen. Beide fielen mit einem furchtbaren Gebrüll in die Tiefe, bis ein schrecklicher Laut ihre Schreie abrupt beendete. Für einen Moment war es totenstill.

Wir standen starr vor Schreck. Auch mir war das Blut aus dem Gesicht gewichen, ich spürte es bis in die Lippen kribbeln.

»Ich werde runterklettern und nach den beiden schauen. Zieht die Leiter hinter mir wieder nach oben und schließt die

Luke. Egal, was passiert, ihr macht sie nicht auf. Habt ihr mich verstanden?«

Meine Stimme zitterte. Die Kinder nickten geflissentlich, ob *Usamas* oder *Rhabas,* alle wirkten gleichermaßen entsetzt. Sprosse für Sprosse stieg ich die Leiter vorsichtig hinunter, und ein völlig aufgelöster Laith folgte mir.

»Du musst nicht mit, Laith, wer weiß, wie es da unten aussieht«, versuchte ich, ihn zurückzuhalten.

»Ich folge dir überallhin, Tarik. Ich bin dein Schatten«, flüsterte er zitternd, aber seine Stimme klang seltsam überzeugend.

Über so viel Eigensinn verdrehte ich nur die Augen und kletterte weiter nach unten. Als Laith mit beiden Füßen auf dem Boden stand, ließ ich die Leiter wieder nach oben ziehen und die Luke schließen. Vielleicht hatte ja jemand das Geschrei gehört und käme nachsehen?

Von den Fenstern fiel noch etwas Licht auf den Boden der Halle, und ich konnte die beiden Körper schnell ausmachen, die dort im Dreck lagen. Einer der beiden lag auf dem anderen, und zusammen mit Laith zog ich den oberen Jungen herunter, der die Augen aufschlug und stöhnte. Darunter kam Khalil zum Vorschein, der mit dem Rücken auf dem Boden lag; er rührte sich nicht mehr. Ich schüttelte ihn verzweifelt.

»Khalil, Khalil!«

Meine Stimme klang hohl, mir war klar, dass er tot war. Blut sickerte aus seinen Ohren und der Nase. Die Augen waren offen. Schwarz und leblos starrten sie mich an, als würden sie um Vergebung bitten.

Laith bückte sich zu dem anderen Jungen, der jetzt leise stöhnte. »He, was hast du getan?«, rief er entsetzt. »Warum seid ihr nur hergekommen?« Der große *Rhabas*-Anführer jammerte nur.

»Warum habt ihr euch nicht ein anderes Opfer gesucht?«, schallte plötzlich eine raue Männerstimme durch den Raum. Laith und ich zuckten zusammen und fuhren erschrocken herum in die Richtung, aus der die Stimme kam. Dunkel zeichneten sich die Umrisse einer schwarzen Figur gegen das Tor ab, das früher der Eingang zur Halle gewesen war, dem aber jetzt beide Flügel fehlten.

Eine weitere Figur kam mit einer Fackel hinzu, die einen Lichtschein auf die grausame Szene warf, und im tanzenden Licht erkannte ich auch, wer die beiden Männer waren. Sie hatten die roten Westen der Asakire an. Jetzt stieß auch noch der Edelmann dazu, den wir zuletzt betrunken hinter der Taverne bestohlen hatten. Er war plötzlich so nüchtern wie die beiden Schergen, die ihm triumphierend zugrinsten.

»Da haben wir ja endlich mal einen dicken Fisch im Netz. Gleich zwei der Anführer liegen dort, und das ist der, den sie Tarik nennen. Ihre Bestrafung wird einige Zeit für Ruhe sorgen in dieser Stadt.«

Bedrohlich bauten sie sich vor uns auf, um uns festzunehmen. Dabei hielten sie die gekrümmten Langschwerter vor sich, um uns von der Flucht abzuhalten. Laith hatte einen Ausdruck von Todesangst im Gesicht. Wusste er, was jetzt mit uns passieren würde? Hastig ging ich einen Schritt auf die heraneilenden Männer zu und stellte mich vor den zitternden Laith.

»Ich war es, der Euer Geld gestohlen hat, Herr! Niemand sonst war beteiligt. Ich kann es Euch zurückgeben.« Dabei ballte ich die Fäuste und versuchte, meine Stimme fest klingen zu lassen. Dabei war mir mehr als mulmig zumute.

Der Edelmann baute sich vor mir auf und lachte. »Du kleiner Wichtigtuer! Du willst wohl den Verdacht von den anderen ablenken, aber ich weiß, dass hier keiner unschuldig ist. Schon seit vielen Monaten versuchen wir, euch aufzuspüren. Und du …«, knurrte er und stieß mir mit dem Finger in die Brust, »du bist neben den Ratten eine der übelsten Plagen in dieser Stadt.« Den beiden Asakiren befahl er: »Alle abführen, direkt zum Statthalter. Den Toten werft ihr in den Fluss.«

Er lachte abfällig, nahm sich die zwei Münzen, die verstreut neben Khalils Leiche lagen und im Feuerschein glänzten. Es war eine Falle gewesen. Eine verdammte Falle! Und wir waren diesen korrupten Halunken auf den Leim gegangen. Dieser Edelmann hatte sich nur betrunken gestellt und sich von uns berauben lassen. Seine Schergen brauchten uns dann nur noch bis in unser Versteck zu folgen. Warum hatte ich das nicht bemerkt?

Die anderen Kinder! Mein Blick schoss unauffällig nach oben, die Luke war immer noch zu. Bei allen Göttern, wenigstens sie waren sicher. Laith und ich jedoch, wir waren verloren. An diesem Abend wurden die Karten neu gemischt.

Der Statthalter hatte erst gar nicht die Tür für uns geöffnet, sondern über seinen verschlafen gähnenden Diener ausrichten lassen, dass er wegen drei Straßenkindern seine Nachtruhe nicht unterbrechen werde. Damit überließ er dem Edelmann die Entscheidung über das Strafmaß. Es war, als hätte uns das Glück endgültig verlassen. Unser Schicksal war besiegelt. Die beiden Asakire hatten uns zwischen sich genommen, wir hatten keine Chance zu fliehen. Den *Rhabas*-Anführer, dessen Bein in einem grotesken Winkel abstand, hatten wir sogar stützen müssen. Sein Gesicht unter den schwarzen Locken war blass und schmerzverzerrt.

»Auf Diebstahl steht das Abhacken einer Hand oberhalb des Handgelenks«, hatte der Edelmann unser Urteil so triumphierend verkündet, als wäre es die beste Nachricht des Tages, und uns den groben Händen der beiden Schergen übergeben. Mit brutaler Gewalt schleppten sie uns auf den Marktplatz, auf dem am nächsten Morgen die Urteile vollstreckt werden sollten. Unter der Bewachung eines seiner Handlanger sollten wir dort die Nacht vor unserer Bestrafung verbringen. Mit einem süffisanten Lächeln hatte er uns noch wissen lassen, dass er für einen kompetenten Scharfrichter mit einem scharfen Beil und selbstverständlich für einen Medicus sorgen werde, der uns versorgen sollte.

Ein furchtbarer Schauer lief durch meinen Körper. Laith stand unter Schock und zitterte unaufhörlich. Ich nahm ihn in den Arm und wollte tapfer sein für ihn. Sein Weinen und das gelegentliche Stöhnen des anderen Jungen, dessen Bein sie notdürftig mit einem Stück Holz geschient hatten, waren das Einzige, was ich in dieser Nacht hörte.

Über uns hatte sich die Nacht wie eine seidige Bettdecke gelegt. Es war still und immer noch warm in der von der Sonne aufgeheizten Stadt. Zwischen den Buden der Marktleute saßen wir im Sand, der zur Mittagszeit glühte wie ein Ofen, aber uns jetzt in der Nacht einen weichen und warmen Schlafplatz bot. Ich war himmelweit von Schlaf entfernt, mein Herz rumpelte in meiner Brust wie ein aufgeschrecktes Huhn, und meine Nase lief von den unterdrückten Tränen.

Wie hatte es so weit kommen können? Khalil war tot. War er ein Bauernopfer geworden? Würden Laith und ich morgen dasselbe Schicksal teilen? Würden wir gebrandmarkt werden für unser Leben, weil jemand um seinen guten Ruf fürchtete?

So viel war sicher, der *Rabahs*-Junge und ich würden morgen unter den Augen der Schaulustigen die rechte Hand verlieren, Laith seine letzte verbliebene. Was sollte dann aus ihm werden? Wieder ging ein Stich durch meine Brust. Er würde niemals mehr arbeiten können, nur noch betteln, wenn er es denn überlebte. Viele Menschen waren bei dieser Tortur schon verblutet oder durch den Schock gestorben. Etliche Schauergeschichten hatte ich mir anhören müssen, wenn wir Kinder im Dunkeln in der kleinen Dachkammer auf den Schlaf warteten. Laith hat es schon einmal überlebt. Würde er es noch einmal durchstehen? Würde ich es denn durchstehen?

Auf dem Markt herrschte am Morgen ein geschäftiges Treiben. Dass an diesem Tag Kinder hier ihre Hand verlieren würden, gehörte zur Tagesordnung. Der Scharfrichter war bereits eingetroffen, nur der versprochene Medicus noch nicht. Laith hatte die ganze Nacht geweint und lag jetzt apathisch in meinem Arm.

Ich hatte nicht einen Augenblick geschlafen, mein Kopf schmerzte von meinen Gedanken und der Wut über das, was geschehen war. In aller Seelenruhe baute der Scharfrichter vor unseren Augen seinen Holzblock auf. Er hatte die schwarze Kleidung und die rote Weste der Asakire an. Statt eines Turbans trug er eine Maske, die nur Augen, Mund und Nase freiließ. Egal wer unter dieser Maske steckte, er sollte nicht erkannt werden, denn seine Aufgabe machte ihn nicht sehr beliebt unter den Stadtbewohnern. Jetzt stellte er ein Holzscheit auf den Block, zielte und rammte seine riesige gebogene Rundaxt hinein. Dies wiederholte er noch ein paarmal, und ich zuckte jedes Mal zusammen, wenn das Schneidblatt auf das Holz traf und es mit einem Knirschen brach. Es war eine Tortur, die dem Scharfrichter sichtlich Spaß machte und uns jeglichen Mut nahm. Der Rand meines Turbans war inzwischen vollgesogen vom Schweiß, der mir in Bächen die Stirn herunterlief.

Der Medicus, der schließlich doch noch eintraf, kümmerte sich zuerst um das gebrochene Bein des Jungen. Das war er sich und seiner Gilde schließlich schuldig. Er war ein kleiner, älterer Mann, der uns keines Blickes würdigte. Sein Haar war von einem bunten Tuch bedeckt, das er mit einem Band um den Kopf herum befestigt hatte und das ihm als Schutz vor der Sonne bis auf die Schultern fiel.

Um nicht zusehen zu müssen, wie er den Knochen richtete, schaute ich in die andere Richtung. Immer wieder knetete ich nervös und wahrscheinlich zum letzten Mal meine Hände. Mein unsteter Blick ging über den Marktplatz, wo sich nun doch etliche Schaulustige zusammengefunden hatten.

Da! Im Schatten der Palmen erhaschte ich einen Blick auf die anderen Straßenkinder. Sie waren alle gekommen! *Rhabas*, *Usamas*, Kinder jedes Alters drängten sich ängstlich an die Mauern der Häuser, als fürchteten sie, man würde sie doch noch zusammen mit den armen drei Delinquenten dem Scharfrichter vorführen.

Dieser hatte die frisch gehackten Holzscheite nun auf einer Feuerstelle gestapelt und entfachte mit der Fackel der Wache sein eigenes Feuer. Nachdem er eine große schwarze Zange und einen Haken hineingelegt hatte, stellte er sich aufrecht mit verschränkten Armen neben seinen Holzblock. Die Muskeln seiner Oberarme und die breiten Schultern verrieten, dass er die Kunst des Schwerthiebes schon viele Jahre praktizierte. Sein erwartungsvoller Blick unter der schwarzen Maske fiel erst auf uns drei zitternde Kinder, dann sah er zum Medicus hinüber.

Dieser kam entschlossen zu mir, nahm mir Laith aus den Armen und stellte ihn vor sich. Er ließ es mit hängendem Kopf geschehen. Der Medicus hatte ein faltiges, aber nicht unfreundliches Gesicht mit kleinen Knopfaugen, die alles zu erfassen schienen, was um ihn herum vorging. Sie fixierten Laith, und er redete mit ruhiger, schon greiser Stimme auf den zu Tode verängstigten Jungen ein.

»Kannst du mich hören, Kind?«, fragte er und hob mit einer Hand sein Kinn an. Dabei schüttelte er ihn leicht mit der anderen Hand an der Schulter. »Wie heißt du?«

Laith antwortete nicht. Der Medicus griff sich die kleine linke Hand, fühlte den Puls und runzelte die Stirn. Nach einer Weile sah er den Scharfrichter prüfend an. Der zuckte lediglich mit den Schultern, die Arme vor der Brust verschränkt. Der Edelmann, der mit hektischen Schritten ebenfalls eingetroffen war, trat zu den beiden wartenden Schergen und fragte etwas kurzatmig, als wäre das Ende seiner Geduld erreicht: »Was ist los mit dem Jungen?« Seine Stimme hatte eine Kälte, die keine Gnade erwarten ließ.

»Er ist apathisch, und sein Puls ist sehr niedrig. Ich würde ihm gerne noch ein wenig Zeit geben«, erwiderte der Medicus nachdenklich.

»Nichts da«, entgegnete der Mann mit dem in der Sonne golden glänzenden *Khanjar* im Gürtel unwirsch, »der stellt sich nur taub, damit er seiner Strafe entgeht!«

Der Medicus seufzte unzufrieden, aber er nickte letztendlich dem Scharfrichter zu, und einer der Asakire packte Laith grob, schleppte ihn zum Holzblock und legte seinen linken Arm darauf. Der Scharfrichter holte mit der massiven Axt aus. Doch auf einmal kam noch einmal Leben in Laith: Er fing an zu zappeln, sein weißes Gesicht verkrampfte sich zu einer schreckverzerrten Grimasse, er rang um Luft, und als das Beil in einem raschen Hieb nach unten sauste, schrie ich mit ihm auf.

Laiths linke Hand fiel vom Holzblock. Er rutschte leblos zur anderen Seite, wo der Asakir ihn achtlos liegen ließ.

»Was ist mit ihm, was ist mit Laith?«, schrie ich und wollte auf den geschundenen Körper zulaufen. Eine grobe Hand hielt mich zurück.

»Lass den Medicus nachsehen«, stoppte mich mein Häscher unwirsch, als ich verzweifelt versuchte, mich loszureißen. Ein harter Schlag ins Gesicht jagte einen heftigen Schmerz durch meinen Schädel und nahm mir die Luft. Aus meinen von Tränen verschwommenen Augen sah ich den Medicus sich über Laith beugen, den Puls nehmen und schließlich den Kopf schütteln.

Mir wurde übel, ich konnte es kaum fassen. Sie hatten ihn getötet. Laith hatte nicht nur seine zweite Hand verloren, sondern auch sein Leben! Panik ergriff mich wie eine eiserne Faust. Irgendetwas passierte mit mir, das mich wie verrückt schreien ließ. Völlig außer mir bot ich all meine Kraft auf, um nicht zu diesem Holzblock zu müssen, der bedrohlich vor mir aufragte. Starke Arme ergriffen mich, trugen meinen zappelnden und schreienden Körper dorthin und drückten mich brutal nach unten. Aus Leibeskräften schrie und fauchte ich, und meine Peiniger schwitzten, um mich überhaupt halten zu können. Der Scharfrichter holte wieder aus. Ich verstummte plötzlich in Todesfurcht, als die riesige Scheide der Axt wie ein bedrohlicher Schatten über mir hing. Dann sauste sie herab.

Ich erwartete ein Krachen, ein Splittern wie zuvor bei Laith, aber es tat nur einen dumpfen, grässlichen Schlag. Mein Kopf wurde von einer Hand weggedreht und wie mit Schraubzwingen festgehalten. Ich sah daher nur die Gesichter der Zuschauer, die sich auf einmal erschrocken die Hände vor den Mund hielten. Dann erreichte mich der Schmerz wie in einer Welle. Er nahm mir den Atem und explodierte schließlich in meinem Kopf. Endlich wurde mir schwarz vor Augen.

Es war der Medicus, der als Erster reagierte. So alt er auch war, er rannte flink zu dem Jungen mit den ungewöhnlichen Augen und zog ihn vom Holzblock fort. Wie ein nasser Sack hing er ohnmächtig in seinen Armen, und das Blut tränkte sein helles Gewand rot. Der Scharfrichter fluchte: »Leg ihn wieder hin, du Quacksalber, beim nächsten Schlag ist er ab!«

»Halt!«, rief der Medicus, seine brüchige Stimme war laut genug auch für den Noblen, der neugierig dazueilte. »Es ist nicht erlaubt, zweimal auf denselben Delinquenten einzuschlagen! Der Scharfrichter muss von ihm ablassen, die Strafe des Delinquenten ist mit dem ersten Schlag vollzogen, so ist es Gesetz!«

Mit einem Arm hatte er den Jungen umklammert, seine faltige, knotige Hand hielt er schützend vor sich. Der Edelmann blickte ungeduldig auf den Scharfrichter, der kopfschüttelnd mit den Schultern zuckte.

»Ich kann nicht verstehen, dass die Hand nicht ab ist. Mir ist das noch nie passiert, ich habe genau gezielt«, kam es als einsilbige Erklärung von dem Henker.

Die beiden ignorierend legte der Medicus den Jungen auf eine Decke und presste die stark blutende Wunde mit einem Tuch und einem seiner Lederbänder fest, um die Blutung zu stillen. Die Haut des ohnmächtigen Kindes war kalt und ließ die blauen Adern unwirklich unter der Haut durchscheinen. Der kleine Turban, der ihm schief ins Gesicht hing, war verschwitzt, verklebt und von Blutstropfen verfärbt.

Dem Medicus war sofort klar, dass hier irgendetwas nicht stimmte. Aber er hatte auch keine Erklärung für das, was er soeben gesehen hatte. Seine Hände zitterten, als er die Wunde versorgte. Normalerweise hatte er seine Empfindungen im Griff, dazu hatte er schon zu oft an Hinrichtungen teilgenommen. Verletzungen von Folteropfern zu versorgen oder den Tod nach der Exekution festzustellen, das war für ihn Routine und traf ihn als Medicus bei Weitem nicht so wie das Schicksal dieses Jungen hier.

Was war nur passiert? Und warum fesselte ihn das eigenartige Gesicht dieses Jungen so? Waren es seine Augen oder die Art, wie stolz er den Kopf hielt? Er musste es herausfinden …

»Den Nächsten!«, presste der Noble zwischen zusammengepressten Lippen hervor. Es war der *Rhabas*-Anführer, der jetzt mit seiner am Bein angebundenen Holzschiene angeschleppt wurde. Laut heulte er vor Angst oder Schmerz auf. Der Scharfrichter zielte diesmal genau, er wollte schließlich allen beweisen, dass er sein Handwerk verstand. Das Publikum hielt die Luft an, und mit einem Hieb trennte er die Hand exakt vom Unterarm.

Der gellende Schrei des Jungen wurde vom Beifall der Zuschauer übertönt. Der Medicus, der sich bisher schützend über Tarik gebeugt hatte und den Arm versorgte, ließ das immer noch ohnmächtige Kind zögernd auf dem Boden zurück und eilte zum nächsten blutenden Armstumpf, um ihn zu versorgen. Ungläubige und ärgerliche Blicke richteten sich auf das verkrümmt liegende Kind mit dem Turban, das in Wahrheit ein Mädchen war. Schreie wurden laut, Schreie der Vergeltung, aber auch Bitten um Gnade.

Der Medicus blickte kurz zu dem Edelmann, der mit seinen Schergen lauthals und wutentbrannt diskutierte, was zu tun sei, dann auf das Kind am Boden. Ihm wurde klar, dass er schnell reagieren musste. Dass diese zarte kleine Hand immer noch am Arm des Kindes hing, war ein Wunder! Und er als Heiler wusste solche Zeichen zu lesen. Warum Allah ausgerechnet ihn für die Entscheidung ausgesucht hatte, blieb ihm ein Rätsel. Er war alt und konnte das Kind nicht schützen, aber er musste es wenigstens versuchen. *Inshallah* – so Gott will …

Der alte Heiler hatte dem dritten Jungen den Armstumpf mit einem glühenden Eisen verschlossen und danach verbunden. Jetzt gab er die Leiche und den überlebenden Jungen in die Obhut des Scharfrichters und sammelte den immer noch ohnmächtigen Tarik mit Mühe vom Boden auf. Die Menschenmenge hatte sich letztlich doch murrend aufgelöst, als keine weiteren Bestrafungen mehr stattfanden. Der Markt war wieder zum Leben erwacht, die Kunden warteten, und Geldverdienen war eben doch wichtiger.

»Halt!«, rief der Edelmann und stellte sich dem alten Mann in den Weg, das Gesicht von Zorn und Enttäuschung gezeichnet. Seine Augen blitzten den Medicus wütend an, Schweiß stand auf seiner Stirn, vom Schreien hatte er Speichel auf seinen Lippen. »Wo wollt ihr mit ihm hin? Ich bin noch nicht fertig mit ihm …«

Der alte Mann blickte auf das Kind in seinem Arm, dann in das wutverzerrte Gesicht. Mit einer Stimme, die zwar alt, aber fest klang, sagte er: »Ich werde den Jungen mitnehmen, schließlich kann ich inzwischen Hilfe gut gebrauchen. Augen, die besser sehen, und Hände, die ruhiger sind als meine. Da der Junge hier ein Sklave ist und bisher noch keiner einen Anspruch auf ihn erhoben hat, tue ich das hiermit.«

»Ein Sklave?« Die Kinnlade des Edelmannes fiel nach unten. Tatsächlich war der verschmutzte Turban des Jungen etwas vom Gesicht gerutscht, und das Zeichen auf seiner Stirn war deutlich sichtbar, das Sklavenkreuz. Wie um seine Forderung zu unterstreichen, fuhr der Medicus mit seinem Daumen über das Mal. Es schien förmlich zu leuchten auf der weißen Haut. Wütend drehte sich der Edelmann mit zu Fäusten geballten Händen um. Seine Augen sandten tödliche Blitze zum Scharfrichter und seinen zwei Schergen, die erschrocken die Blicke senkten. Ohne auch nur ein Wort zu sagen, stapfte er mit den beiden ratlosen Asakiren im Schlepptau zu seinem Statthalter. Er hatte keine guten Nachrichten.

Kapitel 10

Isaak ad Din Abu l'Abbas wusch sich mit Seife die Hände an der einzigen Quelle der Oase. Immer und immer wieder, um den Geruch des Todes, des Blutes und des Feuers abzustreifen. Dann trocknete er sie an einem sauberen Tuch und rieb sich die müden Augen. Abgekämpft blinzelte er in das schwache Licht des kleinen Feuers, das er in der Nähe seines Gefährts entfacht hatte. Daneben lag die schmale Gestalt des Kindes, für das er sich nun verantwortlich fühlte. Mit einem Schlag hatte ihre Begegnung sein Leben verändert.

Das Kind war ein Zeichen dafür, dass es Menschen gab, die anders waren. Menschen, die von Allah für eine höhere Aufgabe bestimmt waren, wie auch einst Jesus, Moses und Mohammed. Er wusste nicht, warum Allah ausgerechnet ihn ausgesucht hatte, um diesem Kind zu helfen, aber er würde seine Aufgabe wahrnehmen. Als gläubiger Muslim und Gelehrter empfand er es als seltene Ehre. Nur worin seine Aufgabe bestand, das war ihm noch nicht klar. Zunächst einmal hatte er dieses Kind vor einem grausamen Schicksal gerettet.

Isaak setzte sich neben das in eine Decke gewickelte kleine Bündel. Sorgenvoll starrte er in das blasse Gesicht des Kindes, das tief schlafend vor ihm lag. Er grummelte und grollte, er konnte nicht in Worte fassen, was es so besonders machte. Er sah nur ein Kind. Etwas, das ihm in seinem Leben verwehrt worden war. Den Traum von einer Familie hatte er schon lange begraben.

Er war irritiert, als er beim Waschen bemerkte, dass er ein Mädchen gerettet hatte. Warum sollte Gott ein Mädchen schicken, um zu den Gläubigen zu sprechen?

Aber das Zeichen trog nicht. Es war tatsächlich ein Wunder geschehen, und er war Zeuge geworden von Allahs Größe. Ehrfürchtig hatte er sich die Hand des Mädchens noch einmal genau angeschaut. Sie war zur Hälfte durchschnitten bis zum Knochen, aber der restliche Arm war unverletzt. Er hatte es mit eigenen Augen gesehen: Der Scharfrichter hatte exakt auf die Stelle oberhalb des Handgelenks gezielt, die Axt war am Knochen abgeglitten und hatte sich anstelle des Arms in den Holzblock gebohrt.

Isaak schüttelte den Kopf, er ging immer und immer wieder in Gedanken die Bilder durch. Allah muss mit ihr wahrhaftig Großartiges vorhaben!

Er hatte die Wunde zugenäht und etwas von der durchsichtigen Flüssigkeit einer seiner Phiolen auf den Wundrand getropft. Dann hatte er saubere Binden mit einer Holzschiene darum gewickelt und festgesteckt.

Isaak beugte sich nach endlosen Grübeleien wieder zu dem schlafenden Mädchen hinab und prüfte zum wiederholten Mal die Hand der kleinen Patientin, fühlte noch einmal den Puls. Die Haut war kalt, doch der Puls kam gleichmäßig. Mit einem zufriedenen Grunzen zog der Alte die Decke wieder über das Kind und erhob sich stöhnend. Ein kurzer harter Husten schüttelte seinen schlaksigen Körper und ließ ihn innehalten. Mit zittrigen Händen wickelte er seine Utensilien sorgfältig in eine Lederrolle und steckte sie in die abgegriffene Tasche auf seinem Gefährt.

Aus dieser Tasche nahm er sich jetzt eine Wasserpfeife und

einen Beutel mit kleinen Kugeln. Mit einem Holzlöffel drückte er kleine weiße Kügelchen aus dem Beutel in die Schale oberhalb des Glührostes und ging zurück zum Feuer neben dem schlafenden Mädchen. Dort legte er sich mit einem Stöckchen glühende Kohle in den Rost und steckte sich den Schlauch in den Mund. Mit ein paar schnellen Atemzügen glühte der Inhalt der Schale rot auf, und er zog gierig den Rauch tief in die Lungen. Er musste husten, aber nicht mehr ganz so hartnäckig wie zuvor.

Isaak setzte sich neben das hölzerne Rad seiner Kutsche und streckte die Beine aus. Langsam entspannte er sich, seine Gedanken wurden träge, und der Husten kehrte nicht mehr zurück. Die Nacht senkte sich wie eine Decke auf ihn herab. Ab und an hörte er noch das Schnauben des Zugpferdes, das sich nach dem heißen Tag erholte, und den Nachtruf der Eulen, die auf ihre Beute warteten. Wohlig spürte er, wie die lang ersehnte Ruhe von ihm Besitz ergriff. Sein Leben hatte nun Allah in der Hand. Ab jetzt würde sich einiges ändern, ja, vielleicht auch zum Guten. Er entließ seine Gedanken in einen tiefen Schlaf voller schöner Bilder, sein alter Körper schwebte schwerelos und schmerzfrei in einen sanften Traum. In der Luft lag der leicht bittere Geruch von Mohn.

Mit einem dumpfen Pochen im Kopf wachte ich auf. Übertroffen wurde dieses Gefühl nur noch von dem Stechen in meinem Arm, der sich seltsam schwer anfühlte. Die Erinnerung an das, was geschehen war, ließ mich auffahren, und die leichte Decke, die mich bedeckte, rutschte in meinen Schoß.

Meine Hand! Nur mit Mühe dachte ich an den letzten Moment vor dem verheerenden Hieb. Alles stand mir wieder deutlich vor Augen: der Schlag, der meinen Arm getroffen hatte, das überraschte Gesicht des Medicus, der Aufschrei der Menge, mein eigener … Verstört sah ich meinen Armstumpf an, der so schwer war wie ein Stück Blei. Der Verband war blutig, aber es deutete nichts darauf hin, dass mein Arm kürzer war als der andere. Vorsichtig verglich ich die Längen, bewegte vorsichtig meine Finger. Es war noch immer alles da!

Wie konnte das sein? Ich hatte doch gehört, wie die Axt heruntergesaust war. Dieses schreckliche Krachen der Axtschneide auf den Knochen würde ich nie vergessen. Der Scharfrichter hatte mich oberhalb des Handgelenks getroffen, dort, wo der Verband jetzt blutig war. Ungläubig betrachtete ich das sorgfältig verknotete Bündel Stoff.

Dann ließ ich den Blick über meine Umgebung schweifen. Das Pochen in meinem Kopf hatte etwas nachgelassen, seitdem ich aufrecht saß. Unsicher blinzelte ich, ein Geruch setzte sich in meiner Nase fest, der mich irritierte, leicht bitter, aber nicht unangenehm.

Schließlich sah ich den alten Mann mit dem Mundstück einer Wasserpfeife in der ausgestreckten rechten Hand, wie er schlaff am Rad der großen Kutsche lehnte. Sein Körper hatte die Entspanntheit eines Menschen in tiefem Schlaf. Sein Kopftuch verhinderte einen besseren Blick in sein Gesicht. Aber ich erkannte ihn auch so: Es war der alte Medicus. Anscheinend hatte er mich mit aus der Stadt genommen, und nun war ich hier mit ihm in der Wüste, im Nirgendwo.

Mein Blick fiel wieder auf den Wagen mit den großen Holzrädern, der einen seltsamen Aufbau hatte. Hinter dem

Kutschbock befand sich ein großer, geschlossener Kasten mit einer Tür, die jetzt offen stand. Von seinem Dach hingen jede Menge getrockneter Kräuter, Gemüse und sogar Schlangen und Hühnerfüße – die üblichen Utensilien eines Quacksalbers, der durch Städte und Dörfer tingelte. Etwas weiter weg kaute ein älterer Schimmel mit Hängerücken an einem Beutel mit trockenem Gras. Trotz seines Alters war er gut genährt, seine Augen schielten zu mir, als wäre ich ein Konkurrent um sein Futter.

Meine Augen wanderten wieder zum selig schlafenden Alten am Wagenrad. Vorsichtig stand ich auf und stellte dabei fest, dass ich nackt war. Mein Gott, er weiß es!, durchfuhr es mich siedend heiß. Er wusste, dass ich ein Mädchen war! Meine Hand ging zum Mund, bevor ich ein verdächtiges Geräusch machen konnte. Panisch sah ich mich nach meinen Kleidern um, die ich sauber zusammengelegt neben meiner Decke fand. Leise und mit ungelenken Bewegungen zog ich mich an. Meine verbundene Hand hielt ich hoch, um das schmerzhafte Pochen nicht zu verschlimmern.

Anschließend schlich ich mich auf Zehenspitzen zu meinem Retter und kniete mich neugierig nieder. Die Wasserpfeife hatte die Asche verloren, und ich nahm sie für eine sorgfältige Betrachtung in meine Hand. Der Bauch mit dem Wasser war ganz aus Holz geschnitzt mit seltsamen Zeichen und Runen. Das Mundstück am Schlauch war ein wenig abgeflacht und dunkel von Speichel und Rauch. Fasziniert roch ich daran, und der etwas bittere Geruch in der Luft war eindeutig dieser Apparatur zuzuordnen.

»Das ist Opium, mein Kind«, krächzte auf einmal eine rostige Stimme an mein Ohr. Erschrocken blickte ich ins Gesicht des Alten, der mich mit seinen kleinen Wieselaugen musterte – aber nicht böse, denn er lächelte milde. »Opium ist Balsam für meinen Husten und der direkte Weg in den Schlaf!«, erklärte er mir verschmitzt, sein Lächeln kräuselte sich vergnügt in den Mundwinkeln und ließ einige von seinen Zahnlücken durchblitzen.

Erleichtert ließ ich meine Schultern fallen. Er würde mir nicht wehtun, da war ich mir auf einmal sicher. »Ich habe Durst, Herr, habt Ihr etwas zu trinken?«, fragte ich.

Der Alte kratzte sich unbeholfen am Kopf und zeigte dann mit der ausgestreckten Hand auf einen Lederbeutel am Wagen. »Natürlich, Mädchen, nimm den Wasserbeutel dort am Wagen, er ist voll mit frischem Wasser aus der Oase.«

Sein Blick traf auf den meinen, und er nickte verständnisvoll. Verschämt wandte er das Gesicht ab.

»Ich wollte dich waschen, du warst voller Blut und Dreck. Deine Kleidung habe ich in der Oase dort gesäubert.« Mein Unbehagen schien er zu spüren, denn er blickte kurz zu mir, dann gleich wieder weg und nickte ein paarmal, wie um sich selbst zu entschuldigen. »Tut mir leid, Mädchen, deine Tarnung war sehr geschickt, mit deinen abrasierten Haaren und so …«

Tapfer schluckte ich meinen Stolz herunter, stand auf und ließ mir aus dem Wasserbeutel kühles Wasser in meinen Mund rinnen, gurgelte, spülte und spuckte den ersten Schluck aus. Erst danach nahm ich drei große Schlucke, die meine ausgedörrte Kehle befeuchteten und mich zum Leben erweckten.

»Was werdet Ihr jetzt mit mir tun, Herr?«, wandte ich mich argwöhnisch wieder an ihn. Das Wasser tropfte noch reichlich aus meinem Mundwinkel, und ich wischte es mit meinem Ärmel weg. Interessiert beobachtete ich, wie er sich langsam auf die Knie rollte und dann ein Bein nach dem anderen streckte, als würden ihm seine Knochen wehtun. Er ächzte und bestätigte damit meine Vermutung.

»Ich bin Isaak ad Din Abu l'Abbas, Gelehrter aus Persien und Schüler des Abu Ubaid Abd al-Wahid ibn Muhammad al-Dschuzdschani, ein Schüler des noch berühmteren Abū Alī al-Husain ibn Abd Allāh ibn Sīnā, im Morgenland auch als Avicenna bekannt.«

»Ich kenne weder den einen noch den anderen«, unterbrach ich ihn unbeeindruckt. Ärgerlich wanderte sein Blick zu mir, die Augen hatten immer noch einen etwas unnatürlichen Glanz, als wäre er gerade erst aus einem tiefen Traum erwacht.

»Halt deinen frechen Mund, Mädchen!«, fuhr er mich an. Mir wurde bewusst, dass ich in seinen Augen ein respektloses Kind war. Heißer Zorn wallte in mir auf, aber ich unterdrückte mein Verlangen, ihm meine Meinung zu sagen, immerhin hatte er mich gerettet.

Mit strengem Blick, aber ein wenig freundlicher, fuhr er fort. »Da ich in dessen Hospital keine Aufnahme fand, wurde ich fahrender Medicus. Meine Wege führten mich über Esfahan nach Rey und von dort bis nach Bagdad. Gestern am Marktplatz habe ich etwas gesehen, was eigentlich nicht sein darf.« Seine Wieselaugen blickten mich jetzt scharf an. »Deine Hand sollte ab sein, aber sie ist es nicht. Wieso?«

Seine Stimme klang unerbittlich und hart, er wollte die Wahrheit hören, aber ich konnte sie ihm nicht geben. Ich zuckte nur mit den Schultern und gab ihm zu verstehen, dass ich auch keine Erklärung hatte.

Er machte zwei schnelle Schritte auf mich zu und packte mich am gesunden Handgelenk. Es war ein ungewöhnlich fester Griff, sein Blick fixierte mich, und er zischte durch seine Zähne hindurch: »Wieso?«

Nachdenklich betrachtete ich meine Hand mit dem Verband. Nervös kaute ich auf meiner Unterlippe. War es möglich, dass eine so tiefe Wunde so schnell heilte? Oder war er einfach ein guter Medicus? Verunsichert atmete ich noch einmal tief durch und sah ihm direkt in die klugen Augen, die bis in mein Innerstes zu blicken schienen.

»Verdammt, ich weiß nicht, warum!«, platzte es aus mir heraus. »Der Scharfrichter hat vielleicht nicht fest genug zugeschlagen?« Aber selbst mir kam das unwahrscheinlich vor.

»Ha!«, machte der Alte trocken und noch einmal: »Ha!«

Er drehte sich abrupt um, ging ein paar Schritte und kam wieder zurück. Dazwischen blickte er mir forschend ins Gesicht. Warum war er so wütend auf mich? Wieder drehte er sich um und ging auf und ab.

»Sagt, Herr …«

Abrupt hielt er mit dem Rücken zu mir inne und hob seinen Kopf, um mich anzuhören.

»Sagt, Meister Isaak, warum habt Ihr mich mitgenommen, wenn Ihr glaubt, dass etwas falsch gelaufen ist?« Als wollte ich mich vor seiner Antwort schützen, verschränkte ich unsicher meine Arme vor der Brust.

Erst drehte er seinen Kopf und dann seinen ganzen Körper in meine Richtung. Mit zwei Schritten stand er dicht vor mir und beugte sich vor, den Kopf fast vor meiner Nase. »Ich weiß es nicht. Vielleicht habe ich dich mitgenommen, weil du sonst noch einmal dem Scharfrichter vorgeführt worden wärst. Das ist dir hoffentlich klar, oder?«

Erschrocken wich ich zurück. »Hattet Ihr denn das Recht dazu?«

Überrascht zog er seine Augenbrauen hoch, musterte mich von Kopf bis Fuß und grinste. Es wirkte hämisch und schadenfroh. »Du, Mädchen, hast keine Rechte, du bist eine entflohene Sklavin, und wenn kein anderer sein Recht auf dich beansprucht, so tue ich es. Du«, spuckte er aus und drückte mir seinen Zeigefinger auf die Brust, »du wirst fortan meine Helferin sein und meine Hände und Augen ersetzen. So lange, bis ich weiß, wer oder was du bist!«

Enttäuscht schloss ich die Augen. Meine Freiheit hatte also nur kurz gewährt, das Kreuz auf meiner Stirn hatte mich verraten. Es war mein Wundmal und würde es bleiben, für immer. Meine Kieferknochen mahlten in meiner Ohnmacht so fest aufeinander, dass die Zähne schmerzten.

Meister Isaak ließ er sich von mir nennen, denn das sei sein rechtmäßiger Titel, behauptete er. Er hätte sich auch Wichtel nennen können, wäre es nach mir gegangen, es hätte auch gepasst. Wie so oft fügte ich mich meinem Schicksal und versuchte ihm zu helfen, wo es nur ging.

Immerhin zeigte er sich neben seiner Skurrilität als strenger, aber gerechter Herr. Meine Tätigkeiten waren außer dem An- und Abschirren seines Zugpferdes, dem Sauberhalten der Kutsche und sämtlicher Utensilien auch die Begleitung zu den Krankenbesuchen – von der Zubereitung des

Essens und natürlich der Besorgung der Nahrung völlig abgesehen.

Doktor Isaak schätzte mich auf etwa zwölf Jahre. Für diese Feststellung schenkte er mir nur einen kurzen Blick, bevor er sich seiner Arbeit wieder widmete. Mit seiner gewohnten Akribie rollte er die kleinen Kügelchen, die wie körniges Pulver aussahen, bis sie in allen erdenklichen Farben schillerten. Vorsichtig füllte ich die kleine, aber wirkungsvolle Medizin in Säckchen ab. Wir befanden uns in dem Wagen, der sich im Inneren als großzügiger erwies, als es von außen den Anschein hatte. Es war dort angenehm lichtgedämpft, was eine Wohltat für meine Augen war. Dort verbrachte ich die meiste Zeit des Tages, immer aufmerksam den Ausführungen meines Meisters lauschend.

Während ich einige dieser Säckchen nun in die vorgesehene Schublade sortierte, einigten wir uns darauf, dass ich weiterhin wie ein Junge aussehen sollte. Schließlich war es einem Mädchen nicht erlaubt, männliche Kranke zu besuchen, und der Umstand, dass mein Körper noch keine weiblichen Merkmale zeigte, machte meine Tarnung perfekt. Bald nannte ich ihm auf seine Nachfrage hin meinen wirklichen Namen, Enja, den ich schon so lange nicht mehr gehört hatte. Aber er schüttelte den Kopf: »Das ist kein arabischer, türkischer oder hebräischer Name. Deine fremde Herkunft lässt sich beim besten Willen nicht vertuschen, auch wenn du Persisch und Arabisch ohne Akzent sprichst.«

Eine Zeitlang grübelte er und hielt in seiner Arbeit inne. Dann fasste er einen Entschluss und rollte weiter mit seinen Fingern über die kleinen Perlen auf seinem Arbeitstisch. »Ich werde dich ab jetzt Eran nennen«, verkündete er schließlich unvermittelt, »das ist ein hebräischer Name, unter den Juden sehr verbreitet. Es bedeutet so viel wie aufgeweckt, das passt doch zu dir.« Und er grinste wieder sein schelmisches Grinsen. »Außerdem sind die meisten Ärzte jüdischer Abstammung. Ihnen war es seit jeher erlaubt, Menschen zu sezieren. In vielen anderen Religionen war das lange Zeit verboten …«, erklärte er mir. Er kratzte seinen faltigen Bartansatz.

»Aber Ihr seid doch ein Muslim«, entgegnete ich, »kann ich dann nicht einen muslimischen Namen haben?«

»Nein«, kam es entschieden zurück, und seine Hand wischte mit einer fahrigen Bewegung das Thema vom Tisch, »ein Muslim ist niemals der Sklave eines Muslims. Wir bleiben bei Eran, und du wirst für mich arbeiten.«

Damit war die Diskussion für ihn beendet, und er wandte sich wieder in gewohnter Leidenschaft seinen Perlen und Pasten zu. Mit der Zeit war ich froh, einem solch gelehrten Menschen wie Meister Isaak begegnet zu sein. Ich lernte viel über die Kunst des Heilens und den Zusammenhang zwischen der Körperhygiene und einem gesunden Essen, welches die meisten Krankheiten erst gar nicht an uns heranzulassen schien. Trotz des Umgangs mit Kranken und manchmal ekelhaften Körpersäften waren wir beide nur selten krank, und wenn doch, hatte mein Meister ein Heilmittel dagegen.

Interessiert schaute ich ihm zu, wie er aus den Quellen der Natur Konzentrate schuf. Auf meine unerbittlichen Fragen hin verriet er mir, dass er diese mithilfe von Destillation durch Wasserdampf gewinne, ein Verfahren, das ölige Essenzen konzentrierte und haltbar machte. Darüber hinaus lernte ich Pflanzen und Tiere als Heilmittel zu erkennen, zu sammeln und haltbar zu machen. Dazu gehörte es, seine kleine

Sammlung an außergewöhnlichen Kreaturen am Leben zu erhalten. Frösche, Skorpione und Schlangen mussten gehegt und gepflegt werden. Er vertraute mir bald seine umfangreiche Sammlung an, die er mit einer solchen Hingabe pflegte, dass ich mich oft wunderte, wie er noch Zeit für seine Patienten fand.

Und deren Zahl stieg sprunghaft an, sobald wir uns einer größeren Stadt näherten. Sein guter Ruf eilte uns oft voraus. Meistens fingen uns die Boten der reichen Familien vor den Toren der Stadt ab, um ihn direkt zu einem Kranken zu geleiten.

Seine Kenntnisse der Natur und der Tierwelt nutzte er zur Behandlung jeglicher Krankheit. Gerade das Schlangengift hatte es ihm besonders angetan. Er verbrachte viel Zeit mit den eleganten, lautlos schlängelnden Kreaturen und zeigte mir bald, wie ich die Tiere hinter dem Kopf packen musste, um die Giftzähne über einem kleinen Tongefäß zu melken. Es dauerte eine Weile, bis ich meine Angst vor diesen tödlichen Tieren verlor, aber irgendwann erkannte ich ihre Wichtigkeit und ihren Nutzen.

Pilze, Pflanzen, Tiere, alles, was giftig war, schien Isaak zu faszinieren, und er zeigte mir mit wachsendem Vertrauen seine Aufzeichnungen und Erkenntnisse. Alles, was giftig war, so behauptete er immer wieder, könne in kleinen Mengen auch heilend wirken. Es komme nur auf die Dosierung an. Ich begann mich zunehmend für seine Experimente zu interessieren und unterstützte ihn sogar mit eigenen Schlussfolgerungen. Nach einiger Zeit durfte ich schließlich seine Medizin anmischen, Pasten anrühren und Kräuteröle destillieren. Einzig seine kleinen Perlen, wie er die farbigen Kugeln liebevoll nannte, drehte er immer noch selbst mit dem schelmischen Grinsen im faltigen Gesicht.

Seine Kutsche war ein fahrendes Sammelsurium an Kuriositäten: getrocknete Affenpenisse, Haifischzähne, Augäpfel jeglicher Größe und Farbe, Frösche, Larven und Schrumpfköpfe. Meister Isaak hatte zwar beste Verbindungen nach Asien, die seine Versorgung mit ungewöhnlichen Extrakten sicherten, aber oft waren es die Patienten, die ihm im Austausch für seine ärztliche Hilfe die seltsamsten Dinge überließen.

In meiner Zeit mit ihm lernte ich vieles, nur den Inhalt der kleinen Perlen gab er nicht preis. Natürlich weckten gerade die mein besonderes Interesse … Von ihrer Wirkung konnte ich mich selbst überzeugen, als wir mit unserer Kutsche in eine größere Stadt kamen. Sie hieß Teheran und war bekannt für den Anbau des Granatapfels. Eine sehr wirkungsvolle Pflanze, befand Isaak, der mit mir auf dem Kutschbock saß und nun einen kleinen Vortrag über die Einnahme eines Konzentrats dieser Frucht bei Katarrh und Herzproblemen hielt. Er nehme dieses Konzentrat selbst und brauche dafür den Saft von Granatäpfeln bester Güte. Mit einem Augenzwinkern erklärte er mir, dass es eine kleine, gut besuchte Taverne direkt neben dem Markt gebe. Dort werde der Saft verkauft, und wir könnten uns dort später treffen.

Es wird wohl ein teurer Einkauf, dachte ich bei mir und verdrehte die Augen. Dies bedeutete für mich, dass ich ihn irgendwo in der Nacht aus einem Wirtshaus ziehen und zum Ausnüchtern bis zur Kutsche ziehen musste. Leider vergaß der liebe Meister oft, dass er keinen Alkohol vertrug, und in Verbindung mit seinem Opiumkonsum setzte sein Verstand allzu oft aus.

Es kam, wie es kommen musste, und wie schon so oft zuvor schleifte ich ihn nach einer durchzechten Nacht zurück zu seiner Kutsche. Schnaufend lehnte ich ihn an das Vorderrad, denn weiter kam ich mit dem schweren Körper nicht, deckte ihn zu und ließ ihn seinen Rausch ausschlafen. Dabei machte er einen Lärm, als wollte er die Toten aufwecken, die nebenan auf dem Friedhof lagen.

Währenddessen begann ich seine Tasche zu packen für den Besuch einer Kranken, die nach ihm geschickt hatte. Die Ehrfurcht, die in den orientalischen Ländern vor einem Medicus herrschte, erfüllte mich mit Stolz, denn ich war seine Gehilfin. Es erfüllte mich stets mit einer großen Genugtuung, wenn sich eine Genesung einstellte, und dafür sorgte Isaak mit seinem umfangreichen Wissen, das ich aufsog wie ein Schwamm das Wasser.

»Wenn du einen Kranken ansiehst, dann achte nicht nur auf den Schmerz, achte auf die Augen, die Haut und den Urin. Setze alle deine Sinne ein. Oft kann ein Geruch viel über eine Krankheit aussagen. Frage ihn nach geänderten Lebensumständen, Essgewohnheiten oder Schlaf. Jedes dieser Teile ist ein Flickwerk, das zu einem Ganzen gewebt wie ein Teppich den Weg zu seiner Krankheit ebnet. Am wichtigsten sind die Augen. Ein Blick in den farbigen Kranz um die schwarze Pupille, und ich kann dir meist schon sagen, welches Organ betroffen ist«, erklärte mir Isaak oft, wenn er versuchte, seine Methoden zu erläutern.

»Frage nach Krankheiten in der Familie, Vater, Großvater ... oft überspringt eine Krankheit eine Generation. Und ich erkenne jeden Trinker an der Nase! Achte darauf, oft verfärbt sie sich rot und blau und schwillt an. Eine Entgiftung bringt den Körper dann meist wieder ins Gleichgewicht. Helfen kann dies aber nur kurzfristig, oft leben diese Menschen nicht lange. Entweder versagt die Leber, oder sie fallen betrunken von der Mauer.«

Und dabei lachte er sein schelmisches Lachen, das ein wenig klang wie eine rostige Mühle. Ich fand seine Betrachtung der Welt und ihrer Bewohner immer wieder amüsant.

Doktor Isaak wachte an diesem Morgen mit einem dröhnenden Schädel auf. Die einfachsten Tätigkeiten wollten ihm schlichtweg nicht mehr gelingen, und sogar sein eigenes Kopftuch zu wickeln, erwies sich als unlösbare Aufgabe. Ohne Vorwurf begann ich, es mit ein paar geübten Griffen an seinem haarlosen Kopf zu fixieren, während er wie ein Häuflein Elend teilnahmslos vor dem kleinen Feuer saß. Dort hing bereits die Wasserkanne für seinen ersten Mokka des Tages.

Seinen matten Augen entnahm ich, dass der Mokka heute noch ein wenig kräftiger sein sollte, und ich ließ noch einen zweiten Löffel Kaffeepulver in die kleine Tasse aus feinstem chinesischem Porzellan fallen. Anschließend füllte ich sie mit dem heißen Wasser aus der Kanne auf. Seine zitternden Hände konnten kaum den zierlichen Griff halten, um die dampfende Tasse an den Mund zu führen.

»Seid Ihr denn bereit für die Inspektion der Kranken, Meister Isaak, oder soll ich einen Boten schicken, um den Zeitpunkt auf morgen zu verschieben?«, fragte ich ihn höflich, um ihn nicht direkt auf seinen schlechten Zustand hinzuweisen.

Trotzig nahm er einen kräftigen Schluck der bitteren braunen Brühe, schüttelte unwirsch den Kopf, zuckte vor Schmerz zusammen und verzog das Gesicht, während er sich mit einer knotigen Hand die Schläfen rieb.

»Nein«, krächzte er und leckte sich die trockenen Lippen, »ich habe noch nie einen Besuch aus so einem unwichtigen Grund abgesagt. Diese Frau wartet schon sehr lange auf mich, und ich werde sie heute besuchen, denn ihr Zustand verschlimmert sich von Jahr zu Jahr.«

Mit tapferen Schlucken trank er den Mokka komplett aus, seine roten Augen klärten sich ein wenig, und schließlich hustete er sich gründlich den Schleim aus den Lungen, der sich während des Schlafes gesammelt hatte. Nach einer gefühlten Ewigkeit stand er vorsichtig auf und wackelte auf meinen Arm gestützt noch etwas unsicher zur Kutsche. Stumm blickte er auf die Stadt Teheran hinunter, die langsam aus dem Nachtschlaf erwachte. Hauptsächlich waren es Händler, die zu dieser frühen Zeit an uns vorbei Richtung Marktplatz zogen. Die Sonne war noch nicht wirklich zu sehen, aber die Wärme des kommenden Tages kroch bereits jetzt in die Kleider und hinterließ den feuchtwarmen Duft ungewaschener Haut. Uns blieb nicht viel Zeit, um die schattigen Straßen der Medina von Teheran vor der einsetzenden Mittagshitze zu erreichen.

»Setzt Euch doch schon mal auf den Kutschbock, ich räume hier noch auf und lösche das Feuer«, rief ich ihm zu, während ich hastig losrannte, um das an der Friedhofsmauer angebundene Kutschpferd zu holen.

Kurze Zeit später waren wir auf dem Weg zu der reichen Familie, die einen großen Palast in der Medina bewohnte.

Wie üblich, wurden wir zuerst in einen Gästebereich geführt, der nur den Männern vorbehalten war. Dort erwarteten uns Erfrischungen, Mokka und die von mir so geschätzten *datiln*, bis die kranke Frau in ihrem Zimmer zurechtgemacht war. Meister Isaak war ein besonderer Gast dieser Familie, und die Freundlichkeit, mit der wir empfangen wurden, erstaunte selbst mich, die ich eigentlich an orientalische Gastfreundschaft gewöhnt war.

Die Palastzimmer waren angenehm kühl und sauber, eine pure Erholung in der heißen und staubigen Luft Teherans. Trotz meiner gewaschenen Füße und der sauberen Kleidung, auf die der penible Meister bestand, fühlte ich mich seltsam fremd und fast schon schmutzig, als wir durch die Gänge und Gemächer geführt wurden. Der Reichtum dieser Familie spiegelte sich in jedem Raum und in jeder Ecke. Der Mann der Kranken, der uns in den Gästeräumen empfangen und bis in ihr Schlafgemach gebracht hatte, zog sich ein wenig zurück, verließ aber den Raum nicht.

Fatima al-Fihri war eine ältere Dame, die aber immer noch eine große Ausstrahlung besaß. Sie saß auf der Kante ihres Bettes mit dem Gesicht uns zugewandt. Große schwarze Augen blickten unter dem Kopftuch zuerst meinen Meister und dann mich an, und ein sanftes Lächeln zeichnete sich auf ihrem feinen Gesicht ab.

»Meister Isaak«, begrüßte sie uns freundlich und mit einer sanften melodischen Stimme, die nicht auf ihr Alter schließen ließ, »wie schön, Euch wiederzusehen!« Mit einer eleganten Geste hielt sie ihm die Hand hin. Ihre Fingerkuppen waren mit Henna rot gefärbt und der Handrücken mit wunderschönen Blumen und Linien verziert. Doktor Isaak verbeugte sich tief, nahm ihre Hand in großer Ehrerbietung und drückte sie sich gegen seine faltige Stirn.

»Möge Allah Eure Schönheit preisen, *Sahiba* Fatima – meine liebe Freundin!«

»Eure Worte erfreuen mich, Isaak, gerade weil ich sehr unter meinem schwindenden Augenlicht leide. Ich kann Euch kaum noch erkennen.«

Isaak hatte sich wieder aufgerichtet und blickte ihr sorgenvoll ins Gesicht. Natürlich wurde ich als Diener nicht beachtet. Unauffällig machte ich mich daher gleich daran, die Tasche des Doktors bereitzustellen. Hastig suchte ich einen Stuhl, auf den er sich setzen konnte, und wurde vom Gastgeber auf einen Hocker in der Ecke hingewiesen. Ich wollte ihn gerade zu meinem Meister tragen, als die nächste Anweisung folgte.

»Eran«, befahl er mir, »mach die Fenster auf, ich brauche mehr Licht. Und hole mir die Linse aus der Tasche.«

Sofort ließ ich den Hocker neben ihm stehen und tat wie geheißen. Die Fenster waren mit zarten Seidenstoffen verhangen, und als ich sie nun beiseiteschob, erinnerte ich mich an unsere Kleider im Fahrudin-Palast. Der Stoff fühlte sich ähnlich an, kühl, aber weich, und er hatte diesen Schimmer, den ich so mochte. Ich sah plötzlich Jasemin vor mir, und ich musste bei dieser intensiven Erinnerung schlucken. Wo sie jetzt wohl war? Ging es ihr gut? Mir war, als könnte ich sogar ihren Duft riechen.

»Eran!«, unterbrach der Doktor barsch meine Gedanken. »Wo bleibst du?«

Herausgerissen aus meinem Tagtraum hastete ich zu seiner Tasche und reichte ihm die Linse, die er sich aus einem Stück

Glas selbst geschliffen hatte. Sie vergrößerte alles, was er in Augenschein nahm.

Er setzte sich auf den Hocker vor die Dame und schaute mit der Lupe intensiv erst in das eine, dann in das andere Auge. Dabei seufzte und grummelte er, als würde er mit sich selbst sprechen, Fragen und Antworten in einem Atemzug. Schließlich legte er die Lupe beiseite und ließ die Frau seine Finger zählen, die er ihr vor die Augen hielt. Leider erkannte sie keinen einzigen mehr.

Mit einem fast unmerklichen Wink seiner Hand rief er mich zu sich. Er gab mir die Linse, die ich nun wie er zuvor auf die Augen der alten Dame richtete. Anhand der Trübung der Augen erklärte er mir nun, wie weit die Blindheit fortgeschritten war. Deutlich konnte ich sehen, wie beide Augen eine milchige Verfärbung hinter der einst schwarzen Pupille aufwiesen, die sie erblinden ließen.

Fatima bemerkte, dass ich direkt neben ihr stand, und suchte mit ihren schlanken Fingern meine Hand.

»Wer ist der zarte Knabe hier, Isaak? Euer Helfer?« Sie drückte sanft meine Hand. Ihre Haut war warm und seidig wie ein Rosenblatt, meine dagegen rau und kalt.

Sie war korpulent, das Seidengewand floss über kräftige Schultern. Der Morgenrock, der sie komplett bedeckte, verbarg kaum die Fülle ihrer weiblichen Rundungen. Ihr Haar war unter dem Schleier nicht sichtbar, aber sicher war es schon von grauen Strähnen durchzogen. Ihre Haut war trotz ihres fortgeschrittenen Alters noch weich und zart wie die eines Kindes. Den vollbusigen Körper umgab ein Duft, der süß und betörend zugleich war. Sie musste einmal eine Schönheit gewesen sein und entsprechend verehrt. Welch grausames Schicksal, dass die

Welt um sie herum nun so dunkel wurde wie die ewige Nacht. Aber sie schien nicht verzagt, vielleicht liebte ihre Familie sie so sehr, dass sie der Verlust des Augenlichts nicht betrübte?

Freundlich drückte ich ihre Hand zurück, und sie lächelte warm. Meister Isaak räusperte sich.

»Eran ist mein Schüler, er ist nun schon seit geraumer Zeit bei mir und ein unverzichtbarer Bestandteil meines Schaffens geworden. Irgendwann wird er in meine Fußstapfen treten, wenn ich nicht mehr arbeiten kann, und ich bin sicher, er wird ein guter Heiler.«

Überrascht starrte ich ihn an. Er sah mich also als seine Nachfolgerin, ebenbürtig und würdig seines Wissens, das er mir nach und nach weitergab. Es schien ihm nichts auszumachen, dass ich ein Mädchen war. So alt und launisch er auch war, er hatte ein großes Herz und noch mehr Verstand. Meine Augen wurden feucht, und ich entzog Fatima meine Hand, um mir die Träne fortzuwischen. Schnell wandte ich mich ab, um Isaaks Linse wieder in die Tasche zu stecken.

»Dann könnt Ihr oder Eran mir helfen, mein Augenlicht wiederzuerlangen? Ich würde so gerne meinen Enkelsohn sehen, der vor drei Monaten geboren wurde. Ich bitte Euch, Isaak, helft mir!«

Er sah mich an, die kleinen dunklen Augen bewegten sich unruhig in den Höhlen, und er lächelte wissend. »Was schlägst du vor, Eran?«, testete er mich.

Ich richtete mich zu meiner vollen Größe auf. »Wir müssen die beiden Linsen entfernen. Damit wird sie zwar nicht ihre komplette Sehkraft zurückerhalten, aber sie kann zumindest wieder Umrisse erkennen und Hell vom Dunkel unterscheiden.«

Isaak nickte anerkennend. Sein ernstes Antlitz verzog sich zu einem milden Lächeln, und er wandte sich an Fatima. »Eran hat richtig erkannt, dass Eure Linsen in den Augen durch das Alter getrübt sind. Wir müssen sie entfernen, damit Ihr wieder etwas sehen könnt.«

»Ich wäre Euch so dankbar, Isaak, so dankbar!« Und statt meiner Hand ergriff sie nun die seine. Es war ihm sichtlich unangenehm, und er stand hastig auf, um sich von ihrer liebevollen Geste mit dem nötigen Respekt zurückzuziehen. In diesem Augenblick fragte ich mich, ob Isaak jemals in seinem Leben verheiratet gewesen war, konnte es mir aber nicht vorstellen.

»Seid Ihr damit einverstanden, *Sahib* al-Fihri, wenn ich alles für den Eingriff vorbereite, oder braucht Ihr noch einen Moment, um eine Entscheidung zu treffen?«, wandte sich der alte Medicus an den Ehemann, der sich auf einem der weichen Lederkissen niedergelassen hatte. Er stand nun auf und trat zu seiner Frau, nahm deren Hand in die seine, küsste sie und sah ihr liebevoll in die trüben Augen.

»Die Wünsche meiner Frau sind der Weg zu ihrem Herzen. Ich werde alles tun, um sie glücklich zu machen, Meister Isaak. Ihr werdet von mir für Eure Mühen fürstlich belohnt.« Damit drehte er sich zu uns um und blickte uns erwartungsvoll an. »Egal, wie lange Ihr für die Behandlung braucht, bis zur vollständigen Genesung meiner lieben Frau seid Ihr selbstverständlich meine Gäste.«

Isaak nickte ergeben und machte sich mit mir daran, die Arzneien und Instrumente vorzubereiten, die er brauchen würde. Und bei dieser Gelegenheit sah ich es … seine Hand, die jetzt die kleine silberne Starstichnadel aus dem Lederetui zauberte, zitterte wie Espenlaub.

Erschrocken blickte ich ihm in die Augen. In diesem Moment wusste er, dass ich es bemerkt hatte, und kniff grimmig die Lippen zusammen.

»Kann ich etwas für Euch tun, Meister?«, fragte ich, um die plötzliche Stille im Raum zu durchdringen, während ich nervös die Instrumente in heißes Wasser tauchte. Mit solch zittrigen Händen würde er die Augen eines Elefanten verfehlen!

Isaak drehte sich zu Fatima und gab ihr eine seiner Perlen, die sie mit etwas Wasser herunterschluckte.

»Heute wirst du den Eingriff durchführen, Eran, so wie beim letzten Mal«, erklärte er, ohne mich anzuschauen. Mit gespielter Ruhe versuchte er, vor Fatima so zu tun, als hätte ich das schon einmal gemacht. Das stimmte natürlich nicht. »Du weißt doch noch, bei dem betrunkenen Priester in Bagdad?«

Irritiert kramte ich in meiner Erinnerung. Tatsächlich hatte es da einen betrunkenen Priester gegeben, aber den hatte er eigenhändig operiert. Er wollte also, dass ich mitspielte in seinem kleinen Theater.

»Ja«, entgegnete ich ein wenig hektisch, »ich erinnere mich.« Mein Magen zog sich zusammen vor Aufregung. Isaak nickte nur zustimmend.

Die Frau hörte uns, wie es schien, schon gar nicht mehr zu. Ihr Kopf fiel leicht auf die Seite, als wäre sie eingeschlafen. Isaak bettete den Kopf nun sanft an seine Brust und hielt ihn mit beiden Händen. Ich setzte mich vor sie und hielt ihr mit meiner freien Hand das Augenlid offen. Nach kurzem Zögern hob ich mit kontrolliertem Atem die Starstechnadel und setzte ihre scharfe Spitze an die richtige Stelle. Damit drückte ich ihr die getrübte Linse, die ihr das Augenlicht nahm, auf den Boden des Augapfels. Fatima würde damit wieder Umrisse und vielleicht auch ihren Enkel erkennen.

Als die Operation vorbei war, versorgten wir die Augen der Frau mit einem sauberen Verband, den wir in eine Heillösung getränkt hatten.

»Dieser Verband muss sieben Tage lang getragen werden, damit die Wunde heilen kann, danach ist alles vorbei. Fatima wird wieder sehen können«, erklärte der Medicus dem Ehemann nicht ohne Stolz. »Eran hat seine Sache gut gemacht, er hat ruhige Hände und ein gutes Auge.« Dabei legte er die Hand auf meine Schulter, schwer und zittrig.

Ich schluckte, mein Magen überschlug sich, diesmal vor Freude. Konnte es sein, dass ich nach so langer Zeit des ziellosen Umherirrens endlich meine Bestimmung gefunden hatte? Sollte ich eine Heilerin werden?

Wir blieben für vierzehn Tage Gäste in einem der reichsten Häuser Teherans. Es herrschte ein unglaublicher Reichtum an feinsten Speisen. Zum ersten Mal in meinem Leben kostete ich den gegorenen Dattelsaft, dessen geringer Alkoholgehalt mich bereits nach zwei Bechern ins Reich der Träume katapultierte. Ich musste feststellen, dass ich für diese Art Getränk einfach nicht geschaffen war, und bewunderte insgeheim Isaak, wie er es schaffte, so einiges davon in sich hineinzuschütten, ohne dass sein Verstand verloren ging.

Fatima al-Fihri erwachte irgendwann aus ihrem Schlaf und konnte es all die Tage kaum erwarten, den Verband abzunehmen. Als dann der Moment endlich gekommen war, weinte Fatima beim Anblick des kleinen Enkels Tränen der Freude.

Isaak und ich verabschiedeten uns schließlich von der überglücklichen Familie mit vielen Worten und Gesten und noch mehr Proviant für den weiteren Weg. Davon war das meiste in flüssiger Form, dem unser guter Meister entgegen seinen eigenen stets mahnenden Worten fröhlich zusprach. So ging er fast jeden Abend betrunken zu Bett.

Ich war mir nicht sicher, ob seine Hände vom Alkohol zittrig wurden oder ob er mir seine Arbeit überließ, weil er dann mehr Zeit hatte, um sich zu betrinken. Unser Erfolg sprach sich jedenfalls sehr schnell in Teheran herum, und wir – oder vielmehr ich – hatten jede Menge Arbeit. Mit jedem weiteren Eingriff, jeder weiteren von mir geheilten Krankheit wuchsen mein Selbstvertrauen und meine Erfahrung. Isaak beschränkte sich darauf, seinen guten Namen zu verbreiten, mir zu assistieren und mich zu korrigieren, falls es nötig wurde.

Wir wirkten für viele wie Vater und Sohn, so eingespielt war unsere Zusammenarbeit. Dass ich eigentlich ein Sklave und noch dazu ein Mädchen war, hatten wir beide schon lange vergessen. Mein schwarzes Kreuz auf der Stirn war gut verdeckt unter meinem Turban, und ich begann mir meiner Freiheit, wenn auch in einem abgesteckten Umfeld, mehr und mehr bewusst zu werden.

Der Tag, an dem sich mein Leben wieder einmal entscheidend änderte, war eigentlich ein herrlicher Tag. Ich hatte schon die meisten Dinge in den Wagen gepackt und Mokka gekocht wie immer, bevor ich Meister Isaak für das Frühstück weckte. Die Sonne stand bereits hoch am Firmament und erhellte den steinigen Weg, der uns nach Rey führen sollte, den Geburtsort von Isaak. Ein Vetter lebte dort, und er besuchte ihn von Zeit zu Zeit. Vielleicht würde ich etwas über die Familie des Meisters erfahren, ein Thema, bei dem er immer einsilbig wurde.

Wie alt mochte er wohl sein? Sicher über hundert, schätzte ich. Aber kein Mensch konnte so alt werden! Aus der silbernen Kanne schüttete ich das heiße Gebräu gerade in seine schmale Tasse, während Isaak sich, von dem intensiven Mokkageruch geweckt, genüsslich rekelte.

In diesem Augenblick stand plötzlich eine Gruppe von vier Männern vor mir. Ungläubig blinzelte ich, denn ich hatte ihr Näherkommen nicht bemerkt. Von ihren Pferden fehlte jede Spur. Die Tasse in meiner Hand fühlte sich auf einmal unendlich schwer an, und ich stellte sie zurück, als meine Hand zu zittern anfing.

Die Männer standen reglos wie Statuen vor mir und musterten ihrerseits meinen Meister und mich. Dabei hatten sie lässig ihre Hände im Gürtel, in dem neben einem spitzen, langen Dolch noch der übliche *Khanjar* steckte. Er gehörte zu jeder männlichen Tracht in dieser Gegend, ein Krummdolch in einem aufwendigen Schaft. Die Männer waren auffallend hell gekleidet. Selbst die Turbane waren weiß und ihre Bärte kurz geschnitten, was mir zu meiner Beruhigung zeigte, dass sie nicht zu den Schiiten gehörten.

Schnell überwand ich meine Überraschung, straffte meinen Rücken und hieß die Männer willkommen. Dabei zeigte ich auf den Platz am Feuer neben Isaak und bot ihnen Mokka und *datiln* an, wie es sich für gute Muslime gehörte. Dies löste die Spannung ein wenig auf. Sie nahmen dankbar an, verneigten sich vor dem Medicus und setzten sich im Schneidersitz zu uns. Der Gesichtsausdruck meines Meisters war angespannt, anscheinend wusste er, wen er hier vor sich hatte.

Es waren junge Männer, nicht älter als fünfundzwanzig Jahre. Einer sprach in einem gewählten Farsi mit einem Akzent, den ich den türkischen Seldschuken zuordnen konnte. Er erklärte uns den Grund ihres Kommens: Sein Name sei Nabil Al-Hakam. Er sei ein Prinz des Nizaritenkönigs Hassan I-Shabbah und von diesem geschickt worden, einen Medicus namens Isaak zu finden, der sich gerade in Teheran aufhalte.

»Als wir hörten, dass Ihr bereits aufgebrochen seid, haben wir beschlossen, Euch hinterherzueilen, denn die Sache ist dringend. Unser erlauchter Großmeister Hassan I-Shabbah, der Herrscher von Alamut, leidet an einer Krankheit, die ihm großen Schmerz bereitet, und sein Medicus konnte ihm nicht helfen. Daher bitten wir Euch, mit uns zu kommen, um ihn zu heilen.« Nabil bewegte während seiner Rede den Kopf in nordwestlicher Richtung, wahrscheinlich lag dort Alamut. Isaak blieb seltsam stumm, die Mokkatasse drehte und wendete sich in seinen Fingern.

»Was hatte der Medicus des weisen Scheichs denn festgestellt, woher der Schmerz kommt?«, fragte er vorsichtig den Prinzen.

»Er sagte, dass der Schmerz von der Leibesmitte komme und direkt in seine Eingeweide fahre, dort das Blut vergifte und mit seinem Wasser wieder hinausdränge«, antwortete sein Gegenüber höflich, aber mit unbewegtem Gesichtsausdruck.

»Was hat er dagegen getan?« Isaak beugte sich interessiert zu ihm hin.

»Er hat ihm einen Einlauf gegeben. Er sagte, es sei der Magen, und setzte ihn auf Wasser und Brot.« Nach einer Pause sagte Nabil zögerlich: »Aber die Schmerzen blieben.«

»Was passierte dann?«

»Hassans Medicus ließ ihn in heißen Wickeln schwitzen. Er meinte, es könne auch ein Fieber des Magens sein. Drei Tage ließ er unseren weisen Scheich schwitzen und leiden. Aber die Schmerzen gingen nicht weg.«

»Und dann?« Isaak stellte die Tasse ab und schaute ihn erwartungsvoll an. Ich biss mir auf die Lippen, der arme Großmeister hatte sicher furchtbar gelitten bei dieser Behandlung.

Prinz Nabil schüttelte leicht den Kopf und entgegnete kalt: »Dann haben wir dem Medicus den Kopf abgeschlagen!« Seelenruhig verschränkte er die Arme vor der Brust.

Isaak wurde weiß im Gesicht. Meine linke Hand ging unbewusst zum ausgefransten Kragen meiner Tunika, der auf einmal sehr eng am Hals wurde. Ich blickte von ihm zu Nabil und dann wieder zurück. Sollte Isaak jetzt etwa der Nächste sein?

Er holte kurz Luft und erwiderte höflich, aber bestimmt: »Ich kann Eurem Großmeister jetzt nicht helfen. Ich habe einen wichtigen Patienten in Rey, den ich nicht warten lassen kann. Vielleicht kann ich auf dem Rückweg …« Weiter kam er nicht.

Prinz Nabil war aufgesprungen und hatte die Haltung eines Raubtiers angenommen. Mit einer Hand am Griff seines Dolches warf er Isaak einen kalten Blick aus seinen dunklen Augen zu. Bedrohlich zischte er: »Wie könnt Ihr es wagen, unseren Großmeister, den weisen Scheich und Führer aller Nizariten, leiden zu lassen! Ich werde Euch mitnehmen, und ich rate Euch, packt Eure Sachen schnell. Denn je mehr Schmerzen unser Scheich erleidet, desto ungeduldiger erwartet er seine Heilung, und desto schlechter ist seine Laune …«

»Ich werde schon mal das Pferd anspannen, Meister«, rief ich etwas zu laut, drehte mich um und rannte wie von Furien getrieben zu unserem treuen Schimmel, um ihn einzuschirren.

Isaak stand langsam und wortlos auf, wusch das Geschirr in einem Kübel und schüttete anschließend das Wasser in das Feuer, um es zu löschen. Die Gedanken mahlten in den rostigen Kanälen seines alten Gehirns, ich konnte es förmlich quietschen und knarzen hören. Erst auf dem Weg zum Kutschbock verkündete er laut: »Nun gut, ich werde mir Euren Scheich ansehen, Prinz Nabil, und wenn es mir gelingt, ihn zu heilen, dann werdet Ihr mich gehen lassen. Mich und meinen treuen Begleiter Eran.«

Dabei deutete er mit seiner knochigen Hand auf mich. Etwas nervös stand ich neben dem Pferd und wartete, bis er sich auf den Kutschbock gehievt hatte. Dann kletterte ich flink zu ihm hoch und nahm zitternd die Zügel in die Hände.

Prinz Nabil nickte und entspannte seine Haltung wieder. »Ich bin sicher, mein erlauchter Großmeister wird sich erkenntlich zeigen, Meister Isaak. Stirbt er jedoch, werdet Ihr ihm folgen.«

Damit drehte er sich mit seinen Männern in nordwestliche Richtung und führte uns zu den Pferden, die sie an einer Weggabelung zurückgelassen hatten. Sie eskortierten uns den gesamten Weg bis nach Alamut.

»Warum musste ausgerechnet ich in der Nähe sein?«, knurrte Isaak leise. »Welcher Laune Allahs habe ich dieses Schicksal zu verdanken?«

»Ich bin sicher, Ihr könnt ihn heilen, Herr. Wer sonst außer Euch?«, entgegnete ich aufmunternd und war froh, dass uns der dunkle Prinz den Rücken zuwandte.

»Pah«, grunzte er unwillig, »und wenn Allah ihn uns nimmt, bevor ich etwas tun kann? Dann werden wir beide sterben. *Inshallah*!« Er schnalzte laut mit der Zunge, und der treue Schimmel zog den unter seiner Last ächzenden Wagen an.

»Wer ist dieser Hassan I-Shabbah? Mir scheint, als hättet Ihr von ihm gehört, Meister?«

Meine Neugier hatte meine Furcht besiegt. Der Lärm der eisernen Wagenräder, die auf dem steinigen Untergrund auf dem langen Weg nach Alamut knirschten, verschluckte unser geheimes Gespräch. Isaak kniff seine Wieselaugen zusammen und kaute an seiner Unterlippe. Irgendwann nickte er, als wäre nicht schon einige Zeit vergangen, sondern nur wenige Herzschläge, und setzte dann zur Erklärung an.

»Du weißt, dass es im Islam schon immer Streit um die legitime Nachfolge Mohammeds gibt.« Er sah stur geradeaus, als erwartete er keine Antwort.

»Es begann mit dem Tod Mohammeds im Jahre 632. Die Sunniten sahen den Schwiegervater des Propheten, Abu Bakr, als rechtmäßigen Erben auf den Thron des Imam an, die Schiiten dagegen waren für den Schwiegersohn Ali. Aus diesem Geschlecht sollten jeweils die Oberhäupter der Muslime erwachsen.« Als würde er nachdenken, leckte er sich mit der Zunge die trockenen Lippen. »Beim sechsten Imam, Schaafar, kam es aber zu einem Streit um die Erbfolge. Schaafar starb

173 Jahre nach Mohammed und hinterließ einen Familienzwist, der bis heute andauert. Einige Gläubige hielten den Sohn von Ismail für den rechtmäßigen Erben, und daraus entstanden die Ismailiten, die der schiitischen Glaubensauffassung folgten. Mit dem Tod des achtzehnten Imam-Kalifen spalteten sich davon die Nizariten oder auch Sunniten ab, die sich in Persien unter dem Großmeister und Führer Hassan I-Shabbah militärisch stark etablierten. Dieser liegt nun in seinem Bett und windet sich vor Schmerzen. Der weise Scheich Hassan, wie er sich selbst nennt, gruppierte seine Anhänger um sich und bildete sie zu perfekten Mördern aus, die in seinem Namen Angst und Schrecken unter seinen Feinden verbreiteten. Hassan hatte es in diesem unruhigen Land als Einziger geschafft, dass ihn Freund und Feind gleichermaßen fürchteten. Selbst die Templer ließen ihn in Ruhe, denn zu groß war die Angst, den nächsten Tag nicht mehr zu erleben, weil einer seiner Assassinen in der Nacht seine Schlafkammer fand. Ein Schnitt und …« Ohne es auszusprechen, führte er die Hand mit einer eindeutigen Bewegung an den Hals. Ich schluckte.

Wie immer, wenn er mit seinen Ausführungen zu Ende war, faltete er die Hände vor der Brust, schloss die Augen und döste. Ich ließ meinen Blick schweifen und bewunderte die raue, aber beeindruckende Felsformation des Elburs-Gebirges. Die Bewachsung hatte schon lange aufgehört, und bis auf ein paar zähe Gräser und Kräuter war die Umgebung trostlos, fast schon lebensfeindlich. Trotz allem führte uns ein gut ausgebauter Weg zur Festung.

Nach vier endlosen Stunden durch die karge Berglandschaft erhoben sich die hellen Sandsteinmauern Alamuts, des »Adlernests«, wie die Festung genannt wurde, gut vierhundertsechzig Fuß lang entlang einem Berggrat, umgeben von mehreren dreizehntausend Fuß hohen Bergen. Wie mir Isaak erzählte, hatte sich Hassan, nachdem er seinen Häschern entkommen war, diese Zitadelle mit politischen Tricks ergaunert. Geschickt scharte er Gleichgesinnte um sich und baute Alamut zu einer wehrhaften Burg aus. Sein furchteinflößender Ruf gründete sich auf seine Spezialität, Widersacher und Feinde trickreich und hinterlistig zu töten. Er bildete seine Assassinen selbst aus, um effektiv und gezielt zuzuschlagen – manchmal für seine Zwecke, oft auch für die anderer, die mit hohem Blutzoll bezahlten. Sein Reichtum, seine Macht und sein Ruf bescherten ihm einen zweifelhaften Ruhm.

Isaak wäre froh gewesen, nicht in die unglücklichen Fußstapfen des vorherigen Medicus treten zu müssen. Wer wusste, woran der Großmeister litt und ob wir überhaupt erfolgreich sein konnten? Oft gingen Krankheiten ja seltsame Wege. Seine Anhänger wie Prinz Nabil schienen ihm sehr ergeben, und das machte sie so gefährlich. Isaaks Anspannung war förmlich mit Händen zu greifen, und spätestens jetzt, als sich schließlich das riesige Haupttor öffnete, ergriff diese Anspannung auch mich mit eisiger Faust.

Im Inneren von Alamut herrschte überraschend reges Treiben – fast wie in Bagdad auf dem Markt, schoss es mir durch den Kopf. Die Narbe über meinem rechten Handgelenk juckte. Der Wagen blieb knirschend vor einem der Steinhäuser stehen, die wie müde Bauern an der Burgmauer lehnten. Heraus eilten jetzt einige Jungen in einfachen Kutten und Leinenhosen, um unseren Schimmel abzuschirren und zu füttern.

Wir wurden ohne große Umschweife in die Gemächer des Großmeisters geführt. Vermutlich ließen ihn die Schmerzen auf jedwede Gastlichkeit verzichten. Der Teil der Burg, der dem König vorbehalten war, bestand eigentlich nur aus zwei Kammern. Den Rest des Gebäudes bildeten die große Halle und weitere Kammern für das Gesinde und den Vorrat. Obwohl die Festung erstaunlich groß war, musste sie für viele Krieger, Sklaven und Helfer Platz bieten.

Die kleine Gruppe Assassinen, mit der wir hierhergekommen waren, wurde von Gleichgesinnten begrüßt, die mich wie schon Nabil zuvor mit ihrer eleganten Kleidung mehr an Edelleute erinnerten als an hinterlistige Mörder. Die Farben Weiß und Gold dominierten an ihren prächtigen Mänteln und Turbanen, und ich fühlte mich zurückversetzt in die Zeit in Fahrudins Palast. Allerdings umgab diese Männer eine gefährliche Aura, die die schwelende Angst, die in meinen Eingeweiden rumorte, nur noch verstärkte.

In der Mitte des Schlafgemachs, in das wir nun geführt wurden, stand ein großes Bett mit einem Baldachin aus schwerer Seide, goldglänzenden Brokatschleppen und Goldkordeln. Die Wände und Böden waren mit kunstvollen Teppichen ausgelegt, die orientalische Muster und Szenen aus gewaltigen Schlachten zeigten. Das Stöhnen der zusammengekrümmten Person auf dem Bett jagte mir eine Gänsehaut über den Rücken.

Das war er also, der gefürchtete Großmeister, Herr der Assassinen, die Geißel der Ismaiiliten und der Kreuzritter, der so gefürchtet wie verhasst war. Ein gepeinigtes Gesicht blickte uns an, grau vom Schmerz. Vom Schweiß verklebte schwarze Haare standen ihm wirr vom Kopf, die Lippen waren trocken und aufgeplatzt. Umschattete Augen lagen in dunklen Höhlen. Ein alarmierender Anblick. Isaak neben mir entfuhr ein leises Zischen. Sein Husten war hier oben in der dünnen Luft seltsamerweise besser geworden. Ich wusste genau, was er dachte. Hoffentlich war es nicht schon zu spät …

Wir verneigten uns tief und stellten uns vor. Dunkle Augen musterten uns voller Abscheu.

»Wieder ein neuer Quacksalber, Nabil?«, brummte der Kranke. Ein Bartschatten legte sich wie eine dunkle Vorahnung auf seine Haut. Nabil beeilte sich, seine Bedenken zu zerstreuen.

»Der beste Medicus Teherans, mein König! Er ist nun unsere einzige Hoffnung«, verkündete er mit einer Verbeugung, sein Blick streifte dabei unsere Gesichter. Wir bemerkten die unausgesprochene Warnung darin.

Isaak stand der Schweiß auf der Stirn, und meine Hände waren feucht. Nervös ließ ich seine Tasche, die ich schützend vor mir getragen hatte, auf einen nahestehenden Stuhl gleiten und suchte darin die Untersuchungsinstrumente. Hörrohr, Linse, Urinbecher.

Vorsichtig setzten die Diener den gepeinigten Mann aufrecht hin und stützten seinen Rücken mit Kissen. Sein Oberkörper war nackt und glänzte verschwitzt, die schwarzen Brusthaare klebten nass an seiner Haut.

Isaak räusperte sich, setzte sich neben dem argwöhnisch dreinblickenden Scheich auf das Bett und fühlte den Herzschlag an dessen Hand. Mein Mentor blickte mit der ihm so eigenen Sorgfalt und Gründlichkeit in Hassans Augen, tastete seinen Bauch und seinen Rücken ab, sprach mit ihm über seine Schmerzen, die Art, die Häufigkeit und den Ort. Wie, wann, wo – laut Isaak die drei wichtigsten Fragen eines Heilers.

Schließlich bat er ihn um den Urin, den Isaak konzentriert untersuchte. Wie es seine Art war, sprach er kaum ein Wort über das, was er dachte, ließ mich aber an allem teilhaben. Die Begleiter des Großmeisters wurden unruhig. Wieder erfasste mich die Anspannung, die in der Luft lag, als Isaak mich plötzlich fragte: »Was meinst du, Eran, was kann es sein?«

Ich spürte, dass er mich nur prüfen wollte, denn er wusste wohl, was dem weisen Scheich fehlte.

»Die Gallenblase, Meister. Sie hat Steine, die in die Röhren eindringen und die Schmerzen verursachen. Sie vergiften den Bauch von innen heraus, weil der Verdauungstrakt von den Steinen verstopft ist.«

Sein Blick war voller Stolz, als er nickte und mit seiner krächzenden Stimme fragte, was jetzt zu tun sei.

»Wir müssen die Vergiftung stoppen, am besten mit einem Tee aus Brennnessel, Salbei und Ingwer.«

»Was noch?«, fragte er heiser.

»Vielleicht eine Eurer Wunderperlen gegen die Schmerzen?«

Schelmisch schmunzelte er und nickte.

»Gut! Aber wie bekommen wir die Steine aus seinem Bauch?«

Ich dachte nervös nach, während ich in seinem faltigen Gesicht nach einer Eingebung suchte. Wir waren vor Kurzem einem ähnlichen Fall in einem der Vororte Teherans begegnet. Wir hatten dem Kranken einen Sud verabreicht, der sämtliche Steine aus der Blase löste. Leider war er ein paar Tage später verstorben, sein Körper war von den Gasen in seinem Bauch bereits zu sehr vergiftet gewesen.

Dieser Gedanke ließ mich unwillkürlich schlucken, eine eiskalte Hand legte sich auf meinen Brustkorb und drückte zu. In Isaaks aufmerksamen Augen sah ich seine Zustimmung, und er nickte mir kaum merklich zu. Mein Atem ging auf einmal hektisch.

»Herr, wir sollten ihm einen Sud zubereiten. Ich werde ihm das Gebräu die Nacht über einflößen, morgen früh sollte er dann alle Steine ausscheiden.«

Isaak sah mich an, seine dunklen Wieselaugen waren umschattet von Müdigkeit und Sorge, dann legte er beruhigend seine knotige Hand auf meine Schulter.

»Eine gute Entscheidung, Eran, so sei es«, seufzte er ergeben und gab mir zu verstehen, dass wir jetzt allein auf Gottes Hilfe angewiesen waren.

Die Schmerzen legten sich mit Isaaks Wunderperlen und erlösten ihn erst einmal von seiner Qual. Während Isaak im Wagen den Sud aufkochte, versuchte ich, dem Nizaritenführer den Tee einzuflößen. Ich konnte sehen, dass sein Bauch unnatürlich aufgequollen war – eine Folge der giftigen Dämpfe, die sich in seinem Gedärm entwickelten. Ich versuchte krampfhaft, meine Hände unter Kontrolle zu halten, die nicht aufhören wollten zu zittern. Hassans Atem beruhigte sich langsam. Den Schweiß auf seiner Haut wischte ich mit den Tüchern ab, die mir seine Diener unaufhörlich brachten.

Man ließ uns keine Sekunde mit dem Kranken allein, und unsere Handlungen wurden misstrauisch beäugt. Meine Kehle schnürte sich zu bei dem Gedanken, was passieren würde, wenn er uns unter den Fingern wegstürbe. Isaak schien das alles nichts auszumachen. Entweder hatte er die besseren Nerven, oder er vertraute voll und ganz seiner Medizin – oder vielleicht noch mehr seinem Gott? Ich wollte, ich hätte in diesem Moment auch einen Gott. Mir blieb nur das Vertrauen in unser Wissen und in Isaak.

Wenig später kam er dann auch mit einem wissenden Lächeln und dem Sud zurück in die Schlafkammer. Während wir dem Kranken den Sud verabreichten, schlief er dank der Schmerzmittel immer wieder erschöpft ein. Nachts weckte ich ihn jeweils für die nächste Portion des Suds.

Während der Medicus in einem bereitgestellten Sessel schnarchte, tat ich die ganze Nacht kein Auge zu. Dies lag zum einen an dem Sud, den ich dem Kranken immer wieder einflößen musste, zum anderen an meiner Angst, dass unsere Behandlung nicht zum gewünschten Erfolg führen würde. Gerade als ich frühmorgens den letzten Sud geben wollte, hatte es der Scheich auf einmal sehr eilig, aus dem Bett zu kommen. Er hastete zum Nachttopf. Angespannt warfen Isaak und ich uns einen Blick zu. Nun würde sich entscheiden, ob unser Medikament gewirkt hatte. Nach kurzer Zeit ging Isaak nachsehen, ob der Patient die Steine ausgeschieden hatte, und bestätigte wenig später den Erfolg unserer Behandlung. Das waren natürlich die unangenehmen Seiten als Medicus, und ich kann jedem versichern, dass ein Scheich genauso stinkt wie ein Bauer, wenn es denn zum Abfluss kommt. Aber nie war ich so froh, unter all dem Verdauten auch die gelblich-schwammigen Steine zu sehen, die aus seiner Galle ausgeworfen wurden. Sie waren Zeugen unserer Bemühungen und letztlich der erste Weg zur Genesung.

Die Spannung im Raum löste sich etwas, und ich schaffte es sogar, dem abgekämpften Hassan, der sich wieder auf sein Bett zurückgezogen hatte, aufmunternd zuzulächeln. Er schlief sofort ein. Es dauerte noch weitere drei Tage, bis der Körper das Gift abgebaut hatte. Unzählige Tees und Kräutersude später war die Entzündung bekämpft, und der Scheich kam wieder zu Kräften.

Völlig erschöpft konnte ich kaum die Schüssel mit der Brühe halten, die der Assassinenkönig als erste Nahrung zu sich nehmen durfte. Aus Angst zu versagen hatte ich in den letzten drei Tagen und Nächten kaum geschlafen. Schließlich nahm Isaak mir die Schüssel ab und schickte mich mit strengem Gesicht ins Bett.

»Geh schlafen, Junge, du siehst aus wie der Tod. Der weise Scheich wird überleben, das ist sicher, und wir somit auch. Geh jetzt ins Bett, und wenn du ausgeschlafen hast, brechen wir auf.«

Seine Stimme war sanft und verständnisvoll, er wusste, dass ich hart für uns beide gearbeitet hatte. Allein auf Allah zu vertrauen, hätte mir nicht gereicht. Er lächelte mir aufmunternd zu, dann setzte er sich neben das Bett und fütterte Hassan, der wieder ein wenig Farbe im Gesicht hatte, mit dem Rest der Brühe.

Mit wachsweichen Knien stand ich auf. Etwas wackelig verneigte ich mich vor meinem Medicus und dem Scheich und trottete mit hängenden Schultern in meine kleine Kammer, die gegenüberlag. Angezogen fiel ich auf das Bett und schlief im nächsten Herzschlag ein.

Als ich erwachte, stand die Sonne hoch am Himmel und hatte meine kleine Kammer so aufgewärmt, dass ich schweißnass aus dem Bett hüpfte, mich auszog und den bereitgestellten

Kübel nutzte, um mich zu waschen. Inzwischen hatte ich dank Isaak saubere Kleidung. Sie bestand aus der üblichen Pumphose aus feinem Leinen und einem Hemd, das statt Schnüren sogar silberne Haken zum Öffnen und Schließen besaß. Die bestickte Weste wies blaue und rote traditionelle Muster auf. Die Farben wiederholten sich in der Schließe meines Turbans, den ich nach wie vor über meiner Stirn und dem Nacken trug. Sorgfältig steckte ich nun das Ende des langen Tuchs hinter meinem Ohr fest und schob die blaurote Schließe darüber.

So fühlte ich mich stark genug, dem Großmeister Lebewohl zu sagen. Erwartungsvoll öffnete ich die kleine Holztür meiner Kammer und wunderte mich, dass ich einen bewaffneten jungen Krieger mit dem hellen Turban der Assassine und einem goldverzierten Krummdolch davor fand. Wir befanden uns in der Festung der Assassinen. Vielleicht war der junge Mann zu meinem Schutz befohlen?

Auf dem Weg in die Halle, in die er mich begleitete, weil er mich zu Isaak führen sollte, hörte ich bereits die störrische Stimme des Medicus durch die Hallen tönen.

»Ich werde gehen, wohin ich will, kein Mensch, ob Großmeister oder nicht, hat es jemals gewagt, mir zu sagen, was ich tun soll!«, hörte ich ihn laut seine Meinung kundtun. Nur allzu lebhaft stellte ich mir dabei sein missmutiges Gesicht vor, die kleinen Augen konnten so wütend blitzen, und die Hände fuchtelten wild vor seinem drahtigen Körper, als würde er Fliegen in der Luft fangen. Unwillkürlich musste ich lächeln bei dieser Vorstellung.

Die enge Wendeltreppe führte direkt zur Halle, aus der die Stimmen kamen, und ich nahm zwei der steinernen Stufen auf einmal, um nichts zu verpassen. Mein junger Bewacher stolperte hastig hinterher.

Was ich dann sah, verschlug mir die Sprache und fegte mein Lächeln blitzartig vom Gesicht. Der genesene Scheich saß auf einem reich verzierten Holzstuhl an der Tafel der großen Halle. Er schien in einen Streit mit Isaak geraten zu sein. Sein hageres Gesicht, noch von der schweren Krankheit gezeichnet, strahlte eine solche Härte aus, die mich in meiner Bewegung erstarren ließ. Seine wütenden schwarzen Augen waren wie zwei Dolche auf Isaak fixiert. Seinen Mund zu einer dünnen Linie verzerrt, arbeiteten die Kiefermuskeln unentwegt unter der blassen Haut. Zwischen seinen Augen hatte sich eine tiefe Falte gelegt. Der drahtige Isaak hatte sich vor ihm aufgebaut.

»Ihr werdet seinen Platz einnehmen, Medicus, ob es Euch gefällt oder nicht! Auf dieser Burg bestimme ich«, grollte der Assassinenführer und ließ seine Faust auf den Tisch fahren. Erschrocken zuckte ich zusammen und blickte die anderen am Tisch an, die keinerlei Regung zeigten. Seine Vertrauten saßen oder standen rings um ihn herum, darunter auch Nabil Al-Hakam, der sich lässig an eine der groben Steinsäulen lehnte und sich gelangweilt mit seinem Krummdolch die Fingernägel säuberte.

Isaak schritt mit wehendem Gewand vor dem Tisch auf und ab und rang nach Argumenten. Die Quasten an seinem Strickgürtel baumelten von links nach rechts, und seine grauen Haare standen wild gerauft in alle Richtungen. Er brauchte dringend wieder eine Rasur, bemerkte ich abwesend. Sein Kopf war rot angelaufen, die Augen blitzten wütend.

»Ich werde nicht Euer Medicus! Nicht jetzt und nicht später, niemals! Kein schiitischer Hund wagt es, meine Absichten zu durchkreuzen! Allah wird Euch zermalmen, wenn Ihr mich zwingt«, zischte er und überkreuzte seine Arme vor der Brust, als würde er seine Aussage damit unterstreichen. Seine Stimme überschlug sich fast, ich hatte ihn selten so gesehen. Er musste einen Grund für seine Wut haben, den er mir sicher später erklären würde.

»Ein letztes Mal, ich verhandle nicht. Ich werde Euch fürstlich bezahlen, Euch und Euren Gehilfen. Ich brauche Euch hier und jetzt, bis ich Eurer überdrüssig bin. Mein Wort ist Gesetz. Es gibt kein Nein, denn das bedeutet Euren Tod. Habt Ihr mich verstanden?«

Die Stimme Hassans hatte einen Klang angenommen, der mir nicht gefiel. Er wirkte wie eine Schlange vor dem giftigen Biss. Kalt, berechnend, und in jedem Wort lag ein tödliches Gewicht. Seine Stimme wurde immer leiser. Inzwischen war es auch um uns herum mucksmäuschenstill, ich hörte nur Isaaks lautes Schnaufen.

Wie verloren stand ich in der Mitte der großen Halle, die auf rauem Felsboden gebaut worden war. Er war erstaunlich kühl. Sämtliches Blut wich aus meinem Gesicht, als ich begriff, was hier vor sich ging, und ich starrte entsetzt und mit pochendem Herzen die beiden Kontrahenten an. In diesem Moment betete ich innerlich dafür, dass mein Meister die richtige Entscheidung treffen würde, und hielt die Luft an.

Isaak ballte die Hände zu Fäusten, sog schwer die Luft ein und biss die Zähne wütend aufeinander. Sein Blick fiel auf mich, und ich erkannte darin seine Zerrissenheit, fast schon ein schlechtes Gewissens. Plötzlich drehte er sich ruckartig um, stapfte zur Eingangstür und zischte nur einen abschätzigen Fluch, der mir die Hitze ins Gesicht schießen ließ.

Er kam nicht mehr bis zur Tür. Zwei Assassinen, die links und rechts der Tür positioniert waren, schossen vor, zogen in einem fließenden Akt ihre langen Dolche aus dem Gürtel und durchstießen den Brustkorb des alten Mannes. Er spürte vermutlich nicht einmal mehr den dumpfen Aufprall seines Körpers auf dem Felsboden. Isaak hatte nicht einmal die Arme gehoben, um sich zu wehren. Sein Entschluss hatte also festgestanden: Er wollte lieber sterben, als seine Freiheit zu verlieren. War das Allahs Wille?

Eine schreckliche Angst und Verzweiflung ergriffen mich. Noch bevor ich schreien konnte, spürte ich einen Schatten hinter mir vorbeihuschen. Das Gesicht von Nabil Al-Hakam tauchte für den Bruchteil einer Sekunde vor mir auf, bevor mich ein harter Schlag gegen den Kopf in ein schwarzes Nichts beförderte.

Kapitel 11

Schottland im Sommer 1305

Der Drachenkopf schien sich wie von Geisterhand auf das offene Meer hinaus zu bewegen. Mein Blick erhaschte zum letzten Mal die vom frühen Morgenlicht erhellten Gesichter der geliebten Menschen in der vordersten Reihe. Ich versuchte, den Anblick meines Vaters für immer in mich aufzunehmen. Sein helles Haar tanzte im Wind, sein Gesicht mit den freundlichen Augen glänzte. Nie werde ich dich vergessen, Papa!

»Papa!«, schrie ich verzweifelt. Die Decke, die mich in meinen Träumen geradezu erdrückte, strampelte ich in verzweifelten Bewegungen von mir. In hohem Bogen landete sie auf dem steinernen Fußboden vor meinem Bett. Ich war hellwach, mein Körper zitterte nassgeschwitzt nach der nächtlichen Traumattacke. Benommen richtete ich mich auf, schwang die Füße über den Bettrand und versuchte, meine Atmung wieder in den Griff zu bekommen.

Es war nicht der erste Traum dieser Art. Immer und immer wieder holten mich die Bilder von damals ein und rissen mich aus dem Schlaf. Nur diesmal hatte ich zum ersten Mal das Gefühl, dass etwas an meinem Traum falsch war. Die Traurigkeit meiner Mutter auf dem Schiff, die Endlichkeit des Abschieds. War es schon immer ein Weg ohne Wiederkehr gewesen? Hatte meine Familie gewusst, welches Ziel das Schiff hatte?

Viele der Bilder in meinem Kopf waren nur noch verschwommen durch den Filter der Zeit. Mit den kommenden Jahren durchdrang die Gewissheit mein Bewusstsein, dass all die Mädchen vor mir damals geopfert worden waren. Die Worte meiner Mutter waren noch ganz deutlich in meiner Erinnerung: »… wenn du uns eines Tages im Jenseits wiedersiehst, wirst du den Göttern gleich sein. Du allein hast mit deiner Bestimmung die Macht dazu.«

Sie hatte sich damit abgefunden, mich als Auserwählte in den Tod zu schicken. Der Vulkan Hekla, so hatten es unsere Großväter oft erzählt, hatte schon vielen Menschen das Leben gekostet, und so sollte jedes Dorf einmal im Jahr ein Mädchen bestimmen, das den Göttern zur Ehre gereicht werden sollte. Erst jetzt begann ich zu verstehen, welcher Bestimmung ich hatte übergeben werden sollen. Wäre das Schiff nicht gesunken, dann würde ich vermutlich nicht mehr leben.

Hellwach und aufgewühlt strich ich mir die Haare aus dem Gesicht. Sie waren denen meiner Mutter so ähnlich: weißblond, seidig und glatt. Allerdings hatte sie ihre Haare offen, manchmal auch geflochten getragen, aber nie so streng nach hinten gekämmt, wie ich es tat; es war der schönste Schmuck, den sie besaß, neben einer Silberbrosche mit dem Clanzeichen.

Mit neuer Energie richtete ich mich auf und rief nach meiner Zimmermagd, die vor meiner Tür auf einer Holzmatte schlief. Es dauerte keine drei Sekunden, und sie klopfte höflich an die Tür.

Vika war eine Waise, die als Kind eine Feuersbrunst in ihrem Dorf überlebt hatte. Ihre Augen und die langen, welligen Haare waren dunkel, aber die Haut hatte einen milchigen Teint, der ihre rosigen Wangen beinahe leuchten ließ.

Sie hätte als Schönheit gegolten, wäre nicht die verwachsene Narbe auf der rechten Seite ihres Gesichts gewesen, die von der Nase bis zum Ohr verlief und die Haut mit dicken Verwachsungen übersäte. Dies führte zu einer etwas verzerrten Gesichtsmuskulatur und beeinträchtigte ihr schönes Lächeln. Jetzt stand sie in der Tür, machte einen Knicks und hielt mir einen Eimer mit dampfendem Wasser entgegen.

Anscheinend ohne große Anstrengung lief sie barfuß mit ihrer schweren Last zu dem einfachen Wasserbassin aus Holz neben meinem Bett und schüttete das heiße Wasser hinein. Währenddessen zog ich mir mein Hemd aus, das noch feucht war vom Schweiß des Alptraums. Mit geübten Handgriffen half sie mir, mich zu waschen und meine Haare zu kämmen, während ich mir die Zähne mit Salbeisud spülte und mit einem Seidenfaden die Zwischenräume säuberte.

Mit einem Blick aus dem Fenster, das die ganze Nacht offen gestanden hatte, konnte ich sehen, dass die Sonne noch nicht aufgegangen war. Die Burg befand sich in einem tiefen Schlaf bis auf die Wache, die in regelmäßigen Abständen die Gänge aller Burgmauern kontrollierte. Noch lagen die Hügel und Täler, die sich rund um die Burg sanft wie Wellen im Wasser erhoben, in einem nebligen Grau. Vögel und Insekten stimmten zögerlich ihr tägliches Konzert aus Singen und Zirpen an.

Vika holte meine schwarze Wickelhose, die sich in der Taille schnüren ließ, und mein langärmeliges schwarzes Hemd, das vorn geschnürt wurde. Schließlich schob ich meine Arme durch die Lederweste, die mir Vika bereithielt. Es wurde mit silbernen Haken vorn geschlossen. Sämtliche Waffen, vom Schwert bis zu den Wurfmessern, fanden griffbereit an den Schlaufen und in den Taschen Platz.

Die Schwertscheide auf dem Rücken hatte genau den Winkel, der notwendig war, um die Waffe mit der rechten Hand blind über dem Kopf herauszuziehen. Links und rechts des Brustkorbes befanden sich schräg untereinander angeordnet die Wurf- und Filetiermesser sowie die Kastrationssichel, eine sehr nützliche Waffe. Die auf mich zugeschneiderte Weste war unverzichtbar, sobald man einem Feind gegenüberstand, und saß wie eine zweite Haut.

Am Gürtel, den ich über der Lederweste trug, hing noch die Scheide mit einem Highlander-Dolch. Dies war ein handliches Kurzschwert mit einem stabilen, spitz zulaufenden Messerblatt. Weiterhin befanden sich an diesem Gürtel noch diverse Schlaufen für Äxte und Pfeilköcher, aber diese hing ich nur bei Bedarf ein, da sie mich ansonsten in meiner Bewegungsfreiheit behindert hätten.

Am Schluss schlüpfte ich in die festen Lederstiefel und zog die oberste Schnalle zu. Mit einem Nicken entließ ich Vika, die wie der Wirbelwind aus dem Zimmer schoss, um in der Küche meinen Mokka zuzubereiten und dem Stallburschen mein baldiges Erscheinen anzukündigen.

In aller Ruhe fasste ich mein glattes Haar mit einem Lederband am Hinterkopf zusammen. Dann zwirbelte ich den Haarschopf und band ein weiteres Lederband um den Knoten. Ich nahm die silberne Scheide mit dem kleinen Dolch, den mir Jasemin einst geschenkt hatte, und steckte ihn zwischen Haaransatz und Knoten. Ich überlegte oft, ob ich mir die Haare nicht einfach abschneiden sollte, so wie früher, als ich mich noch als Junge getarnt hatte. Aber es war eines meiner wenigen femininen Merkmale.

Über meinen Anflug von Eitelkeit lächelnd, begab ich

mich in die große Halle, um meinen Mokka mit zwei *datiln* zu genießen. Der Duft schlug mir bereits auf der Treppe süßlich warm entgegen, und Vika hatte die kleine Tasse schon an meinen Platz in der großen Halle gestellt. Schnell hatte ich mich an den festen Tagesablauf gewöhnt.

Am Tisch begrüßte ich meine beiden Kriegerinnen Kalay und Winnie bei einer Schüssel Haferbrei, da sie wie ich schon früh mit ihren Kampfübungen begannen. Die beiden waren so unterschiedlich in ihrem Aussehen wie auch in ihrem Wesen und sorgten mit ihren gegenseitigen Neckereien für stete Heiterkeit – die eine blond, groß und schlank, die andere schwarzhaarig, klein und kräftig. Sie hätten es nie zugegeben, aber eigentlich waren sie unzertrennlich.

Kurze Zeit und eine Schüssel Haferbrei später erhob ich mich, um mein Pferd in Empfang zu nehmen. Der kleine Stallbursche stand bereits mit meinem gestriegelten und gesattelten Hengst vor dem Tor, um mir den Weg in die Ställe zu ersparen. Taycan schnaubte. Gewohnheitsmäßig sah ich mich kurz um. Neben den Knechten und Mägden war ich nicht als Einzige schon so früh auf den Beinen.

Hal saß bereits auf seinem mächtigen Schimmel, ein Bein quer vor sich, als hätte er es sich auf einem von Saladins Sitzkissen bequem gemacht. Gelangweilt kaute er auf einem Stück Dörrfleisch herum, das er sich wohl aus der Küche geholt hatte. Für jeden anderen mochte er furchterregend aussehen mit den beiden Äxten im Gürtel, aber mir war sein Anblick schon lange vertraut. Vermutlich wagte es keines der Küchenmädchen, seine Wünsche abzuschlagen, und mindestens drei von ihnen hatten dabei unlautere Gedanken. Mir war es schleierhaft, was die Mägde dazu bewegte, seine Männlichkeit zu bewundern, ich sah immer noch den Jungen in ihm, der er einst gewesen war, wenn auch mit ein paar Muskeln mehr. Unauffällig blinzelte ich zu Hal hinüber, der mich erst jetzt bemerkte und seinen Fuß wieder in den Steigbügel schob.

»Ziemlich spät dran heute, *leannan*!«, brummte er heiser. Sein Gesicht zeigte keine Regung. Er nannte mich häufig »Schätzchen« auf Gälisch, weil er wusste, dass er mich damit ärgern konnte.

Mit einer fließenden Bewegung schwang ich mich in den Sattel und gab Taycan mit dem Schnalzen meiner Zunge das Zeichen zum Aufbruch. Auf dem Weg zum großen Burgtor passierte ich den kräftigen Schimmel meines Kampfgefährten, der sich mir anschloss. Ich maß ihn von oben bis zum Steigbügel, lehnte mich ein wenig zu ihm hinüber und raunte vieldeutig: »Das Schätzchen hat heute von dir geträumt, Hal! Glaub mir, ich wäre auch lieber früher aufgewacht.« Dabei warf ich ihm einen spöttischen Blick zu und verdrehte theatralisch die Augen. »Jede Minute war eine Qual …«

Hals Gesicht verzog sich zu einer Grimasse. Er schüttelte den Kopf und tat so, als würde er tatsächlich lachen. »Wenn ich es schon in deine Träume schaffe, dann bin ich ein beschenkter Mann. Aber ich bezweifle, dass es mir gelungen ist, dort besonderen Eindruck zu hinterlassen. In meinen Träumen jedenfalls bist du immer unerreichbar.«

Ich grinste. »Nicht nur in deinen Träumen, Hal, das kannst du mir glauben!« Ich gab ihm einen liebevollen Knuff mit meiner Faust.

Lachend und feixend ritten wir schließlich aus dem geöffneten Tor hinaus auf das aus Holz gezimmerte Plateau, das sich weit in den See hineinlehnte und die Rampe zum Fährboot bildete, das dort angeleint war. Die beiden Pferde nahmen, ohne zu zögern, den Weg ins Boot, das wie eine kleines Brückenteil mit einem flachen Rumpf gebaut war.

An einem Seil, das gegenläufig über eine Rolle lief, zog ein Esel in einem Holzrad die Fähre zum anderen Ufer, an dem ein ähnliches Plateau aus gemauerten Steinen errichtet war.

Burg Caerlaverock war mitten in einem See errichtet worden. Vermutlich hatte dort zuvor einmal ein Kloster gestanden. Heute erhoben sich die drei Burgtürme, die von mächtigen Mauern umgeben waren, wie drohende Finger aus dem Wasser. Die dreieckige Anlage der Burg war für mich etwas völlig Neues gewesen. Sie galt als uneinnehmbar, wie mir der Clan der Maxwells glaubhaft versicherte.

Beim letzten Angriff des englischen Königs war sie jedoch so stark beschädigt worden, dass die Maxwells kurzerhand ein paar Meilen weiter einen neuen Clansitz errichtet hatten. Kurz vor dem Winter und ohne ein Heer von Arbeitern war dem Chief keine andere Wahl geblieben. Die neue Festung des Clans lag nur wenige Meilen entfernt und sollte der Hauptsitz für die nächsten Jahre sein.

Jetzt war ich Burgherrin von Caerlaverock, und ich hatte sie mithilfe des Maxwell-Clans wiederaufgebaut. Wir arbeiteten noch immer daran, sie um einen weiteren Burgfried für die wertvollen Pferde zu erweitern. Die Idee, die Brücke zum großen Tor durch eine Fähre zu ersetzen, hatte uns nicht nur den Aufwand des Wiederaufbaus erspart. Ein entscheidender Vorteil war zudem, dass wir im Falle eines Angriffs nicht erreichbar wären, wenn wir den Rumpf zuvor zerstörten.

In wenigen Minuten hatten wir das Ufer des Sees erreicht. Mühelos trotteten die Pferde aus dem Boot auf das Festland, und wir machten uns auf den Weg zum Corbellay, dem höchsten Hügel der Umgebung.

Der Nebel lag noch tief über den nassen Wiesen, die Hufe der Pferde machten bei jedem Schritt ein saugendes Geräusch. Ein paar Kröten versprachen sich lautstark das Blaue vom Himmel, der um diese Zeit noch eher ein aschiges Grau mit ein paar hellen Streifen war. Sie gaben schon einen Vorgeschmack auf das Licht der aufgehenden Sonne, die in der Sommerzeit schnell ihre Wärme über das Land ausbreitete.

Meist legten wir das Stück bis zum Gipfel schweigend zurück, aber heute schien Cathal, wie Hals irischer Name war, etwas auf dem Herzen zu liegen. Er ritt auf seinem gutmütigen Schimmel neben mir, rutschte ein paarmal im Sattel hin und her, als würde er nicht den richtigen Platz finden, und hielt den Blick stur geradeaus gerichtet.

»Erinnerst du dich noch an den Clan Douglas, von dem ich dich nach deinem … mmh … Unfall abgeholt habe?«, fragte er schließlich.

»Natürlich«, entgegnete ich überrascht. »Ich habe ja lang genug deren Gastfreundschaft genossen.« Die Erinnerungen an diesen Aufenthalt konzentrierten sich unweigerlich auf eine Person, die mir seit einiger Zeit nicht mehr aus dem Kopf ging.

Einige Atemzüge später sprach er zögernd weiter: »Der Clan wurde von König Edward angegriffen, der alte Chief William Douglas festgenommen und nach London gebracht, wo ihn ein Prozess wegen Hochverrats erwartet.«

Ich hoffte, dass Hal meinem Gesicht nicht ansah, wie mir

diese Nachricht unter die Haut ging. Unwillkürlich musste ich an den eigensinnigen alten Douglas denken, der so stolz auf seinen Widerstand gegen König Edward war, und an den kleinen Matthew …

»Was ist aus seiner Familie geworden?«, fragte ich so beiläufig wie möglich. James kam mir wieder in den Sinn, das edle Gesicht, der Mann mit den feinen Umgangsformen und den warmen Augen.

»Seine Frau wurde noch vor Ort erschlagen, wie auch viele seiner Gefolgsleute«, erzählte Hal sachlich, aber ich empfand die grausame Nachricht wie einen Schlag in die Magengrube. »Seine Söhne haben den Angriff überlebt, vermutlich wurden sie mit ihrem Vater ins Verlies des London Tower geworfen. Ihnen wird ebenfalls der Prozess gemacht, wenn man den Verrat nachweisen kann.«

Hals Quellen waren immer sicher. Er würde nie etwas ausplaudern, was nicht der Wahrheit entsprach. Der Schock saß tief, tiefer, als ich mir eingestehen wollte. William Douglas war sicher kein einfacher Mensch, aber etwas an ihm hatte mein Herz erobert, vielleicht sein unerschütterlicher Glaube an ein geeintes Schottland. James wiederum war der einzige Mann neben Hal, der mich so beeindruckt hatte, dass er sich immer wieder in meine Gedanken schlich.

Mein Herz klopfte seltsam unruhig. Meine Worte beim Abschied kamen mir in den Sinn; ich hatte ihm versprochen, dass ich ihm helfen würde, sollte er einmal in Not geraten.

»Warum erzählst du mir das, Hal?« Stur blickte ich geradeaus. Mein Hengst schien meine Anspannung zu spüren, denn er hatte seinen Hals gereckt und die Ohren gespitzt, als erwartete er das Schlimmste.

»Nun«, dehnte er seine Antwort und wagte einen Seitenblick, »mir war, als läge dir etwas an dem Douglas-Clan oder genauer gesagt, an James Douglas …«

Diese verdammte Schweinebacke! Seit damals zog er mich ständig mit dem gutaussehenden Sohn des Clan Chiefs auf. Immer wieder stocherte er in dieser Wunde, obwohl ich nur eine einzige Bemerkung in seiner Gegenwart hatte fallenlassen.

Taycan blieb auf mein Signal hin sofort stehen, Hals Pferd ebenfalls, und wir taxierten uns über die Pferderücken hinweg.

»Cathal Conchobhar Ó Searcaigh«, sprach ich ihn betont freundlich mit seinem kompletten irischen Namen an, damit er wusste, dass ich wütend war. Seine Augenbrauen, die unter einer dicken Schicht schwarzer Tinte verborgen waren, schossen in die Höhe. Er hasste seinen vollen irischen Namen.

»James ist der einzige Mann, über den ich jemals mit dir gesprochen habe«, fuhr ich streng fort, »aber das gibt dir nicht das Recht, sofort mehr darin zu sehen.« Ich atmete tief durch. Mein Ärger konnte meine Trauer nicht überdecken. Ich wollte diese lästige Diskussion ein für alle Mal beenden. »Ich will davon nichts mehr hören, verstanden?«

Ohne auf eine Antwort zu warten, drückte ich meinem Pferd entschlossen die Fersen in die Flanken, woraufhin es sich gehorsam in Bewegung setzte. Ein paar quälende Minuten lang waren meine Gedanken bei James und seiner Familie, bei Eleonore, die ihren älteren Ehemann so positiv verändert hatte.

Mein Gott, der kleine Matthew, was mochte aus ihm geworden sein? Das Gesicht von Callie, dem pfiffigen Dienstmädchen, tauchte vor meinem inneren Auge auf …

Als Hal aufgeschlossen hatte, platzte es aus mir heraus: »Ich muss etwas unternehmen, Hal. Du weißt genau, dass ich nicht so tun kann, als wüsste ich von nichts. Ich werde nach London reiten, vielleicht kann ich ihm helfen.«

Ich ahnte, dass er grinste, und blickte mich nicht nach ihm um, denn sonst wäre meine Faust sofort mitten in seinem Gesicht gelandet.

Später ließ ich meine Wut und meinen Frust doch noch an ihm aus. In unserer täglichen Morgenübung auf dem abgeflachten Gipfel Corbellay hatte Hal diesmal das Nachsehen. Er nahm meine Hiebe mit stoischem Gleichmut entgegen, und bis er schließlich die Waffen streckte, hatte ich schwitzend und schnaufend meine größte Wut abreagiert.

Erschöpft und schwer atmend sank ich auf die Knie und fühlte, wie die hitzigen Wogen meiner Gefühle einem klaren Verstand wichen. Was blieb, waren schmerzende Muskeln und der Entschluss, James und seiner Familie zu helfen.

Hal trat an mich heran und bot mir seine schwielige Hand, um mich hochzuziehen. Mein Blick fiel auf sein mild lächelndes verschwitztes Gesicht, das mit seiner martialischen Bemalung so furchterregend wirkte. Aber darunter verbarg sich ein Mensch mit einem großen Herzen. Seltsam gerührt umfasste ich seine Hand, die wie ein Schraubstock die meine ergriff und mich hochzog.

»Der Zeitpunkt war gut gewählt«, brach es aus mir hervor, als ich schwer atmend wieder stand. Sein Kopf neigte sich fragend. Nachdenklich ließ ich seine Hand los und drehte mich von ihm weg, um wieder auf mein Pferd zu steigen. »Wut ist kein guter Berater. Die Kampfübung hat meine Energie in die richtige Bahn gelenkt. Mein Kopf ist nun frei für das, was ich tun muss.«

Hal wusste im selben Moment, als er Enja von den Neuigkeiten erzählte, dass sie nach London aufbrechen würde. Er hatte die Neuigkeiten von einem Kaufmann in Dumfries erfahren, mit dem er seit vielen Jahren einen regen Handel trieb. Die Nachricht hatte sich in Windeseile in der Gegend verbreitet, denn der Landsitz der Douglas war einer der größten dieser Gegend und die Familie seit Jahrzehnten eine mächtige Herrscherdynastie im Südwesten Schottlands. Der englische Besatzer, Lord Cardiff, war den Schotten ein Dorn im Auge, denn anders als sein schottischer Vorgänger hatte er nicht das Wohlergehen der Menschen im Sinn. Im Gegenteil, er hatte vor, das Land als Bestrafung des schottischen Widerstands ausbluten zu lassen.

Die Aufstände der Schotten nahmen aufgrund der brutalen Besatzung dramatische Ausmaße an. Es war nur eine Frage der Zeit, wann Caerlaverock und der Maxwell-Clan zur Rechenschaft gezogen werden würden. Die längst überfällige Frage nach dem Eigentumsübergang der Burg an die rechtmäßige Besitzerin – Prinzessin Enja I-Shabbah ibn Hassan I-Shabbah – sollte am Londoner Court geklärt werden. Dies war zumindest der Vorwand, weswegen Enja nun zum Aufbruch drängte. Bisher waren ihre Ansprüche weder von den schottischen Lairds noch vom englischen König ernst genommen worden. Eigentlich war sie nur geduldet in diesem Land, das sie vom Maxwell-Clan erhalten hatte.

Natürlich war Hal klar wie das Wasser in den Highlands, dass sich Enja um das Wohlergehen ihres Lebensretters James Douglas und seiner Familie Sorgen machte. Mit mehr Kraft als beabsichtigt zurrte er den Sattelgurt seines Schimmels nach, der einen Schritt zur Seite machen musste, um den kräftigen Ruck an seinem Sattel auszugleichen. Nein, er war nicht eifersüchtig auf diesen Schnösel, er mochte nur nicht den Blick in Enjas Augen, wenn sie von ihm sprach. Dabei war er der festen Überzeugung gewesen, dass sie immun gegen die Avancen von Männern wäre. Hatte es dieser Lackaffe James Douglas etwa geschafft, ihre Abwehr zu durchbrechen? Hatte sie ihm, Hal, all die Jahre etwas vorgemacht? Unauffällig blickte er zu ihr hinüber, als sie ihrem Gefolge die letzten Anweisungen gab. Sie hingen ihr an den schönen Lippen wie die Kaulquappen am Wassergras, dachte Hal verärgert und ließ das Sattelblatt mit einem Klatschen zurückfallen. Warum sollte es denen anders gehen als ihm?

Alle waren gekommen, um sich von ihrer Herrin und ihrem Clanoberhaupt zu verabschieden. Die Krieger und Kriegerinnen, die Enja ausgebildet hatte, genauso wie die Heiler, die Lehrer und das Fußvolk. Eine bunte Schar dankbarer Frauen, Männer und Kinder, um die sich Enja in den letzten Jahren aufopferungsvoll bemüht hatte und für die sie kämpfen würde bis zum letzten Atemzug. Die Ehrfurcht stand den Menschen ins Gesicht geschrieben, aber auch die Angst, dass es für ihre Anführerin eine Reise ohne Wiederkehr sein würde.

Nicht nur, dass der Weg nach London ohnehin gefahrvoll war. Dazu kam auch die gnadenlose Einstellung des englischen Königs gegenüber Schottland und die schwierige rechtliche Stellung von Frauen. Hal bezweifelte, dass es Enja jemals gelingen würde, als unverheiratete Frau Eigentum zu beanspruchen, ob geschenkt oder nicht. Hierzulande regierten die Männer.

Ein ungutes Gefühl begleitete Hal schon den ganzen Morgen, ohne dass er wusste, warum. Sie kannten das Land zur Genüge, wussten, welchen Weg sie zu nehmen hatten, und waren gut ausgerüstet für die gefährliche Reise. Aber Enja von der Gefährlichkeit ihrer Mission zu überzeugen, war genauso fruchtlos, wie den Schotten zu erklären, dass *Uisge beatha* ungesund war. Dieses störrische Weib wollte davon nichts wissen, sie bestand auf den Einzug in den königlichen Hof, um ihre Petition vorzulegen. Und so ganz nebenbei würde sie für die Familie Douglas sprechen – was für ein Wahnsinn!

Zärtlich kraulte er seinem Schimmel den Nacken, der wohl spürte, dass sein Herr angespannt war, und ihn jetzt mit seinen dunklen Nüstern anstupste, als könnte er damit seine grüblerischen Gedanken vertreiben. Hal schüttelte den Kopf. Eher würde das Feuer in der Hölle verlöschen, als dass er diese Verrückte zur Vernunft bringen könnte! Es blieb ihm nichts anderes übrig, als sie auf ihrem Weg in die Höhle des Löwen zu begleiten. Natürlich würde er für sie kämpfen, wenn es sein musste, bis zum Ende. Hal hatte diese Frau in sein Herz geschlossen, auch wenn sie ihn als Mann nach ihren eigenen Worten »so nötig hatte wie eine Warze am Hintern«.

Doch genau das reizte ihn so an ihr. Warum musste er sich auch an diese Frau binden, die ihn nicht erhören wollte? Immerhin war er an ihrer Seite, näher als jeder andere Mann. Dies genügte ihm, solange kein anderer diesen Platz beanspruchte.

Für uns war es die erste Reise nach London, und die Jahreszeit eignete sich für einen solch weiten Ausflug. Mitte August wurde der Regen immer wieder von angenehm warmen Stunden unterbrochen, in denen die Sonne die aufgeweichten Kleider, das Leder, Haut und Haare trocknete.

Im Gegensatz zu Hal liebte ich das schottische Wetter. Mir machte weder der Regen noch die Nässe etwas aus, im Gegenteil. Mich vertrieb eher die Sonne als der Regen. Wenn Hal sich mit nacktem Oberkörper in der Sonne aalte, zog ich mich in den Schatten zurück und döste unter meinem Plaid, einem langen, gewebten Schal, der von den Männern über die Schultern geworfen oder am Sattel befestigt wurde. Er schützte vor Regen und Kälte genauso wie vor der Sonne. Die Frauen in unserem Clan hatten für mich ein unauffälliges Muster entworfen, das nur aus grauen und schwarzen Farben bestand. Ich trug es voller Stolz wie alle Schotten hierzulande über meiner Schulter. Es hatte nicht lange gedauert, bis die grau-schwarz gestreiften Karos meines Plaids auch auf der Kleidung meiner Leute auftauchten. Sichtbar für alle trugen sie das Zeichen, das ihre Zugehörigkeit zu einem ganz besonderen Clan bewies. Einem Clan, der aus einer wilden Mischung von Menschen aus aller Herren Länder bestand – meinem Clan.

Dies nun vom amtierenden englischen König Edward bekräftigen und anerkennen zu lassen, einem König, der sämtliche Schotten hasste, würde eine schwierige Aufgabe sein. Schottland hatte immer noch keinen offiziellen König. Nachdem der letzte Herrscher Alexander III. ohne einen Erben gestorben war, blieb Schottland zunächst ohne einen Monarchen. Sechzehn Nachfolger buhlten zu dieser Zeit um den schottischen Thron. Sir William Wallace, der aus dem Exil in Frankreich zurückgekehrt war, kämpfte verzweifelt gegen die Annexion Schottlands durch den verhassten Edward.

Wallace nannte sich offiziell Guardian of Scotland, denn ein Recht auf den Thron hatte er aufgrund seiner Abstammung nicht. Trotzdem oder gerade deshalb stand der schottische Adel nicht geschlossen hinter ihm. Zerrissen von den Kriegen gegen England und dem feudalen Machtgefüge, das dem Adel in einem Krieg die Länderansprüche versagte, konnte noch immer kein König eingesetzt werden. Dazu kam, dass nach der Schlacht von Dunbar 1296 immer noch große Teile des schottischen Hochadels in englischen Gefängnissen festsaßen. Der tief verwurzelte Hass zwischen den beiden Ländern war in jedem Winkel zu spüren. Edward versuchte verzweifelt, jede Rebellion im Keim zu ersticken, und wollte an William Wallace, dem Helden des schottischen Widerstands, ein Exempel statuieren. Die letzte Nachricht, die mich von meinen befreundeten Clans erreicht hatte, war die erfolgreiche Gefangennahme des charismatischen Kämpfers gewesen. Es war ein Schlag ins Gesicht der stolzen Schotten gewesen. Würde Schottland nach William Wallace' Tod – wovon ich ausging – ein für alle Mal gedemütigt und zerschlagen werden?

Was blieb mir also anderes übrig, denn als Laird eines Clans mitten im Grenzgebiet den Weg des geringsten Widerstands zu gehen? Es war an der Zeit, mich am englischen Hof bekannt zu machen. Ich war schließlich eine Frau mit einem Titel, der im Orient viel beachtet wurde, aber hierzulande kaum einen Pfifferling wert war. Trotzdem würde ich meinen rechtmäßigen Anspruch auf Caerlaverock und seine Ländereien einfordern. Es war mir vom Clan Maxwell, genauer gesagt vom Clanführer Roderick Maxwell, als Dank für die Rettung seines Sohnes übergeben worden.

Hal streckte seinen mächtigen Oberkörper und drehte sich dann mit aufgestütztem Ellenbogen auf die Seite. Die schwarzen Bemalungen zogen sich über seine Haut. Ich erinnerte mich daran, wie er als junger Mann vor mir gestanden hatte, ungelenk und unbeholfen – ein Anblick, der einen nur erweichen konnte.

Niemand hätte auch nur eine Unze darauf gesetzt, dass solch ein starker Krieger aus ihm werden würde. Er hatte einen beachtlichen Ehrgeiz und verachtete den Tod wie kein anderer. Sein Blick aus den smaragdgrünen Augen traf den meinen. Er taxierte mich unter dem Schutz des Plaids und gönnte mir ein Lächeln. Wenn ich es nicht besser wüsste, würde ich sagen, dass ich einen besonderen Platz in seinem großen Herzen hatte.

»Soll ich uns einen Fisch fangen? Jetzt müssten gerade die Karpfen laichen«, schlug Hal mit seiner heiseren Stimme vor und richtete sich auf. »Ein Bad wäre auch nicht schlecht«, fügte er hinzu.

»Schätze, ich sollte erst den Fisch fangen, bevor ich alles Lebendige im Wasser mit meinem Gestank vertreibe!«

Das brachte mich zum Lachen. Ich sprang auf, um ebenfalls das kühle Nass zu genießen, und zog mir das Lederwams aus, das meine Waffen hielt.

»Dreh dich um!«, forderte ich ihn auf, aber er verschränkte nur die Arme auf der Brust und grinste.

»Ich denke im Traum nicht dran«, erwiderte er mit seinem todernsten Schalk, der ihm wirklich gut stand.

»Sollte ich jemals deiner Mutter begegnen, werde ich ihr deine schlechte Kinderstube vorhalten …« Lächelnd wandte ich mich von ihm ab. Nach der Weste zog ich mein Hemd und meine Hose aus und ging die paar Schritte bis zum See, der einladend in der Sonne glitzerte. Sobald das Wasser um meine Beine spülte, ging ein Schauer der Erleichterung durch mich. Schweiß, Müdigkeit und die ständigen Augenschmerzen, die ich bei intensiver Sonneneinstrahlung spürte, waren auf einmal wie weggezaubert. Hinter mir hörte ich ein Klatschen im Wasser, Hal prustete und schnaufte.

Flink tauchte ich ab und glitt durch die dunklen Wasser des Moorsees. Wir waren im nördlichen Marschland des Londoner Vorlandes, das zu den walisischen Ländereien gehörte, und die Gewässer hier waren trüb und dunkel. Trotzdem weckte es meine Lebensgeister in dieser unerträglichen Sommerhitze. Mein Kopf durchbrach die Wasseroberfläche, um Luft zu schnappen.

Hal war nur bis zur Hüfte ins Wasser gewatet und spritzte sich Wasser über seinen mächtigen Oberkörper. Er schwamm nicht gerne. Wasser war für ihn gerade gut genug, um es zu trinken. Die Muskeln unter seinen keltischen Hautbildern spielten, und Wassertropfen perlten von seinem mit Gänsehaut überzogenen Oberkörper. Unverhohlen musterte ich ihn. Der verstümmelte Beweis seiner Männlichkeit baumelte verloren zwischen seinen Oberschenkeln.

Gerade wollte ich wieder abtauchen, als ich aus den Augenwinkeln eine Bewegung neben unseren Pferden wahrnahm. Ich verharrte mit den Augen knapp über der Wasserfläche. Zwei Männer, die in weniger als Lumpen gekleidet waren, versuchten, unsere beiden Pferde zu stehlen. Sie zogen und zerrten an den Halftern.

Die Pferde schüttelten nur unwillig den Kopf und grasten in aller Seelenruhe weiter. Als die Männer merkten, dass sie nicht weiterkamen, schlichen sie sich zu unseren Sachen, um sie zu durchwühlen. Dabei stießen sie auf meine abgelegte Lederweste mit den Waffen.

Weil Hal immer noch einen Riesenlärm im Wasser machte, wurden sie mutiger und zogen mein Schwert aus der Scheide. Blitzschnell tauchte ich ab und schwamm an Hal vorbei zum Ufer, sprang nackt auf den felsigen Rand und war in wenigen Schritten bei den beiden Dieben, die mich starr vor Schreck anblickten. Einer hielt meine Weste, der andere das Schwert, das er nun wie zur Abwehr vor sich hielt. Was für ein Idiot!

Heiß kochte die Wut in mir hoch. Was fiel denen ein? In wenigen Sekunden übersah ich die Situation. Hals Kleiderhaufen lag näher am Uferrand als meiner, und die beiden Äxte lagen noch neben seinem Gürtel. Aber auch diese Waffen waren zu weit weg. Kurz entschlossen nahm ich einen handlichen Stein, die zahlreich das Ufer säumten, und warf ihn in das verdutzte Gesicht des Diebes, der mir am nächsten stand. Sein Kopf wurde von der Wucht des Aufpralls zurückgeschleudert, und er ließ vor Schreck seine Beute fallen. Es folgte noch ein Stein und noch einer. Immer wieder prasselten die präzise geworfenen Wurfgeschosse auf die Körper der armen Straßendiebe nieder. Sie nahmen völlig verschreckt Reißaus, als hätten sie erst jetzt bemerkt, mit wem sie sich da angelegt hatten.

Hinter mir kam Hal aus dem Wasser gestürmt. Mit Inbrunst ließ er einen Kampfschrei aus, der die beiden noch auf ihren überhasteten Rückzug begleitete und mich wütend zu ihm umdrehen ließ. »Schrei nicht so, ich bin nicht taub!«, brüllte ich zurück und ließ ihn damit erst einmal mitten im Lauf stoppen.

»Außerdem sind die schon weg, du musst nicht so tun, als hättest du die Lage im Griff!«, ätzte ich mit geballten Fäusten. Als ich den perplexen Hal so vor mir stehen sah mit nichts am Körper außer seiner bunt bemalten Haut, musste ich plötzlich lachen. Er sah mich an, als wäre ich verrückt geworden. Sein Blick verfinsterte sich zusehends.

»Die beiden hätten uns ausrauben können«, murmelte er. »Ohne Waffen wären wir nicht weit gekommen.« Sein Blick glitt an mir hinunter. »Schon gar nicht ohne Kleider.«

Ein gefährliches Flackern huschte über seine grünen Augen, die tiefstehende Sonne ließ sie leuchten wie sattes grünes Moos. Ich musste eingestehen, dass ich in manchen Momenten gehörigen Respekt vor ihm hatte. Er war eben ein Assassine wie ich auch, und ein verdammt guter noch dazu. Er schien meinen prüfenden Blick zu bemerken und blickte schnell an mir vorbei, wie um seine Emotionen zu verbergen.

»Los«, forderte ich ihn frustriert auf, »wir müssen weiter, die schlimmste Hitze ist vorüber.«

Damit packte ich meine Kleidung und zog mich an. Hal tat stumm das Gleiche und folgte mir zurück auf den Weg, der zwar durch eine gefährliche Gegend führte, aber die kürzeste Strecke nach London war. Welch ein Glück für uns, dass diese Reise bisher ohne größere Probleme verlaufen war. Selbst die Pferde hielten das konstant hohe Tempo durch, und die Pausen in den Gasthäusern dieser viel bereisten Strecke taten uns gut.

Einzig unser Auftreten schien einige der einfachen Menschen am Wegesrand zu irritieren, waren wir doch bewaffnet bis an die Zähne und in Kampfbereitschaft. Hal musste sich nicht anstrengen, um ungebetene Fragen gleich im Keim zu ersticken, ein Blick von ihm genügte, und wir hatten unseren Tisch meist für uns. Bis auf diesen kleinen Zwischenfall in den Londoner Sümpfen waren uns die Götter wohlgesinnt …

London, 23. August 1305

Die tiefen Furchen auf dem Weg nach London zeugten davon, dass der Untergrund meist morastig war, aber heute waren die Straßen trocken. Die beiden Reiter gaben den Pferden lange Zügel, damit sie in den schorfigen, aufgeworfenen Furchen vorsichtig ihren Weg suchen konnten, ohne zu stolpern. Kaum hatten sie die Stadtgrenzen passiert, schlug ihnen auch schon ein Geruch entgegen, der nur in einer Stadt mit vielen Menschen entstehen konnte. Es war eine Mischung aus Misthaufen und fauligem Kompost, gepaart mit Gerüchen von Gebratenem und Hefe. Hal wunderte sich immer, wie Menschen hier leben konnten, aber vermutlich war deren Geruchsempfinden im Lauf der Zeit verkümmert.

Nicht wenige Leute blieben stehen und blickten ihnen hinterher, wie sie sich ihren Weg durch die staubige und dreckige Stadt bahnten. Vielerorts wurden die Wege mit Wasser bespritzt, um den Staub zu binden, und die Rinnsale, die sich dabei bildeten, enthielten nicht selten auch die Fäkalien der Anwohner.

Tapfer stapften die Pferde durch die Mischung aus Staub und Abfall, bis sie zum Stadttor kamen, das von den Soldaten Edwards bewacht wurde. Misstrauisch ließ die Wache sie anhalten und fragte nach ihrem Begehren. Mit ihrer auffallenden Kleidung und den martialischen Waffen unterschieden sie sich von dem Fußvolk, das sich sonst durch dieses Tor bewegte. Sie blickten Hal an, also antwortete er für Enja, die keinen der Soldaten auch nur eines Blickes würdigte.

»Wir sind eine Abordnung aus Caerlaverock vom Clan der Maxwells, um eine Petition dem König vorzubringen«, erklärte er mit seiner heiseren Stimme. Der ältere der beiden

Soldaten, der wohl auch ranghöher war, ließ die beiden auf einen weiteren Soldaten warten, der sie zur Burg begleiten sollte.

Der junge Mann mit dem Ziegenbart, der sie von dort durch die Stadt geleitete, erklärte stolz die Örtlichkeit. London war die Hauptstadt der Insel und hatte ein rasant steigendes Bevölkerungswachstum. Das Leben in der Stadt war von den normannischen Kaufleuten und hiesigen Handwerkern dominiert, die hier reichlich Arbeit fanden. Andere, weniger glückliche Bewohner landeten am Galgen oder in der Gosse, wie die beiden beim Durchritt erkennen konnten. Bettler, Spielleute, Scharlatane – Enja blickte fasziniert auf die Vielzahl an Menschen, die in den Straßen Londons ihr Glück suchten oder einfach nur Abwechslung in ihrem eintönigen Leben. Arm und Reich, Bauern und Ritter mischten sich hier im bunten Treiben der Märkte, sogar ein Pferdemarkt fand am Rande des Stadtmarkts statt. Von dort erklang immer wieder lautstarkes Gebrüll und nervöses Gewieher.

Weiter im Hintergrund erhob sich wie eine drohende Faust der Tower von London, die Festung König Edwards. Sie war von William dem Eroberer auf einem Hügel im Westen der Stadt errichtet und in den letzten Jahren immer weiter ausgebaut worden. Hal fragte sich, ob die Geschichten, die sich um die gefürchtete Festung rankten, stimmten; imposant war sie allemal.

Nicht weit hinter dem Stadttor wurde der Straßenlärm von lautem Gegröle und Pfiffen übertönt. Noch ein Markt? Aber je näher sie kamen, desto klarer wurde ihnen, dass es sich um eine Ansammlung von Menschen handelte, die einer Hinrichtung beiwohnten. Vom Rücken der Pferde hatten sie einen guten Blick auf das Geschehen auf dem Podest, das die Blicke des Publikums fesselte. Gebannt hielten Enja und Hal ihre Pferde inmitten der johlenden Menge an. Auf einem Holzblock vor ihnen wurde soeben ein zum Tode Verurteilter von einem Henker gefoltert.

Die Schreie des so Malträtierten fuhren jedem Menschen mit guten Ohren durch Mark und Bein, aber den Anwesenden schien dies nicht das Geringste auszumachen; im Gegenteil, sie feuerten den Henker noch an. Hal blickte Enja an, die erst interessiert die Szene verfolgte, dann das Publikum beobachtete und wieder zurück auf den Halbtoten starrte, der jetzt in Ohnmacht gefallen war. Mit einer Präzision, die nur durch jahrelange Übung entstanden sein konnte, trennte der Henker nun den Kopf ab und hielt ihn an den Haaren hoch. Ein Jubel brach bei allen Umstehenden aus, der schon fast frenetisch wurde.

Als sich die Menge allmählich in alle Richtungen auflöste, wandte Enja sich an den jungen Mann mit dem Ziegenbart, der höflicherweise mit den beiden stehen geblieben war. »Wer war denn der Delinquent dort oben, dass man ihn zu solch einem grausamen Tod verurteilt hat?«

»Ein schottischer Hochverräter, meine Dame«, antwortete er höflich. »Sein Name war William Wallace, er hatte sich gegen König Edward gestellt und damit gegen die englische Krone.« Und er fügte mit einem Blick auf den Marktplatz mit Inbrunst hinzu: »Kein anderer hat den Tod so verdient wie er!«

Enja blickte wieder auf die schaurige Szene auf dem Marktplatz und rieb sich unbewusst die Narbe an ihrem Handgelenk. Langsam dämmerte ihr die Tragweite des Geschehens hier in London. Sie war Zeugin eines Exempels geworden, das hier statuiert worden war. Eine monströse Demonstration von Edwards Macht und eine nachhaltige Zerstörung schottischen Widerstands.

»Wie kommt es, dass man diesen Verurteilten nicht mit dem Schwert hinrichtet? Man könnte meinen, König Edward hätte sich vor diesem Wallace gefürchtet, dass er ihn in einen solchen Tod schickt?« Die Neugierde in ihrer Stimme kaschierte geschickt ihre wahren Gefühle.

»Nun«, erklärte der junge Soldat geduldig, »es steht mir nicht an, eine Meinung zu dem Übeltäter dort zu bilden, aber seit König Edward ist dieser Tod die einzige Bestrafung, die auf Hochverrat ausgesprochen wird. Dieben oder Mördern wird ein Tod durch Hängen zuteil. Ketzer wiederum sterben meist durch Verbrennen.«

»Ah«, setzte Enja interessiert nach, »dann werden hier auch Ketzer verbrannt?«

»Nein, die werden wegen des Gestanks und des Feuers auf dem östlichen Marktplatz verbrannt, dort befindet sich die Stadtmauer direkt neben dem Hinrichtungsplatz. Sie kann dem Funkenflug besser widerstehen.« Gelangweilt deutete er an, weiterzugehen, und Enja löste sich nachdenklich von der Hinrichtungsszene auf dem Podium, die jetzt kaum noch jemanden zu interessieren schien. Nur wenige Gruppen waren in angeregte Gespräche vertieft, die sicherlich mit dem Tod des Freiheitskämpfers Wallace zu tun hatten.

Stumm wandte Enja ihr Pferd wieder in Richtung Straße. Sie ließ sich ihr Unbehagen nicht anmerken. Grausamkeit und Brutalität waren ihr nicht fremd, aber eine solch widerwärtige Methode, einen Verurteilten ins Jenseits zu befördern, erforderte schon einen stabilen Magen.

Wäre Hal weniger gläubig gewesen, hätte er sich um Enja gesorgt. Aber er hatte wohlweislich seinem Gott zahlreiche Gebete geschickt, die sie unter seinen Schutz stellen sollten. Einem König, der so gnadenlos mit seinen Feinden umging, war alles zuzutrauen. Und wenn Gott sich nicht um Enja kümmern würde, dann war er auch noch da.

Sie wurden wenig später tatsächlich im Königshaus empfangen. Die Nachricht vom Besuch einer schottischen Delegation zur Eigentumsklärung hatte König Edward interessiert aufgenommen. Schließlich lag das Gebiet der Maxwells im Grenzgebiet und konnte unter Umständen von Interesse sein. Nach tagelangen Anhörungen durch die Kanzler des Königs wurden Enja und Hal schließlich zum König vorgelassen. In der Zwischenzeit hatten sie sich eine Kammer in einer kleinen Herberge gesucht, die nicht weit vom englischen Königssitz entfernt war.

Zum dritten Male innerhalb einer Woche ritten sie nun durch das mächtige Burgtor des dritten Festungsrings. Heute endlich sollten sie zum König vorgelassen werden, ihre Geduld war in den letzten Tagen ziemlich auf die Probe gestellt worden. So machten sie sich mit entsprechender Erwartungshaltung auf den Weg zur Festung. Der Tag begrüßte sie schon am Morgen mit einem traurigen Grau, und die Wolken ließen immer wieder Regentropfen fallen, manchmal so plötzlich, dass kaum Zeit blieb, Schutz zu suchen. Den beiden fiel auf, wie viele Arbeiter fieberhaft am äußeren Burgring arbeiteten. Wie ein wilder Ameisenhaufen drängten sich die Männer, um Steine, Schutt und Sand zur Baustelle zu karren. Alle schienen ein gemeinsames Ziel zu haben.

Diesmal ließ die Leibgarde sie tatsächlich ins Innere der Burg, die von zwei weiteren Festungsringen geschützt wurde. Aus hellen Sandsteinen erhob sich in deren Innerem ein wuchtiger Bau mit vier Außentürmen, die in Größe und Ausdehnung eine Form erreichten, die selbst die Kathedralen dieser Zeit überragten.

Enja legte den Kopf in den Nacken, um die Türme zu betrachten.

»Hier befinden sich auch die Schlafgemächer des Königs«, erinnerte Hal sie an die stolzen Ausführungen des jungen Soldaten bei ihrer Ankunft. Mit einer Mischung aus Neugier und Unbehagen stiegen sie von ihren Pferden, die sofort von einem Stallburschen weggeführt wurden. Sie waren umringt von der Leibgarde des Königs, die sie ins Innere der Burg brachte. Immer wieder begegneten ihnen Bedienstete, Höflinge und Geistliche, die vor allem Enja mit unverhohlener Neugierde anstarrten.

Davon unbeeindruckt, schritt sie stolz zwischen den Soldaten ihrem Ziel entgegen, König Edward. Sie hatte sich heute sogar ihren goldenen Gürtel als Zeichen ihrer Anerkennung als Kriegerin umgehängt. Außerdem trug sie ihren Stirnreif aus purem Gold, in dessen Mitte ein Saphir eingearbeitet war, so groß, dass er ihr Sklavenkreuz vollständig überdeckte. Er symbolisierte ihre ranghohe Stellung als Prinzessin und verlieh ihr eine Autorität, die den Bediensteten am Hofe gehörig Respekt einflößte.

Viele Blicke blieben erst an der Krone, dann an ihrem Gesicht und den Haaren hängen, die sie wie immer mit dem silbernen

Dolch hochgesteckt hatte. Sie entsprach ganz und gar nicht dem gewohnten Bild einer Frau. Die langen Schwerter hatten sie am Palasteingang abgegeben, wie es am Hofe üblich war.

Hal straffte die Schultern, als die beiden Flügel der reich verzierten Holztür zum großen Saal aufgingen und eine lange Reihe herausgeputzter Höflinge vor ihnen stand, die sich vor ihnen verneigten. Ein Marschall kündigte die Gäste aus Schottland lautstark an und zog die Aufmerksamkeit des Königs auf sich, der am Saalende auf seinem Thron saß und angeregt mit seinen Vertrauten sprach.

Vor allem die Nennung von Enjas Titel ließ einige der Anwesenden aufhorchen. Die klugen, aber nicht besonders freundlichen Augen des Königs musterten die Neuankömmlinge von Kopf bis Fuß und blieben an Enjas goldener Krone hängen. Der große Saphir auf ihrer Stirn konnte mit dem Prunk des englischen Königshauses durchaus mithalten.

Enja und Hal verbeugten sich vor dem König, der lässig seinen Arm auf eine Lehne gelegt hatte und sie nun mit einer Handbewegung zum Sprechen aufforderte. Enja ging einen Schritt nach vorn und setzte wohlüberlegt auf Französisch, der bei Hofe üblichen Sprache, zum Reden an.

»Eure Majestät, es ist mir eine Ehre, hier vor Euch zu stehen und mein Begehr kundzutun. Ich bin den weiten Weg von Caerlaverock hierhergereist, um meine Bitte um Belehnung mit diesem Besitz vorzubringen. Da ich nicht als Schottin geboren bin, möchte ich bei Euch als meinem König tunlichst meine Ansprüche anzeigen und Euch als Herrin der Ländereien und als treue Untertanin dienen.«

Edwards kalte Augen verengten sich, und seine Blicke bohrten sich in Enja, die sich davon nicht verunsichern ließ.

Die schwarzgrauen Haare seiner Majestät wirkten matt und strähnig, als wären sie schon lange nicht mehr gewaschen worden. Insgesamt wirkte der König müde, als würde er kränkeln. Seine Gesichtsfarbe war etwas gelblich, und um seine Augen hatten sich Falten gebildet. Sein Mund bildete einen verkniffenen Strich.

»Ihr seid keine Schottin. Ihr seid eine Frau und nicht einmal eine Maxwell. Was in Gottes Namen bringt Euch dazu, irgendwelche Ansprüche zu stellen?«

Enja schluckte, ließ sich aber nicht beirren. »Die Burg Caerlaverock wurde mir von Roderick Maxwell, Clanoberhaupt des Maxwell-Clans, als Dank für die Rettung seines Sohnes übergeben. Ich habe dort meinen Leuten Zuflucht verschafft und die Burg seit Jahren als Vasallin der Maxwells in einen fruchtbaren und wirtschaftlichen Ort verwandelt. Für meine Belehnung durch Eure Majestät würdet Ihr direkt von mir Steuern und meine Treue als Vasallin der englischen Krone erhalten.«

Höflich neigte sie mit dem letzten Satz ihr Haupt. Ein aufgeregtes Wispern unter den anwesenden Höflingen ließ Hal vermuten, dass sie noch nicht viele Frauen mit einem solch selbstbewussten Ansinnen gesehen hatten. Er war stolz auf seine Anführerin, die von einem Leben als Sklavin zu solch einem Reichtum und Einfluss gelangt war.

Und ihr Begehren vor König Edward vorzutragen und ihm damit ein Tor nach Schottland zu bauen, war ein gerissener Schachzug. Sollte das gelingen, hatte sie gute Chancen, sich auch für James Douglas einzusetzen. Hal konnte sehen, dass auch der König über diese Möglichkeit nachdachte. Er hatte sich ein wenig zurückgelehnt und verschränkte seine Arme.

»Sie ist also fremd in diesem Land? Woher kommt sie denn dann?«, fragte einer seiner Vertrauten, der links neben dem König stand, ein dick beleibter Mann mit Tränensäcken und einem ergrauten Vollbart.

Enja wandte sich an ihn: »Ich weiß nicht, in welchem Land ich geboren wurde, aber ich bin im Orient aufgewachsen und stand unter der Obhut König Hassan I-Shabbahs, der mir aufgrund meiner Kühnheit auch den Titel einer Prinzessin verlieh.«

»Dann seid Ihr gar keine Prinzessin Eures Blutes wegen?«, führte der Dicke naserümpfend an.

»Nein«, antwortete Enja irritiert, »dieser Titel ist eine Auszeichnung für die Ausbildung zum höchsten Krieger und verleiht mir das Recht, als freie Frau Besitztum zu erwerben und auch Lehen zu vergeben. Ähnlich, wie es hierzulande einem Ritter gestattet ist.«

Ein hagerer Edelmann mit markanter Nase schnaubte spöttisch und sagte: »Ritter, eh? Das heißt noch lange nicht, dass wir hierzulande Euren Titel als solchen anerkennen müssen. Wo kämen wir denn da hin!«

Zustimmendes Gemurmel und Nicken der Umstehenden begleitete seine abfällige Ansage, die Enja ein wenig beunruhigte. Was, wenn er recht hatte und sie ihren Titel erst gar nicht anerkannten? Dennoch bewahrte sie Ruhe, denn nur ein kühler Kopf bewegte sich auf dem Schachbrett der Politik strategisch richtig.

»Roderick Maxwell überschrieb mir persönlich die Ländereien, und als freie Edelfrau habe ich sein Geschenk angenommen. Eine Anerkennung durch die englische Krone würde Euch meine absolute Loyalität …«

Sie kam nicht weiter, denn der König stand hastig auf und ging einen Schritt auf sie zu.

»Genug!«, fiel er ihr ins Wort. »Welch ein Unsinn, als Frau Ländereien zu beanspruchen, noch dazu mit einem Titel, den sich jeder ausdenken kann. Wenn Ihr weiter dort leben wollt, müsst Ihr eben einen Maxwell heiraten, und dann wird immer noch ein Maxwell dort Laird sein und nicht Ihr, Prinzessin Enja!«

Seine Stimme war lauter geworden. Seine Berater nickten gefällig mit den Köpfen. Enja schluckte, ihr Stolz hatte eine kräftige Schlappe erfahren. Trotzdem wich sie nicht zurück und reckte eigensinnig ihr Kinn nach oben. Ihre Stimme bekam diesen resoluten Ton, den Hal nur allzu gut kannte: »Ich werde niemals heiraten, nur um diese Burg zu behalten. Sie gehört mir bereits.«

»Dann widersetzt Ihr Euch meinem Willen?« Die Haltung des Königs wirkte auf einmal bedrohlich. Sein schlanker, sehniger Körper beugte sich vor wie eine Katze vor dem Sprung.

Hal ahnte, was geschehen würde, und versuchte noch, Enja zurückzuziehen, aber sie schüttelte seine Hand an ihrem Arm ab.

»Hier an Eurem Hof geht es wohl nur um Titel und Männer. Wenn Euch meine Loyalität nichts wert ist, muss ich mich eben an den zukünftigen schottischen König wenden, um meinen Besitzanspruch zu klären. Vielleicht ist Robert the Bruce bereit, mich anzuhören.«

Hal schloss entsetzt die Augen. Enja hatte nie verstanden, wann es Zeit war, sich zurückzuziehen. Es war ihr vermaledeites Temperament und das Pochen auf ihr Recht, das sie irgendwann einmal umbringen würde. Er hatte ihr das schon oft prophezeit.

Der englische König lief bei der Erwähnung seines Erzfeindes rot an und brüllte dann nach den Wachen, die Enja wegen Verrats festnehmen sollten.

Sie mussten aus diesem Saal lebend herauskommen. Hal verhinderte das Schlimmste, indem er Enja am Arm packte und ihr zuraunte, sich jetzt nicht zu wehren. Er werde ihr einen Rechtsbeistand besorgen, und sie wäre in ein paar Tagen wieder frei.

Was dann passierte, ging unglaublich schnell und entglitt völlig seiner Kontrolle. Die Wachen nahmen ihren Waffenrock ab und fesselten Enjas Hände mit einem Strick auf dem Rücken. Ihr wütender Blick fiel zuerst auf den König und dann auf Hal, der hilflos mitansehen musste, wie sie abgeführt wurde. Er hatte sie dazu überredet, keine Anstalten zur Gegenwehr zu machen. Jetzt musste er untätig zusehen, wie sie unter dem lauten Geschrei der Anwesenden, die den Tod wegen Hochverrats forderten, von den Schergen des Königs brutal aus dem Saal gezerrt wurde. Dabei war sie eigentlich gekommen, um sich mit ihm zu verbünden.

Die nächsten drei Tage waren für Hal die reinste Qual, und der Alptraum hatte gerade erst begonnen. Er ging in der kleinen Kammer der Herberge auf und ab.

Die Gerichtsverhandlung war in drei Tagen angesetzt worden, während Enja im berüchtigten Tower von London einsaß. Also blieben ihm drei Tage, um eine Lösung zu finden und einen Rechtsbeistand zu finden, der mit ihr Kontakt aufnehmen konnte. Und er musste den Clan informieren.

Einen Boten nach Caerlaverock zu schicken, war nicht schwer. Der Versuch dagegen, einen Rechtsbeistand zu finden, der bereit war, Enja gegen den König zu vertreten, war fast aussichtslos. Doch schließlich, mit ein paar zusätzlichen Goldstücken, hatte sich der Vorsitzende der Geschworenen bereit erklärt, ihn anzuhören.

Sir Archibald Cowley waren die Not der Angeklagten und die Krone egal. Er beurteilte stets nach seinem Gutdünken, denn seine Auffassung interessierte ja sowieso niemanden. Hal sträubten sich die Haare im Nacken, als dieser eingebildete sogenannte Gelehrte ihm die Aussichtslosigkeit des Unterfangens erklärte. Aber er war seine einzige Chance, wenigstens Enjas persönliche Sachen zurückzubekommen. Sie waren vom Gefängnisaufseher verwahrt und Sir Cowley übergeben worden. Ein Besuch – auch unter Aufsicht – wurde ihm verwehrt, da er kein Angehöriger war. Er konnte sich nur annähernd vorstellen, was Enja unter Gewahrsam durchmachte. Gnade dem, der ihr auch nur ein Haar krümmte!

Er würde sie erst im Gerichtssaal wiedersehen, vor den versammelten Geschworenen und auf sich allein gestellt. Hal war ihr einziger Unterstützer in dieser Gerichtsverhandlung, deren Ausgang schon feststand. Hal ballte die Fäuste. Am liebsten würde er in diesen Tower marschieren, seine Anführerin herausholen und auf schnellstem Weg aus London verschwinden. Frustriert drehte er in seiner Kammer eine neue Runde.

Ich wollte schreien vor Wut! Aber Schweigen war besser, Schweigen machte diese verdammten Engländer wütend, weil ich ihnen damit meine Verachtung zeigen konnte. Ich hatte keine Angst vor der Kälte, der Feuchtigkeit oder dem Hunger. Man hatte mir eine Einzelzelle zugeteilt, vermutlich aus Angst, dass ich bis zur Verhandlung gar nicht überleben würde in den Gemeinschaftszellen der Männer.

Trotzdem war ich ständig Objekt der Erniedrigung, wenn die Wächter an meiner Zelle vorbeigingen. Es blieb aber bei Witzen und obszönen Angeboten. Einen Übergriff konnte ich rechtzeitig abwenden, als ich trotz meiner gefesselten Hände dem zudringlichen Wächter in die Weichteile treten konnte. Dafür bekam ich zwar einen Schlag an den Kopf, aber seitdem hielten sie Abstand, und das war gut so.

Am nächsten Tag sollte die Gerichtsverhandlung stattfinden, was für eine Farce! Für den König, den obersten Richter, stand doch bereits fest, welches Urteil gefällt werden würde. Das mit dem Fall betraute Assisengericht mit dem Geschworenengremium wollte den König sicher nicht verärgern und als Richter schon zweimal nicht. Meine Hände ballten sich zu Fäusten.

Ein Geräusch schreckte mich aus meinen trüben Gedanken. Eine hölzerne Schüssel wurde einmal am Tag unter der Tür durchgeschoben. Vorsichtig nahm ich die flache Schüssel mit spitzen Fingern und roch daran. Das wenige Licht, das durch den vergitterten Luftschlitz in der Wand hoch über meinem Kopf in meine Zelle fiel, machte es unmöglich, zu erkennen, worum es sich handelte. Aber ich roch Hafer und etwas Säuerliches, vielleicht Brotteig. Ich ertastete ein Stück Brot und konnte ein wenig Brei in meinen Mund schaufeln. Es schmeckte zu meiner Erleichterung nach nichts.

Gut so, besser als schlechtes Fleisch! Ein paar Bissen bekam ich sogar herunter, bevor es an meiner Tür rumpelte. Sie sprang quietschend und knatternd auf, und ein kleiner Mönch mit einer Kutte und einer Kerze trat herein. Stumm blieb er neben der Tür stehen und wartete, bis ich mit meinem Essen fertig war. Ich schob die Schüssel wieder unter der Tür durch und lehnte mich mit verschränkten Armen gegen die Wand.

Es war ein Franziskanermönch, wie mir sein dunkelbraunes Habit zeigte, und in seinen besten Jahren. Der Haarkranz war bereits ergraut, und seine Augen, die in tiefen Höhlen ganz schwarz wirkten, hatten schon einige Falten. Trotzdem entging ihnen keine meiner Bewegungen, er beobachtete mich ganz genau. »Ich bin Bruder Theobald und gekommen, um Euch die Beichte abzunehmen, falls Ihr dies wünscht.«

Meine Lippen pressten sich fest aufeinander. Trotzig starrte ich ihm entgegen.

Geduldig wartete der Mönch eine Minute und seufzte dann nur. »Seid Ihr denn überhaupt getauft?«

Keine Reaktion. Bruder Theobald wurde jetzt doch ein wenig unruhig und blickte nervös zur Tür, hinter der wohl die Wache stand. Schnell bekreuzigte er sich, kam mutig einen Schritt näher und flüsterte mir vertraulich zu: »Wenn Ihr zugebt, eine Ketzerin zu sein, könnte ich erwirken, dass Ihr einen schnellen Tod durch Verbrennen anstatt eines sehr viel schmerzvolleren als Hochverräterin erfahrt!«

Ich zuckte zurück. In seinen Augen war ich bereits schuldig. »Es ist noch kein Urteil gesprochen, und Ihr verhandelt bereits meinen Tod?«, giftete ich ihn an, während er sich wieder fahrig bekreuzigte. Vermutlich hatte er das gefährliche Glimmen in meinen Augen gesehen.

»Der Vorsitzende wird Euch die gleiche Frage stellen wie ich, und wenn ich morgen überzeugend darstelle, dass Ihr zwar mit dem Teufel kopuliert, aber in Eurem Herzen gläubig seid, dann kann ich dafür sorgen, dass wenigstens Eure Seele gerettet wird!« Die Stimme des Mönchs klang nun etwas unsicher.

»Woher wollt Ihr denn wissen, dass ich mit dem Teufel im Bunde stehe?«, fragte ich ihn mit einem warnenden Unterton. Er hielt die Hände schützend vor sich.

»Das Zeichen«, und eine Hand deutete anklagend auf meine Stirn, »das auf Eurer Stirn, das umgedrehte Kreuz Christi. Nur ein Teufel würde das Zeichen der Demut in die Gesichter seiner Schergen ritzen! Hat er es selbst dorthin gemalt aus der schwarzen Farbe verdammter Seelen?«

Ich starrte ihn an. Das also war es! Natürlich. Wer trug auch schon ein schwarzes Kreuzzeichen mitten im Gesicht? Nur eine Ketzerin … Wütend drehte ich mich um, damit er meinen Gesichtsausdruck nicht deuten konnte. »Verschwindet!«, herrschte ich ihn an, ohne mich umzudrehen. »Und sagt Eurem Gott, dass er mir nicht helfen kann!«

»Gott steh uns Sündern bei, im Himmel wie auf Erden, Amen.«

Der Mönch sprach ein Gebet und ließ sich vom Wächter aus meiner Zelle führen. Ich bekam einen Kloß im Hals. Wenn es also der König nicht schaffte, dann würde mich die Kirche ins Grab bringen. Wie hatte Isaak immer gesagt? »Kein Gott der Welt kann gegen die Dummheit der Menschen etwas ausrichten. *Inshallah* …«

Zur Gerichtsverhandlung legten sie mir Fesseln an und führten mich in den dafür vorgesehenen Saal. Ich war in den Tagen seit meiner Festnahme kein einziges Mal nach draußen gelangt. Unterirdisch und nach endlosen dunklen Gängen und fensterlosen Räumen hatten sie mich in diesen Raum geführt, in dem mich das hereinfallende Tageslicht blendete. Nur mit Mühe blinzelte ich dagegen an. Ich stand in der Mitte eines großen Raumes. Weit über mir erkannte ich eine geschnitzte Holzdecke, die in eine Fensterreihe mündete. Der Bauch des Saales war von Stuhlreihen gesäumt, die sich nach hinten erhöhten. In den hellen Lichtstrahlen, die durch die Oberlichter in diesen Saal fielen, erkannte ich deutlich den glitzernden Staub, der sich, von den vielen Menschen aufgewirbelt, wieder auf die Tische und Bänke herabließ.

Einen großen Teil der Sitzbänke nahmen die Geschworenen ein, die über mein Schicksal entscheiden sollten. Sie warfen neugierige und missbilligende Blicke zu mir herüber, bevor ich zu einer Bank vor einem großen Tisch geführt wurde, auf der ich Platz nehmen sollte.

Der Vorsitzende des Assisengerichts, der nun vor mir an dem schwarzen Tisch saß, war in einen prächtigen Samtmantel gekleidet und trug eine seltsame Kopfbedeckung, die der Lederkappe eines Schreibers sehr ähnelte, aber aus edlem Samt gearbeitet war. Sein schläfriger Blick aus halbgeöffneten Augen ruhte gelangweilt auf der dicken Papierrolle, vermutlich der Anklageschrift, die vor ihm ausgebreitet lag.

Links und rechts neben ihm saßen Geistliche in ihren braunen Kutten, meines Erachtens Franziskanermönche. Vor meinem Stuhl hatte es sich ein blasser Mann bequem gemacht, der ebenfalls eine solche Kappe trug. Anscheinend war es ein

Zeichen der Gerichtsbarkeit. Er stellte sich mir mit einer kleinen Verbeugung als Archibald Cowley vor, wobei er mir nicht in die Augen schaute. Er war der Vorsitzende der Geschworenen, und mein Herz schlug höher, schließlich hatten sie sich die Mühe gemacht, einige Menschen zu meiner Verteidigung herzubestellen.

Hinter mir hatten sich einige mir unbekannte Menschen versammelt. Nur Hal überragte die meisten, und die Umstehenden hielten sich in respektvollem Abstand von ihm. Nie hatte sich sein Anblick vertrauter angefühlt als hier mitten in der Höhle des Löwen. Ich erlaubte mir ein kurzes Zwinkern, das er mit einem ernsten Nicken erwiderte. Seine Stirn kräuselte sich leicht, als er mich betrachtete, aber er ließ sonst keine Regung in seinem Gesicht erkennen. An seiner Haltung merkte ich, dass er sehr angespannt war – seine Kiefer mahlten und die grünen Augen glitzerten gefährlich. Kein Mensch im Saal konnte auch nur im Entferntesten ahnen, welch ein Vulkan in ihrer Mitte unter der schwarz tätowierten Haut brodelte.

Englische Soldaten reihten sich links und rechts der Stuhlreihen und hinter mir auf. Im Falle einer Verurteilung, auf die ich nun gefasst war, würden sie mich sofort wieder in den Tower stecken bis zu meiner Hinrichtung. Wie lange würde das dauern, eine Woche, einen Monat?

Der Richter stand nun mit feierlicher Miene auf und verlas die Anklageschrift: Von Konspiration mit dem Feind bis hin zu abstrusen Verschwörungstheorien, Abhalten von geheimen Treffen und Spionage war alles aufgeführt. Jeder einzelne Punkt war für sich schon ein Grund, um mich wegen Hochverrats anzuklagen. Edward und sein verdammter Hofstaat gingen wirklich auf Nummer sicher. Die Zuschauermenge raunte bei jedem Anklagepunkt zustimmend.

Jetzt betrat der Mönch, der mich gestern in meiner Zelle besucht hatte, die Gerichtsbühne. Ihm stand das Verlesen einer Anklage zu, die auf meine ketzerischen Absichten hindeutete. Er verlangte, dass ich verbrannt werden sollte.

Mein sogenannter Verteidiger befand mich in allen Punkten der Anklage für schuldig und schlug den Tod durch das Schwert vor, um mir unnötige Qualen zu ersparen. Die ersten Buhrufe schallten durch den Saal. Der blasierte Vorsitzende, der sich wohl ärgerte, bei dem Lärm um sein wohlverdientes Nickerchen zu kommen, forderte mich auf, mich schuldig zu bekennen, entweder des Hochverrats oder der Ketzerei.

Wütend stand ich auf und rief so laut, dass jeder mich durch das Stimmengewirr hören konnte: »Da über meine Schuld keinerlei Zweifel zu herrschen scheint, verurteilt mich wenigstens als Hochverräterin. Denn als solche gelte ich als ärgste Feindin des Königs, und die werde ich ab heute sein.«

Mit einem kräftigen Schwung sauste der Hammer des Vorsitzenden auf den Tisch. Der Knall ließ die meisten Stimmen verebben, die inzwischen alle durcheinanderredeten.

»Ruhe!«, schrie er und verlangte von den Anwesenden, für den Schuldspruch aufzustehen.

»Prinzessin Enja I-Shabbah ibn Hassan I-Shabbah«, er schaffte es bewundernswerterweise, meinen Titel und meinen vollen Namen auszusprechen, ohne zu stolpern, »Ihr werdet des Hochverrats schuldig gesprochen. Ihr werdet am Strang aufgehängt, dann entmannt, äh … ich meine …« Hier stutzte er und beriet sich noch einmal kurz mit dem Mönch. Das Gelächter in den Reihen wollte kaum aufhören. »Ja, amüsiert

Euch nur auf meine Kosten, ihr tumbes Volk!«, brüllte er verärgert. Dann richtete er sich wieder auf, schlug noch einmal kräftig mit dem Hammer auf den Tisch, um endgültig für Ruhe zu sorgen, und verkündete feierlich: »... nachdem Ihr am Strang gehängt wurdet, werdet Ihr direkt ausgeweidet, danach gevierteilt, und Euer Kopf wird zur Abschreckung an der Stadtmauer aufgehängt. Das Urteil wird morgen auf dem Marktplatz vollzogen. Möge Gott uns beistehen!«

Morgen schon! Mein Herz setzte kurz aus.

Im Publikum war es unruhig geworden. Die Schnelligkeit der Durchführung schien doch einige zu überraschen. Jemand warf mit faulen Eiern, denen ich aber geschickt ausweichen konnte und die stattdessen Alexander Cowley trafen. Der Mann verzog angewidert seine Nase und fing an, mit einem kleinen Tüchlein den beschmutzten Rock abzuwischen.

Ich blickte über die Schulter zu Hal. Er war blass geworden, und ich fühlte mich ihm in diesem Moment tief verbunden. Der unerschrockenste Mann auf dieser Welt fürchtete um mein Leben. Plötzlich sprang er auf, riss einen Arm hoch und brüllte über das laute Treiben im Saal zu Archibald: »Sie könnte ein Kind unter dem Herzen tragen, du Idiot, du musst das Urteil aussetzen, bis feststeht, dass sie nicht schwanger ist!«

Überrascht starrte ich Hal an. Bevor Archibald reagieren konnte, schlug der Vorsitzende, der den Einwurf gehört hatte, mit dem Hammer auf den Tisch, und der Lärm ebbte ein wenig ab. Dann rief er laut und vernehmlich ins Publikum: »Der Verurteilten wird eine Frist von vier Wochen eingeräumt. Sollte sie bis dahin den Nachweis der Schwangerschaft erbringen, wird das Urteil ausgesetzt, bis das Kind geboren ist. Ansonsten wird das Urteil wie heute festgesetzt vollzogen.«

Vier Wochen. Erleichtert schloss ich die Augen, bis dahin konnte ich mir etwas einfallen lassen. Ich warf Hal einen dankbaren Blick zu. Aber der schien mich gar nicht zu bemerken. Er schüttelte den Kopf und sah schnell auf den Boden, weinte er etwa? Es war das letzte Mal, dass ich ihn sah, bevor die Soldaten mich fesselten und aus dem Saal zerrten. Der Geruch von verfaulten Eiern verfolgte mich bis in meine Zelle.

Kapitel 12

Alamut im Jahre 1297

Wären meine starken Kopfschmerzen nicht gewesen, ich hätte schwören können, es wäre alles nur ein böser Traum. Aber jede noch so kleine Bewegung erzeugte ein Pochen in meinem Kopf, wie ich es noch nie erlebt hatte. Meine Lider waren schwer wie Blei. Bei jedem Versuch, sie zu öffnen, schnitt der Lichtstrahl wie ein Messer in meine Augen, und ich stöhnte. Sofort legte sich ein feuchtes Tuch über meine Stirn, und eine leise, beruhigende Stimme ertönte.

»Alles wird gut, Eran, die Schmerzen werden in ein paar Tagen weg sein, nur die Beule geht wohl nicht so schnell zurück.« Es war die Stimme eines Jungen, den ich nicht kannte. Er saß rechts von mir. Meine vergeblichen Versuche zu sprechen, erstickte ein dicker Kloß in meinem Hals, es kam nicht mehr aus meinem Mund als ein heiseres Krächzen.

»Hier, trinkt das, es wird Euch guttun.« Eine Hand schob sich hinter meine Schultern und drückte mich leicht hoch. Der Schmerz durchzuckte wieder meinen Schädel, und ich krümmte mich zusammen. Aber das Verlangen nach Wasser war größer, und als eine kühle Schale an meine Lippen gehalten wurde, trank ich gierig.

»Langsam, mein Herr, ihr werdet Euch sonst verschlucken!«

Wie war ich in dieses Bett gekommen? Was war passiert?

Solche Schmerzen jagten durch meine Gehirnwindungen, ich konnte nicht mehr klar denken.

Isaak … Meine Gedanken entschwanden schon wieder, zerplatzten wie zarte Bläschen in meiner Erinnerung. Wo war ich?

Die angenehm kühle Hand drückte mich wieder sanft auf mein Bett. Die sanfte Stimme umfing mich, und eine wundersame Müdigkeit legte sich auf mein Haupt. Dankbar sank ich zurück in den tiefen Schlaf, aus dem ich kurz zuvor aufgewacht war. Den Schmerz ließ ich einfach in der Gegenwart zurück und ich fühlte mich seltsam erleichtert.

Als ich diesmal die Augen öffnete, sah ich im Halbdunkel des Zimmers jemanden neben meinem Bett kauern. Eine Fliege surrte an meinem Ohr. Ich spürte nur ein leichtes Ziehen, als ich meinen Kopf wendete. Die Person bemerkte sofort meine Bewegung und nahm das kalte Ding weg, das auf meiner Stirn lag. Zögernd hob ich erst die eine, dann die andere Hand und sah mir meine Finger an. Verschwommen tanzten sie vor meinen Augen. Vorsichtig tastete ich meine Stirn ab und spürte eine dicke Beule.

Ich räusperte mich und testete meine Stimme. »Wie lange liege ich hier schon, Junge?« Erstaunlich, ich konnte sogar wieder sprechen, obwohl die Stimme seltsam weit weg und ein wenig erstickt klang.

»Sechs Tage, mein Herr. Ihr habt einen tüchtigen Schlag abbekommen. Wir dachten zuerst, Euer Schädel wäre geborsten, aber dann habe ich Euren Puls gefühlt, und wir haben Euch hierhergebracht, wo es kühl und ruhig ist. Die Beule an der Stirn habe ich stets mit einem nassen Lappen gekühlt, bis die Schwellung zurückgegangen ist.«

Sechs Tage Dunkelheit, der Schlag muss heftig gewesen sein. Es war wirklich ein Wunder, dass mein Kopf noch ganz war.

»Allah sei Dank, dass Ihr Euch wieder erholt habt. Könnt Ihr Euch denn an alles erinnern?«, fragte mich der Junge fürsorglich.

»Isaak!«, entfuhr es mir.

»Meister Isaak ist tot, mein Herr Eran. Ihr seid jetzt allein oder besser gesagt: Ihr habt jetzt mich.«

»Isaak ist tot«, wiederholte ich schwach, als die Erinnerung zu mir durchsickerte. Ich wollte schlucken, aber meine trockene Kehle ließ dies nicht zu. »Aber wer bist du?«

»Ich bin Euer neuer Diener, mein Name ist Iljas, und ich werde Euch bei Eurer Arbeit helfen.«

Helfen …?

»Unser König Hassan hat Euch zu seinem persönlichen Medicus bestellt.«

»Und wenn ich das nicht möchte?«, krächzte ich in diesem erstickten Ton, als wäre mein Hals zu doppelter Größe angeschwollen.

»Dann wird er mich töten, Herr …«, kam es kleinlaut von Iljas.

Bei allen Göttern …

Mittlerweile war ich vierzehn Jahre alt. Meine Haare hielt ich kurz unter dem Turban, und ich versuchte, männlich zu wirken. Mein spindeldürrer Körper war mir eine gute Tarnung.

Mein neuer Helfer Iljas entpuppte sich als pfiffiges Kerlchen mit großem Charme, und ich spielte die Gegensätze unserer beiden Rollen aus. Dadurch wirkte ich um ein Vielfaches älter und reifer, als ich tatsächlich war, und gewann das Vertrauen von König Hassan und seinen Prinzen. Diese sollte ich nach des Königs Weisung ärztlich betreuen, so gut es mein beschränktes Wissen zuließ. Dank meiner Kenntnisse in der menschlichen Physis wurde ich auch konsultiert, um eine möglichst schnelle und lautlose Tötung herbeizuführen. Eine gruselige Angelegenheit, denn ich war ja ausgebildet worden, um zu heilen. Auf der anderen Seite ermöglichte es mir auch einen Einblick in die Arbeit der Assassinen, die sich möglichst nah an ihre Opfer heranschleichen und mit einem einzigen Stich töten sollten. War er richtig gesetzt, war ein Stich aus unmittelbarer Nähe sofort tödlich, und der Ermordete spürte nicht einmal mehr den Schmerz des Einstichs.

Eine große Hilfe bei meiner Weiterbildung war Meister Kang Shi Fu, ein chinesischer Shaolin-Mönch, der aus seinem Heimatland hatte flüchten müssen und bei König Hassan als viel beachteter Kampfkunsttrainer seine Anstellung gefunden hatte. Warum er den beschwerlichen Weg aus seinem Heimatland in den weit entfernten Orient gewagt hatte, erwähnte er nie. Aber fast jeder, der in irgendeiner Weise bei den Assassinen untertauchte, hatte seine ganz eigene Geschichte zu erzählen, die nicht immer für fremde Ohren bestimmt war.

Von dem schweigsamen Shi Fu lernte ich viel über asiatische Heilkunst, Akupunktur und Heilmassagen. Ich wiederum lehrte ihn die Anwendung von Giften und Kräutern. Wir sahen es als eine Art Symbiose, die jeden von uns ein großes Stück weiterbrachte.

Shi Fu war zwischen zwanzig und hundert Jahre alt, weise wie ein Hundertjähriger und beweglich wie ein Zwanzigjähriger. Außerdem war sein Gesicht immer eine Maske der Freundlichkeit, ob er nun schlecht gelaunt war oder fröhlich, keiner sah es ihm an. Jedem begegnete er mit Respekt und Höflichkeit. Nie sagte er ein Wort zu viel, im Gegenteil, er war ein Meister im Verbergen von Worten und Gefühlen, und ich beschloss, diese Fertigkeit von ihm zu lernen. Nun ja, ich musste mir irgendwann eingestehen, dass ich hierin nicht besonders gut war.

Zwischen uns entwickelte sich eine besondere Freundschaft. Uns verband das große Interesse für die Natur und den Zweikampf. Daher blieb es nicht aus, dass wir uns häufig zu Kampfeinheiten trafen, die frühmorgens vor unserer eigentlichen Arbeitszeit stattfanden. Diese besonderen Umstände und die Tatsache, dass ich Iljas nicht ausliefern wollte, bewegten mich dazu, das großzügige Angebot Hassan I-Shabbahs anzunehmen und als persönlicher Medicus für ihn zu arbeiten.

Immer noch verfolgte mich der gewaltsame Tod Isaaks, den er aber nach Shi Fus Theorie selbst verschuldet hatte. Denn kein Sunnit wäre bereit, unter einem Schiiten zu arbeiten, und Isaak war aufgrund seines Glaubensbekenntnisses gezwungen gewesen abzulehnen. Hatte Hassan das gewusst? Hatte er vorgehabt, Isaak sowieso zu beseitigen, und ihm mit seinem Angebot keine Wahl gelassen? Ein so durchtriebener Gauner wie Hassan machte nichts ohne Kalkül.

Ein weiterer Pluspunkt meiner Anstellung war die ärztliche Versorgung der wertvollen Pferde aus Hassans Pferdezucht. Diese Tiere, die sein ganzer Stolz waren, waren sehr schlank und elegant, nicht allzu groß, und hielten ihren Kopf mit dem leicht nach oben geschwungenen Nasenrücken voller Stolz. Nie habe ich Pferde gesehen, die schneller, intelligenter und ausdauernder waren als diese Vollblüter. Hassan selbst ritt und trainierte sie mit einer Leidenschaft, die ansteckend war, und ich konnte auf diesem Gebiet wirklich viel von ihm lernen.

Während Iljas sich geschäftig und mit Feuereifer mit meinen Pflänzchen und Tierchen abmühte, Salben, Pillen und Phiolen herstellte, um die Beschwerden der Burgbevölkerung zu lindern, hatte ich genug Zeit, um reiten zu lernen, Pferde zu verstehen und sogar Geburtshilfe bei so einigen Muttertieren zu leisten.

Ein schwarzes Fohlen hatte es mir dabei ganz besonders angetan. Wir mussten es am Tag seiner Geburt förmlich aus dem Mutterleib herausziehen, um ihm auf die Welt zu helfen. Aber nach den ersten bangen Stunden erholte es sich und wurde kräftiger. Ich durfte ihm den Namen Taycan geben, was in der arabischen Sprache so viel hieß wie »junges Pferd«, und es schien von Anfang an darauf zu reagieren.

Hassan zeigte mir in seiner strengen und bestimmten Art, wie ich mit dem jungen Hengst umgehen musste und wie er auf seinen zukünftigen Reiter abgestimmt wurde, ohne seinen jungen Rücken mit zu viel Gewicht zu belasten. Bald folgte mir das gelehrige Tier auf dem Fuß und hörte auf meine Kommandos.

Umso härter traf mich der unglückselige Tag, an dem sich Taycan seinen Vorderlauf brach. Der Nizaritenkönig hatte es sich in den Kopf gesetzt, seine Festung auf dem Elburs-Gebirgskamm mit riesigen Steinschleudern auszustatten, um seine Feinde abzuwehren. Hunderte von Arbeitern schufteten Tag und Nacht, um die schweren Holzkonstruktionen in dem begrenzten Areal aufzustellen. Dazu wurde jede Menge Holz aus dem Tal herauftransportiert. Dies geschah mit Holzkarren, vor die man Ochsen gespannt hatte. Ochsen waren die einzigen Tiere, die kräftig genug waren, diese Anhöhe mit dem schweren Gewicht im Rücken zu schaffen.

Gerade als die zweijährigen Jungtiere von den Weiden im Tal ins Adlernest zurückgebracht wurden, riss die Deichsel von einem der Holzkarren. Das schwere Gefährt rumpelte rückwärts, kippte auf die Seite und ließ unter dem hysterischen Geschrei der Arbeiter einige der gefällten Baumstämme polternd den steilen Abhang herunterrollen. Die Pferde gerieten in Panik und rannten unkontrolliert in alle Richtungen auseinander. Taycan befand sich mitten unter ihnen. Ein rollender Stamm traf ihn mitten im Galopp und riss ihn von den Beinen.

Noch bevor ich bei ihm war und das ganze Ausmaß des Unfalls erkannte, wusste ich, dass er furchtbare Schmerzen litt. Er lag auf der Seite und schnaufte schwer. Immer wieder hob er seinen Kopf und ließ ihn hilflos wieder fallen. Die Augen waren panisch nach hinten gerollt, bis das Weiße zu sehen war. Ich stürzte auf ihn zu, hielt ihn fest und versuchte, ihn zu beruhigen. Fieberhaft gingen mir die verschiedensten Heilmethoden durch den Kopf, aber ich hatte noch nie einen Beinbruch bei einem Tier geheilt.

Hassan kam mit wehendem Kaftan herbeigeeilt, seine dunklen Augen waren voller Sorge und Schmerz. Ein ungewöhnlicher Anblick bei diesem so unbeirrbaren Mann. Drei andere Tiere waren ebenfalls getroffen worden. Sie waren so schwer verletzt, dass Hassans Männer sie von ihren Schmerzen erlösten. Als sie und Hassan schließlich auch auf mich und Taycan zukamen, schnürte es mir die Kehle zu. Panisch hielt ich den Kopf des verstörten Tiers an meine Schulter gedrückt. Um es am Boden zu halten, hatte ich mich hingesetzt. Schützend warf ich mich nun über den Hals des Hengstes.

»Wartet!«, kreischte ich, als Hassan mit starrem Gesichtsausdruck selbst das Messer ansetzte, um seinen wertvollen Hengst zu töten. Verstört wanderte sein Blick in mein Gesicht, die dunklen Augen traurig und sein Mund verkniffen von unterdrückter Trauer.

»Wenn ich ihn heilen kann«, bat ich ihn mit vor Angst zitternder Stimme, »wenn er wieder gesund wird, darf ich ihn dann behalten?«

Er sah mich schweigend an. Seine Mundwinkel zuckten. Irgendwann erkannte er, dass ich es ernst meinte, und sein Blick wurde auf einmal weich. Es war das Menschlichste, was ich je bei ihm gesehen hatte. Tatsächlich huschte ein Lächeln über sein Gesicht. Er blickte prüfend über das schwer atmende Tier und wieder zu mir zurück.

»Ich möchte nicht, dass er leidet, Eran.«

»Er wird nicht leiden, mein König, ich werde selbst dafür sorgen«, bat ich ihn eindringlich. »Er wird leben, ich schwöre, dass ich alles dafür tun werde. Bitte, lasst ihn leben!«

Ich legte all meine Kraft in meine Stimme, er musste mir einfach glauben. Deutlich sah ich Zweifel in seinen dunklen Augen. Der Bruch war am rechten Vorderlauf unterhalb des Knies, der Knochen ragte blutig und spitz aus dem schwarzen Fell, der Rest des Beines spreizte sich in unnatürlichem Winkel zur Seite.

Das Blut pochte in meinen Adern. In meiner Verzweiflung schloss ich die Augen und betete zu allen Göttern, die ich kannte. Und ich wurde erhört. Mit einem Seufzen nickte das gefürchtete Oberhaupt der Assassinen und begnadete Taycan, legte dessen Leben in meine Hände. Der kalte Mensch, dem Tod und Leid wie ein Schatten hinter seinem wehenden Kaftan folgten, hatte Mitleid mit einer Kreatur. Und ich war der Schlüssel dazu. »So sei es, Eran, wenn du ihn retten kannst, gehört er dir! *Inshallah* …«

Meine Schultern sackten nach vorn, so erleichtert war ich. Tränen fielen auf Taycan*s* schwarzes Fell, als ich zitternd seinen schnaubenden Kopf hielt. Der Kloß in meinem Hals war so dick, ich brachte keinen Laut heraus, um meine Dankbarkeit auszusprechen. Ich wusste nur, dass ich alles daransetzen würde, damit mein Taycan wieder gesund wurde. Alles …

Noch nie war ich emotional und fachlich so gefordert gewesen wie bei diesem Patienten. Die schiere Größe, die Schwierigkeit, ihn stabil und trotzdem ruhig zu halten, die geringe Erfahrung mit der Heilung von Pferden, all dies stand gegen mich. Hassans Männer schienen große Stücke auf mich zu halten, und ich wollte niemanden enttäuschen, am wenigsten mich selbst. Nie werde ich vergessen, wie sämtliche Helfer sich freiwillig unter mein Kommando stellten.

Nachdem ich es geschafft hatte, ihn mit der richtigen Dosis verdünnten Schlangengifts zu betäuben, konnte ich in aller Ruhe sein Bein richten, die Wunde nähen und eine feste Schiene aus Holz und mit in Kalk getränkten Binden basteln.

Schließlich band ich sein verletztes Bein nach vorn hoch und hängte es mit Seilen an der Decke auf, damit er es nicht versehentlich auf den Boden stellen konnte.

Nun musste ich die folgenden Stunden abwarten und hoffen, dass er wieder zu sich kommen würde. Ich suchte mir in dieser Nacht meinen Schlafplatz neben Taycan. Als er benommen aufwachte, wurden mir vor Erleichterung die Knie schwach. Und als er vorsichtig begann, Heu zu fressen und Wasser zu trinken, wäre ich fast in Tränen ausgebrochen.

Die Männer klopften mir anerkennend auf die Schultern, und selbst Hassan sah ungläubig nach dem Rechten. Ich glaube, dass ich an diesem Tag in seiner Achtung noch eine weitere Stufe erklommen hatte. Er versicherte mir, zu seinem Wort zu stehen.

Es vergingen viele Wochen intensiver Arbeit und ständiger Angst, Taycan doch noch durch Fieber oder Überlastung zu verlieren. Doch er war jung und noch im Wachstum. Der Knochen schien wieder so stabil zu sein wie vorher. Nach vielen Wochen des Wartens nahm ich ihm erstmals die Schiene ab. Taycan war vorsichtig, er trat kaum auf seinen rechten Vorderhuf und humpelte. Er schien meine Aufmerksamkeit zu genießen und hatte sich im Laufe der Zeit an mich gewöhnt und Vertrauen gefasst. Wir wurden zuerst Freunde, und da er von nun an mir gehörte, wurden wir so etwas wie Partner.

Kein anderes Ereignis hätte meinen Einfluss an Hassans Hof so stärken können wie die Heilung Taycans. Nicht nur, dass Hassan sich an unsere Abmachung hielt und mir damit einen seiner besten Hengste überließ. Er schien mir seit diesen Tagen überaus gewogen und teilte seine Überlegungen nicht nur mit seinen engsten Vertrauten, sondern auch mit mir – eine Entscheidung, die mir viel Argwohn in seiner Gefolgschaft entgegenbrachte.

In diesem Kreis höchstens geduldet und in Kriegsstrategien völlig unbedarft, hielt ich mich stets mit meiner Meinung zurück. Nur hier und da warf ich einen meiner Meinung nach klugen Gedanken ein, der niemanden in der Runde brüskieren konnte, wenn ich denn gefragt wurde. Bis ich eines Tages die Chance ergriff, meinen Mut zu beweisen – wenn auch nicht ganz freiwillig.

Die schiitischen Nizariten, die sich um Hassan gruppierten und ganze Landstriche für Hassans Kampf gegen die verhassten sunnitischen Landesführer gewannen, behaupteten sich als eine achtbare Größe im eigenen Land. Sultan Saladin konnte ein solch eigenständiges Reich in seinem Land natürlich nicht dulden und erklärte Hassan I-Shabbah den Krieg. Bald schon kamen die zahlenmäßig überlegenen Truppen des seldschukischen Reichsoberhaupts den breiten Pfad zur Festung heraufmarschiert.

Schon seit Wochen hatten wir uns im Inneren der Festung auf eine lange Belagerung eingestellt. Unsere Tauben wurden wichtige Boten, die uns die Ankunft der Seldschuken auf den Tag genau ankündigten. Die Tauben waren von einem dafür ausgebildeten Assassinen abgerichtet und gezüchtet worden – eine überaus effektive Methode, um Botschaften schnell durchs Land zu schicken. Damit konnten die zahlreichen verstreuten Sympathisanten Hassans ihn schon lange vor dem kommenden Angriff warnen. So hatte er jede Menge Zeit, sich auf eine Belagerung einzustellen, und das tat er auch.

Wasser und Getreide gab es daher bereits seit Wochen im Überfluss, Vieh und Waffen waren in mehrfacher Menge aufgestockt. Mit Iljas' Hilfe verdoppelte ich meine Wundpräparate, schmerzstillenden Tränke und Instrumente. Wir hatten genug Zeit, sauberes Verbandmaterial zu wickeln und Lappen zu stapeln. Mit Einverständnis von Hassan durfte ich ein kleines Krankenzimmer einrichten, in das bis zu drei Männer gleichzeitig aufgenommen werden konnten. Mit einer spürbaren Anspannung bereiteten sich alle auf einen kommenden Ansturm vor.

Und der kam auch in Form eines gewaltigen Heeres an Seldschuken. Tausende Soldaten des Sultans unter ihrem Anführer, Saladins Statthalter und General Nisam al-Mulk, strömten die Anhöhen des Gebirgszuges hinauf, auf dem das Adlernest uneinnehmbar thronte. Zu Pferd und zu Fuß quälten sich die Getreuen Saladins in unwirtliche Höhen, um vor den uneinnehmbaren Sandsteinfesten zu stehen, die Alamut wie eine schützende Hülle umgaben.

Die erste Angriffswelle der zahlreichen Bogenschützen verebbte, fast ohne Schaden anzurichten. Dies lag zum einen an den hohen Mauern von Alamut und zum anderen an der Wucht der auf den Zinnen montierten Wurfgeschosse, die für weit mehr Verluste beim Feind sorgten als angenommen. Die zweite Angriffswelle war fast genauso fruchtlos und hinterließ mehr Tote auf seldschukischer Seite als innerhalb der Festung. Die Mauern von Alamut waren so gut wie uneinnehmbar, dies musste der Kriegsgeneral Nisam al-Mulk irgendwann feststellen. Aber wenn der Feind nicht hineinkam, dann durfte er eben auch nicht heraus. Er befahl seinen Soldaten, sich auf eine lange Belagerung einzustellen.

Während also die Seldschuken für Wochen vor den Toren Alamuts ausharrten, sanken in der Festung der Wasserspiegel und die Laune der Bewohner. Wir kämpften mit einseitiger Ernährung, blanken Nerven und schrumpfenden Vorräten. Jeden Abend bestellte Hassan seine Vertrauten in seine persönliche Kammer ein und wartete auf eine Eingebung.

Nach fast acht Wochen Belagerung plagte uns der Lagerkoller. Die Krankenzahl ging schlagartig nach oben, vor allem aufgrund ausgeschlagener Zähne und Nasenbeinbrüche, die von der Vielzahl an Raufereien untereinander herrührten. Bei allen Männern waren die Nerven zum Zerreißen gespannt: Lieber würden sie kämpfen, als untätig zu warten.

Am achtundfünfzigsten Tag der Belagerung rief Hassan I-Shabbah seine engsten Vertrauten zu sich, um eine Lösung des Konflikts herbeizuführen. Wir trafen uns in seiner privaten Kammer, wie immer, wenn er ungestört sein wollte. An diesem Tag waren es nur sechs Vertraute, der Rest befand sich in der Krankenkammer. Die Stimmung war gereizt, und die Männer wirkten angespannt. Der König selbst schritt nervös vor seinem Bett auf und ab, die Arme auf dem Rücken. Es war das Bett, in dem ich ihn damals mit Isaak sterbenskrank aufgefunden hatte. Mit seinem schweren Baldachin aus dunkelrotem Brokat beherrschte es den Raum, der ansonsten nur mager ausgestattet war.

Die Kammer war abgedunkelt, um die Hitze nicht in das Gemäuer zu lassen. Nur einige Öllampen erhellten das ansonsten dunkle Zimmer und tünchten die Gesichter der Männer in eine geheimnisvolle Farbe. Fast wie bei einer Verschwörung hatten wir uns von dem Rest der Welt abgenabelt. Meine Stellung innerhalb dieses Zirkels war etwas Besonderes. Trotz meines Alters, meines Geschlechts – keiner dort ahnte etwas davon, dass ich weiblich war – konnte ich auf einen Mann Einfluss nehmen, den alle Perser und die Feinde der Perser fürchteten wie die Pest. Er war aus Fleisch und Blut, natürlich, und doch umgab ihn eine Aura des Übermenschlichen. Oft kam er mir vor, als würde er die Gedanken der Menschen manipulieren. Auch die meinen, wie ich zugeben musste.

Gespannt blickte ich in die Runde. Jeder trug die Lage mit Fassung, aber nicht alle konnten ihre Gefühle so verbergen wie Meister Shi Fu, dessen Gesicht im Schein der Öllampen so maskenhaft wie seine Buddha-Statuen wirkte. Vor allem Nabil al-Hakam war seine innere Unruhe anzusehen. Er forderte Hassan gereizt auf, ohne Rücksicht auf Verluste einen Ausfall zu wagen.

»Wir könnten einen Überraschungsangriff starten. Keiner von den verdammten Seldschuken erwartet, dass wir auf einmal aus den Toren preschen mitten in die überraschten Gegner hinein«, rief er aufgeregt in die Gruppe und warf seine Arme in die Luft, um seinem Frust Ausdruck zu verleihen. Er erntete manch zustimmendes Nicken, aber auch skeptische Blicke. Darunter war auch Hassan, der die Arme vor der Brust verschränkte.

»Sie würden uns mit ihren Pfeilen sofort niedermähen, wir hätten keinerlei Schutz, und die Tore wären offen«, entgegnete er auf Nabils gewagten Vorschlag und nickte ihm anerkennend zu, »aber dein Mut beeindruckt mich, mein Freund.«

Bedächtig drehte er sich zu den anderen Vertrauten um und

hob seine kräftige Stimme: »Habt Geduld, meine Freunde, irgendwann werden auch die Seldschuken merken, dass wir mehr Willensstärke haben als sie, und unverrichteter Dinge abziehen. Vertraut mir!«

»Aber ich werde nicht noch Monate untätig hier ausharren, es macht mich wahnsinnig!«, ereiferte sich Nabil hitzig, und die anderen Prinzen stimmten ihm lauthals zu. Nur Kang Shi Fu hielt sich zurück. Er verfolgte das Geschehen aus einer gebührenden Distanz.

Ich hielt mich unauffällig in der Nähe der Fenster auf. Von hier aus fiel es mir leichter, die Lage auszuloten und die Beteiligten abzuschätzen. Doch jetzt holte ich tief Luft, trat ein wenig vor, um wahrgenommen zu werden, und hob die Hände. Tatsächlich drehten sich einige zu mir um und musterten meine schmale Gestalt, darunter auch der König. Erwartungsvoll zog er die Augenbrauen hoch.

»Ich habe eine Idee, die nicht gleich einer Horde mutiger Männer bedarf, sondern nur eines einzigen.« Meine Stimme klang unsicher, auch in meinen Ohren. Jetzt verstummten auch die Letzten in der Runde. Hassan munterte mich auf weiterzusprechen.

»Dort unten lagern Hunderte von Männern mit all ihren Dienern und Schergen und Zelten. Ein Einzelner mehr fällt nicht besonders auf. Was wäre, wenn wir nur einen Mann ins Lager schleusen, der gezielt den Wesir Nisam al-Mulk tötet?«

Ein Raunen ging durch die kleine Kammer.

»Das wäre doch genau unser Weg …«, hörte ich eine Stimme von weiter hinten, die mich ebenfalls ermutigte weiterzusprechen.

»Wir müssten nur jemanden unbemerkt aus der Festung schleusen, der sich dann in sein Zelt schleicht. Am besten bei Nacht, wenn al-Mulk schläft«, erklärte ich mit etwas mehr Selbstbewusstsein. »Das Problem ist nur, wie kommt er wieder zurück?« Ich blickte fragend in die Runde, denn so weit hatte ich noch nicht gedacht.

»Gar nicht«, sagte Nabil unwirsch. »Er wird getötet, auf der Stelle, und wenn er Glück hat, mit seiner Haut am Fleisch.«

»Ein Selbstmo'dkommando?«, fragte Shi Fu nachdenklich. Es war das erste Mal, dass mein Lehrer sich einmischte. Ermutigt straffte ich meinen Körper.

»Klar, wenn derjenige geschnappt wird. Aber wenn er es schafft, unbemerkt wieder aus dem Zelt herauszukommen, dann könnte er auf demselben Weg zurück, wie er auch aus der Festung herausgekommen ist«, entgegnete ich und blickte triumphierend in die Runde.

Alle blickten mich an, als hätte ich gerade erklärt, dass ich fliegen könnte. Nabil, diese giftige Schlange, schürzte schließlich unfreundlich die Lippen. »Und wie sollte das ein Mann bewerkstelligen, einfach so dort rein- und rauszumarschieren?«, spottete er zynisch. »Geschweige denn einen Mann zu töten, der inmitten von blutrünstigen Seldschuken bestens bewacht wird?« Seine Stimme verhärtete sich mit jedem Wort.

»Nun«, wartete ich, ohne meine Fassung zu verlieren, mit dem zweiten Teil meiner Idee auf, »als die Getreidespeicher gebaut wurden, hat man Luken vorgesehen, durch die das Getreide von außen in die Kammern gefüllt werden kann. Dort hindurch könnte jemand nach draußen gelangen, völlig unbemerkt, weil die Luken in den Erdboden eingelassen sind. Und auf demselben Wege auch wieder herein.«

Jetzt brach großes Gelächter aus, und ich spürte, wie die Hitze in mein Gesicht schoss. Besonders Nabil, dieser arrogante Pfau, wieherte wie eine rossige Stute. Was war eigentlich mit ihm los?

»Und wer von uns soll durch die Luke passen, du Hornochse? Die ist für Getreide gemacht und nicht für einen Menschen!«, prustete er los und alle anderen lachten mit ihm.

Er hatte recht, es war nur eine schmale Öffnung, gerade groß genug für ein Kind … Bevor ich nachdenken konnte, platzte es aus mir heraus: »Ein Kind oder ein schmächtiger Junge würde durchpassen!«

Wieder war es Hassan, der für Ruhe sorgte, indem er herrisch die Hand hob. Mit entschlossenem Blick sah er mich aus dunkel umschatteten Augen an und nickte mir anerkennend zu. »Deine Idee ist gut, Eran, an welchen Knaben hattest du gedacht?«

Seine Worte ließen mich ein wenig zusammenzucken. So weit hatte ich die Idee wirklich nicht ersonnen. Wieder einmal hatte sich der Gedanke gerade eben in meinem Kopf geformt und war unbedacht aus meinem Mund gerutscht. Welcher Junge wäre fähig, einen Mann kaltblütig im Schlaf zu töten? Und sich nachts durch einen Getreideschacht zu zwängen?

Nachdenklich schloss ich die Augen. War es möglich? Eine Welle von unerklärlichem Selbstbewusstsein musste mich erfasst haben, als ich meine Augen wieder öffnete und in die belustigten Gesichter um mich herum sah. Vielleicht fühlte ich gerade deshalb meinen eisernen Willen wachsen. Mit einem tiefen Atemzug presste ich trotzig heraus: »Ich, mein König, ich werde es tun!« Meine Hände ballten sich dabei zu

Fäusten, die ich in meiner Aufregung gegen den Hals presste, um das Pochen dort zu stoppen.

Nabil warf die Hände in die Luft. »Ein Knabe, der Menschen heilt, will Assassine spielen! Geh wieder zurück in deine Träume, Kleiner!«

Die meisten lachten mit ihm, keiner traute mir so einen gewagten Coup zu. Nur Shi Fu bedachte mich mit einem nachdenklichen Ausdruck in seinen schmalen Augen, der mir genug Vertrauen gab, um weiterzusprechen.

»Ich weiß, wie ich einen Menschen töten kann«, warf ich mit stolz gerecktem Kinn dem Einwand Nabils entgegen. »Ich habe in Bagdad unter Bettelkindern gelebt. Wenn ich mich nicht durch den Schacht zwängen und leise in der Dunkelheit bewegen kann, wer denn sonst?«

Zutiefst überzeugt von meinen Fähigkeiten, faltete ich meine Arme vor der Brust. Jetzt, wo ich es in die Welt posaunt hatte, war ich auf einmal wirklich fest davon überzeugt, dass ich es schaffen konnte.

Hassan grübelte und zögerte. Traute er mir das nicht zu? Schließlich wandte er sich mit einem nachdenklichen Ausdruck, aber fest entschlossener Stimme an Nabil und Shi Fu.

»Ihr beiden werdet Eran zeigen, wie man sich unbemerkt unter Feinden bewegt. Zeigt ihm, wie er seinen Gegner lautlos töten kann. Gebt ihm eine Waffe, mit der er umgehen kann.« Und den restlichen Männern befahl er ebenso knapp: »Und ihr werdet heute den Zugang zum östlichen Getreidespeicher freimachen, direkt neben dem Eingangstor.«

Müde stützte er die Hände in seine Hüften und blickte ernst in die Runde, die ihm atemlos zuhörte. »Es ist eine gute Chance, und wenn Eran Erfolg hat, dann werden sie entweder führerlos abziehen oder mit einer Wut im Bauch versuchen anzugreifen, beides soll mir recht sein. Aber es wird endlich Bewegung in diese verdammte Situation kommen …«

Mein Herz schlug mir bis zum Hals, meine Kehle war trocken, und meine Beine gehorchten mir nicht. Worauf hatte ich mich da eingelassen? Innerhalb weniger Tage hatten mir Shi Fu und Nabil gezeigt, wie ein Assassine dachte und handelte. Wie er sich bewegte und einen Menschen lautlos tötete.

Jetzt stand ich im Dunkeln in diesem Speicher bis zu den Knien im Getreide und sah die schwarze Öffnung des Schachtes vor mir. Er war so eng wie meine Kehle, nur ein klein wenig Licht fiel durch den Luftauslass über mir herein und erhellte die Szene notdürftig. Meine Augen mussten sich schnell an die Dunkelheit dort drinnen gewöhnen, denn auch im Schacht war es völlig dunkel.

Shi Fu hatte mich angewiesen, enge schwarze Kleidung zu tragen. Mein Kopf war in ein schwarzes Tuch gewickelt, nur schmale Schlitze waren für meine Augen frei gelassen. Keine Stelle meines Körpers war im Schatten zu erkennen, selbst die Füße steckten in schwarzen Strümpfen. Der Spitzdolch, der dem Opfer durchs Auge ins Hirn gestoßen werden musste, steckte in einem verhüllten Schaft an meinem Gürtel, eine Spezialanfertigung Nabils. Shi Fu und Nabil ließen es sich nicht nehmen, mich bis zum Eingang des Schachtes zu begleiten, wo sie auf mich warten würden, bis ich zurück war.

»Viel Glück, *E'an*!«, wünschte mir Shi Fu, der das R in meinem Namen wie immer einfach verschluckte, »*Zhù nǐ hǎo yùn*«, »viel Glück« ergänzte er und verneigte sich höflich vor mir.

»*Xiè xiè*! – danke, mein Freund«, antwortete ich, und wir gaben uns die Hände.

Ein letztes Mal holte ich noch tief Luft und zwängte mich dann entschlossen in den engen viereckigen Schacht. Er war nicht lang, aber ich musste mit den Händen voraus eintauchen, um die Luke vorn am Eingang zu öffnen. Meine Bewegungsfreiheit war damit extrem eingeschränkt, von meiner Angst, einfach mittendrin stecken zu bleiben, ganz zu schweigen. Die unverschlossene kleine Tür am Ende des Schachtes ließ sich jedoch leicht öffnen. Obwohl mein Körper so schmal war, blieben meine Hüftknochen am Rahmen der engen Öffnung stecken. Mit Gewalt zog ich mich mit außen aufgestützten Armen hindurch, wobei ich mir die Haut am Hüftknochen abschürfte.

Der Weg zum Zelt gestaltete sich einfach. Kein Mensch erwartete einen Ausfall der Nizariten aus den schützenden Mauern der Festung, schon gar nicht bei Nacht. Trotzdem war ich vorsichtig. Mein gesamter Körper war gespannt wie eine Bogensehne, und ich achtete auf jeden Schritt. Ich hörte die Belagerer laut schwatzen und trinken, als wäre es eine Feier und keine Belagerung. Verführerisch zog mir der Duft von gebratenem Fleisch in die Nase. Dies war bei unseren Leuten eine seltene Speise geworden, die Portionen waren zudem rationiert. Mein Mund wurde wässrig, und ich schluckte ärgerlich. Schalte deine Gedanken aus, konzentriere dich auf dein Ziel! Shi Fu war ständig mit seinen Anweisungen in meinem Hinterkopf.

Die Beschreibungen des Zeltes und des Wesirs waren Teil

meiner intensiven Vorbereitung. Es wäre fatal, würde ich versehentlich den Falschen töten. Dort, zwischen den beiden kleineren Zelten, blieb ich kurz stehen und erspähte ein dunkleres Zelt mit rotem Banner. Wie blödsinnig, so auf sich aufmerksam zu machen, dachte ich bei mir. Aber er musste sich sicher fühlen unter so vielen seiner Soldaten. Und einen irren Knaben, der mitten in der Nacht allein ins Lager schlich … wer rechnete schon damit? Wieder überrollte mich die Angst wie eine kalte Welle. Einatmen, ausatmen, zittrig zählte ich die Sekunden, bis sich mein jagender Puls wieder beruhigt hatte.

Tatsächlich standen eine Menge Zelte hier herum. Mindestens fünfzig Mann zählte ich allein hier auf der östlichen Seite des Bergkamms. Mit all meiner Kraft und Shi Fus guten Ratschlägen pirschte ich vorsichtig weiter. Die Steine unter meinen Socken knirschten kaum, als ich im Schutz der Dunkelheit langsam in einem Bogen unterhalb der Zelte vorbeischlich. Die Nacht war mondlos und kalt, ideal für mein Vorhaben. Vom Lagerfeuer geblendet, sahen die Belagerer nicht weit in die sie umgebenden Schatten hinein.

Im Bogen schlich ich mich an die Rückseite des Zeltes. Ich konnte nur inständig hoffen, dass der Wesir nicht gleich hinter der Zeltwand schlief. Ein entferntes Schnarchen zeigte mir an, dass Nisam al-Mulk den strategisch richtigen Platz an der Hinterseite des Zeltes gewählt hatte.

Mit dem messerscharfen Dolch schnitt ich eine Linie in der Höhe meiner Brust bis hinunter zu den Füßen in die Leinwand und schob mich schnell hindurch. Atemlos blieb ich stehen und ließ meine Augen sich an das gedämpfte Licht im Innern gewöhnen. Links neben mir konnte ich die Schlafstätte mit den Fellen erkennen und darauf den Umriss eines voluminösen Körpers, dessen Brust sich gleichmäßig hob und senkte. Rechts von ihm stand eine Kerze, bis zur Hälfte heruntergebrannt. Ich hielt eine Weile still, bis mein Atem wieder gleichmäßig und ruhig ging. Achte auf deine Atmung, hatte mir Nabil beigebracht, und bisher waren Herzschlag und Atmung in erstaunlichem Einklang. Mit dem Dolch in der Hand bewegte ich mich langsam auf die schlafende Gestalt zu. Nur noch wenige Meter.

Schwach machte ich die Details des Wesirs aus. Gelockte graue Haare, einen dicken Wanst und eine kleine Statur – die Beschreibung passte. Jetzt stand ich neben ihm, meine Hand mit dem Dolch in der Rechten, die andere Hand weilte über dem halboffenen schnarchenden Mund. Dann ging alles ganz schnell: Ich hielt ihm den Mund zu, während ich mit der erhobenen Rechten den Dolch in seinen Kopf stieß. Der dicke Körper bäumte sich auf, dann erschlaffte er auch schon, der Tod kam schnell und ohne großes Aufsehen.

Ich empfand es selbst als unheimlich, wie leicht mir alles von der Hand ging, als hätte ich das schon öfter gemacht. Mein Atem entwich pfeifend aus meinem Mund, die Kerze flackerte. Ich sollte sie ausmachen, schoss es mir durch den Kopf, sonst käme noch jemand ins Zelt.

Die Augen krampfhaft auf den Zelteingang gerichtet, schlich ich mich um die Schlafstätte herum und stieß auf einmal mit den Füßen gegen etwas Weiches, Warmes. Ein Ächzen kam von unter mir, dann hörte ich eine zarte Stimme.

»Mein Herr, was ist …?« Es war das verschlafene Krächzen eines Kindes.

Verdammt! Auf einmal waren mein Herzschlag und meine Atmung ganz und gar nicht mehr im Einklang. Ich stand vor

Entsetzen wie versteinert da. Im selben Moment bemerkte der Junge, der am Fußende des Bettes geschlafen hatte, dass ein Eindringling im Zelt war. Ich hörte nur, wie er Luft holte, um zu schreien, und krallte instinktiv meine Hand um seine Gurgel. Seine Finger umklammerten die meinen, um sie wegzuziehen, und durch die Wucht meiner Bewegung fielen wir beide wie ein nasser Sack auf den Boden. Dabei krachte der Kopf des Kindes gegen den Holzpfeiler, der das Zelt aufrecht hielt. Es war kein heftiger Aufprall, aber offensichtlich genug für ihn, um die Besinnung zu verlieren.

Draußen vor dem Zelt erschallte ein leiser Ruf. Ich erstarrte. Jetzt raste mein Puls, Herzschlag und Atmung waren wieder da. Schnell rappelte ich mich auf und löschte die Kerze. Ein Kopf schnellte durch den Zelteingang. »Alles in Ordnung, *Sahib*?« Es war wohl die Wache vor dem Zelt.

»Psst«, flüsterte ich drängend, »nicht so laut, der Wesir schläft!« Hoffentlich hörte sich meine Stimme nicht allzu fremd an. »Ich hatte etwas gehört!«, flüsterte es jetzt ebenso zurück.

»Ich habe geträumt! Alles gut …«, beruhigte ich ihn wieder flüsternd, um meine Stimme zu verfremden, und er wandte sich tatsächlich mit einem Grunzen wieder nach draußen. Meine Güte, das war knapp …

Mit größter Anstrengung versuchte ich, meine holprige Atmung wieder in den Griff zu bekommen. Es war stockdunkel im Zelt. Aber da meine Augen sich rasch an die Dunkelheit gewöhnten, fand ich schnell den Schlitz in der Zeltwand wieder. Um kein Risiko einzugehen, nahm ich denselben Weg zurück, öffnete die Luke und zwängte mich mit den Füßen voraus wieder hinein, damit ich sie mit den Händen hinter mir schließen konnte. Die enge Öffnung hatte noch einmal ein Stück Haut an meiner Hüfte abgeschürft. Aber das spürte ich in meinem erregten Zustand gar nicht mehr.

Kaum war die Luke zu, merkte ich, wie mich jemand an den Füßen in den Getreidespeicher zog. Es war Shi Fu, und im blassen Licht sah ich ihn zum ersten Mal grinsen, von einem Ohr zum anderen. Ohne ein Wort zu sagen, drückte er mich fest an sich und haute mir dabei auf die Schulter. Es war gut, dass er mich stützte, denn meine Beine waren weich wie Butter. Ich war wieder zurückgekommen, ich hatte es tatsächlich geschafft! Zum ersten Mal in meinem Leben hatte ich getötet – ich konnte es kaum fassen! Ein Leben für das von vielen. Ich genoss die Anerkennung der anderen Assassinen, die mir abwechselnd auf die Schultern klopften oder die Hand schüttelten. Es war berauschend.

Tatsächlich wurden die Zelte der Seldschuken am Tag nach dem Bekanntwerden des gewaltsamen Todes von Nisam al-Mulk und seines unglückseligen Dieners abgebaut, und die Truppen zogen unverrichteter Dinge wieder ab. Ob es daran lag, dass Hassan den Seldschuken eine Ablöse bezahlte oder dass es einem Assassinen gelungen war, in ein Lager einzudringen und den Wesir inmitten seiner eigenen Leute zu töten, das hatte ich leider nie herausgefunden.

Der Mut musste die Seldschuken so schnell verlassen haben wie die Seele des Wesirs seinen Körper. Meine eigene Rolle in diesem Drama empfand ich im Nachhinein als nicht ganz so mutig, immerhin hatte der Wesir geschlafen, und sein Diener war noch ein Kind gewesen. Beinahe hätte ich ihn auch töten müssen, wenn er zu meinem Glück nicht bewusstlos geworden wäre. Mein schlechtes Gewissen hatte mich eingeholt. Ich haderte damit, einen Menschen kaltblütig getötet zu haben. Mein Schlaf war gequält von Schweißausbrüchen und immer wiederkehrenden Bildern.

Die Männer um Hassan herum sahen dies allerdings ganz anders. Den Wesir im Schlaf zu töten war ein echtes Meisterstück. Sie ermunterten ihren König, mir diese Ehre einer Assassinenausbildung zuteilwerden zu lassen als Belohnung für meine Dienste. Diese unglaubliche Anerkennung hatte zuerst gereicht, mir meine Schuldgefühle abzunehmen. Es sei Allahs Wille gewesen, so sagten sie.

Tatsächlich war dies nur der Anfang einer tiefen Selbstkritik, denn ich begann bald mit Hassan zu hadern. Ich sah keinen der Prinzen, die sich oft auf Allah beriefen und so ihr Tun rechtfertigten, jemals beten. Es schien, als wäre ihnen ihr König näher als Allah.

Der Nizaritenkönig ließ mich gleich am Morgen nach dem ersten Gebet zu sich in das Privatgemach rufen, das er immer für seine geheimen Treffen benutzte. Nur Nabil stand neben ihm, ein seltsames Lächeln im Gesicht. Fast schien es mir, als hätte ich einen großen Fehler gemacht, und bereitete mich innerlich auf eine Strafe vor. Aber der König verlangte nur, dass ich ihm noch mal mein nächtliches Abenteuer schilderte. Dabei blieb er direkt vor mir stehen und blickte mich mit diesen Augen an, vor denen ich irgendwie Angst hatte. Es war die Art, wie er mich anblickte.

Ich senkte meinen Kopf, während ich sprach, denn seine Pupillen waren so schwarz wie der Rest der Augen, und ich fühlte mich, als würde ich in einen tiefen Schlund blicken, in dem es kein Licht gab.

Immer wieder ermunterte er mich, von dem Wein zu kosten, den er bereit gestellt hatte. Da ich meine Sinne nicht vernebeln wollte, lehnte ich dankend ab, nahm aber die *datiln* und den Mokka an, die er mir großzügig reichte. Am Ende der Geschichte gab ich zu, dass ich die Seele des Wesirs betrauere, und er zog fragend seine schwarzen Augenbrauen hoch.

»Warum trauerst du um den Wesir, aber nicht um die vielen Soldaten, die zuvor gefallen sind?«, fragte er mich schließlich.

»Er lag wehrlos da und hat mir nichts getan«, antwortete ich kleinlaut. Jetzt hob ich den Kopf und sah ihm wieder in die schwarzen Augen.

»Und wäre er vor dir gestanden mit seinem Schwert?«, hakte er noch einmal nach.

»Dann würde ich jetzt wohl nicht mehr leben«, entgegnete ich entschlossen und reckte mein Kinn.

Er hatte recht, ich wäre von einem Mann wohl mit Leichtigkeit getötet worden.

»Sie hätten dich gepackt, dir die Haut abgezogen und deinen Kopf über meine Mauern geworfen«, führte er weiter aus. Irritiert schluckte ich und sah wieder auf den Boden. »Schau mich an, Eran!« Ich musste hochblicken in diese schwarzen Augen, die so hart und doch so klug waren. Jetzt musterten sie mich mit einer Intensität, die mir die Haare zu Berge stehen ließ. Was sah er in mir?

»Du bist ein tapferer und gewandter Knabe, Eran. Was du in dieser Nacht getan hast, hat vielleicht vielen Menschen hier das Leben gerettet. So hat es nur einen Großwesir getroffen.« Er legte mir seine rechte Hand auf die Schulter. »Die Seldschuken haben die Belagerung aufgegeben. Wir haben dieses Mal gesiegt, aber sie werden wiederkommen. Und vielleicht müssen wir dann wieder einen Mann töten, damit andere überleben können. Oder einen anderen Wesir.«

Wie schaffte er es nur, dass ich mich fühlte wie eine Maus vor einer Schlange? Ich konnte den Blick nicht von ihm nehmen und nickte nur ergeben. Mein Kopf begann zu surren, Kreise erschienen vor meinen Augen. Ich hörte mich selbst atmen, laut und unnatürlich schnell. Der Druck auf meiner Schulter wurde fester, heiß und schwer.

»Wirst du beim nächsten Mal auch wieder töten, um uns zu helfen, Eran?«

Mein Kopf nickte nur mechanisch, und ich stieß ein heiseres »Ja« heraus. Wieso sagte ich das? Wo war mein Verstand geblieben?

»Dann werde ich dich zu einem Assassinen ausbilden, einem Krieger wie Nabil Al-Hakam, und du wirst eines Tages frei sein«, hörte ich seine Stimme. »Ein freier Mann wirst du sein und mir als Prinz dienen. Hast du mich verstanden, Eran?«

Damit nahm er seine zweite Hand und legte sie mir auf die andere Schulter. Seine Augen starrten immer noch in mein Innerstes, und ich fühlte mich seltsam hohl.

»Ja, Herr …«, brachte ich nur heraus, bevor meine Beine weich wurden, ich auf den Boden sackte und dabei stammelte: »Danke, mein Herr …«

Mein Körper und mein Geist waren so schwach, als hätte ich schweres Fieber. Meine Knie und Handflächen stützten mich auf dem weichen Seidenteppich, und mein Atem ging nur stoßartig. Mir wurde allmählich bewusst, dass ich gerade versprochen hatte, ein Assassine zu werden.

Der Bann seines Blickes war gelöst, ich konnte wieder frei atmen und mich bewegen. Und doch war es mir, als hätte mir ein Fremder gerade seinen Willen aufgezwungen. Jemand, der mächtiger war als meine eigene Seele. Ein Fremder, der von meinen Gedanken Besitz ergriff. Wie war das möglich?

Nabil half mir auf meine wackligen Beine und grinste dabei, als hätte ich tatsächlich zu viel Wein erwischt. Wütend und noch ein wenig benommen stieß ich ihn von mir weg. »Was ist mit mir passiert?«

Jetzt lachte er. »Du hast gerade deine Seele verkauft. Und ich zeige dir, was du dafür tun musst.«

In meinen Ohren klang sein Lachen wie Hohn.

Kapitel 13

London im September 1305

Sie hatten mich wieder in dieselbe faulige Zelle gebracht. Der Kübel mit dem abgestandenen Wasser stand noch immer an derselben Stelle. Sie hätten doch in der Zwischenzeit wenigstens sauber machen können, schoss es mir durch den Kopf. Mach dich nicht lächerlich, Enja, das hatten die niemals vor.

Ich hatte vier Wochen Zeit, um nachzudenken. Vier Wochen, um einen Weg hier heraus zu finden. Wie hatte das alles nur passieren können? Ich hatte Edward doch meine Unterstützung angeboten? War es nur die Tatsache, dass ich eine Frau war, oder hätte ich ihm nicht mit dem zukünftigen Schottenkönig drohen sollen?

Meine Wut wurde nur noch von meiner Verzweiflung übertroffen und der Sorge darüber, hier in London zu sterben und meinen Clan allein zu lassen. Ich hatte versagt. Wenn ich mein eigenes Leben nicht einmal retten konnte, wie sollte ich dann einen ganzen Clan retten?

In der winzigen Zelle ging ich mit kleinen Schritten auf und ab. Irgendetwas musste ich tun, mich bewegen, schreien oder meine Faust in die Wand schlagen. Aber es half nichts, ich konnte es nicht ungeschehen machen und schalt mich selbst eine Idiotin.

Hals Reaktion auf das Urteil zerriss mir fast das Herz. Beinahe wäre er über die hölzerne Absperrung gesprungen und hätte mich mit Waffengewalt aus dem Saal geholt. Ich hatte kaum merklich den Kopf geschüttelt und ihm damit signalisiert, dass wir eine andere Lösung finden mussten.

Doch je mehr Zeit verstrich, desto verzweifelter wurden meine Gedanken. Wütend schlug ich mit der Faust in den groben Fels. Der stechende Schmerz tat gut und klärte meine irrwitzigen Gedanken. Die Knöchel waren bereits blutig und verschorft. Meine einzige Hoffnung war Hal. Er würde mir helfen, da war ich mir sicher. Ihm musste einfach etwas einfallen.

Aber der Tower war uneinnehmbar. Es waren immer zwei Wachen auf ständiger Patrouille, zwei weitere saßen vorn in der Wachstube. Die Zeiten der Rundgänge waren nicht regelmäßig, die Durchsuchung der Zellen kam unangekündigt, und das Essen wurde nie zur gleichen Zeit gebracht. Hier verrichtete jemand seinen Dienst äußerst gewissenhaft, und mir wurde langsam klar, warum der Tower von London so berüchtigt war: So schnell kam hier niemand raus, der nicht rausdurfte.

Hier unten verschwammen die Tage und Nächte, hier ging weder die Sonne auf noch unter. Daher verbrachte ich die wachen Stunden mit einer Art Meditation, die mich die bedrückende Zeit überstehen ließ. Oder ich versuchte mich mit kleinen Übungen körperlich fit zu halten, was in diesem kleinen Raum kaum möglich war. Aber wenigstens lenkten meine Kraftübungen mich für einige Zeit von der Eintönigkeit ab.

Nach etwa zwei Wochen wurde ich von Lärm vor meiner Zelle geweckt. Es hörte sich an wie die polternde Stimme eines Mannes, der zum einen die Soldaten, dann den König und schließlich Gott selbst verfluchte und das in einer Sprache, die mir ziemlich bekannt war: Gälisch!

Aufgerüttelt rannte ich zur Tür und starrte durch das vergitterte Guckloch. Wenn es der war, für den ich ihn hielt, sollte er nicht hier sein, nicht im Tower von London!

»Sir William Douglas!«, rief ich laut und klammerte mich an die Gitterstäbe. »Was macht Ihr denn hier in diesem Loch? Gibt es in den Highlands keinen *Uisge beatha* mehr?«

Er drehte sich zu mir herum und riss dabei die beiden Soldaten, die ihn begleiteten, einfach mit sich. Der kräftige Mann ging noch ein paar Schritte auf mich zu, aber die englischen Schergen hielten ihn gewaltsam zurück.

Der alte Laird William Douglas, Vater von James, stand leibhaftig vor mir. Er war schlanker, als ich ihn in Erinnerung hatte, aber immer noch ein mächtiger und großer Mann. Er zog die buschigen Augenbrauen zusammen und blinzelte zu mir herein. Seine geröteten Augen starrten mich nachdenklich an. Erst nach ein paar Augenblicken erkannte er mich und schrie in seiner lauten und schon ziemlich heiseren Stimme: »Lady Enja, was macht Ihr denn hier?« Dabei schüttelte er den Kopf mit der zerzausten grauen Mähne, die ihm bis auf die Schulter fiel. Ich hörte sein Bedauern darüber heraus, mich hier in diesen Mauern wiederzufinden. »Ich hatte keine andere Wahl, als diesen dreckigen englischen Bluthunden mein Leben in die Hand zu geben. Aber für Euch ist das hier kein Platz!«

»Die Engländer haben mich verhaftet und wollen mich als Hochverräterin hinrichten. Ich hatte nicht einmal die Chance, mich richtig zu erklären«, platzte es wütend aus mir heraus.

»Solltet Ihr dem Gericht vorgeführt werden, nehmt Euch lieber keinen Advokaten, der macht alles nur noch schlimmer ...«

Die Soldaten versuchten, William weiter den Gang entlangzuzerren, aber der ließ sich nicht einen Zentimeter wegbewegen. Ernst und enttäuscht blickte er mich an und deutete mit dem Kopf den Gang hinunter.

»Ich bin bereits verurteilt. Allein für meine Meinung und meine Einstellung zur englischen Krone gelte ich bereits als Verräter. Die Engländer machen sich vor Angst in die Hose, dass die Schotten einen eigenen König aufstellen könnten!« Verächtlich spuckte er aus, direkt vor die Füße eines der beiden Soldaten, der langsam die Geduld zu verlieren schien und nach Verstärkung schrie.

»Sie bringen mich gerade zur Tortur, sie werden mich so oder so töten«, übertönte Williams gewaltige Stimme das Geschrei der Soldaten, »ich werde hier drin sterben, und ich werde mit Stolz meiner geliebten Eleanore folgen. Diese Schweine haben sie auf dem Gewissen, einfach erschlagen haben sie sie, und Matthew, meinen kleinen Jungen ...« Die letzten Worte fauchte er nur noch, Bitterkeit verschlug ihm die Stimme, und die beiden Soldaten zerrten wieder an seinen Armen. Einer schlug sogar mit einem Knüppel auf ihn ein. Er verfluchte und verdammte die englische Krone, während die beiden Soldaten ihn den Gang entlangzerrten.

»Wo sind James und Hugh?«, rief ich ihm noch hinterher, als er fluchend vorwärtsstolperte, meine Hände umklammerten verzweifelt die Gitterstäbe. Mit einem wilden Blick schaute er zurück und rief mir zu: »Ich weiß es nicht, sie wurden weggebracht, aber ich habe keine Ahnung, wohin. Vielleicht leben sie noch ...«

Und damit war er aus meinem Sichtfeld verschwunden. Seine Worte hallten in meinen Ohren nach wie in einer tiefen Höhle. Vielleicht leben sie noch! Wenn James und Gordon noch lebten, wo sind sie dann? Wären sie dann nicht längst zurückgekehrt, um ihrem Vater zu helfen? Oder waren sie vielleicht in ein anderes Gefängnis verlegt worden? Oft wurden junge Männer als Arbeitskräfte für die zahlreichen Kriegsbauten der Krone missbraucht. Da der Vater für seine Schuld mit dem Tod bezahlen musste, konnte man seine Söhne nicht für dasselbe Verbrechen hinrichten. Aber wenn sie in ein Arbeitslager gesteckt worden waren, wäre ihr Tod auch dann irgendwann die unabwendbare Folge.

Meine verkrampften Hände waren kalt geworden. Nachdenklich legte ich meine Stirn auf die Fäuste, mit denen ich noch immer die Gitterstäbe umklammerte, um sie zu kühlen. Ich musste hier raus. Ich musste herausfinden, wo die beiden Männer waren, und ihnen helfen. Würde ich an irgendeinen verfluchten Gott glauben, dann würde ich jetzt ein Gebet sprechen für die Seele von William, für die seiner Kinder und für mich …

Eine Heilerin bestätigte am Morgen der geplanten Hinrichtung, dass das königliche Urteil vollstreckt werden durfte. Die Nachricht zog wie ein Lauffeuer durch die Stadt und ließ die Menschen in eifriger Vorfreude zum Marktplatz streben. Passend zum Anlass zeigte sich der englische Himmel bedeckt. Die ungewöhnlich warmen Sommertage in London waren mit einem heftigen Gewitter beendet worden. Eine herbstliche Nässe hatte London mit einem grauen

Schleier überdeckt, der die Menschen nach der Hitze durchatmen ließ.

»So ein Pisswetter für diese verdammte Hinrichtung«, schimpfte Hal, der am Ende des Marktplatzes unter einem kleinen Vordach stand, und zog seinen Fuß aus einer Pfütze zurück, in der sich der Dreck der Straßen sammelte. Hier am Marktplatz hatten sich schon zahlreiche Schaulustige eingefunden, um den Höhepunkt der Woche mit eigenen Augen mitzuerleben. Ein paar Vögel suchten in den Pfützen Würmer, Schnecken und Abfälle. Sie ließen sich nicht einmal im Regen vom Fleddern abhalten.

Zum ersten Mal sollte in London eine Frau den Tod eines Hochverräters sterben. Eine Frau, eine Verräterin der englischen Krone, die einen höchst grausamen und langsamen Tod sterben sollte, setzte selbst den faulsten Hintern in der Stadt noch in Bewegung.

Neben Hal stand Kalay, eine hoch aufgeschossene, schlanke Frau mit rotblonden Haaren, die in einem dicken Zopf bis auf den Rücken fielen. Ihre grauen Augen streiften immer wieder über die Männer und Frauen, die sich hier versammelt hatten. Sie trug das einfache Gewand der Handelsleute, eine Tunika, die in der Taille von einem Gürtel gehalten wurde, und ein Rock, der bereits deutliche Tragespuren zeigte und am Saum einige Fäden zog. Trotzdem war ihre Kleidung sauber und brachte ihre schlanke Figur zur Geltung. An ihrem rechten Arm baumelte ein Korb, der mit einem Tuch abgedeckt war.

»Sie wird wohl mit einem Gefährt kommen, das hat Winnie bereits herausgefunden. Wir müssen warten, bis sie aus dem Wagen gestiegen ist«, bemerkte sie nun leise. So wie sie neben Hal stand, hätte sie eine Marketenderin sein können, die ihm ihre Waren anbot. Keiner der Anwesenden schenkte ihr seine Aufmerksamkeit. Hal hatte sich die Kapuze seiner Tunika über den Kopf gezogen, um sein auffälliges Gesicht zu verdecken. Mit verschränkten Armen stand er nun im Schatten unter dem Vordach.

»Die Posten am Nordtor haben wir durch unsere Leute ausgewechselt. Alles lief glatt«, raunte Kalay und setzte ein routiniertes Lächeln auf.

Hal nickte nun unter der Kapuze wie beiläufig, und sein zufriedener Blick glitt wieder zum Publikum, unter das sich nun auch eine Musikgruppe mischte, die vorher noch an einem anderen Platz gespielt hatte. Ihre bunten Kostüme fielen auf im Einheitsgrau der Marktplatzkulisse. Die Musiker waren noch recht jung, Mädchen und Knaben, die sich gut gelaunt mit ihren Instrumenten unter die Leute mischten. Offensichtlich wollten auch sie sich die spannende Vorführung nicht entgehen lassen.

Hal war froh, dass er es noch rechtzeitig geschafft hatte, seinen Clan zu benachrichtigen und einige seiner Krieger nach London zu holen. Dabei hatte er einen genialen Trick angewendet, den ihm Enja einmal gezeigt hatte. Enjas Hengst war darauf abgerichtet, nach Hause zu laufen. Sie hatten das auch mit seinem Schimmel geübt, und tatsächlich schienen die Tiere den Wink zu verstehen: Egal, wo sie die beiden freiließen, sie liefen immer schnurstracks nach Caerlaverock in den Stall. Das hatte er dieses Mal mit Taycan gemacht, mit einer kleinen Nachricht in einem Lederbeutel an seiner Mähne. Befreit von Sattel und Zaumzeug, war er in kürzester Zeit zurück in Caerlaverock.

Die Nachricht über Enjas Gefangenschaft hatte große Sorge ausgelöst. Kalay hatte die Zeit genutzt, um die besten Krieger zu sammeln und sich auf den Weg nach London zu machen, entschlossen, ihre Anführerin zu retten. Taycan hatten sie mitgebracht. So war die Gruppe aus Caerlaverock vor ein paar Tagen eingetroffen, und Hal war ein Stein vom Herzen gefallen. Denn ohne die Krieger um Kalay würde sein Plan nicht aufgehen. Ein Plan, den selbst Enja begrüßt hätte, da war er sich sicher.

Aber noch war sie nicht frei, und seine Nerven waren trotz der zur Schau gestellten Lässigkeit bis zum Zerreißen angespannt. Wieder lächelte Kalay nervös zu ihm hinüber, biss sich auf die Lippen und prüfte fahrig den Inhalt des Korbes.

Enjas bester Freund reckte den Hals und wich aus dem Schatten, als auf einmal Bewegung in die Menge kam, weil ein Wagen vom östlichen Weg auf den Marktplatz gezogen wurde. Es war ein einfacher einachsiger Wagen mit einem Esel davor, und darauf stand wie eine Statue, die Hände mit einem Strick vor sich gefesselt, Enja von Caerlaverock.

Ein Raunen ging durch die Menge. Hal und Kalay warfen sich einen hastigen Blick zu. Pfiffe und Rufe erschallten, während Enja völlig unbeweglich geradeaus blickte. Sie hatten ihr die Haare gelöst, die nun wie ein Schleier um sie herum wehten. Sie steckte in einem Büßerhemd, das die Delinquenten auf ihrem letzten Weg tragen mussten. An ihrer Schläfe klaffte von Weitem sichtbar eine Platzwunde mit geronnenem Blut, das über das Ohr und den Hals gelaufen war und Strähnen ihres Haars verklebte.

Eine nie gekannte Wut schlich sich Hals Magen hinauf bis zur Kehle und schnürte sie zu. Es war alles seine Schuld. Hätte er Enja nicht gebeten, sich nicht zu wehren, würde sie womöglich nicht auf diesem Schandkarren dort stehen. Wie hatte er ihr das nur antun können? Wer weiß, was sie im Tower noch alles hatte erleiden müssen? Seine Faust ballte sich um den Griff der Axt, die in seinem Gürtel steckte. Mit all seiner Macht musste er sich zur Ruhe besinnen. Er durfte es jetzt nicht verpatzen, sonst war alles verloren. Aber Enjas entsetzlicher Anblick hatte seine Wut entfacht.

Keiner durfte es wagen, dieser Frau auch nur ein Haar zu krümmen! Sie hatte ihm einst das Leben und seine Seele gerettet. Wäre sie nicht gewesen, würde er nicht heute hier am Marktplatz stehen und sich den Engländern entgegenstellen können. Sie hatte ihm die Kraft verliehen, die er heute besaß. Eher würde er sterben, als Enja den Engländern zu überlassen.

Wieder fiel sein Blick auf die Menge. Englische Soldaten tauchten an den Seiten auf, darunter der junge Mann mit dem roten Bart, der sie beide Wochen zuvor ins Königshaus geleitet hatte. Diese Person würde heute sterben, beschloss Hal grimmig, und nicht nur Rotbart, sondern auch einige seiner Kameraden. Die Aussicht darauf ließ ihn sich wieder auf sein Ziel konzentrieren. Er wurde mit einem Mal ganz ruhig. Sein Vorteil war der Hinterhalt. Keiner der Anwesenden durfte misstrauisch werden, die Aktion durfte nicht früher als geplant starten. Zögerlich ließ er die Axt los, entspannte sich wieder und suchte Blickkontakt mit Enja, um sie auf ihn aufmerksam zu machen.

Enja würdigte weder ihn noch den Priester oder den Henker eines Blickes, als sie vom Karren heruntergezogen und die Treppe zum Podest hinaufgeschoben wurde. Das Hemd bedeckte ihre Beine nur bis zum Knie, und die geifernde Menge betrachtete ungeniert ihre nackte Haut. Durch den groben Stoff erkannte man die Wölbung ihrer Brust.

Die Schergen zerrten sie zu dem Strick, der von einem Galgen baumelte. Der Priester in braunem Gewand, nur mit einem Rosenkranz und einer Bibel bewaffnet, sprach zu ihr. Doch sie schüttelte nur ungeduldig den Kopf, woraufhin der Geistliche sichtlich verärgert zurücktrat. Ein Gerichtsdiener in einer dunklen Tunika und mit schief sitzender Kappe stieg die wenigen Stufen zu dem Podest hinauf und stellte sich vor die Menge. Er hielt eine Peitsche in der linken Hand. Mit der Rechten öffnete er nun umständlich die Pergamentrolle und verlas das Urteil in seiner näselnden Stimme:

»Wir, Edward, König von England, Lord von Irland und Herzog von Aquitanien, verurteilen die hier stehende Angeklagte Enja I-Shabbah ibn Hassan I-Shabbah, auch bekannt als Enja von Caerlaverock, wegen Hochverrats an der englischen Krone. Sie wurde …«

In diesem Moment erklangen die Instrumente der Musiker, die sich auf dem Platz versammelt hatten, mit einem Lärm, der sich über den ganzen Marktplatz legte wie ein Klangteppich und die Worte des Redners verschluckte. Sie spielten einen wilden Reigen, der von Rasseln, Pfeifen und einem Dudelsack begleitet wurde. Allerdings ließ sich keine Melodie erkennen. Es klang so, als wüsste der Linke nicht, was der Rechte spielt. Hätte jemand nachgedacht, hätte er sich wundern müssen, wieso die Gruppe vorher noch so harmonisch in den Straßen der Stadt gespielt hatte.

Der Gerichtsdiener gab seine Rede entnervt und mit hochrotem Kopf auf und wartete ungeduldig, bis die Gruppe zu spielen aufhörte. Die belustigten Menschen applaudierten höflich, und die Musiker verbeugten sich. In das maskenhafte Gesicht der neben dem Galgen wartenden Enja schlich sich ein Lächeln.

Als endlich wieder Ruhe auf dem überfüllten Marktplatz eingekehrt war, setzte der Gerichtsdiener noch einmal an und las mit lauter Stimme weiter vor: »Und daher wurde sie zum Tod durch Erhängen, Ausweiden und Vierteilen verurteilt, und ihr Kopf wird später an …«

In diesem Moment fingen die Musiker wieder an zu spielen, noch lauter als vorher, als hätten sie jetzt erst richtig Spaß an ihrer Vorstellung gefunden. Sie hauten in die Saiten und pfiffen mit einer Inbrunst, dass es schon etwas Komisches an sich hatte. Selbst Hal und Kalay begannen jetzt zu grinsen, und die meisten Leute auf dem Platz lachten ungeniert. Auf dem Holzpodest wirkte der entwürdigte Gerichtsdiener nun völlig erzürnt. Das war ihm ja noch nie passiert! Und die Menge tat auch noch so, als wäre dies eine lustige Einlage. Er hatte doch eine Aufgabe, und die Verkündigung eines königlichen Urteils sollte den Respekt seiner Landsleute verdienen!

Missmutig wollte er die Soldaten für Ruhe sorgen lassen. Doch als sie sich den Musikern näherten, entstand plötzlich ein Tumult in der Menge. Wie auf ein unsichtbares Kommando hin stürmten ein paar der Schaulustigen auf die Soldaten zu, rissen sie von ihren Pferden und töteten sie. Zwei oder drei sprangen auf das Podest, schnitten der Delinquentin die Handfesseln durch und drückten ihr ein seltsam anmutendes Schwert in die Hände, das einen Griff aus geschnitztem Elfenbein besaß.

Mit vor Entsetzen offenem Mund musste der Gerichtsdiener mit ansehen, wie die Angeklagte dem Henker damit in einer fließenden Bewegung den Kopf abschlug und dem erstaunten Priester seine Hände mitsamt der Bibel. Sein entsetzter Schrei dröhnte ihm in den Ohren und vermischte sich mit dem Brüllen der entsetzten und verängstigten Menge.

In einer katzenhaften Bewegung sprang die Frau im Büßergewand direkt auf ihn, den Gerichtsdiener, zu. Erschrocken trat er einen Schritt zurück und hielt abwehrend seine Hände mit dem Urteil vor sich. Er zitterte wie Espenlaub und fing an, wimmernd um sein Leben zu betteln. Aber anstatt ihm ebenfalls ein Körperteil abzuschlagen, packte sie ihn an der Tunika und schrie ihn an: »Der König hat mich zu seinem Feind gemacht. Wenn er mich haben will, muss er mit mir kämpfen. Und wenn er mit mir kämpft, dann muss er gegen ganz Schottland kämpfen. Sag ihm das, du Taugenichts!«

Damit ließ sie ihn los, und der Gerichtsdiener, der sich vor Angst selbst beschmutzt hatte, sank auf seine zitternden Knie. Hilflos musste er mitansehen, wie eine Horde Pferde in die völlig außer Kontrolle geratene Menge auf dem Marktplatz getrieben wurde. Die Frauen und Männer, die mit einer unheimlichen Präzision die Soldaten getötet hatten, hielten nun mit ihren Schwertern die Unbeteiligten in Schach, die zurückwichen und eine Gasse bildeten. Langsam, als hätte er alle Zeit der Welt, näherte sich ein beeindruckender Mann auf einem Schimmel dem Holzpodest, das Gesicht unter einer Kapuze verborgen und einen schwarzen Hengst am Zügel, blieb davor stehen. Mit einem Satz sprang das Weib im Büßerhemd auf den Sattel des Rappen, der ungestüm den

Kopf hochriss. Beide Pferde jagten im gestreckten Galopp durch die Menge zurück zum Nordtor.

Ein Aufschrei der Menschen folgte ihnen. Gemeinsam jagten sie ungehindert durch das verlassene Stadttor hinaus. Wie konnte das sein? Weit und breit war kein Soldat zu sehen, der sie noch hätte aufhalten können. Hatten sie sich versteckt? Waren sie alle tot?

Es musste mit dem Teufel zugehen, jawohl, das musste es! Der Gerichtsdiener ließ das Urteil fallen, griff sich verzweifelt an den Kopf und sank zu Boden. Das entsetzte Kreischen des verletzten Priesters drang nur noch als ein weit entferntes Geräusch an sein Ohr. Er war sich sicher, dass der Teufel persönlich gekommen war, um das Ketzerweib zu befreien. Der Gerichtsdiener entschwand dieser fürchterlichen Welt in einer dankbaren Umnachtung.

Kapitel 14

Alamut im Jahre 1299

Die Schlucht war tief. Mein Körper fiel lange, eigentlich viel zu lange, und landete irgendwann mit einem lauten Schlag auf der Wasseroberfläche eines Gebirgsstroms, der hier mit lautem Getöse zu einem reißenden Fluss anschwoll. Mit kräftigen Armschlägen ruderte ich gegen die gnadenlosen Wassermassen, bis ich näher ans Ufer kam. Immer wieder stieß ich an Felsen und Gesteinsbrocken, die mir wie Bimsstein über die Haut schürften. Immer und immer wieder wurde ich vom Ufer weggespült und tiefer in den Sog des Wassers gezogen.

Irgendwann stieß ich mit wild rudernden Armen gegen einen Felsen und konnte mich festklammern. Meine Sinne schwanden bereits, und ich hatte kaum noch Hoffnung, lebend ans Ufer zu kommen. Mit letzter Kraft zog ich mich an dem Felsen hoch und blieb entkräftet liegen. Ich schnappte nach Luft.

Als ich verstört an mir heruntersah, stellte ich fest, dass ich nackt war. Die Strömung hatte mir sämtliche Kleider vom Leib gerissen. Zitternd und blutend lag ich auf dem kalten Stein. Es hätte mir nichts ausgemacht, wenn ich in diesem Augenblick gestorben wäre. Solch eine Todessehnsucht hatte ich noch nie zuvor verspürt.

Ich sah meine Mutter vor mir, deren Kopf im Wasser immer kleiner wurde. Sie schrie mir etwas zu, ich sah ihren

Mund sich öffnen und wieder schließen. Aber ich konnte sie nicht verstehen, die Sprache war mir fremd. Welche Sprache hatte meine Mutter eigentlich gesprochen? Woher kam sie? Ich konnte mich nicht mehr erinnern. Mein Vater hatte doch noch etwas zu mir gesagt, als er sich von uns verabschiedete, was waren seine Worte gewesen? Ich hatte es vergessen. Sein Gesicht? Nur ein vager Umriss. Dabei hatte ich ihm versprochen, ihn nie zu vergessen …

Panik wallte in mir auf. Ich stemmte mich auf dem glatten Felsen hoch, schwankte und versuchte verzweifelt, mit den Füßen Halt auf dem glitschigen Stein zu finden. Wie zum Hohn hörte ich auf einmal Gelächter über dem Rauschen des Wassers. Es kam vom Ufer, und meine brennenden Augen suchten zwischen den Bäumen nach Menschen.

Tatsächlich, dort kamen Nabil, Shi Fu und mein Diener Iljas. Mit letzter Kraft winkte ich und schrie aus Leibeskräften. Es dauerte lange, bis die drei mich endlich bemerkten. Sie liefen ans gegenüberliegende Ufer, zeigten aufgeregt auf mich und riefen ihrerseits etwas, das ich nicht verstand. Mein Kopf konnte keinen klaren Gedanken fassen. Das Wasser rauschte, und der Lärm machte eine Verständigung unmöglich. Erst als sie die Hände wie einen Trichter vor den Mund legten und immer wieder ein Wort riefen, verstand ich: »Weib!«, schrien sie aus Leibeskräften. »Du bist ein Weib!«

Mir wurde schwindelig. Sterne tanzten vor meinen Augen, und die Welt drehte sich auf einmal um mich herum, bis ich das Wasser spürte, das mich mit seinen eisigen Armen auffing und mit sich riss. Mama …

Schweißgebadet wachte ich auf. Mit panischem Blick riss ich die Bettdecke zurück, besah meinen unversehrten Körper und atmete erleichtert durch; ich hatte nur geträumt. Benommen setzte ich mich im Bett auf und rieb mir die Müdigkeit aus den Augen. Als ich aufstehen wollte, fiel mir das frische Blut auf, das sich zwischen meinen Beinen sammelte und ins Laken sickerte. Hatte ich mich verletzt?

Hastig stand ich auf und tastete mich nach irgendwelchen Verletzungen ab, aber nichts tat mir weh. Es war nicht viel Blut, aber es hielt an, und mich erfasste eine groteske Panik, was ich nun tun und vor allem wie ich es Hassan erklären sollte. Die Schamesröte stieg mir ins Gesicht.

Mit Isaak hatte ich mich einmal über den Grund der Monatsblutung und den Turnus der weiblichen Geschlechtsreife unterhalten, aber nie darüber, wie ich damit umgehen musste. Ich konnte mich nicht einmal anziehen, ohne dass alles blutig wurde. Gut, dass ich als Assassine nun eine eigene Kammer besaß, die zwar einfach, aber zweckmäßig ausgestattet war. Neben meiner Matratze aus Rosshaar befand sich ein kleiner Holztisch, auf dem eine Schüssel und ein Wasserkrug standen. Ich begann mir mit einem Schwamm das Blut abzuwaschen. Nervös biss ich mir auf die Lippen. Wie sollte ich damit mein Schwert führen und kämpfen?

Mein Blick fiel auf meine Tasche mit all meinen Arzneien und Phiolen; sie lag neben meinem Bett auf der hölzernen Sitzbank. Eine verwegene Idee entstand in meinem Kopf, als ich mir die Anordnung der Geschlechtsorgane noch einmal vor Augen führte. Wenn ich die Blutung bereits im Körper stoppen könnte, würde kein Blut mehr herausfließen …

Aus den verschieden großen Leinenbinden in meiner Tasche suchte ich mir eine passende Größe und rollte sie mit festem Druck zu einer engen Rolle zusammen, die in etwa die Größe meines kleinen Fingers hatte. Dann umband ich die Rolle mit den von mir selbst geknüpften Seidenfäden, verknotete diese und ließ den Rest des Fadens einfach hängen. Vorsichtig führte ich sie ein, richtete mich auf und ging in meinem Zimmer umher. Sie rutschte durch die Krümmung des Uterus nicht weiter heraus, und das Blut war zunächst einmal gestoppt. Schnell drehte ich mir noch ein paar Rollen und steckte sie in meinen Umhang, den ich immer bei mir trug. Ich war stolz und gleichzeitig erleichtert, dass ich eine Lösung für diesen so weiblichen Nachteil gefunden hatte. Noch würde keiner erfahren, dass ich eine Frau war.

Schnell band ich mir meine Brust ab, die zwar klein, aber doch merklich gewachsen war in den letzten Monaten. Mit fünfzehn Jahren hatte ich mich auf meine körperliche Veränderung eingestellt. Schwieriger würde es bald sein, meine helle Stimme zu erklären, ich musste mir etwas einfallen lassen. Auch mein Bartwuchs ließ zu wünschen übrig. Mein Körper hatte sich ebenfalls verändert. Er war noch einmal gewachsen und dank der Kampfübungen muskulöser geworden. Die Witze über meinen spärlichen Bartwuchs kamen deshalb nur vereinzelt.

Mein blondes Haar war mir inzwischen wieder auf Schulterlänge gewachsen, und ich trug es mit einem Lederband im Nacken gebunden wie die meisten Männer hier. Lange Haare waren ein Zeichen der Freiheit und des Wohlstands, ein Bart hatte kurz zu sein und sollte auch nur teilweise das Gesicht zieren. Auch meine Kleidung hatte sich geändert, seitdem ich zu den Assassinen gehörte. Weite, feine Stoffhosen mit einer

Tunika, die an der Hüfte mit einem goldbesetzten Gürtel gerafft wurde; der obligatorische *Khanjar*, der arabische Krummdolch, steckte natürlich darin. Die Stoffe waren sandfarben, also nicht eingefärbt, nur mein Umhang war mit vielen farbigen Mustern bestickt und mit Goldfäden durchwirkt. Auf ihn war ich sehr stolz, denn ich hatte ihn zu Ehren meiner dritten Weihe als Geschenk von Hassan erhalten. Bedächtig legte ich ihn jetzt über meine Schultern, steckte mit der goldenen und reich verzierten Brosche die Enden über der Brust fest und schlüpfte in meine weichen Lederschuhe, die von Hassans Schuhmacher auf meine Füße zugeschnitten worden waren. Mit ihnen konnte ich mich so lautlos bewegen, als liefe ich barfuß.

So herausgeputzt begab ich mich hinunter in die große Halle, in der die neuen Rekruten empfangen wurden. Ich sollte sie zusammen mit Nabil auf ihre Aufgaben vorbereiten. Wie immer war ich neugierig, welche interessanten Menschen sich eingefunden hatten, denn nicht alle eigneten sich für die harte Ausbildung zum Assassinen. Immer wieder kamen aus allen Ecken des Landes Männer, die sich freiwillig in den Dienst Hassans stellten und von ihm ausgebildet werden wollten. Als Heeresführer sandte er zahlreiche Späher aus, die für ihn die Augen offenhielten und Leute rekrutierten. Die ständigen Verfolgungen und Repressalien des Sultans gegen die Schiiten ließen genug verzweifelte Männer, die dessen Tyrannei überdrüssig geworden waren, in sein Netz laufen.

Die ständig wachsende Gefolgschaft des Anführers der Nizariten verteilte sich damit über das ganze Land und belief sich nach meinen Schätzungen auf mehrere Tausend Mann – und eine Frau. Hassans Volk der Assassinen war ihm treu und loyal ergeben. Die besten Prinzen ernannte er zu seinem persönlichen Stab, und diese durften wiederum die Nachrücker bestimmen. Als Medicus und Assassine hatte ich eine Sonderstellung, denn obwohl ich noch nicht die höchste Weihe erhalten hatte, wurde ich zu offiziellen Anlässen hinzugeholt. Undenkbar, wegen einer Monatsblutung ausgerechnet an diesem Tag unpässlich zu sein!

Die drei Neuankömmlinge, die heute in der Halle standen, waren die Frucht von Hassans Bemühungen, ein Heer aufzustellen, das im Verborgenen arbeitete, mordete und zuschlug und damit Saladins größter Feind werden sollte. Von dieser Euphorie war bei den drei Jungen im Alter zwischen zwölf und sechzehn nichts zu spüren. Sie hatten sich nebeneinander aufgestellt und ließen die Arme hängen. Die Kleider starrten vor Dreck, und die Gesichter waren so ausgemergelt wie das Suppenhuhn unseres Kochs. Nicht einmal die Bettelkinder in Bagdad waren in einem solch erbärmlichen Zustand gewesen.

Einer der drei fiel mir besonders auf: Er war hochgeschossen und erschreckend dünn. Seine Hände und Füße wirkten für seinen ausgemergelten Körper viel zu groß. Die in alle Richtungen stehenden Haare hatten das schmutzige Braun eines Straßenköters, und die Nase wirkte unnatürlich groß in seinem platten Gesicht. Alles an diesem Jungen schien hässlich zu sein, nur seine Augen waren von einem faszinierenden leuchtenden Grün. Er war westlicher Herkunft, und das umgedrehte Kreuz auf seiner Stirn war Zeuge seines Schicksals.

Was ihn hierher verschlagen hatte, wusste ich nicht, aber mein Herz öffnete sich sofort diesem armen Tropf, der in einem so jämmerlichen Zustand war, dass er meine Seele berührte. In dem Moment, als unsere Blicke sich trafen, wurde mir klar, dass ich meinen Seelenverwandten getroffen hatte. Er mochte verwahrlost sein, aber seine grünen Augen erzählten mir eine andere Geschichte, und darauf war ich neugierig.

Hal war sich bewusst, dass er keine andere Wahl hatte, als nun ein Werkzeug des gefürchteten Hassan I-Shabbah zu werden. Nach seiner abenteuerlichen Flucht aus dem Palast Saladins war er nächtelang barfuß, bettelnd und nur noch mit Lumpen bekleidet umhergeirrt – immer auf der Suche nach einem Weg, der ihn aus diesem verfluchten Land brachte, das er so hassen gelernt hatte. Nach all der entwürdigenden Schmach, die er hatte erdulden müssen, kam es ihm wie eine Erleuchtung vor, als die prächtig ausgestattete Truppe seines neuen Herrn vor ihm zum Stehen kam. Stolz standen sie da mit ihren wehenden goldfarbenen Umhängen und den beeindruckenden Pferden mit dem aufwendigen Zaum, als kämen sie direkt aus den Märchen, die sich die Frauen in den Gemächern Saladins erzählten.

Die Männer in goldbestickten Umhängen berichteten ihm von ihrem großartigen Anführer Hassan I-Shabbah und seinen Heldentaten, von seiner unbezwingbaren Festung und der großen Furcht Saladins vor den Assassinen. Die Verlockung, irgendwann als freier Mann und mit ansehnlichem Reichtum aus diesem Land gehen zu dürfen, war am Ende größer als das Heimweh, das ihn immer wieder überkam, und daher war er den Männern in eine ungewisse Zukunft gefolgt.

Jetzt stand er hier mit den zwei anderen heimatlosen Kindern, die sich ihnen angeschlossen hatten, und traf auf den berüchtigten Assassinenführer von Alamut und den Rest seiner Bande. Hassan musterte ihn mit seinen dunklen durchdringenden Augen, und auf seinen Wink hin nahmen zwei Prinzen die drei in Empfang, um sie für die erste Weihe vorzubereiten. Die Männer geleiteten sie zum Waschraum, wo sie sich umziehen, duschen und ankleiden konnten.

Hal empfand es wie eine Befreiung, endlich aus seinen stinkenden Lumpen herauszukommen und frisch gewaschen in saubere Hose und Weste zu steigen. Die Hose war ein wenig zu kurz, aber das störte ihn nicht. Er war, wie er stolz feststellte, der Größte unter allen anwesenden Männern, die er um weit mehr als einen ganzen Kopf überragte.

Der junge Mann mit dem blonden Haar, der ihn mit den anderen hierhergebracht hatte, reichte ihm gerade mal bis zu den Schultern. Aber ansonsten war er eine beeindruckende Figur: kräftige Arme und Beine an einem athletischen Körper. Sicher war der Mann ein guter und ausdauernder Kämpfer. Sein Gesicht war ebenmäßig mit hohen Wangenknochen, einer geraden Nase und einer Haut so weiß wie Milch. Wäre er ein Mädchen gewesen, dann ein verdammt hübsches. So wirkte er mit den schwarzen Augenbrauen und den blauen Augen eher bedrohlich.

Aber was Hal am meisten an diesem Mann faszinierte, den sie Eran nannten, war die Tatsache, dass er das gleiche eintätowierte Kreuz auf der Stirn trug wie er auch. Diese Verbindung gab ihm, einem Sohn irischer Bauern, Mut, all das hier durchzustehen.

Er blickte den Assassinen mit der hellen Haut an und fragte

sich, ob er eines Tages auch so aussehen würde. Der Stolz, mit dem dieser seinen Umhang trug, beeindruckte Hal. Ja, er wollte eines Tages auch so sein. Ein Assassine zwar, aber ein freier Mann.

Die erste Weihe der drei Neuankömmlinge erinnerte mich an meine eigene im Jahr zuvor, die so prägend gewesen war. Nabil und ich führten die drei Jungen in die heiligen Hallen – so nannten wir Assassinen die unterirdischen Gewölbe, die sich unter der eigentlichen Festung befanden. Eine schmale Treppe, die mühsam in den Felsen gehauen worden war und vom flackernden Licht aus einer Vielzahl von Feuerkörben erhellt wurde, führte in das dunkle Herz von Alamut.

Ängstlich tasteten sich die drei Jungen in dem engen Gang vorwärts, bis er in einen großen Saal mündete, in dem sich die anderen Prinzen bereits eingefunden hatten. Dieser Saal diente uns für die Kampfübung, denn es drang kaum ein Laut nach oben. Dementsprechend waren die Wände mit allen möglichen Waffen gespickt: Schwerter in allen Größen und Längen, Äxte, Lanzen, Messer, Armbrüste und Pfeile. Daneben hingen Schilde und andere seltsame Geräte, die ich selbst noch nie gesehen hatte. Hassan schien solcherlei Waffen zu sammeln und testete sie auch bei manch einer Gelegenheit. Insgesamt lag über diesem Raum etwas Martialisches, es roch förmlich nach Tod und Gewalt.

Die Prinzen standen in ihren wertvollen Umhängen nun in einem Kreis vor einem Granitblock, der mich immer an einen Altar erinnerte. Nabil bugsierte die drei eingeschüchterten Jungen in die Mitte des Kreises und ließ sie niederknien.

Großmeister Hassan hatte sich vor den Granitblock gestellt und die Arme vor sich gekreuzt. Auf dem Haupt trug er einen schwarzen Turban mit einer riesigen Saphirspange über der Stirn. Er sah ehrfurchtgebietend aus mit seinem langen schwarzen Gewand und dem kostbaren Überwurf aus Seide. Seinen Hals schmückte eine Kette aus Gold und Lapis, die schwer bis zu seiner Brust hing.

Schon bei meiner eigenen Weihe hatte mich der Aufwand dieser Zeremonie zutiefst beeindruckt, und wieder hielt mich der Zauber dieses Augenblicks gefangen. Mit großen Augen verfolgten die drei Jungen, wie Hassan sich umdrehte und auf dem Granitblock eine Flüssigkeit entzündete, bis die Flammen über die gesamte Oberfläche des Steins hinweg züngelten. Die Kinder keuchten auf. Das Licht der Flammen spiegelte sich in ihren weit aufgerissenen Augen.

Der Saphir des Anführers funkelte bläulich im warmen Licht des Feuerscheins, und die Wärme, die von den Flammen ausging, war allzu deutlich spürbar. Selbst meine Haut erreichte sie, obwohl ich etwas abseits der Gruppe stand, denn ich hatte ja den Titel eines Prinzen noch nicht erlangt. Hassan hob nun seine Arme, blickte ins Feuer und begann einen Singsang in einer Sprache, die ich vor jenem Ritual noch nie gehört hatte. Nabil vermutete, dass es Altarabisch sein könnte, eine uralte Sprache aus längst vergangenen Zeiten. Den genauen Inhalt konnte hier keiner verstehen.

Hassan sprach jetzt schneller und eindringlicher, die Prinzen hoben ebenfalls zu einem Gesang an, der mir eine Gänsehaut bereitete. Es war nur ein Summen, aber es erfasste sämtliche Sinne und formte die Sprache Hassans zu einem seltsamen Klangteppich. Das Feuer auf dem Granitblock schien von selbst zu brennen. Auf einmal fingen die ausgestreckten Hände Hassans Feuer, und er beendete seinen Singsang. Die Prinzen hörten daraufhin auch auf zu summen, und es entstand eine seltsame Stille.

Der Anführer drehte sich um und winkte den drei Kindern, zu ihm zu kommen. Einer nach dem anderen trat verschüchtert nach vorn, kniete sich nieder und schwor, dem weisen Großmeister Hassan zu dienen und sein Leben für ihn und Allah zu geben. Dann legte Hassan seine immer noch in Flammen stehende Hand auf den Kopf des Rekruten und versengte ihm die Haare. Erschrocken fasste er sich an den Kopf, aber dort, wo die Hand lag, waren sämtliche Haare abgebrannt.

Lebhaft erinnerte ich mich an meine eigene Weihe. Der Gestank nach verbranntem Haar hatte mir noch einige Tage nach dieser Zeremonie in der Nase gehangen. Über den plötzlichen Verlust meiner Haare war ich damals genauso erschrocken gewesen wie diese Jungen. Ab jetzt würden die Haare in ein neues Leben wachsen, das sollte die Geste ähnlich einer Taufe symbolisieren.

Das Feuer auf seinen Händen erlosch, darunter war seine Haut völlig unversehrt. Die Hitze, die wir selbst als heißen Wind spürten, schien ihm nicht das Geringste auszumachen. Vor Ehrfurcht erstarrt blickten die Jungen auf den Mann in dem schwarzen Gewand, der sie mit seinen betörenden Augen anstarrte.

»Ab heute seid ihr meine Kinder und steht unter dem Schutz unserer Gemeinschaft und Allahs«, hörte ich Hassan nun wieder in seiner Muttersprache Farsi sprechen. »Ihr werdet lernen, in meinem Namen Feinde zu töten und mich so zu lieben, dass ihr für mich sterben würdet. Seid ihr bereit dafür?«

»Wir sind bereit!«, kam es von den dreien, und sie durften dankbar die Hand ihres neuen Anführers küssen. Hassan war ein charismatischer Mann, und er verstand es, Menschen in seinen Bann zu ziehen und sogar für sich sterben zu lassen. Irgendwann würde ich ihn nach dem Trick mit den Händen fragen, der für uns alle immer wieder beeindruckend war.

Persönlich hegte ich eine große Bewunderung für diesen Mann, der nach außen hin so herzlos und brutal wirkte, doch seine Leute klug und weise führte. Sein Verstand war einzigartig und sein Handeln von geschickten politischen Schachzügen bestimmt. Kein anderer, ob Monarch oder Tempelritter, war zu dieser Zeit so gefürchtet und gleichzeitig so geachtet wie Hassan I-Shabbah.

Sein Prinzip war einfach: Gezielt und mit nur wenigen Assassinen schaltete er – manchmal gegen Bezahlung, manchmal ohne – seine Gegner aus und hielt seine Feinde damit in ständiger Angst. Mit Absicht ließ er seine Feinde im Unklaren, wer der Nächste sein könnte, und rühmte sich seiner Missetaten. Nicht selten bezahlten Auftraggeber zusätzlich Geld an Hassan, um nicht selbst Opfer seiner Assassinen zu werden. Bestechung gehörte im wahrsten Sinne des Wortes zu seinen besten Waffen.

Durch das Auge eines Außenstehenden betrachtet, würde jeder behaupten, Hassan sei ein skrupelloser Mörder. Doch ich würde ihn lieber einen Opportunisten nennen, denn er nützte die Feindschaft der Menschen, vor allem den Kampf der Religionen, geschickt für sich. Er verstand es, sich niemals zwischen die Fronten zu begeben, weder zwischen die der Kreuzritter und Saladins noch zwischen die der arabischen und persischen Sultane. Im Gegenteil, er jagte lieber gegen Bezahlung erst dem einen, dann dem anderen einen Dolch in den Hals, kassierte und ließ die Feinde wieder aufeinander los. Der Assassinenführer wurde gleichermaßen gehasst, wie er gebraucht wurde. Sein Netz umspannte ganz Arabien und weite Teile Persiens, er war unangefochten eine machtvolle Figur, nur dass er niemals selbst den ersten Zug machte. Ich musste unwillkürlich lächeln beim Gedanken daran, wie Hassan mit den mächtigen Herrschern spielte wie die Katze mit den Mäusen, und doch konnte keiner die Katze ausschalten. Heute waren drei neue Jungen in den Kreis der Assassinen aufgenommen worden, und es wurden stetig mehr. Die frisch geweihten Kinder Hassans wurden nun an seinen Tisch in der großen Halle geladen, um die Weihe gebührend mit einem Festessen zu feiern, und sie lächelten erleichtert. Als ich sie nach der Zeremonie wieder die Steintreppe nach oben begleitete, wehte mir noch der Geruch verbrannten Haares in die Nase.

Meister Kang Shi Fu sah mich an, als wäre mir gerade ein zweiter Kopf gewachsen. Ich hatte ihn zum wiederholten Male auf den Boden des Übungssaales gezwungen. Hier war der kalte Felsboden mit Teppichen und Kissen ausgelegt, um den Fall zu dämpfen. Shi Fu war der Meister des Nahkampfs und konnte mit mir bereits sämtliche Übungen durchführen, die eigentlich erst nach der sechsten Weihe gedacht waren. Dies lag an meinem Ehrgeiz und meiner Beharrlichkeit, jede neue Übung mit äußerster Präzision so lange durchzuführen, bis ich sie perfekt beherrschte.

Auch heute ließ er mich immer wieder mit gnadenloser Akribie seine Angriffe abwehren, die er mal mit dem Messer, mal mit der Faust umsetzte, und jedes Mal sah ich seine Bewegungen wie in Zeitlupe, sah seinen Hieb, bevor er mich traf, und konnte ihn damit rechtzeitig abwehren und zurückschlagen.

Frustriert schnaufte der Chinese durch seine Nase und schüttelte ungläubig seinen Kopf. »Du kämpfst, Eran, als wüsstest du genau, was ich vorhabe«, grollte er mit seinem unverkennbaren Akzent.

»Wenn ich hierhin schlage«, sagte er und lenkte seine Faust gegen meinen Hals, »dann drehst du dich und haust mir die Faust ins Gesicht. Schlage ich hierhin«, fügte er hinzu, und seine Faust zeigte in Richtung Unterleib, »dann gehst du zurück und kickst meine Eier. Wie machst du das? Kannst du in mein Gehirn sehen?«

Er war sichtlich bestürzt, und ich hätte beinahe gelacht, wenn er es nicht so ernst gemeint hätte. Ich kratzte verlegen an meinem Ohr und zog mein Ohrläppchen in die Länge. Wie sollte ich das erklären, ohne wieder überheblich zu wirken, wie es mir schon Meister Abdallah angekreidet hatte? Ich versuchte eine vage Erklärung.

»Ich weiß nicht, wie ich das mache, Shi Fu, ich sehe einfach, was du machen wirst, und reagiere, bevor du deine Faust bewegst. Und es ist egal, ob du mich mit dem Messer angreifst oder ob jemand einen Pfeil auf mich abschießt. Ich *sehe* es vorher.« Mein Ohrläppchen schnappte zurück.

Es war mir bis dahin selbst nicht wirklich klar gewesen. Jetzt, wo ich es ausgesprochen hatte, begann ich darüber nachzudenken. Aus irgendeinem Grund hatte ich wohl so etwas wie einen sechsten Sinn, der mich warnte, wenn ich in

Gefahr war. »Ist das bei dir nicht so, Shi Fu?« Ich konnte mir nicht vorstellen, dass ein geübter Kämpfer wie er nicht die gleichen Instinkte besäße wie ich. Auf die Idee, dass ich damit allein war, war ich bisher nicht gekommen.

Der drahtige Mann sah mich nachdenklich an und strich sich mit seiner linken Hand über den Ziegenbart, der ihm dünn und fransig vom Kinn herunterhing. Schließlich nickte er, als hätte er verstanden, verneigte sich kurz vor mir und meinte dann feierlich: »Wenn du die Gabe hast, die unmittelbare Zukunft zu sehen, dann hast du die siebte Weihe längst verdient. Shi Fu kann dir nichts mehr beibringen. Deine Kraft und dein Mut sind die eines Löwen, ich verneige mich vor dir.«

Es berührte mich seltsam, dass ein Mann, der selbst so viel Erfahrung und Wissen hatte, mein Können so lobte. Dabei konnte ich gar nicht wirklich in die Zukunft sehen. Aber insgeheim musste ich ihm schon recht geben, denn ein Erlebnis beschäftigte mich seit Langem: Als bei einem Angriff der Seldschuken ein Pfeil in meine Richtung geflogen war, hatte ich ihn sehen können, bevor er mich traf. Es war, als bliebe die Zeit kurz stehen, ich konnte den Pfeil in aller Ruhe betrachten und brauchte mich nur nach links zu beugen, um ihm auszuweichen. Ihn zu fangen, wäre auch kein Problem gewesen. Offenbar wurden die Bilder langsamer, je schneller die Bedrohung auf mich zukam. War es das? War das die Vollkommenheit, von der Shi Fu so oft sprach? Die Vollkommenheit eines Kriegers, der die siebte Weihe durchlaufen hat?

Der kleine Shi Fu hatte sich zur Wand gewendet, an der die seltsamen Waffen hingen, die ich nicht kannte. Pflichtschuldig folgte ich ihm, ohne dass er mich dazu aufforderte. Schließlich nahm er ein leicht gebogenes Schwert von einem Holzständer und zog es aus der Scheide. Andächtig hielt er es vor sich, legte es auf beide Handflächen, um es mir mit einer kleinen Verbeugung zu übergeben.

Es war wunderschön! Der Griff war aus sorgfältig geschnitztem Elfenbein, und die Klinge glänzte im Fackelschein wie ein Kristall in der Sonne. Mit einem andächtigen Kopfnicken nahm ich es entgegen. Es fühlte sich schwer und kühl in meinen Händen an.

»Das ist die *Kantana* eines großen Kriegers aus einem fernen Land«, erklärte Shi Fu. »Er starb vor langer Zeit, niemand kann dieses Schwert führen, wenn er nicht vollkommen ist. Du bist ein großer Krieger, es soll jetzt deins sein.«

Für einen Moment stockte mir der Atem. Die Bewunderung für meine Fertigkeiten, die er mir mit dem Überreichen dieser Waffe vermittelte, drückte auf meine Brust und ließ mein Herz schneller schlagen. Das Schwert, eine asiatische *Kantana*, war äußerst selten, denn die Krieger wurden normalerweise mit ihren Schwertern begraben. Warum Shi Fu eines in seiner Sammlung hatte, wusste ich nicht, aber anscheinend war er froh, es an mich weitergeben zu können. Ich bedankte mich daher, und während ich so tat, als betrachtete ich die ungewöhnliche Waffe, versuchte ich, diesen dicken Kloß an unbändigem Stolz herunterzuschlucken, der in meinem Hals feststeckte. War ich diesem einzigartigen Schwert überhaupt gewachsen? Würde der große Krieger, dem es einst gehört hatte, meinen Besitz gutheißen?

Mit tiefer Ehrfurcht wog ich es in meiner Hand, und schnell überkam mich ein Gefühl, als wäre die Waffe wie für mich gemacht. Die Härchen in meinem Nacken kribbelten, während ich das Schwert liebevoll betrachtete. Die Schneide war so scharf, dass ich mir in den Finger schnitt, als ich daran entlangfuhr.

»Bei allen Göttern«, entfuhr es mir, und ich zog den blutenden Finger zurück, »wie kann es sein, dass ein Schwert so scharf ist!«

Shi Fu nickte wissend und legte die Arme vorn auf seiner Brust zusammen, als hätte er geahnt, was passieren würde. »Die Klinge ist tausendfach gefaltet und gehärtet. Viel härter als Eisen oder Stahl. Nur wenige Menschen wissen, wie das gemacht wird. Eine *Kantana* ist sehr wertvoll, sie bedeutet viel Macht für ihren richtigen Besitzer.«

Shi Fu lächelte wieder sein geheimnisvolles Lächeln, und sein Ziegenbärtchen zitterte. »Aber du musst wissen, wie es geht. Shi Fu wird es dir zeigen.«

An diesem Tag fing er an, mich mit einem asiatischen Schwert zu trainieren, das in meinen Händen zu einer tödlichen Waffe wurde. Mir schien, als wäre es die Verlängerung meiner Bewegungen, fließend und tödlich zugleich. Nabil sagte mir einmal, die Waffe suche ihren richtigen Besitzer und nicht umgekehrt. Vielleicht hatte mich die Waffe nun gefunden. Es war tatsächlich das, was mir noch gefehlt hatte, um eine perfekte Kriegerin zu sein. Dieses Schwert und die Kunst, es zu führen, gaben mir die Macht, Leben in einem Wimpernschlag auszulöschen.

Im Dasein eines Kriegers gab es immer auch Niederlagen. Selbst der beste Kämpfer hatte einen wunden Punkt. Nach drei Weihen hatte ich bereits alles erreicht, was ich erreichen wollte. Nur eines fehlte mir, das mir die anderen Männer trotz meiner harten Übungen immer voraushaben würden: die schiere körperliche Kraft. Ich war schnell, wusste, wo ich zuschlagen oder zustechen musste, um einen Gegner auszuschalten. Aber sollte mich ein Mann überrumpeln, war er mir an reiner Muskelkraft überlegen.

Dies war mein sorgfältig gehütetes Geheimnis, um das nur Shi Fu wusste. Manchmal hatte ich das Gefühl, Shi Fu kannte alle meine Geheimnisse, auch, dass ich eine Frau war. Mit so engem Körperkontakt, der im Nahkampf zwangsweise entstand, musste er fühlen, dass mir ein essentielles Stück meiner angeblichen Männlichkeit fehlte. Wie es seine Art war, gab seine Mimik nichts preis, wofür ich ihm sehr dankbar war. Aber er trainierte mit mir weit härter und intensiver als mit den anderen Assassinen, denn er schien zu ahnen, dass ich härter kämpfen musste als andere.

»Du hast den Körper einer Frau«, hatte er mir einmal ganz am Anfang unserer Freundschaft verraten, »aber den Geist eines Mannes mit Eiern. Mit dem Körper kannst du arbeiten, dein Geist ist sehr stark!«

Wusste er es? Mit einer Waffe wie diesem einzigartigen Schwert konnte ich mir die Männer auf Abstand halten, davon war ich überzeugt. Weil die *Kantana* als Übungsschwert viel zu gefährlich war, benutzten wir große Bambusstöcke mit umwickelten Griffen.

Nie hatte ich mehr blaue Flecke und schmerzende Gliedmaßen gehabt als zu dieser Zeit. Ich lernte schnell, seinen Hieben auszuweichen. Schon bald wurden auch die anderen, die mit mir im Saal übten, auf uns aufmerksam und sahen interessiert zu. Wie immer steigerte ich mich mit Shi Fu förmlich in diese Art der Verteidigung hinein: vor Schweiß triefend und ächzend.

In der Hitze des Übungskampfes bemerkte ich erst spät, wie mich ein besonderes Augenpaar begierig beobachtete. Es waren leuchtend grüne Augen, und sie registrierten jede meiner Bewegungen mit gebührendem Respekt.

Kapitel 15

Leicester Castle im Jahre 1305

Mit einem mächtigen Schlag seines Eisenhammers zersprang der Felsblock in seine Einzelteile. Ohne auf die umherfliegenden Splitter zu achten, wurden die Felsbrocken von den Arbeitern mit flinken Händen aufgesammelt und in die dafür vorgesehenen Karren geschichtet. Ein Ächzer wand sich aus James Douglas' Kehle, die Anstrengung war ihm ins Gesicht geschrieben. Müde lehnte er den Hammer an die Felswand, gönnte sich eine kurze Pause und wischte sich mit dem Ärmel seines verdreckten Hemdes den Schweiß von der Stirn.

Es war ein kalter Dezembertag, die Männer froren, wenn sie sich nicht bewegten. Kaum einer hatte den eisernen Willen und die Kraft wie James, um die schwere Arbeit durchzuziehen. Der Dampf seines Körpers erzeugte kleine Wölkchen in der Kälte, das dünne Hemd war schweißdurchtränkt. Dunkle, nasse Strähnen kringelten sich um sein Gesicht, auf dem sich die Strapazen und Entbehrungen der letzten Monate abzeichneten. Seine ehemals blasse Haut war inzwischen dunkel von der Sonne, und die Winterkälte zog kleine rote Äderchen an seinen Wangen entlang. Die senkrechte Falte auf der Stirn hatte sich bereits als tiefe Furche in sein Gesicht gegraben. Widerwillig nahm er den Hammer wieder auf und holte zu einem weiteren Schlag aus. Sofort gab der spröde Stein nach und zerplatzte in kinderkopfgroße Stücke. Die Muskeln an seinen Armen und Schultern waren deutlich sichtbar unter dem dünnen Hemd. Die schwere Arbeit war eine weit härtere Übung, als es der Schwertkampf in seiner Jugend gewesen war.

Die Härte des Arbeitslagers forderte ihren Tribut. Viele seiner Gefolgsleute starben trotz ausreichend Nahrung jämmerlich an Krankheiten oder durch Unfälle. Sein jüngerer Bruder Hugh hatte sich bei einem Steinschlag den Arm gebrochen. Es gab keine Heiler in diesem Loch, und James hatte versucht, mit einem Stück Holz und Fetzen seines Hemdes den Arm notdürftig zu schienen. Aber der Bruch wollte einfach nicht heilen. Ein Brand wütete im Knochen, und es schien, als würde Hugh von Tag zu Tag schwächer. Er hielt sich gerade am Wagen fest, weil ihn ein weiterer Schwächeanfall zur Pause zwang, als eine der englischen Wachen ihm mit einem Stock brutal über den Rücken fuhr.

»Arbeite, du faules Stück Scheiße!«, schrie er ihn an, und Hugh zuckte unter dem Schlag zusammen. Benommen stolperte er auf die umherliegenden Steine zu und sammelte sie mit der unverletzten Hand weiter ein. Da er den kaputten Arm dabei an seine Brust drückte, konnte er nur jeweils einen Stein aufnehmen und in seine Schultertasche stecken, die er in den bereitgestellten Karren entlud.

James hielt seinen Hammer so festumklammert, dass die Knöchel seiner Faust weiß hervortraten. Seine Kieferknochen mahlten. Es fehlte nicht viel, und er hätte dem Soldaten den Hammer über den Schädel gezogen. Das hatte er sich schon so oft in seinen Träumen ausgemalt, wenn er nachts unter freiem Himmel zu den Sternen hochblickte.

Hugh schwankte bei jedem seiner Schritte, aber er hielt sich tapfer. James wurde es schwer ums Herz, wenn er ihn so leiden sah. Als Gefangene der Krone waren seine Leute und sein Bruder mit ihm hier ins Arbeitslager nicht weit von Leicester gebracht worden. Unter strengster Bewachung mussten sie die Steine für den Ausbau von Leicester Castle klopfen. Es sollte eine grimmige Burg werden, mit der König Edward seine Macht demonstrieren wollte. Steineklopfen war eine Arbeit, die unglaublich viel Kraft erforderte und von James mit stoischer Ruhe ausgeführt wurde. Solange sie keinen Ärger machten, wurden er und sein Bruder gut behandelt. Das hatten die Engländer ihm klargemacht, bevor sie ihn in die Steinbrüche schickten. Damit erkauften sie sich seine Kooperation und die Treue seiner Gefolgsleute.

Doch der schlechte Gesundheitszustand seines Bruders machte ihm Sorgen. Er brauchte dringend einen Heiler, der seinen Arm richten konnte und den Brand im Knochen bekämpfte. Frustriert hackte er wieder mit dem Hammer auf den Felsen, der unter seiner Wut nachgab und zerplatzte.

»Wir machen gleich Mittagspause, Hugh, dann kannst du dich ausruhen«, stieß er atemlos zwischen zwei Hammerschlägen hervor. »Ich spreche mit dem wachhabenden Offizier, ob du dich heute ausruhen kannst, und ich mache mit Lachlan allein weiter.«

Tatsächlich blieb sein Vormann und treuer Freund Lachlan MacKay auch hier im Steinbruch an seiner Seite. Lachlan war dabei gewesen, als sie die junge Frau seines Vaters und seinen Bruder Matthew erschlagen hatten, und hegte daher einen tiefen Groll gegen die Engländer, die den Besitz des Clans Douglas beschlagnahmt hatten. Er war auch zuvor schon dabei gewesen, als James' Vater und seine Frau Eleanore den Earl von Carrick, Sir Robert de Bruce, davon überzeugt hatten, für die Schotten zu kämpfen. Genau wie James' Vater war er ein glühender Verehrer des schottischen Thronanwärters. Tatsächlich war Sir Robert auf Befehl des englischen Königs Edward gekommen, um die Burg der rebellierenden Douglas-Familie zu stürmen, hatte sich dort aber – zum großen Ärger Edwards – zu seiner schottischen Heimat bekannt. Jetzt war Robert mit Hilfe seiner Landsleute auf dem Weg, der König von Schottland zu werden. Und James' Vater William Douglas war tot, angeblich im Tower von London an den schweren Misshandlungen durch die englischen Schergen gestorben.

Wütend warf McKay die Steine auf den Karren, der sich bereits unter seiner schweren Last bog.

»Verflucht nochmal, Schottland ist dabei, gegen Edward endlich Land zu gewinnen, und wir gehen hier jämmerlich vor die Hunde!«, spie er aus, ohne seine Arbeit zu unterbrechen. »Wenn der Junge nicht bald Hilfe bekommt, dann wird er den schottischen Sieg nicht mehr erleben …« Mit einer Bewegung seines Kinns deutete er auf Hugh, dessen schweißüberzogenes Gesicht schon eine auffallende Blässe zeigte. Eine der englischen Wachen blickte misstrauisch zu ihnen herüber.

»Meine Bitte um Begnadigung wurde von Bischof de Lamberton unterschrieben, er wird sie König Edward direkt vorlegen. Er muss uns freilassen, das hier ist eine Hinrichtung auf Raten …«, raunte James leise seinem Vormann zu. »Ich bete jeden Tag, dass Hugh noch so lange durchhält.«

McKay schüttelte nur unmerklich den Kopf. James verdrehte die Augen. Oh, wie er es hasste, hier festzusitzen, während die Schotten überall rebellierten. Eines Tages würde er sich zurückholen, was König Edward ihm und seiner Familie genommen hatte. Solange er lebte, würde er kämpfen für die Wiedergutmachung dessen, was dieser englische Bluthund seiner Familie angetan hatte – an der Seite eines schottischen Königs. Mit unterdrückter Wut landete der Hammer einmal mehr krachend auf dem Felsen, die Steine flogen in hohem Bogen durch die Luft und prasselten auf die nasse Erde.

»Die Wachen wechseln alle drei Stunden, die Arbeiten beginnen bei Sonnenaufgang und enden, wenn es zum Abendgebet läutet. Eine Stunde Pause mittags.«

So fasste es Enja in ihrer gewohnt nüchternen Art zusammen. Ihre sonst so kräftige Stimme war nur ein leises Raunen. Hal lag neben ihr auf einer Anhöhe flach auf dem Boden und spähte hinunter in das Arbeitslager, das sich auf einem Gebiet, das dreimal so groß war wie das komplette Leicester Castle, erstreckte.

Froh, nach der Befreiung Enjas von den wütenden Schergen Edwards nicht aufgespürt und wieder in den Tower zurückgezerrt worden zu sein, hatte Hal erst geglaubt, sie würden auf schnellstem Weg zurück nach Schottland jagen. Es wäre auch alles gut gegangen, hätten sie nicht diese Handwerker in dem schäbigen Wirtshaus getroffen. Während Hal und Enja aufgrund ihres auffälligen Aussehens gut vermummt in den Ställen oder in den Wäldern nächtigten, verbrachten Kalay und ihre Freunde die Abende in den Spelunken und zechten mit den Reisenden, um von ihnen Informationen über die Lage zu erhalten. Nur durch Zufall waren sie so auf die Spur der Douglas-Brüder gestoßen.

Hal erinnerte sich noch an den Namen der Spelunke, *Maidens Inn*, die den Namen nicht wirklich verdiente. An diesem Abend hatte ihnen eine erschöpfte Kalay nach der Rückkehr in ihr Versteck mit schwerer Zunge von Handwerkern berichtet, die von Leicester Castle aufgebrochen und zurück nach London unterwegs waren, um nach Arbeit zu suchen. Es waren gelernte Kräfte gewesen, die ihren Frust in dem besagten Inn, an dem sie Halt gemacht hatten, in Ale ersäuften. Bevor sie den Grund ihrer Reise vergaßen, verrieten sie Kalay nach einigen Bechern des starken Gebräus, dass Sir Simon de Montfort, der Earl von Leicester, nun statt der teuren Handwerker schottische Zwangsarbeiter für den Bau seiner Burg einsetze. Unter diesen seien, so verrieten es die beiden redseligen Männer unter größter Geheimhaltung, wohl auch viele des zerschlagenen Douglas-Clans, die von den Frauen der Handwerker versorgt wurden. Der Aufenthalt der unwillkommenen Schotten habe sich schnell herumgesprochen, aber zugleich den Ärger der Handwerksleute entfacht. Kalay hatte sich bedankt, die Zeche bezahlt und die beiden Pechvögel hinter ihren Bechern weitergrübeln lassen.

Am Tag nach dieser Begegnung hatten sie auf Enjas Befehl hin ihre Route in Richtung Leicester geändert, um sich dieses Arbeitslager näher anzuschauen. Hal war es, als hätte er de Montforts Name schon einmal in Zusammenhang mit Edwards Generälen gehört. Sicher besaß der Earl gute Kontakte, um an Zwangsarbeiter zu kommen, die in Edwards Auftrag kaltgestellt werden sollten. Es stand außer Frage, dass es sich bei dem erwähnten Douglas-Clan um die Reste der ehemals so einflussreichen schottischen Familie handeln musste.

Hal hatte den Ausdruck auf Enjas Gesicht bemerkt, als Kalay von der Begegnung erzählt hatte, und seine Bedenken für sich behalten. Es war keine Frage, ob er ihr helfen würde, James zu befreien. Und er hatte auch mit keiner Wimper gezuckt, als sie ihren schwarzen Hengst den Kurs etwas weiter westlich hatte nehmen lassen. Seit sie diesem James Douglas begegnet war, benahm sie sich merkwürdig. Fast so, als wäre sie diesem Kerl etwas schuldig. Dabei hatte er sie doch nur gefunden und mitgenommen. Nach Hals Ansicht hatte er nichts getan, was ihre plötzliche Empathie für James erklärte.

Er grummelte still vor sich hin. Sein Blick fiel auf Enja, die neben ihm auf dem Bauch im Gras lag und angestrengt nach unten in das Arbeitslager starrte. Ihr schönes Gesicht wirkte im Profil mit der geraden Nase fast streng, die zurückgebundenen Haare betonten die hohen Wangenknochen. Es reizte ihn, die verlorene Haarsträhne, die sich aus der Frisur gelöst hatte, wieder hinter das Ohr zu streichen. Aber er behielt seine Hände tunlichst auf dem Boden.

Hal war damals vor Sorgen fast gestorben, als ihr Hengst Taycan vor dem See aufgetaucht war, der Caerlaverock umgab. Schweißnass und vor Anstrengung zitternd hatte er sich kaum beruhigen lassen, als sie ihn mit der Fähre in den Burghof bringen wollten. Der Sattel, ihr Schwert, der Bogen – alles hatte unangetastet gewirkt, nur von Enja keine Spur. Hal hatte, ohne nachzudenken, seinen Schimmel gesattelt, um Enja zu suchen. Seine Suche hatte ihn schließlich zum Clan Douglas geführt, die sie gerettet hatten.

Hal kam es vor, als hätte Enja eine Wolke ständig drohender Gefahren um sich, die sie befielen wie ein Schwarm Wespen. Enja war für ihn ein Mysterium, aber ein bezauberndes. Wie ein kleines Kind, das mit neugierigen Augen die Welt eroberte, lief sie von einem Abenteuer ins nächste. Hal verehrte sie, wie man nur jemanden verehren konnte, der, einer Gottheit gleich, so ganz aus seiner Reichweite war. Hal war ihre rechte Hand und ihr Gewissen. Und mehr konnte er für sie nicht sein, das war beiden stets klar gewesen. Aber ihr augenscheinliches Interesse an diesem James Douglas missfiel ihm mehr, als er zugeben wollte. Seine Stimmung verfinsterte sich schon bei dem Gedanken an ihn.

Sein Blick richtete sich wieder nach vorn, hinunter in das Lager, in dem dieser Douglas und sein gefallener Clan arbeiteten. Irgendwann würde Enja dieses Welpen auch überdrüssig werden, da war er sich sicher. Der konnte ihr nicht das Wasser reichen.

Als sie ihren Kopf drehte und Hal aufmunternd anlächelte, waren alle Bedenken wie fortgeblasen: Für dieses Lächeln allein hätte er sie bis nach Jerusalem auf Händen getragen.

Wie die Ameisen bewegten sich die Arbeiter dort unten in dem grauen Steinloch im immer gleichen Rhythmus. Es gab die Kräftigen, die Felsen zerklopften, die Flinken, die alle Steine sammelten und in die Karren schichteten, und die Schwachen und Alten, die die Esel mit den Karren zur Festung zogen.

Die Arbeitsteilung war effektiv, und der Bau wuchs entsprechend flott. Nur dass die Menschen dort unten dies nicht freiwillig taten. James' kräftige Statur war gut auszumachen, wie er dort mit einem Hammer wuchtig auf die Felsen eindrosch, um sie zu zerkleinern. Seine Kleider waren dreckig und zerrissen, die Haare struppig, und der dunkle Bart in seinem Gesicht hatte bereits seit Monaten keine Rasur mehr gesehen. Daneben sammelte eine kleinere, ähnlich bärtige Gestalt die Steine auf und warf sie in den Wagen. Von seinem Aussehen und der Größe her vermutete ich sofort, dass es Lachlan McKay war, James' langjähriger Freund.

Ein anderer Mann machte mir mehr Sorgen: Seine schlanke, bartlose Gestalt bewegte sich unsicher zwischen Karren und Felsbrocken hin und her, den Arm angewinkelt an der Brust. Sogar von Weitem konnte ich sehen, dass Hugh Schmerzen litt. Nachdenklich zog ich meine Unterlippe zwischen die Zähne und beurteilte die Situation.

»Der Zustand von Hugh erfordert ein schnelleres Vorgehen, Hal. Gestern sind die restlichen Krieger aus Caerlaverock mit den Ponys eingetroffen, auf die wir gewartet haben. Wir ändern den Plan und wechseln drei der Mädchen auf einmal. Wir können seine Befreiung nicht länger hinauszögern. Außerdem sollten wir eine Heilerin mitschicken, sie kann sich Hughs Arm anschauen.«

Hal drehte seinen Kopf mit einem erschreckend düsteren Blick zu mir um, zog eine seiner Augenbrauen hoch und sah mich fragend an. »Und wie willst du erklären, dass auf einmal drei neue Mädchen zum Kochen kommen und dass auch noch eines davon zufällig eine Heilerin ist?«, grummelte er ärgerlich.

»Ein Fieber«, erklärte ich spontan, froh über meinen Geistesblitz. »Die drei Mädchen wurden ersetzt, weil sie krank geworden sind. Möglicherweise haben sie es sich von den Gefangenen geholt, und jetzt kommen neue mit einer Heilerin, die sich auch die Gefangenen anschauen soll.« Ich sah ihn vom Boden aus herausfordernd an, mein Kopf dicht an dem seinen. Den Blick hatte er wieder abgewendet und starrte stur zum Lager hinunter. Wenn ich es nicht besser gewusst hätte, hätte ich gesagt, unter seiner aufgesetzten Ruhe brodelte gerade wieder ein auflodernder Vulkan. Ich war gespannt, wann er ausbrechen würde.

»Hal, wir müssen morgen da runter und brauchen die Waffen, die von den Köchinnen ins Lager geschmuggelt werden«, warnte ich ihn eindringlich. »Hugh geht es jeden Tag schlechter, seit wir ihn beobachtet haben.«

»Mmh«, war alles, was von Hal kam.

Ich zählte im Geiste die Namen derjenigen auf, die ich dort hinunterschicken wollte, um für die Gefangenen zu kochen. Bisher hatten das die Frauen aus dem Dorf gemacht, die von den Engländern dazu abgestellt worden waren, meist Frauen der Handwerker, die zum Bau der Burg angestellt worden waren. Unser Plan war es gewesen, sie nach und nach durch unsere Kriegerinnen zu ersetzen, aber das dauerte mir zu lange. Der Junge brauchte dringend Hilfe.

»Kalay geht mit Winnie zuerst«, dachte ich laut nach, »und dann kommt Moira als Heilerin nach.«

»Moira geht nirgendwo hin«, fauchte Hal heiser.

»Moira ist unsere beste Heilerin«, entgegnete ich irritiert.

»Moira bleibt, wo sie ist!«

Der Ärger in seiner Stimme machte mich neugierig. Ich blickte ihn wieder von der Seite an. »Moira …«

»… bleibt hier!«, zischte Hal verärgert und schob sein Gesicht plötzlich ganz nah an das meine. Seine Augen leuchteten bedrohlich unter zusammengezogenen Augenbrauen. Was war denn auf einmal mit ihm los? Moira war unter meiner Anleitung zu einer der besten Heilerinnen geworden, die ich jemals ausgebildet hatte. Sie war meine rechte Hand und organisierte den Krankenbereich völlig selbstständig. Ihre Klugheit wetteiferte mit ihrer Schönheit, und die hatte es Hal wohl angetan. Nun, dann sollte er eben einen Vorschlag machen.

»Wen soll ich denn sonst schicken?«, forderte ich ihn auf.

Er reagierte nicht.

»Hal, ich schicke zwei Kriegerinnen mit, Moira wird nichts passieren!«

»Was ist, wenn wir angreifen, und sie gerät zwischen die Fronten?«, hielt er mir plötzlich entgegen, die Stirn legte sich in Falten.

»Ich werde sie zu den Gefangenen in die Fallgrube abseilen lassen«, schlug ich vor, überrascht von seiner Sorge um Moira. Hal sog scharf den Atem ein. Und da ich wusste, was jetzt kommen würde, fügte ich schnell hinzu: »Es sind anständige Männer dort, keine Wilden, und sie werden sie beschützen, glaub mir. Sie werden sofort merken, was vor sich geht, und ihr Kampfinstinkt wird sie anleiten, die Frauen zu schützen. Kein Engländer wird sich freiwillig in die Fallgrube verirren.«

Ich war mir sicher, dass dieser verwegene Plan klappen würde, und wir könnten wertvolle Zeit sparen, Zeit, die wir so dringend brauchten. Vorsichtig robbte ich zurück und erhob mich. Hal folgte mir, und während ich noch den Dreck von meinen Kleidern klopfte, machte ich Nägel mit Köpfen, bevor Hal es sich anders überlegte: »Los, gehen wir zurück zum Lager und besprechen uns mit den Mädchen.«

Damit drehte ich mich auf dem Absatz um und stieg hinunter zu den Pferden. Aber ich konnte dennoch Hals mürrisches Brummen in meinem Rücken hören.

James Douglas beobachtete bereits seit einiger Zeit das Verhalten der Frauen, die hier arbeiteten und höflich, aber distanziert waren. Direkten Blickkontakt gab es keinen, sie waren wohl vorher eingeschüchtert worden. Das Essen war für ein Arbeitslager erstaunlich gut, entgegen seiner Befürchtung, dass sie ihn und seine Leute aushungern würden. Die Verteilung des Essens übernahmen drei Frauen aus dem Dorf. Sie kamen frühmorgens, gaben das Frühstück aus, kochten das Mittagessen und später das Abendessen für die Gefangenen. Danach räumten sie auf und kehrten wieder zurück in ihre Häuser. Die Engländer waren peinlich darauf bedacht, dass die Frauen mit den Gefangenen Englisch sprachen, damit sie keine heimlichen Informationen auf Gälisch austauschen konnten.

Hugh musste an diesem Nachmittag trotz seines Fiebers arbeiten; James' Fürbitte hatte den Kommandanten des Lagers nicht erweichen können. Der junge Engländer war neu im Amt und unsicher, wie er mit den Gefangenen umgehen sollte. Sein abweisendes Gesicht zeigte kein Verständnis für den schlechten Gesundheitszustand des jungen Douglas.

Ausgelaugt und müde mangelte es Hugh immer noch an Appetit, und er schaffte gerade mal die Hälfte seines Abendessens. Er schlief nach dem Essen sofort fiebrig ein, nur mit einer Wolldecke bedeckt gegen die bittere Kälte.

Zum Schlafen kletterten sie in eine Art Fallgrube hinunter über eine Leiter, die nach oben gezogen wurde, sobald der Letzte von ihnen unten angelangt war. Sie war etwas über drei Meter tief und an den Rändern überhängend. Die Wände waren glatt und rutschig. Kein Mann hatte es bisher geschafft, aus dieser Grube zu klettern. Es waren Stroh und Decken ausgelegt für die Gefangenen. Eng zusammengedrängt hatten alle vierundzwanzig Männer ausreichend Platz. So überstanden sie einigermaßen die kalten Nächte.

Besser als eine Zelle irgendwo in einem dunklen Kellerverlies, dachte sich James und drehte sich zu Hugh um, der mit dem Rücken zu ihm eingeschlafen war. Vorsichtig berührte er den mageren Körper des Sechzehnjährigen, der sich trotz der Kälte heiß anfühlte. Herrgott, lass ihn nicht sterben, schickte James ein Stoßgebet zum Himmel. Er ist alles, was mir von meiner Familie geblieben ist.

Schwermütig legte er seine von der harten Arbeit schwielige Hand beschützend auf die Schulter Hughs und schlief erschöpft ein. Die Sterne funkelten gnädig über ihnen in der klaren Dezembernacht, als hätten auch sie ein Auge auf seinen kranken Bruder.

Am nächsten Morgen waren es plötzlich drei unbekannte Frauen, die das Brot und den Haferbrei verteilten – ein Umstand, der James erstaunte, denn die Engländer waren aus gutem Grunde sehr misstrauisch gegenüber Fremden. Wo waren die anderen Frauen aus dem Dorf geblieben?

Hatten sie genug vom täglichen Anblick der zerlumpten Gestalten?

Aber als eine der drei Frauen, die sich als Moira vorstellte, sich sofort um seinen Bruder kümmerte, keimte in James neue Hoffnung. Sie schien sich mit kranken Menschen auszukennen, und vielleicht war das sogar der Grund für den Wechsel der Köchinnen. Moira verbreitete eine mütterliche Wärme, die selbst der Kälte des Steinbruchs zu trotzen schien, und besaß ein sanftes, aber bestimmtes Wesen. Damit brachte sie nicht nur Hugh, sondern alle Schotten und sogar die Engländer zum Lächeln. Sie war ein bildhübsches Mädchen mit einer zierlichen, weiblichen Figur. Das einfache Leinenkleid schmeichelte jeder ihrer Bewegungen, und ein Ledergürtel betonte ihre schlanke Taille.

Die Männer wandten die Köpfe, wenn sie mit wippendem Rock an ihnen vorbeischwebte und ihr wärmstes Lächeln aufsetzte. Gebannt hielten die Schotten in ihrer Arbeit inne, und die Engländer vergaßen für einen Augenblick, ihre Gefangenen zu bewachen.

Mit geübten Handgriffen richtete sie Hugh den Arm, umwickelte ihn mit einer kühlenden Kräuterpackung und schiente ihn notdürftig. Zusätzlich bekam er einen speziellen Tee, den er so oft wie möglich trinken sollte. Moira war es auch, die dafür sorgte, dass er von der Arbeit pausieren konnte. Ein Lächeln von ihr, und der wachhabende Kommandant ließ Hugh sich in der Fallgrube mit seinem Tee und einer warmen Decke ausruhen.

Die englischen Wachsoldaten ließen nach dem Frühstück die komplette Truppe in einer Reihe antreten. Der junge Offizier klärte die Gefangenen darüber auf, dass sich die Frauen aus dem Dorf am Vortag ein Fieber zugezogen hätten, das eventuell auch unter den Gefangenen grassiere. Eine Heilerin werde die Männer auf Fleckfieber hin untersuchen.

James ließ es zu, dass Moira – unter strenger Aufsicht – auch sein vom struppigen Bart überwuchertes Gesicht und den Oberkörper nach rötlichen Flecken untersuchte. Sie sah ihm in die Augen und zupfte dabei mit spitzen Fingern eine Laus aus seinem Bart. Jetzt konnte er ihr Gesicht aus der Nähe bewundern und verstand auf Anhieb, was die Männer so verzückte. Feine helle Haut, ein ebenmäßiges Gesicht, die Lippen waren voll und sinnlich, und die Augen hatten eine Farbe wie reifer *Uisge beatha*. Für Männer in seiner Situation musste sie wie ein Engel erscheinen. Er murmelte auf Englisch einen Dank für ihre Behandlung seines Bruders.

»Es wird ihm bald besser gehen«, erwiderte Moira mit gesenkter Stimme – auf Gälisch! James verbarg seine Überraschung mit einem Hüsteln hinter der hohlen Hand und versicherte sich mit einem schnellen Blick, ob einer der Wachhabenden den Austausch mitbekommen hatte. Moira drehte seinen Kopf mit der Hand in die andere Richtung und sah sich sein Gesicht an. Dann fühlte sie mit weichen, warmen Händen seine Stirn, blickte ihn direkt an und blinzelte mit einem Auge. Sein Herz blieb für ein paar Sekunden stehen. Was wollte sie ihm damit sagen? Schließlich drehte sie sich um und schüttelte den Kopf in Richtung des Kommandanten, um zu signalisieren, dass dieser Schotte kein Fieber hatte. Zielstrebig wandte sie sich dem nächsten Gefangenen in der Reihe zu.

Die Frau ging ihm nicht aus dem Kopf. Irgendetwas sagte ihm, dass sie nicht hierhergehörte, auch nicht ins Dorf zu den anderen Frauen. Sie passte so gar nicht zu ihnen. Er konnte es kaum erwarten, sich in die Warteschlange für das Mittagessen einzureihen, um auch die anderen beiden Frauen zu betrachten. Die eine war groß, schlank mit einem langen rotblonden Zopf, der unter ihrer Haube bis zu den Hüften reichte. Sie machte einen robusten und zähen Eindruck. Sie hätte aus den Highlands stammen können mit ihren grauen Augen und den vielen Sommersprossen im Gesicht. Sie trug ein einfaches Leinenkleid, wie es bei den Mägden und Bäuerinnen aus dem Dorfe üblich war. Trotzdem wirkte es bei ihr irgendwie fehl am Platze. Sie strahlte in jeder ihrer Bewegungen eine eigenartige Lässigkeit aus.

Sie hielt den Griff der Suppenkelle wie eine Waffe und verschüttete trotz zügiger Arbeit kein bisschen kostbares Essen beim Einfüllen in die Holzschüsseln. Das hochgeschossene Mädchen sah dabei niemanden an, konzentrierte sich ganz auf seine Arbeit.

Die Zweite dagegen war ein freches Ding. Komplett in ein etwas zu groß geratenes Kleid eingehüllt, wirkte ihr Körper auffällig klein. Aber ihre mangelnde Körpergröße machte sie durch ihren Auftritt wieder wett. Sie grinste ihn von unten keck an und hielt ihm ein Stück Brot hin. Als er es nehmen wollte, ließ sie es fallen, und er konnte es gerade noch auffangen. Dabei hätte er beinahe die Suppe verschüttet. War sie etwa verrückt?

Mit theatralischer Geste verbeugte sie sich entschuldigend vor ihm. Einige aus der Reihe konnten sich ein Grinsen kaum verkneifen. Selbst die Engländer lachten mit, als wäre sie zu deren Unterhaltung hier.

Den Spaß gönnte die Kleine sich noch ein paarmal und

zauberte damit ein kleines Lächeln auf die Trauermienen seiner Leidensgenossen. Sie sah auch wirklich lustig aus mit ihren kurzen schwarzen Haaren, die wirr um ihr Gesicht wippten, den blauen Augen und der kleinen Stupsnase. Ihre lebhafte Mimik unterstrich den Eindruck, dass sie ein wahres Energiebündel war, bis einem Wachhabenden schließlich doch der Kragen platzte und er sie anherrschte, damit aufzuhören.

Da drehte sie sich um und konterte mit einer piepsigen Stimme: »Dein Leutnant sagte, wir dürfen nicht mit ihnen sprechen, aber er hat uns nicht verboten, mit ihnen zu scherzen. Und wenn du in deinem Teller nicht den Schwanz einer Ratte finden willst, dann hältst du jetzt besser die Klappe!«

Der Soldat riss vor Schreck die Augen auf, dann wurde er rot, wandte sich verärgert mit geballten Fäusten ab und bezog etwas weiter weg erneut Stellung. Die Kleine grinste in die Reihen der Gefangenen, die gar nicht fassen konnten, wie selbstbewusst sie die Runde für sich entschieden hatte. Moira, die das Geschirr säuberte, lachte James offen an, und er zwinkerte ihr zu.

James war sich jetzt sicher, dass keine der Frauen aus dem Dorf war. Nur wer waren sie dann? Er konnte sich einfach keinen Reim darauf machen, wie die drei an diesen trostlosen Ort gelangt waren. Sie mussten geschickt worden sein, aber von wem?

Die Anwesenheit der hübschen und unerschrockenen Frauen, die ein wenig Farbe in das triste Grau des Steinbruchs brachten, hatte vielen Gefangenen den Arbeitstag erleichtert. Selbst die Engländer hatten begriffen, dass ein wenig Abwechslung nicht schadete, und scherzten mit den Mädchen, die sich in ihrer Pause ins warme Zelt der Soldaten zurückziehen durften.

Vor dem Abendessen zog plötzlich eine Gruppe Berittener in den Steinbruch ein, in deren Mitte sich Simon de Montfort, der Earl von Leicester, befand. In seinen jungen Jahren mochte er ein stattlicher Mann gewesen sein. In seiner kostspieligen Aufmachung mit dem üppig verzierten Brustpanzer zog er schon von Weitem die Blicke aller Arbeiter auf sich, und auch die Mädchen blickten neugierig von der Essensstelle auf. Sein Gesicht war von tiefen Furchen durchzogen. Er sah aus, als hätte er schon in frühen Jahren das Lachen verlernt. Entsprechend schnell war die gute Stimmung verflogen, und eine seltsame Anspannung senkte sich wie Blei auf die Anwesenden. Behäbig stieg der Earl aus dem Sattel seines Schlachtrosses, das den Kopf schüttelte und versuchte, sein Zaumzeug klirrend an seinem Fuß abzureiben. Selbst das Pferd schien genug von seinem missmutigen Reiter zu haben.

Der diensthabende Kommandant ließ die Gefangenen antreten und meldete seine Truppe, den Tageserfolg und den Zustand des Lagers an. Damit wurde aber die schlechte Laune des Earls nicht besser. Nervös und frierend traten die Gefangenen von einem Bein auf das andere, das Unheil ahnend. Es war so kalt, dass der Atem vor dem Mund kleine Nebel bildete. Viele rieben sich die Hände aneinander, um damit ein wenig Wärme zu erzeugen. Die Mädchen mussten auf Befehl des Earls hin die Vorbereitungen für das Abendessen unterbrechen und traten schüchtern zu den in zwei Reihen aufgestellten Gefangenen. Gegen die Kälte trugen sie jetzt wärmende Plaids über den Schultern.

»Durchzählen!«, befahl Simon de Montfort in hartem Befehlston, der keinen Widerspruch duldete. Jeder Gefangene zählte in seiner Reihe weiter, bis der letzte laut die Zahl dreiundzwanzig verkündete. Totenstille.

»Letzte Woche waren es noch vierundzwanzig, und mir wurde kein Todesfall gemeldet. Also, wo ist der Fehlende?«, fuhr der Earl den Kommandanten an. Der zeigte eifrig auf die Fallgrube.

»Dort in der Fallgrube, *Mylord*. Er ist krankgemeldet auf Geheiß der Heilerin. Er fiebert, *Mylord*.«

Die Lippen des Earls wurden schmal. Er fuhr den Kommandanten an: »Bringt diesen Kerl und diese verdammte Heilerin sofort zu mir. Wer in Teufels Namen soll das eigentlich sein?«

Dann ging alles sehr schnell. In Windeseile zog man den schlaftrunkenen und verwirrten Hugh aus der Fallgrube, und Moira fand sich bald neben ihrem Patienten wieder, den sie fürsorglich am Arm stützte, damit er nicht hinfiele. Er litt noch immer unter der Wirkung des Schlaftrunks, den sie ihm verabreicht hatte.

Mit auf dem Rücken verschränkten Armen ging der Earl auf die beiden zu und stierte sie mit zusammengezogenen Augenbrauen an.

»Der junge Douglas, hatte ich es mir doch gedacht …«, sagte er mehr zu sich selbst. »Warum kannst du faules Stück hier nicht arbeiten?«, fauchte er Hugh an. »Selbst mit einem kaputten linken Arm kann man immer noch mit der Rechten die Steine aufsammeln!«

Moira nahm ihn mutig in Schutz. »Sein Arm heilt nicht richtig und hat das Fieber auf sich gezogen. Er kann nicht für

Euch arbeiten, er wäre unnütz im Steinbruch, und ich habe ihn heute mit einer Medizin schlafen lassen.«

»Während alle anderen arbeiten, ruht sich dieser schottische Dreckskerl aus?«, spie der Earl ihr entgegen. »Und wer bist du, Dreckshure, dass du dich über meine Befehle hinwegsetzt?«

»*Mylord*, ich bin eine Heilerin, und wenn sich der junge Mann nicht erholt, wird er sterben und kann Euch nicht mehr nützlich sein«, erklärte Moira mit fester Stimme.

James beugte sich unwillkürlich vor. Er stand nicht weit weg von den beiden und machte sich bereit, jederzeit dazwischenzugehen, wenn der Earl dieser Frau etwas antun sollte.

»Heilerin also«, grübelte der auf einmal gefährlich leise. »Wie ist dein Name?«

Moira schluckte sichtbar. »Ich heiße Moira, Moira Colhoun«, sagte sie zögernd.

»Ich kenne keine Moira Colhoun«, entgegnete der Earl mit leiser Stimme, die sehr viel bedrohlicher war als das laute Bellen.

»Ich bin erst seit Kurzem im Dorf, *Mylord*. Mein Gatte ist gestorben, und daher musste ich vor wenigen Monaten zurück zu meiner Familie ins Dorf.« Moiras Stimme zitterte, die Lüge stand ihr ins Gesicht geschrieben.

»Ich kenne auch keine Familie mit Namen Colhoun, Weib!«

Totenstille. Der Earl drehte sich langsam zum Kommandanten um, der nun ebenfalls nervös wurde. »Hat man sie überprüft?«

»Eh, ehrlich gesagt, nun ja, da sollte ein Fieber im Lager sein …«, stammelte der junge Offizier, bevor de Montfort ihn mit einem kräftigen rechten Haken aus den Schuhen hob. »Nimm deine Sachen und verschwinde von hier, du Anfänger! Ich nehme die Sache selbst in die Hand«, brüllte er ihm mit rot verfärbtem Kopf hinterher, als der junge Mann sich verstört aufrappelte und vor ihm zurückwich.

»Fieber, pah!«, stieß der tobende Earl aus. »Mir scheint, hier kann jeder rein- und rausspazieren, wie es ihm beliebt!« Seine Stimme hatte wieder den bellenden Klang. »Wache! Peitscht dieses faule Stück schottischen Gedärms hier aus, der auf Kosten der anderen simuliert. Elf Peitschenhiebe, für jede der heute verpassten Stunden einen!«

Moira stieß einen Schrei des Entsetzens aus und stürzte auf den Earl zu. »Das dürft Ihr nicht machen, *Mylord*, er wird daran sterben! Er ist so geschwächt.« Sie ließ sich vor ihm sogar auf die Knie fallen, ihr Kopftuch verrutschte, als sie ihn bitterlich anflehte: »Ich bitte um Vergebung, es war meine Schuld, ich …«

Sie kam nicht weiter, seine riesige Hand sauste herab in das Gesicht der entsetzten Moira, die wie ein Sack nach hinten fiel. Das Geräusch dabei erinnerte an knirschende Knochen, und James sprang nach vorn, blind vor Wut. Brüllend stürzte er sich auf den Earl, der völlig überrascht war von diesem blindwütigen Angriff. Nicht nur er, alle Männer – allen voran Lachlan McKay – schienen auf einmal verrückt zu spielen und stürzten sich mit Gebrüll auf den verhassten Simon de Montfort und seine Leute.

Der wich hastig zurück in den Kreis seiner Soldaten, die sich den Angreifern in den Weg stellten. Ein unorganisierter Aufstand gegen bewaffnete Soldaten war zwar mutig, aber ausgesprochen schmerzhaft für die Angreifer. James bekam mit einem Stock einen Hieb in den Bauch, der ihn stöhnend zusammenklappen ließ. Ein Fußtritt ins Gesicht ließ ihn endgültig benommen zu Boden gehen. Seinen Mitgefangenen erging es nicht anders, und sie wurden schnell außer Gefecht gesetzt oder ergaben sich.

Nur vage bemerkte James, dass er von den Soldaten in die Fallgrube geworfen wurde. Das weiche Stroh fing ihn auf, aber seine Eingeweide schmerzten beim Aufschlag. Der restliche Trupp durfte die Leiter benutzen. Kaum einer, der nicht ein blaues Auge oder eine blutende Nase hatte, hier und da ein ausgeschlagener Zahn, aber keinerlei Verluste. Nur Hugh fehlte, er musste zusammen mit den drei Mädchen oben bleiben.

James' Kopf dröhnte von dem Fußtritt, und er tastete mit seinen Fingern vorsichtig sein Gesicht ab. Er spürte eine aufgeschürfte Stelle seitlich am Kinn, wo ihn der Stiefel getroffen hatte, und stieß einen Fluch aus, der so viel von dem Schmerz, der Qual und dem Leid ausdrückte, das er gerade empfand. Hugh! Mein Gott, Hugh, was habe ich nur getan …

Und als er die Peitschenhiebe von dort oben hörte, die entsetzten Schreie von Moira und das schmerzvolle Brüllen seines kranken Bruders, schloss er die Augen und fing an zu beten.

Er machte seine Augen erst wieder auf, als er den geschundenen Körper seines Bruders neben sich aufschlagen hörte. Sie hatten ihn einfach heruntergeworfen wie ein Stück Vieh, und er landete schwer im Stroh auf dem Rücken, sein gebrochener Arm in seltsamem Winkel verdreht. Er war ohne Bewusstsein, sein zerrissenes Hemd hing ihm in Fetzen vom blutenden

Rücken. James nahm ihn in die Arme, in seinen Augen standen Tränen. Fest drückte er den reglosen Jungen an seine Brust. Die Wut und das Entsetzen nahmen ihm fast den Atem, und er stammelte immer und immer wieder Hughs Namen.

Kurz darauf fiel eines der Mädchen in die Grube, rollte sich geschickt ab und sprang behänd wieder auf. Es war die Kleine mit den kurzen Haaren. Danach folgte die Rothaarige, die mit beiden Beinen aufkam, sich abfederte und stand. Beide versuchten, nun auch noch die dritte aufzufangen, die vom Rand heruntersprang. Die anderen Männer, die diese Aktion mitbekamen, halfen ihnen, damit Moira sich nicht wehtat.

James sah die grinsenden Engländer über den Rand blicken. Sie feixten und spuckten auf sie herab. Anscheinend waren die Mädchen lieber in die Grube gesprungen, als Freiwild für die Engländer zu werden. Über allen erhob sich nun das Faltengesicht des Earls, der für alle hörbar den Schuldspruch über die Mädchen fällte.

»Sie wollten lieber zu euch Kellerasseln als mit uns den Abend zu verbringen, so sollen sie auch dort unten bleiben. Ein Simon de Montfort lässt sich nicht verarschen, habt ihr verstanden? Heute Nacht könnt ihr darüber nachdenken, welche Seite ihr wählt, meine Täubchen!« Das hässliche Gelächter seiner Schergen begleitete seine kalten Worte.

»Wenn morgen überhaupt noch was von denen übrig ist«, hörte er ihn noch lachend zu seinen Männern sagen, als er schon wieder zurück zum Zelt stapfte, um sein Abendessen einzunehmen.

Die drei Mädchen umklammerten einander, Moira schien immer noch unter Schock zu stehen. Ängstlich sah sie sich um. Die beiden anderen starrten regungslos in die Runde.

Trotzig hatten sie ihr Kinn gereckt. Von Angst war in ihren Gesichtern nichts zu erkennen. Die Männer hatten sich im Kreis um die Frauen gestellt, hielten sich aber zurück und warteten auf die Befehle ihres Anführers. Auch in Gefangenschaft war die Hierarchie völlig klar, James Douglas blieb ihr Laird.

Auf einmal fiel Moiras Blick auf Hugh, und sie stürzte mit einem entsetzten Keuchen auf ihn zu. »Lasst mich ihn ansehen! Mein Gott, wie entsetzlich, wie konnten sie dem Jungen das nur antun«, entfuhr es ihr, als sie ihn vorsichtig mit James' Hilfe auf den Bauch legte. »Und ich kann nichts für ihn tun, meine Tasche ist oben. Vielleicht kann ich die Engländer bitten …?«

In diesem Moment fiel ihr Blick auf James, und sie verstummte. Sein wütender Blick sagte ihr, dass sie außer ein paar Beleidigungen nichts von dort oben bekommen würde. Sie hielt sich die Hand vor den Mund und wendete sich ab. Still rannen ihr die Tränen über die Wangen.

James wandte sich an die beiden anderen Mädchen, die abwartend danebenstanden. »Wer seid Ihr eigentlich, und was habt Ihr hier verloren?«, verlangte er eine Erklärung.

Die Größere sprach nun zum ersten Mal. Ganz ruhig und mit dieser beeindruckenden Lässigkeit deutete sie mit einem Finger nach oben und sprach in breitem Gälisch: »Wir dachten, wir wären hier sicherer als dort oben.« Dabei grinste sie verwegen. »Mein Name ist Kalay, und die Kurze mit dem losen Mundwerk dort ist Winnie.«

Winnie verbeugte sich und grinste frech. »Gestatten, *Mylord*, dass wir so unangemeldet hier hereinplatzen, aber ich wusste nicht, wo ich anklopfen sollte …«

Kalay schlug Winnie mit der flachen Hand gegen den Hinterkopf und entschuldigte sich bei James. »Dieser Zwerg hat einfach kein Benehmen und schon gar keinen Anstand.«

»Und dein Hirn ist der Sonne näher und von der Hitze völlig verbrannt, deswegen gibst du nur Blödsinn von dir«, keifte Winnie zurück.

James erhob sich stöhnend, baute sich vor den beiden Streithälsen auf und wiederholte in einer erstaunlich ruhigen Stimme, die nichts von dem Aufruhr in seinem Herzen preisgab: »Ich bitte Euch, sagt mir einfach, was hier los ist. Wer in Gottes Namen hat Euch geschickt?«

»Nun«, erklärte Winnie, »da ist wohl was schiefgelaufen.« Sie neigte den Kopf, als wäre ihr die Situation unangenehm. »Wir sollten überhaupt nicht hier sein, zumindest Kalay und ich nicht.«

»Wo solltet Ihr denn sonst sein?«, fragte James geduldig nach, obwohl ihm langsam der Kragen platzte.

»Nun ja, oben im Steinbruch, die Waffen verteilen und die Soldaten erschlagen«, ergänzte Kalay, als wäre das völlig normal.

»Ihr beide? Ihr allein?«, krächzte er, sein Kopf dröhnte wieder.

Winnie lachte. »Nein, du Hornochse, mit allen anderen natürlich!«

Kalay versetzte ihr einen leichten Stoß. »Das ist Sir James, du redest ihn in der dritten Person an und mit *Mylord*, kannst du dir das nicht merken?«, zischte sie ihr zu.

»Ach so, ja, entschuldigt *Mylord*. Ihr Hornochse natürlich«, korrigierte sich Winnie und knickste.

James' Schultern sanken merklich. Schlimmer konnte es nicht kommen. Drei Frauen, die versuchten, vierundzwanzig

Männer aus einem Erdloch zu retten, davon einer halbtot, und zwei der Frauen schienen noch nicht einmal bei klarem Verstand zu sein. Er wischte sich mit der Hand über die Augen. Auf einmal überkam ihn eine bleierne Müdigkeit.

»Wer hat Euch geschickt? Wo kommt Ihr her?« James setzte noch einmal zu einem Versuch an, Klarheit in das Geschehen zu bekommen. Aber die beiden ungleichen Frauen schwiegen. Keine wollte mehr zu der verfahrenen Situation sagen als nötig, und alle hatten sie die Arme vor der Brust verschränkt. Hilflos und müde zuckte er mit den Schultern, wischte sich mit der Hand über die Augen.

»Wir lösen das morgen«, murmelte er nur und wandte sich wieder seinem bewusstlosen Bruder zu.

Seine Männer, die das Treiben fassungslos mitverfolgt hatten, wurden unruhig. Sie kannten ihren Anführer als starke Persönlichkeit und machten sich nun Sorgen. Lachlan trat vor und machte einen Vorschlag, um seinem Laird aus der Klemme zu helfen. »Sollen wir versuchen, die Frauen in der Nacht hinaufzuhieven, damit sie weglaufen können? Wenn die da oben weiter so saufen und fressen, kriegen sie es vielleicht gar nicht mit, wenn die drei abhauen.«

»Sie würden nicht am Zelt de Montforts vorbeikommen, nicht solange dort Wachposten stationiert sind, und das ist nun mal der einzige Weg aus dem Steinbruch«, entgegnete James tonlos und schüttelte den Kopf. »Nein, sie bleiben vorerst hier, wir warten, bis die Nacht hereinbricht. Wir müssen uns etwas einfallen lassen, um sie abzulenken.«

James Douglas raufte sich verzweifelt die Haare. Er hatte keine Ahnung, wie er sie sicher aus diesem Loch herausbringen sollte. Sie waren hier gefangen, genau wie seine Männer.

Missmutig teilten sie sich die Decken auf und wickelten den bewusstlosen Hugh vorsichtig in eine davon. Moira konnte zwar für den gebrochenen Arm nichts mehr tun, schaffte es aber, die beim Sturz ausgekugelte Schulter wieder einzurenken. Hugh ging es sehr schlecht. Die neuen Wunden an seinem Rücken und der Blutverlust hatten seinen Zustand nur noch verschlimmert.

James legte sich zum Schlafen nieder und nahm seinen Bruder in den Arm. Er war elendig erschöpft und ausgezehrt. Sie hatten kein Abendessen bekommen, und der Hunger nagte zusätzlich an seinen Nerven. Die Frauen legten sich wärmend aneinander und warteten so die hereinbrechende Nacht ab. Noch lange war der Lärm der im Zelt zechenden Soldaten zu hören, die dort Simon de Montfort mit Wein und einem warmen Essen verköstigten. Wie unmenschlich und obszön, dachte James, wenn siebenundzwanzig Menschen daneben in einer kalten Grube vor Kälte und Hunger zitterten.

Irgendwann breitete sich im Steinbruch dann doch Stille aus. Eine Stille, die unheimlich war nach dem Lärm der vorangegangenen Stunden. James wachte davon auf. Er überprüfte Hughs Atem, der zum Glück gleichmäßig ging. Dann horchte er wieder nach draußen. Nur der Mond und der Sternenhimmel ließen etwas Licht in das dunkle Loch, und er konnte die aufgereihten Leiber unter den Plaids und Decken erkennen.

Nach einiger Zeit wurde ihm klar, was ihn so störte an der Stille. Nicht ein einziges Tier gab einen Laut von sich, und dies war für ihn ein Zeichen, dass irgendwo da draußen jemand war; jemand, den sogar die Tiere fürchteten. Kein Schrei einer Eule, kein raschelnder Hase, kein heulender Wolf. Er lauschte angestrengt. Es war wie die Stille vor einem Sturm.

Und der Sturm brach kurz darauf los. Enja und ihre Kampfgefährten fielen in das Lager der Engländer ein. Angst- und Todesschreie wurden laut, es entstand ein Kampfgetöse, in dem sich die Schreie der Soldaten mit dem Lärm von Metall, das auf Metall trifft, vermischten. Es war die unerbittliche Klaviatur des Todes, eine Melodie, die James und seinen Leuten so vertraut war.

James ließ, ohne nachzudenken, seine inzwischen hellwachen Gefolgsleute und die drei Frauen, die sich erschrocken aus den Decken schälten, an der Wand der Grube aufstellen, um sie vor herumfliegenden Teilen zu schützen. Er selbst hielt Hugh mit beiden Armen fest an seinen Körper gepresst, die schlaffen Gliedmaßen baumelten leblos herunter. Tatsächlich fielen kurze Zeit später Fackeln und Waffen in die Grube; ob beabsichtigt oder nicht, konnte er nicht sagen. Sofort nahmen die Männer sie auf, bevor sich das Stroh entzünden konnte. McKay hatte sich ein Schwert und die wieselflinke Winnie ein Messer geschnappt, das viel zu groß für sie wirkte. Alle lauschten gespannt und atemlos an die Wand gepresst, während oben der Kampf tobte.

Ein besonders erbitterter Kampf schien sich zwischen zwei Männern zu entwickeln, deren Grunzen und Schnaufen dem Rand der Grube immer näher kam. Dumpfe Schläge und krachende Knochen zeugten von einer unerbittlichen Auseinandersetzung. Plötzlich sah James, wie ein Körper mit Wucht über den Rand der Grube geschleudert wurde und vor ihm im Stroh aufschlug. Er spannte seinen Körper an. Im Schein der Fackeln erkannte er Simon de Montfort, der sich jetzt benommen aufzurichten versuchte. Hätte James nicht seinen Bruder in den Armen gehalten, wäre er hingesprungen und hätte den Earl mit bloßen Händen getötet.

Aber jemand anderes kam ihm zuvor: Ein zweiter Mann sprang in die Grube und setzte mit beiden Füßen auf. Selbst im Halbdunkeln erkannte James sofort, wer dieser grimmige Krieger war. Es war der Hüne, der Enja von der Burg seiner Eltern abgeholt hatte. Jetzt stand er vor ihm wie der Leibhaftige selbst, mit einem Ausdruck im furchterregend bemalten Gesicht, den er im silbrigen Mondschein nur als Mordlust beschreiben konnte. Die Fackeln erleuchteten die gespenstische Szene nur vage, doch die Flammen spiegelten sich in seinen Augen wider. Ohne auf die Umstehenden zu achten, zog er eine seiner Äxte aus dem Gürtel und schlug dem auf allen vieren aufgerichteten Lord von Leicester Castle mit einem kraftvollen Hieb den Schädel ein. Krachend gab der Knochen nach. Der Krieger zog seine Axt wieder heraus und ließ den reglosen Körper liegen. Angespannt, mit leicht vorgebeugtem Oberkörper sah er sich nach einem bekannten Gesicht um, bis seine Augen schließlich bei Moira hängenblieben.

»Moira!«, entfuhr es ihm, halb erleichtert, halb besorgt, als er im Fackellicht ihr zugeschwollenes Auge sah.

»Es geht uns gut, Hal. Winnie und Kalay sind hier, uns ist nichts passiert«, beruhigte Moira ihn in gälischer Sprache. Sie erklärte ihm kurz die Situation und stellte ihm James Douglas vor.

James nickte ihm dankend und voller Erleichterung zu. »Ich hoffe, Ihr könnt uns helfen, hier herauszukommen. Mein Bruder braucht dringend Hilfe von einem Heiler.«

Hal konnte sehen, dass der junge Mann in James' Armen dem Tod näher war als dem Leben, und nickte. »Ich bin Cathal Ó Searcaigh«, stellte er sich vor und streckte ihm seine Pranke entgegen. »Nennt mich Hal.«

Die Situation hatte etwas Unwirkliches, als James seinen bewusstlosen Bruder Hugh an Lachlan übergab und Hals dargebotene Hand mit aller Kraft drückte. Es war mehr als Dankbarkeit, die er mit dieser Geste ausdrücken wollte. »Danke, Hal«, sagte er erstickt und legte seine linke Hand noch zusätzlich darauf. »Danke …«

Von oben erschallte plötzlich ein Pfiff. Hal trat zurück und pfiff ebenfalls. Er bedeutete einigen Leuten, die noch an der Wand standen, zur Seite zu gehen und griff die Leiter, die jetzt heruntergelassen wurde. Am Grubenrand waren inzwischen viele Gesichter zu sehen, die heruntergrinsten. Fröhliche Rufe begleiteten die drei Frauen, als sie nach oben kletterten, allen voran Moira, die es gar nicht erwarten konnte, aus dieser schrecklichen Falle herauszukommen.

Als Vorletzter stieg Hal nach oben. Er nahm den bewusstlosen Jungen über die Schulter und kletterte die Holzleiter, die sich gefährlich unter seinem Gewicht bog, nach oben. Zuletzt stieg James Douglas hinauf und fand sich einer größeren Anzahl an unbekannten Frauen und Männern gegenüber, die ihn erwartungsvoll anblickten. Der Steinbruch war kaum wiederzuerkennen, von zahllosen Fackeln erleuchtet, bot er einen Schauplatz des Grauens. Das Zelt der Engländer war niedergerissen worden, Leichen lagen überall verstreut. Anscheinend hatte keiner der Soldaten überlebt.

James schluckte schwer, als er seine Clansleute sah, die gerade etwas Wasser und Brot erhalten hatten, um den gröbsten

Hunger zu stillen. Die Erkenntnis, dass er frei war, dass diese unbekannten Männer und Frauen hier für ihn und seine Leute gekämpft hatten, ließ ihn erschauern. Jemand reichte ihm ebenfalls Wasser und Brot, das er dankbar annahm. Es war Kalay, die ihm aufmunternd auf die Schulter klopfte. Moira kümmerte sich bereits um Hugh.

Hal und ein paar Helfer sammelten die noch brauchbaren Waffen und Werkzeuge ein; eine gute Ausbeute für den heutigen Tag. McKay ging auf James zu, und beide umarmten sich erleichtert. Dann fiel sein Blick auf die Gestalt, die von der Anhöhe herunterkam und jeden der Männer mit einem Handschlag begrüßte.

Sie steckte in schwarzen Hosen, festen, hohen Lederstiefeln, einer Tunika mit Lederweste und trug ein langes dunkles Plaid darüber, das an der Schulter mit einer Spange zusammengehalten wurde. Dahinter lugte der helle Griff ihres schräg über den Rücken geschnallten Schwertes heraus.

Sie war noch schöner, als James sie in Erinnerung hatte. Das lange Haar war am Oberkopf festgesteckt, ein oder zwei Strähnen hingen ihr seitlich am Ohr herunter. Gerade kam sie auf ihn zu.

Leicht und federnd bewegte sie sich wie eine Katze. Ihre helle Haut wirkte im Fackelschein noch heller. Die Augen waren in dem schwachen Licht fast schwarz und glänzend, ihre Gesichtszüge im Halbschatten verborgen. Aber er konnte sehen, dass sie lächelte, und ein seltsamer Druck legte sich auf seinen Brustkorb, sein Herz schlug auf einmal ungewöhnlich schnell.

Sie blieb vor ihm stehen und streckte ihre rechte Hand aus. »Lord James Douglas, nehme ich an?«, fragte sie förmlich und zeigte dabei ihr bezauberndstes Lächeln. Sie hatte ihn bei seinem Titel genannt, einem Titel, der einst seinem Vater gehört hatte und jetzt auf ihn übergegangen war – alles, was ihm noch geblieben war.

Er ergriff ihre kühle feste Hand, räusperte sich und erwiderte ebenso förmlich: »Enja von Caerlaverock, welch eine Ehre, Euch wiederzusehen.« Und zum ersten Mal seit langer Zeit huschte ein Lächeln über seine Lippen. »Ich nehme an, meine Männer und ich sind Euch zu größtem Dank verpflichtet. Aber sagt, warum habt Ihr uns von den Engländern befreit?«

»Euer Dank in Ehren, *Mylord*«, entgegnete sie ihm ernst. »Aber ich habe nur meine Schuld Euch gegenüber eingelöst. Ihr habt mir damals das Leben gerettet, ich nun das Eure.« Und mit einer angedeuteten Verbeugung unterstrich sie, wie wichtig es ihr gewesen war, diese Schuld zu begleichen. »Außerdem«, führte sie weiter aus, »braucht Robert de Bruce noch Kämpfer für sein Heer. Ich nehme an, Ihr habt mit dem englischen König noch eine Rechnung offen?«

James nickte grimmig. Das war milde ausgedrückt.

»Dann wird es Euch freuen zu hören, dass ein Schiff auf Euch wartet und ich Euch mit all Euren Männern zu ihm bringen werde. Seid Ihr bereit für eine kleine Reise?« Enja sah ihn forsch an.

»Ich würde selbst durch die Hölle reiten, wenn ich Edward dort finden könnte. Aber wie gelangen wir von hier weg? Zu Fuß kommen wir nicht weit …« Seine Augen waren wieder bei seinen Männern, die sich gerade mit warmen Decken einhüllten.

Enja folgte seinem Blick. »Lasst das meine Sorge sein. Vor dem Morgengrauen wird niemand bemerkt haben, was heute

Nacht passiert ist, und bis dahin sind wir über alle Berge. Die Männer sind bis auf Hugh alle in der körperlichen Verfassung, ein paar Stunden bis zur Küste zu reiten. Wir machen keine Pause.«

»Was geschieht mit Hugh? Ich werde ihn nicht allein lassen, eher bleibe ich zurück ...«, platzte es aus James heraus. Aber Enja wischte seine Bedenken mit einer Handbewegung fort.

»Er wird von meinen Leuten nach Caerlaverock gebracht und gesundgepflegt, macht Euch keine Sorgen. Er ist in guten Händen.«

In diesem Augenblick hörte James das Geräusch von Pferdehufen, und eine ganze Herde schottischer Ponys trabte in den Steinbruch, flankiert von zwei Reitern, die zu Enjas Kriegerinnen gehörten. Es waren ihre Highlandpferde, die trittsicher und anspruchslos für viele Stunden laufen konnten. Sie hatte einen Narren gefressen an diesen struppigen Tieren.

»Lasst Eure Männer die Ponys besteigen und dann los!«, rief Enja dem Anführer des Douglas-Clans mit lauter Stimme zu und steckte die Finger in den Mund für einen langanhaltenden Pfiff.

»Hal, wirf die Leichen ins Loch und schichte Steine drauf. Wir sehen uns in Caerlaverock!«, rief sie dem tätowierten Hünen zu und rannte auf einen Rappen zu, der wie der Blitz hinter der Anhöhe hervorpreschte und vor ihr mit rutschenden Hufen zum Stehen kam. Mit der linken Hand am Sattelknauf schwang sich Enja mit einem Sprung auf den Rücken des prachtvollen Tieres. Ein Lederband, das unter seinem Kinn befestigt war, diente als Zügel, und selbst den brauchte Enja nicht. Pferd und Reiter verschmolzen zu einer Einheit, so schien es.

Verblüfft von dem beeindruckenden Paar ließ James seine Männer aufsitzen und nahm sich selbst eines der zähen Highlandpferde, die so ideal waren für die harten Ansprüche dieser Gegend und auch im Dunkeln ihren Weg fanden. Enjas Leute hatten ihnen Decken auf dem Rücken gefaltet, die mit einem großen Gurt festgeschnallt waren, die einfache Version eines Sattels.

Die Ponys bewegten sich nicht von der Stelle. James' Hände krallten sich in die dicke Mähne. Die Vierbeiner schienen auf irgendein Zeichen von Enja zu warten, die mit fünf ihrer fackeltragenden Krieger nun wie ein Kommandant an ihnen vorbeiritt. James sah Winnie auf dem kleinsten Pony sitzen, das er je gesehen hatte. Sie zwinkerte ihm zu.

Erst dann, wie auf ein geheimes Zeichen, setzten sich die drahtigen Pferde in Bewegung. Am Schluss der langen Reihe folgten noch einmal fünf von Enjas Kriegerinnen auf ihren eigenen Pferden.

Es lagen anstrengende Stunden vor ihnen, aber sie waren nichts gegen das Schicksal, das sie hier alle mit Sicherheit ereilt hätte. Sein Blick ging noch einmal zurück und erhaschte einige der Männer und Frauen, wie sie im Fackelschein die Leichen der Gefallenen beseitigten. Hal schleifte gerade zwei Leichen auf einmal an den Füßen hinter sich her und warf sie in die Grube. In der Ferne meinte er Moira an der Seite von Hugh auszumachen.

Der Abschied von seinem Bruder war ihm schwergefallen. Wer wusste, ob er ihn je wiedersehen würde? Aber Enja hatte recht, Hugh wäre in Caerlaverock wesentlich besser aufgehoben.

Erleichtert drehte er sich wieder nach vorn und sah im tanzenden Licht der Fackeln auf das helle Haar der Frau, die ihn und Hugh gerettet hatte. Ihre auffallende Waffe wiegte sich bei jedem Schritt ihres Pferdes hin und her. Erleichtert schloss er die Augen und schickte ein Gebet in den Himmel. Vielleicht war sie doch ein Engel, geschickt von Gott, dem Allmächtigen?

Kapitel 16

Alamut im Jahre 1299

Der Junge mit den grünen Augen ließ meine Gedanken nicht mehr los. Ich versuchte, sein Vertrauen zu gewinnen, um mehr über ihn herauszufinden. Doch das war einfacher gesagt als getan. Lange Zeit hatte ich keine Ahnung, ob er überhaupt der hiesigen Sprache mächtig war, weil kein Wort über seine Lippen ging.

Seine Kampffertigkeit erreichte einen eigenwilligen Status zwischen Besenstil und tanzendem Bär – ein Umstand, der ihm sichtlich zu schaffen machte. Seine zwei linken Hände und die unbeholfenen Beine hatten ein Eigenleben, über das ich selbst erstaunt war. Seine Treffsicherheit war enorm, aber sich erst einmal in Position zu bringen, schien sein größtes Problem zu sein.

Umso mehr spürte ich seine Ehrfurcht gegenüber meinen eigenen Fertigkeiten. Eines Abends, als ich mich nach dem Abendbrot auf die Stufen vor der großen Halle setzte und die letzten Strahlen der Abendsonne erhaschte, sprach er mich das erste Mal von sich aus an. Es war die einzige Tageszeit, in der ich mich im Freien aufhalten konnte. Meine Augen und meine Haut litten unter den heißen Strahlen, so dass ich die Sonne während des Tages komplett vermied. Die Nacht wurde mein bester Freund. Für einen Assassinen die beste Voraussetzung!

Die Luft war noch angenehm warm, und vom Tal kamen die Aufwinde des Bergmassivs, die den Staub in kleinen Wirbeln über den Hof jagten. Ich hielt meine zierliche Flöte, die ich mir aus Bambusholz geschnitzt hatte, an die Lippen und blies eine Melodie, die ich noch in Bagdad mit Jasemin einstudiert hatte. Es war eine fröhliche Melodie, die wir damals sogar zweistimmig hatten spielen können. Wenn ich die Augen schloss, konnte ich sie vor mir sitzen sehen, die kleinen Finger bedeckten gerade mal die Löcher der Flöte, die Lider halb gesenkt in Konzentration.

Als ich meine Augen jetzt öffnete, stand Hal mit einem schüchternen Lächeln vor mir. Vor Erstaunen hörte ich auf zu spielen und sah ihn fragend an. Er wusste nicht, wohin mit seinen Händen, daher verschränkte er seine Arme, blickte verlegen auf den Boden und wippte auf den Füßen vor und zurück. Sein schmutzbrauner Haarschopf stand wie immer in alle Richtungen.

Freundlich nickte ich ihm zu und bedeutete ihm, sich neben mich zu setzen. Zögernd hob ich meine Flöte wieder an meine Lippen und setzte noch einmal zum Refrain an. Hals Gesicht bekam einen traurigen Ausdruck, und ich fragte mich, ob ihn die Musik vielleicht an jemanden erinnerte. Als ich zu Ende gespielt hatte, bestätigte er es: »Dieses Lied erinnert mich an meine Heimat Irland. Meine Familie war sehr musikalisch. Ich hatte eine Trommel.« Er wirkte melancholisch, und ich traute mich kaum zu atmen; es waren die ersten Sätze, die ich je von ihm gehört hatte. Er sprach Farsi mit dem harten Akzent der Leute, die die Sprache nicht als Kind erlernt hatten. Seine Stimme war leise und heiser, als befände er sich gerade im Stimmbruch. Erwartungsvoll starrte ich ihn an, weil ich hoffte, er würde noch mehr preisgeben. Aber es kam nichts mehr.

»Vermisst du deine Heimat sehr?«, fragte ich vorsichtig und setzte die Pfeife ab.

Er atmete hörbar durch und blickte auf die Gipfel, die sich rechts und links neben Alamut steil in die Höhe erhoben, nichts als Fels und Stein.

»Ja, ich vermisse Irland sehr. Vor allem meine Familie, die grünen Wiesen und Wälder und den Duft nach Heide und Moor.« Verträumt senkte er die Lider. Gerne würde ich jetzt seine Gedanken lesen können, und auch wenn ich nie in diesem Irland gewesen war – wenn es so grün war wie seine Augen, dann wollte ich es gerne einmal kennenlernen.

»Wie bist du hierhergekommen, Cathal?« Ich musste es einfach wissen. Er war in Gesprächslaune, vielleicht hatte ihn die Musik dazu bewegt.

»Meine Eltern waren arm und hatten acht Kinder, und das Essen reichte kaum für jeden von uns. Jeder Mund weniger war gut für meine kleinen Geschwister. Sie schickten mich mit zehn Jahren als Bootsjungen auf ein Handelsschiff, damit ich zur See fahren und die Familie unterstützen konnte.« Wieder richtete sich sein melancholischer Blick auf die Berge ringsum. »Die Route führte uns von Irland nach Gibraltar. Es muss kurz vor der portugiesischen Küste gewesen sein, als uns nachts Piraten überfielen. Sie nahmen alles mit, was sie tragen konnten, und versklavten die Besatzung. Über einen Sklavenhändler kam ich in Saladins Palast.« Hier schluckte er. »Von dem ich vor ein paar Monaten fliehen konnte. Jetzt bin ich hier, um mir die Überfahrt zurück nach Irland zu verdienen – als freier Mann.«

Die letzten Worte sprach er mit fester Stimme aus. Damit hatten wir ja ein gemeinsames Ziel. Er starrte jetzt wieder stumm vor sich hin. Irgendwann legte er die Ellbogen auf die Oberschenkel und stützte sein Kinn mit den Händen ab, als würde er in seine eigenen Gedanken versinken. Von seinen Worten beeindruckt, wollte ich ihn mit einem weiteren Lied aufmuntern, das ich mir selbst ausgedacht hatte.

Später, als die Sonne gerade hinter dem Felsmassiv des Elburs-Gebirges abgetaucht war und nur noch ein orangeroter Glimmer die Kalksteinwände des Adlernestes in ein warmes Licht tauchte, wollte ich mich erheben und in meine Kammer gehen. Doch in diesem Moment wendete Hal mir wieder sein Gesicht zu und blickte mich mit seinen unheimlich grünen Augen an.

»Darf ich dich etwas fragen, Eran?« Sein Blick huschte von links nach rechts, als wollte er sich versichern, dass niemand zuhörte. »Du bist Heiler und ein großer Kämpfer. Ich möchte gerne so sein wie du, aber ich fürchte, ich schaffe es nicht ohne Hilfe.« Seine Zunge leckte seine Lippen, als wären sie ihm zu trocken geworden. »Ich meine, will sagen … ich brauche Hilfe!« Seine Hände kneteten nervös sein Knie.

»Du musst es mir nicht erzählen«, bot ich ihm an, um ihn von seiner Verlegenheit abzulenken. Ich ahnte schon, was kommen würde, und trotzdem war es wie ein Schlag in den Magen, als Hal es aussprach: »Ich habe keine Eier mehr, Eran, sie haben mich zu einem Eunuchen gemacht.« Jetzt sah er mich direkt an, gespannt auf meine Reaktion, als hinge alles davon ab.

Dank meiner Erfahrung als Medicus ließ ich mir nicht anmerken, wie mich sein Bekenntnis erschütterte. Ich besann mich auf meine Ausbildung und beugte mich interessiert nach vorn. »Wie wurde es denn gemacht? Es gibt ja verschiedene Methoden der Kastration.«

Hal zog überrascht die Augenbrauen nach oben. Mit solch fachlichem Interesse hatte er wohl nicht gerechnet. Sein Blick blieb unverwandt auf mich gerichtet, als er mir in allen Einzelheiten den Tag seiner Entmannung beschrieb. Isaak und ich hatten einige junge Männer gesehen, die bei dieser Prozedur gestorben waren. Hal schien in seinem jungen Leben bereits furchtbar gelitten zu haben, vielleicht war er deshalb so scheu und unsicher.

Verständnisvoll legte ich ihm die Hand auf die Schulter. »Das ist der Grund, warum dir die Ausbildung so schwerfällt, habe ich recht, Cathal?« Blitzschnell hatte ich hochgerechnet und seinen jetzigen Zustand mit dem von Gleichaltrigen verglichen. Ihm fehlten im wahrsten Sinne des Wortes die Eier, um ein richtiger Mann zu werden. Seine Erklärung lieferte mir die Zusammenhänge, wie es um seinen Körper bestellt war. Ich hatte es realisiert, aber nicht deuten können.

»Hal«, entgegnete er ernst, »nenne mich bitte Hal.«

»Hal«, wiederholte ich und nickte.

»Ich möchte ein richtiger Mann werden, Eran, so wie du! Ich will kämpfen können und stark sein. Kannst du mir helfen?«

Sein Blick war so intensiv und hoffnungsvoll, dass es mir eng in der Kehle wurde. Mitgenommen und gleichzeitig wütend schluckte ich meinen Zorn hinunter, meine Augen suchten die verletzte Seele in dem jungen Menschen. Noch einige Male atmete ich tief ein und wieder aus, aber der Druck in meiner Brust wollte einfach nicht weggehen. Mein Gott, wenn er nur wüsste, welches Geheimnis ich verbarg!

»Hal«, krächzte ich, räusperte mich und setzte noch mal an. »Hal, ich werde dir helfen. Es gibt Mittel und Wege«, versuchte ich, ihm Mut zu machen, »aber ich muss noch einmal in meine Aufzeichnungen schauen. Derweil werde ich anfangen, anders mit dir zu trainieren. Triff mich morgen bei Sonnenaufgang vor dem großen Tor. Ich werde dir helfen, Hal, und du wirst der beeindruckendste Mann werden, den Hassan jemals in seinem Leben gesehen hat.«

Hal warf mir ein strahlendes Lächeln zu, das zwei Reihen großer Zähne enthüllten. Gerührt sprang ich auf und half ihm auf die Füße.

»Cathal der Schreckliche! Was hältst du davon?«, versuchte ich, ihn aufzumuntern, und gluckste, denn so, wie er vor mir stand, war er von »schrecklich« weit entfernt.

Hal lachte jetzt auch etwas zittrig. »Hal der Schreckliche«, meinte er, »das reicht. Ich mag meinen Namen nicht besonders.«

Ohne darüber nachzudenken, behielt ich seine Hand in der meinen. Er wirkte gelöst und erleichtert, als wäre eine schwere Last von seinen Schultern gefallen. Ich hatte diesen großen linkischen Jungen in mein Herz geschlossen, ob ich wollte oder nicht. Er hatte mir gerade seine Seele dargeboten, und ich würde sie wertschätzen. Für immer.

Am selben Abend verschwand ich mit einer Öllampe in meine Krankenkammer. Geduldig kramte ich in den Papyrusrollen und Aufzeichnungen, die mir Isaak hinterlassen hatte, und machte mir meine eigenen Notizen. Meine Aufgabe war klar.

Nur wie sollte ich das bewerkstelligen? Einen Eunuchen wieder zu einem Mann zu machen?

In den Aufzeichnungen des alten Medicus fand ich tatsächlich einen konkreten Hinweis zu diesem Thema. In einem eigenen Kapitel erwähnte er das Krankheitsbild von Jungen, die vor Eintritt in die Pubertät kastriert wurden und zeit ihres Lebens unter einer schwachen Muskulatur und einem schwachen Knochenbau litten. Er beschrieb die körperlichen Folgen dieser Verstümmelung, wovon vieles auch auf Hal zutraf. Dazu erwähnte er eine Versuchsreihe, in der er männlichen Harn durch Destillation zu kristallinen Extrakten reduzierte. Die tägliche Gabe einer kleinen Menge dieses Pulvers habe bei den Kastraten zu einem deutlich männlicheren Erscheinungsbild geführt. Eine Woge der Erleichterung erfasste mich, und ich schickte meinem alten Weggefährten ein Dankgebet.

Dann hatte Isaak es wohl geschafft, einen Extrakt zu entwickeln, der dem kastrierten Mann das zurückgibt, was in den entfernten Hoden natürlich produziert wurde. Leider hatte er mit mir nie darüber gesprochen, daher konnte ich nur mithilfe seiner Notizen und der noch vorhandenen Reste dieses Pulvers einen Versuch wagen. Ich fragte mich, warum Isaak so eine wichtige Errungenschaft seiner Medizin nicht öffentlich gemacht hatte, aber wie so oft konnte ich die Gedanken dieses seltsamen Alten nicht verstehen.

Bei meiner Ehre als Medicus fühlte ich mich inzwischen Hal verpflichtet und würde alles in meiner Macht Stehende tun, um ihm zu helfen. Iljas, der inzwischen zu einem feisten und gesprächigen Jungen herangewachsen war, half mir beim Zubereiten des Pulvers mithilfe von Harz, das wir von den Kiefern aus dem Tal geschabt hatten. Das kleine, unscheinbare Ledersäckchen mit der bezeichnenden Aufschrift *Mann* hatte ich in Isaaks sorgfältig gehütetem Lager im Inneren seiner Kutsche gefunden. Erleichtert fingen wir an, das Pulver mit *Ying Yang hao*, Ingwer, und getrocknetem, pulverisiertem Kamelpenis – ein Geheimtipp unseres Meisters Shi Fu – mit ein wenig Baumharz zu einer Masse zu kneten und zu kleinen Kügelchen zu rollen. Vielleicht waren die kleinen Perlen nicht so rund wie bei meinem alten Meister, aber die Wirkung sollte dieselbe sein.

Zum Aufbau der verkümmerten Muskeln hatte er ebenfalls ein paar Rezepte hinterlassen. Fleisch und Fett waren die beiden Säulen, auf die ich Hals Ernährung einstellen musste. Isaak hatte auf rohe Eier geschworen. Dann würde der arme Hal das schlucken müssen, und darin könnte ich …

Eine Idee reifte in mir, aber dazu brauchte ich Shi Fu. Er war noch in seiner Übungshalle, aber danach hatte ich ein intensives Gespräch mit ihm.

Erst spät fand ich Ruhe auf meiner Matratze aus gestopftem Pferdehaar. Müde, aber zufrieden mit meinem Forschungsergebnis fiel ich in einen tiefen Schlaf.

Die Sonne war noch nicht richtig aufgegangen. Im bläulich diffusen Licht, das über den Gebirgskamm fiel, stand Hal vor dem Tor. Er wirkte ein wenig nervös und trat von einem Fuß auf den anderen. Sein Gesicht war verkniffen, vielleicht fragte er sich gerade, was ich mit ihm vorhatte. Seine Beine bedeckte die übliche weite Hose, die in der Hüfte gewickelt und gebunden wurde, darüber trug er eine Tunika mit einem simplen Hanfgürtel in der Mitte. Dies war unser gängiges Übungsgewand, das viel Bewegungsfreiheit garantierte.

Ich war ähnlich gekleidet, hatte mir aber noch ein Tuch um den Kopf gewickelt, das mich später gegen die Sonne schützen sollte. Ich lächelte ihn freundlich an. »Was heißt ›Guten Morgen‹ in deiner Sprache?«

»*Maidin mhaith*«, kam die zögerliche Antwort, und seine Mundwinkel hoben sich etwas.

»*Meiiden meiiid*?«, versuchte ich es.

»So ähnlich«, lobte er mich und lächelte schüchtern.

»Dann werden wir uns ab jetzt jeden Morgen so begrüßen«, erklärte ich, legte den Kopf schief und fasste einen Entschluss. »Wenn du mir deine Sprache beibringst, Hal, dann werde ich dich zurück in deine Heimat begleiten.«

Seine Kinnlade fiel vor Überraschung herunter. Er setzte an, um etwas zu sagen, stammelte aber dann nur etwas, das klang wie: »Ist aber weit weg«, und betrachtete abwesend den Becher, den ich ihm reichte.

Neugierig beäugte er die gelbliche Flüssigkeit, die ich schon frühmorgens aus der Küche geholt hatte, und sah mich fragend an. Seine Augen, die um diese Zeit blaugrün schimmerten, blickten misstrauisch zwischen dem Becher und mir hin und her.

»Zwei rohe Eier, geschlagen«, erklärte ich ihm lapidar und drückte ihm den Becher in die Hand.

Er roch vorsichtig daran und setzte ihn an den Mund. Er leckte sich die Lippen und gab mir den Becher zurück. »Salzig«, bemerkte er nur.

»Das gibt es jetzt jeden Tag vor dem Frühstück«, erklärte

ich ihm, und sein Gesicht erhellte sich, wie immer, wenn es ums Essen ging. »Die Küche wird den Becher jeden Tag für dich vorbereiten, du musst ihn nur dort abholen.«

Wir liefen den breiten Pfad hinunter, der vom Tal zum Haupttor führte. Der Weg nahm eine Abzweigung, die an einer schroffen Felswand entlangführte. Kaum jemand kannte diesen Pfad, der in einen Plateau mündete, das eine atemberaubende Sicht auf das Massiv und die dazwischenliegenden Täler bot. Hier befand sich mein persönlicher Übungsplatz, den ich mir für meine morgendlichen Einheiten ausgestattet hatte. Runde Steine in verschiedenen Größen, Stöcke und sogar Seilschlaufen befanden sich in der Wand, die ich für Bauch- und Rückenübungen nutzte. Die Felswand eignete sich zum Klettern. Damit würden wir bei Hal wohl noch warten müssen, bis sich seine Hand-Fuß-Koordination entwickelt hatte.

»Hier trainiere ich jeden Morgen um dieselbe Zeit, bis die Sonne mich vertreibt. Aber die Kampf- und Waffenübungen finden nach wie vor im Adlernest statt.«

Der ungelenke Junge schluckte und knetete seinen Handrücken. »Weiß Hassan von diesem Platz?« Unsicher schweifte sein Blick über die Felsformationen vor uns.

»Was weiß Hassan nicht?«, stellte ich ihm die Gegenfrage, und er lächelte wieder sein schüchternes Lächeln, das wie immer den direkten Weg in mein Herz fand. »Lass uns aufwärmen, dann legen wir los.«

Mit Steinestemmen fingen wir an. Jeden Muskel seines Körpers hatte ich im Blick. Dazwischen ließ ich ihn Worte übersetzen, die mir während der Übungen einfielen, und wir schwitzten beide ordentlich.

Hal erschien tatsächlich pünktlich auch am darauffolgenden Morgen und von da an jeden Tag. Er rackerte sich ab und hob Steine, stemmte immer schwerere Gewichte, und ich feuerte ihn an, jeden Tag noch etwas mehr zu geben.

Bereits sechs Monate später stand ein Mann vor mir, der zwar immer noch mit seiner Motorik Probleme hatte, aber der Fortschritt war beeindruckend. Hal hatte dank seines guten Appetits fast vierzig Pfund zugelegt, Arme und Beine waren muskulöser geworden. Auch mir hatten die regelmäßigen Übungen mit ihm gut getan. Blitzschnelles Kämpfen, Klettern und Springen waren bald zu meinem Markenzeichen geworden.

Nach und nach erzählte ich ihm meine Geschichte, ohne dass er je danach gefragt hätte. Es war ein Zeichen unseres wachsenden Vertrauens, und ich behielt nur die Tatsache für mich, dass ich eine junge Frau war. Als wir unsere Lebensläufe verglichen, stellten wir fest, dass wir ungefähr im gleichen Alter sein mussten.

Eines Tages fragte ich ihn nach seinem vollen Namen. Missmutig zog er die Schultern hoch. »Ich mag meinen Namen nicht«, gab er zu. »Er lautet Cathal Conchobhar Ó Searcaigh«, krächzte er und ließ die Schultern wieder fallen.

Ich blickte ihn verständnislos an. Beharrlich ließ ich ihn seinen Namen noch dreimal wiederholen, bis ich es nachsprechen konnte.

»Das reicht«, forderte er schließlich, »so schön ist der Name nicht, dass du ihn so oft wiederholen musst!« Damit hatte sich das Thema für ihn erledigt. Er warf sich auf den Boden und drückte sich in den Liegestütz.

Mit Abschluss meiner siebten Weihe – Shi Fu hatte darauf bestanden, sie vorzuziehen – war meine Ausbildung vollendet, und ich wurde in einer aufwendigen Zeremonie zum Prinzen ernannt.

»Prinz Eran I-Shabbah ibn Hassan I-Shabbah« war ab jetzt mein Titel, der mich zu einem Abkömmling Hassans und zu einem freien Mann machte. Der Scheich selbst krönte mich mit einem Goldreif, den er mir stolz auf meinen Kopf setzte. Ein großer Saphir war in der Fassung vorn an der Stirn eingesetzt und verdeckte gerade so mein Sklavenzeichen. Mit dem Titel hatte ich endlich meine Freiheit wiedererlangt, es war ein berauschendes Gefühl. Der Saphir überdeckte meine Vergangenheit und machte den Weg zu Macht und Reichtum frei. Hassans Geschenk, dieser wunderschöne Goldreif, bedeutete mir unbeschreiblich viel.

Sämtliche Prinzen und Rekruten waren in der großen Halle versammelt, um meine Krönung gebührend zu feiern. Auch Nabil, Shi Fu und Hal begleiteten mich durch diesen feierlichen Akt. Und trotz meiner Aufregung entging mir nicht, dass zwischen Nabil und Hal eine seltsame Spannung bestand.

Gerade als ich mit dem bestickten Umhang und meinem Goldreif die Treppe aus dem unterirdischen Saal nach oben ging, um zum Festessen zu laden, erhaschte ich eine Geste Nabils, die ziemlich eindeutig war: Er zog seine flache Hand horizontal über seinen Hals. Aber er sah nicht mich dabei an; seine kalten schwarzen Augen bohrten sich in die von Hal, und der wiederum erwiderte seinen tödlichen Blick.

Unbeirrt stieg ich weiter die Treppe hinauf, ohne mir anmerken zu lassen, dass ich zutiefst betroffen war. Hatten die beiden ein Problem miteinander? Dass die beiden keine Sympathie füreinander hegten, war mir von Anbeginn klar gewesen, aber das war bei vielen der Männer hier so. Jeder Assassine war mit einer guten Portion Misstrauen ausgestattet. Nur selten entstanden solche Freundschaften wie zwischen Hal und mir. Ich musste herausfinden, was los war, denn wenn die beiden aufeinander losgingen, würde einer sterben.

Von dem Gefühl getragen, dass keiner der beiden mir verraten würde, was passiert war, begann ich nachzuforschen. Ich hatte den Verdacht, dass es um eine Frau ging.

Hal wusste genau, wem Nabils obszöne Geste auf der Weihefeier galt: seinem Tutor und besten Freund Eran. Wenn es nach Hal ginge, hätte Nabil bereits keinen Kopf mehr auf seinen Schultern.

Nabil hatte Hals schwächste Stelle entdeckt: seine Freundschaft zu dem Mann, der sein Leben verändert hatte. Unter Assassinen kamen Freundschaften so gut wie nie vor, und es hatte seinen berechtigten Grund. Dass ausgerechnet diese Schlange Hal nun damit drohte, Eran zu töten, falls er etwas ausplauderte, das hatte er nur allzu deutlich gemacht. Hals Fäuste öffneten und schlossen sich vor Zorn. Ihm war es doch völlig egal, ob Nabil Hassans Mätresse bumste. Aber Nabil sah sich wohl unter Druck. Dieses Wissen machte ihn, Hal, zu seinem Feind.

Hal hatte sich in den Pferdestall zurückgezogen, um seine Gefühle zu sortieren. Hier in der Gesellschaft der Tiere war er nicht allein, musste sich aber auch mit niemandem unterhalten. Mit den Händen auf dem Rücken marschierte er den langen Gang auf und ab und versuchte, einen Ausweg aus der gefährlichen Situation zu finden.

Natürlich konnte er verstehen, dass der Assassine ziemlich in der Klemme saß, aber dass er Eran, seinen einzigen Freund, in die Geschichte hineinzog, das war einfach zu viel. In seinem Kopf jagten die Gedanken, die sich immer wieder um Eran drehten, der Hal so ans Herz gewachsen war.

»*Ifreann*!«, schrie er aus Leibeskräften und schlug mit der Faust gegen die Holzwand. In seiner Wut benutzte er seine Muttersprache, einen Ausdruck, der so viel hieß wie »Hölle«. Die Wand erzitterte unter der Wucht des Schlages, und die Pferde schnaubten nervös. Staub rieselte aus allen Ritzen und glitzerte in dem Licht, das durch die Fenster und Ritzen drang wie Feenstaub.

»Verfluchter, hinterlistiger Mörder …«, setzte er an, aber ihm fielen in der persischen Sprache gar nicht genügend Schimpfwörter ein.

»Ich weiß nicht, welche Laus dir über die Leber gelaufen ist, aber diese Wörter entspringen nicht gerade deiner guten Erziehung.« Die ruhige und helle Stimme Erans ließ Hal zusammenzucken und sich ruckartig umdrehen.

»Was tust du denn hier, Eran?«, entgegnete er überrascht und ärgerte sich sofort, dass er ihn hier erwischt hatte. Seine

Wut hatte ihn unvorsichtig gemacht. Aber Eran hatte die Eigenschaft, sich wie eine Katze zu bewegen.

Eran blickte ihn aus seinen durchdringend blauen Augen merkwürdig an, die schwarzen Brauen misstrauisch zusammengezogen. Den Goldreif hielt er locker in den Fingern, die Arme hatte er überkreuzt. Seine Lippen waren zusammengepresst, als wäre er wütend. Die Hand mit dem Goldreif tippte gegen seinen Oberarm. Seltsam, nicht ein Haar sprießte auf seinem Kinn, durchfuhr es Hal plötzlich, während er sich selbst täglich rasieren musste, um seinen Bartwuchs im Griff zu behalten.

»Was ist zwischen dir und Nabil passiert?«, fragte Eran nun direkt. Ihm entging anscheinend gar nichts. Verfluchter Nabil …

Hal überlegte fieberhaft. Wie sollte er alles erklären, wenn er ihn genau damit in Gefahr brachte? Er verschränkte seine Arme und schwieg.

»Verlass dich drauf, Hal, ich werde es sowieso herausfinden.« Jetzt war es an Eran, wütend zu werden. »Ich wüsste nicht, wer es wert wäre, von dir gedeckt zu werden!«

Eran drehte sich um und stapfte ärgerlich davon. Von Weitem hörte Hal noch, wie er sich bei seinem Pferd Taycan über die Dummheit einiger Menschen beklagte und schließlich den Stall verließ.

Hal lehnte sich gegen die Stallwand. Er dachte nicht im Traum daran, etwas von seinem Wissen preiszugeben. Das war eine Angelegenheit zwischen Nabil und ihm. Seine Wut war verraucht, langsam sah er wieder klarer.

Das Ganze hatte völlig harmlos mit seiner Angewohnheit begonnen, vor dem Schlafengehen noch ein paar Schritte zu gehen. Nun ja, eigentlich wollte er nur ein wenig mit sich allein sein, denn so konnte er unbeobachtet seine Liebe zu Jesus bekennen. Trotz der vielen Jahre hier in diesem fernen Land hatte er nie aufgehört, zu Jesus Christus zu beten, die Religion, mit der er groß geworden war. Die abendlichen Gebete hatten ihm geholfen, über die schwere Zeit seiner Sklaverei hinwegzukommen. Seine schlimmen Erinnerungen verfolgten ihn immer noch. Die Alpträume seiner Entmannung plagten ihn schon seit Jahren, ließen ihn schweißnass aufwachen und zitternd um Fassung ringen. Erst die Gebete brachten ihn wieder in sein seelisches Gleichgewicht und ließen ihn Schlaf finden.

So hatte er auch an jenem Abend ein paar Schritte innerhalb der Festung genommen, um stumm seinen Rosenkranz zu beten. Er wollte Gott beweisen, dass er ihn in diesem fremden Land nicht vergessen hatte, auch wenn weit und breit keine Kirche zu sehen war.

Sein Weg führte ihn meist hinter die Wohnräume des Palastes, die Hassan mit seinem Harem vorbehalten waren. Manchmal wehte das Lachen einzelner Mädchenstimmen zu ihm herüber. Gerade als er an der Mauer am Burgfried hatte vorbeigehen wollen, hörte er das Wispern einer Frau und die dunkle Stimme eines Mannes.

Hal hielt inne, zog sich hinter die Ecke zurück und lauschte. Dunkel hob sich die Stimme des Mannes gegen die helle Frauenstimme ab. Es folgte ein zärtlicher Wortlaut, und die Frau lachte leise. Dann war es still, nur die Geräusche von leidenschaftlichen Küssen, gelegentliches leises Stöhnen und Grunzen waren zu hören. Schließlich huschten beide heimlich durch die Tür den Bergfried hinauf, der zu den Frauengemächern führte.

Hal hatte völlig vergessen, wo er mit dem Rosenkranz aufgehört hatte, und fing noch mal von vorn an. Damit setzte er seine abendliche Runde fort. Irgendjemand hatte sich an eine der Frauen des Scheichs herangemacht, ein übles Verbrechen, auf das der Tod stand. Aber Hal wäre nicht Hal, würde er deswegen jemanden verurteilen. Es war nicht sein Problem.

Allerdings wurde es das, als er dieses Paar unerwartet wiedertraf. Es war der Abend vor Eran*s* siebter Weihe gewesen. Er hatte ausgiebig dem Wein zugesprochen, und Eran hatte noch aus vollem Halse über seine Geschichten aus Saladins Harem gelacht. Als sie sich verabschiedet hatten, war es schon spät gewesen.

Das liebestolle Paar hatte sich an diesem Abend ausgerechnet Erans Krankenzimmer ausgesucht. Auf der Rückkehr von seinem Gebetsrundgang machte Hal eine Bewegung in dem flackernden Licht einer Öllampe aus, das aus dem Fenster der steinernen Kammer fiel. Schlimmes ahnend zog er seinen Dolch aus dem Gürtel und schlich sich vorsichtig zur Tür. Eran hatte hier viele wertvolle Geräte und Arzneien verstaut, daher war die Tür immer abgeschlossen.

Hal drückte vorsichtig die Tür auf. Sie war offen, und mit einem Schritt stand er im Innenraum, der für zwei Krankenbetten Platz hatte und jede Menge Regale, Kisten und Käfige mit seltsamen Tieren enthielt. Hal erkannte im schwachen Licht sofort, wen er vor sich hatte: Es war Nabil.

Der dunkelhaarige Araber stand mit heruntergelassenen Hosen vor einer Frau, die mit ihrem Rücken auf einem Krankenbett lag. Die Frau stieß einen erstickten Schrei aus, den Nabil sofort mit seiner Hand zu dämpfen versuchte.

»Psst … verdammt!«, raunte er der Frau zu. »Willst du alle wecken?«

»Nimm deinen Schwanz und verzieh dich, Nabil, bevor ich dich bei Hassan verpfeife. Und die Frau ziehst du mit ins Verderben, sie könnte dafür sterben, du Idiot!« Hals Stimme ließ all die Verachtung erkennen, die er für diesen Mann und sein unrühmliches Tun hegte.

Nabil zog sich seine Hose hoch und beachtete die Frau gar nicht mehr, die verschämt ihre Kleider richtete. »Hör mal zu, du verdammter Ochse, du machst mir keine Angst! Eher werde ich deinen fetten Bauch aufschlitzen, bevor du ein Wort zu Hassan fallen lassen kannst.«

Hal tat einen Schritt nach vorn, baute sich vor dem kleineren und schmächtigeren Nabil auf und hielt ihm den Krummdolch bedrohlich vor die Nase. »Ich würde dir jetzt gerne dein blödes Gesicht vom Kopf lösen und damit meine Trommel bespannen, dann könnte ich dir jederzeit mit Vergnügen das Gesicht einschlagen …«, stieß er mit seiner heiseren Stimme hervor. Seine kalten Augen hefteten sich fest auf die schwarzen Augen Nabils, und dieser musste wohl die Ernsthaftigkeit in seinem Blick spüren, denn er schwieg.

Die Frau trat vorsichtig an die beiden Kontrahenten heran und zupfte sogar flehend an seinem Ärmel. »*Sahib*, bitte lasst uns gehen, niemand darf uns hier sehen, ich bitte Euch.«

Hal drehte sich zu ihr und blickte in ihr ängstliches Gesicht. Es lag ein schöner, wenn auch ernster Ausdruck darin. Ihre Haare waren zerwühlt, aber einzelne Locken waren sanft auf ihre Schultern gefallen, sie waren so dunkel wie ihre Augen. Er zog seine Hand zurück und steckte seinen Dolch in das Futteral an seinem Gürtel.

»Haut ab«, knurrte er die beiden an, »bevor ich es mir anders überlege.«

Unwillig hatte er den Kopf geschüttelt und war auf direktem Weg in seine Kammer gegangen. Diesem Vorfall hatte er bis zum heutigen Tag keinerlei Beachtung geschenkt.

Am Tag nach meiner Weihe und nach dem unglücklichen Aufeinandertreffen mit Hal im Pferdestall beschloss ich, als neuer Prinz die Gunst des Großmeisters zu erwidern und mich in den Feinheiten der rhetorischen Künste zu üben. Ich kündigte mich dem Scheich über seinen Diener an und bekam auch prompt Zugang zu seinen privaten Gemächern.

Als ich eintrat, prüfte Hassan mich mit einem Blick, der nichts Gutes verhieß, und bedeutete mir, mich anderweitig zu beschäftigen, denn er war gerade im Gespräch mit Nabil. Neben ihm war auch Shi Fu anwesend, der wie immer eine Maske der Höflichkeit aufgesetzt hatte.

Nabil war sichtlich nervös, er knetete unaufhörlich seine Hände hinter dem Rücken und warf immer wieder wütende Blicke zu mir herüber. Hatte der weise Scheich vielleicht auch die obszöne Geste gestern bei der Weihe gesehen? Dann würde er Nabil mächtig einheizen. Das würde die knisternde Spannung erklären, die schon seit meinem Eintreffen in der Luft hing.

Erst einmal zum Warten verdonnert, setzte ich mich an den kunstvoll verzierten Tisch, an dem ein *Schatrandsch* – ein persisches Schachspiel – aufgebaut war, dessen Figuren allesamt aus kostbarem Elfenbein geschnitzt waren. Ein Satz war hell belassen, der andere mit Purpur gefärbt.

Während ich wartete, überlegte ich meinen ersten Zug. Shi Fu nahm mir gegenüber Platz und wartete auf meine Eröffnung. Forsch setzte ich den hellen Königsbauern nach vorn. Shi Fu wartete einen Moment und zog seinen rot gefärbten Springer vor meine eben gesetzte Figur.

»Nabil ist nicht gut«, flüsterte er aus schmalen Lippen. »Nabil erzählt Lügen.«

»Was hat das mit mir zu tun?«, fragte ich, genauso gedämpft.

Shi Fu sah mich seltsam an. »Du weißt von nix?«

Ich schüttelte verwirrt den Kopf. »Was?«

»Hassan hat letzte Nacht eine Frau erwischt, sie kam von, von …« Er steckte seinen Finger in den gerundeten Daumen und Zeigefinger seiner anderen Hand.

Ohne den Blick von Nabil zu nehmen, nickte ich und zog den Bauern auf dem Marmorbrett. Meine Gedanken rasten. Hatte Hal etwa …?

»Hat Nabil gesehen, wer es war?«, zischte ich über den Tisch und hätte beinahe den roten König mit meiner Schulter umgeworfen.

»Schlimmer! Nabil hat etwas gefunden«, kam es unauffällig zurück, und der Chinese hüstelte in seine Hand. Mit der Linken zog er seinen Königsbauern nun ebenfalls nach vorn. Hölle.

»Was?« Ich schluckte. Herrgott, was war Nabils Spiel?

Shi Fu zuckte mit den Schultern. Ich starrte auf den Tisch. Mechanisch hob ich irgendeine Figur und setzte sie irgendwohin. Hal war noch am Vorabend meiner Weihe seine abendliche Runde gegangen, als ich mich in meine Kammer verdrückt hatte. Was war passiert?

Hassans Stimme traf mich wie ein Blitzschlag. »Eran!« rief er. »Ich muss Euch sprechen, bitte kommt zu mir.«

Böses ahnend stand ich langsam auf und ging hinüber zum Großmeister, der in seinem schwarzen Kaftan und entblößtem grau durchwirktem Haar mit seinen anderen Prinzen zusammenstand. Sie wichen höflich ein paar Schritte zurück, um mich vorzulassen. Nabil grinste mich irgendwie triumphierend an.

»Prinz Eran«, sprach mich Hassan mit ernster Miene an, »eine meiner Frauen wurde erwischt, als sie am Tag deiner Weihe von außerhalb der Haremsgemächer zurückkam. Sie gab zu, sich mit einem Mann getroffen zu haben, aber sie wollte nicht verraten, mit wem. Eine Untersuchung ergab, dass sie noch den Samen des Mannes in sich trug, und …«, hier zerfiel ein wenig seine Fassade der kühlen Distanz, »… wir stellten fest, dass sie schon seit drei Monaten schwanger von ihm ist.« Hassans Blick wurde dunkel und richtete sich in die Ferne; seine Kiefermuskeln arbeiteten.

Wieso war er sich denn so sicher, dass das Kind nicht von ihm war? Der Gedanke ließ mich nicht mehr los, und ich beobachtete ihn scharf. Er verschränkte seine Arme auf dem Rücken und atmete ein paarmal ein und aus. Während ich zusah, wie sich sein Brustkorb hob und senkte, traute ich mich kaum zu atmen. Schließlich fuhr er erstaunlich ruhig fort.

»Sie lag schon seit Monaten nicht mehr bei mir, entschuldigte sich ständig mit Unwohlsein.« Seine Stimme war beherrscht, er behielt sich gut im Griff und lieferte mir die Antwort auf meine unausgesprochene Frage. »Sie verriet nicht, wer es war«, erklärte er weiter, »aber sie verriet, wo es geschah.«

Erst jetzt sah er mir wieder direkt in die Augen. Warum erzählte er mir das alles?

»Es war in deiner Krankenkammer, auf einem der Betten.«

Das war es also. Seine Augen senkten sich prüfend auf die meinen, die ihm direkt und ohne schlechtes Gewissen standhielten.

»Verdächtigt Ihr deswegen mich?«, fragte ich so unaufgeregt wie möglich. Eine kleine Welle der Panik erfasste mich jetzt doch unerwartet.

»Nun, es steht fest, dass die Tür zu dieser Kammer meist abgeschlossen ist und du den Schlüssel hast, Eran. Außerdem hat Nabil etwas in dieser Kammer gefunden, das dir gehört.«

Mein Gesicht hatte sich inzwischen aus Ärger rot verfärbt. Was glaubte dieser ahnungslose …

»In dieser Kammer gehört alles mir, Großmeister!«, sagte ich durch meine zusammengebissenen Zähne. Das war es also, ich sollte den Sündenbock spielen. Wütend sah ich Nabil an. Er hatte die Frechheit, mir ins Gesicht zu blicken. Erst dann realisierte ich, was er gerade triumphierend in der Hand hielt: meinen Goldreif.

Meine Hände zuckten und ballten sich hilflos zu Fäusten. Am liebsten hätte ich ihm die verdammte Krone aus der Hand gerissen. Er musste sie aus meiner Kammer gestohlen haben.

»Wir haben alle gesehen, dass du sie getragen hast, bevor du dich für die Nacht verabschiedet hast.« Hassan sah mich kalt an und deutete auf die Krone in Nabils Händen, die er jetzt für jeden sichtbar hochhielt. »Warst du es, Eran? Wenn du dich stellst, ersparst du dieser Frau grausame Folter.«

»Ich kenne diese Frau nicht, weiser Scheich«, entgegnete ich ihm betont ruhig, um meine Fassung zu bewahren. »Und ich habe mit ihr nichts zu schaffen. Wie die Krone in Nabils

Hände gelangt ist, kann ich nur vermuten. Aber ich habe sie nicht in meine Krankenkammer gelegt.«

Die Luft in dem Raum wurde zu dick zum Atmen, es knisterte förmlich. Und in diese Stille hinein platzte Hals hünenhafte Gestalt. Es klang, als flöge die Tür mitsamt meinem Freund in das Privatgemach des Königs. Der Diener eilte aufgeregt hinterher, anscheinend hatte Hal sich von ihm nicht aufhalten lassen. Jetzt stand er mitten im Raum und fixierte erst den Großmeister, dann Nabil und mich.

»Was geht hier vor?«, sagte er mit seiner tiefen heiseren Stimme.

»Hal, ich habe dich nicht rufen lassen«, bemerkte Hassan spitz.

»Warum schleppt man die Frau dort draußen in den Kerker?«, schleuderte Hal ihm entgegen. »Was hat sie getan?«

Mein Blick schnellte zu Nabil, der sich mit einer Hand an den Hals fasste, als ränge er um Luft. Hals Blick fixierte ihn. »Und was tust *du* jetzt dagegen?«

»Er hat geholfen, den Mann zu finden, der sie geschwängert hat«, ging Hassan ärgerlich dazwischen. »Was hast du denn damit zu tun?«

»Und wer sollte dieser Mann sein?« Hal starrte Nabil immer noch in Grund und Boden.

»Wir haben Erans Krone in der Krankenkammer gefunden«, fügte Hassan befremdet an. »Weißt du etwa mehr davon, Hal?«

»Ich weiß, dass es Eran nicht war, verehrter Scheich. Aber so gern ich es möchte, ich kann Euch nicht verraten, wer es tatsächlich war.« Jetzt schwang ein wenig Trotz mit. Nabil beobachtete ihn mit Falkenaugen, seine Hand ging auffällig oft an seinen Dolch im Gürtel, und es war keine nervöse Geste. Irgendetwas stimmte nicht zwischen den beiden. Schützte Hal etwa Nabil?

Hassan warf ungehalten die Arme in die Luft. »Ihr habt mir die Treue geschworen, und jetzt bekomme ich noch nicht einmal eine Antwort auf meine Frage?«, brüllte er. »Wegen eines untreuen Weibs zerfleischen sich meine besten Assassinen! Wo ist Euer Respekt mir gegenüber?«

»Warum holen wir nicht einfach die Frau?«, schlug ich vor, um die Anwesenden zu beruhigen. »Wenn sie hier ist, und einer von uns ist ihr Liebhaber, werden wir es merken, da bin ich mir sicher.«

Hassan atmete noch ein paarmal hörbar durch, zuckte schließlich mit den Schultern und rief seinen Diener. »Lasst das Weib bringen, dann werden wir hören, was sie zu sagen hat.«

Ich setzte mich wieder an den Tisch mit dem *Schatrandsch*-Spiel und holte mir Shi Fus Bauern mit dem Pferd. In der spannenden Vorstellung hier hatte er völlig vergessen, ihn aus der Gefahrenzone zu bewegen. Während ich nach außen hin ruhig und überlegt wirkte, brodelte es in meinem Innern. Was wäre, wenn diese Frau tatsächlich mich beschuldigte, um ihren Liebhaber zu schützen?

Die bereits arg in Mitleidenschaft gezogene Tür quietschte in den Eisenhalterungen, als sie aufgestoßen wurde und eine verängstigte Frau hindurchstolperte. Vermutlich war sie gestoßen worden, denn sie fiel hin, rappelte sich auf und strich sich ihre Kleider glatt, die vom Schmutz im Verlies verdreckt waren. Die Haare standen ihr wirr vom Kopf, die Lippe war an einer Seite aufgeplatzt, und unter dem rechten Auge befand sich eine bläuliche Schwellung. Neben mir hörte ich Nabil scharf einatmen.

Der Knecht, der sie gebracht hatte, packte sie am Haarschopf, zerrte sie vor den Großmeister und zwang sie auf die Knie. Sie atmete hektisch. Sie war schön mit ihren dunklen Augen und den schwarzen Locken … Ich starrte sie an. Bei allen Göttern! Das konnte doch nicht sein!

»Jasemin!«, schrie ich, ohne nachzudenken. »Jasemin, du bist es!« Ihre ängstlichen Augen wurden noch größer, als sie mich erkannte. Tränen liefen ihr über die Wangen, und mit einem Schluchzen rief sie: »Enja!«

Kapitel 17

Dumfries im Herbst 1306

James Douglas fluchte und spuckte aus. Es hatte den ganzen Vormittag geregnet, und selbst das Brot, das sie sich mittags als kleine Mahlzeit gegönnt hatten, war von der Feuchtigkeit aufgeweicht. Die Felder und Wiesen dampften von dem kalten Schauer, der die Temperatur empfindlich gesenkt hatte. Anscheinend war der kurze Sommer schon vorbei, die wenigen Sonnentage waren bereits ausgeschöpft. Auch die Nächte waren kalt geworden.

Lachlan McKay, der nicht weit hinter James ritt, fluchte leise vor sich hin. Seine Kleidung klebte an ihm wie eine zweite Haut, das wachsgestärkte Plaid konnte kaum noch die Nässe abhalten, die sich überall breit machte.

Langsam senkte sich die Abenddämmerung auf die beiden Reiter, die auf ihren zähen Highlandpferden durch das Hinterland Schottlands ritten. Sie vermieden bewusst die Hauptstraßen und damit die englischen Truppen. Neben ihren beiden Pferden hatten sie noch zwei Lastentiere dabei, die zwischen sich eine an Stangen geschnallte Bahre trugen. Darauf lag eine leblose Person, zugedeckt mit Decken und Fellen. Auch sie war den Naturgewalten ausgesetzt und durchnässt.

»Ich hoffe, wir sind bald da«, murrte McKay, »sonst bekomme ich noch Schwimmhäute und Kiemen …«

»Es kann nicht mehr weit sein, Lochar Water liegt schon fünf Meilen hinter uns. Aber bei diesem Nebel erkennt man ja nicht mal eine Burg, selbst wenn man direkt davorsteht …«, gab James sorgenvoll zu. Sein Blick wanderte missmutig zu den beiden Ponys, die tapfer ihre Last durch das raue schottische Wetter trugen. Die Sorge um die Gesundheit des kranken Mannes auf der Bahre war ihm deutlich ins Gesicht geschrieben.

Nachdem Enja und Hal ihn aus dem Arbeitslager befreit hatten, lieferte ihn ein Schiff der McLeods von Skye, die Robert the Bruce unterstützten, zu seiner Armee. James Douglas zählte rasch zu Roberts engsten Vertrauten. Sein Mut und seine taktische Kampfweise brachten ihm den großen Respekt seiner Landsleute ein. Und nun war er mit dieser so wichtigen Mission betraut worden, die wie ein schwerer Stein auf seinen Schultern lastete.

Plötzlich blieb sein Pferd stehen, als wäre es gegen eine Wand gestoßen. James sah sich vorsichtig um. Irgendetwas machte das Tier nervös, und auch die anderen Pferde schnaubten beunruhigt. McKay und er zogen fast zeitgleich ihr Breitschwert aus dem Futteral, um für einen Überfall gewappnet zu sein.

Bevor er etwas erkennen konnte, zuckte sein Vierbeiner unter ihm zusammen. James' Herz machte einen Satz, und mit zusammengekniffenen Augen starrte er auf das, was das Tier schon vor ihm entdeckt haben musste. Direkt vor ihnen stand ein Rappe mit einem komplett in schwarz gehüllten Reiter, wie von Geisterhand dort hingepflanzt. James' Nacken prickelte, wie immer, wenn er Gefahr witterte. Sein Puls klopfte lautstark in seinem Hals.

Völlig reglos, als wäre er zu einer Salzsäule erstarrt, starrte sie der fremde Reiter unter der Kapuze seines Überwurfs an. Nur die lange schwarze Mähne des Rappen bewegte sich ein wenig in der auffrischenden Brise, die jetzt auch die lästigen Dunstschwaden vertrieb, die ihm und McKay seit einigen Stunden die Sicht nahmen.

James schluckte. Er hatte den Reiter weder kommen gehört noch gesehen. Wäre es eine Falle gewesen, sie wären mit Sicherheit verloren gewesen. Verfluchtes schottisches Wetter! Er räusperte sich und sprach den dunklen Reiter an: »Gott zum Gruße, edler Herr! Könnt ihr uns helfen, den Weg nach Caerlaverock zu finden?«

Der Reiter schien ihn auszulachen, zumindest zuckten seine Schultern. Dann ergriff er den Saum seiner Kapuze und zog sie langsam nach hinten. Weißes Haar kam darunter zum Vorschein. Ihre blauen Augen strahlten selbst bei diesem Wetter hell und klar. »Ihr habt Caerlaverock bereits gefunden, Lord James Douglas«, hörte er sie mit dieser vollen Stimme lachen, die ihm so gut in Erinnerung geblieben war.

Enja! Er hätte es wissen müssen. Kein anderer saß so stolz auf seinem prachtvollen Hengst wie dieses Weibsstück! Trotz der lähmenden Müdigkeit, die von ihm Besitz ergriffen hatte, schaffte er es, ein schwaches Lächeln in ihre Richtung zu schicken. Erleichtert, ihr schönes Gesicht wiederzusehen, sagte er: »Es ist mir eine Freude, Euch wiederzusehen, Lady Enja von Caerlaverock. Hier und jetzt mehr denn je. Seid versichert, wir kommen in guter Absicht, denn wir suchen Eure Hilfe in einer sehr wichtigen Angelegenheit.«

Er konnte sehen, wie Enjas Blick auf den leblosen Mann auf der Liege fiel. »Er ist ein Edelmann und hoher Offizier unserer schottischen Armee und braucht dringend Eure ärztliche Versorgung«, erklärte Douglas ohne Umschweife, bevor sie ihn fragen konnte. »Wir sind seit Tagen unterwegs und bitten Euch um Eure Gastfreundschaft.«

Die Frau, der er seine Freiheit verdankte, war bereits von ihrem Pferd gesprungen und neben die Bahre getreten. Nur ein dunkler Haarschopf war in dem Bündel aus Fellen und Decken zu erkennen, und Enja sah mit prüfendem Blick in das Gesicht des blassen, leblosen Mannes, fühlte seinen Puls an der Halsschlagader und zog die Lider seiner eingefallenen Augen hoch. Ihre Miene gab keinen Aufschluss darüber, was sie dachte, aber sie nickte kurz und gab den beiden Männern ein Zeichen, ihr zu folgen.

In einer fließenden Bewegung schwang sie sich auf den Rücken des Hengstes und dirigierte ihn an Douglas vorbei in den dichten Nebel hinein, aus dem sie gerade gekommen waren.

»Seid meine Gäste«, lud sie die Männer ein. Als hätte er eine andere Wahl, dachte James, dankbar für ihre Hilfe. Er schämte sich nicht im Geringsten, als Bittsteller zu ihr zu kommen. Für seinen König würde er alles auf sich nehmen, und es schien, als wäre es für sie eine Selbstverständlichkeit, ihm zu helfen.

Nicht weit von der Stelle ihres Aufeinandertreffens hielt sie ihr Pferd an einem Seeufer an. Dicke Schwaden zogen über die Wasseroberfläche und hüllten die Luft in nasses Grau. Die Nacht war inzwischen hereingebrochen, und mit ihr kam wieder neue feuchte Luft. Hier am Wasser war der Nebel besonders dick. James Douglas hielt Ausschau nach einer Brücke oder einem Boot, aber er konnte nichts erkennen. Nur eine Seilwinde war am Ufer zu sehen, die Seile selbst führten in Richtung Wasser und verschwanden im Nichts. Auch die Pferde und ihre Reiter waren nicht viel mehr als schwarze Schatten.

Lachlan McKay blickte ihn fragend an, als sie von einem langgezogenen Pfiff überrascht wurden, den Enja mit zwei Fingern im Mund ausstieß. Erstaunt wurden sie Zeugen, wie sich erst die Seilwinde in Bewegung setzte und schließlich ein flaches Fährboot mit einem Bootsjungen aus dem Nebel auftauchte. Nur von der Fackel erleuchtet, die der Junge ihnen entgegenhielt, führte Enja ihren Hengst auf das Boot und half den beiden Männern, die Ponys von ihrer Last zu befreien und ebenfalls auf die Fähre zu bringen. Zu guter Letzt trugen sie den Kranken auf die Tragfläche des flachen Bootes, das so groß war, um locker die doppelte Menge an Leuten und Pferden aufzunehmen.

Wieder kam der langgezogene Pfiff aus ihrem Mund, und das Schiff bewegte sich in die andere Richtung. Bis auf das nervöse Schnauben der Tiere, die sich in der ungewohnten Situation nicht wohlfühlten, hörte man kaum ein Geräusch aus dem Dickicht des Nebelschleiers, der sich um sie herumlegte wie ein schwerer Umhang. Das Einzige, was zu hören war, war Lachlans Stimme, die die Tiere beruhigen sollte. Ab und an klatschten leichte Wellen gegen den Bug. In die Stille hinein sagte Enja zu James: »Ist der kranke Edelmann der einzige Grund, warum Ihr den weiten Weg hierher aufgenommen habt? Meines Wissens liegt die schottische Armee wesentlich weiter südöstlich …«

James blickte im flackernden Schein der Fackel in ihr Gesicht, das wieder im Schatten ihrer hochgezogenen Kapuze lag. »Caerlaverock steht in dem Ruf, die besten Heiler weit und breit zu haben. Die Gesundheit dieses Mannes ist von *großer* Bedeutung, er … er liegt dem König sehr am Herzen«, erklärte er zögerlich. »Außerdem«, presste er hervor und suchte ihre Augen unter der Kapuze, konnte sie aber nur erahnen, »wisst Ihr genau, was mich hierhergeführt hat.«

Sie sagte nichts, aber er glaubte, sie lächeln zu sehen. Er war hier, um seinen Bruder zu besuchen. Die Nachricht von seiner Genesung lag nun schon ein Jahr zurück. Ein schwieriges Jahr, in dem er und seine Männer für die Interessen ihres Königs Robert Bruce gekämpft hatten.

Dass er persönlich mit Lachlan und unter Einhaltung größter Verschwiegenheit hier war, musste ihr klarmachen, wie wichtig seine Mission war. Noch hatte sie ihn nicht danach gefragt, und er wollte selbst Enja nichts über die Identität der Person verraten, der er so verzweifelt zu helfen versuchte. Er hoffte, es würde auch nicht nötig sein.

James trug Enjas Nachricht immer noch in seinem Lederbeutel um den Hals. Mit ihrer sauberen, klaren Schrift hatte sie ihm in wenigen Worten persönlich geschrieben, dass es Hugh wieder besser gehe. Sein Arm werde erst im Laufe der Zeit vollständig heilen, aber er könne alle Finger bewegen, und sein Appetit sei zurückgekehrt. Unwillkürlich ging seine Hand nun zu dem kleinen Lederbeutel um seinen Hals. Das war es, woran er sich all die Zeit geklammert hatte. Die Hoffnung, Hugh wiederzusehen und diese Frau, die ihn in seine Träume begleitete. Verstohlen musterte er sie, wie sie hoch aufgerichtet am Bug stand und in dem grauen Nebelschleier nach etwas Ausschau hielt, das er nicht sehen konnte.

Schließlich knirschten Kiesel unter dem Bug und kündigten das Ufer an. Im selben Moment konnte Lord Douglas die

Fackeln in den Händen einiger Menschen sehen. Mit ihrer befehlsgewohnten Stimme kündigte Enja James und McKay an, woraufhin sie von zahlreichen Frauen, Männern und Kindern freundlich begrüßt wurden. Jetzt erkannte James, dass die Seilwinde von einem Esel angetrieben wurde, umringt von Kindern, die ihn ausschirrten, streichelten und fütterten.

Hilfsbereite Hände hoben den kranken Mann aus dem Fährboot und brachten die Ponys durch ein großes, steinernes Tor. Erst jetzt wurde James bewusst, dass sie im Inneren der Burg angelangt waren. Nur wenig war in dem vage von den Fackeln beleuchteten Dunst erkennbar. Es musste eine große Burg sein, denn im Hofinnern kamen viele Leute angelaufen, um Enja und ihre Besucher zu begrüßen, darunter zahlreiche Frauen in Kleidern und Hosen, von denen er drei selbst in der schwach erleuchteten Umgebung sofort erkannte: Kalay, das Mädchen mit dem roten Zopf, die kleine Winnie und Moira, die sich sofort über den Kranken beugte.

Lachlan war einige Jahre älter als er und hatte einen ihm sehr eigenen Charme, der bei den Frauen stets gut ankam. Und bei so viel freundlicher Aufmerksamkeit kehrte seine gute Laune trotz der Müdigkeit wieder zurück. Für Kalay hatte er sogar ein Lächeln zustande gebracht und scherzte mit der schlanken Kriegerin.

»Bringt den Mann auf der Bahre in die Krankenkammer!«, befahl Enja zwei der umstehenden Männer und deutete mit der Hand in die grobe Richtung. »Und richtet unseren Besuchern die Gästekammern«, fügte sie an zwei Frauen mit Hauben und Schürzen gewandt hinzu.

»Nein!«, erwiderte Douglas und stellte sich den Männern

in den Weg. »Ich werde bei dem Kranken bleiben, er steht unter meiner Verantwortung.«

Enjas seltsamer Blick traf ihn mit voller Wucht. »Ihr werdet ihm nicht helfen können, Lord Douglas. Eure Anwesenheit in der Krankenkammer ist nicht erwünscht.« In ihrem Ton lag etwas Dringliches. Und doch wollte James seinen Begleiter nicht allein lassen.

»Ich habe geschworen, alles zu tun, um ihn zu retten. Jetzt bin ich hier, und ich werde ihm nicht von der Seite weichen«, erklärte er entschlossen. Seine Lippen hatte er aufeinandergepresst, seine Hände in die Hüften gestützt.

Er zuckte zusammen, als ihn Enjas Hand an der Schulter berührte. Er hatte nicht bemerkt, wie nah sie an ihn herangetreten war.

»Übergebt ihn, James«, beruhigte sie ihn mit leiser Stimme. »Ihr könnt ihm nicht helfen mit Eurer bloßen Anwesenheit. Meine Heilerinnen werden alles tun, was in ihrer Macht steht. Betet lieber für ihn, er wird es brauchen können.«

Er war müde und erschöpft. Seine Schultern sackten nach unten. Diese Aufgabe war eine schwere Bürde, aber er würde sie nun an Menschen übergeben, die besser über Krankheiten Bescheid wussten als er.

Schweren Herzens stimmte er Enja zu und ging den beiden Helfern aus dem Weg, die vorsichtig den leblosen Körper hochnahmen und in Begleitung von Moira in einem der Eingänge verschwanden. Er wischte sich mit der Hand über das Gesicht, als könnte er damit die Müdigkeit vertreiben. Enjas Hand lag noch immer auf seiner Schulter. Wieso spürte er auf einmal diese Kraft von ihr ausgehen? Müde blickte er in ihr vertrautes Gesicht, ein heller Fleck in dieser dunklen

Zeit. Augen so klar wie Kristalle glitzerten im Licht der Fackeln. Sie sah ihn ernst und durchdringend an. War ihr Mund immer schon sinnlich gewesen? Spielten seine ausgezehrten Sinne ihm einen üblen Streich?

»Ruht Euch aus, James, Ihr seid am Ende Eurer Kräfte. Nehmt ein heißes Bad und trinkt ein wenig warmes Bier. Ich sende nach Eurem Bruder, es geht ihm gut.«

Er nickte wie in einem weit entfernten Traum. Ein junges Mädchen mit im Nacken kurz geschnittenem Haar, das die linke Seite ihres Gesichts bedeckte, knickste vor ihm und begleitete ihn in seine Kammer. Den Weg dorthin nahm er kaum noch wahr.

Nachdenklich drehte ich immer wieder den Tonbecher in meinen Händen. Der Duft der Mokkabohne weckte in mir eine tiefe Melancholie, die sowohl die Vergangenheit als auch die Gegenwart betraf. James' Ankunft heute Nachmittag hatte mich erneut mitten in das aufgewühlte Geschehen in Schottland gezogen. Diese Burg war ein Stück Heimat für mich und all die Menschen hier, und das hing nicht von dem Sieg der richtigen Seite ab. Ich fühlte mich weder als Engländerin noch als Schottin. Aber dennoch wusste ich, dass ich mich und meine Vertrauten in Zukunft politisch positionieren musste.

Der Anblick von James Douglas hatte mich zutiefst erschüttert. Den unbeschwerten jungen Mann, den ich vor ein paar Jahren in Douglas Castle kennengelernt hatte, als ich selbst schwach und verletzt gewesen war, erkannte ich nicht wieder. Stattdessen stand ein Mann vor mir, den die Entbehrungen und Schrecken des Krieges gezeichnet hatten. James' aristokratische Blässe war einem dunklen, rauen Teint gewichen, der die Furchen in seinem Gesicht tiefer wirken ließ. Die Sorgenfalte zwischen seinen Augen war inzwischen eine in angespannte Züge eingemeißelte Kerbe, die von der schweren Last sprach, die auf seinen Schultern lag. Die einst so freundlichen braunen Augen hatten ihren Glanz verloren und lagen in tiefen Schatten. Was mochten sie gesehen haben, diese traurigen Augen? Seine Lippen waren aufgesprungen und spröde, ein harter Zug ließ kaum ein Lächeln zu. Selbst unter dem gestutzten Bart hatte ich seine Kiefermuskeln arbeiten sehen.

Wie konnte sich ein Mensch so verändern? Sein Körper hatte deutlich an Muskeln und Masse zugelegt. Aus dem einst so feingeistigen Menschen war ein harter Kämpfer geworden. Sein Auftreten wirkte beinahe martialisch, dem nahm auch die Müdigkeit nichts von seiner Gefährlichkeit. Erschreckend zeigte sich an ihm, was der Krieg aus einem Mann machte, der alles verloren hatte und nun ums nackte Überleben kämpfte.

Robert Bruce scharte viele solcher Männer um sich, um seine Ansprüche auf das schottische Land durchzusetzen. Frustrierte und wütende schottische Adlige, die ihr Land, ihr Ansehen und oft auch Angehörige unter König Edwards brutaler Hand verloren hatten. Nicht umsonst trug er den Beinamen »Hammer der Schotten«, den er sich in den Jahren des Kampfes um die schottische Unabhängigkeit verdient hatte.

Für mich allerdings war der schottische König Robert, Lord von Arnandale, ein hoffnungsloser Fall. Nach der eigenhändigen Ermordung seines Rivalen John Comyn am 6. Februar 1306 in der Greyfriars Kirche in Dumfries und seiner eigenmächtigen Krönung kaum sieben Wochen später in Scone waren ihm nicht alle Schotten wohlgesinnt. Die Unterstützung seiner Sache erfolgte nur zögerlich, und die Niederlage im August in Methven gegen die englischen Armeen war ein weiterer herber Rückschlag für den jungen, aber ehrgeizigen König der Schotten gewesen.

Über den Maxwell-Clan wurde ich gut über den Verlauf des Krieges informiert, da sie in enger Verbindung mit Roberts Gefolgsleuten standen. Auch einige der Lehnsmannen des Clans kämpften an seiner Seite.

In den Wirren des schottischen Unabhängigkeitskrieges war Caerlaverock aus dem Fokus des englischen Königs geraten, der einen persönlichen Groll gegen mich hegte. Kein Wunder, hatte ich mich doch meiner Hinrichtung entzogen und dafür gesorgt, dass ein paar seiner Gefolgsleute mitten in London Opfer ihrer eigenen Justiz geworden waren.

Mithilfe der Maxwell-Krieger konnten wir den beiden englischen Angriffen auf Caerlaverock standhalten, eine Burg, die ich mithilfe des Clans zu einer Trutzburg mit enormen Ausmaßen ausgebaut hatte. Sie wurde die Zuflucht meiner Leute. Ich wollte nie Krieg mit Edward, aber sein Handeln zwang mich, gegen ihn Stellung zu beziehen. Bisher war es mir erfolgreich gelungen, meine Ansprüche zu verteidigen. Leider war ich dadurch in meinem Bestreben nicht weitergekommen, mich als offizielle Eigentümerin der Burg zu behaupten.

Wenn ich wenigstens gewusst hätte, wo der schottische König sich zu dieser Zeit aufhielt, hätte ich ihn gerne mit meiner Bitte konfrontiert. Allerdings hatte de Bruce nach der verlorenen Schlacht von Methven ein ernsthaftes Problem. Es hieß, er habe sich vor den englischen Truppen in den Norden des Landes geflüchtet. Vielleicht war er schon in Skye, einem strategischen Rückzugsort, der vom Clan der McLeods kontrolliert wurde?

In wenigen Schritten war ich mit meiner dampfenden Tasse an der Kammer angelangt, in der wir den kranken Mann behandelten. James hatte mir nicht verraten, wer er war. Sicher ein wichtiger Mann aus dem höchsten Kreise Roberts, ein Adliger wahrscheinlich. Ich hoffte nur, dass die Engländer noch nichts über seinen Aufenthalt bei uns erfahren hatten, sonst hätten wir in den nächsten Tagen wieder die Armee vor den Toren.

Verärgert über den Verlauf der Ereignisse nahm ich einen großen Schluck des bitteren Getränks und stieß die Tür zur Kammer auf. Moira und ihre Assistentin hatten den Kranken gerade gewaschen und rasiert, als ich eintrat. Anscheinend war mein Gesichtsausdruck nicht gerade freundlich, denn beide hielten in ihrer Arbeit inne und sahen mich erschrocken an. Daher räusperte ich mich, setzte ein bemühtes Lächeln auf und sprach in neutralem Ton: »Irgendwelche Erkenntnisse?«

Moira nickte und gab mir einen kurzen Bericht über den Zustand des Patienten. »Der Kranke ist etwa dreißig Jahre alt, sein Puls und die Atmung sind regelmäßig. Er muss wohl schon vor einigen Stunden in tiefe Ohnmacht gefallen sein. Die Pupillen sind leicht geweitet, das Weiß hat einen gelblichen Stich, und die Haut ist kühl. Bis auf leichte Verhärtungen im Unterbauch keine äußeren Anzeichen einer Entzündung.«

Isaak wäre stolz auf meine Schülerin gewesen. Ich stellte die leere Tasse auf einen Tisch mit einigen meiner Utensilien und trat neben den Mann, der bis auf ein Leintuch, das seine untere Körperhälfte bedeckte, nackt war. Er war muskulös, hatte kräftige Arme und Schultern. Sein Haupthaar war dunkel und setzte sich mal mehr, mal weniger dicht in kleinen Locken auf Brust und Armen fort. Große und kleine Narben zogen sich über den gesamten Oberkörper. Offenbar ein Edelmann, der sich nicht vornehm zurückhielt, wenn es zum Kampf kam.

Meine Hand glitt über seinen rechten Oberbauch und fühlte die Schwellung in Höhe der Leber, die Moira bereits bemerkt hatte. Die Farbe seiner Haut war im Licht der Öllampen schwer zu bestimmen, aber vermutlich war auch sie leicht gelblich. Die Leber schien schwer arbeiten zu müssen, das war mir klar gewesen, als ich seine Augen auf der Bahre kurz inspiziert hatte.

Wir mussten herausfinden, welchen Schaden das Organ genommen hatte. James hatte mir mitgeteilt, dass der Kranke bereits seit Wochen über Übelkeit, Bauchkrämpfe und Schmerzen geklagt hatte. Die wenigen Heiler im schottischen Lager hatten ihm bisher nicht helfen können, und er schien zusehends kränker zu werden. Schließlich hatte James es als einzigen Ausweg gesehen, mich aufzusuchen. Alkohol als Ursache schied aus, denn angeblich trank der Kranke nur selten Wein oder Bier. Ich tippte angesichts der kläglichen Lage, in der die schottische Armee sich befand, eher auf eine Mangelernährung. Vielleicht eine Fleisch- oder Fischvergiftung? Das Wort Vergiftung löste in mir einen Gedanken aus.

»Hat er Wasser zu sich genommen?«, fragte ich Moira während des Abtastens.

»Wir konnten ihm fast einen halben Liter einflößen, sein Schluckreflex ist wenigstens noch intakt«, antwortete sie.

»Gebt ihm Brühe, wenn er die Flüssigkeit so gut aufnimmt. Er braucht Salze und Fette«, wies ich sie an, und sie schickte ihre Magd sofort los. »Ich werde seinen Urin untersuchen. Konntet ihr etwas sammeln?«

»Nein, er hat leider nichts von sich gegeben. Es wird eine Zeit dauern, bis er wieder Wasser lässt.« Nachdenklich sah ich in das Gesicht des Kranken. Seine Lippen waren aufgesprungen wie die von James. Vermutlich hatte er seit vielen Stunden nichts Flüssiges, geschweige denn Nahrhaftes eingeflößt bekommen. »Ich brauche einen Nachweis über eine Vergiftung.«

»Vergiftung?« Moira sah mich mit offenem Mund an. »Woher wisst Ihr von einer Vergiftung?«

»Die Leber ist schwer in Mitleidenschaft gezogen. Vielleicht ein verdorbener Fisch, eine giftige Frucht oder …«, ich dachte kurz nach, »oder ein giftiger Pilz rutscht aus Versehen in ein Gericht.« Ich betrachtete das Gesicht des Kranken und fügte nachdenklich hinzu: »Oder mit Absicht.«

Moira trat auf die andere Seite der Liege. Sie blickte sehr ernst drein. »Warum sollte jemand diesen Mann im eigenen Lager vergiften?«

Unsicher zuckte ich mit den Schultern. »Vielleicht war er jemandem zu wichtig geworden, wer weiß?« Irgendetwas gefiel mir an der Situation nicht, und eine unerklärliche Angst schnürte meine Brust zusammen. Um mir meine Sorge nicht allzu deutlich anmerken zu lassen, ergänzte ich hastig: »Vielleicht war es auch nur eine eifersüchtige Rivalin.«

Moira lächelte schwach. »Frauen ist alles zuzutrauen, nicht wahr?« Sie blinzelte mich mit ihren bernsteinfarbenen Augen an, und ich nickte.

Nachdem Moira ihm etwas Urin aus der Blase mithilfe einer speziellen Metallröhre entnommen hatte, schickte ich Isaak ein Dankesgebet. Denn aufgrund seines Interesse für die Gifte der Natur hatte ich ein ganzes Sammelsurium an möglichen Vergleichsstoffen, die Moira nun in kleinen Schalen vor mir aufreihte. Farbe, Zusammensetzung und Geruch des Urins wandelten sich bei Personen, die ihr körperliches Gleichgewicht durch Krankheit verloren hatten. Ich war inzwischen geübt darin, diese Unterschiede zu erkennen. Moira füllte den Urin in ein Silbergefäß, um den Eigengeruch zu verstärken.

Mit routinierten Griffen nahm ich die kleinen Gefäße und roch an den Giftextrakten, die ich präpariert hatte. Bei einem blieb ich hängen. Es war das Gift eines weißen Knollenblätterpilzes und verströmte einen ähnlichen Geruch wie die Urinprobe. Also lag ich mit meiner Vermutung richtig: Der Mann hatte eine Pilzvergiftung. Es glich einem Wunder, dass er noch lebte, vermutlich hatte er das Gift in kleinen Dosen erhalten. Jemand hatte versucht, ihn langsam und qualvoll zu töten.

Nachdenklich starrte ich auf das blasse Gesicht des Kranken. Was machte ihn so wichtig, dass ihn jemand töten wollte? Die Engländer würden sich doch nicht solch eine Mühe machen, einen Schotten, selbst einen adligen Schotten, auf so aufwändige Weise zu töten. Ein Schwerthieb wäre wohl die erste Wahl. Aber vielleicht hatte der Mann in seinem eigenen Lager Feinde? Wie sollte ich das James beibringen? Wenn dieser Mann hier überlebte – und das stand noch in den Sternen –, was würde er dann tun?

Unbewusst suchte ich Moiras Blick; auch in ihrem Gesicht sah ich Ratlosigkeit, die fein geschwungenen Augenbrauen waren sorgenvoll gekräuselt.

»Gib ihm einen Extrakt aus der Frucht der Mariendistel. Am besten als Tee mit viel Wasser«, instruierte ich sie. »Haben wir noch etwas von den konzentrierten Kohleperlen?«

Sie nickte hastig, denn sie wusste, was dies bedeutete. »Wurde er von seinen eigenen Leuten vergiftet?« Cleveres Mädchen.

»Das kann ich nicht sagen, aber alles deutet auf eine lange Einnahme des Giftes hin. Vermutlich ein weißer Knollenblätterpilz, sehr aggressiv.«

Die Erkenntnis raubte mir selbst fast den Atem. Die Schädigung der Leber war meine größte Sorge. Er hatte die Statur eines kampferprobten Ritters, aber ein kleiner weißer Pilz raubte ihm die Lebenskraft. Würde er es überstehen?

James Douglas und sein Begleiter hatten an meinem Tisch in der großen Halle Platz genommen. Hier war der Boden mit Teppichen und Kissen ausgelegt, die ich aus dem Orient mitgebracht hatte. Alle Kinder waren wild darauf, hier auf den weichen Kissen zu sitzen und der Musik zu lauschen, die abends aufgespielt wurde. Das gesellschaftliche System hier auf meiner Burg war auf eine flache Hierarchie gegründet. Die Tore von Caerlaverock standen allen offen, die Schutz suchten und sich integrieren wollten. Es entstand dadurch eine bunte Mischung aus Menschen unterschiedlichster Herkunft. Manche stammten noch aus meiner Zeit im Orient, andere fanden hier Schutz und eine Familie. Oft waren es Kinder und Waisen, die wie Treibholz vom Krieg an meine Mauern geschwemmt wurden. Die Zahl der Männer, Frauen und Kinder erreichte in diesen Tagen über einhundert, und ich war sehr stolz, wie friedlich das Miteinander vonstattenging.

Die Kinder meines Clans waren auch meine Kinder, und sie durften uneingeschränkt in meiner Nähe sein. Sie wurden von den gebildeten Frauen unterrichtet und gemeinschaftlich erzogen, während die Mütter und Väter ihre Arbeit verrichteten. In unserer Gemeinschaft gab es viele Mütter, deren Männer im Krieg oder durch Krankheit umgekommen waren. Auch viele Vollwaisen befanden sich unter den Kleinen.

Als ich nun die große Halle betrat, liefen viele der Kinder auf mich zu und begrüßten mich stürmisch. Mein Herz machte einen Sprung, so gut tat mir die Freude, die den Kindern ins Gesicht geschrieben stand. Sie hingen mir an den Armen und Beinen, und ich hob manch eines auf meinen Arm, um ihm einen Kuss zu geben.

Besonders hatte es mir der stumme Thorvil angetan, der sich nur mit seinen Händen verständlich machen konnte. Mit ihm auf dem Arm und der Traube an Kindern im Schlepptau machte ich mich auf den Weg zum großen, runden Tisch am Ende der Halle. Wir hatten die zerstörten Mauern der alten Burg wieder hochgezogen und der Halle eine Holzdecke mit dunklem Anstrich verpasst. Sie dämpfte den Lärm genauso wie die zahlreichen geknüpften Wandteppiche, die lebhafte Geschichten aus der Welt des Morgenlandes erzählten. Einige davon hatte ich aus Hassans Schatzkammer mitgebracht, andere hatten die Frauen meines Clans in jahrelanger Webarbeit für mich hergestellt, und jedes dieser farbenprächtigen Werke erzählte eine weitere Geschichte aus Orient und Okzident.

Die Kinder kannten sie alle, und vor allem Hal hatte sich als großartiger Geschichtenerzähler hervorgetan, dem die Kinder an den Lippen hingen.

Auf dem Weg zum hohen Tisch begrüßte ich die Kämpfer der Kampfgarde und die Musiker, die mit leichter Harfenmusik die Gäste erfreuten. Ein paar Mädchen hatten sich zum gemeinsamen Gesang versammelt. Dank der umfangreichen Bibliothek Hassan I-Shabbahs und dessen Hofarchitekten hatte ich die Prinzipien des Orients im Wiederaufbau der Halle eingebracht. Selbst leise gespielt waren durch die raffinierte Holzkonstruktion der Decke sämtliche Instrumente und Stimmen über die ganze Fläche des Saales zu hören.

Mit unerbittlicher Kraft schoben mich die Kinder an meinen Tisch, an dem die beiden Gäste Platz gefunden hatten, vorbei an dem großen Herd in der Mitte des Saales, der so angenehme Wärme spendete. Die Männer standen auf und begrüßten mich mit einer Verbeugung, die flache Hand auf der Brust.

»Ich sehe, die Küche hat Euch bereits mit Speis und Trank umsorgt. Bitte lasst Euch nicht stören, meine Leute haben nun Anrecht auf ein wenig meiner Aufmerksamkeit«, erklärte ich den Ansturm der Kinder. Dabei ließ ich den kleinen Thorvil von meinem Arm auf den Stuhl neben dem meinen gleiten und setzte mich rechts des frisch gewaschenen und rasierten James Douglas an den Tisch. Die anderen Kinder ließen sich rundherum auf die Kissen nieder und lauschten gebannt der Musik.

Erstaunlich, was Schlaf, ein wenig Essen und ein gutes Bad mit einem Mann anstellten. Müdigkeit und Erschöpfung waren verschwunden, und auch der Gesichtsausdruck der beiden war um einiges freundlicher als noch bei der Ankunft.

»Wir danken Euch noch einmal für Eure großzügige Gastfreundschaft. Wir genießen es sehr, so angenehm und hilfsbereit in Eurer Mitte aufgenommen worden zu sein«, bestärkte mich Lord Douglas mit seiner warmen Stimme und setzte schnell hinzu: »Und auch für die ärztliche Hilfe bin ich Euch zu ewigem Dank verpflichtet, *Mylady*.«

»Bitte setzt Euch doch, Lord Douglas, und erzählt mir, was Euch und dem armen Mann widerfahren ist. Die Ankunft Eures Bruders wird sich wohl noch ein wenig verzögern. Er war mit Hal auf der Jagd, und mit Einbruch der Nacht hat sich die Rückkehr wohl verzögert.«

Seine braunen Augen ruhten ernst und prüfend auf meinem Gesicht. Schließlich nickte er. Seine dunklen Haare waren noch nass vom Bad und fielen in schweren Strähnen auf seine Schultern. Seine langen und schwieligen Finger umklammerten den Holzbecher mit dem warmen Bier. Die Falte zwischen seinen Augen zog sich tief in seine Stirn. Er wischte sich über die Augen und seufzte schwer, als hätte er die Last eines ganzen Jahrhunderts auf seinen Schultern.

»Mitte Juni dieses Jahres fiel Perth an die Engländer«, fing James mit einem tiefen Atemzug an zu erzählen. »Robert Bruce, unser König, war ziemlich ungehalten und wollte mit einer Armee von viertausend Mann die Stadt zurückerobern. Da wir spät vor den Toren Perths angekommen waren, ließ sich keiner der verdammten Engländer mehr aus der Stadt herauslocken. Wir schlugen daher unser Lager in der Nähe am Fluss Methven auf. Unsere Überzahl hatte die Engländer ziemlich kalt gelassen, und sie griffen uns überraschend mitten in der Nacht an.«

Ich zog scharf die Luft ein und unterbrach ihn unfreundlich: »Wie konnte es sein, dass die Schotten eine heranrückende Armee nicht gehört haben? Waren keine Wachen aufgestellt?«

James sah mich finster an. »Bruce war sich wohl sicher, dass sie sich nicht hinter den Stadtmauern hervortrauen würden, solange die Schotten davor lagern«, gab er zerknirscht zu. »Das war ein fataler Fehler.« Er hob seinen Becher und nahm einen tiefen Schluck. »Der Earl von Pembroke, Aymer de Valence, war es, der die englischen Truppen aus der Stadt führte und unsere unvorbereiteten Leute tötete. Nur ein paar Hundert konnten flüchten. Lachlan und ich hielten die Männer von de Valence immerhin so lange in Schach, bis Robert Bruce und ein paar seiner Ritter entkommen konnten. Zusammen schafften wir es mit Mühe zu der nahegelegenen Abtei Inchaffrey. Die Mönche führten uns noch in der Nacht auf abenteuerlichen Wegen nordwestlich. Es wäre auch alles gut gegangen, hätten uns nicht in Höhe Dilrigh die Männer von John Dougall MacDougall und die MacNab-Brüder in einen Hinterhalt geführt. Sie hatten Vergeltung geschworen, weil Bruce ihren Verwandten John Comyn in einer Kirche ermordet hatte.« Seine Hand bewegte sich fahrig durch seine Haare. »Sie waren so nahe dran, uns aufzureiben.« Er zeigte mit Zeigefinger und Daumen einen winzigen Abstand an, um die Dramatik zu betonen. »Sie hatten Bruce beinahe an seinem Umhang vom Pferd gezerrt, bevor ihn Lachlan in letzter Sekunde noch aus dem Gerangel ziehen konnte. Er hat mit seinem Pferd einen der MacNab-Brüder förmlich überrannt, die Brosche des verdammten Umhangs abgerissen und ist mit Robert davongaloppiert.«

»Ich hätte beinahe einen Finger eingebüßt«, schaltete sich McKay nun ein, »so einfach wollten sie den König dann doch nicht davonkommen lassen.« Dabei hielt er mir grinsend die Hand entgegen, und tatsächlich hing der rechte kleine Finger etwas schief in seinem Gelenk.

»Den sollte ich mir morgen mal genauer anschauen.« Mein Ton machte ihm klar, dass ich es ernst meinte, und sein Grinsen erstarb.

Selbst James' Mundwinkel bewegten sich endlich nach oben, er tat sich sichtlich schwer, nach den Tagen der Qualen wieder in eine heitere Stimmung zu kommen.

Die Musiker hatten inzwischen zu Flöten gewechselt und den kleinen Trommeln, die sie hier in Schottland *Bodhran* nannten. Die Mädchen sangen ein Volkslied über eine unglückliche Liebe zwischen zwei jungen Menschen. Gerade wollte ich die unruhigen Kinder, die in den Kissen um den Tisch herumtollten, zum Tanz schicken, als das große Tor am Südflügel aufgerissen wurde. Die Flammen im großen Kamin flackerten nervös auf.

Hal in seiner vollen Größe stand dort, und er schien nicht gerade amüsiert zu sein. Sein blanker Kopf glänzte von Nässe, der Fellmantel tropfte auf die Steinstufen. Sofort liefen die Dienstmägde zu ihm, um ihm den Umhang abzunehmen. Darunter trug Hal seine Waffenweste mit den schuppenartig angelegten Lederstücken. Seine Äxte steckten noch im Gürtel, als er sich seinen Weg zu uns an den Tisch bahnte.

Die Kinder liefen johlend auf ihn zu, um ihn zu begrüßen, und er packte sich gleich zwei der frechen Jungs, wirbelte sie durch die Luft und warf sie auf die Kissen neben unserem Tisch, auf denen sie vor Freude kreischend landeten. Neben unserem Tisch blieb er stehen. James und McKay waren aufgestanden und begrüßten ihn mit einem festen Händedruck.

Hugh dagegen, der nach Hal die Halle betreten hatte, warf sich mit einem Freudenschrei in James' Arme. Er lachte und schluchzte an der breiten Brust seines Bruders. James presste den jüngeren Douglas an sich. In seinem vom Krieg gezeichneten Gesicht zuckte es gefährlich. Immer wieder wischte er sich mit der Hand über die Augen.

Respektvoll wandte ich mich ab, um den beiden Brüdern ein wenig Zeit zu geben, und dachte für einen Moment an meinen kurzen Aufenthalt auf der Douglas-Burg zurück. Meine Gedanken verweilten bei James' Familie, die er verloren hatte: Eleonore, William und Matthew.

Mein Blick fiel auf den stummen Thorvil neben mir, der genüsslich an einem Rippchen nagte. Es drehte mir förmlich den Magen um, als mir die Vorstellung in den Kopf schoss, jemand würde ihm den Schädel einschlagen. Genau in diesem Augenblick packten ihn zwei riesige Hände, hoben ihn aus dem viel zu großen Stuhl und warfen ihn in die weichen Polster zu den anderen Kindern, wo er grinsend wieder aus dem Meer an Kissen auftauchte.

Hal ließ sich schwer auf den Stuhl fallen, der unter seinem Gewicht ächzte. Seine Lederweste knarrte während jeder seiner Bewegungen. Er schob eine seiner Pranken vor, packte den nächstbesten Humpen und schüttete in wenigen Zügen das Bier hinunter. Mit einem Knall setzte er das Gefäß zurück auf den Tisch und wischte sich mit dem Handrücken den Mund ab. Dabei entließ er geräuschvoll die überschüssige Luft aus seinem Mund.

»Was starrst du mich so wütend an, Enja?«, zischte er mich von der Seite an. »Störe ich dich etwa bei einer Tändelei mit deinem Verehrer?«

Oh, daher die schlechte Laune!

»Hal, du störst immer«, zischte ich zurück.

Seine grünen Augen unter den drohend gesenkten Augenlidern sahen tief in meine, und wie immer schien er meine Gedanken lesen zu können. Es war, als würde er mit mir über seine Augen kommunizieren, und ich spürte eindeutig seine Warnung. Vor James.

Unbeeindruckt von unserem kurzen Schlagabtausch hatte nun auch McKay Hugh herzlich umarmt und schlug ihm kräftig auf die Schultern. Hugh überragte den gedrungenen Lachlan fast um einen Kopf. Seit ihrer letzten Begegnung hatte Hugh nicht nur an Größe, sondern auch an Körpergewicht gewonnen, und aus dem schlaksigen, mageren Jungen war ein kräftiger junger Mann geworden. Mit seinen kurzen dunklen Haaren und den freundlichen braunen Augen kam er nach der väterlichen Douglas-Linie. Er war fast ein jüngeres Abbild seines Bruders, ohne dessen harte Züge und tiefe Furchen. Sein Grinsen entblößte den linken Schneidezahn, von dem nur noch die Hälfte übrig war, als er sich mit Hal einen mutigen Kampf mit Holzstöcken geliefert hatte. Er hatte keine dreißig Sekunden aufrecht auf dem Platz gestanden, aber die Herzen der Mädchen gewonnen – sehr zu Hals Ärger.

Trotz seiner schwierigen Armverletzung war aus ihm ein wendiger, taktisch klug agierender Kämpfer geworden. Bis auf ein paar Narben erinnerte nichts mehr an seine schwere Verwundung. Nur sein loses Mundwerk unterschied ihn noch von seinem Bruder, dem er stets nacheiferte.

Hal berichtete mir nach seiner ruppigen Begrüßung mit knappen Worten über das Ergebnis seiner Jagd, die mit einem erlegten Hirsch erfolgreich verlaufen war. Die Kinder tanzten zu einem Instrumentalstück, und die meisten Frauen und Männer klatschten begeistert mit. Die Stimmung war sehr ausgelassen, und die Freude über die wiedervereinten Brüder erfasste unseren Tisch. Als Hausherrin brachte ich einen Toast aus auf unsere Gäste, die ihr Glas erhoben.

»Auf die Familie Douglas, möge die Kraft Gottes durch Eure Taten glänzen!«, erhob ich meine Stimme feierlich und setzte meinen Becher an die Lippen.

»Auf Robert de Bruce, den König der Schotten!«, grölte Hugh laut hinterher, woraufhin ich mich verschluckte.

Für alle hörbar räusperte ich mich. »Hugh«, maßregelte ich ihn ein wenig unwirsch, »solange ich weder dem einen noch dem anderen König die Treue geschworen habe und sie mich nicht als Herrin von Caerlaverock anerkennen, werde ich auch nicht auf einen der beiden trinken.«

Hugh zuckte zusammen, er hatte wohl vergessen, welch ein wunder Punkt dies für mich war. Aber dann zeigte er sein schelmisches Lächeln und hob noch einmal sein Glas. »Dann eben auf die Gesundheit Roberts, auf dass Enja ihn wieder gesundpflegt!«

Aus meinem Gesicht wich jegliches Blut.

Hal polterte von seinem Stuhl hoch und schlug brüllend mit der Faust auf die Tischplatte, dass die Teller und Platten hüpften. James und McKay standen ebenfalls auf und stierten alarmiert erst Hugh, dann Hal und mich an. Die Leute in der Halle hörten auf zu lachen und starrten uns an.

Die Musik verstummte, das lächerliche Tröten einer der Pfeifen war der letzte Laut, der an meine Ohren kam. Dann herrschte Totenstille.

Kapitel 18

Alamut im Jahre 1299

Als Kind wusste ich immer genau, wo Mama den Honigtopf aufbewahrte. Honig gab es nur sehr selten, daher war er etwas Besonderes. Ich kroch, ohne über die Verwerflichkeit meines Tuns nachzudenken, durch den Luftschacht des Holzkamins, der in die große Küche führte und eine Verbindung zur Vorratskammer hatte.

Es blieb natürlich nicht bei einem Mund voll, ich steckte meine gierigen Finger gleich ein paarmal in den kleinen Pott mit der so seltenen süßen Verlockung. Zufrieden kletterte ich auf dem gleichen Weg wieder zurück. In meiner Einfalt glaubte ich, dass niemand das Verschwinden des kostbaren Honigs bemerken würde.

Am nächsten Morgen wurde mir klar, dass es keine gute Idee gewesen war, fast die Hälfte des Pottes zu leeren. Mein Vater rief Jalla und mich bereits in aller Frühe unheilvoll in die Küche. Den Honigtopf hatte er vor uns auf den Holztisch gestellt. Jalla steckte sich unbeteiligt den Daumen in den Mund, während ich betreten zu Boden schaute. Mein Vater sah erst Jalla, dann mir in die Augen und fragte rundheraus, wer den Honig gestohlen hatte.

Ich gab natürlich nicht zu, dass ich es gewesen war, und blickte nur anklagend auf meine Schwester, die genauso verrückt nach Honig war wie ich. Obwohl ich mir zudem meine klebrigen Finger gewaschen hatte, um ja keinen Verdacht auf mich zu lenken, bezichtigte mein Vater direkt mich des Diebstahls und warf mir auch noch vor, ihn anzulügen. Woher wusste er es? Ausgerechnet meine Schwester Jalla, diese Verräterin, brachte mich auf den Haken an meiner Geschichte. Grinsend nahm die den Daumen aus ihrem Mund und strich mir damit über die Wange. Ein schwarzer Ascheestreifen färbte den Daumen dunkel. Die ganze Zeit war der Beweis meines Diebstahls in meinem Gesicht zu lesen gewesen, und ich hatte mich so sicher gefühlt …

Genau dieses Gefühl der Scham beschlich mich jetzt wieder. Dass die Wahrheit für alle sichtbar in meinem Gesicht stand und ich bis zuletzt so getan hatte, als wäre ich jemand anderes. Dies beschrieb in etwa das Gefühl, das mich nun in Anwesenheit von Hassan, Hal, Nabil, Shi Fu und natürlich Jasemin in seiner vollen Wucht traf wie die Anklage meines Vaters.

»Enja!«, rief sie noch einmal. In Hals erschüttertem Blick erkannte ich Vorwurf und Enttäuschung. Shi Fu nickte nur stumm, als hätte er es schon immer gewusst, und Hassan lachte in der ganzen Verwirrung, die Jasemins Ausruf auslöste, nur laut auf.

»Ein Weib!«, rief er und hielt sich den Bauch vor Lachen. »Ein Weib, das meine Mätresse geschwängert hat?« Er fand die Vorstellung wohl komisch. Dass er damit den Kreis der Verdächtigen auf Hal und Nabil beschränkte, schien ihm in diesem Moment noch nicht aufgegangen zu sein.

Nabil dagegen schon, denn er riss seine dunklen Augen auf und zog blitzschnell den Krummsäbel. Er wollte gerade auf Hal losgehen, als ich mich blitzschnell gegen den Körper meines Freundes warf, um ihn aus Nabils Reichweite zu stoßen. Nabil erwischte ihn dennoch und versetzte ihm einen Schnitt über Hals, Ohr und einen Teil seiner Wange. Hal glich mit einem Schritt rückwärts meinen Aufprall aus und hielt sich die Hand ans blutende Gesicht. Ich dagegen trat mit meiner Ferse dem völlig überraschten Nabil gegen die Schläfe. Gleichzeitig fing ich seinen Arm ab, mit dem er den Dolch hielt, und nutzte den Schwung, um ihm die Waffe selbst in den Bauch zu rammen. Alles ging rasend schnell, und es dauerte einige Sekunden, bis die Umstehenden verstanden hatten, was passiert war.

Shi Fu nickte nur, als hätte ich eine seiner besten Übungen zu seiner Zufriedenheit erfüllt. Hassan hatte zu lachen aufgehört, und Hal brüllte wütend in seiner Muttersprache ein paar Flüche, die aber niemand verstand. Nur Jasemin keuchte entsetzt auf und sprang in einer verräterischen Geste ihrem sterbenden Geliebten zur Seite.

»Nabil!«, kam es erstickt aus ihrem Mund, und mit einer verzweifelten Bitte wandte sie sich an uns: »Bei Allah, so helft ihm doch!«

Nabil krümmte sich auf dem kostbaren Teppich seines Königs und rang mit dem Tode. Der Krummdolch hatte eine tödliche Schneise geschlagen zwischen dem unteren Rippenbogen und seiner Leber. Blut sickerte aus dem tiefen Schnitt, und es würde nur wenige Minuten dauern, bis Nabil das Zeitliche segnete. Jasemin hielt dem Sterbenden schluchzend den Kopf. Nabil hatte die Augen geschlossen, die Scham stand ihm selbst im Todeskampf noch ins Gesicht geschrieben. Hal blickte mich irritiert von der Seite an, und als ich mich zu ihm drehte, um die Schnittwunde an seinem linken Ohr zu versorgen, wandte er sich ruckartig ab und verschwand mit wuchtigen Schritten aus der Kammer. So blieb mir nichts anderes übrig, als die verzweifelte Jasemin in meine Arme zu nehmen und ihr tröstend über das zerzauste Haar zu streicheln, das so viel von seinem früheren Glanz eingebüßt hatte.

Shi Fu und Hassan waren in keiner Weise überrascht. Wie ich vermutet hatte, ahnten sie längst – Hassan noch eher als Shi Fu –, dass ich eine Frau war. Dennoch hatten sie sich entschlossen, mich als Assassinen aufzunehmen.

»Ich sah es in deiner Seele, Enja«, bestätigte mir der Großmeister später, als die Leiche Nabils weggetragen und die Teppiche gereinigt worden waren. »An dem Tag, an dem ich dich in unsere Gemeinschaft aufnahm, habe ich tief in deine Seele geblickt und die Wahrheit gesehen.«

Ich erschauerte in der Erinnerung an diesen seltsamen Moment der Schwäche. Hassan war damals in meinen Kopf gedrungen, in meine Gedanken.

»Du bist etwas Besonderes, eine eigenartige Kraft geht von dir aus, die ich nicht beschreiben kann. Ich wollte dich für mich haben. Ich muss mich dafür entschuldigen. Aber du musst zugeben, du hast deinen Platz hier gefunden.«

Ich lächelte ihn zustimmend an. Er drehte immer alles zu seinem Vorteil.

»In der Tat, mein Großmeister, was hätte mir Besseres widerfahren können?« Er hatte in gewisser Weise Recht, wo wäre ich heute ohne ihn? Immer noch eine Sklavin ohne Rechte und Eigentum. Von nun an nannte er mich Prinzessin Enja, entsprechend meiner Stellung am Hof.

Shi Fu hatte aufgrund meines Körpers schnell bemerkt, dass ich eine Frau war, und weil er wusste, dass Hassan ebenfalls im Bilde war, hatte er es kommentarlos akzeptiert. Er hatte stets dafür gesorgt, dass ich mich trotz meiner Weiblichkeit gegen alle Widerstände durchsetzen konnte. Und ich war ihm dafür auf alle Zeit verbunden.

Mich beschäftigte die Sorge um Jasemin. Als Sklavin und ehemalige Mätresse, die von einem Prinzen Hassans geschwängert worden war, hatte sie jegliches Recht auf ihr Leben verwirkt. Dass Nabil den Verdacht auf andere Mitglieder abzuwälzen versucht und dann noch ein Attentat unternommen hatte, wäre ihr sicheres Todesurteil gewesen. Doch auf mein Wirken hin bekam sie eine Kammer in der Festung, in der sie bis zur Geburt ihres Kindes bleiben konnte, im Wissen, dass ihr Tod damit nur um wenige Monate hinausgezögert wurde. Hassans Enttäuschung über ihr Fehlverhalten wog in seinen Augen schwerer als meine Freundschaft zu ihr. Ich musste mich beherrschen, um mein Missfallen nicht offen zu zeigen, aber hier konnte ich nicht weiter für sie sprechen. Da Jasemin ein sehr gläubiger Mensch war, schien sie sich seltsamerweise mit ihrem Tod abzufinden. Denn wenn Allah dies so für sie vorgesehen hatte, dann möge Allah es denn auch beenden.

Mit einer Geschicklichkeit, die ich ihm gar nicht zugetraut hatte, wich Hal mir in den nächsten Tagen immer wieder aus. Nicht dass ich es ihm übelgenommen hätte; immerhin hatte ich ihn seiner größten Illusion beraubt. Eran der Starke war nur eine Enja, ein Weib.

Ich musste ihn förmlich wie einen Dieb an einem der Abende stellen, die wir sonst stets gemeinsam im Stall verbrachten, um unsere Pferde zu versorgen. Er kam gerade mit dem Zaumzeug in der Hand aus der Stallgasse, als ich ihm den Weg abschnitt. Er bemerkte seine Unachtsamkeit, blieb stehen und atmete einmal tief durch.

»Ich muss mit dir reden, Hal«, bemerkte ich trocken und stellte mich leicht breitbeinig mit vor der Brust überkreuzten Armen auf.

Hal schnaubte. Dann hängte er das Zaumzeug an einen Haken und drehte sich endlich zu mir um. Es war das erste Mal, dass ich ihn seit dem verhängnisvollen Tag wiedersah, und seine Wange war bereits gut verheilt. Iljas hatte ihn an meiner Stelle gut versorgt. Das linke Ohr war etwa in der Mitte der unteren Hälfte abgetrennt und immer noch leicht geschwollen. Dicker Schorf hatte sich auf die Wunde gelegt.

Wie zwei Duellgegner standen wir uns in der Stallgasse gegenüber und starrten einander an. Grüne Augen gegen blaue. Wut gegen Frust. Ich zuckte irgendwann die Schultern.

»Wenn du mir etwas sagen möchtest, dann hast du jetzt die Gelegenheit dazu«, bot ich ihm als Eröffnung an.

Er brummte nichtssagend.

»Wie wäre es mit: Warum hast du mir nicht gesagt, dass du ein Mädchen bist?«, half ich ihm auf die Sprünge.

»Warum hast du mir nicht gesagt, dass du ein Mädchen bist?«, kam es prompt zurück.

Erleichtert ließ ich die Luft aus meinen Lungen. »Ich hatte Angst, du würdest mir nicht trauen.« Wieder kam keine Antwort. »Meine Güte, Hal, ich war in einem fremden Land, mit einem Sklavenkreuz auf der Stirn, und mein Lehrmeister wurde vor meinen Augen erstochen. Sollte ich die einzige Chance auf Freiheit aufgeben für die Tatsache, dass ich ein Mädchen bin? Wäre ich denn für dich immer noch ein Held, hättest du gewusst, dass ich ein Mädchen bin?«

»Hätte ich es gewusst, dann hätte ich dir nie erzählt, dass ich nur ein halber Mann bin«, kam es trotzig zurück. Das schien ihn sehr beschäftigt zu haben.

»Und trotzdem warst du für mich immer ein ganzer Mann, Hal. Und meine Freundschaft zu dir war echt, ob Mann oder Frau. Ich habe dir immer geholfen, und ich werde es auch in Zukunft tun. Kannst du denn nicht einfach darüber hinwegsehen, dass ich eine Frau bin, und mich wieder als das sehen, was ich vorher auch war? Ein guter Freund?«

»Ein guter Freund …«, wiederholte er, schon etwas leiser.

»Mein Angebot steht weiterhin«, setzte ich noch einmal an, und er blickte mich wieder mit diesen intensiven Augen an. Ich sah die Enttäuschung darin. Verzweifelt zog ich meinen letzten Trumpf: »Ich werde dich auf deinem Weg in die Heimat begleiten, wenn du mich noch immer mitnehmen magst.«

Zufrieden sah ich seinen Adamsapfel verräterisch hüpfen. Die Schale war bereits aufgebrochen, der Samen konnte sprießen. Langsam wandte ich mich in Richtung Ausgang und warf ihm beiläufig über die Schulter zu: »Wenn dir unsere Freundschaft etwas wert war, dann warte ich gerne auf dich. Du weißt ja, wo du mich finden kannst.«

Selbstzufrieden lächelte ich in mich hinein. Ich hatte sein Herz erreicht, das war alles, was ich wissen musste.

Am nächsten Tag setzten wir unsere gemeinsamen Kampfübungen fort. Freundschaft war ein kostbares Gut, sie würde für immer bestehen bleiben, egal ob Mann oder Frau.

Hals Unterricht gestaltete sich ab einem bestimmten Moment als extrem einseitig. Mit seiner Körpermasse konnte er weder die Schnelligkeit noch die Beweglichkeit eines schlanken Assassinen erreichen, was Shi Fu und mich vor eine neue Aufgabe stellte. Hal war zufrieden, seine schiere Kraft richtete mehr Schaden an, als meine noch so gut platzierten Fußtritte jemals ausrichten konnten. Trotzdem musste er eine Waffe finden, die nicht unter seiner Wucht zerbarst. In meiner Vorstellung war der große Hammer, mit dem er die Hufe der Pferde beschlug, das richtige Instrument. Aber Shi Fu schüttelte den Kopf.

»Hal muss eine Waffe haben mit Wumm, aber sie muss scharf sein wie ein Messer.« Dabei verschränkte er seine Arme vor der Brust, wie immer, wenn er keine Widerrede wünschte.

»Denkt Ihr an ein Breitschwert?«, fragte ich ihn neugierig. Als Hal es bei seinen Übungen zum ersten Mal geschwungen hatte, sah das riesige Schwert in seinen Händen aus wie eine von Isaaks kleinen Pfeifen. Er hatte sich später eines geschmiedet, das einen anderen Schwerpunkt hatte und eine breitere Klinge. Damit sahen seine Bewegungen wenigstens etwas ausgewogener aus. Das Problem war nur, dass er kaum einen adäquaten Gegner fand, um seine Übungen durchzuführen. Nur wenige hatten seinen Hieben mit diesem Schwert überhaupt etwas entgegenzusetzen. Selbst die Übungen mit dem Bambusstock fielen mit Hal immer garantiert schmerzhaft aus.

Es war eine kleine Beobachtung, die uns zu der Idee von Hals persönlicher Waffe inspirierte. Vor nicht allzu langer Zeit hatte sich ein Koch aus dem fernen Nepal aus der von einem Erdbeben verschütteten Stadt Pokhara aufgemacht, eine neue Bleibe zu finden. Über die Seidenstraße machten er und seine kleine Tochter sich auf in eine neue Zukunft und gelangten in den Orient. Was ihm geblieben war, waren das Mädchen, seine Töpfe und seine kleinen Metallspitzen, mit denen er Tinte unter die Haut stechen konnte. Sarvesh war nicht nur ein guter Koch, er war auch ein versierter Tätowierer, der seine Tochter Indra in die Kunst der Körperbemalung einwies.

Eines Abends sorgte Hal zu unser aller Entsetzen für einen geradezu atemraubenden Moment: Er tauchte während des Abendessens mit einem schwarzen Balken auf seiner Stirn im großen Saal auf, der sich von der linken Stirnhälfte zur rechten zog. Es war nicht schön, aber es passte zu Hal und es erfüllte den Zweck, sein Sklavenzeichen zu verbergen. Er schien sich an dem Gelächter, das sich den ganzen Abend über ihn ergoss, nicht im Geringsten zu stören. Im Gegenteil, am nächsten Abend kam er mit einem kahlrasierten Schädel in die große Halle. Nun reichte der schwarze Streifen komplett vom Hinterkopf bis zur Stirn. Wie eine schwarze Krone thronte der Farbstreifen auf seinem Oberkopf und gab ihm ein wirklich martialisches Aussehen. In einem Land, in dem Haare eine Zierde waren, entschied sich Hal dazu, auf alle männlichen Attribute zu verzichten. Er brauchte schlicht keine.

Aus der Liebe zu Indra war die Liebe zu seinen Tattoos gewachsen. Eines Tages sah ich ihn, wie er anstelle von Indras Vater ein Huhn für die Suppe tötete. Hal drückte das nervös flatternde Tier auf den Holzpflock, und mit einer Präzision, die ich ihm gar nicht zugetraut hätte, sauste die Axt auf den dünnen Hals hinab. Mit einem Schlag trennte er den Kopf ab.

Ich hatte eine Idee, die ich mit Shi Fu besprechen wollte – eine Idee, welche Waffe für Hal wie gemacht schien: mächtig, zerstörerisch und präzise wie die Axt, die eben den Hühnerhals durchtrennt hatte.

Shi Fus Ziegenbärtchen zitterte ein wenig, dann nickte er. Hal an der Axt auszubilden, darauf wäre er selbst nie gekommen. Er würde ihm zudem beibringen, diese Axt zu werfen. Bei den Nordmännern sei es im Kampf üblich, die schwere Axt auf ein Ziel zu werfen. Richtig gesetzt war ein solcher Wurf tödlich.

Hal konnte innerhalb kürzester Zeit mit der Axt gegen Schwerter, Stöcke und sogar gegen den berüchtigten Morgenstern kämpfen, gegen den kaum ein Kraut gewachsen war.

Stolz steckte er sich zwei Äxte über Kreuz in seinen Gürtel. Neben den immer zahlreicher werdenden keltischen Zeichen, die sich von seinem Kopf über die Schultern bis hinab zum Rücken zogen, waren es diese beiden Äxte, die sein Erscheinungsbild ausmachten. Von dem Hal, den ich zum ersten Mal vor seiner ersten Weihe gesehen hatte, war nichts mehr übriggeblieben. Nur noch seine intensiven grünen Augen, die mich manchmal so verletzlich ansahen, ließen noch den alten Hal durchschimmern wie das Pergament die Sonnenstrahlen.

Er war seit unserer Aussprache ein Freund geblieben, hatte sich aber von mir distanziert. Die Lockerheit, mit der wir vorher miteinander umgegangen waren, war einer nervösen Befangenheit gewichen. Es tat mir im Herzen weh, dass uns unser unterschiedliches Geschlecht zu einem Abstand zwang, der mich manchmal die früheren Zeiten vermissen ließ.

Eines Tages wollte auch ich mir von Indras Vater eine Bemalung auf meine Haut stechen lassen. Daher sprach ich entschlossen bei Sarvesh vor, der mich erschrocken anblickte. Er nickte nur und bat mich in sein Zelt, das ihm als Wohnraum und Arbeitsstätte diente. Wir einigten uns auf ein Drachenmotiv, das er bereits für die berühmtesten Krieger seines Landes zu Hunderten gemalt hatte und auch immer noch trotz seines schwindenden Augenlichts beherrschte.

Ich lag auf einem Tisch, und Indra saß daneben auf einem Stuhl und zog mit ihren Fingern die Haut glatt, während ihr Vater die ersten Striche in meine weiße Haut klopfte. Zwischendurch mischte sie unablässig neue Farben an, Kupferoxid für die grünen Farben, Lapislazuli für ein kräftiges Blau und für die rote Farbe zermalmte sie Purpurläuse in kleinen Porzellanschälchen. Immer wieder wischte sie das Blut und die überschüssige Farbe ab, die von der Nadel Sarveshs abperlten, und kühlte meine Haut mit einem nassen Lappen.

Im nächsten Moment betrat Hal das Zelt und starrte mich ungläubig an. Dann stapfte er wieder nach draußen, um seinem Ärger Luft zu machen – so wie er es immer tat, wenn ihm etwas gründlich gegen den Strich ging, mit einer Reihe satter irischer Flüche. Indra stand auf einmal mit einem Schluchzer auf, entschuldigte sich und lief Hal verstört hinterher. Mir wurde in diesem Moment klar, dass ich mich auf ein Territorium begeben hatte, von dem ich keine Ahnung hatte. Hal und Indra waren ein Paar. Jetzt hatte auch ich es begriffen …

Für einen kurzen Augenblick erhaschte ich den Ausdruck in Sarveshs Augen. Sie waren von einer unbestimmten Furcht ergriffen, aber nur für eine kurze Sekunde, bis er sich stumm wieder seiner Arbeit zuwandte und die Farbe für die Augen meines Drachens nun selbst anmischte.

Es dauerte noch zwei Wochen, bis Sarvesh mit Indra meinen Drachen fertiggestellt hatte. Mehr als zwei Stunden an einem Stück konnte er nicht arbeiten, und so war ich gezwungen, jeden Tag in seinem Zelt zu sitzen und die beiden Liebenden zu vertreiben. Wie war ich froh, als der fertige Drachen endlich meinen Rücken zierte. Sein Kopf mit dem aufgerissenen Maul befand sich auf meinem Schulterblatt, eine seiner Klauen reichte bis zu meinem Hals, und der lange Schwanz kringelte sich über meinen Po bis zum hinteren Oberschenkel des rechten Beins. Es war ein wahres Meisterwerk in so einzigartigen Farben, wie es nur ein Künstler wie Sarvesh auf die Haut bringen konnte.

Im Gegensatz zu Hal habe ich mir nie wieder ein weiteres Hautbild stechen lassen – weder von Sarvesh noch von seiner Tochter.

Alamut im Jahre 1300

Hülegü Chan war ein Enkel des mächtigen Dschingis Khan und mit einer riesigen Streitmacht ausgestattet, die den Orient mit einer Welle der Gewalt und Unterdrückung überflutete. Was der persische und der türkische Sultan allein nicht schafften, sollte bald dem mongolischen Heerführer gelingen. Seit 750 nach Christus hatten die sunnitischen Abbasiden Bagdad beherrscht, aber gegen die Übermacht von Hülegü Chan hatten die Herrscher des Orients keine Chance. Der Mongolenführer Chan eroberte jetzt die Stadt mit einer Härte, die in der wechselhaften Geschichte Bagdads einmalig war. Er erschlug über die Hälfte der damaligen Einwohner und setzte die größten Teile der Stadt in Brand. Was nicht Opfer der Flammen wurde, endete im Wasser des Tigris, der sich in diesen Tagen schwarz und blutig färbte.

Der mächtige Großmeister Hassan I-Shabbah, Führer der allseits gefürchteten Assassinen, stand mit seiner ersten Kommandantin Enja und ihrem ständigen Begleiter Hal am Fenster seiner Kammer. Der Himmel über dem fernen Bagdad färbte sich glutrot. Die Flammen der verheerenden Brände brachten Tod und Verderben in die einst so pulsierende Stadt. Betreten lauschten sie zusammen dem Bericht des Boten, der soeben aus der überrannten Stadt eintraf. Hassans Gesicht war einer steinernen Maske gewichen. Ihm wurde klar, dass er sich mit Hülegü einer ganz neuen, viel brutaleren Macht stellen musste, die politisch kaum beeinflussbar war.

Die wertvolle Bibliothek Bagdads, jahrhundertealte wissenschaftliche Werke und akademische Aufzeichnungen auf endlosen Papyrusrollen, wurde Opfer der zerstörerischen Flammen oder verschwand im schwarzen Wasser des Tigris. Es drehte Hassan fast den Magen um, als er daran dachte, welche Schätze sich allein in seiner Bibliothek in Alamut befanden. Wenn diese verloren ginge … Vielleicht sollte er einen Plan entwerfen, wenigstens Teile dieser Sammlung zu retten, sollte es doch zu einer Übernahme kommen.

Er schüttelte den Kopf. Nein, so weit durfte es einfach nicht kommen. Mit seiner kompletten Armee würde er sich diesen verfluchten Mongolen entgegenstellen. Sie würden kämpfen bis zum letzten Atemzug. Chans Frau, Prinzessin Doquez-Chatun, war eine Christin, und es hieß, er verbünde sich ihretwegen mit Byzanz. Verfluchter Mongole! Er musste diese Festung um jeden Preis halten, sonst würde das Abendland endgültig vom Christentum überrollt werden.

»Sind die Außenposten verstärkt, die den Zufahrtsweg hierher versperrt haben?«, fragte er nun schon zum wiederholten Mal.

»Ja, mein Großmeister«, antwortete Enja geduldig. Sie war nach dem Tode Nabils als Erbprinzessin zur ranghöchsten Kommandantin aufgestiegen. So schrieb es Hassans Gesetz vor, und ihre Autorität wurde trotz ihrer bald achtzehn Jahre nicht von einem einzigen der anderen Prinzen angezweifelt. »Der äußere Ring wurde geschlossen, die Reihen der Soldaten verdoppelt und die Tiere aus dem Tal in die Nebentäler gebracht.«

Der wortkarge Mann neben Enja nickte zustimmend. Die beiden verband eine Freundschaft, die Hassan recht merkwürdig fand, denn unter Assassinen gab es normalerweise keine Freunde. Vielleicht lag es daran, dass sie ein ähnliches Schicksal teilten. Beide waren in die Sklaverei verkauft worden, und beide endeten als Krieger in Alamut.

»Und Hal«, ergänzte Enja ihren Bericht und nickte dabei in dessen Richtung, »hat die Waffen noch einmal alle geprüft und die Pulverlager aufgefüllt.«

So still der mächtige Krieger auch war, aber von Waffen hatte er wirklich Ahnung. Dank ihm wurden die Schleudern in ihrer Wurfgenauigkeit wesentlich effektiver und die Wurfbomben in ihrer Explosionswirkung noch durchschlagender. Wenn er sich mit Shi Fu in die Katakomben zurückzog, kam meist eine neue Waffe oder eine verbesserte Wirkung der vorhandenen hervor. Ein sehr nützlicher Krieger, der nicht nur Befehle ausführte, sondern auch seinen Verstand einsetzte, solange er dabei bloß nicht reden musste.

Nachdenklich drehte sich der Großmeister wieder zum Fenster hin und betrachtete das Chaos in weiter Ferne. Seine dunklen Augen waren verklärt, als würden sie etwas ganz anderes dort sehen als das zerstörerische Werk der Flammen über der untergehenden Großstadt. Inzwischen hatte er sich einen Bart wachsen lassen. Dieser war wesentlich weißer als sein Haupthaar, das noch immer zum Großteil von seinen dunklen Strähnen durchzogen war. Er ließ ihn weit älter erscheinen als seine dreiundvierzig Jahre. An diesem Tag fühlte er sich, als wäre er noch einmal um weitere zehn Jahre gealtert.

»Wie können wir die wertvollen Papyrusrollen – oder wenigstens Teile davon – in Sicherheit bringen?«, fragte Hassan nun mit gerunzelter Stirn.

»Papyrus?«, entfuhr es Hal ungläubig, der sich sonst gerne zurückhielt.

Enja ließ sich ihre Überraschung nicht anmerken, als sie fragte: »Wieso glaubt Ihr, dass die Papyrusrollen hier nicht sicher sind?«

Der Großmeister blickte in ihr blasses Gesicht, ihre kristallblauen Augen sahen ihn ernst an. »Wenn wir hier untergehen, werden die Mongolen alles vernichten, was ich gesammelt habe, auch die Bibliothek. In Bagdad haben die Barbaren bereits zu viele der wertvollen Aufzeichnungen vernichtet. Daten, Fakten und wissenschaftliche Erkenntnisse, die nicht mehr zu beschaffen sind.« Seine Stimme wurde am Ende des

Satzes lauter, als die Emotionen in ihm aufwallten. Er sah, wie die beiden sich unsicher anblickten.

»Wir werden nicht aufgeben, verehrter Scheich, wir werden kämpfen bis zum Schluss!«, hörte er Enjas Stimme voller Entschlossenheit.

Er war berührt vom Kampfesmut seiner Anführerin, dennoch blieb er hartnäckig. »Ich möchte einen Teil meiner Schriften in Sicherheit bringen. Auch einige Artefakte, kostbare Teppiche und einen Teil meiner Goldreserven.« Damit erntete er schweigsames Staunen. Noch nie hatte er etwas außerhalb von Alamut deponiert, außer seinen Pferden und Nutztieren.

»Enja, ich möchte, dass du fünfzig der besten Leute aussuchst und den wertvollsten Teil meiner Sammlung zu meiner Festung ins entfernte Masyaf nach Syrien bringst. Dort ist die Bibliothek sicher unter dem Befehl meines Kommandanten Raschid ad-din Sinan aufgehoben. Wenn hier etwas passiert, dann ist wenigstens die andere Hälfte meines Schatzes in Sicherheit. Nichts ist so wertvoll wie das geschriebene Wort.«

Die junge Frau mit den seidig-weißen Haaren bedachte ihn mit einem seltsamen Blick. Ihre Augen suchten in seinem Gesicht eine Antwort auf eine Frage, die sie noch gar nicht gestellt hatte.

»Nein, wir werden uns nicht mehr wiedersehen«, erklärte Hassan sanft. »Gehe fort von hier mit allem, was dir ans Herz gewachsen ist, und bilde eine neue Einheit meines Einflusses. Wenn du die Aufzeichnungen und das Gold übergeben hast, dann gehe Richtung Norden und sichere eine neue Festung, eine Burg oder eine Insel, um meine Macht auszubauen. Komme nicht mehr hierher zurück.«

Hassan sah, wie überrascht sie von seinem Befehl war, sie musste schlucken. Anscheinend traf sie sein Entschluss unerwartet. »Natürlich, verehrter Scheich.« Mit einer Verbeugung wandte sie sich um und wollte schon durch die Tür hinaus, als Hassan sie noch einmal zurückrief.

»Wenn unterwegs irgendetwas passiert«, und er machte eine eindeutige Geste in Richtung Fenster und dem dahinter brennenden Bagdad, »oder die Festung Masyaf nicht mehr existiert, dann bringt alles und dich in Sicherheit. Egal wo, trage meine Botschaft und meinen Namen in die Welt hinaus, Enja. Schicke einen Boten, sobald du in Sicherheit bist.«

Enja schien diesmal noch zu zögern, bevor sie sich wieder abwenden wollte. Etwas lag ihr noch am Herzen. »Ich werde tun, was Ihr wünscht, mein weiser Scheich. Nur eine Bitte habe ich noch …« Sie stand an der Stufe, die von seinem Arbeitsbereich zum restlichen Wohnbereich mit dem *Scharantsch*-Tisch führte. Einen Fuß hatte sie auf die Stufe gestellt, ein Arm ruhte auf dem Oberschenkel.

Hassan gab ihr mit einer Geste zu verstehen, dass sie ihre Bitte vortragen sollte. Sie blickte erst zu Hal, der schon in der Tür stand und auf sie wartete, dann zurück zum Großmeister. »Es geht um Jasemin, Hoheit. Sie wird in den nächsten Tagen ihr Kind gebären. Ich habe ihr versprochen, es auf die Welt zu bringen. Können wir noch so lange mit unserer Reise warten?«

Hassan legte seinen Kopf schief, als würde er noch überlegen. Eine unangenehme Geschichte einer seiner zahlreichen Mätressen. Jasemin hatte ihn mit einem seiner Prinzen betrogen und sollte nach der Geburt ihres Kindes durch seine Hand sterben. War es denn schon so lange her …? Zeit, diese

Sache endgültig zu beenden. Als Antwort auf Enjas Frage nickte er daher nur und fragte sie beiläufig, was denn mit dem Kind geschehen solle.

Überrascht zuckte sie mit den Schultern, als wäre ihr der Gedanke noch gar nicht gekommen. »Wollt Ihr es denn nicht adoptieren?«, fragte Enja unsicher.

Hassan zog seine Brauen nach oben und legte die Hände auf seinen Rücken. »Nein«, sagte er entschieden, »seine Mutter wird ihre gerechte Strafe erhalten, aber das Kind eines Verräters und einer Hure hat in meinem Hause nichts verloren. Ich werde sie nach der Geburt persönlich für ihren schändlichen Betrug bestrafen. Wie sollte ich dieses Kind einer verderbten Liebe empfangen, wenn das Blut der Mutter an meinen Händen klebt?«

Enja zuckte über seine harschen Worte zusammen. Mit Rücksicht auf ihre Gefühle wurde sein Ton dann doch etwas sanfter. »Nimm das Kind mit auf deine Reise, vielleicht bleibt dir damit die Erinnerung an deine Freundin.« Und nach einer Pause fügte er hinzu: »*Alahu Akbar* – Gott ist groß!«

Enjas Mund blieb kurz offen stehen. An diese Möglichkeit hatte sie wohl nicht gedacht. Aber sie hatte sich gleich wieder im Griff, verbeugte sich und rauschte mit wehendem Umhang aus dem Raum. Ein ebenso verwirrter Hal duckte sich unter dem Türbogen hindurch und folgte seiner Anführerin.

»Wie konnte er mir das antun, Hal?«, zischte ich wütend durch die Zähne. »Was soll ich mit einem Kind auf einer so gefährlichen Reise?«

Hals Gesicht war wie immer eine reglose Maske unter den schwarzen Bemalungen, die Indra ständig neu gestaltete. Ich bemerkte befremdet, dass nun selbst sein halbes Ohr mit kleinen Streifen versehen war, die sich wie ein Spinnennetz über seine Ohrmuschel zogen. Indra hatte wirklich eine erstaunlich gute Hand für Details, musste ich selbst zugeben.

Hal erwiderte mit seiner heiseren Stimme: »Wir werden genügend Diener, Mägde und Tiere dabeihaben. Eine Ziege für die Milch und eine Amme für das Baby mehr oder weniger …« Dabei zuckte er mit den breiten Schultern. Tatsächlich würden wir einiges an Kamelen, Pferden und Nutztieren mit uns führen, um die gewaltige Menge an Schriften und Artefakten abtransportieren zu können.

Ich ließ bereits eine Transportliste aller Gegenstände anfertigen und die Tiere sammeln, die wir für diesen gefährlichen Ritt durch das Elbursgebirge brauchten. Kein Wagen war in der Lage, die teilweise nur als Trampelpfade ausgelegten Wege zu passieren. Alles, was wir mit uns führen wollten, musste auf Kamele und Pferde gehievt werden. Das Adlernest vibrierte förmlich unter der Anspannung seiner Bewohner, während wir die Reise planten.

Mitten hinein in das geschäftige Treiben ereilte mich die Botschaft, dass bei Jasemin die Wehen einsetzten. Iljas hatte mir bereits vor Tagen meine Sachen zusammengestellt, die ich benötigte, um Jasemin ärztlich beizustehen. Er brachte nur noch heißes Wasser und saubere Tücher, die er sorgfältig neben dem Bett der werdenden Mutter stapelte.

Ich setzte mich neben Jasemin auf das bescheidene Bett und hielt ihre Hand fest in der meinen, so, wie wir es früher als Kinder immer getan hatten, als wir uns noch ein Bett teilten. Ihre Kammer war in den letzten Monaten ihr Gefängnis gewesen, auch wenn sie nie verschlossen war. Gleichmütig wartete sie auf den Tag der Entbindung und damit auch auf ihren Tod durch die Hand Hassans, den sie so schmählich mit Nabil betrogen hatte. Für Jasemin war es nichts weiter als ein Zwischenschritt auf dem Weg ins Paradies. Wenn der Glaube so stark war, dass der Tod erhobenen Hauptes empfangen wurde, wieso zweifelte ich dann so sehr daran? Könnte ich mich jemals in die Hände Allahs geben und aufhören, jeden Tag um mein Leben zu kämpfen? Mein Schicksal einfach annehmen?

Jasemins dunkle Locken waren nassgeschwitzt, die Anstrengung, im gleichmäßigen Rhythmus wiederkehrender Schmerzen zu atmen, waren ihrem geröteten Gesicht anzusehen. Immer wieder wischte ich ihr mit einem feuchten Tuch das Gesicht ab, um es abzukühlen. Die Wehen, die sie seit Stunden plagten, kamen jetzt in dichteren Abständen, ein sicheres Zeichen der baldigen Geburt. Immer wieder prüfte ich die Weite des Muttermunds und konnte damit einschätzen, wie lange die letzte Phase noch entfernt war.

In diesen wenigen geschenkten Stunden verbrachten wir die intime Zeit damit, uns gegenseitig zum ersten Mal unsere Geschichten zu erzählen. Immerhin wollte ich dem Kind etwas von seiner Mutter erzählen, die es so früh verlieren würde. Und in den wenigen Atempausen zwischen den Wehen erfuhr ich, was passiert war, nachdem ich die Sänfte an jenem Tag in Bagdad heimlich verlassen hatte.

Jasemin war mit der Karawane tatsächlich am Hofe des Prinzen Chalil eingetroffen, der sich bei Fahrudin so großzügig mit neuen Damen eingedeckt hatte. Mein Verschwinden wurde zwar bemerkt, aber lediglich mit Bedauern zur Kenntnis genommen. Vermutlich wurde es Fahrudin von seinem Entgelt abgezogen, was uns beiden, Jasemin und mir, einen herzhaften Lacher entlockte, als wir uns gemeinsam sein Gesicht vorstellten, während er mit der Tatsache konfrontiert wurde.

Prinz Chalil aber entpuppte sich als Großmaul, dem es weniger um die Befriedigung seiner Gelüste ging als vielmehr um die Größe seines Harems als Zeichen seines Standes und seines Reichtums und der so mit seinem Vater konkurrierte. Jasemin beteuerte, ihn seit ihrer Entjungferung kaum zu Gesicht bekommen zu haben. Andererseits bestätigte sie mir die langjährige Tradition der grausamen Verstümmelung zahlreicher Jungen, damit sie im Harem ihren Dienst verrichten konnten. Die Schilderung ließ mir die Haare zu Berge stehen und Hal wieder ein Stück weiter an mein Herz heranrücken.

Der Prinz verstarb eines Tages ganz plötzlich an einer unerklärlichen Krankheit, und der Harem wurde aufgelöst. Die arabischen Hauptfrauen wurden dem Harem seines Vaters einverleibt, während die anderen Mädchen vom Großwesir an Männer verkauft wurden, denen es nichts ausmachte, dass sie keine Jungfrau mehr waren. Die Demütigung eines solchen Besitzübergangs musste mir Jasemin nicht im Detail schildern. Es war Hassans Haremsvorsteher, der sie damals in Bagdad gekauft und nach Alamut gebracht hatte. Hassan verließ in all den Jahren nicht ein einziges Mal die Festung, sondern schickte seinen Vertrauten, der sich um die Belange seines Herrn kümmerte. So erreichte Jasemin Alamut, das für sie ihre letzte Ruhestätte werden würde. Die Affäre mit Nabil war die erste und einzige Liebe, die sie in ihrem Leben erfahren hatte. Sie gestand mir, dass sie es nicht bereute, auch wenn es nur eine sehr einseitige Liebe war.

Nabil gab ihr etwas, das sie nie gekannt hatte: einen Sinn zu existieren. Und wenn es nur für dieses Kind war, dem sie das Leben schenken würde. Allah hatte es so gewollt.

Am Abend des 3. Juli 1300, gerechnet nach dem christlichen Kalender, konnte ich mit Iljas Hilfe einem gesunden Kind auf die Welt helfen. Es war nicht unbedingt eine leichte Geburt, denn der Kopf des Mädchens wollte so gar nicht durch den schmalen Geburtskanal, und ich musste ein wenig nachhelfen. Als ich das kleine Geschöpf in meinen Armen hielt und seine Augen noch unsicher in die unbekannte Welt blickten, ließ ich meinen Freudentränen freien Lauf.

Bei jeder Geburt dankte ich dem Schöpfer dieser Welt für ein neues Leben und freute mich über die Liebe zum Detail, die in jeder Kreatur dieser Welt steckte. Eigenhändig zählte ich die Finger und Zehen der winzigen Gliedmaßen und wunderte mich über die Vollkommenheit dieser Schöpfung. »Gott ist groß – *Alahu Akbar*«, wie Hassan immer zu sagen pflegte. Wo fand sich seine Größe eher als in einem solchen Moment?

Jasemin lag erschöpft in ihrem Bett, ein müdes Lächeln huschte ihr über die Lippen, als ich ihr das Neugeborene an die Brust legte. »Wie möchtest du es nennen, Enja?«, fragte sie mich mit leiser Stimme, die großen Augen glänzten im Schein der Öllampen tiefschwarz.

»Solltest du ihr nicht einen Namen geben, etwas, das mit uns als Erinnerung weiterlebt?«, brachte ich heiser hervor, meine Stimme noch aufgewühlt von meinen Gedanken.

Jasemin schloss kurz die Augen, vielleicht aus Müdigkeit oder weil sie nachdenken wollte. Die eintretende Stille war nur unterbrochen von dem zufriedenen Schmatzen des kleinen Babymundes an ihrer Brust. Irgendwann öffnete sie die schweren Lider wieder und platzte, ohne zu zögern, mit einem Namen heraus: »Rachel. Ich möchte, dass sie Rachel heißt.«

Darüber war ich sehr erstaunt. »Ist Rachel nicht ein hebräischer Name?«

Jasemin nickte. »Rachel nahm laut der Bibel die Götzenbilder ihres Mannes Jakob heimlich auf die Reise nach Beersheba mit. Wie treffend, nimmst du doch jetzt die kleine Rachel auf deine Reise mit. Du bist so wenig Muslima wie ich Christin bin, Enja. Aber wenn sie deine Tochter wird, wenn sie nun frei ist und keine Sklavin, dann hoffe ich, dass sie so wird wie du: ein kleiner Rebell, der seine Götter heimlich mitnimmt.«

Ich war gerührt. Woher kannte sich Jasemin so gut mit der Bibel aus? Hatte sie nicht nur den Koran gelesen? Es hätte mich nicht gewundert, wenn sie die Papyrusrollen in Hassans Bibliothek gelesen hätte, die auch eine teilweise Abschrift der Bibel enthielten. Von Hassan wusste ich, dass er sie studiert hatte. Sie war schon immer belesen und neugierig gewesen.

In diesem Moment meldete sich die Wache, die immer noch vor Jasemins Tür stand. Wenige Sekunden später füllte Hals große Statur den winzigen Raum. Ehrfurchtsvoll kniete er neben dem Bettchen nieder und nahm Jasemin das Bündel Mensch aus der Hand. In seinen Armen wirkte der Neuankömmling so zerbrechlich wie eine Seifenblase auf meiner Hand. Zärtlich blickte Hal in das blass schimmernde Gesicht. Kleine schwarze Locken klebten noch am Kopf, und die dunklen Augen, die wohl kaum mehr als Umrisse wahrnehmen konnten, blickten in das Gesicht Hals, dessen grüne Augen einen feuchten Schimmer bekamen.

Hal küsste das Mädchen zärtlich auf die Stirn und gab Jasemin vorsichtig das Bündel Mensch zurück an ihre Brust. »Wenn sie so schön wird wie ihre Mutter, wird sie das bezauberndste Geschöpf, das ich je gesehen habe«, sprach er voller Bewunderung und gab ihr so seinen Segen. Ich musste mich abwenden, um nicht schon wieder von meinen Gefühlen übermannt zu werden.

Als hätte Allah die Gebete seiner Tochter Jasemin erhört, ersparte er ihr einen gewaltsamen Tod und ließ sie am nächsten Tag im Kindsbett friedlich entschlafen. Der große Kopf des Kindes hatte wohl beim Durchtritt eine der großen Venen in ihrer Gebärmutter verletzt. So konnte ich mich an ihrem kleinen Bett in aller Ruhe von ihr verabschieden.

Einen Menschen zu verlieren tat mir stets im Herzen furchtbar weh. Aber zu sehen, wie Jasemin zufrieden mit der kleinen Rachel an der Brust einschlief und eingebettet in unsere Gebete mit einem Lächeln auf ihren Lippen ihren letzten Atemzug nahm, erfüllte mich dann doch mit einer tiefen Ruhe.

Nach arbeitsreichen drei Wochen waren die letzten Vorbereitungen getroffen. Fast einhundert Kamele, Pferde, Ziegen und Schafe standen bereit für unseren Treck über die Berge. Es war unsere einzige Chance, über die Gebirgszüge zu entkommen. Die Möglichkeit, den Weg direkt ins Tal zu nehmen, bestand nicht: Wir wären dort womöglich den Mongolen in die Hände gelaufen. Späher hatten in den Wochen vorher den besten Weg erkundet, und der führte uns tief in Berge, spuckte uns in einem ausgetrockneten Flussbett wieder aus, und von dort sollte es dann zügig in Richtung Masyaf gehen.

Großmeister Hassan I-Shabbah zeigte sich kurz von seiner menschlichen Seite, als er Jasemin ein Begräbnis im Garten seines Privatgemachs gestattete. Es war ein feiner Akt seiner unendlichen Güte.

Als der Tross sich mit gut der Hälfte seiner wertvollen Schriften, Teppichen, Gold- und Silbermünzen in Bewegung setzte, war der bewegende Moment des Abschieds gekommen. Ich hatte die fünfzig besten Krieger Hassans persönlich ausgewählt, unseren Koch Sarvesh und auf Bestreben Hals natürlich seine Tochter Indra. Iljas musste wie auch mindestens zweihundert weitere Krieger bei Hassan bleiben, um die medizinische Versorgung sicherzustellen. Er half mir aber, meine Vorräte an Heilmitteln aufzuteilen sowie einige meiner Giftschlangen und -spinnen reisefertig zu machen. Auch die von mir gezüchteten seltenen Heilpflanzen kamen eingetopft ins Reisegepäck. Für die Versorgung hatte Hal eine kleine Herde Schafe und Ziegen zusammengestellt, die von zwei Hirten bewacht wurden.

Um Hassans Zucht fortzuführen, gab er uns auch kostbare Raritäten aus seinem Stall: zwei weitere Hengste neben meinem Taycan, acht seiner besten Zuchtstuten, ein Rennkamel für Hal, der mit den zierlich gebauten Rassepferden einfach nicht zurechtkam. Die kleine Rachel fand mit ihrer persönlichen Amme auf einem der Tragetiere Platz.

Was für eine Verantwortung! Mit gerade mal knapp achtzehn Jahren befehligte ich eine der wertvollsten Karawanen, die in dieser Zeit unterwegs waren. Stolz stand ich in meiner Reitkluft mit Turban neben Hassan, der in den letzten Wochen rasant ergraut war, und blickte dem Aufbruch der riesigen Karawane entgegen. Tier für Tier reihte sich in die langgezogene Reihe ein, die ins Ungewisse aufbrach. Wir wollten schon früh am Morgen losreiten, um rechtzeitig den ersten Rastplatz – ein Hochtal – in den Abendstunden zu erreichen.

Sowohl Shi Fu als auch Hassan gaben mir in einer feierlichen Geste die Hand, wohlwissend, dass es das letzte Mal war, dass wir uns gegenüberstanden.

»Möge Allah dich auf deiner Reise beschützen, Enja. Wer weiß, raunte Hassan auf einmal geheimnisvoll und zwinkerte mir mit seinen dunklen Augen zu, »ob du nicht sogar eine göttliche Bestimmung hast.«

Mir fehlten die Worte über so viel Anmaßung, aber Hassan war niemand, der Gottes Zorn fürchtete. Höflich verbeugte ich mich über Shi Fus dargebotene Hand, ergriff sie mit beiden Händen und bedankte mich für so viel Vertrauen. Dasselbe machte ich bei Hassan, dem ich die Hände noch einmal küsste, um meine Verbundenheit auszudrücken.

Als ich mich tief bewegt wiederaufrichtete und in Hassans Gesicht blickte, das von dem frühen Sonnenlicht leicht orange erhellt war, strahlten seine Augen auf einmal ungewöhnlich hell. In den sonst so schwarzen Pupillen war deutlich ein blauer Schimmer zu sehen, so blau wie der Saphir in seiner Krone, die er bei den Weiheritualen trug. Instinktiv entzog ich ihm meine Hand. Dieser Schimmer hatte etwas Gefährliches, etwas Todbringendes. Was hatte das nur zu bedeuten? Konnten es andere auch sehen oder nur ich?

Irritiert wandte ich mich von ihm ab, das verräterische Funkeln war so schnell erloschen, wie es gekommen war. Schickte er mich bewusst in den Tod? War es eine Reise ohne Wiederkehr? Unausgegorene Gedanken wühlten sich durch meine Gehirnwindungen. Ich wäre bei Weitem nicht der erste seiner Assassinen, den er mit einer Selbstmordaktion auf die Reise schickte. Aber warum sollte er mich dann mit seinen Schätzen fortschicken? Ein ungutes Gefühl beschlich mich, das mich im Laufe der Reise nicht verlassen sollte.

Jetzt standen wir beide nebeneinander, und mein Blick wanderte zu Hal. Er saß auf seinem neuen Rennkamel, dem er den passenden Namen *ifreann* gegeben hatte, was in seiner irischen Sprache wohl »Hölle« hieß. Zumindest schrie er dieses Wort aus Leibeskräften, wenn er sich mit dem Vieh abmühte. Der stoische Blick, mit dem Hal das Treiben vom Rücken des Wüstenschiffs verfolgte, war jedenfalls der Gleiche, den sein Tier dem Ganzen zollte. Ich fand noch mehr Gemeinsamkeiten zwischen dem Kamel und Hal, aber ich zog es vor, meinen Mund zu halten, um den Tag nicht schon am Morgen zu beenden.

Wortlos bestieg ich meinen Taycan, der schon unruhig auf der Stelle tänzelte, und wandte mich zum wartenden Hal auf seinem Kamel. Erst als das letzte Tier den Weg in die Berge antrat, blickte ich noch einmal zurück und hob die Hand zum Gruß an die Zurückgebliebenen. Es würde ein großartiges Abenteuer werden, das mich näher an meine Bestimmung brachte, da war ich mir sicher. Und solange das Paradies vor mir und die Hölle unter Hals Hintern war, sollte es mir gerade recht sein.

Kapitel 19

Caerlaverock im Herbst 1306

Der tollpatschige Hugh hatte den schwer erkrankten König in der Krankenkammer natürlich sofort erkannt. Robert de Bruce war schon zu Gast in der Burg seiner Familie gewesen, als er noch ein kleiner Junge gewesen war. Sein Vater William Douglas war ein großer Bewunderer und Unterstützer von de Bruce gewesen, ein Umstand, der ihm letztendlich auch das Leben gekostet hatte. Das markante Gesicht mit der breiten Nase und der wuchtigen Stirn hatte er sofort als das seines Königs entlarvt, auch wenn es im Schlaf geglättet und von Hunger und Entbehrung gezeichnet war.

Dass er eine solche Woge der Entrüstung auslösen würde, damit hatte er allerdings nicht im Traum gerechnet. Sein Bruder James schäumte vor Wut, dabei hatte er den König doch selbst hierhergebracht. McKay fluchte nur unflätig vor sich hin und kramte dabei in seinem tiefsten gälischen Wortschatz. Hal versuchte sogar, eine seiner Äxte aus dem Gürtel zu ziehen, ehe Enja ihn von hinten umklammerte und davon abhielt.

Über die restliche Halle hatte sich eine wundersame Stille gelegt, denn die Augen waren auf das Treiben am hohen Tisch gerichtet. Während sich die schottischen Gäste lauthals gegenseitig zerfleischen wollten, bestand Enja darauf, den vor Wut schäumenden Hal aus der Halle zu schicken, was er widerwillig tat. Seine Axt flog mit solch einer Wucht in den Rahmen einer massiven Tür, dass der metallene Kopf vollends in der geschnitzten Umrandung stecken blieb. Mit diesem Zeichen seines Unmuts verließ Hal den Saal.

»Ruhe!«, schrie Enja mit einer kompromisslosen Autorität in der Stimme ihre Gäste am hohen Tisch an. »Wollt Ihr wohl Ruhe geben!«, wiederholte sie noch einmal und schlug mit der Faust auf die Holzplatte. Nach und nach erstarb das wütende Geschrei, und James ließ zögernd den Kragen seines Bruders los. »Folgt mir in meine Schreibstube! Alle drei, sofort!«

Ihr Ton duldete keine Widerrede. Der gemeinschaftlich verstummte Clan von Caerlaverock ahnte, dass etwas Unvorhergesehenes passiert war, das selbst ihre so besonnene und erfahrene Herrin Enja in Rage brachte.

Bei allen Göttern, was fühlte ich mich müde! Auf dem Weg in die Schreibstube wischte ich mir mit der Hand mehrmals über die Augen. Beim Verlassen der Halle sah ich mit keinem Blick zurück und achtete auch nicht auf die betretenen Gesichter meiner Leute. Wie hatte mir das nur passieren können? Ausgerechnet der kriegerische König Robert de Bruce lag in meiner Krankenkammer und zog entweder lebendig die Wut der Engländer auf mich und meinen Clan oder die Wut der Schotten, falls er das Zeitliche segnen würde. So oder so hatte ich schlechte Karten.

Und alles wegen dieses vermaledeiten, von allen guten Geistern verlassenen James Douglas, der mich mit einer List in diese Situation gebracht hatte. Wütend und angespannt knetete ich meine Hände, während ich vor den etwas betrübt dreinblickenden Gästen auf- und ablief. Sie waren mir ohne Widerrede in meine Schreibstube gefolgt, die durch eine schmale Tür an die große Halle grenzte. Nicht besonders groß, aber funktionell ausgestattet, bot sie Platz für die endlose Flut an Papyrusrollen, die ich einst aus Alamut gerettet hatte. Zum anderen stand dort ein großer Tisch aus schottischer Eiche, der auf den edlen persischen Teppichen thronte, die noch aus Hassan I-Shabbahs Besitz stammten. Die Mischung der verschiedenen Kulturen spiegelte sich nicht nur in der Einrichtung, sondern auch in den Menschen wider. Etwas betreten versuchte James, die verfahrene Situation zu glätten. Sein Gesicht hatte wieder den sorgenvollen Ausdruck angenommen, mit dem er hier angekommen war. Er räusperte sich.

»Lasst mich bitte die Situation erklären, Lady Enja, bevor Ihr zu falschen Schlüssen kommt. Es liegt mir fern, Euch und Euren Clan in Gefahr zu bringen, aber ich musste die Überführung des schottischen Königs unter allen Umständen geheim halten, sonst wären wir nicht bis hierhergekommen. Verzeiht, wenn es auf diese Weise zu Euren Ohren kam, ich wollte Euch diesbezüglich selbst …«

»Und wann wolltet Ihr das tun, sagt?«, unterbrach ich ihn scharf. »Wenn Edward mit seinem Heer vor Caerlaverock steht?« Meine Stimme triefte vor Sarkasmus, aber James steckte den Seitenhieb tapfer ein.

»Heute Abend hätte ich es Euch gesagt, nach dem Abendmahl. Wir wären auch wieder gegangen, wenn Ihr uns nicht als Gäste aufgenommen hättet. Wir waren nur so erschöpft, und der König hätte eine weitere Reise nicht überlebt. Verzeiht bitte …«

Sein Gesicht und seine ganze Haltung waren die eines Verlierers. Als wären sein Geist und sein Wille gebrochen worden. Selten habe ich jemanden so verzweifelt und niedergeschlagen erlebt wie diesen Mann, der so viel verloren hatte und sich an die letzte Hoffnung klammerte, dass ich seinen König retten könnte. Sollte ich ihn verurteilen? Sollte ich ihn abweisen? James hatte mich vor vielen Jahren schwerverletzt aufgenommen, ohne zu wissen, wer ich war. Sollte ich so meine Schuld bei ihm begleichen? Um meinen Clan nicht in Gefahr zu bringen, hätte ich sie alle so schnell wie möglich fortschicken müssen, aber ich brachte es nicht über mich. James hatte mich in eine verzwickte Situation gebracht, die mich dazu zwang, eine Entscheidung zu fällen, die ich gerne noch hinausgezögert hätte. Meine Gedanken kreisten, ein ungutes Gefühl hatte mich beschlichen und nahm wie ein Fieber von mir Besitz. Mit einem tiefen Seufzer drehte ich mich zu den niedergeschlagenen Männern um, die nun Seite an Seite meine Entscheidung erwarteten.

»Erzählt mir von Eurem Weg hierher, erzählt mir, was mit Bruce passiert ist«, forderte ich James auf. »Vielleicht hilft es mir, die ganze Situation besser zu verstehen, bevor ich eine falsche Entscheidung treffe.«

Ihre Erleichterung war deutlich zu spüren. Die Schultern strafften sich wieder ein wenig, und der aufkeimende Hoffnungsschimmer hellte James' Gesicht auf. Mit ruhiger Stimme fasste er die erstaunliche Geschichte der schottischen Kämpfer zusammen, während McKay gelegentlich etwas ergänzte. Es war in der Tat eine unglaubliche Geschichte.

»Robert und seine Anhänger befanden sich nach der verheerenden Niederlage auf der Flucht vor den MacDougalls. Gerade mal einhundert Mann hatten das Gemetzel von Methven und den Hinterhalt der Engländer überlebt. Auf der Flucht wurden wir immer weiter nördlich in Richtung der schottischen Hybriden getrieben. Erst in Skye hatten wir die Möglichkeit, darüber nachzudenken, was jetzt passieren sollte, und ausgerechnet dort wurde Robert so krank. Zurück konnten wir nicht, sie hätten uns auf der Stelle erschlagen, aber mit einem derart kranken König konnten wir nicht mehr weiter fliehen.«

Seine Stimme brach an dieser Stelle, und er wischte sich wieder mit der Hand über das Gesicht, wie immer, wenn er seine Gefühle vertuschen wollte. Er verschränkte die Arme und blickte zu Boden.

»Ich entschloss mich, ihn zusammen mit McKay, der das Land kennt wie seine Westentasche, durch die feindlichen Linien hierherzubringen. Unsere übrigen Kämpfer führten derweil die Engländer an der Nase herum, um sie von uns abzulenken. Ihr wart meine einzige Chance, Lady Enja!«

In diesem Augenblick sah er mich mit seinen braunen Augen eindringlich an. Er war trotz seiner Härte so verletzlich. Sein König bedeutete ihm so viel, dass er sein Leben und das seines Kameraden aufs Spiel gesetzt hatte. Was für ein tollkühner Handstreich, den König im Schutz der schottischen Hinterwälder genau in die andere Richtung außer Gefahr zu bringen!

Seine Stimme hatte jetzt einen flehenden Unterton. Fest biss ich die Zähne zusammen, um meine Gefühle nicht preiszugeben – ich musste meiner Vernunft folgen.

»Kein Heiler der Campbells von Skye war in der Lage, seine Krankheit zu erkennen und zu behandeln. Aber sie erzählten mir von Euren Fähigkeiten, und wir erkannten unsere Chance. Wenn es jemand schaffen würde, dann Ihr, Lady Enja.«

Sein Glaube in meine Fähigkeiten machte mich verlegen. Ich räusperte mich, atmete tief ein und überraschte ihn mit einer Gegenfrage: »Und was, wenn ich es nicht schaffe? Wenn er hier stirbt – unter meinen Händen?«

»Dann ist es Gottes Wille«, antwortete er kleinlaut.

»Und der Zorn aller Anhänger Roberts träfe mich und meinen Clan«, rief ich unbeherrscht aus, meine geballte Faust sauste mit einem lauten Klatschen in die Fläche der anderen Hand.

»Ich würde niemals zulassen, dass Euch jemand die Schuld gibt, *Mylady*!« James war plötzlich direkt vor mir und packte meine Schultern. »Ihr müsst mir glauben, Enja!«

Was für ein wunderschönes tiefes Braun seine Augen hatten, mit kleinen gelben Sprenkeln. Augen, die mich nun aufgewühlt anfunkelten wie zwei Bernsteine im Licht der untergehenden Sonne.

»Ich war von dieser einzigen Hoffnung getrieben, Euch zu finden. Und ich hatte Recht, Ihr habt einen Weg gefunden, ihm zu helfen.«

»Und damit lenke ich die Wut des englischen Königs Edward auf mich und meinen Clan …«, sagte ich und wandte meinen Blick endlich von seinen schimmernden Augen ab.

Wieder griff er nach meiner Schulter. »Ich werde nicht zulassen, dass Euch etwas geschieht. Bitte glaubt mir, Lady Enja.«

Sie hielten mich gefangen, diese Hände, dieser Blick aus seinen warmen braunen Augen, und ich spürte, wie meine innere Ruhe wiederkehrte. Wie machte er das nur, dass er solch einen Einfluss auf mein Innerstes hatte? Mein Ton wurde versöhnlicher, mein Verstand setzte wieder ein, und mit ihm kam auch die Heilerin in mir zum Vorschein.

»Nun, da ich Bruce wohl kaum wieder wegschicken kann, bleibt er hier, bis er gesund ist. Wenn das Mittel anschlägt, wird er bald aufwachen. Wenn nicht, werdet Ihr mit der Leiche verschwinden, so unauffällig, wie Ihr gekommen seid. So oder so – Ihr müsst so bald wie möglich von hier fort. Eine Gefährdung meines Clans durch Eure Anwesenheit kann ich nicht zulassen. Versteht mich bitte …«

»Ich danke Euch für Eure Großzügigkeit, ich werde Euch das niemals vergessen.«

James' Stimme bewegte etwas in mir, und als er sich vor mir verbeugte, meine Hand nahm und die Handinnenseite küsste, verschlug es mir kurz den Atem. Seine Vermessenheit beeindruckte mich. Schließlich lud ich ihn und McKay dazu ein, meine Gäste zu sein, bis der König genesen war.

Später traf ich vor dem Brunnen in der Mitte des Burghofes Hal, der auf einen Holzstumpf einhackte. Ein ansehnlicher Haufen Holz lag bereits fertig gehackt neben dem Brunnen, und zwei Stalljungen schichteten die fertigen Scheite an der Wand auf, die das Brunnendach trug.

Mit den Händen in den Hüften blieb ich neben ihm stehen und wartete, bis er seine Axt vor sich aufgestellt hatte. Schweiß rann ihm über die nackte Haut seines Kopfes, seine Tunika klebte an seinem mächtigen Oberkörper. Von der Anstrengung traten die Adern an seinen Armen hervor. Er stützte sich auf den Stiel der riesigen Axt und stemmte die andere Hand ebenfalls in die Hüfte. Kampflustig funkelte er mich im Schein der Fackeln an. Ich beschloss in diesem Augenblick, ihm besser gar nichts zu erklären, sondern eröffnete ihm lediglich, dass wir in den nächsten Tagen Gäste haben würden. Damit drehte ich mich wieder um und wollte zur Krankenkammer gehen. Mit einem neuerlichen Wutausbruch hatte ich gerechnet, aber die Wucht von Hals Worten traf mich härter als gedacht.

»Wieso lässt du es zu, dass ein fanatischer Anhänger dieses Schottenkönigs unser aller Leben gefährdet?«, fauchte er mit seiner heiseren Stimme. »Hat er dir schon so den Kopf verdreht, dass du nicht mehr klar denken kannst? Was ist, wenn wir hier alle dabei draufgehen? Ich pfeife auf diesen verfluchten König, er wird uns alle ins Verderben reißen!«

Tief getroffen blieb ich stehen und drehte mich wieder zu ihm um. Mit fester Stimme antwortete ich: »Erstens ist dieser Mann im Augenblick mein Patient und nicht der König von Schottland. Zweitens: Er wird mir einen Gefallen schuldig sein. Und drittens ist es meine Entscheidung, Cathal Conchobhar Ó Searcaigh, ob dieser Mann mein Gast ist oder nicht, und kein verdammter irischer Hitzkopf wird mich davon abhalten!«

Wütend stapfte ich weiter zu den Krankenzimmern. Um Hal würde ich mich später kümmern, vor allem seine Eifersucht musste ich dringend in den Griff bekommen, bevor er etwas Dummes anstellte. Trotz meines inneren Aufruhrs sah ich es als meine Pflicht, wenigstens noch bei meinem Patienten vorbeizuschauen, bevor ich mich zurückzog. Sein Zustand war nach wie vor unverändert, aber etwas anderes hatte ich auch nicht erwartet. Müde ging ich zurück in meine Kammer.

In derselben Nacht erreichte mich die Nachricht, dass Robert de Bruce die Augen geöffnet hatte, wenn auch nur für kurze Zeit. Ein gutes Zeichen, es bedeutete, dass die Mariendistel anschlug.

Wenigstens hatte ich den Kampf um sein Leben schon mal gewonnen. Allerdings würde es noch eine Zeit dauern, bis seine Leber wieder normal funktionierte. Und damit würde der Aufenthalt meiner Gäste wohl noch eine Weile dauern.

Hal ließ es sich nicht nehmen, James bei jeder Gelegenheit Unbehagen zu bereiten. Morgens beim Frühstück setzte er sich demonstrativ an den Gästetisch und bediente sich genüsslich von James' und McKays Tellern. Ein Affront gegen alle guten Sitten! Während Hugh das ungewöhnliche Verhalten mit einem breiten Grinsen quittierte, hatte sich James gerade von seiner Bank erhoben, um Hal seine Auffassung von Gastlichkeit zu zeigen. Er würde sich nicht vorführen lassen.

In diesem Moment rauschte Enja durch das große Tor in die Halle und mit ihr eine kühle Morgenbrise. Die Männer hielten in ihrer Bewegung inne, und sämtliche Augen richteten sich auf die Burgherrin. Mit einem Blick erfasste sie sofort die Situation und ihre Augen funkelten die Männer wütend an. Am hohen Tisch angekommen, sprach sie Hal mit unverhohlenem Spott in der Stimme an: »Du hast deine Morgenübungen verpasst, Hal!«

Dieser verschränkte seine Arme vor der Brust, lehnte sich ein Stück zurück und grinste scheinheilig. »Bedaure sehr, *mo leannan*, mein Schimmel hat gestern bei der Jagd ein Eisen verloren, und ich wollte es so schnell wie möglich wieder reparieren.«

Mo Leannan? Meine Liebe? Enja runzelte die Stirn und öffnete den Mund, um etwas zu entgegnen, schloss ihn dann aber wieder. Sie wandte sich bewusst von Hal ab hin zu den Gästen und setzte eine freundliche Miene auf.

»Ich hoffe, Ihr habt gut geschlafen, meine Herren«, sagte sie und bedeutete James, sich wieder zu setzen. Ohne Hal auch nur eines weiteren Blickes zu würdigen, nahm sie neben Lachlan Platz. Sie schnappte sich eine der Schüsseln, die von den Tischmägden vorbeigetragen wurden.

Lachlan übernahm charmant die Antwort auf ihre Frage: »Wir haben geschlafen wie in Mutters Schoß, *Mylady*. Die Matratzen sind wunderbar weich. Woraus sind die gemacht, wenn ich fragen darf?«

»Rosshaar.« Enja nahm einen Löffel von dem in Schottland weit verbreiteten Porridge, blies kurz auf den heißen Brei und erklärte: »Wir sammeln sie in den Stallungen. Sie sind weicher als Stroh und speichern die körpereigene Wärme.«

»Eure Weisheit und Euer Sinn für praktische Umsetzung erstaunen mich. Woher kommen Eure guten Ideen?«, mischte sich James ein. Hal verdrehte nur die Augen.

Enja nahm noch einen Löffel des Getreidebreis und erklärte, während sie den geleerten Löffel betrachtete: »Aus meinem Hirn.«

Hal lehnte sich zurück und gluckste. James starrte ihr in die Augen und hatte im ersten Moment noch nicht den Sinn ihres Satzes erfasst. Dann begann Lachlan zu lachen, und schließlich fiel auch James mit ein.

In diesem Moment kam aus der Küche eine Magd mit einer weißen Haube, die auf einem silbernen Tablett drei kleine Becher aus rotem Ton balancierte. Sie waren alle gefüllt mit einem dampfenden schwarzen Getränk. Der Duft war intensiv, fast durchdringend; James hatte so etwas noch nie zuvor gesehen. Dazu reichte die Magd ein Tellerchen mit rötlichbraunen getrockneten Pflaumen. Lachlan und James beobachteten verstohlen, wie Enja den Becher an den Mund setzte, einen Schluck nahm und sich danach eine der Pflaumen in den Mund steckte. Sie schob die Frucht ein wenig im Mund umher, beförderte den Kern wieder heraus und spuckte ihn auf den Teller zurück. James und Lachlan taten es ihr nach. Während Lachlan angewidert das Gesicht verzog, ließ sich James den fremdartigen Geschmack auf der Zunge zergehen. Der bittere Geschmack des heißen Getränks vereinte sich mit der Süße der getrockneten Frucht und kreierte einen ganz neuen Genuss. James schloss die Augen. »Mmh«, machte er und nahm noch einen Schluck. »Was ist das? Es schmeckt hervorragend!«

Enja lächelte. »Es ist der Sud aus gerösteten und gemahlenen Kaffeebohnen, der über heißem Dampf gekocht wird. Diese Frucht hier«, sie zeigte auf die letzte *datil* auf dem Teller, »ist eine getrocknete Dattel aus dem Orient. Sie wächst dort, wo ich aufgewachsen bin.«

Und gerade, als sie sich die zweite *datil* nehmen wollte, griff eine kleine Hand nach der süßen Frucht. Der Junge lief mit seiner Beute aus der Halle, bevor ihn noch jemand aufhalten konnte. Enja blickte Thorvil hinterher und fing lauthals an zu lachen.

James schenkte dem Jungen keinerlei Beachtung, er beobachtete gebannt Enjas Gesicht. Ihr offenes und schönes Lachen löste einen wohligen Schauer bei ihm aus, das ihm förmlich die Sprache verschlug. Es war so ganz ohne Falschheit, wie er es leider so oft schon erlebt hatte. Er merkte nicht, wie Hal ihn mit Mordlust in den Augen musterte.

Enja lehnte sich zurück und bemerkte James' Blick, der auf ihrem Gesicht ruhte. Sie legte ihren Kopf leicht schief. Ihr sorgenvoller Ausdruck kehrte wieder zurück und etwas anderes, das er noch nicht bei ihr gesehen hatte. Eine Unsicherheit, die vorher nicht da war. Immer wenn sie ihn ansah.

James stieß den angehaltenen Atem in einem langen Seufzer aus, und Enja sah ihn mit gerunzelter Stirn an. Der seltsame Augenblick wurde unterbrochen, als ein Mädchen, kaum älter als Thorvil, mit glänzenden schwarzen Locken und dunklen Augen in die Halle kam. Sie hatte den frechen kleinen Dieb an seiner Tunika gepackt und zog ihn energisch zum Tisch am Ende der Halle.

Das Mädchen schob den zerknirschten Thorvil auf Enja zu und begann in einer fremden Sprache zu sprechen, die James noch nie gehört hatte. Enja hörte sich alles in Ruhe an.

Enja antwortete auf Gälisch an den Jungen gewandt: »Was hast du dir nur dabei gedacht, Thorvil?« Dieser senkte nur beschämt den blonden Wuschelkopf. »Aber ziemlich raffiniert von dir, das muss ich zugeben …«

Dabei musste sie lächeln, und zu dem Mädchen gewandt, das eine strenge Miene aufsetzte, sagte sie liebevoll: »Danke,

Rachel, du hast gut aufgepasst. Aber wenn jemand so geschickt ist und es schafft, mich zu beklauen, dann muss ich das anerkennen. Daher bekommst du eine Hälfte der *datil* für das Stellen des Diebs«, sie nahm ihr eine Hälfte aus der kleinen Hand, »und unser kleiner Dieb hier bekommt die andere Hälfte der Beute.«

Thorvil blickte Enja überrascht an und wischte sich schnell den Rotz von der Nase.

»Aber zur Strafe musst du heute die Tische mit abräumen, Thorvil. Geklaut wird in diesem Haus nicht!«

Der Junge nickte erleichtert, steckte sich die halbe *datil* in den Mund und fing sofort an, die leeren Becher von den Tischen zu räumen. Enja hob Rachel auf ihren Schoß und streichelte ihr Haar. James spürte die innige Beziehung der beiden.

»Wer ist dieses hübsche Mädchen, und in welcher Sprache habt Ihr Euch unterhalten?«

Enjas Lächeln erstarb, und der zärtliche Blick wich diesem unsicheren Ausdruck. Sie zögerte unmerklich, aber dann antwortete sie: »Das ist meine Tochter Rachel, sie ist jetzt sechs Jahre alt und liebt ihren kleinen Bruder Thorvil sehr.«

Eine Tochter? Einen Sohn? Wie viele Kinder hatte Enja denn? James musste schlucken. Hal dagegen grinste und fing an, mit seinem Messer in den Zähnen zu stochern.

Als hätte sie seinen inneren Tumult nicht bemerkt, erzählte Enja weiter: »Sie spricht Farsi, die Sprache meiner Heimat Persien. Außerdem kann sie Gälisch, Englisch und lernt Französisch.« Mit mütterlichem Stolz blickte sie das Mädchen an und küsste sie auf die Stirn.

James versuchte, sein Erstaunen zu überspielen. »Ihr stammt aus dem Morgenland? Aber Ihr seht nicht so aus, als wäret Ihr dort geboren. Was hat Euch denn hierher nach Schottland verschlagen?«

Sein Blick streifte den immer noch grinsenden Hal, der so tat, als würde er sich für ihre Unterhaltung gar nicht interessieren. Lachlan dagegen sah gebannt das Mädchen auf Enjas Schoß an, das so ganz anders aussah als die Kinder hier im Norden, und lauschte interessiert. Enja erzählte nun in knappen Worten von ihrer Reise aus dem Morgen- ins Abendland und wie sie schließlich auf Caerlaverock eine Heimat gefunden hatte.

»Ich kämpfe immer noch darum, als Herrin anerkannt und mit dieser Burg belehnt zu werden. Seit vier Jahren stecke ich nun schon Arbeit in diese Burg, habe eine wachsende Zahl an Clanleuten, die mir helfen, das dazugehörige Land zu bewirtschaften, und trotzdem fehlt mir die Anerkennung.«

Frustriert blickte sie zu James, der beeindruckt davon war, was sie in so wenigen Jahren alles erreicht hatte. Verständnisvoll nickte er ihr zu und wechselte einen Blick mit Lachlan.

»Ihr solltet vielleicht den schottischen König um Belehnung bitten, immerhin liegt Caerlaverock auf schottischem Boden«, schlug er vor und hatte damit Enjas volle Aufmerksamkeit. »Wenn er überlebt, wird er Euch sicher sehr dankbar sein und sich großzügig zeigen. Ihr müsstet ihm nur beweisen, dass Ihr in der Lage seid, diese Burg zu bewirtschaften und gegen die Engländer zu halten.«

Enja richtete sich ein wenig auf. Sie schöpfte Hoffnung aus seinen Worten, das konnte er deutlich sehen.

»Dann lasst es mich beweisen! Ich habe dieses Anwesen erfolgreich bewirtschaftet und kann meine Steuern bezahlen. Die Engländer haben bereits zweimal versucht, die Burg einzunehmen, und wir haben ihnen erfolgreich die Stirn geboten.« Sie entließ das kleine Mädchen von ihrem Schoß und stand auf. Hoffnungsvoll fügte sie hinzu: »Kommt, Lord Douglas, ich zeige Euch, was eine Frau alles erreichen kann.«

James folgte ihr, und auch Lachlan erhob sich. Hugh dagegen verabschiedete sich und ließ die beiden Gäste mit Enja allein.

»Wenn Bruce wieder gesund wird – wovon ich ausgehe – und Ihr Euch auf den Heimweg macht, dann legt ein gutes Wort für mich ein«, bat sie und verließ zusammen mit den Männern und der kleinen Rachel an der Hand die Halle.

Bei ihrer Führung durch die Burg erklärte Enja mit solcher Inbrunst die Struktur und Aufgaben der einzelnen Gruppen, dass James überlegte, ob er ihr nicht zu viel versprochen hatte. Sie meisterte ihre Aufgabe als Herrin der Burg perfekt, daran bestand kein Zweifel. Aber würde das ausreichen, um Bruce zu überzeugen? James hatte schwere Bedenken, ob es je einer Frau – und insbesondere einer Frau, die keine Schottin war – gelingen würde, eine Burg in diesem Land für sich zu beanspruchen und erfolgreich zu verteidigen. Nicht einmal jedem Adligen gelang das.

Enja führte ihn in die einzelnen Burgbereiche. In einem befanden sich die Studierkammern, in denen Lehrer den Kindern Schreiben und Lesen beibrachten, hauptsächlich gelehrte Frauen und Nonnen. Je nach Interesse wurden Sprachen, Heilkunde oder sogar Rechnen unterrichtet. James, der wegen der Stellung seines Vaters in Frankreich hatte studieren dürfen, staunte über das Wissen von Enjas Schülern.

Schließlich besuchten sie in einem anderen Haus die Schule, in der mehrere erfahrene und unerfahrene Frauen gemeinsam neue Heilmittel und -praktiken studierten. So konnte ein gewaltiges Wissen angesammelt werden, das zu einem großen

Zulauf werdender Mütter führte. Enjas Geburtshelfer und Heilerinnen zählten zu den besten in der Umgebung, und nicht selten wurden sie auch von den anderen Clans gerufen.

Aber am erstaunlichsten war für James, dass sich nicht nur die Männer, sondern auch viele Frauen in der Kampfkunst übten. Jetzt wurde ihm auch klar, warum sie alle in Männerkleidung herumliefen: Sie waren ausgebildete Kriegerinnen. Voller Stolz erklärte Enja, dass die besten Bogenschützen der Gegend aus Caerlaverock kamen. Während sie davon zu erzählen versuchte, schlug Hal mit sinnloser Wucht immer wieder mit seinem Hammer auf die Klinge eines glühenden Schwertes, das wohl tausendfach gefaltet werden sollte. Irgendwann gab Enja den Versuch auf, sich Gehör zu verschaffen, warf Hal einen mörderischen Blick zu und schickte James und Lachlan in die Kapelle, die sich in einem seitlichen Flügel der Burg befand. Die Männer ließen sich auf eine der Bänke nieder, genossen die Ruhe und nahmen sich Zeit für ein kleines Gebet.

Enja würde sich in der Zwischenzeit Hal vorknöpfen. James war froh über die Stille der Kapelle, er wollte diesen Mann nicht zum Feind haben. Leider schien Hal aber genau zwischen ihm und der Frau zu stehen, die ihn nicht mehr losließ. Eifersüchtig wachte er über Enja, die so völlig anders war als alle Frauen, die er kannte. Er empfand einen tiefen Respekt vor ihr und vor dem, was sie erreicht hatte. Die körperliche Anziehung, die er in ihrer Nähe spürte, brachte ihn fast um den Verstand. Noch nie hatte eine Frau so von seinen Gedanken Besitz ergriffen, und das, obwohl sie keinerlei Anstalten machte, ihn zu verführen.

James sah sich in der Kapelle um, die hauptsächlich von den Nonnen benutzt wurde, die hier unterrichteten. Ein Holzkreuz hing über dem schlichten Altar, den frische Blumen zierten. Eine Marmorplatte war in eine Wand eingelassen, in die mehrere Namen eingemeißelt waren. Darüber in etwas dickeren Lettern *Memento mori*, die mahnende Erinnerung an die eigene Sterblichkeit. Neben ihm war McKay in stillem Gebet versunken.

Wieder kehrten die verräterischen Bilder, die ihn seit Tagen schon fesselten, in James' Kopf zurück: Enja in seinem Bett, ihre langen Beine um seine Hüften, das seidige weiße Haar fiel offen und ungebändigt über ihren Rücken. Ihre wunderschönen Augen blickten ihn selbstbewusst und voller Leidenschaft an …

»Lord Douglas!« Sein Kopf fuhr zu Enja herum, die nun neben ihm stand. »Wenn Ihr so weit seid, dann können wir noch zu den Ställen.«

James schluckte erschrocken und nickte nur, sein Gesicht war leicht gerötet. Er hoffte, sie sah ihm nicht an, was wirklich in ihm vorging. Zögernd stand er mit McKay auf, um die Pferdezucht zu begutachten, die Enjas ganzer Stolz zu sein schien. Sollte er eines Tages wieder Titel und Land haben, würde er ein Pferd aus ihrer Zucht nehmen. Die aus dem Orient stammenden Tiere hatten eine lässige Eleganz. Sie trugen ihren Kopf mit natürlichem Stolz, was eine ganz eigene Schönheit ausmachte. Ganz ähnlich wie bei Enja …

Ich hatte Hal in der Schmiede erklärt, dass ich seine Versuche, meine Gäste zu vergraulen, kindisch fand. Daraufhin verzog er sich schmollend in die Küche, um sich ein zweites Frühstück zu genehmigen.

Dabei hätte ich ihn schon gerne um Rat gefragt. Ich hatte mit meinen vierundzwanzig Jahren noch keinerlei Erfahrung mit dem anderen Geschlecht gemacht, nicht einmal einen körperlichen Kontakt erlebt. Wenn ich James ansah, dann flatterte mein Magen, der Puls ging schneller, und meine Gedanken ließen sich nicht mehr so einfach sortieren. Noch nie hatte mich ein Mann körperlich derart angezogen. Ich mochte seine Art zu sprechen, wie er seine Hände bewegte, und wenn sein Mund doch einmal lächelte, dann spürte ich eine selten kraftvolle Energie auf mich übergehen.

Nahm Hal wahr, was hier zwischen James und mir vor sich ging? Gebärdete er sich deshalb so seltsam? Hal wollte mich beschützen, aber er mischte sich hier in etwas ein, das ich gern selbst in die Hand nehmen wollte. Für mich war klar, dass ich nie heiraten würde, kein Mann würde je über mein Schicksal bestimmen. Aber trotzdem erfasste mich eine unfassbare Neugier, wenn es um James ging, die mich seltsam erregte und auf einer gefährlichen Welle trug.

In den nächsten Tagen hatten Hal und James wohl Waffenstillstand vereinbart, damit die Anspannung, die unter meinen Clanleuten spürbar war, nicht noch von den seltsamen Besuchern geschürt wurde. So versuchten sie, sich nützlich zu machen, wie es sich für gute Gäste gehörte. Der gedrungene McKay stellte sich zur Verfügung, um mit den Frauen den Nahkampf zu üben. Er war wirklich ein charmanter und witziger Mann, der bei den Frauen ein gutes Händchen bewies. Ich schätzte ihn auf über dreißig Sommer. In den Übungen zeigte er sich als ein erfahrener Kämpfer und in Liebesdingen als kein Kostverächter. Ich bemerkte die interessierten Blicke, mit denen die Mädchen ihn musterten.

Am Nachmittag dieses Tages wachte Robert de Bruce aus seiner langen Bewusstlosigkeit auf. Als ich die Nachricht erhielt, eilte ich sofort los und war froh, ihn zwar schwach, aber aufrecht im Bett sitzen zu sehen. Seine Augen waren noch leicht gelblich verfärbt und reagierten empfindlich auf das Tageslicht. Erfreulicherweise hatte er wieder einen gesunden Appetit und trank, ohne zu zögern, die Brühe, die ich für ihn täglich kochen ließ. Nach meiner routinierten Untersuchung erklärte ich ihm, was passiert und wie er nach Caerlaverock gekommen war. Dass er ein von ganz England gehetzter König war, blendete ich erst einmal aus. Er begegnete mir mit einer Freundlichkeit und einer Würde, die mich sehr beeindruckten.

König Robert war kein Despot oder eitler Geck. Selbst krank und geschwächt vermittelte er jedem das Gefühl, dass er ihn ernst nahm und beachtete. Seine Intelligenz und gewandte Sprache zeugten von einer guten Erziehung, und mit seinem höflichen Auftreten beeindruckte er mich nachhaltig. Er bedankte sich bei Moira und mir für die gute Behandlung, die sein Leben gerettet hatte. Allerdings konnte er sich die Vergiftung nicht erklären, zumal er nicht gerne Pilze esse. Dies war für mich ein Hinweis, dass ihm jemand absichtlich etwas von dem giftigen Pilz in kleinen Mengen ins Essen gemischt hatte. Aber das würde ich mit James besprechen, der das Umfeld des Königs besser kannte.

James, den wir bald darauf holen ließen, wurde von ihm herzlich empfangen, jeder im Raum konnte spüren, wie der junge Douglas in Robert nicht nur einen Kämpfer für seine Sache, sondern auch eine Art Vaterfigur gefunden hatte. Ich verabschiedete mich bald, nicht ohne Robert zur Bettruhe zu mahnen, und ließ die beiden allein.

An diesem Abend wollte ich die gute Nachricht vom Genesen des Königs zumindest mit meinem Clan teilen und ordnete ein kleines Fest ihm zu Ehren an. Aufgeregt liefen die Mägde und Knechte umher, um die Halle zu schmücken und das Essen vorzubereiten. Der Hirsch, den Hugh und Hal am Vortag erlegt hatten, war noch nicht genug abgehängt, um ihn zu verzehren. So beschloss ich, eines unserer Hausschweine für das Fest zuzubereiten. Die Küche brodelte förmlich unter den Vorbereitungen für das Mahl.

Überall erleuchteten Kerzen die große Halle, Tische wurden zusammengestellt, zusätzliche Stühle hereingetragen. Der große Kamin in der Mitte des Raumes spuckte zischend und knisternd Feuer und Wärme. Die Gesichter der Kinder, die sich davor niederließen, leuchteten vor gespannter Erwartung.

Als Gastgeberin eines Festes zu seinen Ehren hatte ich Robert de Bruce an unseren Tisch geladen, auch wenn er nicht lange bleiben konnte. Aber er fühlte sich geehrt und sah es als willkommene Abwechslung von seinem Krankenbett, wenigstens für eine kurze Zeit wieder unter Gesunden zu weilen. Hugh geleitete ihn am Arm durch die Halle an unseren Tisch, und ich überließ ihm höflich meinen Stuhl. James, Lachlan und sogar Hal standen ehrfürchtig auf und verneigten sich.

Es wurde an der Zeit, auch meinen Clan über die Identität unseres kranken Gastes zu informieren, daher stand ich auf. Als Hal einen scharfen Pfiff durch die Halle jagte, verstummten die Gespräche augenblicklich, und ich bedankte mich für die Aufmerksamkeit.

»Werte Frauen, Männer, Kinder von Caerlaverock«, setzte ich an und neigte mich auch zu den Kindern am Herd, »wir feiern heute die Genesung unseres schottischen Königs Robert de Bruce, der vor ein paar Tagen von Lord Douglas zu uns gebracht wurde. Ich freue mich, ihn nun auf dem Weg zur Genesung als Gast in unserer Mitte zu haben.« Ein erstauntes Murmeln ging durch den Raum. »Das Volk von Caerlaverock mit mir als Clanführerin wünschen Euch weiterhin ein gesundes Leben und viel Kraft, die politischen Wirren endlich für ein geeintes Schottland zu entscheiden.«

Meine Rede war ein Drahtseilakt, den ich mir vorher genau überlegt hatte. Ich konnte mich noch nicht zu einem König bekennen, so weit war ich einfach noch nicht. Die Leute im Saal klatschten jetzt, begeistert vom unerwartet hohen Besuch, und Bruce neigte den Kopf vor mir.

»Auf Robert de Bruce, den König der Schotten, möge er noch lange leben!«, rief ein begeisterter Hugh, und es riss ihn fast vom Stuhl, als er seinen Becher erhob und aus vollem Halse schrie: »*Slàinte mhath!* Gesundheit!« Zusammen mit den anderen wiederholten sie laut und in seltener Einigkeit den schottischen Trinkspruch. Die brauchte man auch bei einem solchen Gesöff.

Bruce ließ es sich nicht nehmen, ein paar Dankesworte an mich und die Menschen hier zu richten, ließ sich aber entschuldigen, dass er auf den guten schottischen *Uisge beatha* heute und hier zu Tisch verzichten wolle, denn sein Medicus habe es ihm verboten. Dabei zwinkerte er mir zu.

Unsere Gäste staunten nicht schlecht, als ein wohlschmeckender Schweinebraten mit Gemüse gereicht wurde, zu dem es frisches Brot und Käse gab. Dazu flossen jede Menge Bier und französischer Wein, den sich Roderick Maxwell aus Frankreich kommen ließ und der vor allem James sehr mundete. McKay ließ sich lieber den *Uisge beatha* aus Hals eigener Brennerei schmecken und machte sich damit Hal zum Freund, der ein Liebhaber des starken Alkohols war.

Hal benahm sich an diesem Abend wie ein richtiger Gastgeber und bewies, dass sein Wortschatz aus mehr als drei Worten bestand. Vielleicht trug die eingehende Unterredung mit ihm am Nachmittag in der Schmiede doch Früchte, oder es war die Anwesenheit des Königs. Nur mit James wechselte er immer noch kein Wort. Aber solange er ihn nicht als Zielscheibe für seine Wurfaxt benutzte, sollte es mir recht sein.

Die Musikauswahl für den Abend hatte ich Muriel überlassen. Als eine der ältesten Bewohnerinnen der Burg unterrichtete sie mit ihrem umfangreichen Wissen die Kinder in den unterschiedlichen Instrumenten. Gerade die schottischen Tanzlieder waren bei den Kindern und jungen Leuten sehr beliebt. Sie schoben einfach die Tische auf die Seite und fingen zu tanzen an. Es waren schlichte, aber eingängige Weisen, die von schottischen *Bodhrun*-Trommeln und Harfen gespielt und von Gesang begleitet wurden. Nur selten ersetzten die Flöten den Gesang vollständig. Die Texte waren Gälisch und wurden von vielen mitgesungen.

McKay erwies sich als begnadeter Tänzer und durfte mit so ziemlich jedem Mädchen an diesem Abend seine Runden drehen. Besonders oft forderte er Kalay zum Tanzen auf, deren rotblonder Zopf bei jeder Drehung mitschwang.

Meine Chance sah ich kommen, als ich James zum Tanzen aufforderte. Sichtlich erstaunt über meine direkte Art nahm er zögerlich meine Hand und ließ sich von mir zu dem Pulk der Tänzer führen. Leider hatten die Musiker ausgerechnet bei diesem Stück einen Formationstanz angestimmt, der nicht paarweise getanzt wurde, sondern in Formation. Hierbei tanzte jeder abwechselnd einmal mit jedem. Dazu wurde der Takt immer schneller, bis alle am Ende des Lieds entweder völlig außer Atem waren oder schon vorher aufgaben und lieber wieder zu den Zuschauern zurückkehrten.

Was für ein Pech! Bei diesem Tempo verlor ich James schnell aus den Augen, da ich mich sehr auf die Tanzschritte konzentrieren musste. Aber ich hielt wenigstens bis zum Schluss bei den immer schnelleren Drehungen und Schritten mit. James, Hugh, Lachlan, Kalay, Winnie, Hal und Moira, sie alle japsten wie Fische auf dem Trockenen. Viele der anderen Tänzer mussten aufgeben und klatschten jetzt als Zuschauer Beifall.

Unbedarft, wie ich war, hatte ich gehofft, wenigstens nach dem Tanz noch einmal eine Chance zu erhalten, um James näherzukommen. Als würde sie mich absichtlich davon abhalten wollen, spielte Muriel mit ihrem Ensemble nun ein Stück, das sie in Anlehnung an meine Geschichten aus dem Orient komponiert hatte. Zusammen mit Rachel nötigte mich die Alte, nun das Stück über den persischen König Kyros zu singen. Rachel hatte das Talent ihrer Mutter Jasemin geerbt, und ihre klare, melodische Stimme klang wundervoll.

Erst nach drei weiteren Stücken durfte ich wieder an meinen Platz zurückkehren – selbstredend unter dem Applaus nicht nur meines Clans, sondern auch der Gäste, die in der Zwischenzeit schon ordentlich dem Alkohol zugesprochen hatten.

Hugh hatte den erschöpften König zurück in seine Kammer gebracht. Erleichtert über den gelungenen Abend setzte ich mich und blickte zufrieden in die Runde. Es schienen sich alle gut zu amüsieren, auch James hatte sich inzwischen mit dem *Uisge beatha* angefreundet und prostete McKay, Hal und Hugh in schöner Regelmäßigkeit zu. Nun, stellte ich etwas pikiert fest, der Alkohol schien ja tatsächlich unüberbrückbare Differenzen mühelos zu überwinden … Leider vertrug ich nicht viel davon: Ein paar Schlucke dieses heftigen Getränks genügten, um mich sofort betrunken zu machen. Eines Tages hatte ich beschlossen, ohne diesen Höllentrunk auszukommen, der die Sinne verwirrte und Todfeinde innerhalb eines Abends zu Trinkbrüdern machen konnte.

Als einzig Nüchterne unter all den Trinkenden verstand ich irgendwann die Witze nicht mehr und erhob mich, um in meine Kammer zu gehen. Neben mir unterhielt James sich mit roten Wangen und glänzenden Augen mit McKay, der sich über etwas totzulachen schien. Hal tanzte ausgelassen mit Kalay, die sowieso den ganzen Abend die Tanzfläche nicht verlassen hatte. Ich hielt inne und betrachtete das heitere Gesicht von James. Etwas hinderte mich, den Abend so zu beenden. Vielleicht musste ich ihm ein deutlicheres Zeichen geben.

Ich stellte mich daher dicht neben James, der für einen Moment irritiert im Gespräch mit McKay innehielt und mich von unten bis oben taxierte. Als seine Augen etwas orientierungslos mein Gesicht erreichten, deutete ich eine kleine Verbeugung an und nahm meinen ganzen Mut zusammen.

»Ich ziehe mich nun zurück, meine Herren. Lord Douglas, falls es für Euch nicht zu spät ist und Ihr noch vor Mitternacht den Weg ins Bett findet, dann kommt in meine Kammer.«

Als ich das Erstaunen in seinem Gesicht sah, drehte ich mich um und ging die Treppe zu den privaten Kammern hinauf. Erst am Treppenabsatz wandte ich mich noch einmal um und erhaschte belustigt seinen erschrockenen Blick. McKay daneben hatte nur blöd gegrinst. Aber so war ich nun mal, ich ging meinem Ziel nach und pfiff auf Konventionen. Jetzt war ich gespannt, ob er tatsächlich kommen würde …

James Douglas glaubte im ersten Moment, sich durch den Nebel der Trunkenheit verhört zu haben. Die unnahbare, bildschöne Enja, Herrin von Caerlaverock, hatte ihn in ihre Kammer geladen? Entgeistert blickte er McKay ins Gesicht, der genauso verblüfft war wie er. Der lächelte schief und lallte dann ein wenig unsicher: »Scheint, die hat 'nen Narren an dir gefressen.«

»Aber das geht doch nicht«, entgegnete James kopfschüttelnd. »Ich kann sie doch nicht heiraten. Ich habe nichts mehr … ich meine, kein Land und keinen Titel …« Unsicher nahm er den letzten Schluck seines *Uisge beatha* und stellte den Becher mit einem Knall auf dem Holztisch ab. Was konnte er ihr schon bieten?

McKay lachte auf. »Du und deine Moralvorstellung. Die will doch nicht heiraten.« Auch er hatte Schwierigkeiten mit einem flüssigen Satz. »Geh zu ihr und gib ihr, was sie will.« Er rülpste und nahm ebenfalls einen Schluck.

James wurde nachdenklich, seine Wangen färbten sich tiefrot. »Aber ich weiß nichts über Frauen, ich habe nur ein paarmal ein Mädchen geküsst. Ich habe keine Ahnung!«

McKay starrte ihn an, als wären ihm zwei Köpfe gewachsen, seine sonst so trägen Augen weit aufgerissen. »Du«, setzte er an, »du bist noch eine Jungfrau?«

»Psst!«, herrschte James ihn an. »Das muss ja hier keiner wissen.« Unsicher blickte er auf die tanzenden Leute, aber sie saßen mittlerweile allein an dem hohen Tisch.

»Ha!«, machte McKay und goss James noch einmal großzügig nach. »Dann lass uns auf deinen Abend trinken, Junge, mein erstes Mal ist schon verdammt lange her.«

Zusammen tranken sie noch einmal einen großen Schluck der hochprozentigen Flüssigkeit. James schluckte, er begann nervös zu werden. Sehr hilfreich war Lachlan nicht gerade. Herrgott, Enja war unverheiratet, Mutter zahlreicher Kinder und hatte wahrscheinlich schon viele Männer gehabt, vom Orient bis nach Schottland. Sie konnte doch jeden haben, warum wählte sie jetzt ausgerechnet ihn? Er mochte sie, das bereitete ihm am meisten Kopfzerbrechen. Er dachte Tag und Nacht an sie, und ihre direkte Art machte ihm jetzt Angst. Sie würde ihn wegwerfen wie all die anderen Männer vor ihm, da war er sich sicher. Vorsichtshalber nahm er noch einen großen Schluck.

Lachlan war leicht in sich zusammengesunken, die Augen geschlossen, als würde er schlafen. Jetzt richtete er sich kurz wieder auf und blickte ihn mit kleinen Augen an. »Du bist ja immer noch da, Junge. Los, geh schon!«

Dabei lachte er in sich hinein, hob seinen Becher und stieß noch einmal mit James an.

»Also … also gut!« James' Zunge war schwer. »Ich gehe zu ihr!«

Damit stand er auf und stützte sich am Tisch ab. Der Saal kreiste. Ein paar Atemzüge lang verharrte er und versuchte, die Bilder vor seinen Augen zu sortieren. Sein Blick fand die Steintreppe nach oben. Langsam, Schritt für Schritt, näherte er sich diesem wackeligen Ding. Der Schweiß stand ihm auf der Stirn. Verfluchtes Teufelszeug, warum hatte er auch so viel trinken müssen!

Was war nur mit mir los? Lieber hätte ich mit einem Heer Wikinger gekämpft, als jetzt hier in meiner Kammer zu stehen und darauf zu warten, ob James kam oder nicht. Unruhig lief ich von einer Seite auf die andere. Das Feuer im Kamin prasselte und füllte den Raum mit einem angenehmen Duft aus Rauch und Harz. Die Scheite knackten und knisterten laut. Wie sollte ich ihn denn empfangen? Wie machten das andere Frauen?

Entnervt verdrehte ich die Augen und betrachtete mein großes Bett, die rastlosen Hände auf dem Rücken verschränkt. Meine Mägde hatten es mit hellen Leinen bezogen. Ich beschloss, mich einfach so zu verhalten wie an jedem anderen Abend, und zog unsicher meine Sachen aus und legte sie sorgfältig zusammen. Es sollte nicht so aussehen, als hätte ich mir die Kleider vom Leib gerissen.

Ich schlüpfte nackt unter das Fell auf meinem Bett und setzte mich aufrecht hin. Wieder verging eine endlose Zeit, in der ich mich immer mehr über mein Verhalten ärgerte. In meiner übereifrigen Art hatte ich James womöglich vergrault, und er würde jetzt erst recht nicht mehr kommen. Meine Hand ging zu meinem Stein um den Hals, dem Stein meiner Mutter. Die Lederkordel hatte ich schon ein paarmal wechseln müssen, aber der schlichte schwarze Stein hatte noch nichts von seinem Zauber eingebüßt, den er für mich besaß. In ihm war die Erinnerung an meine Mutter konserviert, die für mich gestorben war.

Der Gedanke daran ließ mich schwermütig werden. Sie hatte einen Mann und eine Familie gehabt. Sie war so anders gewesen als ich. Sanft, weich, liebevoll. Der Stein an meinem Hals fühlte sich angenehm warm an, er hatte die Hitze meines Körpers aufgenommen.

Auf einmal hörte ich ein Rumpeln an der Tür, als wäre jemand dagegen gefallen. Ich sprang geschmeidig aus dem Bett, um nachzusehen, da flog das schwere hölzerne Türblatt schon auf, und der betrunkene James stolperte herein. Seine Lider standen auf Halbmast, Wangen und Nase leuchteten rot. Schwankend stand er vor mir und grinste schief. Ich blieb wie erstarrt zwischen Bett und Tür stehen. Mein Herz machte einen Satz.

»Du bist restlos betrunken«, stellte ich völlig überflüssig fest.

»Und du … du bist nackt«, kam es lallend zurück.

Gekränkt verschränkte ich die Arme. »Musstest du dir weiteren Mut antrinken, James?«

Seine Augenbrauen gingen nach oben, und sein Blick wurde unstet. »Ich habe noch nie … ich meine, noch nie so eine Frau wie dich gehabt.« Er torkelte einen Schritt nach vorn, bis sich sein Gesicht direkt vor dem meinen befand und ich den scharfen *Uisge-beatha*-Geruch wahrnehmen konnte. Er senkte seinen Mund, seine Arme versuchten vergeblich, mich zu greifen, denn im selben Moment trat ich etwas zurück. Das hätte ihn beinahe aus dem Gleichgewicht gebracht, und er setzte unsicher einen Schritt nach vorn. Schnell streckte ich den Arm aus und hielt ihn mit der Hand an seiner Brust von mir fern. Wie konnte er sich nur so betrinken? Sein Oberkörper stützte sich schwer gegen meinen ausgestreckten

Arm. Sein Blick fiel auf meine nackten Brüste und fast im gleichen Moment fing er an zu würgen. Geistesgegenwärtig riss ich mein Waschbassin vom Holzblock und hielt es ihm unter die Nase.

Plötzlich gaben ihm die Knie nach, und ich hatte Mühe, den großen und schweren Mann samt Schüssel auf den Boden zu bringen. Es roch erbärmlich. James schien davon nicht mehr viel mitzubekommen. Ich hoffte inständig für ihn, die Gnade des Vergessens würde ihn morgen ereilen. Nur mit Mühe brachte ich ihn in mein Bett, in dem er mit ausgestreckten Armen und Beinen zu schnarchen begann.

Nachdenklich setzte ich mich auf das Bett neben ihn und betrachtete James, dessen Züge im Schlaf so friedlich wirkten. Er hatte sich lieber betrunken, als mit mir das Bett zu teilen. Eine tiefe Enttäuschung erfasste mich und zog mich mit eiserner Faust in eine nie gekannte Traurigkeit. Ich war für solch einen Mann zu unattraktiv. Meine Größe, mein Selbstbewusstsein, meine Art, mir zu holen, was ich wollte, das schreckte die Männer ab. Und dann mein Äußeres … Wer wollte schon eine Kriegerin in Männerkleidung, noch dazu eine, die den meisten das Fürchten lehrte? Zutiefst enttäuscht atmete ich noch einmal durch und strich mit der Hand über seinen weichen dunkelbraunen Haarschopf. Der Geruch von Kaminrauch und *Uisge beatha* erfüllte den Raum und nahm ein wenig von der Schärfe, die der Inhalt aus der Waschschüssel verbreitete.

Ich würde mich von nun an wieder darauf konzentrieren, meinen Clan zu führen. Ein einziges Mal hatte ich meinem Drang, als Frau wahrgenommen zu werden, nachgegeben. Und jetzt hatte ich die Quittung dafür erhalten. Langsam erhob ich mich, nahm meine gefaltete Kleidung und zog mich an. Heute Nacht würde ich bei Taycan im Stroh schlafen. So war ich nicht allein, und mein treuer Freund störte sich nicht an meinem Wesen.

Natürlich wusste am nächsten Tag jeder, dass James die Nacht in meinem Bett verbracht hatte. Unter den neugierigen Blicken der Stallburschen war ich allein zu den Kampfübungen aufgebrochen, Hals saure Miene war jetzt das Letzte, was ich brauchen konnte. Diese Begegnung war aber nur aufgeschoben, denn irgendwann musste ich unweigerlich den Gang in den großen Saal auf mich nehmen. Dort saßen sie jetzt alle und warteten auf mich. Ich ließ mir Zeit, drückte mich noch ein wenig im Stall herum, aber ich kam um dieses Aufeinandertreffen nicht herum.

So straffte ich meine Schultern, ging die paar Stufen bis zur Tür des großen Saals hinauf und stieß sie entschlossen auf. Natürlich hörte das Gemurmel und Gelächter sofort auf, als ich mich durch die Tischreihen bewegte. Jeder starrte mich an, und ich fragte mich, ob es in ihren Augen eine Sünde war, was ich getan oder auch nicht getan hatte. Am hohen Tisch fehlte jegliche Spur von James, und ich vermisste ihn auch nicht.

McKay sah mir lieber nicht in die Augen, er drehte nur verlegen seinen Löffel in der Hand. Er machte den Eindruck, als hätte er nicht gut geschlafen. Seine dunklen Haare standen in alle Richtungen, aufs Rasieren hatte er verzichtet, und die Lider waren verquollen. Hal, die fiese Ratte, hatte sich in seinem Stuhl nach hinten gelehnt und die Arme verschränkt. Seine Miene ließ nicht erkennen, ob er böse war oder amüsiert. Die grünen Augen musterten mich nur scharf. Er wartete wohl darauf, was ich zu den Gerüchten sagte, die von den Mägden sicher schon bis in den letzten Winkel getragen worden waren.

»Guten Morgen!«, gab ich fröhlich von mir. Nein, ich würde mir keine Blöße geben. Ich lächelte gezwungen und schlug Lachlan freundschaftlich die Hand auf die Schulter. Er zuckte zusammen und hielt sich die Schläfe, sein Mund quälte sich zu einem schiefen Lächeln.

»Ihr solltet Folterknecht werden bei Eurem Gespür, anderen Schmerzen zu bereiten, *Mylady*.«

»Oh, glaubt mir, Euer Freund wird mir heute dasselbe sagen«, entgegnete ich ihm grimmig.

»Schläft er noch?«, fragte Lachlan unsicher.

»Das nehme ich doch schwer an. Da er nicht zum Frühstück erschienen ist, wird er sicher noch seinen Rausch ausschlafen.« Der Spott in meiner Stimme sollte nicht zu überhören sein. Mit einer schnellen Bewegung schnappte ich mir eine Schüssel von dem warmen Haferbrei, den eine Magd auf einem Tablett servierte, setzte mich neben Hal und gab einen Löffel Honig aus dem Honigtopf dazu. Genüsslich ließ ich mir den süßen Porridge schmecken.

Gerade als ich die Augen wieder öffnete, blieb mir beim Blick in Hals Gesicht fast der Brei im Halse stecken. Seine Augen funkelten mich gefährlich an. Die Faust, die seinen Löffel umklammert hielt, war weiß. »Hast du mit ihm geschlafen, Enja?«

Ich verschluckte mich und hustete, bis mir die Tränen kamen. Erst als ich meine Stimme im Griff hatte, hielt ich meinen Löffel wie eine Waffe vor mich und zischte zwischen meinen Zähnen hervor: »Das geht dich nun wirklich nichts an, Hal. Ich kann in meinem Bett tun und lassen, was ich will!«

»Das sehe ich nicht so, und die Leute hier auch nicht. Was gibst du für ein Vorbild ab, wenn du dich aufführst wie eine Hure?«

Bitter enttäuscht legte ich den Löffel weg und lehnte mich zurück. »Eine Hure, so siehst du mich also? Wenn ein Mann sich mit einer Frau einlässt, ist er der Held. Aber wehe, die Frau macht das mit einem Mann, dann ist sie eine Hure.«

»Enja!«, mahnte er mich eindringlich und etwas leiser. Dabei beugte er sich zu mir herüber. »Du kannst die Gefühle der Menschen hier und deren Überzeugung nicht ignorieren. Was ich persönlich denke, spielt keine Rolle.«

Jetzt appellierte er doch tatsächlich an meine Pflichten als Burgherrin. Aber ich musste widerwillig zugeben, dass ich zu einem ähnlichen Entschluss gekommen war, und konnte ihm daher glaubhaft meine guten Absichten vermitteln.

»Ich hatte nur einen schwachen Moment. Keiner hier soll mich je wieder in einer solchen Situation erleben. Meine Pflicht als Clanchefin ist mir sehr wichtig, Hal. Ich habe meine Gefühle im Griff, das solltest du mir glauben.«

Hal stand auf, und noch ein wenig steif, als würde es ihm schwerfallen, verbeugte er sich vor mir. »Ich werde dich an deine Worte erinnern, Enja«, murmelte er, und seine Stimme klang ungewöhnlich kühl. »Es sind die Gefühle, die wir am wenigsten im Griff haben.«

Mit einem Ruck stand ich ebenfalls auf. Ich musste hier raus. Wenn ich bisher kein schlechtes Gewissen gehabt hatte, jetzt war es da. Es waren genau die Worte, die meine emotionale Fassade sprengten. Ich rannte die wenigen Meter bis zur

Tür, riss sie auf, eilte die Treppen hinunter und verschwand in der kleinen Kapelle. Mit meinem Rücken stemmte ich mich fest gegen die Tür und versuchte, wieder zu Atem zu kommen. Ich verdammte die Männer und insbesondere James und Hal und alle, die mir noch einfielen. Es waren nicht viele.

Die Stille in der Kapelle war eine Wohltat. Vorn am Altar brannte eine Kerze und tauchte den kleinen Raum in ein warmes Licht. Langsam klärte sich meine verschwommene Sicht. Ich war gerne hier, nicht zum Beten, sondern um zu mir selbst zu finden. Aber wo befand ich mich denn eigentlich?

Die Tür hinter mir wurde plötzlich mit solch einem Ungestüm aufgedrückt, dass ich nach vorn stolperte. Hal drängte sich herein und ließ die Tür krachend hinter sich ins Schloss fallen. Er schnaubte durch die Nase.

Um hier rauszukommen, musste ich an ihm vorbei. *»Ifreann!«*

»So kann man das nennen!«, schnaufte er böse.

Hatte ich es laut gesagt?

»Du kommst hier nicht raus, ehe du mir erzählt hast, was passiert ist.«

Mir war verdammt klar, Hal meinte es ernst. »Es gibt nichts zu erzählen.« Verzweifelt versuchte ich, normal zu klingen.

»So?« Seine Augenbrauen zogen sich nach oben. Im Kerzenschein tanzten die Schatten auf seinem Gesicht mit seinen schwarzen Linien einen bedrohlichen Tanz.

Wie um seine Fragen abzuwehren, verschränkte ich die Arme vor meinem Oberkörper. »Es ist nichts passiert, James war viel zu betrunken.«

»Hat er dir wehgetan, der verdammte Hurensohn?« Hal kam auf mich zu. Meine Augen suchten verzweifelt einen Ausweg, aber ich kam nicht an ihm vorbei.

»Hal, bitte!« Ich hob beschwichtigend die Hände. Ein Kloß formte sich in meinem Hals. Warum musste dieser Kerl immer so direkt nachbohren?

»Was hat er getan?« Hals Stimme war nur noch ein Zischen.

Meine Brust hob und senkte sich hektisch. Von seiner Rage überrannt, schaute ich überall hin, nur nicht in sein wutverzerrtes Gesicht.

»Er … er«, ich stotterte wie ein kleines Mädchen, »oh, Hölle! Er hat sich betrunken, weil er mich so abstoßend findet.«

Jetzt war es an Hal, nach Luft zu schnappen. »Er hat sich betrunken, weil er … was?«

»Weil er nüchtern nicht mit mir schlafen konnte«, vollendete ich den Satz für ihn. Hal schien um Fassung zu ringen. Egal, ich war froh, dass ich es gesagt hatte – jetzt war es raus.

Noch bevor mein Atem sich wieder beruhigt hatte, geschah etwas, das ich bis heute nie verstanden habe. Hals große Hände umfassten mein Gesicht. So zärtlich, wie ich es einem so großen Kerl wie ihm niemals zugetraut hätte, presste er mir einen Kuss auf den Mund. Es war ein warmer, liebevoller Kuss. Als er mich wieder ansah, waren seine Augen voller Emotionen. Klar und tief wie die irischen Seen.

»Du bist das Schönste, was meinen Augen je untergekommen ist, Enja. Alles, was du tust, ist ehrlich, unkonventionell und verrückt. Und ich liebe jede deiner Stärken und Schwächen. Du weißt, dass ich dich liebe, als wärst du meine Frau. Ich weiß auch, dass ich dich nie haben kann. Aber ich werde jeden töten, der dir wehtut und dich nicht zu schätzen weiß.«

Er meinte jedes Wort ernst, das spürte ich, und berührte damit meine verwundete Seele. Eine Träne schlich sich meine

Wange hinab, er strich mit seinem Daumen darüber. Sein Gesicht war eine einzige Liebeserklärung, und ich schloss die Augen, um sie aufzunehmen.

Nein, wegen meines gekränkten Stolzes würde kein Mann sterben! Ein Ruck ging durch meinen Körper, mit neuer Energie öffnete ich meine Augen und legte meine flache Hand an seine Brust. »Nur weil ich weine, bin ich nicht schwach, Hal. Bitte entschuldige diesen emotionalen Moment.«

Es fiel mir nicht leicht, mein inneres Gleichgewicht wiederzufinden. Nicht umsonst hatte mich Shi Fu immer wieder davor gewarnt, Gefühle zu zeigen. »Gefühle nicht gut, machen schwach«, hatte er stets in seinen Lehrstunden gewarnt.

Hal drehte sich wortlos um, ging zur Tür, die etwas schief in den Angeln hing, bog die obere Angel wieder gerade und lief hinaus. Sie fiel hinter ihm ins Schloss. Unruhig und ziellos stapfte ich aus der Kapelle.

Kapitel 20

Caerlaverock im Herbst 1306

Erst weit nach Mittag kam ein völlig zerknitterter und verkaterter Lord Douglas die Treppe heruntergestolpert. Sein Haar sah aus wie ein Vogelnest, und ein dunkler Bartschatten lag auf seinem müden Gesicht. Aus geröteten Augen blickte er sich in dem großen Saal um, der noch vom letzten Festabend geschmückt war. Nur die Bänke und Tische waren bereits wieder ordentlich zusammengerückt und die Spuren des Festgelages verschwunden.

Seine Schläfen pochten bei jedem Schritt. Er brauchte dringend etwas zu trinken und war froh, als er an einem der Tische Hugh zusammen mit einigen seiner Männer entdeckte. Er blickte ihn nur aus rotgeräderten Augen an, und sein kleiner Bruder schob ihm schnell eine Karaffe mit Wasser und einen Becher hin.

»Mann, James, du siehst aus, als hätte dich eine Horde Rinder überrannt!«, rief er in ehrlichem Mitgefühl aus, die Augenbrauen hochgezogen, ein schiefes Grinsen im Gesicht.

»Ich fühle mich auch so«, krächzte James mit dickem Hals und schwerer Zunge. Er rieb sich kratzend die Bartstoppeln. »Wo ist Lady Enja?«, fragte er so beiläufig wie möglich. Irgendetwas war gestern geschehen, aber er konnte sich beim besten Willen nicht mehr daran erinnern. Vielleicht konnte sie ihm sagen, was passiert war.

Hughs Miene wurde schlagartig ernst, fast betreten. »Das letzte Mal, dass ich sie gesehen habe, war sie auf dem Weg in die Krankenkammer. Das ist schon mindestens eine Stunde her.«

James' Blick fixierte erst die Tür, bevor er sich unbeholfen in Bewegung setzte. »Ich gehe sie suchen.« Doch bevor er die Tür erreichte, blieb er stehen und drehte sich noch einmal um. »Ähm, Hugh?« Sein kleiner Bruder legte den Kopf schief und blickte ihn fragend an. »Ist irgendetwas … irgendetwas passiert gestern Abend?« Verlegen kratzte er sich am Hinterkopf.

»Nicht dass ich wüsste«, antwortete Hugh unschuldig, »du hast mit McKay noch länger gesessen und *Uisge beatha* getrunken. Als ich mich zurückgezogen und die Wachen eingeteilt habe, lief mir die Amme über den Weg, ähm … sie hatte Probleme mit einem der Babys.« Seine Wangen überzog eine rötliche Farbe.

James stutzte. »Soso, die Amme«, murmelte er abwesend, während er sich wieder zur Tür wandte. Draußen empfing ihn gleißendes Sonnenlicht und ließ ihn blinzeln, weil seine Augen schmerzten. Es war ein kalter, aber sonniger Oktobertag. Mit einer Hand über den Augen suchte er den Burghof ab. Es dauerte nicht lange, und sein Blick fiel auf die gegenüberliegende Burgmauer. Aufgeregt standen dort oben einige der wachhabenden Männer und Frauen und zeigten auf einen Punkt außerhalb der Burg.

Keine Minute später ging das Tor auf, und ein Reiter kam wie der Blitz durchgejagt. Vor den Stufen zur großen Halle riss Winnie ihr Pony zurück und sprang ab, die kurzen Haare klebten ihr vom Wind an der Stirn.

»Wo ist Enja?«, rief sie außer Atem, und ihre kurzen Beine

flitzten die Stufen hinauf. Schweiß stand ihr von dem wilden Ritt im Gesicht, vermengt mit Dreck und Staub.

»Jedenfalls nicht in der Halle«, fing James sie ab.

»Ich bin hier!«, rief Enja. Sie war aus der Krankenkammer gekommen, als sie die schnellen Hufe trampeln hörte.

Winnie drehte sich zu ihr um und japste aufgeregt: »Eine Armee ist auf dem Weg hierher! Sie tragen die Banner von König Edward, mindestens sechshundert Mann stark! Vielleicht noch ein paar Stunden entfernt.«

Enja hielt mitten in der Bewegung inne. »Edward? Hier?«

Blankes Entsetzen befiel die Menschen im Burghof, und mit einem Schlag brach Chaos aus. James brüllte nach Hugh, er solle die Männer nach draußen bringen und bewaffnen. Hugh stürmte herbei und befahl seinen Leuten, ihre Waffen zu holen. Und McKay schrie Hugh zu, er solle mit ihm auf den Westturm kommen, die andere Seite verteidigen, falls es einen Hinterhalt gäbe. Schließlich brüllte Enja so laut, dass sie sich in dem Tumult Gehör verschaffte, dass sie hier das Kommando habe. Langsam legte sich die Panik.

Währenddessen holte Hal, der mit Winnie auf Patrouille gewesen war und das anrückende Heer entdeckt hatte, bereits die Pferde von den Weiden und übergab sie den zahlreichen Stallburschen, die sie hastig im Burginnern in Sicherheit brachten. Ein Horn erschallte hoch über den Burgzinnen, um auch die restlichen Bewohner von Caerlaverock in die Burg zu holen.

Fieberhaft arbeiteten die Bewohner die in zahllosen Übungsstunden erworbenen Routinen ab. Sie holten die Bogen und die Pfeile aus der Waffenkammer, die Schwerter und Schilde, Messer und Äxte. Teer wurde erhitzt und Wasser in

Eimern gesammelt. Jeder hatte eine Aufgabe, keiner verlor die Nerven. Immer wieder kehrten noch vereinzelt Hirten und Jäger über die Fähre in die Burg zurück, dann wurde auch diese eingezogen und das Fährseil gekappt.

James versuchte die ganze Zeit, Enja in dem ganzen Irrsinn zu erwischen. Aber sie beachtete ihn gar nicht, sondern rannte die Positionen ab und vergewisserte sich, dass alle ihre Aufgaben ernst nahmen. Zeitgleich mit dem stoischen Hal, der ihr berichtete, dass die Alten mit den Kindern und Babys wohlbehalten in die unterirdischen Gewölbe gebracht worden seien, kam James auf dem Burgmauergang über dem Haupttor von der entgegengesetzten Seite auf sie zu. Eine seltsame, verhaltene Stille entstand zwischen den dreien. James suchte Enjas verschlossenen Blick und beachtete den übellaunigen Hal gar nicht, der gut sichtbar mit dem Griff seiner Axt spielte.

»Ich würde Euch gerne sprechen, Lady Enja, wenn Ihr erlaubt.« Es reichte ihm schon, dass sie ihn zurechtgestutzt hatte, als er die Befehle erteilte. Daher versuchte er jetzt einen vorsichtigeren Beginn.

»Sprecht!«, kam es kurz angebunden. Enja schaute ihn nicht an, sondern ließ ihren Blick über die Zinnen auf die umgebenden Hügel schweifen, um irgendwelche Zeichen eines anrückenden Heeres zu sehen. Sie hatte sich mit den Händen auf der Burgzinne abgestützt, die zum Mauerwerk des Wehrganges gehörte. Hal verschränkte seine Arme und giftete James in seiner unverhohlenen Art an.

»Wenn, dann bitte unter vier Augen …«, setzte James noch einmal höflich an, ohne Augenkontakt mit ihr aufnehmen zu können. Er sah ihr wütendes Gesicht nur im Profil, dazu die gerade Nase und die sorgfältig mit dem silbernen Dolch weggesteckten weißen Haare. Sie würdigte ihn keines Blickes.

»Sprecht, Hal ist eingeweiht.« Sie war schrecklich abweisend. Was bildete sie sich eigentlich ein? James schnaufte ärgerlich durch, und mit einem schärferen Ton als beabsichtigt setzte er dann zur Erklärung an: »Ich weiß nicht, was gestern Abend passiert ist, aber wenn ich Euch in irgendeiner Weise zu nahe getreten bin, dann tut es mir …« Weiter kam er nicht.

Ohne Vorwarnung flog Enjas Faust blitzschnell in sein Gesicht, und das mit einer Wucht, die ihn Sterne sehen ließ. Seine Beine versagten den Dienst, er sackte auf die Knie und hielt sich die blutende Nase. Von ihrer Reaktion völlig überrascht, hatte er ihre Hand noch nicht einmal kommen sehen, um sich wenigstens zu schützen.

»Entschuldigung angenommen.« Der Blick der kaltschnäuzigen Kriegerin schweifte nun wieder über die Hügel und wurde plötzlich von einer Bewegung eingefangen. Enja zeigte angespannt auf den Punkt vor sich.

»Sie kommen. Alle auf ihre Posten!«, brüllte sie im Befehlston.

James beachtete sie nicht ein einziges Mal, und Hal setzte ein schadenfreudiges Grinsen auf. Er schien sich höllisch über Enjas Reaktion zu amüsieren.

Langsam und unsicher zog James sich am Mauerwerk hoch. Also war etwas passiert in dieser unglückseligen Nacht. Etwas, das ihm Enja nicht verziehen hatte. Er wurde das Gefühl nicht los, er hätte diesen Nasenstüber auch verdient. Irgendwann würde er sie danach fragen. Trotz seiner Kopfschmerzen und der blutenden Nase war ihm klar, was er zu tun hatte.

»Ich bringe den König hier raus und in Sicherheit«, murmelte er und hielt sich die geschwollene Nase.

»Der König bleibt hier!«, herrschte ihn Enja an. »Er ist hier in Sicherheit.« Jetzt sah sie ihn wenigstens zum ersten Mal an, wenn auch mit kalt funkelnden Augen, die Lippen wütend zusammengepresst.

»König Edward ist seinetwegen hier. Wenn ich ihn herausbringe, wird Edward vielleicht die Burg verschonen«, entgegnete James unter größter Aufbietung seiner restlichen Würde. In seinem Kopf hämmerte es unerträglich.

»Edward ist *meinetwegen* hier«, entgegnete sie grimmig und schob das Kinn angriffslustig nach vorn. »Woher sollte er denn wissen, dass der schottische König hier ist? Diese Armee ist seit Tagen unterwegs, wie sollte sie von Roberts Aufenthalt hier gehört haben? Keiner verlässt die Burg, das ist *mein* Befehl!«, zischte sie in einem Ton, der keine Widerrede duldete.

James schluckte schwer. Gerade lernte er eine Seite dieser Frau kennen, die er so noch nie gesehen hatte, und es erschreckte und faszinierte ihn gleichermaßen. So hart wie ihre Faust waren die Befehle, die sie verteilte. Hatte er sie immer nur als attraktive Frau gesehen? War sie deshalb so wütend auf ihn? Hatte er gestern Abend etwas Falsches gesagt? Vielleicht auch noch, wie schön sie war? Er stöhnte innerlich. Was hätte er dafür gegeben, den letzten Abend noch einmal nüchtern zu durchleben.

Diese Gedanken schob er aber erst einmal beiseite, denn er musste sich auf die Probleme vor der Burgmauer konzentrieren. Eine Armee mit sechshundert Mann gegen eine Burg mit vielleicht zweihundert Männern, Frauen und Kindern. Verdammt! Enja musste Nerven aus Stahl haben.

Sein Blick fiel auf eine Person, die sich gerade mühsam die Treppe hochschleppte. Vollständig in seinen blau-weißen Waffenrock gekleidet, mit dem Wappen des schottischen Throns auf der kräftigen Brust, erklomm Robert de Bruce unter Aufbietung all seiner Kräfte die Stufen. Er atmete schwer, das fahle Gesicht bedeckte ein Schweißfilm, und seine Arme zitterten.

»König Robert!«, rief James erschrocken aus. »Ihr solltet doch in Eurer Kammer bleiben!«

»Edward steht vor den Toren, und ich soll mich verkriechen? Was wäre ich für ein König?«, röhrte der tiefe Bass des kräftigen Mannes.

In diesem Moment erkannte James in Enjas Gesicht das erste Mal eine Veränderung. Langsam schien ihr zu dämmern, in welcher fatalen Situation sie sich befand. Der schottische König war in ihrer Burg und der englische stand vor den Toren. James' Blick verfing sich in den blassen Konturen dieser tapferen Frau. Ein erster Riss zeigte sich in ihrer sonst so kühlen Fassade, als Bruce sich die Treppe zum Mauergang hochschleppte.

Was würde sie jetzt wohl tun? fragte sich James. Plötzlich spürte er nicht mehr den höllischen Schmerz in seiner Nase, etwas anderes pochte in seinem Kopf. Stolz stand sie da, hoch aufgereckt und mit jedem Zentimeter ihres Körpers strahlte sie eine Entschlossenheit aus, die ihn mit Bewunderung erfüllte. Dabei wühlte in ihr wohl eine Unsicherheit, die sie nicht an die Oberfläche ließ. Sie war die Herrin dieser Burg und musste die Menschen in einen Kampf führen, den sie vielleicht nicht gewinnen konnten. Würde sie kämpfen oder lieber den schottischen König an Edward ausliefern, um ein Gemetzel zu vermeiden?

Das Schicksal seines Königs, das seines Volkes und auch sein eigenes hingen am seidenen Faden. Eisige Stille kehrte ein. Nur Robert de Bruce atmete so schwer, als hätte er seinen größten Kampf bereits hinter sich. Selbst das ständige Gackern der Hühner und die Geräusche der anderen Menschen unten im Hof schien in den Hintergrund zu treten. Alles wurde still. Der launische Himmel hörte auf, auf die Köpfe der Menschen zu regnen, und kein lästiger Wind zerrte an ihren Haaren hier oben über dem mächtigen Holztor. Enjas Blick wanderte über sein Gesicht, dann über das jedes einzelnen Kämpfers hier und blieb an dem von Krankheit gezeichneten Gesicht des Mannes hängen, den James so verehrte und der im Moment alle Kraft der Welt aufbot, um sich nur auf den Beinen halten zu können.

Auf einmal wusste James, wie sich Enja entscheiden würde. Ihre Seele war der seinen so ähnlich: gejagt, gestählt und von einem großen Herzen getrieben. Die stolze Heldin schloss die Augen und atmete tief ein. Ein Augenblick für die Ewigkeit.

Nachwort

Ist es nicht außergewöhnlich, welchen opulenten Rahmen uns die schottische Geschichte Anfang des 14. Jahrhunderts liefert? Natürlich entstammen meine beiden Hauptfiguren Enja und Cathal meiner Phantasie, aber in diesem Buch finden wir viele reale Figuren aus der Historie Schottlands, die dieses Land so nachhaltig geprägt haben: Robert de Bruce, seinen Bruder Edward, James Douglas und nicht zuletzt den heute so verehrten William Wallace, der dynastisch im damaligen Schottland eigentlich kaum in Erscheinung trat.

Bei meinen Recherchen stieß ich auf einiges Material über die Nachkommen der schottischen Königsdynastie und deren Ehefrauen, aber auf kaum etwas zum privaten Leben des James Douglas. Es scheint, als hätte sich niemand die Mühe gemacht, sein Liebesleben zu dokumentieren – eine Fundgrube für mich und meine Phantasie. Hat James Douglas sich je verliebt? War die unbekannte Mutter seines zweiten Sohnes, die offensichtlich bürgerlich war, seines Standes nicht würdig?

Zu seiner Person fand ich nur Folgendes: James Douglas wurde 1286 geboren, etwa drei Jahre nach Enjas Geburt, in Douglas Castle, Larnakshire. Seine Eltern waren William »The Hardy« Douglas und Elisabeth Stewart, die vermutlich bei seiner Geburt starb. Zuvor war 1280 seine Schwester Barbara geboren worden. Später heiratete William Douglas die jüngere Eleanore de Lovaine und hatte mit ihr noch einen Sohn,

Hugh Douglas, James' Halbbruder. Es heißt, der ältere Douglas habe nach dem Tod seiner ersten Ehefrau seine spätere Frau Eleonore erst entführt und sie dann aus Liebe geheiratet. Dies wäre noch eine weitere brisante Geschichte, aber sie läge weit vor der Zeit meiner beiden Hauptakteure.

James bekam zwei uneheliche Kinder, William und Archibald. Unsichere Quellen sprechen von einer Ehefrau Elisabeth und einer Mätresse. Ich gehe davon aus, dass er aufgrund seines Lebenswandels dem weiblichen Geschlecht nicht abgeneigt war. Wie naheliegend, diesen Helden seiner Zeit mit Enja zusammenzubringen!

Die historischen Daten zum Kampfverlauf des schottischen Königs sind weitgehend detailgetreu. Selbst die seltsame Krankheit, die den König auf seiner Flucht befiel und ihn fast drei Monate siechen ließ, ist belegt. Natürlich ist meine Interpretation dazu nicht unbedingt bewiesen, aber eine Vergiftung wäre in der damaligen Zeit möglich gewesen.

Aus einer weiteren historischen Quelle habe ich den Ort Alamut geschöpft. Tatsächlich war er der Hauptsitz der Assassinen. Hassan I-Shabbah war eine schillernde Figur in der damaligen Zeit der religiösen Kriege und der erfolgreichste Führer der Assassinen, allerdings starb er schon 1124 nach Christus und hat Enja um fast hundertsiebzig Jahre verpasst. Auch Sultan Saladin wütete weit vor Enja in der historischen Geschichte. Aber meine künstlerische Freiheit hat ihn für meine Hauptfigur wieder auferstehen lassen. Alamut wurde schon 1256 von den Mongolen zerstört, auch hier habe ich ein wenig mit der Zeit jongliert und den Zeitpunkt nach hinten gesetzt. Den unrühmlichen Tod Nisam al-Mulks musste ich einfach in meine Geschichte einflechten, als ich las, dass ein Assassinenknabe den armen Mann einst im Schlaf getötet hatte.

Ebenso waren einige der chirurgischen Instrumente, die in meiner Geschichte vorkommen, bereits den Ägyptern vertraut, und wie allgemein bekannt, trauten diese sich schon Gehirnoperationen zu. Hier ist meine Geschichte keineswegs nur aus der Luft gegriffen. Die im Buch beschriebene Augenoperation nahmen auch schon die Römer vor. Allerdings war der Erfolg dieser OP wohl eher zweifelhaft.

Zur verwendeten Sprache möchte ich sagen, dass ich des damals üblichen Altarabisch, Altenglisch, Farsi und Mittelhochdeutsch sowie des früheren Gälisch nicht mächtig bin und mir die Freiheit erlaubt habe, unser Neuhochdeutsch zu benutzen, das in vielerlei Hinsicht angenehmer zu lesen ist. Lediglich ein paar Originalwörter ließ ich einfließen, die ich kursiv gestellt habe.

Der Handel, den Enja intensiv betrieb, war sicher in dieser Form möglich, aber der Mokka, den sie so gerne trinkt, kam erst hundert Jahre später in Mode. Das von Isaak gewonnene Androsteron künstlich zu erzeugen, gelang dem deutschen Biochemiker Adolf Butenandt im Jahr 1931. Irgendwie scheint Isaak es geschafft zu haben, den Code für das Steroid zu knacken, das Hal in meiner Erzählung seine Männlichkeit zurückgab.

Die aufregende schottische Eroberung dauerte noch einige Jahrhunderte an, und James starb 1330 in der Schlacht von Teba in Spanien.

Eva Fellner

Hans Meyer zu Düttingdorf
Das Bernsteinmädchen
Roman
384 Seiten. Broschur
ISBN 978-3-7466-3752-5
Auch als E-Book lieferbar

Mein Herz in deinen Händen

Neu Boltenhagen, 1938: Als Helena sich in den deutschen Matrosen Karl verliebt, verlässt sie ihre argentinische Heimat und zieht zu ihm an die Ostsee. Doch in den Wirren des Zweiten Weltkriegs werden die Liebenden getrennt, und Helena gebärt einen Sohn. Über siebzig Jahre später erhält dieser ein rätselhaftes Erbe von seiner Mutter. Mit einem Bernstein und dem Auftrag, seinen deutschen Wurzeln nachzuspüren, reist Robert von Buenos Aires in das vorpommersche Dorf seines Vaters und ist wie vom Donner gerührt. Warum steht auf dem Familiengrab, dass er und Helena hier im Jahr 1945 begraben worden seien? Und wer ist die zweite Frau auf den alten Fotos?

Ein berührender Roman über eine Reise in die Vergangenheit und die Rückkehr in ein anderes Leben.

Regelmäßige Informationen erhalten Sie über unseren Newsletter.
Jetzt anmelden unter: www.aufbau-verlag.de/newsletter

atb aufbau taschenbuch